I0573959

THE COLLECTED WORKS OF DULU WANG

王 度 廬 選 集

Crane-Iron Pentalogy (Book Four)

武 俠 小 說　鶴一鐵 五 部 之 四

Adapted for Crouching Tiger, Hidden Dragon film
and won four Oscar Academy Awards

Crouching Tiger
Hidden Dragon

卧虎藏龍

DULU WANG

王 度 廬

Edited and Modified by Hong Wang

校 訂 者 ： 王 宏

JIANGHU PUBLISHING　江 湖 出 版 社

In Memory of My Father
Dulu Wang (1909-1977)
who wrote the original books

Copyright © 2020 by Hong Wang, The Villages, Florida, USA
Crouching Tiger, Hidden Dragon

Crane-Iron Pentalogy Book Four
THE COLLECTED WORKS OF DULU WANG
王度廬選集，鶴—鐵五部 第四部，臥虎藏龍

ISBN: 978-1-7772527-4-8 (Paperback)
ISBN: 978-1-7772674-4-5 (eBook-Kindle)
ISBN: 978-1-7772527-5-5 (eBook-epub)
Library of Congress Control Number: 2020914168

All rights reserved, including the right to reproduce
this book or portions thereof in any form whatsoever.
For information, address the publisher.

江 湖 出 版 社
JIANGHU PUBLISHING

Jianghu Publishing
PO Box 35075 Fleetwood Postal Outlet
Surrey, BC Canada V4N 9E9
www.jianghubooks.com

出版說明（PREFACE）

Dulu Wang (1909-1977), was a famous Chinese Chivalry (Martial Art) novelist in the nineteen thirties and forties who wrote many novels including Crane-Iron Pentalogy (Dancing Crane, Singing Phoenix 舞鶴鳴鸞记 aka 鶴驚昆侖 , 1940; Precious Sword, Golden Hairpin 寶劍金釵 , 1938; Sword Spirit, Pearl Light 劍氣珠光 , 1939; Crouching Tiger, Hidden Dragon 臥虎藏龍 , 1941; and Iron Knight, Silver Vase 鐵騎銀瓶 , 1942) which was adapted into a film under the title "Crouching Tiger, Hidden Dragon" by Ang Lee and his colleagues in 2000. Its spectacular action, rhapsodic landscapes and tragic romance have touched audiences in Asia, North America and around the world and won over 40 awards and was nominated for 10 Academy Awards, including Best Picture, and won Best Foreign Language Film, Best Art Direction, Best Original Score and Best Cinematography. In 2019, the film was ranked the 51st in 100 best films of the 21st century list by Guardian.

Dulu Wang is considered one of the five greatest wuxia (which literally means "martial hero") fiction writers of the Northern School in the Republican. He was less interested in writing about ruthless killings; instead he focused on his characters' development, their emotions, friendship, and passions. Wang had great sympathy for women who suffered cruel oppression by the society and its feudal system, and his novels featured many strong female characters, warriors, and heroines. Most of his stories featured tragic endings. His perfect combination of chivalry, romance and tragedy in his novels have thrilled many critics and readers and this style have influenced many authors.

During 1925-1949 Wang published more than 90 novels and thousands of articles and poems.

This book, Crouching Tiger, Hidden Dragon, is Volume 4 of Wang's Crane-Iron Pentalogy and was published in 1941 and edited and modified by Hong Wang in 2020.

More Wang's books will be in the Collected Works of Dulu Wang series.

Jianghu Publishing 江湖出版社
www.jianghubooks.com

出版說明（PREFACE）

　　王度廬是中國著名的武俠言情小說作家，在上個世紀三四十年代曾發表过大量小說、雜文、詩詞等作品。《鶴驚昆侖》、《寶劍金釵》、《劍氣珠光》、《臥虎藏龍》、《鐵騎銀瓶》是王度廬創作的五部內容相互關聯，又各自獨立的武俠悲情小說，通常被合稱為“鶴—鐵五部”。2000 年李安導演根據該系列改編的電影《臥虎藏龍》，曾獲得 40 多個國際電影大獎，並榮獲了第 73 屆奧斯卡最佳外語片等四項大獎。

　　《臥虎藏龍》是“鶴—鐵五部”的第四部，原名《臥虎藏龍傳》，初載於 1941 年的《青島新民報》，後由上海勵力出版社印行，改題《臥虎藏龍》。

　　本社出版的《王度廬選集》，收入了王度廬先生的包括“鶴—鐵五部”在內的不同時期不同類型的部分作品，王宏並對其做了一些必要整理和訂正，該選集中的各部小說將在近期陸續出版。

Jianghu Publishing 江湖出版社
www.jianghubooks.com

序 (Foreword)

徐斯年

　　王度廬是位曾被遺忘的作家。許多人重新想起他或剛知道他的名字，都可歸因於影片《臥虎藏龍》榮獲奧斯卡獎。但是，觀賞影片替代不了閱讀原著，不讀小說《臥虎藏龍》（而且必須先看《寶劍金釵》），你就不會知道王度廬與李安的差別。而你若想了解王度廬的"全人"，那又必須盡可能多地閱讀他的其他著作。這部選集收錄了他的一些代表作，這篇序文裏還會提及他的另一些作品，都有助於讀者認知全人。

　　王度廬，原名葆祥，字霄羽，1909 年生於北京一個下層旗人家庭。幼年喪父，舊制高小畢業即步入社會，一邊謀生、一邊自學。十六歲開始，先後在《平報》和《小小日報》發表雜文和連載小說（包括武俠、偵探、社會言情等類別），並曾在《小小日報》開闢個人雜文專欄"談天"，就任該報編輯。1933 年往西安，與李丹荃結婚，曾任陝西省教育廳編審室辦事員和西安《民意報》編輯。1936 年返回北平，繼續賣稿為生。次年赴青島，淪陷後始用筆名"度廬"，在《青島新民報》及南京《京報》發表武俠言情小說，同時發表的社會小說則署名"霄羽"。1949 年赴大連，任大連師範專科學校教員。1953 年調瀋陽，任東北實驗學校（即遼寧省實驗中學）語文教員。文革後期以退休人員身份隨夫人下放昌圖縣農村。1977 年卒於鐵嶺。

　　早在青年時代，王度廬就接受並闡釋過"平民文學"的主張。他的文學思想雖與周作人不盡相同，但在"為人生"這一要點上，他們的觀念是基本一致的。

　　從撰寫《紅綾枕》（1926 年）開始，王度廬的社會小說就把筆力集中於揭示社會的不公，人生的慘淡，以及受侮辱、受損害者命運的悲苦。

　　戀愛和婚姻是五四新文學的一大主題。那時新小說裏追求婚戀自由的男女主人公，面對的阻力主要來自封建家庭和封建禮教，作品多反映"父與子"的衝突——包括對男權的反抗，所以，易卜生筆下的娜拉尤被覺醒的女青年們視為楷模。到了王度廬的筆下，上述衝突轉化成了"金錢與愛情"的矛盾。

　　正如魯迅所說：娜拉衝出家庭之後，倘若不能自立，擺在面前的出路只有兩條——或者墮落，或者"回家"。王度廬則在《虞美人》中寫道："人生"、"青春"和"金錢"，"三者之間是相互聯係着的"，而在當時的中國社會裏，金錢又對一切起着主導性的作用。他所撰寫的社會言情小說，深刻淋漓地描繪了"金錢"如何成為社會流行的最高價值觀念和唯一價值標準，如何與傳統的父權、男權結合而使它們更加無恥，如何導致社會的險惡和人性的異化。

　　王度廬特別關注女性的命運。他筆下的女主人公多曾追求自立，但是這條道路充滿兇險。范菊英（《落絮飄香》）和田二玉（《晚香玉》）付出了生命的代價；

虞婉蘭（《虞美人》）終於發瘋，生不如死。惟有白月梅（《古城新月》）初步實現了自立，但她的前途仍難預料；至於最具"娜拉性格"，而且也更加具備自立條件的祁麗雪，最終選擇的出路卻是"回家"。

這些故事，可用王度廬自己的兩句話加以概括："財色相欺，優柔自誤"（《〈寶劍金釵〉序》）。金錢腐蝕、摧毀愛情，也使人性發生扭曲。人是"社會關係的總和"，他的社會小說正是通過寫人，而使社會的弊端暴露無遺。

在社會小說裏，王度廬經常寫及具有俠義精神的人物，他們扶弱抗強，甚至不惜捨生以取義。這些人物有的寫得很好，如《風塵四傑》裏的天橋四傑和《粉墨嬋娟》裏的方夢漁；有些粗豪角色則寫得並不成功，流於概念化，如《紅綾枕》裏的熊屠戶和《虞美人》裏的禿頭小三。

上述俠義角色與愛情故事裏的男女主人公一樣，也是現代社會中的弱者。作者不止一次地提示讀者：這些俠義人物"應該"生活於古代。這種提示背後隱含着一個問題：現代愛情悲劇裏的那些曠男怨女，如果變成身負絕頂武功的俠士和俠女，生活在快意恩仇的古代江湖，他們的故事和命運將會怎樣？這個問題化為創作動機，便催生出了王度廬的俠情小說，這裏也昭示着它們與作者所撰社會小說的內在聯係。

《寶劍金釵》標誌着王度廬開始自覺地把撰寫社會言情小說的經驗融入俠情小說的寫作之中，也標誌着他自覺創造"現代武俠悲情小說"這一全新樣式的開端。此書屬於厚積薄發的精品，所以一鳴驚人，奠定了作者成為中國現代武俠悲情小說開山宗師的地位。繼而推出的《劍氣珠光》《鶴驚昆侖》《臥虎藏龍》《鐵騎銀瓶》[1]（與《寶劍金釵》合稱"鶴—鐵五部"）以及《風雨雙龍劍》《彩鳳銀蛇傳》《洛陽豪客》《燕市俠伶》等，都可視為王氏現代武俠悲情小說的代表作或佳作。

作為這些愛情故事主人公的俠士、俠女，他們雖然武藝超群，卻都是"人"而不是"超人"。作者沒有賦予他們保國救民那樣的大任，只讓他們為捍衛"愛的權利"而戰；但是，"愛的責任"又令他們惶恐、糾結。他們馳騁江湖，所向無敵，必要時也敢以武犯禁，但是面對"廟堂"法制，他們又不得不有所顧忌；他們最終發現，最難戰勝的"敵人"竟是"自己"。如果說王度廬的社會小說屬於弱者的社會悲劇，那麼他的武俠悲情小說則是強者的心靈悲劇。

王度廬是位悲劇意識極為強烈的作家。他說："美與缺陷原是一個東西。""向來'大團圓'的玩藝兒總沒有'缺陷美'令人留戀，而且人生本來是一杯苦酒，哪裏來的那麼些'完美'的事情？"（《關於魯海娥之死》）《鶴驚昆侖》和《彩鳳銀蛇傳》裏的"缺陷"是女主人公的死亡和男主人公的悲涼；《寶劍金釵》《臥虎藏龍》《鐵騎銀瓶》裏的"缺陷"都不是男女主角的死亡，而是他們內心深處永難平復的創傷；《風雨雙龍劍》和《洛陽豪客》則用一抹喜劇性的亮色，來反襯這種悲愴。

――――――――――――――――――――

[1] 這裏敘述的是發表次序。按故事時序，則《鶴驚昆侖》為第一部，以下依次為《寶劍金釵》《劍氣珠光》《臥虎藏龍》《鐵騎銀瓶》。

　　王度廬把俠情小說提升到心理悲劇的境界，為中國武俠小說史作出了一大貢獻。正如佛洛伊德所說：“這裏，造成痛苦的鬥爭是在主角的心靈中進行着，這是一個不同衝動之間的鬥爭，這個鬥爭的結束決不是主角的消逝，而是他的一個衝動的消逝”[2]。這個“衝動”雖因主角的“自我克制”而“消逝”了，但他（她）內心深處的波濤卻在繼續湧動，以至遺恨終身。

　　李慕白，是王度廬寫得最為成功的一個男人。

　　有人說，李慕白是位集儒、釋、道三家人格於一身的大俠；這是該評論者觀賞電影《臥虎藏龍》的個人感受。至於小說《寶劍金釵》裏的李慕白，他的頭上決無如此“高大上”的絢麗光環。古龍說得好：王度廬筆下的李慕白，無非是個“失意的男人”。

　　在《寶劍金釵》裏，李慕白始終糾結於“情”和“義”的矛盾衝突，他最終選擇了捨情取義，但所選的“義”中卻又滲透着難以言說的“情”。手刃巨奸如囊中取物，李慕白做得非常輕易；但是他又投案伏法，付出的代價極其沉重。他做這些都是自願的，又都是並不自願的。出發除奸之前，作者讓他在安定門城牆下的草地上作了一番內心自剖，這段自剖深刻地展示着他的“失意”，這種心態可以概括為三個字——“不甘心”。

　　早期王度廬曾以“柳今”為筆名發表雜文《憔悴》，其中寫及自己當時的心態，與上述李慕白的自剖如出一轍。而在《紅綾枕》中，男主角戚雪橋為愛人營墓、祭掃時的一段內心獨白，其心態又與柳今極其相似。於是，我們看到了王度廬、柳今、戚雪橋（還有一些其他作品裏的男性角色）與李慕白之間的聯係——李慕白的故事，是戚雪橋們的白日夢；戚雪橋、李慕白們的故事，則是柳今、王度廬的白日夢。

　　不把李慕白這個大俠寫成一位“高大上”的“完人”，而把他寫成一個“失意的男人”，這是王度廬顛覆傳統“俠義敘事”，在中國武俠小說史上作出的一大貢獻。

　　玉嬌龍，是王度廬寫得最為成功的一個女人。

　　玉嬌龍的性格與《古城新月》裏的祁麗雪有相似之處，但是她的叛逆精神更加決絕、更加徹底。為了自由的愛情，她捨棄了骨肉的親情；同時，她也捨棄了貴胄生活，選擇了荊棘江湖，捨棄了“城市文明”，選擇了草莽蠻荒。

---

[2] 佛洛伊德：《戲劇中的精神變態人物》（張喚民譯），《二十世紀西方美學名著選》（上），第 410 頁，復旦大學出版社，1987，上海。

對玉嬌龍來說，最難割捨的是親情；最難獲得的，是理想的婚姻。她發現自己選擇羅小虎未免有點莽撞，所以又離開了他。她獲得了自由的愛情，卻在事實上拒絕了自由的婚姻。這與其說反映着"禮教觀念殘餘"、"貴族階級局限"，不如說是對文化差異的正視。儘管如此，這位"古代娜拉"並未"回家"，而是毅然決然地踏上一條不歸路。這條路是悲涼的，同時又是壯美的。

玉嬌龍和李慕白都是"跨卷人物"。《劍氣珠光》裏的李慕白寫得不好，因為背離了《寶劍金釵》中業已形成的性格邏輯。《鐵騎銀瓶》裏的玉嬌龍則寫得很好，她青年時代的浪漫愛情，此時已經昇華為偉大的、無私的母愛。她青年時代的夢想，終於在愛子和養女的身上得以成真，但是他們攜手歸隱時的心態，也與母親一樣充滿遺憾。

王度廬的上述成就，都是對於傳統武俠敘事的揚棄，這使他的武俠悲情小說擁有了現代精神。

王度廬又是一位京旗作家。

清朝定都北京之後，即將內城所居漢人一律遷出，由八旗分駐內城八區。王度廬家住地安門內的"後門裏"，其父是內務府上駟院的一個小職員。王氏一族當屬擁有滿洲旗份的"漢姓人"，雖無滿族血統，卻浸潤着滿族文化。

滿人崛起於白山黑水之間，民族性格剛毅尚武，自立自強，粗獷豪放。入關定鼎之後，宴安日久，八旗制度的內在弊端開始呈現，"八旗生計"問題日益突出，以至最終導致嚴重的存亡危機。王度廬出生時，恰逢取消"鐵杆莊稼"（即旗人原本享受的"俸祿"），父親又早逝，全家陷於接近赤貧的境地。他的早期雜文經常寫到"經濟的壓迫"，"身世的飄泊，學業的荒蕪"，疾病的"纏身"，始終無法擺脫"整天奔窩頭"的境況。他的許多社會小說及其主人公的經歷、心境，也都寄託着同樣的身世之感和頹喪情緒。這種刻骨銘心的痛楚，蘊含着當時旗人不可避免的噩運，漢族讀者是難以體會這種特殊苦痛的。

同時，王度廬又十分景仰滿族優秀的民族精神。他的作品，明確書寫旗人生活的有十多部；他所塑造的許多旗籍人物身上，都寄託着對民族精神的追憶和期許。

從這個角度考察玉嬌龍，首先令人想到滿族的"尊女"傳統。這一傳統的形成至少出於四點原因：一、對母係氏族社會的清晰記憶；二、以採集、漁獵為主的傳統經濟，決定了男女社會分工趨於平等；三、入關之前未經歷很多封建過程；四、旗族少女在理論上都有"選秀入宮"機會，所以家族內部皆以"小姑為大"。[3]

――――――――――――――――――――

[3] 參閱關紀新《多元背景下的一種閱讀——滿族文學與文化論稿》，第 219 頁，遼寧民族出版社，2013，瀋陽。

玉嬌龍那昂揚的生命力，正是滿族少女普遍性格的文學昇華。《寶刀飛》可能是第一部把入宮前的慈禧，作為一位純真、浪漫而又不無"野心"的旗族姑娘加以描繪的小說。作者以"正筆"書寫入宮前的她，用"側筆"續寫成為"西宮娘娘"之後的她，沉重的歷史感裏蘊涵幾分惋惜，情感上極具"旗族特色"。

在《寶劍金釵》和《臥虎藏龍》裏，德嘯峰雖非主人公，卻可視為旗籍"貴胄之俠"的典型。他沉穩、老練，善於謀劃，善於掌控全域，比李慕白更加"拿得起、放得下"。他的身上比較完整地體現着金啟孮所說京城旗人遊俠的三個特徵：一、淩強而不欺下，一般人對他們沒有什麼惡感。二、多在八旗人居住的內城活動，沒什麼民族矛盾的辮子可抓。三、偶或觸犯權勢，但不具備"大逆不道"的證據，故多默默無聞。[4]鐵貝勒、邱廣超和《彩鳳銀蛇傳》裏的謝慰臣都屬此類人物。

進入民國之後，由於政治、經濟原因，京中旗人的精神狀態呈現更趨萎靡甚至墮落之勢（《晚香玉》裏的田迂子即為典型），但是王度廬從閭巷之中找到了民族精神的正面傳承。《風塵四傑》實際寫了五個"閭巷之俠"——那位"有學有品而窮光蛋"[5]的"我"，也算一個"不武之俠"。作者清楚地認識到：雖然如今早非"俠的時代"，但是天橋"四傑"[6]身上那種捍衛正義，向善疾惡，剛健、豁達、堅韌、仗義、樂觀的民族精神，卻是值得弘揚光大的。這已不僅僅是對旗族的期許，更是對重振中華民族傳統美德的期許。

凡是旗人，都無法回避對於清王朝的評價。王度廬在雜文裏認為，"大清國歇業，溥掌櫃回老家"[7]乃是歷史的必然，人民期盼的是真正實現"五族共和"。他更在兩部算不上傑作的小說中，以傳奇筆法描繪了兩位清朝"盛世聖君"的形象。《雍正與年羹堯》裏的胤禛既胸懷雄才大略，又善施陰謀詭計。他利用"江南八俠"的"復明"活動實現自己奪嫡、登基的計劃，又在目的達到之後斷然剪除"八俠"勢力。但是，他對漢族的"復明"意志及其能量，卻日夜心懷惕懼，以至"留下密旨，勸他的兒子登基以後，要相機行事，而使全國恢復漢家的衣冠"。書中還有一位不起眼的小角色——跟着胤禛闖蕩江湖的"小常隨"，他與八俠相交甚密，又很忠於胤禛。"兩邊都要報恩"的尖銳矛盾，導致他最終撞牆而殉。作者展示的絕不

————————————————————

[4] 參閱關紀新《老舍與滿族文化》第 80 頁所引，遼寧民族出版社，2008，瀋陽。
[5] 語見王度廬早期雜文《中等人》，原載於北平《小小日報》1930 年 4 月 5 日"談天"欄，署名"柳今"
[6] 民國初年，"天壇附近的天橋大多數的女藝人、說書人、算命打卦者都是滿人。"轉引自關紀新《老舍與滿族文化》第 122 頁。
[7] 語見王度廬早期雜文《小算盤》，原載於《小小日報》1930 年 5 月 20 日"談天"欄，署名"柳今"

限於"義氣"，這裏更加突出表現的是對漢族的負疚感和對民族殺伐史的深沉痛楚。王度廬對歷史的反思已經出離於本民族的"興亡得失"，上升為一種"超民族"的普世人文關懷。《金剛玉寶劍》中的乾隆，則被寫成一個孤獨落寞的衰朽老人，這一形象同樣透露着作者的上述歷史觀。

滿族入關後吸收漢族文化，"尚武"精神轉向"重文"。有清一代，湧現出了納蘭性德、曹雪芹、文康等傑出滿族作家，其中對王度廬影響最大的是納蘭性德。"搖落後，清吹那堪聽。淅瀝暗飄金井葉，乍聞風定又鐘聲。"[8]納蘭詞的淒美色調，融入北京城的撲面柳絮和戈壁灘的漫天風沙，形成了王度廬小說特有的悲愴風格。

旗人的生活文化是"雅""俗"相融的，王度廬繼承着旗族的兩大愛好：鼓詞（又稱"子弟書"、"落子"）和京劇。他十七歲時寫的小說《紅綾枕》，敘述的就是鼓姬命運，其中還插有自創的幾首淒美鼓詞。至於京劇，據不完全統計，僅在《落絮飄香》《古城新月》《晚香玉》《虞美人》《粉墨嬋娟》《風塵四傑》《寒梅曲》七部小說中，寫及的劇目已達 96 折[9]之多！作為小說敘事的有機內涵，王度廬寫及昆曲、秦腔、梆子與京劇的關係，"京朝派"（即京派）與"外江派"（即海派）的異同，"京、海之爭"和"京、海互補"，票社活動及其排場，非科班出身的伶人、票友如何學戲，戲班師傅和劇評家如何為新演員策劃"打炮戲"，各色人等觀劇時的移情心理和審美思維⋯⋯。他筆下的伶人、票友對京劇的熱愛是超功利的，而她（他）們的社會角色和物質生活則是極功利的——唯美的精神追求與慘淡的現實生活構成鮮明反差，映射着人性的本真、複雜和異化。他又善於利用劇情渲染故事情節和人物情感，例如《粉墨嬋娟》中，憑藉《薛禮歎月》和《太真外傳》兩段唱詞，抒發女主人公不同情境下的不同心緒，展示着戲如人生、人生如戲的微妙契合，極大地增強了小說的詩意。

入關以後，旗人皆認"京師"為故鄉，京旗文學自以"京味兒"為特色。王度廬的小說描繪北京地理風貌極其準確，所述地名——包括城門、街衢、胡同、集市、苑囿、交通路線等等，幾乎均可在相應時期的地圖上得到應證。《寶劍金釵》《臥虎藏龍》主人公的活動空間廣闊，書中展示清代中期北京的地理風貌相當宏觀，又非常精細。玉嬌龍之父為九門提督，府邸位置有據可查，作者由此設計出鐵貝勒、德嘯峰、邱廣超府第位置，決定了以內城正黃旗、鑲黃旗（兼及正紅旗、正白旗）駐區為"貴冑之俠"的主要活動區域。李慕白等為江湖人，則決定了以"外城"即南城為其主要活動區域。兩類俠者的行動則把上述區域連接起來，並且擴及全城和郊縣。《落絮飄香》《古城新月》《晚香玉》《虞美人》等社會小說中，主人公的活動空間相對狹小，所以每部作品側重展示的是民國時期北平城的某一局部區域：

———————————————————————

[8] 納蘭性德詞：《憶江南》——當年王度廬與李丹荃相愛，曾贈以《納蘭詞》一冊，李丹荃女士七十余歲時猶能背誦這首詞。

[9] 由於現存《虞美人》和《寒梅曲》文本均不完整，所以這一數字是不完整的。而未列入統計的《寶劍金釵》《燕市俠伶》等作品中，也常含有京劇演出、觀賞等情節，涉及劇目亦復不少。

或以海澱 - 東單 - 宣內為主，或以西城豐盛地區 - 東單王府井地區為主，等等。拼合起來，也是一幅接近完整的“北平地圖”。上述小說之間所寫地域又常出現重合，而以鼓樓大街、地安門一帶的重合率為最高。作者故居所在地“後門裏”恰在這一區域，在不同的作品裏，它被分別設置為丐頭、暗娼等的住地。這反映着作者內心深處存在一個“後門裏情結”，他把此地寫成天子腳下、富貴鄉邊的一個小小“貧困點”，既體現着平民主義的觀念，又是一種帶有幽默意味的自嘲。

王度廬小說裏的“北京文化地圖”，是“地景”與“時景”的融合，所以是立體的、動態的。這裏的“時景”，指一定地域中人們的生活形態，包括節俗、風習。無論是妙峰山的香市、白雲觀的廟會、旗族的婚禮儀仗、富貴人家的大出喪、“殘燈末廟”時的祭祖和年夜飯、北海中元節的“燒法船”，以至京旗人家的衣食住行，王度廬都描寫得有聲有色，細緻生動。這些“時景”與故事情節融為一體，成為展示人物性格、心理的重要手段；它們同時也頗具獨立的民俗學價值。王度廬在小說裏常將富貴繁華區的燈紅酒綠與平民集市裏的雜亂喧鬧加以對比，他對後者的描繪和評論尤具特色。例如，《風塵四傑》裏是這樣介紹天橋的：“天橋，的確景物很多，讓你百看不厭。人亂而事雜，技藝叢集，藏龍臥虎，新舊並列。是時代的渣滓與生計的艱辛交織成了這個地方，在無情的大風裏，穢土的彌漫中，令你啼笑皆非。”他筆下的天橋圖景，噴發着故都世俗社會沸沸揚揚的活力和生機，嘈雜喧囂而又暗藏同一的內在律動；它與內城裏的“皇氣”、“官氣”保持着疏離，卻又沾染着前者的幾分閒散和慵懶。這又是一種十分濃厚，相當典型的“京味兒”！

“京味兒”當然離不開“京腔”。王度廬的語言大致是由兩部分組成的：敘事以及文化程度較高角色的口語，用的是“標準變體”，即經過“標準化處理”的北京話，近似如今的“普通話”；底層人物的語言，則多用地道的北京土語，詞彙、語法都有濃厚的地域特色，比一般的“京片兒”還要“土”。故在“拙”“樸”方面，他比另一些京派作家顯得更加突出。

筆者認為，1949 年前促使王度廬奮力寫作的動力當有三種：一曰“舒憤懣”；二曰“為人生”；三曰“奔窩頭”。三者結合得好，或前二者起主要作用時，寫出來的作品品質都高或較高；而當“第三動力”起主要作用時，寫出來的作品往往難免粗糙、隨意。當然，寫熟悉的題材時，品質一般也高或較高，否則，雖欲“舒憤懣”、“為人生”，也難以得到理想的效果。是否如此，還請讀者評判、指正。

斯年於姑蘇香濱水岸，2020 年 6 月 [10]。

————————————————————

[10] 本文原係作者為北嶽文藝出版社《王度廬作品大係》所撰總序，移入本選集時作了一些刪改。

目录

第一回　一朵蓮花初會玉嬌龍　半封書信巧換青冥劍

　　《劍氣珠光》以李慕白贈劍於鐵小貝勒，楊小姑娘許配於德嘯峰之長子文雄，李慕白偕俞秀蓮同往九華山研習點穴法而結束全書。

　　歲月如流，轉瞬又是三年多。此時楊小姑娘已與文雄成婚。她換了旗裝，實地做起德家的少奶奶了。這個瘦長臉兒、纖眉秀目的小媳婦，性極活潑；雖然她遭受了祖父被殺、胞兄慘死、姐姐遠嫁的種種痛苦，但她流淚時是流淚，高興時還是高興，時常跳跳躍躍的，不像是個新媳婦。好在德大奶奶是個極爽快的人，把兒媳也當作親女兒一般看待，從沒有過一點兒苛責。

　　這時延慶的著名鏢頭神槍楊健堂已來到北京，在前門煤市街開了一家全興鏢店。他帶着幾個徒弟就住在北京，做買賣還在其次，主要的還是為保護他的老友德嘯峰。

　　德嘯峰此時雖然仍是在家閒居，但心中總怕張玉瑾、苗振山那些黨羽前來尋釁復仇。所以除了自己不敢把鐵砂掌的功夫擱下之外，並叫兒子們別把早先俞秀蓮傳授的刀法忘記了，並且請楊健堂每三日來一趟，就在早先俞秀蓮居住的那所宅院內，教授兒子和兒媳槍法。

　　楊健堂的槍法雖不敢稱海內第一，可也罕有敵手，有名的銀槍將軍邱廣超的槍法就是他所傳授出來的。他使的槍是真正的"梨花槍"，這槍法又名曰"楊家槍"。宋朝時名將李全，號稱"李鐵槍"，他的妻子楊氏槍法尤精，收徒甚眾。所以，梨花槍雖然變化不測，為古代衝鋒陷陣之利器，但是實在是一種"女槍"，即柔弱女子也可以學它。

　　槍法既是楊家的，楊健堂自身又姓楊，德少奶奶也姓楊，而且又拜了楊健堂為義父，所以楊健堂就非常高興，認真傳授。不到半年，楊小姑娘就已技藝大進。至於她的丈夫文雄，卻因身體柔弱，而且性子喜文不喜武，所以反倒落在她的後頭。

　　這天，是初冬十月的天氣，北京氣候已經甚寒。但楊健堂仍然穿着藍布單褲褂，雙手執槍，舞的是“梨花擺頭”。他向楊小姑娘、文雄二人說：“快看！這梨花擺頭所為的是護身，為的是撥開敵人的兵器，你們看！”

　　楊小姑娘注目去看，看不見槍桿搖動，只見槍頭銀光閃閃，真如同片片梨花。楊健堂又變換槍法，練的是

撥草尋蛇法無差，　靈貓捕鼠破法佳。
封刹沉絞將彼賺，　提挪槍法現雙花。
詐敗回身金蟾落……

　　撥槍影翻飛，風聲嗖嗖地響。正練到這裏，忽聽有人拍手笑道：“真高！好個神槍楊健堂，亞賽當年王彥章！”

　　楊健堂收住槍法，一看，便笑道：“你又來了。”楊小姑娘和文雄也齊都過來，向說話的這人叫道：“劉二叔，您吃過飯了嗎？”

　　這個人連連地彎腰，笑着說：“才用過！少爺跟少奶奶練武吧！別叫我給攪了！”這人年有三十來歲，身材短小，可是肩膀子很寬，腰腿很結實。他穿的是青緞小夾襖、青綢單褲，外罩着一件青緞大棉襖，紐子不扣；腰間卻繫着一條青色繡白花兒的綢巾，腰裏緊緊的；領子可是敞開着。頭上一條辮子，梳得松松的。白淨臉，三角眼，小鼻子，臉上永遠有笑容。這人是近一二年來京城有名的英雄，姓劉名泰保，外號人稱“一朵蓮花”。

　　他是楊健堂的表弟，延慶人，早先也跟他表兄學過“梨花槍”，也保過三天半的鏢。可是他生性嗜嫖好賭，走入下流，時常偷楊健堂的錢，便被楊健堂給趕走了。他走後足有十多年，楊健堂也不知他的生死，簡直就把他給忘了。

　　可是去年春間，他忽然出現於北京城，先拜訪德嘯峰，後來又謁見邱廣超，自稱是特意到北京來找李慕白比比武藝。因為李慕白沒在北京，也沒人理他，他就流浪在街頭，事事與人尋毆覓鬥。後來，楊健堂發現了他，便把他叫到鏢店裏。因見他在外漂流了十多年，竟學了一身好武藝，便要叫他做個鏢頭。他可不願意幹，依然在街上胡混。

　　有一天，大概他是故意的，在街上單身獨打十多個無賴漢，衝撞了鐵小貝勒的轎子。鐵小貝勒見他武藝甚好，就把他帶回府內。一問，知道他是神槍楊健堂的表弟，是為會李慕白才來到北京，便笑了笑，留他在府中做教拳師傅。其實現在鐵小貝勒已成了朝中顯要，不再舞劍掄槍玩鷹弄馬了。劉泰保也無事可做，每月關三兩銀子，把自己打扮得闊闊的，整天茶寮酒館去閒談，打不平，管閒事。所以來京不足二年，京城已無人不知“一朵蓮花”之名。他是每逢三、六、九就來此看看他的表兄教武，如今又來到了。

　　楊健堂就說：“要看可以，可是只許站在一邊，不許多說話！”

　　劉泰保微笑着。文雄跟楊小姑娘也都閉不上嘴，因為他們覺得劉泰保這個人很是滑稽，只要是他一來了，就能叫大家開心。

　　當時楊健堂正顏厲色，好像沒瞧見他似的，又抖了兩套槍法。一朵蓮花劉泰保在旁邊不住地說：“好！好！真高！”

　　楊健堂收住槍式，叫文雄夫婦去練。文雄和楊小姑娘齊都低頭笑着，仿佛無力再舉起槍來。楊健堂就拿槍把子頂着劉泰保的後腰，說：“走！走！你這猴兒腦

袋在這裏，他們都練不下去！走！”

　　劉泰保笑着說：“我不說話就是了！難道連讓我在旁邊看着全不許嗎？真不講理！”

　　後腰有槍桿頂着，他不得不走，不料才走到門前，還沒邁出門檻，忽見有幾位婦女正要進這院裏來。楊健堂立時把槍撤回，不能再頂他了。劉泰保也嚇得趕緊退步，躲到遠遠的牆根下。文雄和楊小姑娘正笑得肚腸子都要斷了，他們立時也肅然正色，放下槍，規規矩矩地站着。

　　原來第一個進來的着旗裝的中年婦人正是德嘯峰之妻德大奶奶，隨進來的是一位年輕小姐，身後帶着兩個穿得極為整齊的僕婦。楊健堂照例地是向德大奶奶深深一揖，德大奶奶也照例請了個“旗禮”蹲兒安，然後指指身後，說：“這是玉大人府裏的三姑娘，現在是要瞧瞧我兒媳婦練槍。”

　　此時靠牆根兒的劉泰保一聽這話，不禁打了一個冷戰，心說：爺爺！我今天可真遇見貴客啦，原來這是玉大人的小姐！玉大人是新任的九門提督正堂，多顯赫的官呀！當下一朵蓮花就斜着他的三角眼向那位小姐窺了一下，他更覺得找個牆窟窿躲躲才好，因為這位小姐簡直是個“月裏嫦娥”。

　　她年有十六七歲，細高而窈窕的身兒，身披雪青色的大斗篷，也不知道是什麼緞的面兒，只覺得燦爛耀眼，大概是銀鼠裏兒，裏面是大紅色的繡花旗袍。小姐天足，穿的是那種厚底的旗人姑娘穿的平金刺錦，還帶着閃閃的小玻璃鏡兒的鞋。頭上大概是梳着辮子，辮子當然是藏在斗篷裏，只露着黑亮亮的鬢雲，鬢邊還覆着一枝紅絨做成的鳳凰，鳳凰的嘴裏銜着一串亮晶晶的小珍珠。這位小姐的容貌更比衣飾艷麗，是瓜子臉兒，高鼻脊梁，大眼睛，清秀的兩道眉。這種雍容華艷無法可譬，只可譬作為花中的牡丹，可是牡丹也沒有她秀麗；又可譬作為禽中的彩鳳，鳳凰沒人看見過，可是也一定沒有她這樣富貴雍容；又如江天秋月、泰岱春雲……總之是無法可譬。劉泰保的心裏只想到了嫦娥，可是他不敢再看這位嫦娥一眼。

　　此時楊健堂拘拘謹謹地到一旁穿上了長衣裳，扣齊了紐扣。文雄和楊小姑娘全都過來，向這位貴小姐長跪請安，都連眼皮兒也不敢抬。德大奶奶就向她的兒媳說：“你三姑姑聽說你在這兒練槍，覺得很新鮮，要叫我帶她來看看。你就練幾手兒熟的，請三姑姑看看吧！”又向那位貴小姐笑着說：“請三妹妹到屋中坐，隔着玻璃瞧您的姪媳婦練就是了。外邊太冷！”

　　那位貴小姐卻搖了搖頭，微笑着說：“不必到屋裏去。我不冷，我站遠着點兒瞧着就是啦！”她向後退了幾步，並由一個僕婦的手中接過來一個金手爐，她就暖着手，掩着斗篷，並斜瞧了劉泰保一下。劉泰保窘得真恨不得越牆而逃，心說：我是什麼樣子，怎能見這麼闊的小姐呢？

　　此時文雄也躲到一旁，楊麗芳就立正了身，右手握槍，槍尖貼地。她此時梳的是一條長辮，身上也是短衣漢裝。當下她拿好了姿勢，先是低着眼皮兒，繼而眼皮兒一抬，英氣流露，先以“金雞獨立”之式，緊接着“白鶴亮翅”，又轉步平槍，雙手將槍一捺，就抖起了槍法。只見槍光亂抖，紅穗翻飛，楊小姑娘的嬌軀隨着槍式，如風馳電掣，如鶴起蛟騰，真是好看。

　　靠牆根兒的劉泰保瞧得出來，這套槍法起勢平平，但後來變成了鈎挪槍法。行家有話：“鈎挪槍法世無匹，烏龍變化是金蟾。”到收槍之時，楊小姑娘並沒喘息，劉泰保卻心說：這姑娘的槍法一點不錯，只可惜力弱些。到底是個女人！

　　此時那位貴小姐卻嚇得變顏變色的，幾乎躲在了僕婦的身後，說：“哎喲！

把我的眼睛都給晃亂了！”又問楊小姑娘說：“你不覺着累嗎？”

楊小姑娘輕輕放下槍，走過來笑着搖搖頭，說：“我不累！”那位貴小姐又問：“你練了有多少日子？”

楊小姑娘說：“才練了半年。”

那位小姐就驚訝着說：“真不容易！要是我，連那杆槍都許提不起來！”

德大奶奶在旁也笑着說：“可不是，我連槍桿都不敢摸！你這姪媳婦她也是小時在娘家就練過，所以現在拿起來還不難，這武功就是非得從小時候練起才行。你還沒瞧見過早先在這院子住的那位俞秀蓮呢！手使雙刀，會躥房越脊，一個人騎着馬走江湖，多少強盜都不是她的對手。她長得很俊秀，說話行事卻一點兒也不像是個女的。”

那位貴小姐微微笑着，說：“以後我也想學學。”

德大奶奶卻笑着說：“唉！你學這個幹什麼？我們這是沒有法子，你大概也知道，是因為……不敢不學點兒武藝防身！”德大奶奶說着話，她們婆媳倆就把這位豔若天仙一般的貴小姐請到房中去歇息，飲茶，談話。

靠牆根兒的一朵蓮花劉泰保這時才縮着頭溜出了大門，才走了幾步，就聽身後有人叫道：“泰保！”

一朵蓮花回頭去看，見是他的表兄楊健堂也出來了，氣憤憤向他說：“我不叫你到這裏來，你偏這裏來。你看！今天弄得多不好看！我在這裏倒不要緊，我已經快五十歲了，又是他家的乾親家；你二三十歲，賊頭賊腦的，算是個什麼人？今天這位小姐是提督正堂的閨女，有多麼尊貴，你也能見？”

一朵蓮花劉泰保趕緊說：“哎呀我的大哥！不是我願意見她呀！誰叫我碰上了呢？他們這兒又沒後門，我想跑也跑不了！”

楊健堂說：“這地方以後你還是少來。別看德嘯峰現在沒有差事，可是跟他往來的貴人還是很多，倘若你再碰上一個，不大好。嘯峰雖然嘴上不能說什麼，可是心裏也一定不願意。”

劉泰保一聽這話，不由有點兒憤怒，說：“我也知道，德五認識的闊人不少，可是我一朵蓮花劉泰保也不是個缺名少姓的人！”

楊健堂說：“你這算什麼名？街上的無賴漢認識你，人家達官顯宦的眼睛裏誰有你？”

劉泰保趕緊拍着胸脯說：“我是貝勒府的教拳師傅！”

楊健堂也帶氣說：“我告訴你的都是好話，你愛聽不聽！還有，你別自己覺着了不得，教拳的師傅也不過是個底下人。其實，你在貝勒府連得祿都比不了，你還想跟大官員平起平坐嗎？見了大門戶的小姐你還不知回避，我看你早晚要鬧出事兒來！”

二人說着話，已出了三條胡同的西口，楊健堂就順着大街揚長而去。這裏劉泰保生着氣，發怔了半天，罵聲：“他媽的！”遂轉身往北就走，心中非常煩悶，暗想：人家怎麼那麼闊？我怎麼就這麼不走運？像剛才那個什麼小姐，除了她的模樣比我好看，還有什麼？論起拳腳來，我一個人能打她那樣的一百個。可是他媽的見了人，我就應當鑽地縫。人家那雙鞋都許比我的命還值錢，他媽的不公道！又想：反正那丫頭早晚要嫁人，當然不能嫁我。只要她嫁了人，我就把她的女婿殺了，叫她一輩子當小寡婦，永遠不能穿紅戴綠！

憤憤地，他受了表兄的氣，卻把氣都加在那位貴小姐的身上了。然而又無可奈何，人家是提督正堂的女兒，只要人家的爸爸說一句話，我一朵蓮花的腦瓜兒就許跟脖子分家！死了倒不怕，只是活到今年三十二了，還沒個媳婦呢！一想到媳婦的問題，劉泰保就很傷心。他想：我還不如李慕白，李慕白還姘了個會使雙刀的俞秀蓮，我卻連個會使切菜刀、能做飯溫菜的黃臉老婆也沒有呀！

他腦子裏胡思亂想，信步走着，大概都快走到了北新橋，忽聽"鐺！鐺！鐺！"一陣鑼聲，劉泰保立時打斷了心中的煩惱，驀然抬頭一看，卻見眼前圍着密密的一圈子人，個個都伸着脖子，瞪着眼，張着嘴，發呆地往圈裏去看。人群裏是鑼聲急敲，仿佛正在表演什麼好玩意兒。劉泰保心說：耍猴子的，沒多大看頭兒！遂也就不打算往人群中去擠。可是才走了兩步，忽然聽這些瞧熱鬧的人齊都叫好，劉泰保不禁止步回頭，就見由眾人的頭上飛起了一對鐵球，都有蘋果大小，一上一下，非常好玩。劉泰保認識這是"流星"，這種傢伙可以當作兵器使用，江湖賣藝的人若沒有點兒真功夫，絕不敢耍它。

他便分開了眾人，往裏硬擠。擠進去了，就見是個年有四十多歲、身材很雄健的人，光着膀子，正在場中舞着流星錘。這種流星錘是繫在一條鹿筋上，鹿筋很長，手握在中端，抖了起來，兩個鐵錘就在空中飛舞。這人可以在背後耍，在周身上下耍，耍得人眼亂，簡直看不見鹿筋和鐵錘，就像眼前有一個風車在疾轉似的。

劉泰保不由贊了一聲："好！"又扭頭去看在旁邊敲鑼的那個人，卻使他更驚愕了。原來敲鑼的是個姑娘，身材又細又小，簡直像是棵小柳樹兒似的。年紀不過十五六，黑黑的臉兒，模樣頗不難看。頭上梳着兩個抓髻，可是髮上落了不少的塵土。穿的是紅布小棉襖，青布夾褲，當然不大乾淨，可是腳上的一雙紅鞋卻是又瘦又小又端正，不過鞋頭已磨破了。這姑娘鐺鐺地有節奏地敲着銅鑼，給那賣藝的人助威。

那賣藝的人好像是她的爸爸。流星錘舞了半天，賣藝人就收錘斂步，他的女兒也按住了銅鑼，父女倆就向圍觀的人求錢。那父親抱拳轉了一個圈子，說："諸位九城的老爺們，各地來的行家師傅們！我們父女到此求錢，是萬般無奈！"旁邊的女兒也吐出嬌滴滴的言語，幫着說了一句："萬般無奈！"那父親又說："因為家鄉鬧水災，孩子她娘被水淹死了，我這才帶孩子漂流四方！"他女兒又幫着說了一句："漂流四方！"

那父親又說："耍這點土玩意兒來求錢，跟討飯一樣！"女兒又幫着說了一句："跟討飯一樣！"

劉泰保覺着這女兒怪可憐的，就掏出幾個銅錢來擲在地下。那女兒說了聲："謝謝老爺！"劉泰保卻轉身擠出了人群，一邊走一邊又想：這姑娘怪不錯的，怎會跟着她爸爸賣藝呢？

行走不遠，忽聽一陣咕嚕咕嚕的騾車響聲。劉泰保又轉頭去看，就見由南邊馳來了兩輛簇新的大鞍車，全是高大的菊花青的騾子拉着。前面那輛車放着簾子，後面那輛車上坐着兩個僕婦。劉泰保不由又直了眼。原來這兩個僕婦正是剛才在德家遇到的侍從那位正堂家小姐的僕婦，不用說，第一輛車簾裏一定就坐着那位貴小姐了。劉泰保發着怔，直把兩輛車的影子送遠了，這才又邁步走去。身後還能聽得見鑼聲鐺鐺。他心裏就又罵了起來：他媽的！

當下一朵蓮花劉泰保就一路暗罵着，回到了安定門內鐵貝勒府。可是生了一會兒氣，喝了一點兒酒，舞了一趟刀，又睡了一個覺，過後也就把這兩件事都忘了，只是從此他不再到德家去了，也沒再去看他的表兄楊健堂，因為上回的事，他覺得太難為情了。

　　轉瞬過了十多天，天氣更冷了。這日是十一月二十八，鐵小貝勒的四十整壽。府門前的轎輿車馬雲集，來了許多貴冑、顯官及一些福晉名婦、公子小姐。府內唱着大戲，因為院落太深，外面連鑼鼓聲都聽不見。外面只是各府的僕人，擁擠在暖屋子裏喝酒談天，轎夫、趕車的人都蹲在門外地下賭錢押寶。本府的僕人也都身穿新做的衣裳高高興興地出來進去。只有一朵蓮花劉泰保是最為苦惱無聊，因為他不是主也不算僕，更不是賓客。裏院他不能進去，大戲他也聽不着，賞錢也一文得不到，並且因為那很廣大的馬圈已被馬匹占滿，連他舞刀打拳的地方都沒有了。他進了“班房”，各府的僕人都在這裏高談暢飲，沒有人理他，而且每個僕人都比他穿得還講究。他披着一件老羊皮襖，到門外跟那些轎夫押了幾寶，又都輸了。他心裏真喪氣，又暗罵道：他媽的！你們誰都打不過我！

　　這時忽聽遠遠傳來一陣驅人淨街之聲，立時那些賭錢的轎夫們抄起了寶盒子，跑到稍遠之處去躲避，門前有幾個僕人也都往門裏去跑。劉泰保很覺驚訝，向西一望，見是有五匹高頭大馬馱着五位官人來了。劉泰保就說：“這是什麼官兒，這樣大的氣派？”身後就有兩個貝勒府的僕人拉着他，悄聲說：“劉師傅！快進來！快進來！”

　　劉泰保驚訝着，被拉進了“班房”，就聽旁邊有人悄聲說：“玉大人來了！”劉泰保這才驀然想起，玉大人就是新任的九門提督正堂。他遂就撇了撇嘴說：“玉大人也不過是個正堂就完了！難道他還有貝子貝勒的爵位大？還比內閣大學士的品級高？”旁邊立刻有人反駁他說：“喂！你可別這樣說！現官不如現管，就是當朝一品大臣抓了人，也得交給他辦。提督正堂的爵位不算頂高，可是權大無比！”

　　這時有許多僕人都扒着窗紙上的小窟窿向外去看，劉泰保又撇嘴說：“你們這些人都太不開眼了！提督正堂也不過是個老頭子，有什麼可看的？他又不是你們的爸爸！”劉泰保這樣罵着，別人全沒聽見，全都相爭相擠着去扒紙窗窟窿，仿佛等着看外面的什麼新奇事情似的。劉泰保也覺得有些奇怪。

　　這時旁邊有個本府的僕人，名叫李長壽，是個矮小的個子，平日最喜歡跟劉泰保開玩笑。當下，他就過來拍了拍劉泰保的肩膀，笑着悄聲說：“喂！一朵蓮花！你不想瞧瞧美人嗎？”

　　劉泰保撇嘴說：“哪兒來的美人兒？你這小子別冤我！”

　　李長壽說：“真不冤你！你會沒聽說過？北京城第一位美人，也可以說是天下第一，玉大人的三小姐！”

　　劉泰保仿佛吃了一驚，又撇了撇嘴，說：“她呀？我早就瞧得都不愛瞧了！”雖然這樣說着，他可連忙推開了兩個人，搶了個地方，拿手指向窗紙戳了一個大窟窿，把一隻眼睛貼近了窟窿，往外去看。只見外面什麼東西也沒有，就是平坦的甬路，站着四個穿官衣、戴官帽、足登薄底靴子、掛着腰刀的官人。一瞧這威風，就知道是提督正堂帶來的。大概是玉大人已下馬進內去給鐵小貝勒拜壽，可是夫人和小姐的車隨後才到，所以這四個官人還得在這裏站班。劉泰保就又暗罵道：“媽的，怎麼還不來？再叫我瞧瞧。”

　　待了半天，才見兩個衣着整齊的僕婦攙進來一位老夫人，老夫人年紀有五十多歲，梳着兩把頭，穿着紫緞子的氅衣。旁邊另有一個僕婦，捧着個銀痰盂。這老夫人一定就是正堂的夫人了。隨後進來的就是那位玉三小姐，立時，仿佛嫦娥降臨到了凡世，偷着看的人全都屏息閉氣，連一點兒聲音也不敢作。

　　劉泰保這時也直了眼睛，只可惜旁邊還有一人擠他，沒叫他看見那位小姐的正臉。但是他已看見了那小姐，今天是換了一件大紅繡花的斗篷，真如彩鳳一般。玉三小姐帶着僕婦，隨着她的母親，翩然進了裏院，裏院的鑼鼓之聲也吹送到了外面。這可見裏院早先是有許多人正談笑，所以鑼鼓聲反被擾亂而模糊不清，現在裏院的人也一定都直了眼，都止住了談笑，所以鑼鼓聲反倒覺得清亮了。當下，這裏的人個個轉身松了口氣，都點頭嘖嘖地說：「真漂亮！畫也畫不了這麼好的美人，簡直是天仙！」

劉泰保這時也像失了魂，發呆地問道：「那位姑娘是玉夫人的親女兒嗎？」

旁邊有個也不知是哪府的僕人，就說：「不但是嫡親女兒，還就是這獨一個。姑娘有兩位哥哥，一位在安徽，一位在四川，都做知府。這位姑娘才回到北京不過三個月，早先隨她父親在新疆任上，一來到北京，就把北京各府中的小姐少奶奶全都蓋過去了，不單模樣好，聽說還知書識字，才學頂高！」

劉泰保說：「這傢伙！哪個狀元才配娶她呀？」

那個人又說：「狀元？狀元再升了大學士，也娶她不起呀！」劉泰保聽了，一吐舌頭。這時外面那四個站班的官人進來喝茶，這屋中的人也就不敢再提這件事了。

此時裏院也十分地熱鬧，台上的戲是一出比一出好。台下，那華貴的大廳之內還有一位最惹人注目的來賓，就是那位玉三小姐。誰都知道，這位小姐今年才十八歲，是屬龍的，所以名字就叫作玉嬌龍。這位小姐在老年人的眼中是端嫻、安靜，在中年人的眼中是秀麗、溫柔，而在一般與她年紀差不多的人眼中，又都羨慕她的舉止大方。她真如嬌龍彩鳳一般，為這富麗堂皇的大壽筵增加了無限光華，添了許多的彩澤。

約莫有下午四點鐘，玉嬌龍就侍奉她母親先辭席歸去。臨走的時候，當然又是萬目睽睽，直把這一片彩雲、一隻錦鳳給送走。席間，眾人仿佛全都像是失掉了什麼似的，只留下了一種印象，仿佛有裊裊餘香，飄飄瑞靄，尚未消散。

到了六點鐘，台上煞了戲，賓客們聚畢了晚筵，都先後辭去，立時冠帶裙釵都走出了府門。府門外興起車馳，又是一陣紛亂。內院華燈四照，十幾名僕役在這裏收拾殘肴剩酒，福晉夫人們就都歸到暖閣去休息了。還有幾位賓客未散，這就是幾位顯宦和九門提督正堂玉大人，一同在西房中。房中燃着幾枝紅燭，桌上擺着幾碗清茶，靠着楠木隔扇有兩架炭盆，為室中散出春天一般的暖氣。

鐵小貝勒坐在主位，先與幾位官員計議了一兩件朝中的事情，然後就談起閒話。先談京城的閒事，後來又談到前門外那些鏢行人，時常互相比武或聚眾毆鬥之事。那位玉正堂就非常憤恨，他撚着鬍子說：「那些東西真可惡！他們多半是盜賊出身，雖然保了鏢，走向正路，可是依然素行不改。我一定要督飭人時時監守他們，只要他們有了壞事，便一定抓來嚴辦！」

鐵小貝勒卻笑道：「也不能說鏢行盡是壞人，其中真有身負奇技、行為磊落的英雄。果若朝廷能用他們，他們也很可以建功立業！」說到這裏，突然想起了李慕白，心中不由觸動一種故人之思。默坐了一會兒，鐵小貝勒忽然說：「我有一個物件，大概你們諸位還沒看見過。」遂轉首向身旁侍立的得祿說：「你把那口寶劍取來！」

鐵小貝勒所藏的名劍雖多，可是如今得祿一聽，就曉得他要的是那口三年前在書房之內突然發現的斬銅斷鐵的寶劍。當卜他答應了一聲，就走出屋去。書房是在第三重院落內的西廊下，早先鐵小貝勒接待李慕白便是在這屋內，現在卻鎖得很嚴。裏面只藏着許多鐵小貝勒所喜愛的古玩、瓷器、書籍等等，寶劍就在那牆上掛着。

得祿身邊帶着鑰匙，叫一個小廝拿着燈，就開鎖進屋，由壁上摘下來寶劍。然後出屋，把劍交給小廝抱着，又去鎖門。正在鎖門之際，忽然由廊子的南邊跑來一人，很急地說：“什麼東西？是寶劍嗎？來！給咱看看！”說着便由小廝的手中將劍奪了過去。

得祿一看，這人是一朵蓮花劉泰保，就趕緊說：“貝勒爺等着叫客看呢！快拿來！”

劉泰保已將劍抽出了半截，只覺得寒光逼目，他就非常地驚訝，心說：這一定是一口真正的寶劍！剛要詳細把玩，卻被得祿給搶過去，拿到裏院去了。

鐵小貝勒將劍接到手中，先仔細地看了一番，便不禁露出笑意，遂命得祿捧劍輪流着送到幾位客人的眼前去觀閱。幾位客人多半是文官，本來對於寶劍這種東西沒有眼光，也沒有愛好，他們只是用手摸摸劍柄，都贊聲：“好！這一定是寶物。”

傳到那位正堂玉大人的眼前，玉大人卻接過來用手掂了一掂，又以指彈劍鋒，只聽嚐嘟嘟地響，如鼓琴之聲。玉大人就面露驚訝之色，就近燈燭，持劍反復地看了半天，說了聲：“啊呀！這口劍可以削銅斷鐵吧？”

說話間，鐵小貝勒微笑着離了座，轉頭一望，見紅木的架格上擺着一隻古銅的香爐，不太大，可是銅質又紅又亮。鐵小貝勒命得祿將香爐拿過來，放在幾上，下面墊上棉椅墊。這時眾官員一見小貝勒要試他的寶劍，就齊都立起身來。鐵小貝勒由玉大人的手中接過寶劍，將白綾的袖頭挽起，舉起劍來向下一揮，只聽鏘然一聲，立時將那隻很堅硬的古銅香爐劈成了兩半，下面的棉椅墊也被割了一條大口子。看的人齊都驚訝變色，嘖嘖地說：“劍真銳利！”鐵小貝勒卻微微露笑，又把劍交給玉大人，令他看劍鋒上有無一點兒損傷。

玉大人又就近燈燭詳細地看了半天，他喘着氣，把紅燭的火焰吹得亂動。看了半天，他才說：“毫無損傷，這真是世間罕有的名器！不知此劍有什麼名稱，是‘湛盧’還是‘巨闕’？”

鐵小貝勒搖頭說：“我也不知此劍的名稱。不過據我看，此劍鑄成之時，至少也在三百年以上。我是在無意之中得來的，在我手中已有三年，因為終日無暇，所以也不時常把玩此劍。”

旁邊有官員就說：“此時若再有個劍法好的人，讓他拿着這口劍到院中舞一舞，那才好看呢！”鐵小貝勒因這話不由又想起了李慕白，暗想：似那樣劍法高強、明書知禮、慷慨好義的少年，真是罕見！可惜因為他殺死了黃驥北，身負重案，竟永遠也不能出頭見人了。莽莽江湖，不知他現在漂流於何地！因此，鐵小貝勒又面帶愁容，感歎不止。

旁邊的幾位賓客因見主人不歡，便先後辭去，只留下那位提督正堂玉大人。他仍然就着燭光詳細把玩那口寶劍，蒼白鬍子都要被燈燭燒焦了。鐵小貝勒坐在遠處喝了一口茶，打了個哈欠，他這裏還沒放下寶劍。待了半天，他才戀戀不捨地將劍放在桌上，又向鐵小貝勒說：“卑職家中有劍譜二卷，書上把古來名劍的尺寸及辨別之點，全都說得很詳細。明天卑職把那兩卷書送來，請貝勒爺按劍對證一下，必可知此劍的名稱和鑄造的年代。據卑職觀察，此劍多半是‘青冥’，為三國時東吳孫權之故物。”

鐵小貝勒點頭說：“好！玉大人明天就把那兩本劍譜帶來，咱們考據一下！”玉大人連聲應“是”，告辭走了，鐵小貝勒便也回寢去休息。

這裏得祿已令小廝將那削成了兩半的古銅爐拿出屋去了。他又叫小廝執着燈，自己雙手托着寶劍，走回書房。才走到書房的門前，就見那裏黑乎乎地站着一個人，用燈光一照，才看出又是一朵蓮花劉泰保，原來他還在這兒等候着，並沒走開。

劉泰保迎面笑着說：“祿爺！現在可以叫我看看寶劍了吧？我在這兒等了半天啦！”說着，他就要伸手去拿。

得祿卻向後退了一步，說：“劉師傅，你怎麼不知道規矩？貝勒爺的東西，咱們怎能隨便亂動？”

劉泰保一聽這話，卻大大地不悅。他把嘴一撇，說：“看看又算什麼？又看不下一塊鐵來，你也太不知道交情！”

得祿說：“這不在乎什麼交情不交情。貝勒爺的東西，他叫收起來，我就趕緊收起來，不能叫別人胡瞧亂瞧！”說着，他就開了鎖，進屋又把寶劍掛在壁間。

一朵蓮花劉泰保在廊下氣哼哼地罵道：“奴才骨頭！”一頓腳轉身就走，嘴裏還嘰裏咕嚕地罵着。

劉泰保住的是在馬圈旁邊的兩間小屋，李長壽跟他在一舖炕上睡。今天忙了一天，得了許多賞錢，又喝了不少的酒，心中很是舒服，人也有點兒醉醺醺的，所以此時天才過了二鼓，李長壽已然躺在炕上沉沉睡去。他打着鼾聲，給屋中噴散出一股惡臭的酒氣。劉泰保又憤憤地罵了一聲，便也躺在炕上，蓋上棉被。可是他才躺了一會兒，忽然又滾身下了炕，拍拍胸脯，自言自語地說：“他們把那口劍寶貝似的藏起來，不許我看？我一朵蓮花倒要看一看，非看不可，拼出了腦袋我也要看！”於是，他開了屋門，就站在窗外，只見滿天的星斗一顆一顆的眨着眼睛，都跟小賊一樣。北風呼呼地吹着，天氣十分冷。牆外的更鼓敲了兩下便不敲了，仿佛是打更的人凍死了。這麼廣大的府邸，白晝是那樣的繁華熱鬧，現在卻是蕭條淒清。劉泰保就在窗外站立了半天，屋裏的一盞油燈都自己燒滅了。他疾忙進到屋內，將身上的那件老羊皮襖脫下來，往炕上一扔，正蓋在李長壽的頭上，李長壽卻還打着鼾聲沒醒。

劉泰保挽挽袖頭，把兩隻鞋脫下來，開門往屋外就走。一出屋子，他的腳步可就輕了。他慢慢地走着，轉過了前院，才一探頭，卻見那班房裏燈光輝煌，屋裏有許多人在壓着嗓子說話，大概是正在那裏賭錢。劉泰保趕緊縮頭回來，靠牆站立，心說：不行！這些人還都沒睡，西廊下一定還有人出來進去地走。我跑到書房裏偷偷去看寶劍，要被人看見了，拿賊辦我，那個罪過還了得！真要把我交到提督衙門，那個嫦娥的爸爸喊一聲“砍頭”，那我一朵蓮花吃飯的傢伙可就沒有啦！當下劉泰保只得回屋，又披上老羊皮襖，等待時間。

三更已然敲過，大概都快打四更了，劉泰保這才又推開皮襖出屋，悄悄往外走去。就見那下房的燈光已熄，大概那些賭錢的人賭興已盡，全都睡去了。劉泰保就放開了膽，一直往裏院去走，心說：把寶劍取到手中，先拿回屋裏看個夠。如若是個平常的玩意兒，我就還他，人不知鬼不覺；要真是一口好劍，真能斷鐵截銅，那我一朵蓮花就遠走高飛，拿着寶劍找李慕白鬥一鬥去！

當下他順着西廊一直走到書房前，伸着雙手就去摸鎖頭。不料手一觸到門上，他就嚇得幾乎驚叫起來，原來鎖頭早已沒有了，一定是早就被人擰開了，一定是有人進了屋。劉泰保立時飛身上房，毫無聲響。他本想要喊聲拿賊，可是又覺得那太洩氣：我劉泰保在鐵府教拳就是護院，護院就管拿賊，單騎捕盜，獨建奇功，我用得着毛嚷嚷嗎？於是他就從房上掀下兩片瓦，心想：先將賊人激出來，趁他不備，我一瓦就打暈他的頭，一瓦就叫他半死！

　　於是劉泰保就在房上站了個騎馬式，右手高高舉起瓦片，低着頭向下面說：“屋裏的朋友，出來見見面，別羞羞怯怯的！劉太爺不難為你，頂多打你兩個脖兒拐，叫你以後認得我一朵……”他的話還未說完，忽然覺得屁股上挨了一腳，就咕咚一聲整個摔下房去，手中的瓦也碎了，臉也摔得生疼。他氣得挺身立起，一頓腳又飛上房去，喊一聲：“好小子！”原來四顧無人。劉泰保也不敢再喊了，就躥房越脊往各處尋找了一番，依然沒有賊人的蹤影。他走回屋，穿上鞋，抄起了鋼刀，這才又跑到前院，大喊道：“有賊！有賊！”

　　立時下房裏的人全都驚醒。打更的人也聽見了喊聲，鐺鐺敲起鑼來。劉泰保又提刀上了房。少時，各房裏的僕人全都出來了，劉泰保就在房上大喊道：“剛才我出來撒尿，看見房上趴着個賊人，我回去取刀的工夫，他就跑了！你們快查看查看，哪間房裏短少了什麼東西？”

　　他這一嚷嚷，僕人都在院中紛紛亂找，點了十幾隻氣死風燈。有的人手中還提着腰刀，拿着鐵尺。這時街上的更夫也聽見了府內的警鑼之聲，亂敲起梆子來了。一霎時，巡街的官人便帶着十幾名捕役趕到。府裏卻出來那位值班的侍衛，吩咐大家不許亂嚷，以免驚了貝勒爺。說話時，得祿也由裏院走了出來，說：“別嚷嚷！別嚷嚷！爺已然驚醒了，問是什麼事兒。快查查！哪間屋子的門開了？”

　　於是，誰也不敢再大聲說話，就由巡街的官人在前，兩個侍衛和得祿帶領僕眾在後跟隨，劉泰保也手提單刀攙在裏面，把各個院落、房屋，甚至每一個牆角全都查到。結果是沒看見一個人影，沒丟一點東西，沒尋到一點痕跡，就單單是書房的鎖頭被人擰落，室中單單就少了那口“青冥”寶劍！

　　立時，得祿就皺了眉，轉頭一看劉泰保，就見劉泰保的那張臉兒真似一朵蓮花，又青又腫；腦門子都碰破了，流了血。他也發了呆了。得祿就着急地說：“這可怎麼辦？貝勒爺最喜愛那口寶劍，削銅截鐵！剛才貝勒爺還拿着叫幾位客看呢，提督正堂玉大人明天還要送劍譜來，考查考查那寶劍的名字呢！現在被賊偷了去，誰的命賠得起？”說話時又用眼盯着劉泰保。

　　劉泰保也覺出來了，這件事自己的嫌疑實在不小，遂就憤憤地說：“祿爺！你光着急也不頂用。你去回復貝勒爺，就說寶劍被賊偷去了，我劉某自告奮勇，願意去拿賊尋劍。給我十天的限，如果拿不到賊人，尋不回來寶劍，我一朵蓮花願意割腦袋！”

　　他說畢了這話，旁邊的人齊都向他看來，那兩個侍衛也全都面現怒色。本來說話的要是個僕人，早就要受申斥了，可是他究竟算是個教拳的師傅，侍衛不好意思說他什麼，就只惡狠狠地瞪了他一眼。劉泰保手提鋼刀憤恨着，仿佛丟失了那口寶劍，他的心裏比誰都難過。

　　當下侍衛先請官人們到外面去等候，他們進到裏面向貝勒爺去請示。這間失盜的書房裏支着一隻氣死風燈，兩個僕人在此看守。劉泰保告了會子奮勇，也沒人答言，侍衛、官人甚至於僕人們，都只懷疑地看着他，卻沒有一個人跟他談句話。他就非常悶悶不樂，出了書房，提着刀氣憤憤、懶洋洋地往外走去。

　　走到前院，見官人都進東邊班房裏喝茶去了，劉泰保就走到窗前，側耳向屋中去聽，就聽屋中人談話的聲音都是既低微又含糊，他不由越發起疑、生氣，心說：不用說了，這群王八蛋一定都疑惑寶劍是被我偷去了！他媽的，今天我拼出命去了，非得弄得水落石出，誣賴我一點兒都不行！

　　他提着刀在窗外站着，竟忘了天黑風寒，時間已至四鼓。待了一會兒，見得祿又帶領一個提着燈的小廝走出，劉泰保就迎上去，問道：“祿爺！怎麼樣？我的話你替我回上去了沒有？要叫我辦，明天我就着手訪查，不必再通知什麼提督衙門。”

　　得祿卻不耐煩聽，擺擺手說：“你別說啦！你就睡覺去吧！”說着就走進班房去了。

　　劉泰保冷笑了笑，站在窗外，又側耳向屋中去聽，就聽是得祿的聲音，說：“諸位請回去吧！貝勒爺說，失了一口劍是小事情，不願意深究！”劉泰保一聽，心中非常敬佩，暗想：鐵小貝勒這個人也太寬宏大量了！一口斷鐵截銅的寶劍硬被賊人盜走，他不但不心痛、不氣憤，反倒不願深究，這真是少有！早先他待李慕白不定是多麼好了。我來到這裏，他卻沒大理我，如今趁着這件事，我倒要顯一顯我的才能，把賊人捉獲，把他的寶劍追回。一來叫他賞識賞識；二來我不能便宜了那個賊，他白盜走一口寶劍，又白踹了我一腳；三來我把寶劍追回，小貝勒一高興就許賞給了我；四來我得賭這口氣，別叫得祿那些人永遠疑惑是叫我偷去了；五來……六來……越想精神越緊張，便決定明天就着手訪查。劉泰保回到屋中，那李長壽還打着沉重的鼾聲沒有醒。他倒在炕上拉過被，蓋上皮襖，單刀就放在身畔，睡了一個覺。

　　次日醒來，天色有六點多鐘，他就連臉也不洗，滾身下炕，披上老羊皮襖，腰裏藏着一把短刀，並帶上了幾吊零錢。今天一朵蓮花劉泰保要做偵探，他的精神特別大。出了府門，到了安定門大街，雖然寒風吹着他昨夜摔破了的臉，但他不怕疼，挺着胸脯，叉着腰兒，胳臂肘先在前開路，仿佛若有一句話不對，他就要舉手打人。

　　他走到了“西大院”。這西大院是北城的一個著名茶館。這種茶館不是單賣清茶，還賣炒菜、鹵面、烙餅等等。地面極寬，與大戲院差不多，足可以容下四五百人。每天早晨，北京城的一般遊手好閒的人，都要來此消遣、聚談。如今一朵蓮花劉泰保一進了這茶館，就覺得熱氣騰騰，臉跟耳朵全都十分舒服。他把老羊皮襖一脫，搭在左臂上，兩眼東瞧西望。欄杆上掛着許多鳥籠，全是各茶客攜來的，嘰嘰喳喳叫着，聲音很是雜亂。有許多人都站起身來，帶笑招呼他說：“劉爺！請這裏坐！今天來得早啊！”劉泰保也笑着向招呼他的人點頭，並說：“還早？快七點鐘了！”

　　這時有個人過來拖了他一把。他扭頭一看，原來這人是個禿頭，長得跟一隻癩犬一樣，穿着可是青綢小皮襖、青綢夾襖，抹着一臉的鼻煙。這個人是本街著名的土棍，外號叫“禿頭鷹”，平日吃寶局、打群架，無所不為，無人敢惹，可是他叫劉泰保打過，因此他佩服劉泰保，二人結成好友。當下劉泰保就說：“老禿！你拉我有什麼事兒？”禿頭鷹說：“你這兒來！我聽來一件新聞，打算告訴你。”劉泰保笑着說：“你還有什麼新聞？一定又是大姑娘養孩子的事兒！”

　　禿頭鷹把劉泰保拉到自己的座位旁，他就往一個蚰角的小碟裏倒了點兒鼻煙，往臉上抹着，又給劉泰保倒了一碗茶，探着頭問道：“昨天晚上，聽說你們府裏出了事兒？”他說話時的聲音極小，並且眼睛向旁處溜着。

　　劉泰保倒不禁吃了一驚，說：“啊呀！你這禿頭鷹的耳朵倒真長！”禿頭鷹趕緊使了個眼色，說：“小聲！”劉泰保回頭看看，只見遠處有兩個人，都穿着短衣，都很闊，正在那邊同別人談話。禿頭鷹就悄聲說：“那兩個人是張八、龐九，都是提督衙門的班頭，輕易也不來到這兒喝茶，今天大概也是為你們那件事！”

　　劉泰保一聽，卻不由得生氣，就故意大聲說：“這真是豈有此理！貝勒爺已經不願深究了，還用得着他們獻什麼殷勤？”

　　禿頭鷹趕緊把他揪了一下，說：“老劉，你這不是成心找麻煩嗎？”又悄聲些說：“昨晚的事雖然府中不願深究，可是衙門還吃不住。你想，昨天幸虧是府中只丟失了一口寶劍，倘若有人拿着寶劍進去，做出點兒事，那可怎麼好？因此今天各處官人都查得很嚴！”

　　劉泰保用拳頭一捶桌子，說：“他媽的！倘若有人敢說那件事有我的什麼嫌疑，我就割他的腦袋來！”

　　禿頭鷹更悄聲一些說：“不是假話！真有人疑惑是你！”

　　劉泰保立起身來，一把抓住禿頭鷹，瞪着眼睛說：“你告訴我，誰說來的？我立時找他去！”

　　禿頭鷹把他按着又落了座，就笑說：“別人沒疑惑你！只是我想，有你老哥在府中教拳，還能叫府裏失了盜，這於你老哥的名氣可不大好聽。我想你老哥今天應當出趟南城，到各客棧各鏢店裏去訪一訪，如若有什麼從外處來的江湖英雄，你就探聽探聽……”

　　劉泰保卻微微笑着，擺擺手說：“鏢行客棧裏別說英雄，連狗熊也准保沒有！我一朵蓮花絕不到他們那兒去瞎找。現在……”說到此處，他把聲音壓得極小，說：“我跟你打聽一件事兒，你可知道北京城新近來了父女二人，爸爸是耍流星……”

　　禿頭鷹接着說：“女兒是踏軟繩？”

　　劉泰保搖頭說：“女兒踏軟繩我倒沒瞧見。現在他們那父女還沒離開此地嗎？”

　　禿頭鷹笑着點頭說：“還沒離開，昨天在鼓樓西我還看了半天呢！這幾天他們常在那地方練，一天掙的錢不少。那個小姑娘模樣還不錯，腳兒更可愛，就是跑慣了江湖，肉皮兒太黑，要是多搽一點兒粉，也真值幾吊錢。你老哥打算怎麼樣？是想探一探嗎？”

　　劉泰保沒有言語，禿頭鷹卻又笑着說：“我勸你老哥千萬別費那事。那是江湖上的小玩意兒，別瞧他們能踏軟繩，要叫他們躥房越脊可就不行啦。常常有這種人到北京來求錢混飯。前年還有個二十來歲的小伙子帶着個十七八歲的媳婦，夫妻倆耍十二口刀，也在北京耍了有兩三個月，後悄沒聲兒地就走了。你要疑惑那爸爸跟女兒是飛賊，那你老哥可是自找着白費事兒！”

　　劉泰保搖搖頭，微笑着不言語，又喝了一碗茶。他就微笑，說：“老禿，多則十天，少則三日，我要叫你看看，我劉泰保不用官人幫助，要破這件案子！老禿你看看！”說話時，他解開胸懷，露出了他那像石頭一般的胸脯。只見肉皮上用針刺的有茶碗口大小的一朵蓮花，下面有荷葉托着。那荷葉卻不像是用針刺的，是一塊黑色的帶着皺紋的疤，像是拿燒紅了的鐵器烙的。

　　劉泰保就指了指，笑着說：“為什麼我叫一朵蓮花，你現在明白了吧？五年前，我在一個地方當過官差，捉拿過大響馬焦黑鼃，破過譚子山，曾單身探虎穴，叫賊人在我的身上留下過記號！烙的時候，我連眉也沒皺，後來傷好了，我瞧它像一個荷葉，頂好玩的，這才在上面刺了一朵蓮花！”

　　禿頭鷹發着怔，劉泰保卻扣好了紐子，就站起身來，又微笑着說：“我走了！事情我告訴你，你可別滿處給我宣揚。你一宣揚，把賊驚跑，我可要割下你的鼻子來，叫你聞不得鼻煙！”

　　禿頭鷹連連說：“不能！不能！我一定嘴嚴，走了風聲，劉爺找我，有什麼分派我的地方，只要有一句話，我一定效力！”

　　劉泰保微笑着，說：“少不了你！我這就跟打狐狸一樣，沒有你這條細狗哪兒成？”說着，劉泰保又扭頭向那邊的兩個提督衙門的官人看了看，他就嘴一撇，表示了一個輕視的態度，然後離座向外走去。許多茶客又都站起來向他恭維了幾句。

劉泰保出了茶館，先回到府裏去吃飯，然後換了一身青綢子的小棉褲襖，拿了兩串錢提在手裏，就又向府外走去。他一直到了鼓樓，此時不過正午才過，向一個擺小攤的打聽。據那擺小攤的人說，那耍流星錘的得過一點鐘才能來，這兩天都在西邊玉大人的門前耍。

劉泰保一聽“玉大人”三個字，心裏卻又疑惑，暗想：莫非是我猜錯了？那父女如果是盜劍的飛賊，他們如何敢在提督大人的宅門前賣藝呢？離了這個小攤，由鼓樓向西去走，眼看快要走到了德勝門，又轉回來。他見路北有不少家大宅第，可是不曉得哪座大門才是玉宅，心中不免又胡思亂想，暗道：若再能看見那位嫦娥一眼，才真算有緣呢！

來回走了兩趟，忽然迎面正遇見那賣藝的父女從西邊走來，劉泰保就注意地看他們。只見那個做父親的穿着一件很破舊的青布大棉襖，頭戴氈帽，手中提着賣藝的兵器，除了流星錘之外，還有一對花槍。這花槍十分特別，槍桿是鐵的，尺寸不太長，兩杆槍共有四個槍尖。這種東西名叫雙槍，劉泰保只記得《八大錘》那出戲中的陸文龍是耍的這種槍，但還沒見過練武的人有誰使用，當下他就十分驚愕。又見那女子今天換了一身紅，鞋也是紅的，纖腰間繫着一條白羅巾。頭上的兩個抓髻是又黑又亮，每邊插着一朵絹做的玫瑰花。臉上也脂粉薄塗，朱唇微點，耳邊還戴着一副鍍金的耳墜，手裏提着銅鑼和一盤粗繩，裊裊娜娜像一條小金魚似的隨着她的父親走。

劉泰保走過去了，又翻回頭來，就在後面緊緊地跟隨着這父女二人。往東走了不遠，來到一家大宅門前，這父女二人就止住了步。

劉泰保仰目一看，這大宅門是在一座高坡上。門前有八株大槐樹、十幾個拴馬樁，大門和車門前全都有上馬石。那大門是新髹的朱漆，上懸巨大的匾額，匾上是歌功頌德的幾個字。向裏一看，是雕磚的照壁，四周也是畫棟雕簷，十分豪華闊綽。劉泰保心說：這一定就是那玉大人的府第了！那個嫦娥就是在這裏住，這真是富埒王侯！也難怪那天我表兄抱怨我，在德家我跟那姑娘雖然是巧遇，可也實在是大不應當。再也別到德家去了！

此時玉宅裏有幾個穿得很闊的僕人都下了台階，都把色迷迷的眼睛盯住那姑娘看，笑着問：“來啦？”賣藝的人點頭微笑，說：“來啦！鳳凰不落無寶地，我們不敢說自己是鳳凰，不過是個老鵪鶉帶着個小鵪鶉，可也願挑選有寶的地方兒來走。今天我要練幾手‘流星趕月’，也叫我閨女練一套看家的本領，名叫‘喜鵲登枝倒銜花’！”說着把傢伙都扔在地下，回首向他的女兒說：“夥計，敲起鑼來！”立時行人駐足，連玉宅的僕人帶劉泰保，圍了半個圈子。

那女子扔下繩子，挽了挽紅衣的瘦袖，就鐺鐺鐺敲響了銅鑼。賣藝的人脫去了上衣，向四下一抱拳，然後說：“父女逃難到京城！”女兒敲鑼答道：“京城真是好京城！”賣藝的人又說：“各路財神都在此！”女兒敲鑼答道：“八仙慶壽笑哼哼！”賣藝的人假做出發怔的神氣，問道：“八仙慶壽是應當笑騰騰，你怎會就是笑哼哼呢？”女兒收住鑼聲笑着答道：“因為鐵拐李的腿疼，何仙姑的肚子又疼，所以說是笑哼哼。”賣藝的人說：“為什麼何仙姑的肚子會疼呢？莫非吃蟠桃吃得太多了？”女兒搖頭說：“不是！”臉上微微現出些紅暈，媚笑了笑說：“因為何仙姑她要生小孩！”這樣一說，把大家全都逗笑了。

　　劉泰保卻繃着臉兒，納着悶兒，心說：厲害！看這樣子，這女兒不單是賣藝，還許是賣身；不單是個賊，還許是個娼妓。此時那賣藝的人已然舞起了流星，那女兒在旁一面敲鑼，一面還閉着嘴飛起了媚眼，向那幾個玉宅的僕人去掠。那幾個僕人都笑着，直着眼，不去看流星，卻專看那女兒的粉面。

　　少時，賣藝的人就收住了流星，又抱拳說：“我耍的流星大概諸位全都瞧得膩煩了，現在還是叫我的閨女來踏軟繩吧！”說着，就把那根粗繩子繫在兩杆槍上，然後將兩杆槍插在地下，就成了個軟繩的架子。這賣藝的人由他女兒手中接過了銅鑼，鐺鐺鐺敲了幾下。那女兒就踢腳伸拳，打了幾個姿勢，是“柳穿魚”“連枝箭”“金剛跌”，個個姿勢都非常利落。劉泰保看了越發不住地驚異。又聽賣藝的人敲鑼說道：“八仙慶壽笑騰騰，蟠桃會時顯奇能，果老騎驢繩上走……”那女兒聽了這句話，立時腰肢一撐，如同蝴蝶一般，翩然踏上了軟繩。雙腳靈巧地在繩上行走，雙手腕又在腰上，裊裊娜娜如楊柳迎風。旁觀的人都齊聲叫好。

　　劉泰保尤為驚訝，因為自己在江湖上雖曾看見過幾個繩妓，但她們踏軟繩全是手中有東西，或是拿着兩頭重的一根竿子，或是手裏提着兩個沉重的東西，像如今這女子徒手在繩上跳躍，自己還是初次看見，於是眼睛也發直了。

　　賣藝的人又敲鑼說道：“湘子吹笛真可聽！”女兒在繩上蹲着行走，雙手做吹笛之狀。賣藝的人又敲了一下鑼，說：“采和的花籃獻祥瑞！”女兒突然一翻身，手向上，頭向下，在繩上連走幾步。劉泰保也不禁叫道：“好啊！”鐺鐺敲着鑼，賣藝的人又說：“鐵拐李的葫蘆顯威風！”接着，鑼聲緊，賣藝的人口中連珠一般地唸道：“曹國舅的鼓板叮叮響，漢鍾離的扇子呼呼風，呂洞賓把蓮花采了一朵，……”他的女兒在繩上站立，說道：“錯了，呂洞賓是使寶劍，蓮花卻是何仙姑的。”賣藝的人說：“他們二位神仙都把自己的玩意兒玩膩啦。現在換着使用啦！”緊敲着銅鑼，說：“何仙姑的寶劍逗英雄。只見她，鷂子翻身鷹展翅，仙人照掌虎撲胸，剪腕點範雙架筆……”只見那女兒隨着鑼聲口令，就輕轉纖腰，頻揮玉手，宛轉如飛燕，急快似流鶯，在繩子上打了一套絕妙的拳法。最後賣藝的人把鑼使力地敲了一下，隨手按住了鑼音，又說：“金盤落月並無聲！”那女兒翩然而下，雙腳落地，真是一點兒聲音也沒有。

　　圍觀的人齊都連聲叫好，這父女就拱手求錢。劉泰保就把手中的一串錢向場子裏一抖，嘩啦嘩啦灑了滿地。不單那賣藝的父女齊向劉泰保來望，就是旁邊的人也都轉頭看這位“闊大爺”。劉泰保卻高揚着臉兒，表現出一種閒散全不在意的神氣。旁邊的人也都扔了幾個錢，賣藝的人作揖稱謝，然後撿起錢來又練。這賣藝的人又耍起了流星，那幾個玉宅的僕人卻都回頭看了看，大概是看見了管轄着他們的人，就一齊都回去了。可是這裏圍觀的人仍然不少，那父女練得都很高興。

　　又待了一會兒，忽然有兩個官人手搖着皮鞭把閒人驅散，劉泰保也躲到南牆角。賣藝的父女撿起傢伙來就跑，兩個官人還拿着鞭子追趕。劉泰保看着不平，就趕緊走過去攔阻，說：“他們賣藝求錢也不容易，你二位老爺何必要把他們趕走？”那兩個官人把劉泰保打量了一番，其中的一個就帶着氣問說：“你是幹什麼的？”劉泰保說：“我是鐵貝勒府中的教拳師傅，姓劉，今天也是來這兒看看玩意兒。”

　　兩個官人一聽，這才都轉為笑臉。一個就說：“劉爺你不知道，我們哥兒倆是提督衙門的，這路北的大門就是玉大人的宅子。玉大人辦事最嚴，好清靜，連賣零食的人都不許在門前喊叫，這賣藝的傢伙卻帶着他的女兒整天在宅門口敲鑼亂吵。前天宅裏姑娘又出來瞧了瞧他們，他們就更得意了，索性天天來啦！在宅門口招這一群閒人，這算怎麼回事兒呀？提督大人今天心裏又正不痛快！”

　　劉泰保笑着說：“算了！算了！把他們趕跑也就是了，不必再追他們啦！”說着向那兩個官人點點頭，就往東走去。

　　此時那賣藝的人提着雙槍和流星，他那女兒拿着繩子跟銅鑼，往東隨跑着隨回頭來望，有一群人還跟隨着他們，劉泰保也趕上了。就到鼓樓後的一片廣場，又圍了一個圈子，這父女又練起了流星跟軟繩來了。他們父女是練一會兒，歇一會兒，再練一會兒，圍着看的人是這個走了那個又來，不過是走的少來的多，所以越來越顯着人稠密。

　　劉泰保看了多半天，便在附近找了個小飯館，喝了幾盅酒，吃了兩碗面。他心裏尋思着：那賣藝的父女倆，他們要不是賊，我敢輸腦袋！有那麼靈巧的腰腿，精熟的武藝，他們能安分賣藝不偷盜？天下沒有這麼癡的人。說不定昨夜把我端下房去的，就是那耍流星的傢伙，斬銅截鐵的寶劍一定在他們的手中。他們在玉宅的門前練把戲，一定就是為探道，也是預備到玉宅裏去偷！他扔下酒飯錢，又擠進了場子。就見那女兒站在軟繩上跳躍着，舞起了流星，比她的父親舞得還好。旁邊的人沒有一個不吃驚不發癡。

　　劉泰保看了一會兒，把手中的錢都扔完了，便又擠出去，躲到一邊等着。直等到天色晚了，那父女才收了場子，觀眾也都散去。那父女提着他們賣藝的傢伙就走了，劉泰保卻在後面跟隨着。那父女是往西走，晚霞正映照着那女子的紅衣褲和頭上的紅花。父女二人都像很疲乏的樣子，慢慢地走，劉泰保也就在後面有二十步之外慢慢地跟隨。走的是鼓樓西大街，經過玉宅門前之時，那賣藝的人又往坡上看了一眼。劉泰保在後面卻不住暗中冷笑着。

　　一直往西，過了德勝橋，還往西，眼前就展現出一片嚴冬的風景。只見一個七八頃寬闊的大湖，湖水都結成了堅冰。湖邊扶疏地有幾十株古柳，柳絲在這時是也看不見一條了，只有歪斜的枝幹，在寒風之中顫抖。在湖心偏西有亂石疊成的一座山，就仿佛是一座島似的。上面樹木叢生，並有紅牆掩映，裏面有一座廟宇。湖的四周都是房屋。有的是雕梁畫棟的樓房，似是富貴人家的別墅；有的卻是蓬門土屋，是極貧窮的人家。地曠人稀，天色已晚，從城牆那邊吹來的風分外寒冷。暮鴉在枯枝上亂噪着。劉泰保夏天曾來過此地，他曉得這是北京的名勝，文墨人叫它“淨葉湖”，俗名兒叫作“積水潭”。

　　此時那賣藝的人是順着東岸往北走着，他的女兒在後跟隨，劉泰保又跟在那女兒的後邊。前面賣藝的人並未注意，那女兒卻走到一株枯柳樹的旁邊，忽然纖腰一轉，回過頭來，把她明媚的兩隻小眼睛向劉泰保一盯，又嫣然一笑，鑼跟繩子都放在一隻手內，另一隻手掠起了腰下垂着的白綢汗巾，耍了個花兒，又一笑，媚眼兒亂轉，然後轉身顛跑了幾步，就跟上了她的父親。劉泰保心說：啊呀！這是向我調情呀！小娘兒們你別跟劉大爺耍這花樣，劉大爺是鐵羅漢，不受你這狐狸精的迷惑！

　　又往前走了不遠，路北就有一座破爛房子，屋頂是用稻草跟泥灰蓋的，院牆是用碎磚頭浮壘成的，街門只是荊棘縶成的，這人家一定很窮寒。賣藝的人就推門進去了，那女兒臨進去之時，又回首向劉泰保笑了一笑，輕佻地耍了耍汗巾，這才進去。劉泰保也向那女兒一笑，心裏卻說：小妹子！我在這兒等着你，你快把寶劍送出來吧！

　　那父女都回家去了，劉泰保卻仍在湖邊閑走。天際的紅霞已紛紛下落，四周遭都漸漸發黑了。劉泰保剛才喝的那幾盅酒的酒力也都消散，身上覺得很冷，便一聳身跳到冰上，打算溜幾下冰，溜完了到德勝橋找個小舖喝幾盅酒，卻再想主意。不想才溜了兩下，他就啪嚓一聲，在冰上摔了個大馬趴。此時卻聽岸上有女子咯咯地一陣笑。劉泰保挺身而起，一聳身又跳到岸上，仔細一看，笑的人正是那賣藝的女子。劉泰保上前一把將她抓住，說：「小妹子，你還笑我？今天我賞了你多少錢？若不是虧了我，那提督衙門的人趕上你，至少也要在你這嫩肉上抽幾鞭子！」

女子卻笑着說：「你別拉我！留心把碗打了！」

劉泰保低頭一看，才見女子的手中有一隻粗碗，就問說：「你要買什麼去？」

那女子笑着說：「我到橋邊去打醬油，回來好做晚飯。吃完晚飯我爸爸要到茶館聽評書，那時候大爺你可以去找我。」

劉泰保笑着說：「真的嗎？」

女子說：「我冤你做什麼？今天我一見你。就知道你是個做官的，又有錢，又愛做好事。」

劉泰保放了手，又拍拍女子的肩膀，笑着說：「你捧我啦！你快買醬油快回去做飯，快叫你爸爸去聽書。不到八點我准找你去，咱們拍手為記。」

那女子笑着點頭說：「好吧！你先回家吃點兒草料去吧！」說着她順着湖岸往南跑去了，一邊跑一邊還回頭咯咯地笑。劉泰保的心裏不禁起了點兒異樣的感覺，仿佛魂都消了。

站在這裏受了半天寒風，忽然見由南邊又來了一條黑影，迎近一看，正是那女子買了醬油回來了。劉泰保就笑着說：「小妹子你先別走，我要問你句話，你姓什麼？」他伸手去抓，那女子卻向一旁去躲，真如流鶯穿柳一般，嗖的一聲就躲開跑過去了。劉泰保趕緊去追，那女子咯咯地笑着，跑得極快，一霎時就進了那荊扉，跑回家去了。劉泰保追到門前，隔着破牆往裏去看，就見院裏東屋有很明亮的燈光，可聽不見人的說話聲。他便笑了一笑，轉身走去。唱了二簧，搖搖擺擺地到了德勝橋。摸摸裏衣還有兩張錢莊的票子，他就進了一家小酒館，要了一壺白乾，藉以消磨時間，心裏卻忘不了那黑黑的一點也不難看的臉兒，明媚的眼睛，嬌癡的一笑，雙抓髻，紅衣褲、小紅鞋、白汗巾，玲瓏的身子還會飛。由此又想到了那口斬銅截鐵的寶劍，心中驕傲地想：一定能成功，不但寶劍追回，還得交上一場桃花運。

一壺酒他喝了多半天，這時差不多就有八點鐘了，劉泰保心說是時候了，遂就給了酒錢，出了門。迎面的北風一吹，他那微薄的酒力就湧了上來，覺着身子有點兒飄飄然的。他就仿佛懷着新郎將要入洞房時的那種心情，可是又極力自制着，暗道：我可別忘了，今天我來是為探案，不是要找什麼風流的便宜！否則不單賊捉不着，寶劍覓不回來，還許壞了我一朵蓮花的名頭！

當下他搖搖擺擺地又來到了積水潭邊，順着湖邊往北走去，遠遠地就望見了那座破爛房子，有點兒燈光從磚頭壘成的牆縫兒濾過來。可是一閃就過去了，劉泰保心說：怎麼那姑娘是拿着燈上茅房去啦？不然就是在院子裏捉蟋蟀？可是這時候又哪兒來的蟋蟀呀？

他邁腿跑了幾步，少時就來到了那破房子前，扒着洞往裏看了看。裏面的東屋窗上有隱隱的燈光，可是聽不見裏邊有人說話。劉泰保就啪啪鼓了兩下手掌，然後退後了兩步，又「啪啪」鼓了兩下。這裏夜靜地曠，拍手的響聲很是清脆，院裏只要是有人，不會聽不見的；可是劉泰保看了半天，那荊棘的門戶卻不見啟開。劉泰保就不由「啪啪啪」連聲又拍了幾下手，等了一會兒，依然是芳蹤杳然。他心說：

好丫頭，你可別騙劉老爺呀！於是“啪啪……”連氣拍起手來，並且非常有節奏，嘴裏並唱着：“嘩啦啦又把門兒開，開門一看原來是張秀才，張秀才……”

忽然啪的一聲，也不知是從哪兒飛來的一塊小磚頭，正正打在劉泰保的後腦瓢兒上。劉泰保嚇了一跳，也不再往下唱了，回頭向四下尋覓，卻聽在一株大柳樹的後邊有女子的咯咯笑聲。劉泰保就說：“好丫頭，你敢戲耍我！”

追到柳樹後，卻見那女子收住了笑聲，不住地頓腳抱怨，說：“你可唱什麼呀？我爸爸才走，院子裏還有街坊呢！叫人家聽見了算是怎麼回事呀？”

劉泰保說：“誰叫我拍了手你不應聲呢，你不應聲我就唱。”

那女子嬌聲笑了笑，又說：“拍手只准拍一下，你連氣兒地拍，多討厭！聽見了我也不能理你。”

劉泰保也笑了，摸摸後腦瓢兒，說：“你這一磚頭真打得不輕，都鼓起來一個疙瘩了！也就幸虧是你打的我，換一個別人，劉太爺能饒他？”

女子笑着說：“哎呀，劉太爺！真的，我還沒問你姓什麼呢？劉太爺你在哪個衙門裏當差呀？”

劉泰保說：“先別問我。我得先問你姓什麼？有名字沒有？”

女子笑了一聲，仿佛是低頭思量了一會兒，才帶點兒羞澀地說：“我叫蔡湘妹！”

劉泰保說：“好名字！‘湘妹’叫出來有多麼嬌嫩呢！你爸爸名叫什麼？告訴了我，以後我好請教！”

蔡湘妹說：“我爸爸他沒有名字，人家就叫他蔡九。”劉泰保又問：“蔡九爺出去聽評書去了嗎？”

湘妹笑着說：“他不出去，我怎會出門來等你？”

劉泰保點頭說：“好啦，那麼外邊太冷，咱們到你家裏談談去好不好？”湘妹點頭說：“好！慢慢！你跟着我可別大聲兒，小心被我們街坊聽見！”

劉泰保說：“街坊還能管得着你往家裏讓朋友？”

說着湘妹在前邊快跑着，劉泰保在後跟隨。到了門前，湘妹就把那荊棘的門扉推開了一道縫兒，她一側身就進去了，進去卻又推住門。劉泰保笑着，也側身進去。不料門上的樹枝子就掛住了他的衣裳，“嗤”的一聲劃破了一塊。劉泰保便低聲罵道：“你家這個門真缺德！”

湘妹暗笑着，陪着劉泰保進到東房裏。劉泰保進屋一看，這屋中是亂七八糟，靠南牆是半屋子爛紙，都是像窮人由街上拾來的，裏邊大概什麼髒紙都有。靠東牆是一張破桌，大概用手一推就得塌架，上面放着粗碗粗筷子。桌底下是一隻木桶、一隻木臉盆，盆裏的水已凍着很厚的冰。屋裏很冷，四壁全都透風，當中一隻破白泥爐子，裏面有幾個煤球，像是都快滅了。窗台上有一盞清油燈，燈裏用的是紙撚，光焰一跳一跳的，大概油都快燒完了。北牆一舖土炕，炕上有一領蘆席，席上放着雙槍、流星、軟繩、銅鑼等幾件他們用以謀生的傢伙；另外還有兩份舖蓋、一隻木箱。那隻木箱雖然不大，而且很舊，可是鎖得很嚴，劉泰保不由對之非常注意。另外還有點東西，就是個鞋底，上邊還連着針線，是沒有納完。

劉泰保說：“真冷！你們這屋裏怎會這麼冷？一天掙那麼些個錢，可不生個旺火？也不把牆裱糊嚴了！”

　　蔡湘妹說：“掙多少錢呀？也就是這兩天的買賣還好。前些日，有時一整天連五百錢也掙不來。原來北京城的人更吝嗇，淨是白看玩意兒的，等到我們練完了作揖求錢的時候，他們可一轉身走了，白叫我們苦人流了半天汗。這房子是我們租的，買賣要是不好，過幾天就得離開北京，再到別處謀生去。誰像你們大老爺，一間小屋能生七八個旺火爐，才一進我們的屋裏來，就挑剔說嫌冷。嫌冷？你給我們叫幾百斤煤來！”她伶牙俐齒，半笑半嗔地說了這一番話，仿佛跟劉泰保一點兒也不生疏。

　　劉泰保不禁有些銷魂，笑着說：“好吧！明天我給你們叫二百斤煤來，不但煤，連面、燈油我都可以供給你們。”

　　湘妹笑着說：“那可好啦！我們算是遇見財神爺啦，我們也不必再在街上敲鑼賣藝了！”說着她把火爐又添了幾個煤球，然後就盤腿坐在炕頭上，拿起那小鞋底兒來低頭納着。又問說：“劉太爺，你的大名是怎麼稱呼呀？在哪個衙門裏當差呀？”

　　劉泰保說：“你可別叫我劉太爺，我姓劉行二。”

　　湘妹說：“劉二爺就是了。”

　　劉泰保說：“稱不起爺，我上不在衙門當差，下不在街頭討飯，平日就是無家無業，遊手好閒。可是銀錢隨手去，也隨手來。沒有高親貴友，可是到處有人幫忙。”

　　湘妹抬起頭來問說：“你到底是個幹什麼的呀？”

　　劉泰保說：“我呀，說出來你也許不明白，恭維我們的人稱我們是好漢、光棍；不恭維我們的人，叫我們是混混、無賴，俗名叫作地痞，官名叫作流氓！”

　　湘妹一聽，抬眼看了劉泰保一下，便不再言語了，神情上顯出來一種失望的樣子。

　　劉泰保見燈光在窗上映出她的俏影，抓髻上的兩朵玫瑰花顫顫巍巍的影子，前邊留着劉海髮，尤為動人。兩隻手兒，一手拿着鞋底，一手拿着針線，一起一落的，那手指仿佛撩動着誰的春心。一身紅，盤膝坐着，腰間垂下的白羅巾故意掩住了一雙紅鞋。

　　劉泰保笑着，也坐在炕上，離湘妹不遠，他就說：“可是你別看不起我。我劉二雖然是個混混，可是在京城也有些名頭，順天府、都察院、提督衙門，連上帶下沒有一個不認識我的。都察御史、提督正堂、文武官員，沒有一個不跟我稱兄喚弟！”

　　蔡湘妹嫣然一笑說：“你就別吹啦，我早就瞧出來你不是個無來由的。今天提督衙門的那兩個官人，要追住我們拿鞭子抽，你上前兩三句話就把他們給攔住了，我還瞧見他們衝着你笑呢！正經，我們求你一件事……你認得玉大人嗎？認得玉大人府中的大總管也行。”

　　劉泰保聽了，不禁覺得奇怪，遂就說：“玉大人是我的老朋友，他坐在轎子裏不理我，可是我給他拜年，他親手攙扶叫我老弟。現在九城的地面是他管着，可是沒有我幫忙也不行。無論哪一省的大案賊混進了北京，我說拿就拿，說放就放。有我，流氓們不敢在街上滋事，因為他們都是我手下的；沒有我，縱使他有五百班頭、七千捕快，也是不中用。你打算求我辦什麼事？快說吧！”

　　蔡湘妹默然了一會兒，就說：“也沒有什麼難辦的事，就是我們想多掙些錢。我們父女是甘肅省的人，在家裏種莊稼，本來很好，可是去年黃河發了大水，水過了房頂兒，把我娘給淹死了。我們父女幸虧是腰腿靈便，躲到樹上才沒被水給淹死。可是水退了之後，我們的莊稼也全都完了，沒得吃，沒得穿，也沒得住。沒有法子，幸虧我爸爸還會耍點玩意兒，又教給我踏軟繩。”

　　劉泰保趕緊插話問說：“你學了一年多就會踏軟繩啦？”

　　蔡湘妹說：“可不是，那還有什麼難練的？只要腰腿靈便，就容易學，那不像是讀書寫字，得下十年的寒窗苦功夫。”劉泰保就點了點頭。

　　蔡湘妹又說：“我學會了這點兒能耐，就跟着我爸爸漂流四方，走過山西、陝西、河南、直隸，上半月才來到北京。我們賣藝吃飯，可是有時連飯也吃不飽。幸虧是前兩天，在玉大人府門前賣藝，玉大人的小姐出來看了半天，賞了我五兩銀子，還問我十幾，我說十六歲。我瞧玉小姐很喜歡我，我也愛玉小姐，她長得有多好呀！我想要自賣自身，到她府裏去當個丫鬟！”

　　劉泰保吃了一驚，趕緊笑了笑說：“踏軟繩有多麼自由，山南海北隨意去。給人家當丫鬟，那苦極了，真比牛馬還不如。你別看她們穿的衣裳好，可沒有你舒服！”

　　蔡湘妹搖搖頭，顯出感傷的樣子，說：“不！我可願意穿好衣裳，住那高樓大廈，這麼受一輩子窮，我真不願意！再說我跟着我爸爸，也是個累贅，要沒有我，我爸爸早就投營效力去了，現在也許都做了武官。所以我想托個人，叫我賣身到玉大人的府裏去，頂好是叫我去伺候那位玉小姐。這事先別跟我爸爸去說，等事情辦到了，他一定也就願意了，他放心了我，就可以自奔前程去了！”

　　劉泰保聽了，略略發怔，想了一會兒，就點頭笑着說：“這件事容易辦，要到玉宅裏當個丫鬟，我一句話就行。可是你別忙，等一半天我見着正堂大人跟他去說，叫他把你收到宅裏。雖然使用着，可別當奴僕看待，一定行！”

　　蔡湘妹笑了笑說：“那敢則好！那我可就跳出來啦！這樣走一輩子江湖，跟我爸爸賣一輩子藝，怎是個下場頭呢？”

　　劉泰保笑着說：“其實你要急着找個安身立命的所在，也不必要去當丫鬟。你看我今年才三十二，也不算老，我家裏也沒有媳婦，可以跟你爸爸說，叫你嫁給我，吃喝穿戴管保比在玉宅當丫鬟都好。”

　　蔡湘妹卻拿那隻鞋底打了劉泰保的腦門一下，臉通紅着，笑着說：“你不是好人！你要存着這個心，你就快走吧！”

　　劉泰保笑着說：“我說的也是實話，難道你去當一輩子丫鬟，就不想嫁人啦？”

　　蔡湘妹嬌媚地笑着，搖頭說：“我不想那事，我還小呢……”說着，把眼睛抬起來，又掠了劉泰保一下，就羞澀地說：“這時要叫我做新媳婦，我爸爸一定要生氣，可是他要知道我到玉宅去做丫鬟，他又一定喜歡。你等着，我在玉宅住個一年半載之後，那時你再接我出來。”

　　劉泰保說：“我跟玉正堂是朋友，要由他宅中接出個丫鬟來，至多了也就做我的妾，要做正太太可就太丟我的人啦！”

　　蔡湘妹說：“什麼妾不妾，我倒不在乎，得啦！你就快走吧！一會兒我爸爸就許回來，他要瞧見我跟你說話，一定得打死我。你快走吧！快點兒給我去辦。明天晚上來時，記住了，拍一下巴掌我就聽見啦，別在門兒口唱戲。快走！快走！明天見！”

　　劉泰保還笑着不想走開；湘妹就下了炕，用雙手推他，一邊兒推一邊兒嬌笑。劉泰保又向炕上的那隻木頭箱子盯了一眼，就笑着，被推出了屋去。湘妹在屋裏，一手關門，還向外面悄悄地嬌聲說：「記住了！快去給我辦！能叫我在玉宅裏住半年就行，出來，我就是你的人！」

　　一陣風吹來，劉泰保覺得腦後磚頭打的那個地方很痛，就冷冷地笑着，向屋裏說：「好吧！我走啦，明天我還來。我還想給你打兩件首飾，因為你到玉宅去做丫鬟，也跟出一回閣差不多，也得有幾件奩妝，不然旁的丫鬟可就瞧不起了！」

　　屋裏沒有言語，門關上了，窗上的燈光照出蔡湘妹的俏影。玫瑰花兒顫動着，嗤嗤地發出輕微的納鞋底拉線之聲。劉泰保又不由一陣銷魂，但他轉身就走，自己小心地開了荆扉，走出門去，卻見湖邊的寒風甚緊，天色漆黑，星星一顆顆地在天空跳躍。酒意已失，剛才被湘妹弄得那陣昏頭昏腦的勁兒也過去了。此時身上就是有些冷，但頭腦卻非常地清楚。他往東走着，就想：可怕！蔡湘妹要想到玉宅去做丫鬟，她不定是懷着什麼心，小者她是想偷盜玉宅的什麼貴重東西，大者就許於玉正堂大有不利。那丫頭絕不是平常的人，她要不是瞧着我今天跟衙門裏的那兩個人說話，她也不能跟我調情。總之，她一定是另有貪圖，打算耍我這傻大腦袋。好！明天咱倆再說！他一邊想一邊走。

　　這時天色才不過二鼓，大街上的買賣還有幾家尚未關門上板。回到安定門內，剛走到貝勒府，見門前的大門已然關閉了。門前很黑，劉泰保將要上前去打門，忽然看見左邊的大石頭塊子的後邊，有個很矮的黑乎乎的人影。他就像個鷂子似的一聳身跳了過去，把那黑東西抓住。原來是個要飯的小孩兒，手裏還抱着個火盆，火盆啪的一聲掉在地下摔了個粉碎。小乞丐叫了聲：「爺爺！」

　　劉泰保罵道：「你這小子！黑乎乎的跑到這兒來蹲着，是存着什麼心呀？」

　　小乞丐說：「是酒館的一位大爺叫我給貝勒爺送一封信。」

　　劉泰保驚訝地說：「什麼？信？拿來先給我看！」他由小乞丐的手中接過來一個小小信封，可是這時四邊沒有燈，地下的兩塊碎炭也都快滅了，看不清楚信上寫的是什麼字，趕緊又問說：「是什麼人叫你給送來的？」

　　小乞丐說：「是一位年輕的大爺。他在酒館裏喝酒，我在酒館外要飯，他出來就把我揪到一邊，叫我送這封信，給了我一塊銀子。可是我來到這兒，府門就關上了！」

　　劉泰保說：「哈！送一封信就給一塊銀子，你這小子倒真發了大財。快告訴我，叫你送信的那個人走了沒有？」

　　小乞丐說：「給了我銀子跟信，他就往南去了。」劉泰保問說：「那人是穿什麼衣裳？」

　　小乞丐說：「穿黑衣裳。」

　　劉泰保又問：「戴什麼帽子？」小乞丐說：「戴黑皮帽子。」

　　劉泰保再問：「身材有多麼高？說話是哪省的口音？」小乞丐說：「身材不矮，說本地話。」

　　劉泰保一怔，又問：「是瘦是胖？臉兒是黑是白？」小乞丐說：「不瘦不胖，臉兒也不黑不白。」

　　劉泰保便抬腳罵道：「快滾開！」小乞丐在地下滾了一個滾，就跑了。劉泰保把信揣在懷內，就上前打門。打了半天，府門還是沒開，旁邊的車門卻響了。劉泰保趕緊走到車門前，就見裏邊開門的是本府的兩個僕役，身後還有四個官人，有人提着一隻大燈籠。官人抽出腰刀來怒聲問道："你是幹什麼的？半夜裏敢來叩打府門？拿下！"

卻有本府的僕人說："這是本府的教拳師傅。"遂又問說："劉爺！你怎麼這時候才回來？你不知道這兩天府裏緊嗎？玉大人現在還在這裏呢！"

劉泰保微笑着說："我不知道，我出去跟朋友談了會子閑天，沒想到就忘了時候了。麻煩眾位，對不起！"

四個官人的聲氣也都改為緩和了，有一個就說："這幾天府裏既有事，你還是晚上少出門！"

劉泰保連聲答應說："以後再也不出去了。"

當下他進了車門，門隨之咣當一聲關上了。出了車房就是馬圈，今天圈裏的馬匹特別多，劉泰保猜出來，玉正堂來了，一定帶來了不少的官人。他心說：這叫作賊走了關門，有什麼用？還不如我一朵蓮花，頭一天就探出了線索，在蔡湘妹那裏入進了腿。如今又得來這一封信，一定也與昨天那件事有關。

劉泰保走進了小屋內，正好李長壽沒在屋，燈又很亮，火也很暖。他就先將屋門關上，然後掏出那封信來。就見封皮上寫着"呈交貝勒鐵公"，是方頭方腦兒的隸體字。拆開信一看，原來信箋只有半張，是很貴重的"朱絲欄"信箋，字也是十分整齊的隸體，寫着：

字呈鐵公：寶劍為鄙人取去，暫借一用，約五年後，必可璧還。今聞爵座不欲深究，感戴至極，鄙人本為……

以下的半張仿佛已經寫好，覺得不妥，又給撕去了。

劉泰保看了，不禁呆呆地發怔，心中十分煩惱，把這半張信箋收在信封裏，又揣在貼身的小褂口袋裏，把屋門開開。他卻急得在滿屋子裏亂轉，心說：不對！憑蔡湘妹跟她爸爸，還會寫隸字？這盜劍的一定是另一個人。今天白費了半天事，雖然也占了點兒小便宜，可是腦後也挨了一磚頭。這件事兒我弄錯了，與蔡家父女無關，由明天起，我還得重新去找線索！

他在屋中轉了半天，便躺到炕上去睡，腦裏卻還在思索着這件事。感覺到是一片茫茫，無從下手。心裏又想着蔡湘妹，他真有點兒睡不着覺。待了半天，李長壽回屋來了，推了他一下，說："劉爺，你這麼早就睡？不賭一下去嗎？今兒班房裏可真熱鬧，光是提督衙門來的人就有二十多個，兩份牌九，一份骰子。"劉泰保假裝睡覺，沒有言語。李長壽就由他的個小木匣子裏取出些錢來，又跑出去撈本兒去了，少時劉泰保就真睡着了。到了次日起來，還有點發怔，到西大院跟禿頭鷹又談了半天，仍然是感覺到毫無線索可尋。他就在西大院吃過了午飯，又到前門外煤市街全興鏢局，去找他的表兄神槍楊健堂。

此時楊健堂正在家，一見了他的面，就說："我正要找你去呢！"遂把他拉到櫃房裏，屏去了眾人，就向他問說："你做的那是什麼事呀？"

劉泰保發着怔說："哎呀大哥，我做了什麼事啦？你這麼大驚小怪的！"楊健堂說："反正你自己明白，別跟我裝癡！"劉泰保就不由有些生氣。

楊健堂又說："前天夜裏，你們府裏丟失了寶劍，現在鬧得九城無人不知，提督衙門派了許多官差，在各處捉拿盜劍的賊人。你知道那寶劍的來歷嗎？那是李慕白送給鐵小貝勒的，李慕白若是在九華山得了此信，他也一定要下山來為鐵小貝勒尋劍，他的武藝你惹得了？”

劉泰保冷笑着說：“豈有此理！我又不是盜劍的賊人，李慕白也罷，提督衙門的官人也罷，問得着我嗎？”

楊健堂說：“你說問不着你，可是連我都相信劍是叫你偷去了！”

劉泰保氣得臉色發紫，掄起了拳頭，對方若不是他的表兄神槍楊健堂，他這一拳早已打了下去。他恨恨地罵道：“這一定是得祿說的，除去了他，誰也不敢疑惑我！好啦！我回去找他去，旁的都別說，我先給他一個白刀子進去，紅刀子出來！”

楊健堂冷笑着說：“你真不要命了？你就闖禍去吧！反正你不過是我的表弟，也不是我的親兄弟，連累不着我！”

劉泰保頓腳急得要死，說：“大哥，你怎麼真相信他們的話？早先偷過你的錢倒是真的，可是現在我怎敢偷盜府裏的寶劍呢？前天夜裏府裏失了寶劍，昨天我就在外邊訪查了一天，打算查出來線索，好給我自己洗刷乾淨。可是他媽的訪查了一天，倒是得着了一點兒頭緒，沒想到後來又弄亂了！”

楊健堂見劉泰保這樣着急的神情，才相信不是他偷的，遂坐在椅子上，皺着眉想了一想，就說：“這件事你真得設法洗刷乾淨了！得祿為人忠厚，他雖然疑心劍是被你盜的，可是他並沒對別人去說，只是昨天找了德嘯峰，叫嘯峰勸你把劍再偷偷地交還，也就算沒有事兒了。”

劉泰保頓腳說：“要了我的命我也交不出劍來呀！那寶劍我連細看也沒看過！”

楊健堂說：“這麼說一定是有飛賊大盜現在潛伏在京師。鐵小貝勒以為，盜劍的人必是一位俠客，所以他不願意深究，可是提督玉大人對此事卻極為震怒，他已限官人在三天之內捉獲賊人，追回寶劍。可是我怕三十天也破獲不了。你現在又沒有事做，倒真應當下些功夫，在各處轉轉，訪一訪京城現在有什麼可疑的人，同時我也給你幫忙，在各鏢店、各客棧也替你訪一訪。”

劉泰保拍着胸脯說：“我早就發了誓，不追回寶劍，我不姓劉。好！大哥你既肯幫忙，咱們就分頭辦事。你再叫德嘯峰告訴得祿，我一朵蓮花不是盜劍賊，信不信由他，反正十天之內，我把人贓俱獲，送到衙門去處理！”

楊健堂說：“別應他日期，咱們極力訪查就是了！”

劉泰保站着喘了喘氣，就說：“那麼我走了，我今天再在街上轉一天，尋不出線索來我不回去吃飯！”

說着，他就走出了全興鏢局，在前門大街轉了半天，又進了城，在西城各處去繞，不覺就到了鼓樓前。向西一看，就見那玉大人的宅子前又是一大圈子人，劉泰保就想：訪查這蔡家父女沒用！就算他們是飛賊，可也一定不會寫隸字，寶劍未必是他們偷的。可是不知為什麼，那邊就像有吸力似的，把他又吸到了那邊的人群裏。此時蔡九又在耍舞着流星錘，蔡湘妹在旁邊鏜鏜地鼓鑼。她斜着眼看了劉泰保一眼，劉泰保就朝她張嘴一笑，蔡湘妹卻沒笑，也沒招呼他，只是用她那纖手拿着鑼錘緊緊地鼓鑼。

劉泰保看了一會兒，蔡九的流星錘還未耍完，又有兩個玉宅的僕人擠進了圈子，擺着手說：“別練啦！別練啦！”

　　蔡九趕緊收住流星錘，作揖說：“再叫我這閨女踏踏軟繩，我們爺兒倆就收場了，因為今天掙的錢，還不夠我們爺兒倆的店錢飯錢呢！”

　　兩個玉宅的僕人卻說：“不是不許你們練，是我們宅裏的小姐要瞧瞧你女兒踏軟繩。”

　　蔡九立刻笑着說：“那真是宅裏的小姐抬舉我們。我一定叫我閨女賣一點兒力氣，孝敬宅裏小姐一段兒好玩意兒。”

　　旁邊蔡湘妹就笑着問說：“是到宅裏練，還是在門外練？”

　　玉宅的僕人說：“宅裏全是磚地，不能叫你們那槍頭子插碎磚地，你們就在這兒練吧！”說着就張着手驅逐閒人，像趕狗似的說：“躲開！都躲開！往遠處瞧去！”

　　劉泰保首當其衝，因為他是站在最裏層的，就被個玉宅的僕人硬推了一下。他立時就翻了臉，罵着說：“喂！小子，你睜眼瞧瞧人，別硬推！”

　　玉宅的兩個僕人都瞪眼說：“怎麼？你還要發橫嗎？快滾快滾！”

　　劉泰保挽起了袖頭，說：“跟你爸爸說話，就這麼不客氣？小子睜眼看看我是誰？”

　　玉宅的僕人說：“管你是誰呢，也得滾開！”

　　劉泰保一看，蔡湘妹正在瞧着自己，這個臉他不能丟，遂就把胸脯一拍，準備打架。這時圍觀的人全都被驅走了，只剩下劉泰保一人，他就決定不走。高坡上卻有兩個官人提着鞭，瞪着眼往近走來，玉宅的兩個僕人就說：“好！官人來啦，你也別發橫，上提督衙門說去吧！”劉泰保很着急，心說：不好！光棍不吃眼前虧，如今我不但要吃虧，還要丟人！

　　這時高坡上有人喊叫道：“賣藝的人預備着點兒，小姐要出來了！”劉泰保更覺得難為情，心說：昨天我還在蔡湘妹的面前吹了半天。說我跟玉大人是好朋友，小姐也是我的熟人，如今要真叫人家的奴僕皂隸給趕走，那才叫丟人洩氣呢！於是他趕緊放下了袖頭，走過去向那兩個官人拱手，笑着說：“二位吃過飯了？這玩意兒練得真不錯。怎麼，宅裏小姐也想出來看看嗎？小姐專愛看這些武玩意，前幾天在德五爺家裏，我就看見這裏的小姐看那裏的德少奶奶耍花槍呢！”

　　兩個官人本來是瞪着眼來，一聽劉泰保說了這話，他們的眼睛就都不瞪了，一個就說：“請往東邊旁站站吧，宅裏小姐一會兒就出來了。”

　　劉泰保點頭說：“好，好。”他慢條斯理地往東走了幾步便站住了，然後抬眼向蔡湘妹笑了笑，蔡湘妹似乎沒看見他。那玉宅的兩個僕人和提督衙門的官人都遠遠地望着劉泰保，他們彼此談說着，仿佛猜不透劉泰保是個怎樣的人物。

　　此時，蔡九已把雙槍插在地上，軟繩架子支好，高坡上就出現了幾個僕婦。蔡湘妹用手掠掠頭髮，揪揪衣裳，把腰間的白羅巾也弄平展了。此時坡上，玉宅的大門裏就出現了那位玉三小姐玉嬌龍。

　　劉泰保站的地方很合適，一抬頭就看見了玉小姐，他見玉小姐今天沒穿斗篷，只穿的是一件石青色的緞皮袍，雙手揣在一個水獺皮的手筒裏。

　　蔡湘妹在下面向坡上拜了一拜，玉嬌龍就微微笑着，清脆地說了聲兒：“練吧！”於是蔡湘妹一揮身，雙足就踏上了軟繩。這時蔡九也躲到一邊，也用不着敲鑼了。只見湘妹在繩上蹁躚跳躍，手舞足飛，真如嬌鶯穿柳，彩燕掠波！此時天際又滿鋪着霞雲，全都燦爛着，下望着這繩上飛翔着的少女。

坡上是幾個老家人和僕婦，全都看直了眼。那位小姐玉嬌龍卻微微笑着，她的眼珠隨着蔡湘妹的身子亂轉。坡下的兩個官人和兩個僕人，也全都發了呆。劉泰保倒不大看蔡湘妹的技藝，他只是留心着玉嬌龍，覺得這位小姐真是太美麗了，太華貴了。尤其是她臉上的那種微微的笑，就像是將要開放的牡丹花似的，那種大方的笑，是蔡湘妹所不會有的。

劉泰保看夠了玉嬌龍，又去看蔡湘妹，想到這繩上的少女就是昨夜燈畔的情人，不由得一陣銷魂。看着眼前的兩個女子，他早已眼花繚亂，把丟寶劍、尋賊人、洗冤屈的事情全都忘了。正在這有些飄飄然的當兒，忽聽許多人都哎呀一聲驚叫，原來蔡湘妹一失足，就如一朵花由樹上墜下來一般，立時她的身子就挺臥在地下，暈厥了過去。

第二回　舞杖飛鏢黃昏戰古堡　安弓設網深夜禦奇人

　　立時，蔡九和玉宅的僕人們全都驚慌着跑過去。劉泰保的心中也咚咚亂跳，趕緊上前，就見蔡湘妹身上雖沒有傷，可是摔着了後腦。她閉着眼，緊着眉，面色蒼白，如同死了一般。她的爸爸蔡九就頓腳放聲大哭，說：「這可真坑了我，我就指着這個女兒吃飯了啊！」

　　忽然劉泰保喊叫說：「不要緊啦！眼珠兒活動啦！還能有救！」眾人一看，果見蔡湘妹睜開了眼睛，可是她眼淚直流，哭泣起來。

　　蔡九就唉聲歎氣向官人和玉宅的僕人作揖，請求着說：「我的閨女受了這麼重的傷，住家又離此太遠，在街上躺臥着也不行。想把我閨女抬進宅裏，馬棚下也行，叫她歇一歇，緩過氣兒來我好帶着她走。」

　　玉宅的僕人都說：「這好辦，這好辦！我們替你向小姐請求請求，一定可以許你女兒進宅裏歇一歇。灌點兒薑湯，在屋裏暖一暖也就好了！你別着急。」

　　此時坡上的玉嬌龍早已進到宅內去了。僕人進去請示，半天才托着一個紙包兒出來，下了坡，就向蔡九說：「宅裏小姐說，你女兒由繩上摔下來受了傷是可憐！可是小姐又說宅裏不能容許閒人進去，賞給你們二十兩銀子，我們這兒套車，你住在哪兒，我們把你的女兒送去。給你這銀子，你拿着給你女兒養傷去吧！」

　　劉泰保一聽，不由得十分不平，就忍不住說：「為給小姐開心她才練，因為練才受了傷，一個小姑娘抬進你們宅裏歇會兒也不算要緊，怎麼那位小姐的心就這麼狠！」

　　那蔡九又連連作揖，哀求說：「馬棚下就行！因為我們住的店是在前門外呢，太遠！拿車把她拉回去她可就死啦！」劉泰保聽了這話，卻覺得十分可疑，心說：明明他們就住在西邊不遠的積水潭，怎麼會是在前門外？這蔡九一定要叫他的女兒進宅子去養傷，是什麼意思呢？奇怪！

　　那玉宅的僕人卻連連搖頭說：「不行！不行！小姐不許你們進門，就沒有法子通融！」

　　蔡九的臉上卻現出怒色，點頭說：「那好啦！既然小姐不心疼苦人，我也沒法子。我可不能叫我閨女傷得這麼重又讓車去顛，也不勞諸位送，我把她背回去就得了！」說着，他接過了那包銀子，把流星跟銅鑼全都用搭包繫在腰上，由地上背起來他的女兒，憤憤地向西就走。他的左臂還得夾着那兩杆槍，差不多完全仗着右臂背他的女兒，可是走得卻非常之快。那蔡湘妹垂着頭趴在她父親的背上，那後影兒真是可憐，剛才她還在繩上跳躍如飛，現在竟連動彈一下都不能了。

　　這裏許多的人都談說着，惋惜着，說那姑娘摔得真不輕，以後怕是再也不能踏繩了。又有人說玉三小姐也未免太無情，一個女孩兒家，叫她到宅裏老媽子住的屋裏養養傷也不算要緊呀！劉泰保剛才是很吃驚，很難過，此時卻只有驚疑，因為低頭看地面上沒有一點兒血，既然連血都沒流，怎麼把人摔暈了？扭頭一看，見蔡九已然背着湘妹走遠了，他便也向西去走，直跟隨到積水潭。

　　這時天色已黃昏，四周又是寥寥無人，忽然見蔡九把他的女兒放下來了，劉泰保就趕緊藏在一株大柳樹後，偷眼去看。只見湘妹先是坐在地下，後來父女回頭向後一看，見沒有人跟着，那湘妹就站起來了。她接過了雙槍跟着她的父親走，還是走得很快，一會兒就回到那破牆裏去了。劉泰保不由得笑了，說："好！真會冤人！我就在這兒等着她，說不定回頭她又要去買醬油。"於是劉泰保就在這裏來回走着，又到那破房子前隔着牆往裏去偷看，見那東屋已點上了燈，可是側耳聽了一聽，卻聽不見那父女談話。

　　劉泰保等了半天，天已昏黑，仍不見湘妹出來，也不見蔡九出門。他拍了兩下巴掌，裏面也無人應聲，更不見有小磚頭打來。劉泰保的心中有些惆悵，腹中也餓了，就想：先吃飯去，有什麼話回頭再說！於是他就回身走了。

　　走到德勝橋，又進了昨天喝酒的那家小舖，他就喝了一壺酒。隔壁就是個賣麵飯帶清茶並且有人說評書的地方。劉泰保叫來了半斤蔥花餅吃了，然後又到那書場裏轉了個圈子。說評書的說的是《彭公案》，座間有二十多個面孔，劉泰保都仔細看過了，卻不見有那耍流星的蔡九。

　　出了書場，他又信步走到了湖濱，這時遠處傳來了更鑼兩下，天色異常地黑，寒風格外地緊。劉泰保又走到那破房子前，扒着磚頭往裏再看，只見東屋的燈光已熄。劉泰保又清脆地啪啪拍了兩下巴掌，裏面還是沒有回聲。他退後了幾步，又扯開嗓子唱道："嘩啦啦又把門兒來開……"才唱了一聲，趕緊攔住了自己，心說：別叫他們注意了我。我索性等到夜裏，跳進牆去探聽探聽他們父女的行動。於是他就走遠了幾步，蹲一會兒，站一會兒，又走一會兒。這湖的四周，冰寒風緊，樹木蕭蕭，簡直如同一個死世界一般，只有劉泰保還在此活動着。

　　又過了許多時，忽見那荊棘的門扉啟開了，劉泰保趕緊躲在一株樹後，就見門裏走出黑乎乎的一個人影。看這人的身材，不是蔡湘妹，卻是湘妹的爸爸蔡九，他出了門就往東去了。劉泰保心說：奇怪！現在已過了三更，這老傢伙又出門是想往哪裏去呢？於是等蔡九向東走了幾十步，劉泰保就在後邊暗暗跟隨。蔡九走得很快，他也跟得很快。離了湖邊，到了德勝門大街，往北，再往東，這條街就是鼓樓西街，劉泰保就明白了，就跟隨得蔡九愈近。又走了一會兒，就見蔡九上了高坡。劉泰保心中好笑，說：好傢伙，果然我沒猜錯！遂也伏着身走上坡去。

　　這坡上就是玉正堂的宅院，此時大門早已閉得很嚴，門前連一條狗也沒有，只有八株槐樹，枯枝被寒風吹得沙沙地亂響。那蔡九的身上本來是穿着一件大棉襖，到此時他就把棉襖脫下，卷了一卷，放在一株樹的枝幹上，然後轉着頭向四下看了一看，劉泰保忙伏在地下。那蔡九看得四下無人，便一聳身躥上了玉宅的瓦房，霎時就沒有了蹤影。

　　劉泰保心說：不知這傢伙是安着什麼心？多半是要偷盜什麼寶物。自己原想也躥上房去，看看蔡九的動作，但又覺着不大好，自己若幫助玉宅把賊捉住，那於自己並無好處，未必就能因此洗刷了自己偷竊寶劍的嫌疑，而且徒然與蔡九結仇，徒然令湘妹傷心；若是不幫助玉宅，只上房去看看，萬一被玉宅的人捉住，自己可又要與賊人同罪。

當下他在地下蹲了一會兒，忽然想出一個主意，就暗道：先別叫他去偷人，我且偷一偷他吧！於是就站起身來，跑過去，把樹上放着的那件大棉襖取下來，披在自己的身上，跑下了高坡，蹲在一個牆角，往坡上去望，心中倒很擔心，恐怕蔡九的夜行術不高。他想玉正堂家的官人一定不少，而且這兩天也必加緊防衛，萬一真把蔡九捉住，那湘妹可就成了個孤女了。

他兩眼直直地向坡上去看，過了許多時也不見那裏邊發生什麼動靜。忽然有一條黑影，又從房上飄然而下，正是那蔡九。蔡九的手中也仿佛並沒偷來什麼箱籠包裹。腳落實地之後，他就到那株樹上去取他寄存的大棉襖。立時他就發了怔，四下轉頭，又跑下了高坡。劉泰保卻一聳身上了南牆，趴在牆頭向下笑着，暗暗地說：老小子！你別納悶兒，你的棉襖披在我的身上了！

此時蔡九在下邊各處找了半天，並且微微笑着，口中說出了幾句江湖間所用的黑話。劉泰保完全聽得懂，他卻只是暗笑着，一句話也不回答。蔡九所說的意思就是：“朋友，你別鬧着玩呀，露出面兒來，咱們敘敘交情！我今天沒得着手，不信你翻翻我的身上，翻出來就全是你的。天冷，沒皮不行，把棉襖還給我，明天我請你喝酒！”他自言自語地說了幾句話，並沒人答言，就氣了，罵了兩聲；但他也不敢在此多加停留，就往西去了。

劉泰保跳下了牆，再跟隨着往西走去。前面的蔡九還時時向後去看，可是因為天色太黑了，星月之光又極為模糊，劉泰保又隨得很遠，並且躲躲藏藏，所以他無法看得見。

少時回到了積水潭，蔡九越過了破牆回家去了。劉泰保在湖邊站立了半天，才走近那破牆前，向裏看了看。東面屋裏並無燈光，他就把棉襖脫了，挾在臂下，一聳身跳過了破牆，腳落平地後，並無聲音。他壓着腳步

走到窗前，向裏去偷聽，窗裏只有微微的鼾聲，卻無人說話。劉泰保就蹲下身去，想待一會兒屋中的人睡熟之後，再進去盜他們那隻木箱子。不料他正在這兒蹲着，忽覺得後腰有一下疼，原來是有人用腳兒踹了他一下。他趕緊挺腰站起，同時回身，就見身後正是蔡湘妹那窈窕的身影。他剛要說笑，蔡湘妹就拉了他一下，於是二人就先後越牆而出。

湘妹往西就跑，劉泰保在後追隨，走到西邊的湖畔，劉泰保就笑着說：“妹子你站住吧！今天你玩的把戲可比哪天玩得都好，不但踏軟繩，你還會躺在地上裝死，可惜你蒙不了我的眼睛。你這事兒也辦錯了，要想混進玉宅，還是得托我的人情。昨晚上你要是對我說實話，我今天不至於叫你白捽了一下，結果還是進不了玉宅的大門！”說着，他得意地笑着。

蔡湘妹便拿小拳頭擂了他一下，說：“算是你能，還不行？我問你，你現在幹嗎又來啦？”

劉泰保笑着說：“我給你爸爸送棉襖來了。”

蔡湘妹說：“我爸爸剛才回來真生氣，他也猜出來是你。你不是什麼正堂的朋友，我們看出來了，你也跟我們是一條線上的人！”

劉泰保說：“那你可看錯了！”

　　湘妹又說：“我一半求你，一半勸你，以後你別攬我們，行不行？攬了我們，可沒有你什麼好！”

　　劉泰保說：“你先別嚇我！你們放心，我要安心攬你們，剛才就叫你爸爸回不來。”

　　蔡湘妹冷笑一聲，說：“我爸爸才不怕呢！”

　　劉泰保說：“咱們今天索性把話說開了，你們的來歷我既然知道了，不妨我也把我的來歷告訴你們。我並不是無來由，我是鐵貝勒府中的教拳師傅一朵蓮花劉泰保，我的來意你大概也明白，就是你快把那口寶劍給我交出來！”

　　蔡湘妹聽了這話，不禁一怔，着急地說：“什麼話？我哪兒知道你有什麼寶劍！”

　　劉泰保笑着說：“別裝癡！”

　　湘妹頓腳說：“我們跟你裝癡幹什麼？你可別疑惑我們是賊！”

　　劉泰保說：“你們是賊不是賊我管不着，交出來那口斬銅截鐵的寶劍就算沒事！”

　　蔡湘妹急得直頓腳，說：“胡說八道！寶劍還能有什麼斬銅截鐵的？你別訛人。當着星星月亮我敢起誓，我們要偷過你的寶劍，就叫我們父女都不得好死！”說到這裏，蔡湘妹就趴在一株柳樹上嗚嗚地哭了起來。

　　劉泰保也不由得呆了，便過去勸解說：“你別哭！風冷，你穿的衣裳又少，小心哭壞了身子！”

　　蔡湘妹頓腳說：“因為你冤屈我嘛！”

　　劉泰保歎氣道：“我也沒拿准是你們盜去的，可是那口劍真使我受了冤屈。現在天這麼晚，地方又這麼冷，我也不必跟你細談，明天白日我再來，咱們再細細說。今天既然說開了，以後你們的事情我絕不攬，可是我勸你們別淨跟玉家想法子，他們不好惹！好啦，你也別哭啦！回去吧，明天見！”說着就把棉襖交給湘妹。

　　湘妹這時也不哭了，反倒笑着說：“原來你就是一朵蓮花劉泰保呀？我早聽人說過你的名字，還聽人說你的武藝比李慕白還高呢！”

　　劉泰保笑着說：“我要是李慕白，你就是俞秀蓮。今天咱們兩人既說開了，那以後就是一家人，得多親近一點，得彼此幫忙。好啦，話別多說，風太冷，你回去吧！明天見。”說着就往東去走。蔡湘妹在後跟隨，笑着叮嚀說：“明兒你要來，還是晚一點兒才好。”劉泰保就答應了一聲。走到那間破房子前，湘妹又踢了劉泰保一腳，就笑着跳牆進去了。

　　劉泰保這時倒不禁垂頭喪氣，心說：瞎費了半天的牛力，不過探出練把式的父女確實是賊，可是寶劍的事仍然毫無線索，這可怎麼辦？他慢慢地走到鐵貝勒府，這時都快到五更天了。

　　劉泰保本想要跳牆進去，又一想：別那麼辦，倘若被人一眼看見，那口寶劍更得是我偷的了！他隨轉身走去，穿着寂靜無人的胡同，摸着黑走去，直走到天色黎明，原來已然走到了前門。這前門旁邊有不少人都在等着開城，他也蹲在人群裏，等了半天，城門就開了。

　　他出了城，找了一個澡堂子，洗了澡就睡覺。一直睡到下午兩點，醒來叫菜飯吃過，便出了澡堂到全興鏢店。楊健堂也沒在櫃上，因為今天是臘月初一，楊健堂好佛，每逢初一、十五，他必要費一整天的工夫，到各廟裏去燒香。劉泰保在這裏跟幾個鏢頭閒談了一會兒，就進城回到貝勒府。

　　他的心裏非常煩悶，他同屋子住的那李長壽又不住地和他開玩笑，說他昨夜沒回來，一定是宿娼去了。劉泰保也不辯白，只是悶悶地坐着。寶劍的事他是尋不出一點兒線索，他只好想蔡湘妹。昨夜裏蔡湘妹那種嬌啼婉轉真讓他覺得可愛，又想到她昨天裝作摔死，想要混進玉宅，卻又覺得極為可疑，到底是為什麼事，他們要下那麼大的決心呀？恐怕絕不是只為盜些錢財吧？又想起昨天的那位玉小姐，她無論如何也不許湘妹進她的宅門，這也真奇怪！莫非那位玉小姐昨天已然看破，也知道蔡湘妹是假裝摔傷？……哎呀，這可真奇怪！莫非玉小姐也是一位心明眼快、了不得的人物嗎？哈哈！這件事倒很有意思。誰管她與盜劍的事有無相干，我倒要設法去探一探。

　　此時，劉泰保的腦子裏忽然像開了一扇窗，辟了一條道路。他霍然站起，精神倍增，等到李長壽出屋之際，就取出了他的百寶囊。這百寶囊是他十來年走江湖所用的東西，裏邊有萬能的鑰匙，無論什麼堅固的鎖頭也能開得了；還有火摺子，無論多大的風，也能取火照人照物。此外還有小刀子、小鈎子、寫字用的炭塊、塗臉用的白灰等等。當下一朵蓮花劉泰保就帶上他那把萬能鑰匙，又由車門出府，一直往積水潭走去。

　　此時天色約在下午四點鐘，還不算太晚。到了積水潭，見冰上有許多小孩子正在溜冰嬉戲。他一直走到了破房子前，推開荊棘的門扉，正想走進去，一看，見東屋門上掛着鎖頭，心說：怎麼，這父女二人又都出去賣藝去了？昨天假裝摔得那麼重，今天就好了傷，又出去踏軟繩，那可真叫人疑惑了。

　　劉泰保掏出萬能鑰匙，上前開鎖，卻見北屋中出來個貧婆子，很不客氣地喊着說：“喂！喂！別開人家的鎖呀！人家爺兒倆全沒在家！”

　　劉泰保轉臉笑了笑，說：“不要緊，我是蔡姑娘的舅舅。”說話時，他已把鎖開開了。

　　進到屋中，就見那兩杆槍和流星、銅鑼等等全都在炕上，木箱依然靠在炕裏。劉泰保就跳到炕上，用手中的鑰匙將木箱的鎖開開。打開箱蓋一看，自己倒很失望，原來沒有什麼，只有兩三件女人的衣裙、幾件首飾和二三十兩白銀。劉泰保就細細地翻查，卻由一條青緞裙子的中間抽出一個大信封，上面是印的藍色的宋體字，寫着“會寧縣公文”。劉泰保十分納悶，抽出裏面的文件再看，就見大意是：

　　今有本縣捕役蔡德綱，為緝拿大盜碧眼狐狸耿六娘歸案治罪，所過州郡府縣，請盡力予以協助是荷！

　　公文上還蓋着印，開列着蔡德綱的年貌，正與耍流星的蔡九無異。劉泰保不禁驚訝，心想：哎呀！我做偵探不料竟探到偵探的身上了！原來蔡九是個官人，蔡湘妹踏軟繩是幫助她的爸爸辦案呀！可是……了不得！劉泰保一回想，蔡德綱父女隱身江湖，千方百計想要混進玉宅，以及昨夜蔡德綱私入玉宅之事，就明白了，暗道：不必說啦！那大盜碧眼狐狸耿六娘現在一定是藏匿在玉宅之內，他們尋不着犯人的證據，又懼怕玉正堂的威嚴，所以才不敢下手緝捕！

　　他一邊想，一邊將箱子蓋好，剛要照舊鎖上，不料門一開，蔡湘妹就進到屋中。她看出來劉泰保是偷開了他們的箱子，顏色改變，直着眼看劉泰保。劉泰保卻坐在炕上微微地笑着，說：“現在好了，你們知道了我的真姓名，我也知道你們的來歷了。咱們真是一條線上的人了，應當多親近親近！”

　　蔡湘妹卻瞪着眼，仿佛驚恐似的悄聲說：“你既知道了，我們也沒法子，就求你別跟外人去說，別攬我們，就得了！”

　　劉泰保說：“我自然不能攪你們，你們辦的是公事。再說你們父女千里迢迢，來到北京，費這麼大的事辦案，真不容易。可是我的心裏悶得慌，提督玉大人是專管拿賊的，莫非他們的宅子裏還窩藏着什麼強盜兇犯嗎？請你告訴我，我心裏明白了，我就走。”

　　蔡湘妹仍然急急地說：“你快走吧！待會兒我爸爸就回來了。他不許我把實在的來歷告訴了人，就怕的是攪了他辦案。他也知道我認識了你，昨夜裏我把你的來歷也告訴他了，他可是說，一朵蓮花劉泰保是神槍楊健堂的表弟，跟李慕白是一夥，李慕白又跟耿六娘都是一家人。”

　　劉泰保詫異着說：“李慕白跟你們現在所要捉的犯人都是一家子？”

　　蔡湘妹點頭說：“他們全是武當派。”

　　劉泰保說：“奇怪！你乾脆據實告訴我吧！碧眼狐狸耿六娘到底是玉宅的僕傭，還是玉宅的戚屬？你告訴我，我能幫助你們辦案！”

　　蔡湘妹卻推他說：“你快走！你明天晚間再來，我一定詳細告訴你！”說着，連推帶央求，把劉泰保推出了屋子。

　　劉泰保站着發了會子怔，笑了笑，向屋裏說：“好，明天見吧！”

　　蔡湘妹在屋裏說：“明天你二更天來，就在門外等着我，別拍手也別唱戲！”劉泰保笑了笑，出了門，順着湖邊走去。

　　他並不走開，走到東岸，站在一株大柳樹後，向這邊看着。看了半天，就見那蔡九蔡德綱回來了，走得很急，好像是有什麼急事似的，推開那荊棘的門扉就進去了。劉泰保依然站在柳樹後向那邊去望。又待了一會兒，忽見那扇門又啟開了，蔡德綱在前，湘妹在後，先後走了出來，湘妹的手中還提着那一對雙槍。

　　劉泰保看了，更覺得十分驚異，因為這時天色已然晚了，滿天都是燦爛的霞光，可是這父女二人竟像是要出去賣藝的樣子。劉泰保也挪動了身子，跟在他們的後面就一直走到大街，就往北去走，往德勝門那邊去了。少時就出了德勝門，劉泰保心中非常詫異，暗想：他們提着雙槍，天這麼晚出城去，是要做什麼呀？遂也就跟着出了城。此時有許多客商鄉民都紛紛往城外去走，人是非常的雜亂，前面那蔡家父女隨走着隨回頭向後來望，但劉泰保摻在人群裏，竟沒有被他們看出。

　　少時走出了關廂，仍然往北，走了二三裏，面前就有五六丈高的黃土高坡。這在北京人叫它“土城”，乃是遼金時代的城垣遺跡，上面樹木叢生，輕易也沒有人走上去。只見那蔡家父女就提槍順着梯級向上走去。那父女一到高處，劉泰保在後面就無法藏匿了。蔡湘妹頭一個向下看見了劉泰保，就趕緊告訴了她的父親。那蔡德綱就又走了下來，迎着劉泰保，把拳一抱，說：“劉爺！今天跟了我們前來，是要看看熱鬧嗎？”

　　劉泰保也拱拱手，帶笑說：“今天我是特來看看蔡班頭你大展其才，捉拿巨盜！”

　　蔡德綱說：“不敢當！劉爺的大名我早已曉得，現在是貝勒府中的教拳老師，就是一位貴人了。兄弟的來歷既已被劉爺探知，我也不必再隱瞞了。兄弟在甘肅會寧縣當差二十多年，也破獲了不少重案，但都沒有像這次這樣棘手，因為現在這賊人是隱藏在一處富貴人家內，我們就是看見了她，也不敢下手緝拿。此賊的武藝精絕，飛簷走壁無所不能，如今若拿她不成，反縱她逃去，她家的主人一定要翻臉，反要說我有意誣賴她。她家的主人權勢極大，我若招惹了他，我的性命便要不保。所以我費了許多的力，才與那賊人約定，今天在此見面比武。少時她就來到，交起手來，她若敗了，她情願束手就擒；我若是敗了，我們便回到本縣去見縣官認罪，辭掉了差使，再也不與她作對。”

劉泰保向四下看了一看，見並無別人，遂就悄聲問說：“蔡老班頭你當初就把事辦錯了，你來到北京沒到衙門去投遞公文嗎？”

蔡德綱說：“我只在宛平縣投了公文，可是那沒用，賊人現在是藏在提督正堂大人的私宅中，宛平縣也不敢派人去抄！”

劉泰保又問：“犯人是男是女？他藏在玉宅做什麼？”

蔡德綱說：“犯人碧眼狐狸耿六娘，是年有五十多歲的婦人。她是三十年來陝甘之間有名的大盜。她的武藝是武當派，善於點穴，武藝與江南鶴原是一家傳來。”

劉泰保吃了一驚，又聽蔡德綱說：“本來近十年來，她已銷聲匿跡不知去向；可是在六年之前，我們縣裏突然來了一個老婦人，專會扎針給人治病。自從這老婦人一來到我們縣裏，縣中就接二連三地出了幾條命案，有兩個大紳士全都被殺。經我多方探查，才知是那老婦人所為，那老婦人便是碧眼狐狸耿六娘。我就設法去拿她，費了千方百計，並有我的妻子幫助我，沒想到我們不是她的對手，我妻子就死在了她的鋼刀之下；我也中了她的點穴，讓她從容逃去！”

劉泰保又問：“那麼她是一個賊人，怎會又混進了玉宅呢？你們又是怎麼探出來的呢？”

蔡德綱說：“詳細情形就難以知道了，碧眼狐狸自逃走後，便無下落。我受了點穴，調養了半年多才好。我妻子已死，沒人幫助我了，我就將武藝傳授給了我的女兒湘妹，但我時時未忘捕盜緝兇，並想替我的亡妻報仇。前年冬天我在縣裏領了公文，出外來尋賊，帶着我的女兒到處賣藝，州郡府縣全都走遍，可也沒有那碧眼狐狸的下落。直到上月，我們父女到了北京，這才探出碧眼狐狸是藏在玉大人的內宅做僕婦，而且是個很有權勢的僕婦，玉正堂的太太和小姐全都極為信任她。你想，我們可怎能下手呢？”

劉泰保又說：“你們既不能進到玉宅去捉她，可是把她叫到這裏來比武，你們准能得勝嗎？”

蔡德綱說：“不是我約她的，是她約我的。昨天我女兒在玉宅門前詐傷，意圖混進玉宅，好當眾把她捉住，她已然明白了，所以她叫那小姐無論如何也不准我女兒進門。昨夜我私入玉宅，她也曉得。她怕我們這樣苦苦與她糾纏，她的隱私終要敗露，所以她今早就買了個小叫花子在街上找着我，給我送了一封信……”

劉泰保聽了這話不禁吃了一驚，又聽蔡德綱往下說：“她那信上就寫着是今天下午二時在這裏見面，與她比武。我們如時前來，可是等了半天，她並沒到。我們只好進城，可是才到德勝門大街，又遇見了那個小乞丐，他說他又遇見了那位老婆婆，那老婆婆又說是改到晚間，在這土城……”

劉泰保趕緊問說：“碧眼狐狸的信在你身邊沒有？可以拿出來給我看看她的筆跡嗎？”

蔡德綱說：“你不用看，那封信是用香火頭兒寫的，筆跡極為模糊不清。耿六娘真是個慣賊，她辦事處處細密，不露痕跡，就是那送信的小叫花子，也只是在街上花幾個錢買來給她辦事的，那小叫花子也不知她的來歷和住處。”

劉泰保發了一會兒呆，又說：“蔡班頭，不瞞你說，咱們是同行，我現在是正在尋訪那鐵府盜劍的賊人。剛才聽你這麼一說，咱們兩人辦的案，就許是一案。好了，今天我們彼此幫助，只要碧眼狐狸來到，咱們就設法把她捉住，然後，我把寶劍追回，你把犯人解走。等她來了，大家都要賣點兒力氣才行！”

　　他們二人說話之時，蔡湘妹也下了土城，就站在她父親的身後。蔡德綱這時見有了幫手，也甚為高興，就從他女兒的手中要過一杆槍來，交給劉泰保，說：“劉兄，你也沒帶來兵刃，把這杆槍交給你使用吧！那碧眼狐狸確是兇悍異常，到時你千萬要小心應付，並提防着她的點穴法！”

　　劉泰保笑着說：“點穴我倒不怕，因為我的身上無穴可點。只是我跟你姑娘每人用一杆槍，到時你老哥可使用什麼呀？正差事還是要你去當，我們不過是幫手，難道到時候你空着手拿賊嗎？”

　　蔡德綱卻由腰間解下了流星錘，說：“我有這傢伙，足可以敵她。我和我女兒每人身邊還帶着五枝飛鏢。”

　　劉泰保說：“飛鏢我不會打，扎槍我又嫌它太笨，不如把流星錘給我使用。不瞞你說，咱們真是同行，不但現在同辦一案，早先我也賣過藝，也耍過流星錘。”蔡湘妹跟在後面不禁一笑。劉泰保就接過來流星錘。蔡德綱父女每人使用一杆槍，並把懷中的飛鏢都預備好了，以便到時說掏就能掏出，說打就能打出。

　　三個人的精神全都十分緊張，一同上了土城向南瞭望。這時天已薄暮，郊外的大道上已沒有了行人。瞭望一會兒，劉泰保就跑下土城，迎着往南走了幾步。忽然他看見對面來了一個人，這人是彎着腰，挂着一根拐杖，蹣跚着，走得很慢，好像是個老婦人。劉泰保趕緊伏身趴在地下，手中緊握着了流星錘。少時對面的人來到近前，雖然因為天色黑了，面目看不大清楚，可是那龍鍾老態，未免令劉泰保的心中生疑，心說：別弄錯了！倘若一錘誤把人家鄉下的老太婆打死，那可真糟糕！所以這挂拐杖的老婦人從他身旁經過之時，他就沒敢下手。

　　此時蔡德綱、蔡湘妹也都由土城上跑了下來，每人一杆雙頭兒的扎槍就把大道攔住。蔡德綱大喝一聲，說：“碧眼狐狸，你今天還想逃走嗎？趁早過來就捕！”蔡湘妹也恨恨地說：“今天我非得替我娘報仇不可！”

　　只見那老婦人忽然把腰直起，身材原來很高。她把手中的拐杖一舉，此時劉泰保也從後面慢慢地爬過來，“鐺”地向地下一擊，原來她這根拐杖是鐵的。只聽她發出一種怪厲的聲音，說：“蔡九，你真太欺負我了！當初我是行俠仗義，才殺了幾個人，你就逼得我無處容身。我投到玉宅已有五年，我安分守己。不再與人爭氣，你何必要從甘肅到此來逼我？昨天你的女兒幾乎就要混進玉宅，要揭穿了我的底，你好狠毒！現在沒有別的話說了，我就是要你們父女的性命！”

　　她的話才說到這裏，蔡湘妹早已一槍刺來，鐺的一聲，就被碧眼狐狸的鐵拐杖架開。蔡德綱的槍也同時刺到，碧眼狐狸也用杖相迎。那父女的兩杆槍如飛蛇似的嗖嗖緊刺，忽上忽下，向前進逼。碧眼狐狸的鐵杖飛舞，如同一朵黑雲護身，使對面的雙槍無法得手。就聽嗖嗖嗖，呼呼呼，雙槍單杖交戰了十餘回合，不相上下。

　　此時碧眼狐狸只顧了眼前，卻不料嘣的一聲，不知是誰，一流星錘正打在了她的後腰上，碧眼狐狸趕緊忍痛躥身跳到了路旁。劉泰保就像個猴子，舞着流星錘又奔上來打。碧眼狐狸一進步，鐵拐杖正戳在劉泰保的左肋，劉泰保覺着上身一發麻，趕緊躺在地下，就地一滾，骨碌碌像個球似的滾出了很遠，這手武藝名叫“就地十八滾”，專破點穴。

　　此時嗖嗖蔡湘妹連打了兩隻飛鏢，全被碧眼狐狸躲開。父女又雙槍齊上，緊扎急搠。可是碧眼狐狸的身軀躲閃得太靈活了，同時她的鐵拐杖真是神出鬼沒，使蔡家父女無法得手。碧眼狐狸一邊舞杖，一邊警告道：“小心些！我要點穴了！”

正在說着，就聽嘣的一聲，後邊又是一流星錘，正打在她的脖子上，差一點兒就是後腦。她大怒，翻身掄杖，劉泰保卻又滾跑了。

此時，碧眼狐狸暴跳如雷，潑口大罵，一面舞杖護身，一面回身就走，因為她覺着後腰與脖子全都十分疼痛。她自知對方的人多，不易取勝，只好設法脫身。此時嗖嗖兩隻飛鏢又打來，雖然都被她躲開，但蔡家父女的雙槍又緊緊逼上，同時劉泰保忽出忽沒的，總在她的身後以流星錘攪亂她的棍法。

碧眼狐狸憤怒極了，忍着錘傷，前敵後護，舞杖如飛，並時時以點穴的招數，想要點倒一兩個人。但蔡家父女早已提防着她點穴，所以處處躲開，兩杆槍聯絡在一起左右應合，使碧眼狐狸的鐵杖無隙可乘。那劉泰保又會“就地十八滾”，即或鐵杖點在他的穴道上，至多了他疼一下，在地下一滾，便能夠穴道自開，所以碧眼狐狸是毫無辦法，被三個人包圍住了，縱使武藝高強，也難以取勝，難以逃脫。

蔡德綱一面把槍法變新，一面高興地喊道：“女兒！劉大哥！快賣點兒力氣，今天非把她捉住不可！”

碧眼狐狸也潑口大罵，杖舞如飛。如此戰了四五十回合，碧眼狐狸趁空就往土城上跑。蔡德綱當前，湘妹和劉泰保在後，一步也不放鬆地向上去追。

這時，忽聽嘚嘚的一陣蹄聲，從南邊飛馳而來一匹馬。碧眼狐狸從城上往下就跳，一直迎着馬跑去，口中喊道：“徒弟，徒弟，快來幫我！”

劉泰保不由得驚訝說：“哎呀！這賊婆原來還有個徒弟！”蔡德綱說：“管他是誰，一齊捉來！”於是三個人又跑下了城坡，各持兵刃追了過去。此時馬已來到，借着星月的微光，可以略略看出，是一匹青馬，馬上的人也穿着青衣。蔡湘妹一鏢打去，卻被馬上的人接住了，嗖地又打了回來，正從劉泰保的耳邊飛過去，把劉泰保嚇得哎喲了一聲。馬上的青衣人抽劍跳下，飛奔過來迎敵。

蔡德綱說：“快給我流星錘！”便與劉泰保換了兵器。劉泰保就挺槍上前，罵聲：“小子你是什麼人，快通名姓！”那青衣人卻不還言。劉泰保擰槍就刺，青衣人以劍輕輕一撥，就聽呀嚓一聲，劉泰保手中的槍便被削成兩截。他這一驚真非同小可，回身便跑，說道：“哎呀！寶劍原來是被你盜去了？”

青衣人縱步向前去追，蔡湘妹擰槍向前，喀的一聲，槍又兩段。蔡湘妹趕緊一鏢打去，卻又被青衣人接住。寶劍在蔡湘妹的頭上一晃，湘妹趕緊伏身，青衣人趁勢一腳，就將湘妹踢到一旁。蔡德綱舞動着流星錘奔了過來，那青衣人躲開了錘，將劍斜斫。蔡德綱趕緊閃身躲開，緊跑幾步，嗖嗖嗖嗖四隻鋼鏢一連串打來，全都被青衣人以劍磕落在地。

蔡德綱大驚，問了聲：“你是誰？”一言未了，青衣人卻將手中接到的一隻鏢打回，蔡德綱哎喲一聲就仰臥在地。

此時劉泰保已跑到高處，把一些磚頭土塊向下亂打，但全都被青衣人避開。蔡湘妹由地上撿起斷槍，又撲過來與青衣人拼命，青衣人只把寶劍向湘妹的頭上一晃，一腳又將湘妹踹倒。此時那碧眼狐狸耿六娘在一旁喘過了氣，掄着鐵杖又跑過來，說：“非得把他們全都打死才能除根！”卻被青衣人攔住了。青衣人拉着她走開，並把她抱上馬去，從容地收了寶劍，就揮鞭縱馬向南飛馳而去。

劉泰保在後緊追，眼看着快將馬追上來，他便喊了一聲：“小子，趁早將劍送回貝勒府！不然，一朵蓮花早晚要你的命！”馬上的兩個人一句話也沒說，就一直向南馳去。劉泰保還想再追，但腳下已然沒有了力氣。他站住身，喘了喘氣，只好往回走，心中掛念着：老蔡的傷大概受得不輕！不知湘妹可有什麼閃失沒有？

　　他一步一步走回到土城下，卻聽得一陣哀啼，是蔡湘妹聲音哭喊着：“爸爸呀！爸爸呀！……”劉泰保大吃一驚，趕緊跑到近前，就見湘妹伏在她父親的身上，放聲號哭。

　　劉泰保驚訝着問道：“怎麼樣啦？”上前蹲下身，摸住了蔡德綱的手，覺得已然冰涼；又按了按脈，脈已停了。劉泰保就憤憤地說：“這也很好！他玉正堂府裏的人把外縣來此辦案的捕役殺死，這場官司咱們可是非打不可了！”

　　蔡湘妹止住了哭聲，哽咽着說：“打什麼官司？就是衙門來問賊人的真情，咱們也是不敢說呀！說出來，宛平縣的知縣也不敢據實稟報。賊人捉不着，玉正堂一生氣，倒許辦咱們一個誣賴的罪名！”

　　劉泰保咬着牙發了一會兒呆，便點頭說：“你想得也很周到，不愧是班頭之女。現在你爸爸既已死了，你哭也是無用，以後咱們再設法替他報仇，緝兇捕盜就是了。你們現在帶着公文沒有？”

　　蔡湘妹說：“公文在我的身邊帶着了。”

　　劉泰保說：“好啦！那麼咱們就趕快把你爸爸的屍體送到關廂，報官檢驗。到時你不要多說話，誰要向你問我是什麼人，你就說我是你的舅舅。”

　　蔡湘妹說：“舅舅不好，就說你是我們的朋友好了！”

　　劉泰保點頭說：“怎麼說全行，你就把地下的破槍拾起來吧！那也算是個證據。”

　　蔡湘妹淒慘地答應了一聲，從地下摸着了兩根斷槍。當下劉泰保就把蔡德綱的屍體背起來，他在前，湘妹在後，一同離了土城往南去走。劉泰保隨走隨說話，勸解湘妹，湘妹卻一路上不住地啼哭。

　　這時天色已然昏黑，郊外的風又吹得很猛很寒，四下全是黑茫茫的，連一盞燈光也看不見。及至來到德勝門關廂裏，就聽已經敲到二更，兩旁的舖戶多半已關上了門。來到一所官廳的前面，劉泰保把蔡德綱的屍體放在地下，就走進去，喊着說：“老爺們，快來看看！現在出了人命案啦！”

　　官廳裏只有一位值班的老爺，帶着兩個官兵，一聽說出了人命案，全都嚇了一跳。

　　劉泰保向那哭哭啼啼的蔡湘妹要過來會寧縣的公文，說：“死的是甘肅會寧縣派到京城來捉拿大盜碧眼狐狸耿六娘的班頭蔡德綱，這是他的女兒蔡湘妹，我是他的朋友一朵蓮花劉泰保。我是在鐵小貝勒府做教拳的師傅，前門外全興鏢店的大掌櫃神槍楊健堂是我的表兄，東城鐵掌德五爺他是我的好友。因為蔡班頭知道大盜碧眼狐狸藏匿在某巨宅之內到底是什麼宅門，我可也弄不清楚今天我和他恰巧在街頭相遇，蔡班頭知道碧眼狐狸出了德勝門，他就請我幫忙，於是帶着他女兒，我們一共三人，出了城直追到土城，就追上了碧眼狐狸。我們剛要下手逮捕，不料那女賊竟敢拒抗官差。我們與她交手，堪堪就要把她拿住，不料就又來了一個騎着黑馬的強盜。這人是碧眼狐狸的徒弟，因為天色黑了，他的模樣兒我們可沒看清，不過大概他年紀不大，也是在那某巨宅內匿藏着的賊人。他手使一口寶劍，……老爺你可記住了！他那口寶劍正是前幾天我們貝勒府中所失，提督玉正堂正在督人尋查的那口斬銅截鐵的寶劍，所以我們的刀槍全都被削折啦！”說着，叫湘妹把手中的斷槍扔在地下。

　　劉泰保就又說：“我們手裏沒有傢伙兒啦，只好用飛鏢打他。不想那個人手中也有鏢，他啪的一鏢，蔡班頭就受傷倒地了。及至兩賊騎馬逃走之後，我們再看蔡班頭，他就已然斷了氣，我們才把屍體背了來，請老爺們檢驗。至於那兩個賊人，此時大概還未混進城去，請老爺們就快些搜索。還有，驗畢之後，趕緊請老爺替我們稟報提督衙門，請玉大人替我們緝兇。那個賊人藏匿在貴人的宅門裏，那宅門是哪家我雖說不清，可是一定在鼓樓附近。”

劉泰保的話如同連珠一般的說了出來，那位老爺聽了，臉色都嚇白了，因為這案情實在不小，遂就命人打着燈籠出去看了看死屍。只見致命的傷是在前胸，血流得很多，那枝鏢還深深地插在肉裏。蔡湘妹又趴在她父親的身上啼哭了一陣。

此時又來了十幾位巡街的官人，其中有的認識劉泰保，就說：“劉二爺，您怎麼在這兒啦？”劉泰保又指手劃腳地把案情說了半天。官人就請他跟蔡湘妹先找家店房歇息，等到明天天亮了，再驗屍辦案。

於是劉泰保就在官廳的對面找了一家店房，與湘妹分屋住下。那蔡湘妹悲痛她父親的慘死，直直哭泣了一夜。劉泰保也一夜未得安眠，因為事到現在，寶劍雖已有了下落，可是那兩個賊人仍難捉獲；碧眼狐狸既是兇悍異常，她那個徒弟尤為厲害，說不定趁夜就能來殺害自己和湘妹，於是劉泰保一夜提防着，直到天明，方才睡了一會兒覺。

次日，這德勝門關廂就比往日特別熱鬧，有許多人趕來看驗屍。劉泰保代表蔡湘妹到宛平縣和提督衙門去回話，這一天他是大出風頭。各城的人都曉得了那賣藝的父女原是拿賊的捕頭，賊人是藏在什麼府裏，於是就有些人在私下亂猜，並有些好事的人各處去找劉泰保，打算詢問詳情。劉泰保這一天真是忙極了，在衙門裏回過話，又同着蔡湘妹領屍備棺，將蔡德綱暫厝在甘肅義地裏。

晚間，劉泰保覺着湘妹獨自在積水潭居住有些不妥，便送湘妹到前門外煤市街找了一所店房去住，他卻在全興鏢店裏。一更之後，劉泰保就向楊健堂說：“天不早了！我有點兒心跳，蔡湘妹一個人住在那兒真有點兒不妥！”

楊健堂說：“你也是太愛過慮，那店房就在咱們斜對門，又是一座大店，還能有什麼人到那兒去殺害她嗎？”

劉泰保卻搖了搖頭，說：“那可說不定！越是大店房，人才越雜呢！總而言之，我想那碧眼狐狸跟她的徒弟，絕不肯善罷甘休，因為今天已然鬧得滿城風雨，她們在那大宅門裏，必定心神不安。倘若一朝事情敗露，她們便全是死罪。我想她們縱不能立時逃命，可也一定要設法把湘妹剪除。現在連我一朵蓮花劉泰保都有性命之虞，你是我的表兄，你也得當心些！”

楊健堂說：“我倒不怕她什麼碧眼狐狸，不過京城中竟有此等的大盜，真是可恨！我想明天去見德五，叫他去見鐵貝勒、邱廣超、玉正堂，由我們幫助官人，總要急速把犯人捉住才行！只是，你們說那兩個賊人都藏在某大宅門中，你們這話可有什麼根據？”

劉泰保便說：“根據全有。事情也是千真萬確，可是此時我不敢說。因為聽說這兩個賊都是武當派，武藝與江南鶴、李慕白原是一家，說不定他們還彼此相識呢。”

楊健堂卻說：“豈有此理！我知道江南鶴並無徒弟，李慕白也沒有什麼師兄弟，這一定是賊人拿江南鶴、李慕白二人的名氣來嚇人！”

劉泰保說：“真假不說，不過我昨天與她們一交手，就看出她們的武藝全是武當派。武當派的劍法我不怕，我頂怕的是……”說話時用手向窗外一指，說：“咱們此時在屋中說話，她們就許正在窗外竊聽，假若我對你說出了她們的底細，立時就許一口劍飛進來要了我的小命！」

楊健堂也面色立變，從身後抄起了扎槍，站起身來，目瞪着窗外，就像窗外真有什麼人似的。他憤憤地說：「泰保，你自管說，說出來那賊人藏匿的地點，明天我自然就有辦法！」

劉泰保卻笑着說：「大哥，你就別管閒事兒了！你一個人開着兩家鏢店，是有身份的人，同不得我。我劉泰保卻是光蛋流氓，毫無顧慮。如今雖然死了蔡德綱，可是我已探出了寶劍的下落。現在無論是誰都已知寶劍不是被我所盜，雖然賊人沒拿住，可是我成功了。我要和賊人鬥到底！非得五花大綁把兩個賊人捆上交官，我姓劉的才算甘休！」說時，劉泰保傲氣十足，請楊健堂去放心休息。

他等到三更，就提了一口單刀出外巡查。此時夜靜無人，各舖戶和各客棧住的人全都熟睡了。劉泰保跳牆進了蔡湘妹住的那家店房，站在湘妹的窗前，偷聽了一會兒，聽窗裏湘妹雖在夢中，可仍有抽噎哭泣之聲。劉泰保覺得很可憐，心裏有點難受，便躥上房去，趴在房上保護下面房裏的人。長夜沉沉，直到五更，天上的黑色漸漸淡了，劉泰保才跳出牆去，偷偷回到全興鏢店裏，略略睡了一會兒，天光就已大亮。起床匆匆漱洗畢，他便到對門店房裏去看湘妹。

此時湘妹已然起床，雙抓髻改了一條長辮，並且換上了白頭繩。紅衣服已然脫下，換了青布短襖青布褲，鞋上也釘了白布。臉上的脂粉也沒搽，越顯得黑，可越顯得俏。

一見劉泰保進屋來，她就驚慌慌地說：「你知道嗎？昨天半夜裏，這店房裏進來了人！」

劉泰保笑着悄聲說：「那是我。因為我不放心你，所以我保護了你一夜。」

湘妹卻仍納悶，說：「你在我枕旁留下那些銀子，是什麼意思呢？」說時有點兒臉紅。

劉泰保驚訝得不禁失聲，說：「什麼？銀子？」

蔡湘妹就由她那木箱裏拿出一封銀子來，說：「這不是！昨天晚上我把屋門關得很嚴，可是今天早晨我睜眼一看，屋門叫人托開了，我的枕旁卻發現了這一封銀子！」

劉泰保驚訝得臉色發白，心說：這還了得！昨晚我在房上趴了半夜，兩眼時時往下看着，居然還有人能從容進屋，是我的眼睛瞎了？還是屋裏進了鬼呢？遂就勉強笑了笑，說：「嚇了你一跳吧？是我跟你鬧着玩呢！因為我的銀子沒有地方放，才送來叫你替我收着，……可是，這兒住着還是不大妥，今天咱們還得搬家！」

蔡湘妹的臉上此時雖無胭脂，可是顯出一些桃紅色。她忸怩着，斜眼瞧着劉泰保，含情說道：「以後你別再弄這事，再想拿銀子來買我，我可就要惱了！反正我的爹媽是全都死了，我無依無靠，你又對我這樣幫忙，我還有什麼話可說？我只好就跟着你吧！可是我爸爸才死，就是孝服成親吧，也得過了這個月。這些銀子先留在我這裏，等到時候好請客人吃喜酒！」

劉泰保喜歡得笑了，連連點頭，可是心裏還不禁打冷戰，暗想：那位半夜裏來送銀子的先生，絕不是為叫我們辦喜事吧？多半這是碧眼狐狸的徒弟所為。他昨夜攔阻了他的師傅，不叫斬盡殺絕，可見他還有點兒慈心，鏢殺蔡德綱也一定非他所願。昨天見我們沒揭穿他的底，他倒有點兒不好意思了，所以才送銀兩，叫湘妹給她爸爸辦喪事倒許是真的！

當下劉泰保發了半天呆，只好將錯就錯，又勸慰了湘妹一會兒，方回到全興鏢店。見了楊健堂，沒提說昨晚有人到湘妹的枕旁去送銀兩之事，只說湘妹要嫁他。

楊健堂卻說：“你跟人家的姑娘混得這麼熟，只好娶人家了，我只盼你以後務些正業。”

劉泰保就說：“不久我必把兩個賊人全都捉獲，提督衙門至少也得派我個差使，叫我管轄幾十名馬步班頭。”

鏢店裏的幾名鏢頭，一聽說劉泰保快要娶媳婦了，都說：“你得請我們喝酒！還得立時就帶我們見見新嫂子去！”

劉泰保說：“我還沒娶過來呢！姑娘害羞，你們還是不要去見她才好，反正早晚准叫你們都見得着。現在我先請你們去喝酒去！”

眾人齊說：“好！好！現在咱們就走！”

當下劉泰保就從櫃上拿了幾兩銀子，帶着眾人喝酒去了。這幾個鏢頭是瞪眼薛八、歪頭彭九、花牛兒李成、鐵駱駝梁七、跛腿金剛高勇，都是些久走江湖的鏢頭，常在街頭生事的無賴漢。他們到大街上找了一家酒樓，大吃大喝了一頓，便由劉泰保付了錢，各自下樓分手。

那些人都帶着些醉意，跑往花街柳巷胡鬧去了。劉泰保卻悶悶地在街上行走，心裏想着今晚怎樣應付賊人，怎樣才能進玉宅破案；可是他越想越煩，簡直沒有一點兒辦法。

正在低頭走着，忽聽面前有人問道：“上哪裏去？”這聲音真跟霹靂一樣，把劉泰保嚇了一大跳，趕緊抬頭一看，只見此人年紀四十上下，身高體大，面色紫黑，穿着大皮襖，上套皮馬褂，頭戴皮帽子，好像是個由口外來的喇嘛僧。劉泰保趕緊作揖，笑着說：“孫大哥，多日沒見哪！”

這位大漢原是現在京城最有名的鏢頭，俠女俞秀蓮的師兄，人稱五爪鷹孫正禮。他跟劉泰保也很相熟，當下就問說：“劉泰保，我聽說你前天做了一案？”

劉泰保卻笑着說：“大哥，你弄錯了！我沒做案，我是辦了一案。可是到現在還沒辦出頭緒來！”

孫正禮氣憤憤地說：“你快去探聽，只要探出那碧眼狐狸的下落，無論她是藏在誰的府裏，你告訴我，我就去捉她。北京城有五爪鷹在此，不能容這等賊人橫行！”

劉泰保笑着說：“這倒很對路，你老哥是隻神鷹，專能捉拿妖狐！”孫正禮笑了，說：“真的！你快探去，到時我替你捉賊！”

劉泰保點頭說：“好好！”

孫正禮又說：“我師妹快來了，你知道不？”

劉泰保聽了這話，倒吃了一驚，又很是喜歡，說：“真的嗎？俞秀蓮小姐要來了嗎？那麼李慕白怎麼樣？也一塊兒來嗎？”

孫正禮說：“她跟他不是一家子，怎會一同來？前幾天有由巨鹿來的老鄉，說我師妹已由江南回家，大概不久就要來京。咱們別等她來，就把狐狸捉住才好！”

劉泰保說：“那是自然！咱們這樣的大漢子連個狐狸都捉不住，都要等着人家姑娘來才能下手，那咱們以後還怎能向人前稱英雄？”

孫正禮聽了這話很高興，遂點點頭，說：“你快去探！探出消息來就找我，我有辦法。”

劉泰保連說：“好好！”

當下二人分手，孫正禮大踏步往南去了。劉泰保往北走了幾步，就進了煤市街，先到全興鏢店裏借了兩口鋼刀，然後就急急忙忙到客棧裏去見蔡湘妹。此時蔡湘妹正在低頭愁坐，臉上掛着淚痕，旁邊桌上放着的菜飯她都沒有動。

劉泰保就說：“事到如今，你光傷會子心，又頂得了什麼用？咱們還得把飯吃得飽飽的，打起精神來報仇捉賊。剛才我在街上遇見了俞秀蓮的師兄五爪鷹孫正禮，他說他師妹就要到北京來了，他願意幫助咱們探案。那傢伙太怔，一時我還不敢領教，可是俞秀蓮若來到，那可真是咱們的好幫手。三年以來，她在江南闖蕩，聽說武藝較前更高。她若來到，十個碧眼狐狸也不是對手。現在最要緊的就是咱們得設法把賊人穩住，千萬別打草驚蛇，盼着咱們的幫手快些來到，那時再……”

蔡湘妹卻皺了皺眉，說：“你淨指着人家還行？”

劉泰保說：“我也不是指着人家。自從前天土城交手，我才知道碧眼狐狸實在武藝高強，咱們三個人尚且不能把她捉住，如今只剩了兩個人，又怎能成？再說她那個徒弟，我看武藝還在她以上。尤其是那口寶劍，無論你手中有什麼兵刃，碰上它就折；你縱有天大的本領，也是沒辦法。再說……你可別害怕！從昨天到現在，我時常見有形跡可疑的人在身後跟着我。”蔡湘妹一聽，就嚇得顏色變白。

劉泰保又說：“有咱在此，碧眼狐狸時刻不能安心，因為只有咱們知道她的底細，她哪能不設法剪除咱們呢？現在這裏住着也不妥，咱們還得趕快遷往別處。這兩天咱們先守，莫攻，俗語說‘未曾打仗先學守’，咱們且時時防備，別叫賊人要了咱們倆的命。等到三五天之後，那時賊人也就懶怠了，同時也許衙門已經探出些線索，咱們的幫手也就來了。到那時咱們再下手，給她個迅雷不及掩耳的手段，叫那狐狸師徒全都不能逃脫！”他說了這番話，蔡湘妹也只好依着他，當下二人就秘密地搬家。

劉泰保扛着那隻木箱和被褥，拿着蔡湘妹賣藝時的那隻銅鑼，湘妹拿着兩口刀，他們就悄悄地搬到了東邊名叫上頭條胡同的一家店房內。到了這店裏，找了個房間，劉泰保一看，屋門倒很嚴緊，是二層門，外層是跟窗戶一樣的糊着紙的風門，裏邊卻是二扇木板門，上下插關也都完備。屋中有一把沉重的椅子和兩條板凳，還有洗臉盆，劉泰保心中就暗暗盤算着。

待了會兒，店掌櫃進來，就向劉泰保拱手問說：“這位爺是從哪兒來的？”

劉泰保操着江南的口音，說：“吾從杭州府來。”

店掌櫃出屋之後，劉泰保就悄聲囑咐湘妹說：“你可別開口！咱們在此隱藏幾日，人不知鬼不覺，看她碧眼狐狸還有什麼辦法？”

湘妹見劉泰保這樣鬼鬼祟祟，就非常不高興，說：“怎麼會把你嚇成這樣呀？自己先藏在屋裏，還辦什麼案？你別管行不行？我爸爸死了，我自己會去捉賊！”

劉泰保連連擺手說：“俗語說：‘知己知彼，百戰百勝。’你一個人去拿賊，不但賊拿不到，還得白送死。現在我不怕碧眼狐狸，卻怕她那個徒弟，那個人的武藝咱們想也想不出。寶劍斬銅斷鐵還不算，他能夠在咱們眼前走過去，咱們大睜兩眼全看不見他！”

蔡湘妹氣得把拳頭向炕上一擊，鐺的一聲正擊在了銅鑼上。她生氣地說：“我看你是叫那賊人給嚇糊塗啦！乾脆，你別管啦！”

劉泰保連連擺手，說：“你先聽我幾天話，這幾天內晚上睡覺警醒些，白天我出去替你探聽，你先別出門。因為你一個女人家，又在街上賣過那些日子的藝，差不多的人全都認識你。”湘妹便皺着眉不再言語。

當日劉泰保連屋子也沒出，到了晚間，湘妹就說：“你帶我藏在這兒，難道你就不到府裏教拳去了嗎？”

　　劉泰保笑着說：“府裏的事不要緊，我教拳不過是個名目，是貝勒爺賞我一碗閑飯吃。其實我自從進府門，連一套拳也沒教過，有時我一個人打拳，也沒人理我。”

　　吃過晚飯，屋中點上了燈，劉泰保將兩口鋼刀預備在手下，房門虛掩着，他就與湘妹對坐着，彼此談說閒話。先談江湖雜事，後來漸漸談到二人彼此的身世。他們二人說話的聲音都很低微，蔡湘妹是有時擦擦眼角，露出很難過的樣子，有時又微微地笑着。劉泰保是一邊說着話，一邊注意着門，並且只要院中有人喊着找房間，他必要推開門出去，站在背燈之處看看進來的是什麼人。蔡湘妹這時的神情也帶出些凜懼。

　　二更之後，劉泰保就說：“我們得防備一下，你在屋裏，我在屋外，看看有什麼事情發生沒有？如若沒事兒，就算賊人不注意咱們了；若是有事兒，明天咱們還得搬家。你困不困？”

　　蔡湘妹搖頭說：“我不困，乾脆你在屋裏我在屋外好了，我看我的夜行功夫比你還高明一點兒。”

　　劉泰保想了想，就說：“好吧！可是你帶着飛鏢，到動手時要小心些！”蔡湘妹說：“你放心，我比你強！”

　　劉泰保笑了笑，又找出個小刀，把窗子啟開，然後又關上。他便把屋門關上，插上插關，又頂上板凳和大椅子。

　　蔡湘妹捶了他一下，悄聲說：“你這是什麼意思呀？門關得這麼嚴，可把窗子又弄得活動了，難道賊人只由門走，不會鑽窗子？”

　　劉泰保擺了擺手，悄聲說：“這種房子的窗子多半是不常開的，賊人來了一定先用刀啟門。他啟門時不能沒有一點兒響聲，那時我就推開窗子伸出手去給他一刀。”

　　蔡湘妹卻說：“不容你用刀去砍他，我早就用飛鏢打他了。”

　　兩人輕聲說話，起先各房中還都有客人的說話聲和唱戲聲，現在全都寧靜了。外面的風刮得很緊，遠處的更鑼仿佛已敲了三下，劉泰保回身吹滅了燈，兩人每人手中握着一把刀，連大氣兒都不敢喘。待了半天，外面毫無動靜，蔡湘妹就悄聲說：“你是瞎疑心吧？不能有賊人前來吧？”

　　劉泰保啞着聲兒回答道：“賊要是不來，自然更好，可是萬一要來了呢？”

　　正在說着，忽聽房上一陣瓦響，劉泰保趕緊止聲，推了湘妹一下。他手中的刀挨近窗子，身子蹲在炕上；蔡湘妹就蹲在他的身後，一手持刀，一手摸着鏢。這時，房上骨碌碌的一陣亂響，湘妹就要推窗跳出屋去，劉泰保卻一手把她攔住，趴在她的耳邊悄聲說：“別慌張！這不定是怎麼回事兒呢，不像賊，天下沒有這麼笨的賊！”接着就聽“嗷嗷”一陣小孩子哭似的聲音，仿佛是發自房上，原來是貓兒打架。湘妹就悄聲罵道：“討厭的貓！”

　　二人屏息了一會兒，房上的幾隻貓就跑到別處打架去了。這裏只是呼呼的風聲，吹得窗上的紙沙沙作響，湘妹就說：“我出去吧！”

　　剛要啟窗出屋，忽聽隔壁的屋裏有人大聲嘶叫，聲音極為可怖。劉泰保與湘妹全都大吃　驚，接着又聽有人喚叫：“二哥！二哥！醒　醒！你是怎麼啦？”嘶叫之聲停止了，那個人由夢中醒來，跟他的夥伴說：“我夢見我掉在井裏頭了！”接着又是笑聲和談話聲。湘妹又輕聲罵說：“討厭！”因為隔壁屋中的客人醒了，談上了話沒完，所以湘妹也不能出屋查賊去了。她就靠牆一躺，打了個哈欠；劉泰保仍然在窗裏持刀伺伏。

過了許多時，鄰屋中又發出了沉重的鼾聲。劉泰保就回手推了湘妹一下，說："你可別睡！我出屋去瞧瞧。"於是他輕輕啟窗鑽了出去，掄刀飛身上房。一陣猛烈的北風幾乎將他刮倒，他四下觀看，只見黑沉沉的，星繁月暗，下面沒有一盞燈光，各房上沒有一點兒黑影，連更聲此時也全聽不見了。在房上站立了半天，他就漸漸地灰心，暗想：是我太多疑了！今天我們把家搬得這麼嚴密，哪能還被賊人知道呢？

正在想着，忽見有一條黑影躥上房來，劉泰保趕緊退了一步，舉起刀來。上房來的這人卻發着細聲說："是我！"

劉泰保說："你在屋裏。我在屋外，待會兒咱們倆再換班。"

湘妹卻悄聲發着怒說："算了吧！別在這兒受窮風啦！半夜不睡覺，可瞎拿賊，哪兒來的賊？連個賊影賊屁也沒有呀！"

劉泰保搖頭說："你別管我，你先回屋裏去，我在這兒再站一會兒！"湘妹卻驀然把他的身子向下一推，咕咚一聲，劉泰保就摔了下去。湘妹隨之一躍而下，笑着推開了窗子，二人鑽進屋去。這時別的屋裏就有客人使着聲兒咳嗽。湘妹掩着嘴笑，劉泰保揉了揉胯骨，並故意驚詫地大聲說："有賊！"放下刀，隨手點上燈，湘妹笑得都接不上了氣。

忽然劉泰保哎呀一聲，湘妹也嚇了一跳，原來燈光照着桌上放着一張字柬。劉泰保雙手發顫，將字柬拿起來去看。蔡湘妹也頗認識幾個字，她趴在劉泰保的身後，發着怔，往字柬上去瞧，只見上面寫着很整齊的隸字，是：

昨送銀若干，諒已收到，該銀係贈二君之路費也，請二君即日離京，庶免殺身之禍！

劉泰保持着信柬發呆，蔡湘妹卻提刀推窗出屋。劉泰保不放心湘妹，也趕緊提刀鑽出窗去，上了房一看，湘妹已然沒有了蹤影。劉泰保就啞着嗓音向四下叫道："湘妹！回來吧！回來吧！"也不見有人應聲。他的心裏很着急，又不放心屋裏，便跳下房去，悄悄走到窗前，用刀將窗支開。看了看屋中無人，這才鑽身進去，又在屋中各處尋找了一番，就再也沒發現什麼可疑之物。

待了會兒，窗子又一響，劉泰保疾忙回身舉刀，卻見進屋來的是湘妹。劉泰保就悄聲問說："你上哪兒去啦？"

蔡湘妹氣得臉紅，說："我追到大街上了！"劉泰保遂說："你見了什麼沒有？"

蔡湘妹說："我就看見一家舖子門前蹲着兩個小叫花子。"劉泰保吃了一驚，說："你沒上前問問嗎？"

蔡湘妹說："我持刀向兩個小乞丐逼問，小乞丐什麼話也沒說出來！"

劉泰保說："好啦！有什麼話明天再說吧！總算這個賊的本領高強就是了！"

湘妹又把那張字柬要過來看了一看，抬頭看了劉泰保一眼，說："昨天晚上，我枕邊那些銀子也是這個人給送來的吧！"

劉泰保臉上不禁紅了紅，點頭說："對了，我一聽你說枕邊發現了銀子，我就知道是那人所為，可是我又不願意叫你害怕，所以我才說是跟你鬧着玩了。我為什麼要這樣加緊防備，現在你明白了吧？我看這人有意思，還不錯，他還送咱們路費，勸咱們離開京城，以免給他洩露了事情，可是……”

　　蔡湘妹說：“無論如何也不能甘休，我非得給我爹娘報仇不可！”

　　劉泰保忙擺手說：“小聲說話！”又趴在湘妹的耳邊說：“你別着急！明天我一定有辦法。無論他們的行蹤怎樣詭秘，我……”說到這裏，他便不再往下說了，遂就燈也不熄，與湘妹瞪着眼不睡覺，如此就挨到了次日天明。幸虧沒有什麼驚人的事情再度發生。

　　湘妹因為這兩日憂傷過度，昨天又一夜未睡，所以天一亮，店房裏的人一起來，她就在炕上蓋好了被睡去了。劉泰保掙扎着精神，洗了洗臉，就出去了。一出門，就看見店門前蹲着個小乞丐，很長的頭髮，身上披着個麻布片，手裏拿着個破瓦盆。劉泰保出了胡同往北走，那小乞丐也在後面跟着往北走，劉泰保心中就暗笑。直到前門，順着城牆往西，走了不遠，回頭一看，那個小乞丐仍然在自己身後三四十步之遠的地方跟隨着。劉泰保倒背着手兒，仰面望着天邊的朝陽，從從容容地轉身，又往東走。那小乞丐就在城根向陽之處坐下了。劉泰保來到臨近忽然變臉，過去就是一腳，將小乞丐踢得哎喲一聲躺在了地下。他一腳踏住小乞丐的前胸，罵道：“小子！你敢給賊人當探子，替賊人隨着你劉太爺？走！我把你送到衙門，砍你的泥頭！”

　　小乞丐叫着說：“老爺！我沒跟着你。我是要在這個城根曬曬暖兒！”劉泰保打了小乞丐兩個嘴巴，罵道：“你快說實話，劉太爺還許能饒你的性命，不然你看！”他掀掀衣襟，露出了褲帶上插着的一把尖刀，瞪着眼說：“快些實招！劉太爺的眼裏可揉不進沙子去，是什麼賊人指使你的？給了你什麼便宜？快些說！”

　　那小乞丐戰戰兢兢地說：“老爺！不是我要跟着你，是長蟲小二他派我們跟着你。”

　　劉泰保說：“長蟲小二是誰？”

　　小乞丐說：“是我們的頭兒。他叫我們八個人跟着你，你住在哪兒，一天都幹了什麼事，晚上他來向我們問，一天給我們一個人二百錢。我們誰要是不聽他的話，或是胡說，他就打死我們！”

　　劉泰保曉得京城的乞丐都有頭目，那頭目的話，乞丐們不敢不聽。這一定是那碧眼狐狸買通了乞丐頭目，所以自己的一切行動全都瞞不了他們，他們探了出來就全去報告碧眼狐狸師徒。當下劉泰保憤憤地又逼問說：“那長蟲小二現在在什麼地方？你領我去找他！”

　　小乞丐說：“他在桂家祠堂住着，我可不敢帶老爺去，我帶了你去，他一定要我的命！”說着，這小乞丐不住哭泣，並且跪下叩頭求饒，弄得劉泰保倒有些不忍，遂就問說：“桂家祠堂在什麼地方？”

　　小乞丐說：“在後門裏，那兒住着不少要飯的，可是長蟲小二他不要飯，別人要來的飯他挑好的吃。他又有錢，各城的要飯的全都怕他，都不敢不聽他的話，待會兒他就許到南城來。”

　　劉泰保又問說：“他長的是什麼模樣？”

　　小乞丐說：“他是小腦袋，細脖子，跟一條長蟲似的；可是有力氣，誰都打不過他。”

　　劉泰保氣憤憤地說：“告訴他，小心一點兒劉太爺，早晚我要抓住他打個半死！還告訴你們那些同伴，誰要是敢再跟隨着我，誰可就是不要命了！”說畢，又踹了這小乞丐一腳，就轉身走去。

回到店房裏，劉泰保就向湘妹說：“收拾東西，咱們還得搬家！”

蔡湘妹是才睡醒，正在對鏡梳辮子，她憤憤地說：“我不搬！我是辦案的人，我爸爸死了，會寧縣的差事就算是叫我當了！人家做捕役的捉賊還捉不到，咱們反倒躲賊，這要是傳了出去，多叫人笑話呀！你要是害怕你走吧，丟人丟你一朵蓮花，丟不着我姓蔡的！”

劉泰保哼了一聲，說：“你別以為我是真怕，我要怕，我不會離開北京走嗎？不過，光棍不吃眼前虧，賊人的夜行功夫那麼好，隨時都可以取咱們的首級。咱們要是那樣死了，可有多麼冤。現在我的辦法就是一方面藏將起來，叫他們抓不着咱們，一方面去搜索賊人的證據，只要是叫咱們抓住一點兒證據，那我就挺身去見玉正堂，叫他清一清他們的宅子！”

湘妹冷笑着說：“證據哪能那麼容易抓住？一輩子抓不着證據，一輩子也別拿賊了？我瞧要像你這樣慢慢兒地辦案，有一百個賊也早就跑了！

劉泰保臉紅着，一頓腳說：“別管怎樣，三天之內我要把賊捉住。捉不着賊，我這輩子也不見你！”

蔡湘妹手編着髮辮，又瞪了劉泰保一眼，說：“你一朵蓮花究竟有多麼聰明？捉不着賊你走，你走怕什麼？到別處你照樣可以去吹牛，去混飯，也不過是我倒霉，把我拋下就完了！”

劉泰保笑了笑，又歎了口氣說：“你不知道，今天我就可以下手。剛才我抓了一個叫花子，我已追問出他們是受他們的頭兒指使，專門追隨咱們，探出咱們的行蹤，就去報告賊人。他們的頭兒名叫長蟲小二，我想那人多半就是碧眼狐狸的徒弟。”

蔡湘妹說：“她那徒弟是個騎着馬的，又有許多銀子，哪能是個乞丐頭兒呀？”

劉泰保搖頭說：“那可說不定！北京這地方是藏龍臥虎，許你蔡湘妹假裝賣藝去探案，就許人家隱身乞丐去做賊。我今天就非把那長蟲小二抓住不可，可是抓住了他，卻抓不住碧眼狐狸，碧眼狐狸不但被驚跑了，她還得來要咱們的性命。咱們在這兒住着，她們已知道了，要想下手還不容易？”

湘妹怔了一怔，就問說：“那麼，今天晚上咱們可上哪兒住去？你能想得出穩妥的地方嗎？”

劉泰保說：“我想先帶你回鐵貝勒府，那府裏的人多，這幾天晚上又都有防備。咱們到那兒去住，賊人就是知道了，也未必敢去下手！”

蔡湘妹說：“人家府裏能容許我住？”

劉泰保說：“那有什麼不能？咱們又不是去住正房，去住大廳，不過是在馬圈的小屋子裏借住一二天。案子一破了，咱們就去租房子。”

蔡湘妹說：“我算是你的什麼人呀？你兩三天沒到府裏去，忽然又帶回一個女的，不叫別人說閒話嗎？”

劉泰保笑着說：“說什麼閒話，還不許我娶媳婦嗎？”湘妹臉紅着，又捶了劉泰保一下。

劉泰保就說：“現在咱們既在一塊兒了。雖然尚未辦喜事成親，可是也得叫人看着像那麼一回事兒。趁着你辮子還沒梳好，趕緊改個頭，衣服也得換上一件鮮豔的。咱們成親全為的是合起夥來給你爸爸報仇，只要捉住了碧眼狐狸，給你爸爸報了仇，他老人家也就瞑目了，穿孝不穿孝那倒不要緊。”

蔡湘妹聽了，臉上又現出一陣悲戚之色，遂就改換了頭樣；劉泰保就出去雇車。他雇來了一輛騾車，回來見湘妹已把頭改好，仍然是兩個抓髻。湘妹又叫他暫時出屋去，待了一會兒又叫他進屋，劉泰保就見湘妹已換上了一件銀灰色的小棉襖，緞子的，上面繡着花；臉上也塗了一些胭脂，相當的嬌豔，有七八分像是新娘了。

湘妹低着眼皮兒坐在炕上，劉泰保樂得閉不上嘴。劉泰保把兩口刀、銅鑼、軟繩全都裹在包裹裏捆好，就叫來店夥，算清了賬，由店夥幫助，把舖蓋和木箱全都搬了出去。蔡湘妹隨着劉泰保出了店門。她先上了車，劉泰保就把棉車簾子放下，叫趕車的往北去趕，他在車後邊跟隨着。

走出胡同，就有兩個小乞丐靠牆站着，一看見了劉泰保，他們就向東跑去。劉泰保押着車進了前門，又看見身後遠遠有個小乞丐，仿佛在暗中跟隨着。劉泰保假作拾鞋，順手由地下撿起來一塊碎瓦，故意慢慢地走。等着那個小乞丐走得離着他不遠了，他就驀然回身，一瓦飛去，打得那小乞丐捧着頭回身就跑。劉泰保罵了幾聲，依舊跟着車走。岔岔道地兩眼向左右張望，並且時時回頭。

直走到安定門大街，他就看見了兩個街頭上的閑漢，這兩個閑漢見了劉泰保全都恭恭敬敬地點頭彎腰，劉泰保就說：「老弟們快些找禿頭鷹去！叫他到府裏找我，我有點事兒，要吩咐他給做！」那兩個閑漢一齊答應着。劉泰保就叫騾車趕到了鐵小貝勒府，在車門前停住了。

劉泰保開發了車錢，就一手提着舖蓋捲兒，一手提着木箱，帶着湘妹進了車門，到了馬圈。有幾個鐵府的僕人看見劉泰保帶着個媳婦回來了，都一齊笑着追過來看。劉泰保是滿面喜色，帶着湘妹進到屋裏。

李長壽正躺在炕上看着一本小書，嘴裏唱着，一見劉泰保帶來了個標緻的女子，便驚愕地直着眼爬下炕來，穿上鞋。劉泰保請外面的人也進屋來，他給湘妹一一介紹，然後指着湘妹說：「這是你們的嫂子。」又向李長壽笑着說：「沒有別的話，今天你得讓位，搬到別處去住。這裏要做我們的新房。」

李長壽說：「我搬到哪兒去呀？」旁邊的人全都大笑。湘妹本來是芳顏通紅，低着頭不語，到這時她也不禁笑了。

旁邊的人就有的向劉泰保說：「你硬把家眷搬到這兒住可不一定行，府裏向來沒有這個規矩，你得找得祿去商量商量。」

劉泰保說：「等一會兒我就去。這幾天我真疲乏。匆忙着成了家，可又一時租不出房子來，我只好把她帶到這裏。得祿要是不許我們在這兒住，就叫他給我們找房子去。天氣這麼冷，眼看快到年底了，難道我們兩人在露天過日子？」

又有人向他詢問那土城捉賊、蔡捕頭身死之事。原來大家都已知道劉泰保這兩天是替人打官司，並且猜出他這媳婦就是捕頭之女、踏軟繩的姑娘。

此時裏面的得祿已經知道劉泰保回來了，就來到這屋裏，說：「劉師傅！這兩天你跑到哪兒去啦？爺叫你進去，有話要問你！」劉泰保趕緊找出了長袍子穿上，隨得祿出屋，到裏院去見鐵小貝勒。

劉泰保自去年來此教拳，鐵小貝勒也沒傳喚過他一回，如今他感到這真是特別的榮幸，打起了精神，躐着腳步，隨得祿進到第四重院落內的北屋。

此時鐵小貝勒是剛下朝，才更換了便衣，坐在太師椅上。手裏托着水煙袋，態度非常和藹，向劉泰保詢問道：「那個賊人藏在什麼所在，你已探出來了嗎？」

劉泰保說：「我還沒探出來！」鐵小貝勒又說：「那麼你們怎知道那賊人是藏在大府裏呢？」

劉泰保說：「因為蔡班頭父女曾見那女賊坐在一輛大鞍車上，她像是個女僕，車裏邊還坐着官眷。他們要追車，卻沒有追着。」

鐵小貝勒又問：「是在哪裏看見的車輛？」

劉泰保不假思索地說：「是在鼓樓。」

鐵小貝勒一怔，笑着說：「莫非賊人是藏在我這裏？」

劉泰保連連搖頭說：「本府用的人都是有來歷的，賊人絕不能混在這裏。現在我求爺說一句話，命我探訪此案，因為那蔡捕役的閨女孤苦無依，她已然跟了我。我立志要捉獲賊人，第一為爺追回寶劍，第二為我的岳父報仇。」

鐵小貝勒笑了笑，就說：「好吧！我就派你去辦吧！只要探出賊人的下落，不必用你下手緝捕，我自會通知提督玉大人。可是你千萬要仔細些，若沒得着真憑實據，可是不准胡說，不然你誣賴了名門大府，人家不依，要辦你的罪，那時可連我也不能維護你！」

劉泰保連聲答應，又趁勢請求說：「那蔡姑娘跟了我，我們可沒地方居住。我帶了她來，打算就在馬圈那兩間房裏暫住幾天，求爺准許！」

鐵小貝勒又笑了笑，並不還言，只問旁邊的得祿說：「你家裏有富餘的房屋嗎？」

得祿回答說：「有幾間，可是都太窄小。」

鐵小貝勒就向劉泰保說：「府中的規矩，是不准下邊的人帶家眷進屋住的，不能為你開了例。得祿的家中有房子，你今天就可以搬到他那裏去住。」

劉泰保只好答應，退了出來。回到馬圈，一進屋，見屋中只是湘妹一人，劉泰保就揚眉吐氣地說：「咱們有了後台老闆啦。貝勒爺命咱們探案，只要探出賊人的窩處，獲得準確的證據，貝勒爺就能夠給咱們想辦法。可是有一樣咱們不能在此居住，回頭還得搬走，搬到得祿那裏去。得祿是這府裏的管家，他的宅門一定不小，賊人也未必敢去。」

正在說着，得祿就進來了，劉泰保趕緊笑着說：「祿爺，以後咱們可就是街坊了，您多關照着！」

得祿說：「沒法子，既然爺吩咐了嘛。可是劉師傅，你住在我那兒可要老實一點兒！」

劉泰保點頭說：「一定老實。你看我這媳婦也是很老實的，到了你宅裏，准保是大門不出，二門不邁。」

得祿點頭說：「好，好，我已派人回去收拾房子去了，待會兒那人回來，就可領你們夫婦去。」說着又把手中的兩個元寶放在桌上，說：「這是貝勒爺給你們賀喜的，我的禮物等我回去再辦。」

劉泰保說：「那可真不敢當。我們兩個還用進裏院道謝去嗎？」

得祿擺手說：「不用了，我替你們謝了吧！我家裏什麼傢俱都有，都借給你們，你們就不必另置了，只把舖蓋帶過去就行了！」

劉泰保笑着說：「好啦！」又說：「我們的舖蓋也很簡單！」他笑着，把得祿送出屋去，就見有個刷馬的小廝點手叫他。劉泰保走近前，那小廝就說：「禿頭鷹在外邊等着你呢！」劉泰保趕緊出了車門，就見禿頭鷹手裏提着三個鳥籠子，站在府門西邊的牆角，劉泰保趕緊走過去。禿頭鷹就笑着說：「劉爺你大喜！」

劉泰保說：「有什麼可喜！這兩天跟賊人鬥，腦袋差點兒就鬥掉了！」遂把這兩天兩夜的事情大概說了一遍，然後就說：「現在我托你給辦一件事兒，就是無論如何，今天也得把那長蟲小二抓來見我！」

　　禿頭鷹說：“抓長蟲小二還不容易，抓來把他送到哪兒呢？”
　　劉泰保說：“下午三點鐘我一定到西大院，你就把他抓到那兒去等我開審好了。”禿頭鷹答應了一聲，就提着鳥籠走了。劉泰保又進車門回到屋裏，待了一會兒，得祿派往家裏去的那個小廝就回來了，向劉泰保說：“劉師傅，房子都收拾好了，您這就搬了去嗎？”
　　劉泰保問說：“離這裏遠不遠？”
　　小廝說：“不遠，就在北邊，那地方名叫花園大院。”
　　劉泰保說：“好，這就搬了去。”遂叫這小廝幫他搬舖蓋。他自己拿着木箱，湘妹在後面跟着，就這樣連車也沒坐，由貝勒府搬到得祿的家中了。
　　得祿的家是新蓋的小房，總共不過十間，分內外兩院。得祿的母親、妻子和一個傭人是住在裏院，外院兩間南屋、兩間北屋，全都借給了劉泰保。劉泰保一看房子很結實，人躥了上去不至於蹬碎了瓦。房門和窗子也全很嚴密，賊人也不至於鑽進來。他將舖蓋、箱子全都拿進北屋內，就見屋內也有幾件傢俱，很夠用。劉泰保就打發那小廝出去打酒叫飯。
　　小廝走後，他就向湘妹笑着說：“咱們在這兒過日子倒很好。案子慢慢辦，別愁，今天把那長蟲小二抓來，就可以得到點兒頭緒。咱們在這兒住着，但願賊人不知道，可是晚上也得提防着一點兒。”
　　湘妹見屋中很乾淨，她也很高興，就鋪炕，擦玻璃，拂桌子，生火，居然真做起了主婦。少時那小廝叫來了酒菜飯食，兩人用畢，劉泰保就把那小廝打發走了。他同湘妹又談了會兒閒話，就躺在炕上睡了個覺。
　　一覺醒來，已是下午三點多鐘，劉泰保就披上了老羊皮襖，暗帶短刀，出了門。四顧沒看見什麼小乞丐，也沒有什麼可疑的人，他就揚眉吐氣地走到了西大院茶館。只見茶館門首蹲着個乞丐，身穿破爛棉襖棉褲，長的是小腦袋細脖子，年紀有十七八歲，滿臉是污泥，並有不少眼淚和鮮血，可見是剛才挨了一頓打。旁邊就有兩個人，都是禿頭鷹的手下，在那裏看守着這個乞丐。一見劉泰保來到，這兩個人就齊說：“劉爺！我們把長蟲小二抓來啦！”
　　劉泰保低頭一看，就問說：“原來你就是長蟲小二呀？你給碧眼狐狸當探子，也應該闊啦，怎麼還是穿得這麼破爛呀？”
　　長蟲小二跪下叩頭說：“我真不知道那老婆子是賊，我住在祠堂的破牆裏，天天討飯，沒偷過人家的東西。前幾天才有那老婆子跟一個穿青衣裳的人來找我，給我錢，叫我給貝勒府送過一封信，也找過那賣藝的人兩回。前天、昨天，他們又叫我們到處跟着劉二爺，把劉二爺住的地方天天告訴她。”
　　劉泰保臉色一變，趕緊問說：“那穿青衣的人是年輕的還是年老的？長的是什麼模樣？譬如現在街上見了面，你能認出他來嗎？”
　　長蟲小二搖頭說：“認不清！他們去到祠堂找我的時候，都是在半夜裏，那穿青衣裳的人又站得很遠，沒跟我說過一句話。他們的臉全用東西圍着，我看不清。”
　　劉泰保又問：“辦一回事兒，他們給你多少錢？”
　　長蟲小二說：“一天給我二吊錢，我還得分給別人！”
　　正說話時，那禿頭鷹由茶館裏走出。見了劉泰保，他就說：“在這兒說話不便，有話他也必不肯實說。來！把他押出城去，先把他收拾一頓，然後再問他！”
　　長蟲小二趕緊又哭着叩頭，說：“我說的全是實話呀！”
　　劉泰保向禿頭鷹擺了擺手，和顏悅色地向長蟲小二說：“別怕！別怕！我知道你說的都是實話。你受那賊婆子的支使不過是為了錢，可是你卻不知道劉二爺更有錢。”說着，由身邊摸出一塊銀子，塞在長蟲小二的手裏，說：“先給你這塊銀子，叫你想法子認清了那賊婆子和青衣人的面目，記住他們說話的聲音。若再能探出他們的家，我賞銀二兩；弄個小剪子把他們的衣服偷偷剪下塊兒來，或是偷來他們身邊的什麼東西交給我，我就賞銀十兩，並且以後時時照應你。”

旁邊禿頭鷹也說：“劉二爺是貝勒府的老師，你巴結上他這麼闊的人，你小子就不必要飯了！”長蟲小二連聲答應，並且跪在地下叩頭道謝。

劉泰保就說：“你走吧！辦了事告訴禿大爺，我就知道了。”說畢，他請禿頭鷹和兩個閑漢進去喝茶。

禿頭鷹又悄聲說：“劉爺，你剛才辦的事不錯，很漂亮，可是……為什麼不晚上去到那地方趴着，到時候那兩人一去，咱們就上手把他們扭住呢？”

劉泰保說：“你們能有多少人幫助我？”

禿頭鷹說：“要十個就來十個，要二十就來二十。”劉泰保說：“頂好能有一百人。”

禿頭鷹說：“一百人我也找得來。可是那太多了，趴在地上都是一片黑，賊人看見了還能敢往近走？”

劉泰保笑着說：“不是說笑話，二百人、三百人也是梁山泊的軍師吳（無）用。那倆賊武藝太高，夜行的功夫太好，我領教過兩三次，所以我真不敢跟他們碰頭了。現在我只是想弄着點兒證據，再不然我就等過幾天，我有個朋友來到北京，叫她幫幫我。”

禿頭鷹問說：“你這朋友是怎樣的一個人物？武藝高嗎？”劉泰保微笑說：“是個女的。”

禿頭鷹很詫異，說：“哪兒來的那麼些個女的，都叫你認識了？”

劉泰保微笑着站起身來，會過茶錢，說：“這位女的，非同小可！我也沒見過，可是久聞其名，武藝雖不見得比我高，可是也足以做我的幫手。有她幫助我，再有我的媳婦跟着出點兒力氣，我們一男二女，准叫賊人不能逃脫。現在先叫你們三位悶一會兒吧！”說畢，拱手走去。

他買了點兒米麵，叫了點兒柴炭，回到家裏，把剛才的事向湘妹談說了一番，隨着兩人就做晚飯。吃完了飯，天色還早，又有府裏的李長壽等人送來了禮，給他們賀喜，劉泰保、蔡湘妹又陪着這些人喝了半天酒，應酬了半天。打過了二更，這些人才走去，劉泰保與蔡湘妹又把鋼刀放在身畔，警備了半天，可是直到三更，並無事情發生。這兩三日來他們全都沒睡好覺，到此時精神真掙扎不住了，兩人對着面不住地打哈欠。劉泰保不禁笑了，就說：“今天把賊人的探子已全制服了，咱們搬到這兒來，賊人也一定不知道，別瞎提心啦！關上門睡吧！”於是劉泰保就去關門。

這時湘妹已然懶洋洋地躺在了炕上，劉泰保關上了門，又搬了一把椅子頂上。椅子剛剛頂上了門，卻聽沙沙地一陣響，由門縫外送進來一張紙帖。劉泰保嚇得趕緊伏身，爬到炕邊，揪了湘妹的腿一下。湘妹嚇了一跳，趕緊坐起。劉泰保指了指門，只見那張紙片才由門縫進來，飄到門裏。蔡湘妹抄起刀來向外怒聲罵道：“什麼東西！”憤憤地下地要去開門，劉泰保趕緊攔她。這時，就聽嗤的一聲，一種暗器穿透了紙窗飛進屋來。蔡湘妹趕緊伏身，可是不斜不偏，她右邊的抓髻上正正插了一枝弩箭。這箭只有三寸長，很細，就仿佛是個簪子似的插在了湘妹的髮上，嚇得湘妹也不敢罵了。兩人在地下蹲着，足足有一個多鐘頭，方才站起身來，兩人的腳都蹲麻了。蔡湘妹由髮上拔出來小弩箭，看箭頭子非常銳利。

劉泰保拾起那張紙片一看，又是整整齊齊的隸字，一共只有十五個字，是：

三天之內，汝二人如不離京，必有大難！

劉泰保此時反倒不害怕了，只氣得他面色煞白，瞪起來三角眼，連連點頭說："好，好！這樣逼咱們，咱們可就跟他們拼出去了！"於是他生着氣又把門頂上了一張桌子，噗的一聲吹滅了燈，就與湘妹去睡了。後半夜只有窗紙被風吹得刷刷地響，倒是沒有什麼事情發生。

次日清晨，劉泰保到貝勒府借了一匹快馬，騎着馬出南城，先到全興鏢店見了楊健堂，說明自己現已搬了家，可是那家也十分不平安，頭一天夜裏就鬧賊，請他今晚派人去幫助防夜。臨走時劉泰保又借走了兩杆扎槍，再到泰興鏢店去找孫正禮。孫正禮沒在鏢店中，說是出去到城根練拳去了。劉泰保也留下了話，說自己現已住在安定門內花園大院，今晚請孫鏢頭前去，有要事商量，並且叫他別忘了帶傢伙。然後劉泰保騎馬拿着兩杆扎槍進城。

回到家中，他把槍交給湘妹，說明了今天他的主張。湘妹聽了也很高興，說："你快把馬送回府去，咱們這就走。"

劉泰保說："別忙，你先做飯，菜得多預備幾樣，今晚還有不少朋友要來呢！"

蔡湘妹高高興興地說："你可快去快回來！"劉泰保笑着答應，出門上馬走了。

今天劉泰保特別興奮，他將馬匹送回鐵府，又去了西大院。見了禿頭鷹，他就高聲談論捉賊之事，氣憤憤地拍桌子摔板凳，再也不像前兩日那樣低聲談話、唯恐人知的樣子。

少時出了西大院，又回到家裏，蔡湘妹已然做好了飯。兩人吃了，劉泰保擦擦嘴說："咱們走吧！"於是湘妹拿起了軟繩和銅鑼，劉泰保拿着兩杆扎槍一把刀，兩人都穿着短衣出了屋。

才一出大門，迎面正遇見得祿。得祿驚訝着問說："你們兩口子要上哪兒去呀？"

劉泰保笑着說："賣藝去，掙幾個零錢花。"得祿說："你們可別去胡鬧！"

劉泰保說："胡鬧？貝勒爺的命令叫我們去探案！"得祿說："貝勒爺昨天不過是一時高興，隨口說說。"

劉泰保說："貝勒爺是金口玉言，隨便說的話，也跟旨意差不多。祿爺，我們今天去了，也許就探出案來，可也許就惹下大禍，你可掛念着我們一點兒。只要我們一天不回來，你就派人去打聽我們！"說着笑着，便帶着湘妹走去。

兩人隨行隨談笑，很快便來到了鼓樓西大街玉宅的門前。他們的身後早已跟上了許多人，都說："這可怪了！這姑娘不是那個捕頭的女兒嗎？捕頭被賊殺死了，她怎麼又跟着這男子出來賣藝呢？"又有人說："你們不認識？這男子就是一朵蓮花劉泰保，他跟那女的大概是相上了。如今出來裝模作樣地來賣藝，不定打算的是什麼主意呢！"

此時日已傍午，劉泰保在玉宅門前的高坡下招了一大圈子人。他先把兩杆扎槍繫好了繩子，插在地下，安上了軟繩的架子。蔡湘妹低身將紅緞鞋的鞋帶繫緊，劉泰保就拿起鑼來，鐺鐺敲了幾下，昂首向眾人說道："玩意兒擱了兩天，如同擱了兩年。前天夜裏土城鬧的那件事想諸位都已知道了，這幾天我葬丈人，娶媳婦，弄得沒有一點兒工夫，今天才帶着老婆出來，練幾手玩意兒給諸位解悶。好！閒話少說，咱們就敲起鑼來！"

　　隨着鏜鏜的鑼聲，蔡湘妹一躍上繩，兩手搖擺，如同燕子飛翔。劉泰保就敲鑼高聲唱道：“行行走走到京城，捉拿碧眼狐狸精！碧眼妖狐有幾個？”

　　他仰面看着繩上的湘妹，湘妹一邊跳躍，一邊伸着兩個手指，說：“有兩個！”

　　劉泰保點點頭，又來回走着敲鑼唱道：“是大狐精與小狐精。”接着恨恨地說：“捉住大狐猶可恕，捉住小狐我不容情，剝牠的皮來吃牠的肉，把牠的骨頭我用火烘。牠的肉我做麻辣醬，牠的皮我做一條領子擋擋寒風。諸君若問我名和姓，”一拍胸脯，說：“我是一朵蓮花劉英雄！”又指指繩上的湘妹，說：“這是我的媳婦蔡家女花容。鏜鏜鏜，鑼聲響，小狐大狐快出來，出來晚了我要……”

　　劉泰保不是在敲鑼賣藝，簡直是指着坡上的玉公館潑口大罵了；旁邊圍觀的人一看要出事，有許多就趕緊避開了。此時有提督衙門的兩個官人手搖皮鞭走下了高坡，將眾人驅散。蔡湘妹就跳下繩子來，由地下抄起了鋼刀，劉泰保從容擺手說：“別莽撞！看我對付他們！”

　　此時兩個官人帶着五六個玉宅的僕人氣勢洶洶地走過來，其中一個人就舉着皮鞭向劉泰保發橫地問道：“誰叫你跑到這兒來賣藝？”

　　劉泰保昂然說：“當朝一品、鐵貝勒鐵二爺，叫我來此賣藝！”

　　兩個官人和玉宅的僕人全都嚇了一跳。那個官人又繃着臉問說：“你有什麼憑據？”

　　劉泰保說：“我是鐵府教拳的師傅，那就是憑據！”

　　官人又問：“你既是教拳師傅，可為什麼又來此賣藝？”

　　劉泰保笑了笑，說：“賣藝不過是為隱身，說實話，兄弟是為來探案。因為敝府中丟失了一口寶劍，貝勒爺命我來訪。我查來訪去，知道那賊人是隱藏在一個大宅門裏，所以無論哪個宅門，我都要走走訪訪！”

　　幾個僕人一齊瞪眼說：“你為什麼單單到我們這兒來呢？”

　　劉泰保笑着說：“別處我還沒得工夫去，因為你們這兒離着我的家門近，所以我才先來給你們諸位耍玩意兒！”

　　兩個官人和眾僕人全都氣得臉色煞白。他們彼此談話，有的就說：“這小子是成心來搗亂，有意損傷大人的面子，把他抓走就是了。”卻又不敢上手。結果官人往東去了一個，這裏的幾個人就向劉泰保說：“你別走了，我們請示大人去了！”

　　劉泰保故意問道：“大人是誰？”

　　僕人們答道：“大人就是提督玉正堂，你小子留神腦袋就是啦！”

　　劉泰保冷笑道：“原來是他呀？他來了我們正好耍一趟玩意兒。跟他討些賞錢！”於是回首向湘妹說：“夥計別閑着，再練幾手玩意兒，給這幾位解解悶兒，他們給咱們請財神爺去了！”

　　湘妹聽了他這話，就噗哧一笑，又飛身上繩，宛轉跳躍。劉泰保又使力敲鑼唱道：“有緣來見玉正堂，正堂跟咱是老鄉！”

　　一個玉宅的僕人過來攔他，被劉泰保一腳踢翻。蔡湘妹一邊跳着，一邊咯咯地笑，並說：“你是正堂的把兄弟。”

　　劉泰保敲鑼說：“他家的小姐是你的乾娘！”

　　玉宅僕人個個擦拳摩掌，指着劉泰保說：“這小子嘴裏胡說八道！”劉泰保打了個飛腳，說：“諸位別上前來，碰了可是自討苦吃！”又敲鑼高聲唱說：“玉宅門裏養着幾條犬。”湘妹站在繩上，手指大門說：“還有兩條狐狸會上牆！”劉泰保笑一笑，一邊敲鑼一邊想詞兒。

　　這時由東邊來了十幾名雄赳赳的官人，個個拿着單刀鐵尺、繩子鎖鏈。劉泰保就向湘妹說：“夥計下來吧！收拾起來傢伙，玉大人要請咱們走堂會！”湘妹就跳下繩來。

　　那十幾名官人已然趕到，不容分說，就抖鎖鏈把劉泰保鎖上。劉泰保把鑼交給官人，說：“這倒不差，你們把我鎖起來幹什麼？是要拿我去當猴兒耍嗎？”

　　有個官人就抖手打了他一個嘴巴，劉泰保卻微微笑着，說：“打的聲兒真脆！可是你們哥兒幾個睜睜眼睛，看看劉泰保是誰？不是吹！今天到衙門，玉老頭兒放我便罷，若不放我，咱們就翻起大案來。我的腦袋不要緊，他的頂兒翎子可也保不住。”又回首向湘妹說：“夥計別害怕！壯起點膽兒來，這場官司一定是咱們贏！”

　　此時湘妹也被官人鎖上了，她只是說：“喲！你們別揪我呀，再敢動手我可就要罵你們啦！別推我，我自己會走！兔崽子！”

　　劉泰保在前面洋洋得意，蔡湘妹在後，略略低着頭，十幾名官人押解着他們。街上的人都躲得遠遠的，連看也不敢看，劉泰保和蔡湘妹就被押到提督衙門。

　　此時玉大人正在坐堂，一聽說把擾亂家宅的犯人捉到，立刻提上。劉泰保見了玉大人先請了個安，笑着說：“玉大人您一向好呀？”

　　玉大人把驚堂木一拍，喝道：“混帳！你敢上堂來無禮！”兩旁官人齊都喊喝恫嚇，把劉泰保和蔡湘妹按得跪倒。

　　玉大人氣得花白的鬍子亂動，先向劉泰保說：“你叫什麼名字？”

　　劉泰保說：“姓劉名泰保，外號一朵蓮花，在鐵貝勒府當教拳師傅，頗蒙優待。如今是因為府中丟失了一口斬銅斷鐵的寶劍，貝勒爺命我探查。我怕露出形跡，這才帶着女人出來賣藝訪拿賊人。我這女人是會寧縣蔡班頭之女，於月前隨父來京探案，在宛平縣順天府投有公文可證。她的父親是前天在德勝門土城被賊殺死了，這也經官驗過屍。賊人碧眼狐狸耿六娘現在藏匿在一家大宅門內做傭僕，她還有個徒弟幫助她，盜去了寶劍，殺死了官捕，並買通了乞丐長蟲小二探聽我們的行蹤，連日連夜到我們夫婦的寓所去投信恐嚇……”說着，由衣袋裏掏出昨晚由門縫裏送來的那張紙片，說：“這是賊人的筆跡，請大人過目。”

　　這張紙片由旁邊站的官人接過來，呈到當中坐着的大人手中。玉大人接過來一看，那威嚴的臉色卻顯出有點詫異的樣子，又向蔡湘妹審問了幾句話，便命衙役將劉泰保、蔡湘妹帶下去押起。玉大人遂又派了十名官人到自己的宅門，把大門監守住，無論宅中什麼人，也不許擅自出入。然後又命人備馬，就帶着四名官人往貝勒府謁見鐵小貝勒去了。

　　當日，九城的人都已傳遍，都說一朵蓮花劉泰保攜帶着那踏軟繩的女子，攪鬧玉大人的宅門，已被提督衙門捉拿了去。可是到了下午三點多鐘，劉泰保和蔡湘妹又被釋放出來了，賣藝的那些傢伙也全都沒被扣。劉泰保依然揚眉吐氣，蔡湘妹還是跟着他說說笑笑，夫妻倆就走回了花園大院。

　　這時天色還早得很呢，可是他的家門前就見站着個大漢子。這人身穿短衣褲，手提着明晃晃的鋼刀，見了劉泰保就說：“小子你怎麼才回來啊？我等得都心急了！”

　　劉泰保笑着說：“我的孫大哥！您真是急性子，我是請您晚上來幫我防賊，您怎麼這麼早就來啦？”

　　孫正禮說：“我等不得！我早就吃完晚飯了。”

　　劉泰保說：“好！托您辦點什麼事，可倒真耽誤不了。”遂拉着湘妹向他引見，並請孫正禮進到自己家裏。

　　劉泰保不敢把剛才的事情說出來，因為知道孫正禮的性情，聽說他早先同着俞秀蓮到過河南，沿路上不曉得給俞秀蓮惹了多少事。如今，倘若把玉宅門前罵賊的事情說出來，這個怔傢伙就真許提刀跑到玉宅硬闖進去捉賊。所以進到屋裏，他只叫湘妹生火爐，燒水，倒茶，想法跟孫正禮說閒話。

　　孫正禮卻不耐煩聽，只說：“你這小子不會辦事！那天在土城你要是先請上我，我早就把賊人捉住了，你的丈人也不至於死！”

　　劉泰保只好點頭說：“是！所以我很後悔嘛！那時我也忘了請孫大哥了。”

　　正在說着話，忽聽得街門響，孫正禮立時抄刀出屋，劉泰保趕緊追出屋去，外面原來是得祿回來了。得祿看見了孫正禮手中的大刀，嚇得他臉都白了。幸虧孫正禮認識他，刀沒有掄起。劉泰保趕緊把孫正禮推回屋去，說：“大哥！您先別急！賊人也不能立刻就來，這是我們的房東。”孫正禮點了點頭。

　　得祿在外邊叫着說：“貝勒爺叫你立時就去！”

　　劉泰保答應了一聲，又向孫正禮說：“孫大哥您先坐！貝勒爺現在叫我，我去一會兒就回來，回頭還有我表兄楊健堂來到。今晚賊人多半准來，到時候全要仗大哥動手，現在先請你養養神！”

　　孫正禮點點頭，放下刀又說：“快回來！”

　　劉泰保答應了一聲，便出屋同着得祿走出街門。得祿愁眉不展地說：“您今天鬧的這是什麼事？若不是有貝勒爺替你說話，玉大人一定要重辦你！”

　　劉泰保笑着說：“沒有貝勒爺當後台，我也不敢這麼辦。”

　　得祿說：“玉大人現在還在府中，他氣極了，要叫你指出那賊人是他們家裏的什麼人？”

　　劉泰保笑着說：“我也沒說賊人是窩藏在他家呀！今天我原是想着，凡是大宅門我就要訪一訪，不想頭一下就碰到玉老爺的家門。”

　　得祿說：“你這是強辯，誰也不能相信你今天幹的事是毫無用意。本來這幾天你們就在外胡說什麼賊人藏在大宅子裏，今天你又去玉宅的門前大罵，這不是你已說明白了嗎？賊人就是藏在他的宅子裏。”

　　劉泰保矢口否認說：“我沒罵，我也沒說。”

　　二人來到貝勒府內，得祿先進裏面回稟，待了一會兒，就把劉泰保傳進裏院。鐵小貝勒今天的神色也不大和氣，問說：“你今天為什麼敢到玉大人的宅前攪鬧？”

　　劉泰保恭謹地回答說：“我沒敢去攪鬧，我是因為昨天聽了爺的吩咐，今天就設法去尋賊，為的是替爺追回來那口寶劍！”

　　旁邊坐的玉大人氣得不住地喘息，說：“劉泰保，你的意思一定以為那女賊碧眼狐狸是藏匿在我家了？”

　　劉泰保說：“小人不敢說。不過蔡德綱臨死以前，曾告訴過他的女兒，說那女賊是藏在鼓樓附近的大宅門內。”

　　玉大人站起身來，說：“我帶着你去到我家裏，上上下下由你認。只要你認出了賊人，我必將賊人交官正法，然後我甘受朝廷的處分！”

　　劉泰保說：“我不敢去認！因為那天在德勝門外土城交手時，天色已然黑了，我沒看清楚賊人的面貌。我只知道賊人是個老婆子，貓着腰，手拄着拐杖，拐杖是鐵打的，那就是她的兵器。她貓着腰也是假裝老態，她若是直起腰來，比我的身材還高。”玉大人仿佛吃了一驚。

　　劉泰保又說：“她還有一個徒弟，年有二十來歲，身材很細，穿着青衣裳。

那個人才真正是盜劍的主犯、殺人的正兇。他天天夜裏去找我們攪鬧，在我媳婦的枕畔放銀兩，留下字柬，逼着叫我們離開北京。因為有我們夫婦在此，知曉他的底細，他們早晚一定要犯案。”說着，他又取出來前夜在店房中得到的那張字柬，交給鐵貝勒。

鐵小貝勒看着，就笑了笑，說：“這個賊倒真寫得一手好漢碑！”

玉大人此時神情十分不安，就說：“我的家中上下也有百餘人，也許有什麼歹人潛伏其中。現在我已派人看守起來了，無論何人，不許私自出入。現在我就要回家去親自搜查，倘若搜出了可疑之人，我就自請處分。”說畢，便向鐵小貝勒告辭，逕自走了。

這裏鐵小貝勒又囑咐劉泰保，說：“以後不可這樣冒昧行事。倘若再到誰家的宅門前去吵鬧，出了事，我可無法再護你！”

劉泰保連聲答應，退了出來，喜不自勝。可是一看，天色已然不早了，他就趕緊回家。

此時他的家中已來了五位朋友，除了孫正禮之外，還來了瞪眼薛八、歪頭彭九、花牛兒李成、鐵駱駝梁七，這都是楊健堂派來的，各個帶來兵刃，預備到夜間替劉泰保夫婦捉賊。禿頭鷹也來報信，說是長蟲小二已被提督衙門捉去了。劉泰保就笑着說：“好了！咱們的手法今天使得已然差不多了，現在就看那兩個賊人的手段如何了，看他們能否逃得羅網！”

第三回　　銀鐙銷夜小姐恨鸞音　　寶刀生光女俠殲狐首

　　少時，天色已黑，此時鼓樓西坡上的玉正堂公館，戒備得十分嚴密。玉大人已返回玉宅，他本來已是六十多歲的人了，曾做過很多顯赫的官職，建立過許多功勳，兩位公子又都在外省做知府，所以他是世代的簪纓、當時的顯貴。今天竟為一個市井無賴劉泰保所辱，他的心中實在不大痛快。他帶着僕從回到宅門前，就見宅前的高坡上有五六名官人，大門前也站着兩個，全都亮出來腰刀，在手中捧着，一見大人回來了，都一齊肅立。玉大人下了馬，走進了門，跟班的兩個僕人貴來和祿來，都在身後緊隨。

　　向來玉大人下了衙門便先到內宅去更衣，今天可不然了，他順着穿廊先到了客廳之內。客廳內此時是空寂無人，廳中陳設的又都是些花梨紫檀的器具和古瓶銅鼎等等，十分黑暗，什麼東西也看不清。貴來趕緊點上兩枝蠟燭，燭台也是古銅的，燭光搖搖燃起，這大廳內的一個角落就有了光明。玉大人走到東壁，吩咐道：“拿燈來！”貴來、祿來二人就每人捧着一隻燭台，趕緊走到東壁，分別站在大人的左右。玉大人卻仰面向壁間去看，壁間懸掛着一副對聯，對聯上寫的是：“朗月麟門德慈永庇，春風虎帳功業長垂。”上款是“麟軒姻伯大人鈞賞”，下款是“姻愚姪魯君佩謹書”。下面蓋着兩顆朱紅的方形圖章，陽文的是名戳，陰文的卻是某科的“探花”。這對聯的筆法寫得極為渾厚，字體是“八分”的隸書。

　　玉大人從身邊取出來一張紙片來，這紙片就是今天在大堂上那市井無賴劉泰保交出來的字柬，上面也是隸書，寫着是“三天之內，汝二人如不離京，必有大難。”玉大人看看這字柬，又看看那對聯，簡直覺着字體毫無兩樣，分明為一人所書。玉大人臉上立時現出驚訝的樣子，他撚着花白的鬍子發怔了半天，心說：怪事事！魯君佩是我最喜愛的人，他常到我宅中來，我早就有意將女兒嬌龍許配於他。他是新中的進士第三名，翰林院的編修，是位少年才子，他父親也做過工部侍郎，難道他還會做飛賊嗎？豈有此理！豈有此理！玉大人把紙片收起來，微皺着眉，又出了客廳，順着廊子慢慢地走，直往內宅去。早有僕人站在屏門向內傳達了，說：“大人回來啦！”

　　此時內宅裏各屋中都已點上了燈，那北房玉太太的屋中早有人推開了門，挑起了軟簾。兩個僕婦迎出來，都說：「大人回來了！」平日玉大人從未正眼看過僕婦，所以他宅裏的十幾個僕婦的面貌他全都認不清。今天他卻與往日不同，見了這兩個僕婦，他就用眼去盯。

走進屋裏，太太由裏間迎出來，也問說：「大人回來了？」玉大人點了點頭，便到裏間的木床上坐下。一個僕婦獻上茶來，另一個僕婦送來水煙袋。玉太太就問：「大人用過飯了嗎？」

玉大人點點頭，說：「我在鐵府用過了。」

玉太太已看出大人臉上的憂煩之色，但是不敢多問。玉大人抽了兩口水煙，便微微一使眼色，旁邊的僕婦趕緊退出。這屋中的燈光照着老夫婦的影子，玉大人就向他的夫人低聲說了今天那件怪案，並取出那張紙片給夫人看。

玉太太也很為驚訝，說：「魯君佩絕不能與此案有關吧？」

玉大人說：「當然不能有關。他是一位翰林，身體又那麼胖，怎能做飛賊？」喝了一口茶，又悄聲說：「只是那劉泰保說，他已探出賊人碧眼狐狸耿六娘是藏在我家做僕婦，年紀有五十多歲，貓着腰。還有她的徒弟，是個二十來歲的小廝，身材很細，大概也是咱們家裏用的人。你想，咱們家裏用的人太多，萬一真有什麼人潛伏其中，那豈不可怕？所以，今天我就派人看守了宅子，不許人擅自出入。我想即時就把內外宅所有的男女僕人叫齊，只要稍有可疑，便給他們兩個月的工錢，叫他們立時走開！」

玉太太趕緊擺手說：「那使不得！劉泰保既是個市井無賴，就許是他倚仗鐵貝勒的勢力，有意向我們家裏訛詐。」

玉大人搖頭說：「不是訛詐！前夜德勝門外土城確實死了一個外縣的捕役，那捕役帶着女兒以賣藝為名，暗中訪賊。聽說他們常在咱們的門前賣藝，龍兒也常出去看。」

玉太太沉思了一會兒，就說：「咱們家裏用的人雖多，可也是數得出來的。女僕中四個丫鬟都還很小。老媽子，我這屋中用的錢媽、史媽、薛媽，都已跟隨我多年，在新疆時她們就是伺候我，還有慶媽、張媽，雖是新雇來的，可都是有來歷，而且她們也都不老。伺候龍兒的胡媽、高師娘，你又都知道，跟咱們也都有五六年了，都是一點兒過錯也沒有。若說到貓着腰的老僕婦，只有馮媽，她的頭髮都白了，還有痰喘的毛病，她又是咱們大少爺的奶媽，自我嫁過來一年後，就雇了她來，她還能有什麼靠不住的嗎？」

玉大人默默不語，忽然想起了那個高師娘，五年以前的事情就在他的腦中翻起。在新疆時，他做過十多年赫赫的武職，那時只有女兒嬌龍隨侍。嬌龍在六歲時便能讀書寫字，那時請了一位教書的老師，是雲南的一個不第才子，名叫高雲雁。這個人真是奇才，不但經史皆通，而且能書善畫，對於兵書戰術，尤為嫻熟。他（玉大人）曾經過幾次大戰，全是因向那高雲雁討教，才得了大勝，建了奇功。所以高雲雁不但是他家的教書先生，而且是營中的一位師爺。

那高雲雁孤身一人，從不向人講述他的家世，平生專好遊覽山水，每三年必要出遊一次，每次須半年始歸。在五年之前，忽然高雲雁領來了一個婦人，說是他的妻子，夫妻就同住在衙門內。兩年之後，忽然高雲雁得病死了，遺下妻室，無家可歸，便也在內宅幫助做些針線活計，一半是傭僕，一半是客，無論上下都呼她為「高師娘」。

當下玉大人想，只有這個高師娘有點可疑，但是可疑的應是她的丈夫。她本人雖是已有五十歲上下，但不貓腰，而且為人沉默寡言，規矩謹慎，四五年來終日在屋中剪裁縫紉，從未做過一件錯事。

玉大人撚着鬍子細想了想，覺得自己的宅中實在沒有什麼碧眼狐狸，而且外院的年輕僕人也全是些老僕人的子弟，沒有外人，真叫他茫然，無從去尋找線索。

此時玉太太又在旁邊進言說：“我勸大人對此事也不必動聲色，門前宅內雖應當防範，可是也不應露出形跡來。一來，免得使賊人心虛，逼出來什麼歹心；二來，倘若咱們家中本來沒有什麼歹人，自己先弄得風聲鶴唳，叫外邊的人知道了，必定要恥笑！”

玉大人點了點頭，覺得太太說的話很對，抽了兩口水煙，又說：“明天先把君佩叫來，拿這張字帖給他看看。”

玉太太笑着說：“依我看，何必叫他知道了此事又生氣？古今天下還有過翰林做賊的嗎？”

玉大人說：“他的字雖寫得好，可又不是什麼有名的書家，他的筆跡落在外邊的又不多，怎會這賊人把他的字模仿得是一般不二？”

玉太太也驚疑了一下，但又見大人是太興奮了，遂又笑着說：“我們幸虧沒把龍兒許配給他！”

玉太太一提到女兒的婚事，玉大人也就想到了另一件事情上，就讚歎着說：“要說起來，魯君佩真是一位少年才子，二十四歲就中探花，入翰林院，還真是少有。自從他家老太太拒了陳中堂的小姐，就屬意在龍兒的身上。我想只要他們再來提說，咱們就答應了他。本來兩家就是老親，以後做了新親，就來往得更近了。龍兒今年也十八歲了，難道還耽誤着她嗎？”

玉太太微微皺眉說：“龍兒她仿佛已知道了，可是我看她是不大樂意似的。本來，魯君佩是個少年才子，可是長得相貌也太蠢！”

玉大人臉上現出怒色來，說：“女兒的婚事豈能由她自己做主？我想把她的婚姻訂了，以後就不能叫她常出門，站在門前看踏軟繩的，那成什麼體統？”玉太太聽了也不敢多言。玉大人又抽了一袋水煙，便走往自己的臥室更衣休息去了。

少時天將二鼓，玉宅的規矩，無論上下，除了值班守夜的人之外，一到二更天便都要熄燈休息。玉太太抽着短杆旱煙，在屋中坐着悶悶地思索，忽然旁邊伺候的僕婦薛媽就說：“小姐來啦！”

旗人家的規矩，凡是小姐、少爺、兒媳，每天晨昏必要到父母的房中請安兩次。玉嬌龍小姐的父親是位武將，在早先戎馬倥傯時便已免去了這項禮節。可是她一早起來晨妝甫畢和每晚臨睡之前，還必須來給母親問安行禮。

當下她見了母親，行禮已畢，就笑着問說：“母親！咱們家裏今天是有什麼事呀？高師娘要到菩薩廟去燒香，門前全都不叫她出去！”問完了話，就像小孩兒一般，扭着頭笑着看她的母親。她烏黑的髮上戴着個珠子穿成的蝴蝶，在燈影裏不住顫動着。她細條的身子上穿着蔥心綠的上面繡着紅花的緞子旗袍，袖頭露出點兒銀鼠裏子，大襟上的第一個紐扣上佩着一串珠子，是翠玉琢成，垂着金穗子；兩個金耳墜也在燈下發光。這位小姐真似一條美麗而神秘的金龍一般。玉太太便把僕婦屏去，低聲把玉大人剛才所說的話，向女兒重述了一番。

玉嬌龍小姐聽了並不驚訝，只是微微凝着秀麗的雙目，閉着櫻桃一般的嘴唇，納悶了一會兒，就說：“咱們家裏沒有什麼可疑的人呀？”

玉太太點頭說：“我也不信是咱們家裏藏着什麼歹人，可是，你父親拿着一張賊人寫的字帖，據說是魯君佩的筆跡。”

玉嬌龍小姐說：“魯君佩本來就不是好人，父親偏叫他常到咱們家裏來！”

玉太太歎了一聲，就說：“唉！你怎麼這樣說話？魯家是咱們的老親，君佩又是一位少年探花、翰林院學士。”

玉嬌龍似乎生氣地說：“那為什麼他又當賊殺人呢？”

玉太太又歎息說：“他怎能是賊？人家的家世比咱們還好！這一定是賊人故意模仿他的筆跡。”

玉嬌龍小姐暗暗地哼哼冷笑，說：“當賊的還用得着模仿別人的筆跡嗎？”

玉太太皺了皺眉，又親密地對女兒說：“我看你父親的意思是決定了，魯家若再提親，他就要答應。據我看，魯君佩雖然相貌差些，可是才真好……”

玉嬌龍小姐不待她母親把話說完，她那嬌豔如花的臉兒上就突然升起了一種慘白的顏色，珠子般的眼淚在睫毛上沾着，她悲戚地搖了搖頭。玉太太見女兒這般情形，又不禁歎了一聲，說：“事情可也不能立時就定規，你父親這兩天很是煩惱，也無心去辦理這事，你就放心吧！別淨為此事煩悶，慢慢地我想法子再勸阻你父親，現在你歇着去吧！”

玉嬌龍小姐雖然沒說話，可是悲戚之色並不稍減。她就慢慢退身出了裏間，轉過身來，僕婦們齊都說：“小姐您歇着去吧！”玉嬌龍小姐微微點了點頭，輕移繡履，屋裏的僕婦持着燈燭送出來，玉嬌龍小姐就帶着丫鬟繡香踏着畫廊往西邊那閨閣走去。

這時牆外的更聲正交兩下，天黑如墨，黯然無星，似將落雪。北風吹得甚緊，將那邊僕婦手中的燈燭都刮滅了。玉嬌龍小姐回到屋內，此時另一個丫鬟名叫吟絮的已將床上的香衾鋪好，銅盆中的木炭埋上。繡香烘暖了手，才過來替小姐摘下耳邊的墜子，摘下頭上的花朵。吟絮捧着一碗茶獻上來，細瓷的小茶碗放在個銀碟子裏，放在那嵌石的紅木桌上。玉嬌龍小姐仍然是纖眉不展，珠淚未乾，低着頭不語。一隻雪白的長毛貓跳到小姐的身上，揚着頭咪叫了一聲。玉嬌龍伸出那柔荑一般戴着金翠戒指的纖手，輕輕地撫摸着貓身上的白絨似的長毛，芳容才漸漸現出些喜悅，唇邊也露出一個淺淺的笑窩。

兩個一般兒高、年歲都在十四五、穿着一樣的緞子衣裳的俏皮丫鬟吟絮、繡香也一齊笑了。繡香就說：“小姐，您可天天的愁什麼呀？”吟絮說：“再有幾天就到年下啦，今年小姐還帶我們逛花燈去嗎？”玉嬌龍小姐說：“到時再說，我還未必活到了過年！”兩個丫鬟一聽這話，齊都咬住了下嘴唇，吧嗒嗒落下眼淚來。玉嬌龍反倒噗哧笑了，說：“你們替我難受什麼？我還沒哭呢。你們睡去吧！”

兩個丫鬟拭拭眼淚，剛要轉身，忽聽外屋有人問說：“小姐歇下了嗎？”繡香趕緊打開軟簾，向外邊說：“還沒睡呢，高師娘請進來吧！”外面那高師娘進來。

這是一個五十歲上下的婦人，身材很高，長的是一張長臉，臉上已有了些皺紋，頭髮也有許多根全都蒼白了。她穿的是灰布的棉衣褲，鑲着白邊，可知是個寡婦。手裏卻拿着一塊紅綢面兒白綢裏子的東西，上面還繡着花朵。她含笑走進來，把這東西拿給玉嬌龍看，問說：“這是小姐叫我做的兜肚，我看是裁長啦，應當去下一塊。”

　　玉嬌龍把那兜肚接到手裏，略微看了看，就說：「不必去啦！高師娘你也去睡吧，我又不忙着要穿，明天再做吧！」高師娘點點頭，就拿着兜肚走了。

　　這裏玉嬌龍微微笑着，用手撫摸着她的愛貓，向兩個丫鬟努努嘴。兩個丫鬟就都退出屋去，把房門關好，便一齊回她們的寢室睡覺去了。

　　小姐這閨閣一共是三間房子，靠北牆有一扇木門，裏邊還有個小小的套間，那是兩個丫鬟住的地方，因為小姐好靜，晚間不願別人在她的屋裏睡。她是最討厭別人的鼾聲和囈語的。這三間房子是兩明一暗，外屋擺的是琴、棋、書、畫。有個很大的後窗，臨窗一張紅木桌子，那是小姐每天讀書習字之處。有時啟開後窗，冬天可以看見一片雪景、茅亭假山；春天就可以看見十多株海棠樹，並蒔着幾畦芍藥。右邊是個榆木的隔扇，上面嵌着滿月形的玻璃窗，懸着紅綢的夾軟簾。裏面還有兩扇很嚴密的屋門，這就是小姐的臥室。

　　臥室靠後牆是裝着楠木隔扇的臥榻，隔扇上嵌着許多小幅的字畫。字是正、草、隸、篆皆有，畫是工筆、寫意俱全，並有「意雲軒主人」的很小的圖章。丫鬟們都曉得，這全是小姐自己書畫的。左邊靠隔扇是一張小書案，上面陳設着端硯、徽墨、古瓷的筆架和水盂，並有一兩件精緻的小擺設。書案上還放着兩卷書，是《史記》和《唐詩》，這是為小姐隨時翻閱解悶的。此外並有一匣「朱絲欄」的信箋，小姐有時微微有些感觸，就常常命丫鬟磨墨，她玉手執筆，填一闋詞或做幾首詩。右邊是妝台，有檀木鑲翡翠的鏡奩，並擺着兩隻白銀鏤花的燈台。靠窗是紅木的茶几和兩把小椅子，茶几上並無什麼茶具，只有一隻玉瓶，裏邊插着一枝正在開的梅花。窗上是兩扇大玻璃，裏面掛着碧羅窗帷，外面遮着木板，這是下窗；上面還有窗櫺，卻是用白綾裱糊着。窗外就是走廊了。

　　此時窗外的寒風吹得那白綾不住顫動，屋裏卻很是靜默的，只有玉嬌龍小姐在小書案之旁坐着，纖手撫摸着在她的膝上熟睡了、渾身長白毛、只有鼻梁上有一塊黑點兒的愛貓。半天，她才把貓抱起，親了一下，叫着貓的名字小聲說：「雪虎！」貓兒柔順地叫她放在地下，咪咪叫了兩聲，跳到一個有棉墊子的椅上睡去了。

　　玉嬌龍小姐懶懶地站起身來，走到妝台旁，向鏡裏看了看自己的芳顏，不禁又泛着一陣愁色，又向鏡裏微微一笑，這是一種冷笑。她俊秀的眼裏冒出一股劍似的令人凜懼的寒光，但旋又恢復原狀。她依然嬌懶地拉開抽斗，取出一個很小很矮的銀燭台，拿了一枝小蠟，燃着了，便吹滅了那兩枝高燭。屋中立時發暗了，只有小燭台搖動着微光。她就手執燭台，輕輕走到外屋，將門戶窗櫺仔細檢查了一遍，又回到屋裏來，關上裏間的屋門，將燈放在床裏的一隻小炕桌之上。

　　當她揭起幔帳時，一種麝香和溫暖之氣就溢散出來。她自己更換了寢衣，上了床，蓋上閃緞的絲棉被，將烏雲似的髮辮掠在繡枕旁，伸着她那戴着翡翠鐲子的皓腕，取出來一本書。這本書很小，可是很厚。書皮上有一行字，其中有個字是「啞」字，仿佛是一本很神秘的書。小燭台的光焰雖小，可是將這床幔以內照得通明。這位玉嬌龍小姐就擁着香衾，將這本神秘的小書細細翻。

　　此時，更鼓連敲了三下，由前院敲到後院，由後院又敲往花園去了。這一夜，玉宅裏有許多人巡邏防夜，一點驚擾也沒有。而在很遠之處，一朵蓮花劉泰保那裏也是無事發生。劉泰保夫婦跟孫正禮、薛八、彭九、李成、梁七，全都一夜沒有睡覺，鋼刀都沒離手。一到雞鳴了，天亮了，孫正禮就把手中的鋼刀噹啷往地上一摔，打了劉泰保一拳，說：「你這小子騙我，他娘的哪裏看見一根賊毛？」

　　劉泰保趕緊賠笑說：“大哥你別生氣，這幾天要是真沒有賊，是我瞎造謠言，那我一朵蓮花算是個什麼東西啦？這不用說，一來是玉正堂把家宅看得太緊，二來是孫大哥的威名把賊給鎮住了，所以賊才不敢來。我謝謝大哥跟眾位啦！”遂向眾人抱了抱拳。

　　薛八、彭九等人齊說：“沒有什麼的，今天晚間我們還來，省得我們在鏢局聚賭了。只要你不嫌騷擾，我們替你防守半個月，管保賊人得自己逃開北京！”

　　劉泰保笑着說：“這不過是暫時的辦法，我們淨躲在家裏求諸位來保護着，也不像話。雖然鐵貝勒昨天已囑咐我，不叫我再管閒事，可是你們的弟妹在會寧縣的官差還沒交代呢，她爸爸也不能白死。我再等五天，玉正堂如對此案仍舊沒有辦法，他家裏還養着那大狐精與小狐精，那我就要另出妙計……可是現在我那條妙計還沒有想出來。乾脆吧，憑我劉泰保的計謀，再仰仗諸位的武藝，我非得有一天，叫兩個狐精現露了原形，把那口寶劍放在桌上，咱們大家細看一遍，然後交還鐵府，那時我才能甘心！”

　　眾鏢頭齊都哈哈大笑，說：“好！我們幫着你露這次臉，出這口氣！我們幫到底！”

　　孫正禮卻說：“到臨完我再看。你這小子若是冤我，我就揪下你的頭！”劉泰保笑着說：“好啦好啦，快到年底了，把我的頭揪下來給孫大哥，你去給財神爺上供！”大家又一陣說笑。湘妹也一邊打哈欠，一邊嬌聲地笑着。

　　隨後，孫正禮和那四個鏢頭就都出去了。劉泰保夫婦把他們送出門外，回到屋來，把刀槍都放在一塊兒。兩人對臉打着哈欠，這才關上屋門開始睡覺。及至醒來已是三點多鐘，窗外卻密密地落起雪來。蔡湘妹做好了飯，兩人吃了。劉泰保又要到西大院去找禿頭鷹，蔡湘妹就叫他順便帶回來衣裳材料。傍晚劉泰保才回來，做了晚飯正在吃，孫正禮又來了。待了一會兒，薛八、彭九、李成、梁七也全都來到。薛八帶來了一副骨牌，他們就推了一夜牌九，這一夜，仍然沒有賊人的蹤影。

　　兩三日後，什麼事情也沒發生，可是來這裏幫助拿賊的人卻越來越多。禿頭鷹和李長壽他們連上房也不會，可是也都來了，因為這裏已變成了賭場，弄得房東得祿天天向劉泰保交涉。可是劉泰保只是向他作大揖，說：“面子事兒！人家都是好心來替我們防賊熬夜，推個小牌九兒也不算什麼，怎好把人家趕出去呢？”

　　得祿說：“什麼叫替你我防賊？你不搬來，我們這兒什麼事兒也沒有！”劉泰保笑着說：“那可不敢說！早先沒鬧過賊，以後可保不住不鬧。你不信我們就搬走，可是賊人要是再來，你預備下酒席請我們來防夜。我們可都不管！”得祿也就不敢再說什麼了。

　　劉泰保此時雖因案子沒破，心裏煩悶，可是別的事倒都很順心。在這裏住房不花錢，晚間他也加入賭團，憑他的精熟的賭術，簡直沒有一回不贏。而且蔡湘妹這個嬌滴滴的繩上女，已然做了他的媳婦，兩人是非常恩愛。

　　不過就是蔡湘妹的心裏還略微有點不痛快，因為她以前是連年漂泊江湖，幫助她父親探案，沒有一刻生活安定，而且她父親管束得她又嚴。如今父親死了，雖然她很悲傷，可是反倒覺着自由了。尤其現在是新婚，眼前又快到了新年，她真是非常的快樂。就是，賊人既是不來了，這些守夜的朋友連宵聚賭，丈夫的心又仿佛不專一在她的身上，所以她總有點不痛快。

　　幸是這外院是南北房，守夜聚賭的人都在南屋裏，她在北房還可以做做針線或睡覺；但是晚間睡了，白天又睡不着，可是白天她的丈夫一朵蓮花又非休息不可，所以她在屋中覺着悶，就常到門首去，穿着一身紅衣裳倚着新油漆的黑門兒。她看小孩兒們在雪地裏打架，看賣年貨的穿着胡同來來往往，都覺得很有趣味。並且附近的小門戶裏住的愛站門口的婦女，都漸漸與她熟識了，一見了面就彼此問：“您吃飯啦？”“您瞧今兒的天氣倒還不太冷？”於是她認識了張家的三孃子、李家的二嫂子、馬家的大姑娘、徐家的老太太，那些人也都認識了這個新媳婦，並且都知道她的丈夫就是鐵府的教拳師傅，在街上出了名的一朵蓮花。

　　這天是臘月十五，再有半個月就是年。晚飯後，孫正禮和那些賭徒又都來了。蔡湘妹幫助丈夫應酬了一陣，就坐在炕頭發愁。劉泰保看出來了，見屋中沒有人，就安慰他的媳婦，小聲說：“你別發愁！過幾天他們鏢店裏就開了賭啦，他們也就不能再來啦！咱們辦點兒年貨，好好過個年，燈節以後再想辦法，那時俞秀蓮也就來啦。你現在要覺得悶得慌，可以到裏院找得祿的老太太聊天兒。”

　　蔡湘妹搖着身子說：“誰跟她們聊天？她們學來些府裏的習氣，我這樣兒的，跟你又不是明媒正娶，人家從根兒上就看不上眼！”

　　劉泰保噴噴嘴兒，皺着眉說：“這可怎麼辦呢？我還得到那屋裏應酬那幾位大爺去。頂是孫大爺難應酬，他恨不得叫我做一回賊，叫他捉住才行！”

　　蔡湘妹說：“我要到李二嫂子家裏去玩玩。”

　　劉泰保說：“那你就去吧！天還早，我跟你關門去。”

　　於是蔡湘妹站起身來，移近了燈，對着鏡子又梳了梳頭髮，就很輕快地出了屋子。南屋裏燈光搖搖，窗上人頭亂動，有孫正禮的粗聲說：“我看着你們推！誰敢在牌上生了病，我就給他一刀！”劉泰保給他媳婦開了門，這時天已黑了，蔡湘妹就往隔壁李二嫂子家裏去了。

　　李家也只是夫妻二人，連個孩子都沒有。李二是在鐵貝勒府打雜，非得二更天后他不能回家。蔡湘妹今天也不是第一次來，李二嫂子對蔡湘妹、劉泰保和鐵府的寶劍，以及碧眼狐狸的事全知道，所以蔡湘妹一到她家裏，兩人又把這件事談了半天。李二嫂子就說她有個娘家哥哥，在西城魯侍郎家當廚役。魯家的少爺是位進士，現在要娶玉宅的三小姐做少奶奶了。可是魯家少爺人才雖好，可太蠢，又高又胖，仿佛是廟裏塑的哼哈二將似的，長得一點兒也不清秀。聽說玉宅的三小姐又是個美人兒，大概不能夠樂意，可是親事就算定了，過年就要娶。蔡湘妹聽她提到了玉宅的小姐，就心中一動，暗道：哼！叫她美！叫她不准我進她那宅門！該嫁個蠢女婿叫她一輩子傷心！

　　談了一會兒閒話，同院住的婦女又來了一個，三個人就在一起抹紙牌。不知不覺李二就回來了，原來此時已將到三更時候了。蔡湘妹就笑着說：“二嫂子明天見吧！”李二嫂子把她送到門首，說：“慢慢兒走！”蔡湘妹很敏捷地走着，還回頭笑聲說：“您請回吧！”

　　此時天色昏暗，月光已被烏雲遮住。這個花園大院是個很寬敞的地方，只稀稀的有幾戶人家，李家與劉泰保雖說是鄰居，其實相隔着還有數十步之遠。蔡湘妹邁動着雙腳，還沒有走到自家門首，忽覺眼前有一條黑影一閃。她不禁打了個寒戰，就見那條黑影仿佛很高大，往自己住房的後面去了。蔡湘妹嚇得緊跑幾步，來到門前，她連叩門都顧不得了，就飛身上牆，飄然而下。南屋裏卻跳出來一條大漢，喊聲“有賊”，手掄鋼刀向她就砍。蔡湘妹疾忙躲開，驚叫着說：“孫大哥！是我！”

　　孫正禮這才收了刀。劉泰保也跑出屋來，一看是他的媳婦，就問說：“你怎麼不拍門，可跳牆呢？”

　　蔡湘妹驚慌地說：“我看見一條黑影跑到咱們屋後頭去啦！”

　　孫正禮說：“什麼？好呀！”說着便飛身上房，手提鋼刀四下張望。劉泰保在下邊說：“大哥你下房來！也許不是賊！”此時屋中的那些賭徒，也全都扔下了手中的骨牌，提着傢伙出來了。

　　孫正禮順着房跑，跳到牆外，四下尋找，口中並罵着說：“碧眼狐狸！賊婆娘！你出來見見我五爪鷹！”話音剛落，就聽嗖的一聲風響。孫正禮趕緊低頭，掄刀回身，噹啷一聲就把賊人的刀磕開。賊人一伏身，用地趟刀法來取他的下部。孫正禮跳躍到一旁，斜身一躍而上，掄刀直砍，賊人反刀法去迎。

　　這時劉泰保一些人各執刀槍跑出門來，賊人便虛晃一刀向大院跑去。孫正禮持刀緊追，他已看出這賊人確實是個婦人，身材很高，脖子上繫着一個很高的皮領子，連面目都擋住了。跑到大院她並不走，孫正禮持刀追上去，二人又狠狠地殺了兩合。劉泰保等眾人也都追上去，團團地把賊人圍住，齊聲喊着：“拿！拿！拿！”

　　碧眼狐狸躥聳跳躍，左攔右拒，手中的一口刀舞動如飛，並厲聲說：“我與別人無仇，只要一朵蓮花的性命！”

　　劉泰保卻冷笑着，掄刀猛進，並叫着說：“哥兒們賣點兒力氣，別放走了狐狸！”五口刀、兩桿槍便從四下殺來。碧眼狐狸卻如同瘋了一般，掄刀亂砍，說話之間她就砍傷了三個人，現在只仗着孫正禮、劉泰保和蔡湘妹了。相戰又五六合，碧眼狐狸回身就跑，孫正禮在後緊追，劉泰保又拾起一塊磚頭向賊人的後影去打，可是賊人跑得極快，一霎時跑到城牆根，就沒有了蹤影。孫正禮站住步，提刀大罵了幾聲，劉泰保夫婦趕到，這才把他勸了回去。

　　此時那些受傷的人都已攙到院裏。原來除了鐵駱駝梁七的左臂上受了一刀，鮮血已流滿了身，閉着眼呻吟，躺在炕上，骨牌壓在他的臂下都已染紅。花牛兒李成、歪頭彭九根本就沒受傷，剛才是嚇得趴下了；瞪眼薛八跟禿頭鷹他們就沒有上手。孫正禮提着刀出屋，又上了房。

　　這裏劉泰保取出了刀創藥給梁七敷上，望着他的媳婦蔡湘妹，卻不住地皺眉，心說：這可怎麼好？我請來的朋友多半是飯桶！我們兩口子跟五爪鷹，三個人才能對付一個賊人。幸虧今天來的只是碧眼狐狸，倘若她那個徒弟再來了，再帶來那口斬銅斷鐵的寶劍，那不就糟糕了嗎？他愁眉不展地回頭向禿頭鷹說：“你出去把官廳的人找來吧！他要死了再報，那可就晚啦！”

　　禿頭鷹卻搖了搖禿頭，張口就說：“我可不去！我還留着我這顆禿腦袋給人拜年呢！”

　　蔡湘妹一頓腳，說：“我去！”

　　劉泰保卻把她攔住，說：“你去還不如我去呢！”正要走，孫正禮就進屋來，問說：“什麼事？”

　　劉泰保說：“這件事得報官，不然梁七死了，也算一件命案。他們都怕碧眼狐狸，都不敢到大街上去，只好我跑一趟，把官人找來。”

　　孫正禮說：“我去，你們看家。”說着，孫正禮又轉身出屋。劉泰保夫婦都說：“孫大哥要小心！”

　　孫正禮憤憤地說：“我不怕！”他也不用開門，就飛身上牆，然後跳到牆外。

　　劉泰保不放心，也提刀出來，卻聽外面咕咚一聲響，並有孫正禮的罵聲：“好賊婆！……”劉泰保大驚，喊聲：“不好！”隨之跳到牆上，卻見外面一人也跳將上來。劉泰保嚇得哎喲一聲，摔下牆來。賊人卻掄刀自牆上躍下，寒光一道，向劉泰保砍來，狠狠地說：“我要的就是你的命！”劉泰保就地一滾，躲開了賊人的刀，反將刀橫掃，向賊人的腿上去削。賊人一跳躲開了，彎腰掄刀，向劉泰保就劈。劉泰保又很快地滾開，賊人去追，此時忽聽吧的一聲，賊人的背上中了一鏢，蔡湘妹挺槍向賊人就刺。碧眼狐狸返身掄刀相迎，劉泰保從身後滾來，又用刀去削賊人的腿。賊人忍痛躍起，一口刀前後翻飛。

　　此時屋中的幾個人齊聲大喊：“拿賊！”禿頭鷹並抄起了湘妹賣藝用的那面銅鑼，鐺鐺鐺亂敲起來。外面的孫正禮也爬過牆來，雖然他已負傷，可是還奮勇掄刀而上。碧眼狐狸又一聳身就上了房，孫正禮就喊道：“追！”可是他已然躥不上去了。劉泰保挺身站起，可是他也不敢上房。蔡湘妹又飛去一鏢，卻被賊人用刀磕落在地。

　　那賊人碧眼狐狸就趴在後廈，嘿嘿冷笑，說：“劉泰保！今天再饒你一次，以後你若再敢欺侮我，我就……”

　　劉泰保罵着說：“賊婆娘你滾下來！用不着你饒我，我劉太爺今天跟你拼啦！”

　　房上立時飛下一片瓦來，劉泰保趕緊躲開了。孫正禮氣得怪叫，大罵，李成、彭九、薛八等人也都各持鋼刀出來。蔡湘妹從李成手中要過來一口刀，氣憤憤地一頓腳飛身上了房；劉泰保也隨着上去，卻見房上的碧眼狐狸已然逃走了。他們夫妻在屋頂上，孫正禮等人在院中又都潑口大罵，罵了半天，卻沒有人還言。

　　劉泰保夫婦只得跳下房來。這時禿頭鷹還在屋裏敲鑼呢，劉泰保就喊說：“別敲了！”屋中的人卻沒聽見，鑼聲依然鐺鐺鐺緊響。劉泰保氣憤憤地走進屋去，卻看不見人，一低頭，才看見敲鑼的人是蹲在桌子下了。劉泰保踹了禿頭鷹一腳，又擺擺手，禿頭鷹坐在地下，這才不敲了。他探出頭來問說：“賊走了嗎？”劉泰保也沒言語。

　　這時蔡湘妹和李成攙着孫正禮進了屋，孫正禮仍然氣憤憤地大罵。他的後腰上是一塊刀劃傷，雖然傷口不大，可是鮮血如注。他歪身躺在炕上，便起不來了。眾人齊都皺着眉發着怔，湘妹倒是很得意，說：“剛才我那一鏢一定是打着賊了，不然賊還不能走呢！”

　　劉泰保卻擺着手，緊皺眉頭說：“打了她一鏢也不能弄死她，等她的傷好了，還是要來找咱們。這總不是長久的辦法，咱們得另想個萬全之策！”

　　孫正禮咬着牙說：“明天我去告御狀！我告玉提督家裏縱養賊人！”劉泰保搖頭，歎息，說：“沒有准證據，又認不清賊人的模樣，就是告了御狀，咱們也占不了什麼便宜！”又歎了一口氣。

　　這時禿頭鷹從桌底下鑽出來，問說：“還報官不報啦？”

　　劉泰保也不理他，就走到炕前，向孫正禮問說：“孫大哥，你覺着傷勢怎麼樣？”

　　孫正禮的腦門子往下流着黃豆大的汗珠，咬着牙說：“這算什麼？來！給我再上點兒刀創藥，明天晚上我還來給你們防夜！”此時梁七在旁邊呻吟得更緊，劉泰保夫婦就忙分着給兩個受傷的人敷藥。

　　少時裏院的得祿也出來詢問詳情。劉泰保就把剛才的事告訴了他，得祿又害怕，又煩惱，並主張去報官。劉泰保卻冷笑着，說：“剛才我也想去找官人，現在我卻想找來也沒用。這樣的賊人窩藏在玉提督的家裏，我不信他不知道，說不定碧眼狐狸還許是就正堂的夫人呢！”

得祿說：“你也別胡說！玉正堂的夫人可是大學士的小姐！”劉泰保又冷笑說：“小姐？小姐才靠不住呢！”

得祿在這屋裏發了半天的怔，也就回到裏院去了。裏院得祿的家眷全都戰戰兢兢，再也睡不着；外院的人更是個個垂頭喪氣。

不多的工夫，天光就亮了，劉泰保自己跑出去雇來了兩輛騾車，就叫李成、彭九等人跟着兩輛車，送孫正禮和梁七各回鏢店。禿頭鷹也走了。劉泰保是極為煩惱，倒頭就睡。

當日，劉泰保一天也沒有出門。晚飯後，神槍楊健堂來了，那薛八、彭九、李成、禿頭鷹等人全都沒敢再來。楊健堂為人沉穩有膽氣，武藝在孫正禮之上，所以劉泰保又放下些心。一夜依然是小心防備，刀槍不離身，蔡湘妹又預備下幾枝飛鏢，可是並未發生什麼事故。

劉泰保也相信碧眼狐狸昨天是中了飛鏢，傷得一定不輕。次日他就找了禿頭鷹，叫他去想法兒探聽玉宅裏有什麼人受了傷，或是有什麼人忽然得了病。晚間，禿頭鷹來了，說是玉宅防範甚嚴，僕人不許隨便出入，那大門裏究竟發生了什麼事，外人是無從得知。劉泰保只好在心裏存着這個疑團，他暗咒着碧眼狐狸因為那一鏢就死了才好。一連又是六七天，賊人並未再來攪鬧，楊健堂也懶得每天由南城到北城來了。

此時年關已近，別人都紛紛買面辦肉，索賬還帳，裏院得祿家更是高興，連年菜都着手烹調起來。劉泰保卻終日沒有一點兒歡容，心裏只想着捉賊防賊。湘妹叫他買辦什麼東西，他都擺手說：“忙什麼的呢？反正誤不了你過年就得啦！”

他雖然並沒說今年這個年不過了，可是二十三祭灶的那一天，他連一塊灶糖也沒買。晚間，蔡湘妹聽着別人家裏放鞭炮，就非常心煩。才點上燈，她就鋪好了被窩獨自睡去了。

劉泰保把屋門關上，手裏拿着口樸刀，坐在炕頭，一邊勸他媳婦，一邊歎息着，說：“你也真是小孩子氣。唉！你想我還有什麼心腸兒過年呢？早先我只是心高氣傲，自以為了不得，我到北京來的原因，就為的是會會江湖聞名的李慕白。但是現在，我竟叫一個碧眼狐狸和個小狐狸弄到如此地步，我出門見着人，都覺着沒臉，還過年？”

蔡湘妹說：“你豁不出去嘛！你要豁得出去，咱們每人一口刀，闖進玉宅去捉賊！”

劉泰保說：“唉！那沒有用。見着碧眼狐狸跟她那徒弟，咱們也是不敢認，白白叫玉正堂抓住，辦咱們個持刀闖入家宅的罪名。玉正堂心裏正恨着咱們兩人哪！”

蔡湘妹冷笑着說：“哼！咱們兩人？你說得有多麼親熱！可是既然過日子嘛，今兒連祭灶都不祭了，叫別人瞧着，咱們這哪像個人家？真是，我跟了你，還不如跟着我爸爸的時候好呢！”說着，眼淚撲籟籟地落了下來。

劉泰保忙替媳婦擦眼淚，笑着說：“你別煩！只要捉拿住碧眼狐狸，找回來寶劍，那時咱們天天過年，天天吃餃子。”

蔡湘妹把小嘴一撇，說：“哼！憑你呀？這輩子也捉不着碧眼狐狸，還想找回寶劍？做夢吧！”

　　劉泰保說：“哈！由我老婆就先看不起我，我一朵蓮花還算是什麼男子漢大丈夫？好啦！有你這句話，賊再來了你別上手，看我一個人……”

　　正在說着，忽聽外面門環吧吧一陣響，響聲還似乎很急。劉泰保吃了一驚，蔡湘妹趕緊把他推開，驚慌着說：“聽！……”劉泰保微微冷笑，站起身來，手提樸刀，開了屋門，昂然走出，在院中高聲問道：“找誰？”這裏蔡湘妹也趕緊推被坐起，疾忙穿上鞋，抄刀找鏢。這時卻聽外面街門開了，有楊健堂的說話聲，並聽她丈夫在往屋中讓人。蔡湘妹就趕緊放下刀，隨手點起燈來，卻見屋門一開，先進來的是一個女子。這女子頭上梳着辮子，顯然是未嫁，年紀也就是二十三四，身材不高不低，很俏拔；眼睛靈活而有神，臉上微微有點兒瘦，並帶着些風塵之色；披着一件青綢的棉斗篷，並不華麗。隨後進來的是楊健堂和劉泰保，劉泰保不但是滿面笑容，而且有點兒驚慌莫措，並向她說：“見見！這是俞大姐！”

　　蔡湘妹一時想不起這是誰，只規規矩矩地站着，把兩手疊在胸前拜了一拜。這位俞姑娘也微笑着還禮。劉泰保就恭恭敬敬地讓坐，又忙着去扎火爐，並叫湘妹給倒茶。湘妹詫異着，見這位俞姑娘在椅子邊坐下，臉上還帶着點兒笑。湘妹送過茶來，這位俞姑娘輕輕說聲：“不要客氣！”湘妹就站在桌子旁邊，借着燈光，眼睛直直地看着這位姑娘的臉，就見她連耳墜都沒戴。又低頭偷眼看着，見她的腳比自己的腳大，穿的是黑布鞋。

　　此時楊健堂坐在姑娘的對面，笑着說：“好了！今晚我倒盼着碧眼狐狸師徒前來，叫他們碰一碰釘子！”

　　劉泰保說：“那還用說？碧眼狐狸若來到，一定是逃不了。姑娘的武藝高強，天下皆知，誰不知鏢殺苗振山、大敗張玉瑾的巨鹿縣俞姑娘？何況這三年您又學會了點穴！”

　　蔡湘妹吃了一驚，她想不到原來這位不速之客，就是鼎鼎大名的俠女俞秀蓮。立時她就笑了，說：“俞大姐，前兩年在甘肅我都聽人說過您，我想見您極了！您是幾兒來的呀？”

　　俞秀蓮微微笑着，說：“我今天下午才到。我此次來，專為看我的德五哥、德五嫂。他那兩個兒子是我的徒弟，兒媳楊麗芳也早就與我相識。我本想住上兩天就走，還回到家鄉過年去，可是就聽德五哥說了你們被碧眼狐狸欺侮之事。我聽了真生氣，北京城怎能容這樣的賊人橫行！所以我叫人去請楊大哥，楊大哥帶我來找你們。你們放心，只要賊人今天能來，我絕不叫她逃得活命！”這姑娘以前說話是慢慢地、輕輕地，但說到了末幾句，她的聲音十分沉重有力，並且眼裏露出一種英悍之風。

　　劉泰保這時十分高興，極為恭謹。可是他今天跟俞秀蓮是初次見面，有許多話他不敢問，也不敢說，只把碧眼狐狸與那小狐狸的情形詳細說了一遍。

　　俞秀蓮絲毫不覺得奇異，只說：“不要緊，今夜她們若不來攪鬧，明天你設法激她前來，到時我自有辦法。可是我這次來到北京，只想住三四天，還得趕緊回去。我不願別人都知道我來了，你還是不要在外去說才好。”

　　劉泰保連連點頭，說：“那是自然，我們若說出來俞姑娘前來幫助我們，那碧眼狐狸師徒一定驚嚇得遠揚，寶劍更沒法追回來了！”俞秀蓮點了點頭，楊健堂就叫劉泰保同他到南屋去。

　　這北屋裏只有俞秀蓮和湘妹，湘妹又把炕上的被褥疊好。俞秀蓮卻站起身來，脫去了青綢斗篷。她裏面只穿着青布的短衣短褲，又瘦又單寒，可是她一點兒也沒有怕冷的樣子；腰間繫着一條青絲帶子，掛着刀鞘。她把刀鞘摘下來放在桌上，蔡湘妹就見是一對雙刀，刀柄上繫着很長的青綢飄帶。她笑着走過來，摸摸刀柄，問說：“這是俞大姐使用的嗎？”俞秀蓮微微點頭。

　　湘妹就將雙刀從鞘中抽出來半截，只見寒光奪目，心說：在這兩口刀之下不知死過了多少兇悍的盜賊！她說聲：“真是好刀！”掠起眼波來，羨慕地看着俞秀蓮，又問說：“聽說有位李慕白，是大姐的……”

　　俞秀蓮很自然地說：“他是我的恩兄。”蔡湘妹點點頭，心說：幸虧我沒說錯了話！

　　俞秀蓮拉着蔡湘妹的手，笑着問說：“聽說你的武藝也很好，還會打鏢，會踏軟繩。”

　　湘妹臉紅了紅，說：“我的武藝比您可差得遠啦！您別提了，提了我真要羞死。大姐練的是真正武當派的功夫，我們練的卻是江湖上的俗玩意兒！”

　　俞秀蓮拍着蔡湘妹的肩膀，說：“你怎麼這樣客氣？”湘妹笑了笑，又說：“以前我聽人說大姐的英名，我以為您一定是身材很高大，黑臉，像五爪鷹孫大哥似的，現在一看，……您長得真俊！”

　　俞秀蓮沒言語，湘妹又說：“玉宅裏有一位小姐，長得也太好了。我原想混進玉宅，給那位小姐去當丫鬟，順便探訪她宅子裏藏匿的賊人，可是沒辦到。那位小姐跟德宅的大奶奶、少奶奶都很好，她們常來常往，您將來在德宅一定能遇見她。她長得真美，我真喜歡她，可是她不如您，您的臉上有一種英雄之氣。”

　　俞秀蓮搖了搖頭，說：“她們富家小姐是應當長得好看。小姐的身後必定有丫鬟伺候，假若丫鬟都頂美，小姐卻難看，那一定的叫別人笑話。你也很美，假若你不美，別人就該說你是個醜媳婦了。我卻不能同你們相比，自我十六歲時就在江湖飄蕩，如今已是六七年了。我無論走在什麼地方，向來是孤身一人。可是一個女子在外邊真不容易！投店都不方便。我只恨我長得太不雄壯，我恨我不幸生來是個女兒之身！”俞秀蓮說話時，似乎是有點兒感慨，但面上並無什麼悲戚之色。她同湘妹兩人閒談着，不覺得天色就不早了。那南屋中燈光也未滅，劉泰保跟他的表兄楊健堂也像越談話越多。

　　這一夜無事發生，第二天楊健堂走了，俞秀蓮雇了一輛車，又回東四牌樓三條胡同德家。蔡湘妹得安心地睡早覺，劉泰保卻到西大院去找禿頭鷹。這幾天劉泰保門也不大出，沒什麼精神，如同一朵蓮花兒缺了水，快要枯萎了。今天卻像遇着了甘霖，他的臉色特別鮮明，揚眉吐氣的在西大院茶館見着了禿頭鷹，頭一句話就問：“老禿！有什麼新聞沒有？”

　　禿頭鷹搖着禿頭，說：“一點什麼事兒也沒有！昨天祭完灶我還跑到鼓樓西繞了個彎兒呢，看見玉宅大門緊閉，連點兒狐狸的騷氣都沒聞見。據我看，是你弄錯了！狐狸另有狐狸窩，絕不是在玉宅。”

　　劉泰保撇嘴笑了笑，把禿頭鷹的鼻煙往自己的鼻子上抹了一把，握着拳頭低聲說：“告訴你個准信兒！我劉泰保眼看就要大功告成，一兩天內准保抓着狐狸，得回來寶劍！”禿頭鷹笑了笑。

　　劉泰保說：“不是吹！現在我添了個膀臂，有人幫助我！”

　　禿頭鷹問說：“誰幫助你？是有名的人嗎？”劉泰保說：“自然有名！是我媳婦的大姐。”

　　禿頭鷹一笑，說：“你媳婦的大姐只能幫助她給你做一雙鞋。”

　　劉泰保說：“你愛信不信！現在你到我家裏去，我求你點事兒！”禿頭鷹問說：“什麽事兒？”

　　劉泰保說：“你先別問！”他拉起禿頭鷹來就走。

　　回到家裏，北屋關着門，湘妹還沒睡醒。劉泰保叫禿頭鷹進南屋裏去等着。他就進到裏院，先咳嗽了一聲，問說：“得祿大哥起來了沒有？”

　　得祿正在刷牙漱口，聽見劉泰保的聲音，他就推開門，說：“請進來！”今天得祿的臉上特別和氣，劉泰保拱手說：“我不進去啦！大哥你把筆墨紙硯借給我用一用吧，我窮得過不了年，得跟人家借點兒印子錢，寫一張字據。”

　　得祿把筆墨拿出來，並給了兩張很厚的毛邊紙。劉泰保接到手裏才要走，得祿卻又叫他站住，笑着問說：“你知道俞秀蓮來了嗎？”

　　劉泰保搖頭說：“我不知道。”

　　得祿說：“昨天我可聽見德宅的傭人說了，俞秀蓮到了北京，住在德家，可還是梳着辮子，大概她沒跟李慕白在一塊兒。”

　　劉泰保說：“管人家呢！”

　　得祿說：“俞秀蓮專愛行俠仗義，抱打不平，你應當到嘯峰家設法央求，叫她替你拿賊。”

　　劉泰保笑着說：“祿大哥你太看不起兄弟啦！我自己惹下的賊，自己沒法子拿，去求一個女流之輩，那我可有多麽洩氣！”說着話一笑，轉身走了。

　　他到了外院南屋，把筆墨紙硯都放在桌上，拉着禿頭鷹的胳臂說：“求你給畫一張畫，要畫個老媽，可要有狐狸尾巴。”

　　禿頭鷹氣說：“我哪會畫畫兒呢？畫個王八還可以，老媽兒我不會畫！”劉泰保舉起拳頭，比着禿頭鷹的腦袋，說：“你要不畫我就打你，快畫！先畫個老媽兒，照你媳婦的模樣兒畫出來就行！”

　　禿頭鷹沒法子，又笑又氣，只好用五個指頭拿着筆，費了半天事兒，才畫了個老媽兒。腦袋大，腿短，兩隻小大腳撒着；臉上是五個黑點，算是鼻子、眼睛、嘴。劉泰保在這老媽兒的腿旁加添了一條狐狸尾巴，好像是一把掃帚。又在下面畫了個小狐狸，其實一點兒也不像狐狸，也不像貓，是個“四不像”。劉泰保把着禿頭鷹的手，在空白上又寫了“碧眼狐狸死在眼前”八個大字，然後說：“好了，麻煩你了！”

　　禿頭鷹瞧着他自己畫的那個老媽兒，卻不住地笑，說：“老哥！你又想起什麽主意來啦？”

　　劉泰保笑着說：“你別多問！三天之內，我要拿狐狸肉包餃子請你吃。給你一張狐狸皮，你拿回去給你媳婦做耳朵帽兒，並且我還叫你開開眼，看看那口斬銅斷鐵的寶劍！”說着，把禿頭鷹推走。

　　下午，劉泰保很安適地睡了個大覺。

　　吃完了晚飯，不多時，俞秀蓮就來了。

　　劉泰保向他媳婦要了一枝鋼鏢，用那上寫着“碧眼狐狸死在眼前”的畫着老媽兒的紙包上這枝鏢，他就走出門去了，在街上轉了半天，就轉到了玉宅的門前。

　　此時天色尚未打二更，但玉宅的大門已然關了，高坡上沒有一個人。天色昏黑，風很大。劉泰保脫掉了鞋揣在懷裏，卻從懷裏掏出來那用罵人的圖畫包着的鋼鏢，鼓起膽氣，飛身上房，將這枝鏢連那張圖畫，一揚手打進玉宅的院落裏。他趕緊又跳下來，連鞋也不穿就跑，身後卻聽鑼聲緊響。回到家裏，他一句話也沒說，心情十分緊張，料定碧眼狐狸非來不可。可是直到天亮，仍是毫無動靜。

　　到了第二天，劉泰保就到西、南、北城各茶館去宣揚，說是自己在三天之內，一定要捉獲碧眼狐狸。同時就聽有人秘密地說：“玉宅昨晚又出了事……”劉泰保連聽也不敢聽，就趕緊溜走了。這一天他就沒回家，直到晚間二更天他才回去，一看，俞秀蓮已然來了，媳婦正陪人家說話兒。蔡湘妹一見劉泰保，就說：“喂！你回來啦！今兒可有兩個官人來傳你！”

　　劉泰保點頭說：“我知道，那是提督衙門來的。他們明天再來，就說我初一那天一定去給他們拜年。”又向俞秀蓮說：“大姐！今天晚上賊人一定來，您防備着點兒！”

　　俞秀蓮說：“我願她現在就來。快點兒把你們這件事辦完，我還得趕緊回家去呢！”

　　劉泰保又叫媳婦給俞大姐換碗熱茶，他就拿上一口刀，帶上百寶囊，往南屋裏去了。沒進屋時，把火摺子晃着了，刀在前，人在後，到了屋內，四下照着無人，他才把門關上，熄了火摺子，躺在炕上。

　　這時窗外黑天沉沉，寒風呼呼，此地靠近城牆，連更聲都不易聽到，也不知是什麼時候了。北屋裏燈光通明，火也很旺，蔡湘妹跟俞秀蓮談得很是相投，她忘了困倦，並且着笑。俞秀蓮也很喜歡湘妹的活潑天真，就也笑着說：“可惜你已嫁了，不然咱們做個伴兒有多好？我可以帶着你到許多有名的好地方去，像九華山、雁蕩山、峨眉……”

　　正說着，忽然她噗的一聲把燈吹滅。蔡湘妹吃了一驚，就見俞秀蓮已站起身來，輕輕把雙刀抽出。蔡湘妹也趕緊掣刀在手，並拿着一枝鏢，

　　俞秀蓮卻向她搖頭。窗外是只有風聲，並無旁的聲音。俞秀蓮輕輕把門啟開，一躍出屋，緊接着一跳腳就上了北房。房上有一賊人掄刀向她就砍，俞秀蓮左手的刀猛磕前去，就聽嗆啷一聲，右手的刀又挾着疾風削來。賊人不敵，趕緊跳出牆外，兩腳才落實地，俞秀蓮已經追下來了。賊人就見刀光在眼前一晃，她趕緊橫刀去迎，卻不料俞秀蓮另一隻手中的刀同時砍至，正劈在她的左腕上。賊人哎喲一聲，回身就跑。

　　這賊人跑得極快，又加着負傷逃命，簡直如同飛一般。秀蓮在後緊追不捨，順着城牆一直往西，跑了四五里路，忽然又往南。此時秀蓮眼看着就要追上了，距離賊人不過六七步，忽然賊人一轉身，把她右手曳着的那口刀向秀蓮飛來，秀蓮趕緊向旁一躲。賊人掉頭拼命又跑，秀蓮又緊追，這就來到了鼓樓西大街。賊人跑上了一座高坡，秀蓮隨着追上去，賊人卻躥上了一家大宅院的屋宇。秀蓮也躥上去，自後一刀砍去，賊人就“啊”的一聲慘叫，滾下房去。秀蓮也跳下去，就見是一所花園。

　　賊人哎喲哎喲的在地上亂滾。秀蓮趕過去揮刀要結果了賊人的性命，此時忽見有一條細長的黑影撲來，手中的劍光向秀蓮就刺。秀蓮用刀相迎，卻聽“鏘”的一聲，右手中的刀就被對方的寶劍給削落了一截。秀蓮驚道：“啊！你就是盜劍賊！”她並不退後，疾忙將右手的刀柄撒手，左手的刀換在右手，嗖嗖嗖連聲猛砍，同時

並躲避着寶劍。對方的人也抖起了劍光，緊緊迎敵，不肯稍讓，相戰十餘合不分勝負。

此時前院已然鐺鐺鳴起了鑼聲，使劍的人掄劍向秀蓮猛劈，秀蓮卻托住了她的右腕，同時對方可也把秀蓮擎刀的那隻手揪住了。不過秀蓮卻吃了一驚，因為她覺出這個賊人的手腕很是柔膩，並且腕上有個很硬的圓圈子，好像是一隻玉鐲。這個人穿着青衣，半個臉也蒙着黑紗。秀蓮抬起左腳尖要向對方的小肚子去點，對方卻用腳蹬住，倒是隻大腳。

此時前院已人聲鼎沸，梆鑼亂敲，這個人就急急地奪開手；秀蓮揪不住他，便撒了手，同時也抽回刀來，跳起來又砍。那人舞劍招架三四合，返身便跑，秀蓮仍然緊追。那人虛晃一劍，就鑽進一個後窗戶裏。此時燈光已撲進花園裏來，秀蓮就飛身上了房，順着房走去，只見下面有一二十人都打着燈籠，提着刀棍，擁往花園裏去了。

秀蓮在房上鷺伏鶴行，很快地就由這所大宅院跳到了鄰家的房上。走出很遠，才跳下來，這裏就是條昏黑的小巷。穿過兩條小巷便看見巍巍的城牆，她又頂着城牆往東去走。此時她的手中只剩下一口刀了，因為這對雙刀是她父親當年在世時給她訂打的，如今折了一口，她不免有些傷心。她曉得剛才斬斷自己鋼刀的那口寶劍，就是李慕白在三年之前從柳建才手中得來，又獻給鐵小貝勒的那口劍。不過，剛才那使劍的人卻極為可疑，那個人的劍法相當的精熟，有幾處劍法都好像李慕白曾使用過。尤其那個人的手腕和腕子上的圓鐲……

俞秀蓮一路思索，回到了劉泰保的家門，越牆進去。劉泰保夫婦都提着刀從屋中奔出，俞秀蓮笑着說聲：“是我！”劉泰保夫婦趕緊放下了刀，問說：“俞大姐，捉住賊人了沒有？”俞秀蓮進了屋，擺擺手，把刀放在桌上，說：“我的一口刀被她們的寶劍削折了，明天還得去配一口，分量就怕不能一般兒沉了！”劉泰保和蔡湘妹齊都嚇得發了怔。

俞秀蓮自己倒了一碗茶喝着，又擺手說：“你們不用擔心了！明天就可以得到消息。不過這件事關係重大，你們不要再到各處去胡說，反正年前我一定叫那賊人把寶劍交出。交出寶劍來，別叫他再胡為，也就算了。因為我還要趕緊回巨鹿，不能常在北平住。再說，我們都與德嘯峰相識，倘若我們把玉正堂逼得太甚了，難免他就遷怒於德家！”

劉泰保點頭，三角眼裏的眼珠不住地亂轉，他猜不透俞秀蓮剛才與大小狐狸們爭鬥的結果是如何，更猜不透俞秀蓮有什麼方法才能索回寶劍來。此時俞秀蓮有點疲倦的樣子，劉泰保提着刀又往南屋裏去了。秀蓮叫湘妹關上了門，說：“咱們放心睡吧！我敢保賊人不能再來了。”

蔡湘妹鋪好了被褥，她可不躺下。俞秀蓮卻頭朝着裏，和衣臥下。蔡湘妹也躺下，可還是不敢脫鞋。兩人合蓋着一床棉被，臉相對着，蔡湘妹就低聲問：“俞大姐，剛才您把賊人追到哪兒，您就回來啦？”

俞秀蓮卻說：“你不必細問了！明天你就可以曉得。現在我准保賊人不能再來攪鬧，只要把寶劍要回來，我就走了。可是在我走之前，我要見一見那位小姐玉嬌龍。因為今天白天我在德家，聽德家婆媳也說，玉嬌龍長得真是太好看了，文章書畫全都好。她常到德家去，因為他兩家本是老親。德嘯峰在三年前充發新疆之時，玉大人正在那裏做領隊大臣，一切都蒙他照應。在那裏德嘯峰就知道玉小姐，聽說玉小姐在新疆時不像現在這樣安閒，她也會騎馬，會拉弓射箭，還時常在山林裏打獵。我想這個人一定很有意思，明後天我想見一見她。”

　　蔡湘妹說：“其實，那玉小姐也不過就是長得好，穿的衣裳闊，也沒有別的啦！馬可怕她騎不了，小孩兒玩的弓箭，她或者能拉得動，您明天一見她就知道了，身子弱極了，膽子又極小。我爸爸在她們門前耍流星，她既要看，可又怕流星脫了繩打着她，您沒瞧見她那忸怩的勁兒呢！若不是幾個老媽護着她，一陣風兒就許把她吹倒。您說她知書識字，能寫會畫，倒許是真的，可是人呀，不見得怎麼能幹！我們兩人要是換個過兒，她當我，我做她，准保她連我那菜都做不出來，還別說飛鏢跟軟繩了。我呀，哼！也不能容許一個大盜在我的宅裏藏着！”

　　俞秀蓮笑了笑，說：“你可知道，人是不可貌相？”

　　蔡湘妹笑着回答說：“海水還不可斗量呢！將來，我也許能穿上她那麼闊的衣裳，可是我比不了她的，就是模樣兒和身量。”

　　俞秀蓮又問：“她的身量有多麼高？”

　　蔡湘妹抬手比着，說：“比您還高那麼些個，可是腰比您細。沒有您這麼強壯！”俞秀蓮聽了，半閉上了眼睛。

　　蔡湘妹在枕邊又掠掠自己的頭髮，坐起來，慢慢解開她那雙繡鞋。少時俞秀蓮睡去了，蔡湘妹可還是不敢睡，又下了床，扒着玻璃往南屋去看，卻見南屋裏黑乎乎的，正想：不知他今晚敢睡不敢睡，卻聽那屋裏拍了一下巴掌。蔡湘妹就向玻璃上唾了一口，輕輕飛着罵聲：“促死！”回身見俞秀蓮翻了一下身，並聽她長出了一口氣。

　　後半夜無事。次日清晨，俞秀蓮就叫劉泰保出去往玉宅附近，看看那裏有什麼事情發生沒有。直到快要吃午飯的時候，劉泰保跑回來了，驚慌慌地，說：“玉宅的大門我不敢去，我派了禿頭鷹去打聽，禿頭鷹說，今天玉宅的大門前特別森嚴，不許閒人上高坡。禿頭鷹親眼看見由玉宅車門抬出一口棺材來，也沒有吹鼓手，聽說是他們宅裏的一位師娘，昨天得了暴病死了……”

　　秀蓮冷笑着，說：“這麼一說，碧眼狐狸是再也不能和你們作對了。”

　　劉泰保說：“碧眼狐狸死了，是俞大姐除去了一個惡人，可是還有後患，我怕的就是她那個徒弟。她那徒弟是個男的，多半是玉宅的小廝，本事比碧眼狐狸高強百倍。他師傅死了，他還能不給她報仇嗎？”

　　俞秀蓮搖頭說：“我看他就是想要報仇，也不能鬧得怎麼樣。昨天我也會着了那個人，他的武藝雖然不錯，可是我也能敵得過他，不過我想他還不至於像他師傅那樣的壞！”又問說：“你們沒打聽出來那碧眼狐狸既是稱為什麼師娘，想必還有個師傅，可是那個師傅又是怎樣一個人呢？”

　　劉泰保說：“他們詳細的來歷咱們打聽不出來，不過聽人說這死的賊人，是在玉宅專管做小姐的活計的，平日為人很老實，常出來到小廟燒香。禿頭鷹說他只見棺材由車門裏抬出來，卻沒看見有人哭，也沒見有人穿孝，大概這個狐狸也是個光杆單身。”蔡湘妹在旁邊聽了她丈夫的話，不住地笑。

　　俞秀蓮就叫劉泰保去給雇車，並說：“我到德家去看看。晚上我再來！”劉泰保跑出去，少時雇來了一輛車。

　　俞秀蓮披上她那件青綢棉斗篷，說了聲：“晚上見！”就出門上車走了。俞秀蓮三年以前在北京時，本是住德家的另一個院子裏，那裏屋中的陳設也俱全，還有秀蓮的　些衣物存放在那裏。可是這次俞秀蓮來，說是只住三四日便要回家，她又與德家婆媳最為相投，別後三年來的事，通宵達旦也說不盡，又突然加上了劉泰保的這件事，所以她的隨身行李全沒往那邊去搬，一來了就直接到了德大奶奶的房中。

　　今天已是臘月二十六，再有四天就是年下了，所以德大奶奶特別忙碌。她指揮着僕婦把各房中的器皿全都要擦亮。少奶奶楊麗芳這幾天也不練武了，胭脂也比往常搽得多，旗袍也比往常穿得漂亮，旗髻上並插着綾絹花。忽然，她就向婆母說：“俞姑娘回來了！”等到俞秀蓮進屋，她趕緊過去替俞秀蓮脫下斗篷。

　　德大奶奶笑着說：“我的妹妹，你簡直是奔忙的命！人走到哪兒，麻煩事兒也就跟到哪兒！三年沒見你的面，好容易你來了，偏偏又遇見個倒霉的劉泰保，沒容你下馬喘喘氣兒，就把你給拉了去替他拿賊，又是大年底的。乾脆，今兒晚上你別去啦！賊踏破了他的房子咱也別管。咱們高高興興地過一個大年吧！”

　　俞秀蓮卻坐在炕上，笑着說：“事情也快要辦完了，至多今天我再到他家裏去一趟。劉家的小媳婦倒很有趣兒的。”

　　德大奶奶說：“我聽人說也不錯。本來人家也是當官差的女兒，不是指着踏軟繩為生的。劉泰保那小子倒撿了個便宜，可委屈了人家的姑娘！”

　　俞秀蓮說：“不過我看劉泰保也不是什麼壞人。”

　　德大奶奶說：“壞不壞倒不說，就是那個人太討厭，太沒眼色。你姪子跟你姪媳婦他們練武，他就常常跑來看，還在旁邊叫好兒。有一回碰上玉宅的三小姐了，他也不知回避，鬧得我倒怪難為情的。他人不同李慕白，李慕白人家規矩，跟你五哥的交情又厚。他，看他那身穿着打扮？再說並沒什麼交情，他不過是楊老師的表弟。其實楊老師也把他膩煩透了！”

　　俞秀蓮笑了笑說：“江湖人全是那樣兒。”

　　德大奶奶也笑着說：“幸虧我沒走過江湖。可是我瞧你整年在外面跑，可永遠是小姐似的。這次來了，我看身上還是沒有什麼土氣。”楊麗芳站在她婆母的身後瞧着俞秀蓮，俞秀蓮也笑着，又說：“我想見見玉嬌龍。”

　　德大奶奶說：“你要見她可容易，我叫壽兒去，立時就能把她請來。”俞秀蓮說：“真的嗎？五嫂子您有那麼大的本事嗎？”

　　德大奶奶笑着說：“別人我請不動，她我可是一請就到。前兩天我在邱大奶奶那兒還見着她呢！我們兩人見面是一回比一回熟。我知道她這些日子也是很煩悶的，因為那個劉泰保恠說她們宅裏藏着什麼狐狸，她父親非常不高興。要說跟劉泰保鬥吧，卻又真不值得，再說又關係着鐵貝勒的面子；要說不理他吧，卻又真真可氣，所以老頭子天天愁眉不展，這是一個原因。還有就是玉三小姐的親事快要訂了，嫁一個醜翰林，她那樣的人才怎能願意？前天我去的時候，正見她跟邱大奶奶哭，大概就是提到她的傷心事兒了！”

　　俞秀蓮說：“誰管她嫁給什麼醜翰林俊翰林，您就快把她請來叫我見見吧！”

　　德大奶奶想了想，說：“沒個題目可也不好去請。這樣吧，我叫人去叫一桌酒席，連邱大奶奶一齊請，給你作陪，咱們吃晚飯好不好？”

　　俞秀蓮說：“現在午飯還沒吃呢，晚飯得等到什麼時候？”

　　德大奶奶說：“不！請她們早些來呀！就說你在這兒啦，她們一定趕忙來，因為邱大奶奶也很想你。玉三小姐她跟你雖沒見過面，可是她也知道你的大名，她跟我打聽過你早先的事情，還問過你幾時才來北京。”

　　俞秀蓮說：“還是先不告訴她們才好，等到她們來了，您再給我跟玉嬌龍引見！”

　　德大奶奶笑着說：“你大概是怕她知道你幫助劉泰保，她恨你？好吧！我這就派人去請。”於是回身把這話告訴了楊麗芳。楊麗芳傳給了僕婦，僕婦又到外院去傳給男僕壽兒，壽兒就分頭去請女客。

　　這德大奶奶跟楊麗芳婆媳二人又忙着更換衣裳；俞秀蓮也打開自己的行李，取出一件元青色的綢子棉襖，換了一雙青摹本緞的繡花鞋，並將辮子重梳了梳，多上了一點兒頭油，臉上也搽了些脂粉。待了會兒，德大奶奶修飾完畢了，回身看了俞秀蓮一眼，就笑着說：“你這麼一打扮，我看比玉嬌龍還俊！”

　　此時僕婦進來，請她們到飯廳去用午飯。正在吃飯的時候，壽兒就在窗外回復着說：“邱大奶奶今天要回娘家，不能夠來，說是謝謝這裏奶奶啦。玉三小姐是三四點鐘准來！”

　　俞秀蓮聽了，就說：“她那麼晚才能來，真叫人不耐煩等她。早知道這樣，咱們應當約她來吃午飯！”午後等了多時，壽兒又來到窗外喊說：“回事！玉三小姐來啦！”德大奶奶趕緊迎了出去。楊麗芳對着穿衣鏡照了照，也隨着她婆母出去迎接。俞秀蓮站起身來，就聽屏門外傳來一陣輕柔的笑聲，足音雜沓，她隔着窗上的玻璃往外去看。

第四回　　冷笑嬌嗔深閨索寶劍　　燈光鬢影元夜遇情人

　　就見德家婆媳讓進院來一位十七八歲的小姐。果然，這位小姐的身材是細而長的，可是並不見得怎麼弱；披着銀紅緞子繡花的皮斗篷，露出纏着金線的辮根，髮上斜簪着一隻銜着珠子的紅絨鳳凰；臉上敷着脂粉，那一定是一種貴重的脂粉，顏色鮮豔，並且調合，不像一般俗氣女子臉上脂粉搽得那麼怪氣。這位小姐的面貌不僅是美麗，還表現出一種大方。她帶着春風一般的笑，語聲不大，但是很清楚，舉措適宜而不粗野。

　　跟德大奶奶謙讓了半天，她一定要請德大奶奶在前面走，德大奶奶卻執意不肯，直說：「您到我們家裏來啦，哪有我們先走的？」玉嬌龍就笑着說：「那麼少奶奶先請！」楊麗芳便笑着趕緊往後退。隨侍玉嬌龍的兩個僕婦和一個裝飾比楊麗芳還要漂亮的丫鬟，都笑着說：「德太太，您是我們三小姐的老嫂子，您就別客氣啦！」

　　俞秀蓮看到這裏，就翩然走進了套間，放下了軟簾，隔着簾子聽。德大奶奶已把玉嬌龍讓進來了，她們很客氣地讓座談話。德大奶奶問玉嬌龍這兩日在家做些什麼，玉嬌龍笑着回答說：「什麼也沒做。我是想出來看看五嫂，但又怕五嫂子的事情忙，再說我一來了，少奶奶就要受累！」楊麗芳也婉轉地說了兩句謙遜的話，後來就聽德大奶奶說：「今兒

　　我不但是請了三小姐，還請了邱大奶奶呢！可是她今天要回娘家，把我的約會給謝絕了。本來年底我也想着，三小姐在家事情一定比往常多，我應當等到過了年再請您。可是，這兩天我們這兒來了一位客，是個有名的人，您早先跟我說過，想見見她，正好她今兒也就想見見您。」玉嬌龍似乎有點兒納悶，笑着問說：「是哪一位呀？」

　　德大奶奶就說：「怎麼，客請來了，她倒躲避起來啦？少奶奶，你快請俞姑娘去！」又輕聲對玉小姐說：「是俞秀蓮來了，住兩天她還要走，今兒我設法叫她耍一回雙刀，給您看看！」

　　此時楊麗芳已笑着走進套間，到了秀蓮的近前，她就笑着悄聲說：「玉嬌龍來啦，我奶奶請您去見見！」俞秀蓮便微笑着，從容地走出了套間。

　　此時玉嬌龍已站起身來。看見了俞秀蓮，她的臉色不由得一變，仿佛十分地驚訝，但這種異狀是一閃就過去了，仍然平和。

　　德大奶奶就笑着給介紹說：“這是玉宅的三小姐，這是早先我們家裏的老師俞小姐，您姐兒倆，一位是專會練武，一位是就愛瞧人練武。”

　　俞秀蓮向這位貴小姐點點頭，微笑着，眼光如同利箭似的射在玉嬌龍的臉上。玉嬌龍也點點頭，不自然地笑了笑，眼光也直盯着俞秀蓮，仿佛是說：你這樣瞧我，我就也這樣瞧你！兩人互相瞪了一會兒，忽然玉嬌龍天真地笑了，瞧着德大奶奶說：“我覺得這位俞姐姐很眼熟？”俞秀蓮就說：“我看你也眼熟，仿佛昨兒晚上咱們見過面似的！”德大奶奶笑着說：“那大概是你做夢啦！請坐吧！請坐吧！”楊麗芳托着茶盤送上茶來。玉嬌龍就帶笑問說：“我早就聽德五嫂子提說過您，說是您真有本事。”

　　俞秀蓮就也笑着說：“我的本事比三小姐可差多了，我就會躥房越脊，不會鑽窗戶。”

　　玉嬌龍臉色又一變，仿佛不解這話，就依舊笑着問說：“俞姐姐是幾時來到北京的？”

　　俞秀蓮說：“我是才來了兩三天。要是早來，咱們也就早見着啦！”玉嬌龍又笑着說：“您是來到德五嫂子這兒過年嗎？”

　　俞秀蓮搖頭說：“不是，我到北京來是為辦點兒東西，打算買一塊青紗的蒙頭手巾，再買兩張狐狸皮。”

　　玉嬌龍說：“對啦，聽說今年的狐皮很便宜。”

　　俞秀蓮說：“可也分大狐小狐，大狐的不太值錢，小狐的總難得些！”玉嬌龍笑了笑，低着頭喝了一小口茶。

　　這時德大奶奶的臉倒不住地發紅，因為俞秀蓮說的這話仿佛有些顛三倒四的，心說：到底是跑慣了江湖的，見着了生人不知說什麼才好。她遂就在中間摻言，把兩人的話給岔開了。伺候玉嬌龍的丫鬟瞧了俞秀蓮一眼，就拿着小姐的斗篷，退到一邊。楊麗芳在旁很替俞秀蓮着急，心說：這位俞姑姑今天是怎麼啦？人家宅裏這幾天正鬧着什麼碧眼狐狸的事情，才見面就跟人說這些話，不是成心譏笑人家嗎？

　　此時玉嬌龍又看了俞秀蓮一眼，就轉臉去向德大奶奶說：“我們家裏的那件事還沒完，外面的謠言是一天比一天多，鬧得我父親要辭官，我母親也天天發愁！所以今天您一請我，我就來了，因為我在家裏也很煩惱！”說時，她的臉上就現出來一種愁色。

　　德大奶奶聽玉嬌龍自己先提說出來，這才敢問，就皺着眉問說：“宅裏用的，不全是一些老人嗎？”

　　玉嬌龍把兩隻手放在膝上。此時她穿的是雪青緞子的皮旗袍，低着頭，鳳凰嘴裏的那串珠子直垂下來，來回擺動着。她就抑鬱地說：“雖然都是些用了多年的下人，可是究竟其中有沒有什麼壞人，誰也不敢說。我父親是覺着外面的謠言雖不可信，可是自己也得洗刷洗刷嫌疑。就打算把裏外用的人全都撤換，然後自己辭官。可是有許多親友就都來勸他老人家，說是不可因為一點兒無根據的事就辭官，辜負了朝廷的恩澤；並且有幾個下人，我母親是向來離不開。因為這種種原因，年前恐怕還不能決定怎麼辦。我雖然自己另住一間房裏，不大過問家裏的事。可是每天見了誰，誰都是愁眉不展的樣子。夜裏也是一夕數驚，我也不知是有些什麼事，別人也都不告訴我。五嫂子您想，天天如此，誰能受得了！”

　　德大奶奶露出不平的樣子，說：“這真是想不到的事情，一個小瓦片竟會絆倒了人！您家的老太爺也太慈善，不會給個全都不管嗎？下人有不好的，立時革除，外面有人造謠言，就抓了去押起來！”說到這裏，就望了望俞秀蓮，說：“俞妹妹你也別只信劉泰保的一面之詞，你看看，那些個無賴漢把人家那麼大的府第攪成什麼樣兒了？你是出了名的俠女，你替我打這個不平，把劉泰保殺了！”

玉嬌龍也不禁笑了，說：“也不怪那姓劉的，若沒有有權勢的人障他，他也不敢這樣做。再說，我們用的下人也太多了，其中難免良莠不齊。俗語說‘無風草不動’，怎麼姓劉的不給別人家造謠言，單說我們？可見……”

德大奶奶說：“那是因為老太爺辦事太認真了，大概把他們那些流氓得罪啦！劉泰保也就是個流氓的頭兒，他又仗着貝勒府的勢力。”

玉嬌龍微微歎了口氣，抬眼望了望俞秀蓮，就說：“我要是像這位俞姐姐似的可就好了，我也不必會武藝，只要我能夠一個人走到外邊去，就好了！”

德大奶奶卻說：“您是千金小姐，別說一人出外，就是走出閨閣一步，也得叫丫鬟婆子扶着呀！我們這位俞大妹子家裏就是保鏢的，從小時就跟着她老人家在江湖上闖。”

玉嬌龍說：“所以我真羨慕俞姐姐。今天我跟俞姐姐見了面，求俞姐姐拿我當個小妹妹看待，別當作外人才好！”

楊麗芳站立在旁邊，聽了玉嬌龍的話，卻瞧了秀蓮一眼。俞秀蓮起先是微微冷笑，但這時她也有些發怔，心中拿不定自己的主意。因為聽了玉嬌龍的的這番話，分明她是一向獨處深閨，別說外面的事，就是她們宅裏發生了什麼，也不能立時就知道；這樣溫柔典雅，說話又很可憐的，真不由使自己心軟了，而且有些後悔剛才說話魯莽。她便細細地觀察玉嬌龍，這身材、腰兒又分明像昨天晚上使寶劍的那個人，尤其是下面疊着的腿兒，露出一雙大足，她穿的是淺紅色的綾襪、花盆底的平金嵌玉的旗人女鞋，腳很瘦可是要穿上一雙靴子，也跟男子無異。俞秀蓮又注意玉嬌龍的雙腕，見她戴的是一雙玲瓏的金鐲，纖纖的手指上有翠戒、金圈，十分的柔膩，不像是會耍寶劍的。

這時，玉嬌龍也眼望着俞秀蓮，俞秀蓮就笑了笑，說：“我是不會說客氣話的，剛才玉妹妹說的話，我實不敢當。不過我想尊府裏的事，實在不是一件等閒的事！我在江湖闖蕩已有四五年，什麼事都遇見過。專有一種大盜，為逃避官人追捕，時常隱名埋姓，或是男扮女裝，去給人做奴僕，並常常勾串那宅門裏的公子小姐。他拿着主人的短處，主人明知道他是賊，可也不能奈何他。”

玉嬌龍點頭說：“這類事我也聽說過，可是我們家中絕不會有。我的兄嫂都在任上，家中只是我父母和我三個是主人。”

俞秀蓮說：“既然府上的人口很少，用的下人又多，自然有點查不到，我想這只有小姐你給想法子了。務必要仔細調查男女僕的來歷，好堵住外面的謠言。不然真若再鬧出什麼事，恐怕就是貴府的大人辭官也不中用，因為既然身為九門提督，家中卻縱容着盜賊居住，這罪名可不小！到事情出來時，您也難辭不孝之名！”

玉嬌龍聽了微微有些發怔。德大奶奶卻歎了口氣，說：“你要是三小姐，事情可就好辦了，你可以拿着刀一個一個地去逼問，三小姐她哪兒成？連她們家裏用的一共有多少人，她都不知道！女傭人她還可以追問追問，男傭人她簡直就見不着面。再說，哪有一個小姐審問傭人的呢？”

玉嬌龍也歎息說：“現在要是我大哥或我二哥在家，那就好辦了！”德大奶奶說：“也不用老爺們在家，只要有位能幹的太太、奶奶就行。沒出閣的小姐，在家裏就跟客似的，什麼事情也不能多管！”

　　楊麗芳又給換上茶來，玉嬌龍卻輕輕地站起，德大奶奶和俞秀蓮便也全站了起來。這裏的僕人又向炭盆裏添了幾塊炭。玉嬌龍卻走到一個烏木的長幾旁，那幾上有兩盆水仙，白玉般的花朵，黃金似的花蕊，翡翠似的枝葉，嬌豔可愛，散發出陣陣的清香。玉嬌龍就伸着素手，指指花兒，笑着向德大奶奶說：“這花兒真長得好！我房裏也種了兩盆，可是直到現在還沒有開花。”

　　德大奶奶說：“那也許是您的屋子冷一點兒。我們為這幾盆花，晚上連炭盆都不滅。”

　　玉嬌龍就點了點頭。她斜對着這盆花，仿佛腦子裏在想什麼。德大奶奶、楊麗芳都羨慕地瞧着這位小姐，因為她的芳姿陪襯上這水仙花，更顯着美麗，真仿佛一幅名家所繪的仕女圖似的。俞秀蓮一轉眼珠，心裏就想着：我試探她一下，這一下就可以看出她是個怎樣的人了。於是她忽然變得活潑起來，笑着說：“這樣好的水仙我也沒看見過，五嫂子真是個好花兒匠！”說着，便向玉嬌龍走去。

　　走到相離有兩步之遠處，俞秀蓮忽然把目光又投在玉嬌龍的身上，笑着說：“玉妹妹，你穿的衣裳這是什麼材料？我看看吧！”她向前伸手去摸，可是她伸着手指直直地向玉嬌龍的胸間去點，用的是點穴的姿勢，其時極快。不料指頭還沒挨着那緞子衣裳，玉嬌龍就早把她的雙手握住了，芳容微紫，但還故作微笑，說：“哎喲！俞姐姐的手怎麼這麼涼呀？”

　　俞秀蓮一翻手，握着她的雙腕，手指用力一箍。這要是別人早就得哎喲哎喲怪叫起來，可是玉嬌龍的芳容反倒轉為平和，微笑着說：“姐姐你別鬧，我怕你的手涼！”

　　俞秀蓮冷冷一笑，放下了手，玉嬌龍趕緊轉身躲開了。俞秀蓮獨自對着水仙，點頭冷笑着說：“我明白了！”

　　德大奶奶這時也有點兒發怔，問說：“你明白什麼啦？”俞秀蓮說：“要想瞞我可不行，趁早跟我說實話！”

　　德大奶奶笑着說：“什麼事情呀，叫你查出來啦？”

　　俞秀蓮說：“我查出您這水仙是用炭盆烘的，不然不能開得這麼茂盛。”

　　德大奶奶上前拉了她一把，笑着說：“得啦我的妹妹，您別露出您是從鄉下來的呀！這水仙可不像韭黃，得用火烘。”

　　俞秀蓮便也笑了笑，見玉嬌龍又坐在那邊的椅子上獨自飲茶，把裏衣的兩隻紅綾袖頭放下來，遮住了她的兩隻腕子。

　　楊麗芳瞧瞧玉嬌龍，又瞧瞧俞秀蓮，臉上露出驚訝之狀。

　　德大奶奶卻有點兒不高興的樣子，陪着玉嬌龍沒話找話。談了半天，天色就不早了，德大奶奶就吩咐在屋中開飯。於是僕婦、丫鬟忙着收拾好了飯桌。德大奶奶跟楊麗芳就請玉嬌龍坐在首席，俞秀蓮坐在次座，德大奶奶作陪。楊麗芳先是不肯坐，後來玉嬌龍就笑着說：“少奶奶你也坐下吧！咱們跟一家人是一樣，不必講究那些規矩禮節。”德大奶奶也向兒媳說：“你坐下吧！”楊麗芳這才在最末一個凳兒上坐下。

　　此時俞秀蓮跟玉嬌龍是並坐着，玉嬌龍的衣香都撲在了她的鼻裏。俞秀蓮就把手放在桌下，暗暗地擰了玉嬌龍的腿一下。玉嬌龍沒有言語，把一杯酒遞給俞秀蓮，說：“俞姐姐您喝酒吧！”俞秀蓮又用力掐了她一下，玉嬌龍微微皺眉，俞秀蓮笑了，這才照常地飲酒談閒話。玉嬌龍也歡歡喜喜地，並且跟俞秀蓮特別親近。

　　少時，銀燭點上了，燭光照着玉嬌龍，更像彩雲中的仙子似的。酒肴沒用了多少，可是賓主已一齊離席。玉嬌龍的丫鬟擎着水盂，請小姐漱口。這時，俞秀蓮也很平和地跟玉嬌龍談了些閒話。時間已交了初更，玉嬌龍就向德大奶奶告辭。德大奶奶還要挽留，玉嬌龍卻說：“因為家裏有事，回去晚了怕不大好。”又回頭向俞秀蓮笑着，說：“俞姐姐，過兩天我接您到我們家裏去過年。”當時僕婦便打着紅紗燈籠，玉嬌龍又披上皮斗篷，丫鬟攙扶着她向外走去。俞秀蓮也送到屛門，自己就回去，到了屋裏就不住地笑。

　　待一會兒，德大奶奶也送客回來，見了俞秀蓮，她就帶着笑抱怨說：“俞大妹妹您今天是怎麼啦？怎麼見着她一點兒客氣也沒有啊？今天幸虧是她，沒有什麼小姐的習氣，若換個別的人，真得叫我在當中為難！”

　　俞秀蓮笑着說：“本來我是個野人，哪兒會富貴人說的客氣話？可是也只有她，我還肯和她談幾句，要換個別人，我才不理她呢！”

　　德大奶奶又說：“大妹妹，我央求你一件事。你衝我的面子，別再幫助劉泰保欺負人家啦！不然將來真要出了點兒什麼事，我跟您五哥都對不起她家！”

　　俞秀蓮擺手說：“五嫂子放心，我辦事一定要講情面，不能叫他們那樣的大人家露醜，也不能給五哥五嫂招事。我今晚再到劉家去一趟，明天就可以把事情辦完，我也就要走了！”

　　德大奶奶說：“這次你來，怎麼不像早先啦？我瞧你仿佛改了脾氣啦！”俞秀蓮不語，望着旁邊的楊麗芳一笑。楊麗芳卻也發呆，猜不透俞秀蓮的心事。

　　俞秀蓮自己倒着茶喝了兩碗，然後脫去了她那身僅有的漂亮衣裳，換上青衣褲青鞋，跑出屋去，叫車房裏的人給她備馬，然後跑回來，披上她的那件斗篷。

　　德大奶奶就歎息說：“你們這江湖的性情真難改，我要是個男子，我也絕不娶你們這樣兒的。”

　　俞秀蓮笑着說：“你娶了玉嬌龍那樣的小姐，也是靠不住！”說着，披着斗篷往外就走。路過書房前，見窗裏燈光灼灼，並有德嘯峰的吟詩之聲。俞秀蓮走到車房，見她那匹鐵青色的健馬已經備好，就牽馬出門，上馬揮鞭而去。

　　此時天上星光閃閃，迎面寒風淒淒，大街上只有幾輛騾車沒精打采地走着。打更的人敲着鑼跟梆子，像鬼魂似的，貼着路旁晃晃悠悠地走着。俞秀蓮策馬飛馳，嘚嘚的馬蹄聲敲打着石頭道，風吹得她的斗篷噗噗地響。

　　她少時就到了花園大院劉泰保的門前。她將馬靠近了牆，將身站在馬鞍上，一看北房中有燈光，她就叫着說：“蔡妹妹開門來！”裏邊蔡湘妹、劉泰保全出來。

　　俞秀蓮在牆上露着半身，笑說：“把門開開吧！”

　　蔡湘妹趕緊開門，到外面一看，她就喜歡着說：“俞大姐，這是您的馬呀？”

　　俞秀蓮由鞍上跳下來，說：“我嫌車走得慢，所以我騎着馬來。你會騎馬嗎？”

　　蔡湘妹說：“會騎，可是騎不好，也不會在馬上耍玩意兒。”她過去想要接過馬來在門前跑一趟，過一過騎馬的癮，劉泰保卻把她拉了一把，說：“請大姐裏面坐吧！”

　　蔡湘妹就同俞秀蓮進了門，劉泰保也把馬匹拉進院來。俞秀蓮到屋中，就笑着向湘妹說：“今天我在德家見了一位江湖朋友，又把咱們那件事尋出來許多頭緒，待會兒我再走一趟，就能把寶劍索回了。碧眼狐狸已死，這件事就算完了，我們也不必再深究了。”

　　蔡湘妹還有點憤憤地說：“可是，用鏢殺死我爸爸的是那個小狐狸，捉不着他，我還是不能甘心！”

　　俞秀蓮說：“那天你們黑夜交手，誰能分得出鏢是誰放的？事情既是由碧眼狐狸而起，碧眼狐狸既死，也就算了，何必一定不饒人？”

　　正在說着，劉泰保也進了屋。他悄聲說：“玉宅昨晚死的那個高師娘，確實是碧眼狐狸無疑。玉正堂也知道了，今天沒到衙門去辦事，聽說是犯了老病，在家休養了。外邊有人又傳說玉正堂要辭官。”俞秀蓮點了點頭。

　　在這裏，三個人又談了一會兒閒話，不覺天已二鼓。俞秀蓮就將裏衣紮束利落了，單刀插在背後，外面披上斗篷，就叫湘妹隨她去關門。臨出門之時，她說：“三更以後，我就回來了。”

　　出了門往北，順着城牆往西，四下黑乎乎的，一個人她也沒遇見。她按照昨夜追趕碧眼狐狸的那條路走去，走得不快，打過三更，方才到了玉宅的大門前。一見門前並無防備，她就將斗篷脫下，飛身上房，踏着房瓦去走。就見昨天所到的那花園裏，假山石前支着兩隻很亮的燈籠，還有幾個人在那裏徘徊。

　　俞秀蓮就回避着花園去走，越過了幾重房屋，就尋着了昨夜有人鑽進後窗去的那座大廈。她趴在前簷，往下一看，見院中沒有燈光，下面這房子裏卻透出來燈光閃閃。俞秀蓮很為驚訝，心說：玉嬌龍到這時候為什麼還不睡覺？她把斗篷放在房上，探下身盤住了廊柱，揪住了廊下的椽子，平着身，如同燕子飛翔時一般。她探首到窗前，由身邊取出個小剪子來，剪破了窗上糊着的白綾，用一隻眼往裏去看。就見屋中並沒有人，只是那張小書案上放着一盞銀燈，燈下壓着一張紙，紙上寫着幾行大字：

　　秀蓮姐：知君今夜必來，請勿相逼，妹已知過，今後當斂跡矣！

　　俞秀蓮噗哧一笑，悄悄說了聲：“好聰明！”忽見那邊床上的紅幔帳一啟，露出玉嬌龍的半身。她穿着青色的寢衣，頭上的辮子已分為兩條，分披在前胸上。俞秀蓮又向裏悄聲說：“好漂亮！小姐，請你下床！”

　　玉嬌龍微笑着，慢慢地下了床，像沒事人兒似的到了燈前，指指她的腕子，做出一副委屈的樣子。

　　俞秀蓮笑着說：“這是便宜你！不瞧你長得美，我一定掐得更重。快把寶劍拿出來，我就走！”

　　玉嬌龍拿起筆來，簌簌地又往紙上寫，見她寫的是：

明晚必送還原處，不能無信。

　　俞秀蓮笑着說：“好啦！再叫你把那寶劍玩一天。”玉嬌龍仰着臉向窗子一笑，秀蓮就說：“我走啦！”說畢，退身回到房上，就見窗裏的燈光也滅了。

　　俞秀蓮挾起了斗篷，伏着身，踏着屋瓦，又走到臨街的牆上，跳將下來，披上斗篷就走。一面走，一面覺得好笑。才走了不到百步，忽覺有人從後面捶了她一拳，捶得她背上很痛。她趕緊閃身回首去看，就見一條黑影躥到一家房上去了。

　　俞秀蓮脫了斗篷追將上去，那人咯咯地一陣笑，分明是個女子的聲音。俞秀蓮去趕，黑影又跳下房去，俞秀蓮也下來，問說：“好個賊小姐，你是要做什麼去？”黑影卻一閃就不見了。俞秀蓮心中很是敬佩，又很疑惑，不知她又要去做什麼，未免擔心着劉泰保和蔡湘妹，就趕緊往回走。

　　走到城牆下往東，又行了不遠，卻聽見馬蹄之聲，嘚嘚的，迎面來了。馬上的人看到俞秀蓮，就高聲問說：“是俞大姐嗎？我接您來了！”

　　俞秀蓮就笑着說：“我不領你的情！你不是為來接我，你是要騎騎我的馬。”

　　蔡湘妹笑着來到臨近，問說：“怎麼樣了？俞大姐，您可探出來那碧眼狐狸到底是玉宅裏的什麼人？”

　　俞秀蓮一躍上馬，說：“別說閒話，快回去吧！你們家裏這時又許有事！”遂就一馬雙馱，順着城牆，衝進夜色，往東疾走。

　　少時就回到了劉泰保的家門前，馬到牆邊，蔡湘妹站在鞍上，一跳進了牆，把門開開。這時劉泰保也出來了，他就把馬牽進去，把街門依然關好。俞秀蓮先進了屋，劉泰保、蔡湘妹隨後進來。俞秀蓮先問說：“我走後這裏有什麼事沒有？”

　　劉泰保搖頭說：“沒有什麼事！”

　　俞秀蓮說：“那麼再待一會兒那個人也許來。”蔡湘妹趕緊問說：“是什麼人呀？”

　　俞秀蓮笑了一笑，說：“就是那盜劍的賊人。可是她並不是個賊，也不是碧眼狐狸的徒弟，也不在玉宅裏住。這人倒是個很有意思的人，我不願逼她過甚，她也直央求我，說她情願悔改，並答應得明天晚間就把寶劍送回鐵貝勒府。”

　　劉泰保有些發怔，問說：“這傢伙准能夠把寶劍送回去嗎？”

　　俞秀蓮點頭說：“她既能盜走，當然就能夠送還。其實，今天我本能從她的手中要過來，不過我知道她是很喜愛那口劍的，索性叫她再多玩一天吧！明天叫她自己送回，在她的面子上也好看些。總之，我現在是急於要回家去，不願把這人逼得太急了，否則我走之後，於你們很有不利。”

　　蔡湘妹納悶地問說：“這人到底姓甚名誰呢？是個幹什麼事兒的呀？”俞秀蓮擺手說：“你們不必細問了。這人非常奇怪，但又非常可愛，她的武藝並不在我以下。因為剛才在她那裏談話不方便，所以我們沒有多談，待會兒她也許能到這裏來找我，不然她就是到德家去找我了。你們夫婦就不必多管了，現在事情我已替你們辦完，大概明後天我就要回巨鹿縣去，明年二三月間我再來。那時我想在北京多住些日，與這人深交一交，到時我也許能把她向你們夫婦引見引見。”

　　蔡湘妹拉着俞秀蓮的胳膊說：“俞姐姐您怎麼這麼悶人！快告訴我吧，那人到底是姓什麼？”

　　俞秀蓮擺手說：“我真不能夠說出她的姓名。此人在北京頗有名聲，而且與我相識，關係着許多情面，無論見着誰，我也不願告訴此人的姓名。不過你們就放心吧！寶劍明天夜裏必可在鐵府發現，這個人若是捨不得寶劍，不肯交出，我還是不走。”

　　蔡湘妹坐在炕頭翻着眼睛思索，劉泰保卻是一副十分沒精神的樣子。俞秀蓮坐了一會兒，便說：“我走了！我想此人一定是到德家找我去了，她一定以為我住在德家。”又笑着說：“你們夫婦可別在暗中跟着我，不然若遇見她，她仍然要跟你們為難。我逼她不要緊，你們卻不行。她不怕你們！”

　　蔡湘妹便站起來說：“天這麼晚了，您可怎麼回去呀？大街上淨是巡街的官人，倘若把您攔住，很是麻煩！”

　　劉泰保也說：“德家的人一定也都早睡啦，俞大姐您索性等到天亮再走吧！”

　　俞秀蓮搖頭說：“不要緊，我穿着黑胡同去走，遇不着人。回到德家我會自己開門把馬拉進去，不能驚醒他們。”蔡湘妹還要攔阻，劉泰保便偷偷地瞧了她一下。

當下俞秀蓮穿上斗篷，出屋牽馬，叫蔡湘妹把街門敞開。她出門上馬，在黑夜茫茫之下走去。蔡湘妹聽得蹄聲去遠，她才關好了街門。回到屋裏，卻見她丈夫劉泰保把茶壺扔在地下摔了個粉碎，又把賣藝的銅鑼噹啷往地下一摔，氣憤憤地還要去摔燈。蔡湘妹趕緊把他抱住，說：“哎喲！你是怎麼啦？你瘋啦？摔什麼呀？日子還過不過啦？”

劉泰保又頓腳，喘吁吁地說：“氣死我了！……他媽的求人就這麼難？替咱們管閒事，咱們一口一聲叫她大姐，臨完了她想放賊就隨便放？寶劍不拿回來交給我，還得叫賊施展一手兒能耐送回府去。他媽的咱們白費了十幾天的力，圖的是什麼呀？……真氣死人！”

蔡湘妹擺手說：“你小聲！她或許沒有走遠。”

劉泰保拍着胸脯，嚷着說：“叫她聽見我也不怕呀！我一朵蓮花劉泰保也不是沒名少姓的人！不錯，他們的武藝高，可是刀對刀，我劉泰保還不含糊！反正她是一條命，我也是一條命！”

蔡湘妹頓腳着急地說：“你恨人家幹什麼呀？要沒有人家，咱們連碧眼狐狸都鬥不了！”

劉泰保說：“我不生氣別的，我就是生氣她不把寶劍帶回來給我，叫我去送還府裏。你想，我在貝勒府裏誇下了海口，我說過，不追回寶劍我誓不為人，結果，他媽的我連寶劍的影兒都沒追着，人家寶劍自己飛回去啦！你說我還有什麼臉教拳？還有什麼臉去見人？”

蔡湘妹說：“明天那個賊把劍送回府內，他大概也不敢留下姓名，你就說是你給送回去的就得啦！”

劉泰保嘿嘿笑着，用手指着他的媳婦說：“你這個主意出得有多妙！那麼一來，我不是更成了飛賊了嗎？唉！”

蔡湘妹又說：“要不然明天你就去通知府裏的人，說是你已經探知，今夜賊人必到府中來，叫府裏預備着，到時連賊帶劍一齊拿下！”

劉泰保忙擺手說：“小聲兒！……這個主意倒不錯，可是我想賊不能那麼癡，他一看見那裏有防備，不但他不自投羅網，可能連劍也不打算交了。我倒是有一個辦法……”

蔡湘妹趕緊問說：“什麼辦法？”

劉泰保得意地笑着，悄聲說：“明天夜裏咱們兩人也偷偷到府裏，賊人去了，咱們若看着能夠得手，就給他個連珠鏢，連賊帶劍打下房去。要是看着不得手，咱們就趴在房上別作聲，等賊人將劍交回，他前腳走開，咱們後腳又把劍拿走。拿回家裏先玩幾天，然後再獻還府裏，就說是咱們給找回來的。那麼一來，賊人連影兒也不知道，俞秀蓮也無從打聽，咱們的面子也就掙回來啦！”

蔡湘妹捶了他一拳，笑着說：“好個壞主意！”

劉泰保說：“壞主意？只有這個辦法是又省事，又遮臉。”

蔡湘妹說：“得啦！就這麼辦吧，別再說啦。”遂就彎腰撿了地下的銅鑼跟破碎了的茶壺，關上了屋門睡覺。

這一夜，雖然他夫婦明知道不會有什麼事發生，可是兩人還都睡不好，鋼刀和飛鏢還預備在身畔。劉泰保心中又很懊悔，所以直到第二天上午十點多鐘他方才起來。此時湘妹已出去買來了菜，正在做呢。劉泰保見他媳婦的手兒很能幹，不是只會踏軟繩的。他又把這一個月來的事情前前後後想了一番，覺得自己雖然奔忙勞碌，受氣擔驚，還連累上幾位朋友都受了重傷，可是風頭也實在出得不小。寶劍雖沒被自己親手尋回，大小狐狸雖沒被自己親手殺死或捉住，可是如今總算是他們失敗了。沒這件事，自己也娶不了這麼好的媳婦兒。細說起來，運氣還算走得不錯，就是今天晚上送回寶劍的這事，無論怎樣欺神瞞鬼，也得掙回點兒面子來，以後好在街上見人。

他就一邊穿衣扣紐子，一邊笑着向湘妹說：“得啦！今兒晚上還有臨末的一陣，咱們就收兵啦！多買點兒菜、肉，痛痛快快過個大年。天下的事想都想不到，在去年這時候，我哪裏想得到今年會有你呢！你那時不定在黃河邊兒，或是黑河沿兒呢，也絕想不到會嫁我呀！”

蔡湘妹一邊切着麵條，一邊說：“我是真沒想到嫁了你這麼一塊料，真丟人！也算是我的命！”

劉泰保笑着說：“嫁了一朵蓮花你不自覺光榮，反倒罵我是塊料。我就是料，也是金料、玉料，貴重的材料，絕不能是草料。閒話少說，快點兒下面，吃完了我還要出去走走，寶劍不能是今晚叫他送回府裏就完了。至少得交給我，叫我去送回，還得讓我看看他小狐狸的模樣兒才行！”

蔡湘妹切了麵條，拉長了下在鍋裏。她皺着眉，眼泡裏浸着淚水，又說：“這麼就完了，我總不甘心！我爸爸我媽媽就都白死了嗎？”邊說邊拿她的紅袖頭擦着眼淚。

劉泰保卻說：“那些事兒等過了年之後再說，日子很長呢！只要小狐狸不死不走，只要我一朵蓮花不丟臉，我就有朋友，就有辦法。俞秀蓮私放賊人，咱們不求她也不理她啦！將來的事咱們慢慢辦。你就瞧吧，早晚有那一天，我得叫岳父岳母瞑目。”

蔡湘妹下麵撈麵，先伺候劉泰保吃完。劉泰保換的是一件青綢小棉褲小棉襖，雪白的襪子，青緞鞋，絲線腿帶，外穿青市布面兒的二毛皮襖。他把臉洗得很亮，辮子梳得很光，就出門去了。

他搖搖擺擺地先到了鐵貝勒府內，李長壽等人都笑着向他說：“劉師傅，怎麼樣了？別淨忙着捉狐狸，忘了跟新嫂子過年呀！”

劉泰保笑着說：“哪能忘？到初一我還要請你們到我家裏喝酒去呢！你那嫂子包出來的餃子比她的鞋尖還小！”

正在說着，忽見得祿從裏院出來，手裏拿着一份禮物，不知是裏邊賞給什麼人的。劉泰保趕上前去，把他攔住，說：“祿爺，我先告訴你一個信兒。我辦的那件案子，眼看就要大功告成，明天後天，我就能將貝勒爺的那口寶劍尋回來，呈上。”得祿卻噗哧一笑。

劉泰保說：“你別笑！我一朵蓮花不是吹牛皮，准能……”

得祿說：“還等着你去給找？寶劍昨天早就找回來啦！”劉泰保吃了一驚，直瞪着兩隻三角眼。

得祿就半笑着悄聲說：“你是自找麻煩，瞎忙了一個多月。寶劍的事，本來就跟什麼碧眼狐狸無干！”

劉泰保說：“你瞎說！”

得祿說：“瞎說？那口寶劍，人家怎麼拿走的，又怎麼給送回來啦！並且昨晚連書房的鎖頭都沒開，門窗戶壁上一點兒痕跡沒有。也不像前幾天咱們家裏，你那夥人一上房，瓦就咯吱咯吱亂響。所以還是貝勒爺說得對，這是俠客所為，寶劍他借去用了用，送回來是毫無傷損。”

劉泰保怔得渾身冰涼，話都說不出來了。得祿又囑咐他說：“得啦！你們兩口子就安心過年吧！別再多管閒事兒啦。過了年，找房搬家，我給你們出房錢買傢俱都行！”

劉泰保滿面通紅，說：“你別罵我！現在既然這樣，我就求你一件事。我為這口寶劍不容易，不是我逼着追着，那他媽的俠客也許還捨不得把寶劍送回。現在求你把寶劍拿出來，叫我看一看！”

得祿說：“你還疑心他送回來的是假的嗎？今天早晨發現了，貝勒爺那時還沒上朝，立時看了看，試了試，一點兒沒錯。”

劉泰保擺手說：“我不是說是假，我是想開開眼。奔忙了一個多月，如今寶劍自己飛回來啦，還不叫我看看嗎？”

得祿點頭說：“好吧！可是貝勒爺現在還沒下朝，寶劍擱在那兒，誰也不敢動。等爺回來，我替你請示請示，我想爺沒有什麼不答應的。”

劉泰保怔了一會，就點頭說：“好吧！”得祿就拿着禮物進班房裏去了。劉泰保垂頭喪氣地走出了府門，本想回家去懊睡一天，可是自覺得連見自己的媳婦兒全沒有臉。忽然想起，事情不能就如此完結。賊人退回了寶劍，可見他們是心虛氣餒，我劉泰保應當乘勝進攻。好，找俞秀蓮去，現在寶劍的事不提了，可是還得把小狐狸捉住，那才能掙回我一朵蓮花的臉面。於是，劉泰保就急急地往東四牌樓走去。

此時天色已快到正午，走到三條胡同德宅的門首，見雙門緊閉，他就上前去打門。門從裏面開了，出來的是趕車的福子，劉泰保就說：“你認識我吧？”

福子點頭，笑着說：“我認識！您是劉爺，您是找我們老爺嗎？”

劉泰保說：“你們老爺不見倒不要緊，我找的是在這兒住的俞姑娘。”福子說：“俞姑娘走啦！您不知道嗎？”

劉泰保吃了一驚，趕緊問說：“什麼時候走的？”

福子說：“剛才，大概有九點多鐘。她走後，玉宅三小姐打發人送來禮物，沒趕上，又退回去了！”

劉泰保發着怔說：“什麼事兒，要這樣急着走？她家裏又沒有男人！”

福子笑了笑。

劉泰保又問說：“德五爺在家沒有？我要見見！”福子說：“請您到門房坐一會兒吧！我進去看看。”

劉泰保就邁進了門檻，福子把大門又掩上，便往二門裏去了。這裏劉泰保只在門裏站着，心中十分不痛快。少時，福子又出來說：“我們五爺有請！”劉泰保更不高興，心說：德五一個大閒人，也這麼大的架子。

福子把他領進了書房，德嘯峰起身拱手相迎，劉泰保也抱拳笑問說：“五哥現在每天幹些什麼？”

　　德嘯峰賠着笑，又微歎着說：“十分無聊！不過是看看書，練練大字，我倒像個才入塾的小學生了！”遂請劉泰保落座，自己給斟茶。房中的炭火很暖，桌上堆着許多書籍。德嘯峰穿着絳紫色的絲棉袍，臉上倒是很胖，自從留了鬍子後，越顯得有福的樣子。他手裏托着水煙袋，悄聲問：“府裏的那口寶劍已經送回去了吧？”

　　劉泰保吃了一驚，趕緊又作笑說：“五哥怎麼知道得這麼早？”

　　德嘯峰說：“我是聽俞姑娘說的。她今天早晨就走了，臨走之時叫我派人去告訴你，說是寶劍已在昨夜送還鐵府。可是我這裏因為傭人不得閒，又想你天天在府裏，寶劍若是忽然璧返，你不會不知道的，所以還沒容我去告訴你，你就來了。”

　　劉泰保暗暗喘了口氣，心中恨恨地想：好個俞秀蓮！你簡直是看不起我。寶劍昨夜就送回鐵府了，你並不是不知道，可是你偏要騙我，說什麼今晚才能夠送回去！

　　德嘯峰又悄聲說：“有一件秘密的事情，我要告訴你，你可千萬別對外人去說！”

　　劉泰保直着眼睛問：“什麼事？”

　　德嘯峰說：“俞秀蓮此次來京，是有用意的。”劉泰保又問：“是有什麼用意？”

　　德嘯峰說：“她並未對我明說，這不過是我的猜想。因為前幾年李慕白在北京殺死了黃驥北。他在京城有案，所以不敢放膽前來。如今據我猜，俞秀蓮此次來，就是為探聽探聽風聲，李慕白此時多半就住在巨鹿縣。俞秀蓮來京住了這幾日，她見京中之人已不再注意李慕白早先的那件事了，所以無論別人怎麼挽留她在此過年，她也一定要走。她多半是要趕回巨鹿縣，把京城的近況告訴李慕白，然後他們二人好一同前來。老弟，你就等着吧！你不是從去年就想見見李慕白嗎？等他來了，我一定要給你們二位介紹。”

　　劉泰保一聽，不由得笑了，說：“哈哈！這麼一說，李慕白跟俞秀蓮早就成了兩口子啦？”

　　德嘯峰搖頭說：“還不至於！他們二人全都生性古怪。俞秀蓮未嘗不鍾情於李慕白，可是李慕白為人太為迂腐，恐怕他還是不願意。不過我倒願意他們二人成親，然後我出點兒力，把李慕白的官司疏通疏通，就叫他們二人在京長住，免得他們連年漂泊江湖。”

　　劉泰保說：“五哥你對朋友太厚了，不怪有人說你是當代的孟嘗君！”德嘯峰歎道：“我若有孟嘗君那樣的富貴，我也不能見朋友們漂流奔走。即如老弟，空負一身武藝，如今做了這閒散的教拳師傅，豈不是淹沒了！”

　　劉泰保臉一紅，怔了一會兒，又悄聲問說：“五哥，兄弟還要跟你打聽點兒事。俞秀蓮昨天對我說，她已見着了那盜劍的賊人，她完全知道那人的底細和來歷。可是她又瞞着我，不告訴我那人是誰。也許她是不放心我，因為我跟她的交情太淺；不過，她不至於瞞五哥吧？請五哥告訴我那賊人是誰，省得我的心裏納悶兒。我又非官非吏，手裏沒有火簽，身邊沒有捕票，我知道他是誰，也絕不敢去拿他。碰巧他若不棄，我還許跟他交交朋友呢！”

　　德嘯峰搖頭說：“我也實在不知道，不然我告訴你可又有什麼？我已經把李慕白將要來京之事告訴了。只是據我想，那盜劍之人一定是個非常人物，武術不在李、俞二人之下。此人也絕不是盜賊，他取去寶劍之事，不過是一種遊戲！”

　　劉泰保撇嘴說：“好！他這麼一遊戲，我劉泰保的名頭幾乎完了！好，五哥再會！”他起身抱拳，告辭而出，德嘯峰把他送出了大門。

劉泰保走出三條胡同，就直往前門外，先到泰興鏢店去看孫正禮。孫正禮的傷勢雖未痊癒，可是吃喝照常。碧眼狐狸已死，寶劍已送回鐵府的事情他全都知道，因為今天早晨俞秀蓮臨走之時，已到他這裏來過了。他仍然十分不服氣，說：“小劉，你等我的傷好了，咱們再幹！我師妹饒了小狐狸，咱們不能饒！”劉泰保又到全興鏢店去看楊健堂和梁七。梁七的傷勢雖略重些，可是也不至有生命危險。他們這裏的人，對於俞秀蓮辦的事倒還都不曉得，劉泰保也沒對他們說。

約莫下午四點多鐘，劉泰保才走進城。他心中仍是很煩悶，有一口氣堵在胸中，總是出不來。走到北城，將轉彎鼓樓之時，忽然一扭頭，看見身後邊有個小叫花子。劉泰保生氣地回身就要奔過去打，可是又見那小乞丐是往一家舖戶門前要飯去了。劉泰保又就想：我打個小乞丐做什麼？他媽的我武藝不高，遭人愚弄，自己不要強，想拿一個小乞丐出氣，我算什麼英雄？一邊走，一邊暗自歎氣。

忽然對面來了一個人，叫着說：“劉大爺！”劉泰保抬頭一看，見是北城的一個小土痞，肩膀上扛着一串錢，仿佛是要上賭局的樣子。這人把劉泰保拉到一旁，悄聲問說：“怎麼樣了？劉爺您這幾天一定夠忙的。碧眼狐狸死了，小狐狸怎麼樣了？”

劉泰保昂起胸來，說：“事情已快辦完了，寶劍已被我索回，交回了鐵府。小狐狸，我先容他過個年，等到過年我再捉他歸案！”說着揚頭一笑走去。但是他心中卻極羞慚，暗想：這樣鼓着肚子裝胖子的事，長了也是不行呀！早晚鬧得京城無人不知，我一朵蓮花早晚得被人稱為“飯桶”。那時我還有什麼臉教拳？還有什麼臉見人？

他無精打采地走進了鐵小貝勒府，直頭就去找得祿，問說：“怎麼樣？該跟爺說說，把寶劍讓我看看吧？”

得祿說：“剛才我已替你請示了，爺說可以，還要叫你去見見，有話要吩咐你！”

劉泰保一聽，倒不禁一怔，就說：“好啦！請大哥給我回一聲，爺現在要是閑着啦，我就去見一見！”

得祿說：“你在這兒等着。”

當下劉泰保就把紐扣都扣齊，拍拍皮袍，站在廊下靜候。少時，得祿就傳他進去。鐵小貝勒穿着便衣，正在椅子上坐着飲茶。劉泰保進來行了禮，鐵小貝勒頷首微笑，就問說：“寶劍被人又送回來的事情，你可知道？”

劉泰保臉通紅着，點點頭說：“小的知道了。”

鐵小貝勒說：“這件事你出力不少，可是因你辦事太急，竟把玉正堂給得罪。最近他要稱病辭官，但是我勸他不必。因為你是我這裏用的人，你在他的門前辱罵了他，並在外面傳說他宅中匿藏着強盜，他因此才辭官。那顯係我對他不起。他與本府有多年的交情，又是現時的一位幹員，在新疆也立過不少的邊功，倘若我縱容着一個教拳的師傅，逼着一位提督正堂去了職，也難免叫人說我管束不嚴，縱容家人，欺辱官府。”

劉泰保剛要辯白，鐵小貝勒就說：“我賞你五十兩銀子，你還是離開這府裏吧！我曉得你的武藝很好，在這裏也委屈了你，你還是應當去鏢行，或投行伍，將來才能有發展！”

鐵小貝勒說的這些話，聲氣極為溫和，而且仍露出一種憐才之心。劉泰保卻挺起胸來，說：“貝勒爺不必說啦，我明白啦！蒙貝勒爺知遇，叫我在府上住了一年多。如今辭散了我，並不隨便派個人擺擺手就叫我滾出去，還親自叫我來，當面告訴我。這種洪恩，我劉泰保掉了腦袋也不能報答！”

旁邊得祿直向他使眼色，暗示着叫他別說這些粗話。劉泰保卻裝作沒看見，只憤慨着說：“我因為在府中吃了一年多的閑飯，自己慚得慌，才想借着尋寶劍立一件功，可是沒想我武藝不高，手段拙笨，弄壞了。就是貝勒爺不辭我，我也沒臉再幹了！再說到提督正堂玉大人，他跟我遠日無冤近日無仇，他是統轄九門軍馬的大官，我是個草民，天大的膽子我也不敢欺負他！唉！事已如此，我也不敢多說話使貝勒爺生氣，我走就是啦。請貝勒爺告訴玉正堂，以後他也不必跟我這個草民一般見識。至於爺賞我的那五十兩銀子，我不敢不收，可是我求爺還是收回成命，因為我不短少錢花。我會保鏢，我女人會賣藝，走到哪兒都能混飯。不應當得的賞，我收下了也得害一場病！好，請爺歇着吧！我走啦！若干年後，我劉泰保拿性命來報您的洪恩！”說着深深請了個安，轉身就走，臉煞白着。

得祿追出他來，悄聲說：“你是瘋了？誰敢在爺跟前那樣說話？你沒看見他後來是很生氣的樣子？本來這全是玉正堂給你使的壞，其實你剛才要求一求爺，爺也就把你留下啦，還許能把你薦到別處！”

劉泰保回身撇嘴一笑，說：“祿大哥您還不知我們這種人的脾氣？砍頭斷腰都行，向人央求，求人賞飯，可是絕辦不到！”

得祿說：“那麼寶劍你還看不看啦？”

劉泰保不自然地一笑，說：“那還看什麼？老哥就別打耍我啦。我們今天就搬家，您對我的好處，我也決忘不了！”

得祿把他拉住，說：“你別搬，在我那兒住上二年三年也不要緊！”又悄聲說：“今天晚間我就去找德五爺，叫他另給你想辦法！”

劉泰保擺手說：“算了，我剛從他那兒來，咱們現在栽了跟頭，丟了飯碗，還能去累朋友嗎？”

得祿也擺手說：“不是！你得另外找事，頂好陶德五爺薦你到邱廣超家去教拳，有個府門的面子，玉正堂還不至於把你怎麼樣，不然你在京城還住不住？”

劉泰保一聽這話，卻翻了臉，冷笑着說：“什麼？玉正堂還能收拾我？好！大官坐着八抬轎，小子我只有命一條。我的嘴閉得緊又緊，給他瞞着許多事，他要是真逼急了我，那我可就……哈哈！祿爺你放心，我不搬走了，我也決定忍事，可是將來……你就知道了！我劉泰保要在京城出頭，他玉正堂要在當街丟臉！再見，再見！”說着，他拱拱手往外就走。

出了府門，忍着滿腔的怒氣，他回到家裏，見了湘妹。湘妹正趴在炕上裁衣裳，一見他回來了就趕緊下炕，說：“哎喲，敢則天不早啦！我淨顧了裁衣裳，也忘了做飯啦！”

劉泰保故作笑容，說：“還做什麼飯？飯碗都打啦！”

湘妹一怔，又笑着說：“昨兒晚上你只摔了個茶壺，飯碗要打啦，那你就更缺德啦！”

劉泰保正色說：“是真的！他媽的玉正堂打了我的飯碗，將來還許要我的命！”遂就把今天的事，以及剛才鐵小貝勒所說的那些話，全都憤憤地敘說了一遍。

湘妹一聽就哭了，說：“你怎麼這麼老實？鐵小貝勒辭散你的時候，你不會把碧眼狐狸死在玉宅的事跟他說嗎？”

劉泰保冷笑說：“人家宅裏死了人，報個暴病，就可以銷贓滅跡。為咱們的一兩句話，還能刨了墳，開棺檢驗是怎麼死的？再說咱們是什麼人？鐵小貝勒能為了咱們就得罪玉正堂？”

湘妹擦着眼淚說：“你不是說鐵小貝勒向來對會武藝的人都頂好嗎？”

劉泰保說：“會武藝的人可也得分誰！李慕白來了許行，我劉泰保可沒有那麼大的禮面！現在我倒不恨鐵貝勒，別說我還以教拳師傅的名義在外招搖，就是不招搖也該辭，本來我在他府裏就是吃閒飯。我只恨的是玉正堂，我給他留臉面，他可不給我留活路！”

蔡湘妹跳起來說：“誰叫你給他留臉？咱們不會把碧眼狐狸死在他家，小狐狸現在還藏在他家的事情，給他滿處去抖露嗎？”

劉泰保點頭說：“從今天起，咱們自己得抖露抖露他們，可是第一得先搬家，別連累人家得祿啦。我打算明天就搬到全興鏢店。第二，咱們得預備點兒暗器，光是鏢不行，還得買隻彈弓，因為那小狐狸的耳風長，只要咱們在外一抖露他家的事情，他就許知道。玉正堂倒未必能抓得着咱們，可是到了晚間，他一定又來……”

蔡湘妹哼了一聲，說：“你一定又怕啦！又軟啦！你不用管，你在家裏忍着，明兒我出去給你去掙臉！”

劉泰保笑着說：“我要指着媳婦兒給我掙臉，我劉泰保就更完了！”接着又冷笑着說：“別急，也別着急，吃喝咱們暫時還不發愁，錢花完了，咱們兩人還到玉宅門前去賣藝。明天先搬家，搬了家買肉過年，慢慢再思量妙計。現在我劉泰保是栽倒了，可是我要不爬起來，不跳起多高來，我就枉走了十年江湖！”說着，由桌下拿出來酒瓶子，就着上午的剩菜就喝酒；忽而大罵，忽而又冷笑，簡直像瘋了一般。蔡湘妹在旁邊氣得只是流淚。晚飯草草做了，用畢，也沒有人來，仿佛別人都已曉得劉泰保丟了人，失了業，沒人願意再理他啦。

劉泰保喝了個半醉，躺在炕上就睡。蔡湘妹刷洗乾淨了盤碗，挑起了油燈，坐在炕邊縫她的新衣。這新衣是預備過年穿的，並預備跟隔壁張家的媳婦比一比的。白天剪好，高高興興地預備晚上趕做，可是如今高興全都沒有了，手拿着針線卻懶得縫，胸中仿佛有個東西在堵着，這口氣若不出，真受不了。

劉泰保呼嚕呼嚕地睡了一會兒，忽然他又睜開了眼睛，說：“到底是求人不行！俞秀蓮與小狐狸私通，老狐狸還不一定死了沒死呢？今天我到德家的時候，聽他們那邊的人說，俞秀蓮今天走後，接着就是玉宅的三小姐派人來給她送禮，可見俞秀蓮趨炎附勢。來這兒不到十天，就跟玉宅小姐有了交情，她怎會從玉宅捉賊呢？咱們是上當啦！”

蔡湘妹也很憤恨，她手裏拿着針線發呆，只皺着眉說：“你睡覺嘛！”劉泰保氣憤憤地又罵“他媽的”，翻了個身，待會兒又呼嚕呼嚕地睡去了。屋中酒氣不小，又臭又辣，蔡湘妹的心中是又酸又痛。做了一點兒活計，燈油已然熬得快乾了，蔡湘妹就暗暗把衣服紮束便利，並帶上了三隻鏢、一把短刀，然後又拉了一條棉被給劉泰保蓋上。她找着門鎖，輕輕吹滅了燈，出了屋，輕輕地鎖上門。

這時離着除夕還有兩天，天很黑，銀星無數，北風雖然仍緊，可是已有些春意。蔡湘妹只穿着青布單褲、青布小夾襖，外套着一個很瘦的薄棉背心，這背心上就附帶着鏢囊。她頭挽着髮髻，上蒙一塊青紗，腳下是青襪青鞋，順着城牆根飛跑，這時聽着更鼓已敲過了三下。

　　同如同一隻貓似的，就爬到了玉大人門前的高坡上。這時大門緊閉，裏外全沒有響動。她坐在地下換了一雙棉花底的軟鞋，也是青色的。只見她就飛身上房，像她踏軟繩似的，輕輕地踏着屋瓦向後院走去。只見前院還有幾處屋裏有燈光，後院卻是一片漆黑，分不清哪間屋子是什麼人居住。她在屋上趴了一會兒，然後悄悄沿着廊柱爬下來。腳落平地之後，她就蹲在一間北屋的窗戶前，細心地向屋中去聽。只聽屋中有鐘擺聲滴答滴答地響着，卻聽不見有人打呼和說夢話。

　　蔡湘妹蹲伏着走，到了屋門前一摸，原來門上有鎖，曉得這屋中沒人居住，遂就轉身仍然蹲伏着走。進了一個小門，又是一重院落，這院子卻比前面那院子還大。她蹲伏着走到南屋，剛到了窗下，就聽屋中有咪的一聲貓叫。她要去摸門，屋中卻點起燈來，蔡湘妹蹲着，一點兒也不敢動。

　　待了半天，聽屋中沒有什麼響動，她又回身慢慢站起來，抓着窗板的縫兒往裏去看。就見裏面還有窗簾遮着，室中燈光雖明，可是從外面往裏看，卻什麼也看不見。蔡湘妹一鼓勇氣，霍然站起身來，取出小刀，想要去撬門。不想這時前院就有人聲沸起，說：“房上查去，也許跑到後院去啦！”一陣腳步雜沓之聲，急急地像是有許多人都往這邊來了。

　　蔡湘妹大驚，趕緊攀着廊柱又上了房。只見外院燈火輝煌，可是那南房，就是剛才有人起來點上燈的那間屋，這時反倒燈光忽滅。蔡湘妹心說不好，站起身來就跑，可是這時“拿賊”之聲四起，燈光閃閃，刀劍鏘鏘，連房上都是人。蔡湘妹已覺無路可逃，她着急極了，掏出一隻鋼鏢，趴在房上不動。

　　這時有十幾個官人和僕人已經進到這院裏，他們彼此說：“別驚了太太！別驚了小姐！”還有個人拿着根長竹竿，竹竿上拴着個燈籠，打起來往房上去照。蔡湘妹揚手一鏢，正巧把燈籠打滅。下面的人大驚，齊都往後退，說：“在房上啦！留神他的鏢！……”又有人嚷嚷着說：“房上的賊，你別打鏢！下來！我們也許放你走！”

　　蔡湘妹兩隻手全拿着鏢，在房上站了起來，向下大聲說：“王八蛋！看你們誰敢上房？我不是要來偷你們，我就是要見見玉正堂……”才說到這裏，忽然覺得右腿一痛，仿佛被蛇咬了一下似的，她立腳不住，就咕咚滾下房來。摔了一下剛要忍痛爬起，幾個力大的僕人就上前把她按住。有人說：“是個女賊！”蔡湘妹咬着牙掙扎，啐說：“快放開我！”一腳踢去，正踢在一個人的眼睛上。那人哎喲一聲，按着眼睛，跑到了一邊。湘妹又兩腳亂踢，但胳臂和身子全都被人用力按住，並有人拿來繩子，將她捆上。

　　湘妹就放聲大哭，說：“你們殺死我吧！叫你們玉家一家人全都不得好死！玉正堂，你老王八！家裏藏着賊，殺死了我爸爸，還給我男人使壞，叫貝勒府散了他的工！老王八，你出來見我……”她像一隻牝狼，雖然被捉住了，可是還不住狂號，還要咬人。

　　這時按着她的官人和僕人，齊都驚詫着說：“這不是那踏軟繩的女的嗎？”

　　蔡湘妹潑口大罵，說：“你媽的屁！你們既然認得我，就快些把我放開！我是蔡班頭的女兒，劉泰保是我的丈夫。你們家裏有碧眼狐狸，俞秀蓮把你們的底細都探出來了！……咱們打官司吧，我跟姓玉的打官司去！玉正堂！你老混帳！脫了你的官衣，跟老太太我打官司去！”

　　這時各屋中的燈光全都亮了，西屋中的小姐帶着兩個丫鬟出來，小姐就叫丫鬟轉吩咐眾僕人，說：“放開她！”又說：“你別罵，有什麼話慢慢說！”僕人和官人齊都聽了小姐的吩咐退後。

　　蔡湘妹的手腳都被繩子捆着，她歪着頭，借燈光一看，見是那位穿着花旗袍、厚底鞋的小姐玉嬌龍，也不由有點兒害羞，就說：“小姐，你叫他們快放開我，我不是賊，我是找你父親講理來啦！”玉嬌龍卻不理她，叫丫鬟叫開她母親住的那北屋的門，她就走進去了。

　　這時玉大人也起來了，有四名官人捧着刀保護着他。他就站在廊子下，氣得鬍鬚亂動，大聲喝着說：“把賊人抬到前院，我要審問！”

　　蔡湘妹罵着說：“你要審問我？我還要審問你呢！你們家裏養着賊，賊受傷死了，假說是暴病。咱們就打官司吧！我丈夫手裏拿着你們的證據呢！老混蛋！”

　　玉大人氣得頓腳，吩咐道：“打！”

　　蔡湘妹就哭着說：“打吧！打死我還有我丈夫，打死我丈夫還有楊健堂、俞秀蓮、李慕白……”

　　此時有官人就提來皮鞭，剛要上前用刑，正堂夫人帶着兩個僕婦出來，連連擺手說：“要打她也得帶到衙門去打，咱們家裏不是用刑的地方！請老爺先到屋中歇歇氣，都不要吵嚷！”於是官人和僕人們個個退後，蔡湘妹是躺在院中放聲大哭，玉正堂氣得哼哼地不住喘息，隨着太太進到北屋裏去了。

　　北屋裏玉大人夫婦大概是斟酌了半天工夫，少時玉大人又出屋來，唉聲歎氣，說：“都往前院去！”當下僕人排成行，官人保護着玉大人，都屏聲靜氣地順着廊子往前院去了。這裏只扔下了兩盞燈籠，四個守着的人也都離蔡湘妹躺着的地方很遠。

　　少時，小姐玉嬌龍又帶着兩個僕婦和丫鬟從北屋出來，吩咐說：“把她身上綁的繩子解開！”僕婦卻都不敢上手，玉嬌龍說：“不要怕！解開了她，她不能夠打你們！”僕婦們戰兢兢地蹲下身，費了半天力，才把蔡湘妹手上和腳上的繩子全都解開。蔡湘妹仍然躺着上放聲大哭，並不起來。

　　玉嬌龍就彎下腰，親自拉了她一把，說：“你是很好的人。你在我們門前踏軟繩，我也看過兩回，我很喜歡你。既然你今天來，是要講什麼理，那你就起來，隨我到屋裏去，我們可以慢慢地說。”兩個丫鬟也上前來攙扶。

　　人家的手都是那麼柔膩，而且一走近來，就衣香四溢，蔡湘妹反倒覺着有點兒不好意思，遂就自己坐起來。她剛要站起，卻覺得右腿發痛，低頭一看，原來是一枝三寸長的小箭插在肉裏。湘妹咬着牙拔了出來，順着腿就流了許多血。湘妹痛得哎喲哎喲直叫，拿着箭給玉嬌龍看，說：“小姐看見這枝箭了沒有？碧眼狐狸的徒弟有一次半夜到我們家裏去攪鬧，他就放過這麼一箭！現在還說什麼？剛才捆我的那些人裏，一定就有碧眼狐狸的徒弟，這不是證據嗎？”

　　玉嬌龍看着那枝箭只是皺了皺眉，並沒說什麼，只叫兩個丫鬟攙着湘妹，往南屋去。南屋裏此時已點上了燈，僕婦並搬進來一隻炭盆。屋中的木器全都是又黑又亮，還擺着許多古瓷、玉器，牆上掛的鏡屏也都是珍珠和翡翠鑲的。玉嬌龍指着一把雕刻得很精細的椅子，說：“你坐下！”

　　蔡湘妹低着頭，揪揪衣襟，坐下，擦擦眼淚，又拿手掠掠頭髮，倒覺得無話可說了。

　　玉嬌龍又吩咐：“倒茶來！”

　　當時有僕婦送上來暖壺，倒了兩杯茶，一杯給她們小姐，一杯由一個穿得極為華麗、長得挺美的大丫鬟，雙手捧着金茶盤，送到湘妹的面前。湘妹抬起臉來，臉通紅，用雙手接過，說聲：“不敢當！”並且笑了笑。她偷眼瞧着玉嬌龍，就見玉嬌龍是坐在她的對面，身上的衣服放光。頭上雖因為是才驚起來，沒戴什麼花朵和珠翠，可是也很整齊，不像是躺在枕頭上滾了半天的樣子。這位小姐的神色並不嚴厲，只是微微有些憂愁的樣子，說道：“你姓什麼？”

　　蔡湘妹說：“我叫蔡湘妹，我爸爸蔡德綱是甘肅會寧縣的捕頭。我爸爸被你們這裏的人給殺死了，我就跟了劉泰保。他是鐵貝勒府教拳的師傅，因為這裏的大人恨上他啦，在貝勒爺的跟前說了他的壞話，貝勒爺就辭散他啦，我這才來見大人，要講講理！”

　　玉嬌龍說：“你應當白天來。深夜前來，身上又帶着鐵器，這不跟賊人是一樣了嗎？幸虧你是個女子，不然，絕不能把你放開！”

　　蔡湘妹卻翻起眼來，說：“小姐您可別這樣說話。我白天來，不容上府門的高坡，就得叫你們的家奴給打走，還能叫我見得着大人，見得着小姐？……我會踏軟繩，就會上房，今兒我來了，就沒想再活着！小姐您把小狐狸牽出來，叫他吃了我吧！要不然把我押到衙門，定我死罪。可是我臨死的時候，我也得嚷嚷嚷嚷！我們有憑據，我丈夫手裏跟他朋友的手裏都有你們這兒的憑據，我們會去鳴冤，告御狀！”

　　玉嬌龍臉色微變，擺手說：“你別急，慢慢說！”接着歎了口氣，說：“近日外面的謠言很多。”

　　蔡湘妹說：“不是謠言，那都是真事！都是我們兩人在外邊嚷嚷的！玉大人要是不想辦法，不把那小狐狸正法，我們的話還多呢！反正我丈夫的差事也沒啦，我們與其餓死，還不如叫玉大人把我們殺了呢！”

　　玉嬌龍說：“你們也許是錯信了別人的話，我們家裏絕不能倚着勢力去欺人。我整日在屋中，別說外面，就是宅裏的事情，我也不大明白。不過聽說你丈夫劉泰保鬧得太厲害了，他在門前大罵，並扔進來一枝鏢和一張罵人的字畫。這無論是什麼人也不受如此的欺辱。我父親年紀已老，禁不住氣，所以就想要辭官，可是鐵貝勒又勸阻，不叫他老人家辭。至於我父親叫鐵貝勒把你丈夫的差事辭散的話，那絕不能有，你想我父親是提督正堂，官也不算小，他豈肯與你丈夫一般見識呢？本來，你丈夫那樣攪鬧官宅，就應當拿到衙門去治罪。我父親不是辦不到，也不是怕你們告御狀，只是他老人家不肯跟一個平常的人鬥氣，而且也時常引疚自責。因為家裏的傭人也有三四十，其中難免良莠不齊，外面的話，也許是不無根據，所以這幾日來，家中就裁去了許多人。並且在時時調查，如若有情形可疑的，無論是男僕女僕，一定要拿到衙門去治罪。”

　　蔡湘妹說：“小姐！你叫我到你們家裏住幾天行不行？只當做丫鬟似的，叫我在你們宅裏查查賊人是誰，我總能夠探出來！”

　　玉嬌龍搖頭說：“這可不行，這宅裏豈能隨便叫人來住？今天是因為我母親聽你哭得太可憐了，才不辦你的罪名，並命我向你解說。你明白了，你就回去吧！囑咐你的丈夫，以後不許他再在外面胡說。你有什麼冤屈，你自可以到衙門去告狀，我們這裏若發現賊人，我們自然會拿辦！”

　　正在說着，就見又有一個僕婦從外面進來，到了玉嬌龍的面前，說：“太太吩咐，請小姐到屋裏歇着去吧！天不早啦，別看累着。這位堂客，太太問她是在哪兒住，要派人把她送回去。”

　　玉嬌龍就向湘妹問說：“你家住在什麼地方？”

　　湘妹喝了一口茶，說：“住在安定門裏花園大院。”

　　玉嬌龍吩咐僕人：“叫人套車去吧！”又向湘妹帶點笑容說：“以後你若有工夫，可以找我來談談閒話。我母親也是很慈祥的人，她若不喜歡你，今天哪能勸住我父親？你來時只要穿戴得整齊一點，到門房把來意說明了，他們絕不能攔擋你。”

　　蔡湘妹聽了這話，卻很是喜歡，就臉紅着，低頭說：“小姐，今兒我錯了！我不該！求您在老太太、老大人跟前替我請罪。我太糊塗！過幾天我腿上的傷好了，我一定登門來賠不是！”

　　玉嬌龍說：“不要緊！只要你明白我們宅裏不是護庇着強盜，也不是倚官欺人，就是了！將來我一定求我父親，求他老人家見着鐵貝勒時給你丈夫說情，再叫你丈夫回去。”

　　湘妹笑着說：“那我可真謝謝您啦！我半夜裏到您府上攪亂，真是該死……”說到這裏，又不住流下眼淚。

　　玉嬌龍小姐起身歇去了，兩個丫鬟也隨她走出，屋中只剩下兩個僕婦。湘妹擦淨了眼淚，又東瞧西相，覺得人家真是闊，人家大人、太太真通情理，人家小姐也太溫和，不拿架子，自己真是太冒昧，太該死！所以恨不得快些離開這裏。等了一會兒，車才套好，因為她右腿痛得不能行動，就仍然由兩個僕婦攙她出門，並由一個僕婦跟車。

　　這時天已四更過了，街上沒有一個行人，車子碌碌地走着，湘妹就跟那僕婦說閒話。那僕婦就說：“今天幸虧小姐起來了，她給你求了太太，太太才求了大人，沒辦你罪。要不然一定打你一頓，押到女監裏去。你多大的膽子呀？敢半夜裏私進家宅，還敢大罵玉大人，誰敢那麼罵呀？”

　　湘妹慚愧着說：“得啦，您別再提了！那時候我也是糊塗啦！”又談說了些宅裏的事，這僕婦又勸湘妹以後別再這麼幹，車就到了湘妹的家門首。

　　那趕車的上前一打門，就見牆頭跳上一人，手持明晃晃的鋼刀，厲聲問說：“找誰的？”

　　趕車的嚇得哎呀了一聲，湘妹便在車裏叫着說：“你下牆來吧！是我回來啦！”

　　劉泰保聽出他媳婦的聲音，這才跳下牆來，說：“你跑到哪兒去啦？我睡了一覺醒來，你就沒有影兒啦！這是誰家的車？”

　　蔡湘妹說：“這是玉宅的車，我受了傷啦，你快把我攙下車去！”

　　劉泰保氣得一掄刀，說：“啊呀！玉宅把你傷了，還派了大鞍車把你送回來，倒還怪講面子的！可是我劉泰保現在連飯碗都沒有啦，還能有錢給你治傷？走吧，我再送你回去，幾時他們把你的傷治好，幾時我才能把你接回來！”

　　蔡湘妹着急地說：“你別打算訛上人家。話很長，攙我進去，我再慢慢跟你說。”

　　趕車的跟僕婦全都說：“宅裏既然叫我們給送來，您就得開門，讓她進去。要不然，我們回去也不好交代！”

　　劉泰保口中還罵着，先把鋼刀扔進牆去，然後他又跳了進去，這才把門開了，由車上攙下蔡湘妹，蔡湘妹還向送她來的那僕婦道謝。劉泰保一手關好了街門，一手攙着他媳婦，進到屋裏。看見湘妹腿上的血跡，他直氣得不住地頓腳。湘妹把手裏拿着的那枝小弩箭交給她丈夫，說：“不要緊，傷不重，我跛不了！你快把刀創藥拿來，給我上上！”

　　劉泰保氣得臉白，一邊取了刀創藥，一邊向湘妹詢問詳情。湘妹此時的精神倒還很大，她一邊躺下，解開褲角，露出右腿上的傷，叫劉泰保給她上藥，一邊把剛才的事詳細說了一番。劉泰保聽着，又是暗罵，又是冷笑。

　　湘妹說完了，就咳了一聲，說：“這件事兒，我辦得真是太怔了一點兒。你不知，我聽說你受了委屈，我是多麼生氣呢！我把玉大人罵了一場，那老頭子可能平生也沒受過。玉小姐人，真好！說起話來通情講理……”

　　劉泰保卻哼哼地冷笑，說：“你真比我還癡！不但白中了一箭，還受了一回騙！玉嬌龍，真他媽的厲害！她明知把你夾打一頓也是無用，並且你要拼命地一嚷嚷，我要真跑到宮門一告御狀，她家中也真受不了！所以她才出來做好人，甜言蜜語，七縱七擒，為的是使你我心服，不再攪他們的亂。可是由此，更足見他們是心虛。小狐狸是誰，他們必定知情！”

　　蔡湘妹聽了她丈夫這話，又不由得發怔，就說：“我可也覺着怪！我在房上，還沒看見房下有人拉弓，箭就射在我的腿上啦！”

　　劉泰保手裏拿着那枝短箭，就近了燈台細看，就說：“這種小傢伙何必用拉弓，藏在袖口裏，一抬手就射出來了！你剛才不是說玉嬌龍有兩個丫鬟，緊緊隨着她，也都頂闊，長得也都賽過嫦娥，碰巧那兩個丫鬟之中有一個就是那小狐狸！”

　　蔡湘妹回想剛才的事，說：“可是！我看見一個丫鬟直衝着我撇嘴。”劉泰保說：“撇嘴倒沒有什麼的。不過我想，就拿今天晚上你在她家裏這場大鬧，居然他們就能把這口氣忍下去了，可知他們必定是心裏有鬼，得完且完，不敢鬧大發啦。好啦，今天且記下你這件功勞。好在我也不幹事啦，咱們先過了這個年，你也養養傷。燈節之後，他們防範得也就懈怠了，那時咱們再慢慢訪查，尋得證據，然後我劉泰保要做一件驚天動地之事！准保叫玉正堂給我作揖，玉嬌龍登門自薦，要做我的小老婆。”

　　湘妹搶過那枝小箭來，就要往劉泰保的身上扎。劉泰保驕傲地笑着說：“過年再說！你幫助我，咱們得爭這口氣！”

　　湘妹說：“淨顧了爭氣，也不找事，難道咱們倆就喝西北風嗎？”

　　劉泰保擺手說：“那不要緊，我劉泰保早先不教拳，也沒挨過餓。以後我這教拳師傅的空架子倒了，我更無論哪一行兒都能幹了！”劉泰保憤憤地說着，又到院中拾起了刀，拿回屋裏，然後關好了屋門，預備再睡。這時天色都已黎明了，蔡湘妹腿痛得又直呻吟，所以他更不容易睡得着。

　　次日，劉泰保到南城，找他表兄要了一些秘製的刀創藥，回來就帶來些紙元寶、蠟台、雞鴨魚肉等等，並在屋門前貼上了鮮紅的春聯，在屋裏貼了一張胖娃娃的年畫。年底房子不大好找，客棧也都不收客人，所以他也不想搬家了。好在得祿還跟他很好，貝勒府的五十兩銀子賞錢，也替他領下，給他送來了。蔡湘妹雖然腿上有傷，可是她不大在乎，索性一點兒也不休息，打扮得花枝招展，專門在屋裏做年菜，擺佛上供，倒很高興。劉泰保也說：“管他娘的！過了年再說，反正日子長着呢！他跑不了，我也死不了，早晚是得出那口氣！”如此，殘年就輕輕度過。

　　到了大年初一，又是初二、初三，北京城換了一番新氣象。家家舖子關上門板敲鑼鼓，人人穿新衣、戴新帽，坐着大鞍車到各處拜年。爆竹聲到處亂響着，大家仿佛都瘋狂了，酣醉了，那麼的高興。

此時，獨有玉正堂的宅中卻不似往年那麼火熾。

玉正堂由新疆調回北京才不過數月，往年他都在外省，宅中不過住着族人和看家的僕人，可是那時倒比今年熱鬧。今年雖然有不少官員乘着車輛來此拜年，僕人也都得了不少的賞錢，可是老爺、太太、小姐，沒有一個人是高興的。正堂大人因為公事紛紜、家事煩惱，終日沒有一點歡樂的笑容。太太是因為老爺不樂，所以她也抑鬱寡歡，而且這些日子來，時常犯她那心口痛的老病。小姐玉嬌龍也是時常的身體不適，而且她已有許多日沒有出門，只鎮日在深閨裏。不出門的原因第一是家庭憂煩，第二也是病，第三就是她已將髮辮改了個旗女的頭髻，換句話說，她已不是個可以隨便出去玩樂的姑娘，而是個待嫁的少女。

按照旗人的規矩，凡是姑娘在十三四歲時，便要留滿了髮，而一到十七八歲就要梳頭，一梳上了頭，就可以有人來提親了。這種頭與婦人的髮髻無異，只是鬢角稍微有些差別，在家中時是挽着很高的雲髻，出外會親友、赴宴會、遊玩等等，還必要戴上那黑緞子紮成的"兩板頭"。一個旗人的女子到了這時期，那就如同是一朵花苞已然開放，所等待的只是男人來折取了。

玉嬌龍因為奉了父母之命，不得不過了初一就換了裝束。她的心裏是很悲痛的，自知這種芳春似的少女時期已經很短，恐怕不到半年自己的親事便要規定，而未來的夫婿還多半就是那又蠢又醜的魯翰林。她着實很抑鬱，而且憤恨，但是她不敢再違背父母之命。因為她十分地後悔，她覺得父親的煩惱、母親的憂愁，以及幾個月來家中的變故，外遭無賴之辱，內有風鶴之驚，全都是由她一人所致。她想要忍屈盡孝，以贖前愆，但是她的這種心情，除她自己，是沒有第二個人能知道的。

初一的那天，醜翰林魯君佩就來拜年。現在是十三日了，魯君佩又來拜節。玉嬌龍知道他來了，眉頭就緊緊地皺起，在屋中坐着，手拿着銅箸，細細地撥弄炭盆裏的灰。丫鬟繡香、吟絮在旁，一個擦着銅墨水匣，一個修剪瓶中的梅花。盆裏的水仙都低着頭，默默地。那隻白貓蹲在小姐的身旁，用潔白的小爪兒撓着小姐身上戴着的繡花荷包的穗子。室中只有鐘擺聲滴答地響，聲音還算比較大些。這時候忽然玉太太屋裏用的錢媽進屋來，說："小姐！魯宅裏的老太太來啦！太太請您過去見見！"

玉嬌龍吃了一驚，心說：剛才聽說魯君佩來了，現在怎麼他的母親又來到？莫非今天就要有什麼事？她點點頭，錢媽便轉身出去了。吟絮趕緊過來給小姐整理頭上的絨花，玉嬌龍卻把頭一躲，眼睛瞪着吟絮，說："你要做什麼？"吟絮趕緊縮住手，臉通紅，低下頭去，不敢言語。

玉嬌龍就站起身來，自言自語地說："我去見她那麼一個人，還用得着打扮得多麼好嗎？"

繡香趕緊過來，把吟絮推開，抱不平似的悄聲說："小姐，您不必再打扮，就這樣兒去見那魯太太，也不必跟她講什麼規矩禮路，慢怠她點兒！她也就對您……"

玉嬌龍臉上紅了紅，說："誰叫你來多嘴？"她抑鬱地往屋外去走，繡香也隨她出去。

這時將要過晌午，陽光很暖。庭中的臘梅，廊下的迎春花，都欣然地展開着黃金般的花朵。順着廊子往東走，北屋中就有人正在談話，繡香在前拉開了門，裏邊的僕婦便打起了軟簾，說："小姐來啦！"

　　玉嬌龍一到門前，她就不禁愕然，原來在外屋椅子上坐的正是她的父親玉大人，穿着便服，手裏拿着水煙袋。斜對面凳子上坐的卻正是那位魯君佩。魯君佩肥胖高大的身子穿着官服，胖臉，凹鼻子，小眼，極不成樣的一副面貌，旁邊可放着四品的文官頂戴。

　　玉嬌龍看了這人一眼，便厭惡地低下了眼皮，先向父親行禮。

　　玉正堂卻說：“見見你魯大哥哥！”

　　玉嬌龍不得已，轉身向着魯君佩。魯君佩早已站起身來，兩人全都低着眼皮對請了個深安。魯君佩還含笑問說：“還過年來，妹妹可好？”玉嬌龍卻沒有答言。

　　僕婦把她請到裏間，裏間是玉太太陪着魯太太。魯太太也是一位高身材很胖的老太太，年有五十多了，穿戴很是富麗。她的丈夫魯侍郎雖是個二品官，可是近因患瘋癱病退休，朝廷賞給他頭品銜，所以如今她是一品夫人的裝束。玉太太吩咐玉嬌龍行禮，魯太太便命隨身帶來的僕婦上前攙扶。

　　玉太太又吩咐玉嬌龍說：“你君佩大哥現在放了順天府的府丞，你還不給魯伯母道喜嗎？”玉嬌龍又向魯太太請安道喜，魯太太卻把她的雙手拉住，笑着說：“你過了年，怎麼沒到我們家裏去？我很想念你的！”這位太太說話時帶着親熱的笑意，玉嬌龍卻不言語。

　　對面坐的玉太太代替着說：“她因為梳了頭，也不大出去啦，今年我還沒帶她到什麼地方拜年去呢！也因為是她的身子不好。”

　　魯太太驚訝着說：“是有病嗎？覺得怎麼樣？沒請大夫看看嗎？”

　　玉嬌龍仍然是不語。丫鬟繡香在旁代答着說：“我們小姐也沒有什麼大病，就是有時痰喘咳嗽！”

　　魯太太變色說：“那可很要緊，我怎麼沒聽人說？”

　　玉太太看了女兒一眼，說：“這也是過了年才犯的，以前不這麼重。因為是年下，就沒請大夫來看，只是把家裏有的幾副丸藥叫她吃了。”

　　魯太太說：“也許是驚着了，去年的事，真是誰聽了誰都要生氣！我家的大人雖然病得不能動彈，可是聽說了這些事，氣得就要去見刑部潘大人和都察院廣大人。君佩也很生氣，怕驚着這裏他三妹妹，就是有別人攔住了。因為聽說那個土棍劉什麼保，是有鐵小貝勒在身後保護他！”

　　玉太太搖頭說：“那倒不是。劉泰保不過是他府裏的一個教拳的，年前鐵小貝勒已然把他辭了，所以這些日子他們也不敢再胡作非為了！”

　　此時外屋裏，玉大人和魯君佩也正在談說此事，就聽玉大人歎息說：“今年我覺得精神很壞，大概也就是只能過眼前這個燈節了！我早就想要上本辭官，因為我不但是臉面已經全失，身體也實在不能再活幾年了。只是，鐵貝勒他必要攔阻我，我不明白他是什麼居心？”

　　魯君佩說：“老伯也不要為此事煩惱。鐵小貝勒為人向來如此，他家中專愛養些市井無賴。前幾年京城有個李慕白，鬧得比這劉泰保還要厲害，就是因有鐵小貝勒護庇着他。譬如東城住的德五，他不過是個在內務府做過小差事的人，而且前幾年還充發過一回新疆，可是鐵貝勒跟他走得還是很近。那德五就是專門結交江湖的匪人，那劉泰保多半就是他給薦去的！”

　　玉大人說：“我知道，一個德嘯峰，一個邱廣超，他們都自譬作孟嘗、平原。不過德五那人還不錯，在新疆時我很關照他，因為細說起來，他家跟咱們兩家也都是老親。近來我知道他很安分，劉泰保做的事，大概與他無關。”

　　魯君佩說：“慢慢地，我替老伯懲治那劉泰保。老伯怕外人說閒話，不能由提督衙門拿辦他，可是我由順天府去拿他，諒外人也不至說什麼話！”

　　玉大人卻連連說：“不必了！不必了！咱們何必跟他一個市井小人惹這閒氣呢？”

　　此時裏屋的玉嬌龍只顧了專心聽外屋的談話，卻不覺得魯太太已跟她很親熱地說了半天，並把身邊的一個玉佩解下來。這是個玉刻的“二龍戲珠”，隨着玉的紋理刻出來一條白龍、一條綠龍，當中嵌着一塊金作為珠子。魯太太說：“這個我送給你戴吧！這是我們家傳的東西，據說戴上能夠壓驚鎮邪。你大哥哥進場考試的時候，我就把這個給他戴。現在我瞧你也是多災多病的，你就戴上吧！戴上幾天，病就能夠好了。”

　　玉嬌龍一聽這話，非常驚愕。因為這件事，分明就是魯太太下了訂禮，而自己的父母也一定已然答應了那件婚事，否則他家傳的東西，豈能隨便送給外人呢？她非常生氣，恨不得劈手把奪過來，摔在地下，使它粉碎，但又見她母親說：“你就收下吧！給魯伯母道謝！”

　　玉嬌龍的心中十分難過，因為她母親自過年來實在沒有一天不病的，自己的病不過是一種掩蓋煩惱的假話，可是父母確是自經去年的那場事，全都宿疾屢發。如今自己又怎忍得當着老人家的面，叫魯太太難堪呢？遂就依了母親的話，深深向魯太太施禮致謝，魯太太親手把這雙龍玉佩戴在玉嬌龍的身上。

　　玉嬌龍低着臉，心中忍抑着悲痛氣憤。此時外屋那可厭的魯君佩已被她父親請往書房，說是看什麼字畫去了。玉嬌龍這半天都是站立着，她母親叫她坐她也不肯坐，後來倒是魯太太說：“姑娘，你要覺着心裏不大舒服，就回到你的屋裏歇息去吧！不必應酬我。”

　　玉太太也說：“對啦，你回屋裏躺着去吧！”玉嬌龍這才轉身出屋，繡香也隨着她出去。

　　玉嬌龍一出北屋，就走得很快，回到了自己的屋中，把那雙龍玉佩揪下來向地下就摔，啪的一聲，玉佩摔到椅子底下去了。那隻長毛的白貓立刻撲過去，用爪子去撓。繡香驚慌得變色，趕緊蹲在地下把貓攔住。拾起玉佩來一看，這玉倒真結實，沒有摔碎。只是那兩條龍的犄角有點兒殘缺。她就趕緊給藏在小桌的抽斗裏了，又勸慰小姐說：“小姐，您躺下歇一會兒吧！”

　　玉嬌龍冷冷地笑着，一聲也不言語。她兩板頭上的絨花亂顫，厚底鞋踏着平亮的磚地，來回地走。忽然她的目光觸到臥榻隔扇上她自己繪的畫、寫的字，自己刻的圖章“意雲軒主人”。這個“雲”字就刺痛了她的芳心，她站住了身子，發了一陣惆悵。

　　此時那隻白貓又上了茶几，吟絮跑過來叫着說：“雪虎！雪虎！別上茶几，別把花瓶撲下來，雪虎聽話！”這個“虎”字又使小姐一陣變色。

　　忽然錢媽走進來說：“魯太太要走啦，太太叫小姐送一送。”

　　玉嬌龍搖頭說：“我不送！”錢媽嚇得一怔，繡香、吟絮就趕緊向錢媽使眼色，叫錢媽出去。

　　錢媽走了一會兒，玉嬌龍忽然又站住身微微地歎息，自覺得魯太太把玉佩贈了白己，自己若不出去送她一送，也實在叫母親的面上難堪，於是就又轉身出屋。可是到了廊下一看，那魯太太已然走了，玉嬌龍就又回到屋來，命吟絮給她摘下來兩把頭，取下花來，她就上床去歇息，心中仍十分煩惱。

　　直到晚間，繡香來悄悄地告訴她，說是：“小姐您別憂慮，我都替您打聽明白了！魯太太今兒來，就為的是拜年，並沒提別的事，您別煩惱。我還聽錢媽說，她也向魯宅今天來的媽媽們打聽了，據說是他家少爺現在升了官，有不少人家給提親，大概……不能求到咱們這兒！”

　　玉嬌龍生氣地說：“誰管他們那些閒事兒呢！以後他們魯家無論是誰來，我決不見！”雖然這樣說着，但心中頗為安慰，她倒很願意那醜翰林娶個別家的美貌小姐，省得來向自己糾纏。此時遠近的鞭炮聲仍然稠密地響着，年華如逝水，自己又添了一歲。瓶中的梅花展着春意，幾上的銀燈卻似含愁，玉嬌龍又不禁暗自傷心。

　　又過了一天，這天便是正月十五，上元佳節。往年在新疆時，官衙內擺列着許多花燈，玉嬌龍是最為高興的。去年自新疆返京，她早就預備着，今天把京城內各處的花燈盡興地看上幾天，可是沒料到家庭突遭憂患，使她也無這情趣了。倒是玉太太怕女兒煩悶得病重了，所以自己掙扎着病體，要帶女兒去看花燈。在才過午飯時，便已命人出去準備了。她們預定的觀燈地點是在鼓樓前，為的是離着宅子不遠。在彼時北京最繁華的街道共有三處，俗呼為：“東單，西單，鼓樓前”。今天這三處全有花燈。

　　此時是晚間八點多鐘，天作深青色，一輪明月由東方向西漸漸移動，但是此時沒人注意月亮，全都聚集着看下面的花燈。大街很長，兩邊都是商號，每個舖子都懸着燈，有的是玻璃做的四方形的宮燈，有的是可着壁掛着一副一副的紗燈。無論是玻璃燈還是紗燈，全畫着工筆的人物，畫的都是些小說故事，什麼《三國志》《五才子》《聊齋》《封神榜》等等。圖是連環的，從頭到尾地看了，就等於是讀了一部小說。所以這些燈前，人都擁滿了，一個擠着一個，連風都不透。

　　馬路上也是車馬喧嚷，那些平常不大出門的官員太太、貴府的小姐，今天都出門觀燈來了。一般的老太婆、旗裝漢裝的少婦們、少女和小孩子們，個個花枝招展，紅紫斑雜，笑語騰騰，也都在此往來着、擁擠着。燈光奪了月色，一些有錢的少爺們，並在人叢中放花盒、扔爆竹，咚咚響着，煙火噴起跟樹一樣高的火花，天際的紅燈兒、綠燈兒，也忽起忽落。並有商號放花盒，花盒裏能變出各色各樣的新奇玩意兒。所以人是越來越多了，簡直成了一大鍋人粥、一大片人沙、一望無邊的茫茫人海。而那些街頭無賴也大肆活躍，暗中摸索婦女，暗中傷損人的新衣，偷錢，無惡不作。……所以囂雜的歡笑聲裏，摻着女人的怒罵聲，呼喚擠失了的孩子之聲，跟起哄聲……像海潮似的，像雷雨似的，聲音大極了，混亂極了。

　　此時玉宅的家眷，是在一家大綢緞莊的樓上。這是白天就預訂好了，綢緞莊正好借此敬奉敬奉闊主顧，尤其這家主顧又是統管市面的九門提督，所以預備得極為周到。燒着四盆炭，預備着香茶，並在沿着樓欄擺設了一排椅子。在此居高下望，滿街的燈光人影，火樹銀花，全都收在目底，並且兩旁沒閒人。玉嬌龍和她的母親，全都是梳着兩板頭，玉嬌龍還戴了滿頭的絨花和珠翠，衣服也極為華麗。繡香梳着大辮子，也穿着緞衣，在身旁伺候，並有四名僕婦，往來着點煙送茶。靠着樓梯有兩名男僕和提督衙門的幾名官人把守，連本店的夥計全都不許上樓來。

　　看了多半天，天色交到了二更，街上的那些燈，因為蠟燭將要燒盡，所以也顯得發暗了。花盒都已放完，所以遊人也漸漸地散了，只有爆竹聲還稀稀響着。

　　這半天，玉嬌龍和她母親全都十分高興，玉太太說：“到底是京城熱鬧！我們在新疆住了那十幾年，真是把人住得眼界都窄了。今天我往下看看，這些人，這些燈，真使得我有點兒眼亂！其實，我還是在京城生長大了的呢！”

　　玉嬌龍笑了一笑，搖搖頭，滿頭的絨花亂動，說：“我看新疆自有新疆的好處，我很想新疆！”

　　玉太太就問繡香說：“你說是京城好，還是新疆好？”繡香也微笑着說：“我說都好！”

　　玉太太笑着說：“你倒不得罪人！天不早啦，告訴他們把車預備下，咱們也該回去啦。”

　　於是僕婦趕緊答應了一聲，去吩咐男僕，男僕又去傳達到樓下。三輛大鞍車就都在這綢緞莊的門前預備下，兩名官人掛着刀在旁把守。這時玉宅母女就下了樓，由丫鬟婆子攙扶着走出了綢緞莊。早已有很多人圍着等着觀看，天邊的月色，四周的燈光，照着如同仙妃一般的玉嬌龍。玉嬌龍卻低着頭，那青緞的兩板頭、許多金釵和絨花掩着她的芳顏。

　　剛走幾步，還沒有上了車，忽聽得“噗”的一聲，玉嬌龍不禁打了個冷戰。她把頭抬起，滿頭的絨花亂顫，丫鬟僕婦全都驚得叫起來，原來是由人叢之中射出來了一個東西，正射在玉嬌龍的兩板頭上。繡香企着腳，從小姐的頭上拔出來那個東西，驚訝着說：“喲，是一枝箭！”

　　玉嬌龍低眼一看，這箭不過三寸長，很細。她立時就神色大變，眼光向人叢中去投。這時官人都已亮出來腰刀，驅逐眾人。那許多遊人有的哎喲喊叫着，有的哭着，因為一個擠着一個，想要快跑也不能夠。

　　玉太太是已經上了車，一看見起了亂子，就趕緊叫過僕婦來問：“出了什麼事兒？”

　　僕婦說：“人群裏有壞人，射了小姐一箭！”玉太太吃了一驚，問說：“傷着了沒有？”

　　僕婦說：“倒沒傷着！箭很小，射在兩板頭上，把緞子扎穿了，頭上的花兒也壞了。小姐倒是很平安！”

　　玉太太聽了，非常地生氣，但又見四邊的人亂跑、亂哭、亂喊，官人們的皮鞭抽得啪啪響，並有馬蹄雜沓之聲。玉太太趕緊又叫男僕去攔阻官人，說：“不要亂趕人！搜查那放箭的人就是了，與別人何干？不許趕人！不許打人！”

　　有了正堂太太的吩咐，官人們才都住了手，那些驚跑的人還都哭着喊着，馬路上卻已無人。這三輛車就由騎着馬的官人保護着，回往玉宅去了。到了宅內，玉太太仔細看了看女兒。見女兒並未受傷，才放了心。她又看了看那枝小箭，卻不禁驚異，說：“這枝箭跟那次射劉泰保媳婦的箭，不是一個樣嗎？”僕婦們也齊都驚詫。

　　嬌龍小姐卻默然不語，玉太太又安慰着說：“你也回屋歇息去吧！這是匪人故意生事，多半又是那劉泰保幹的。你別害怕！帶上魯太太給你的那個玉佩，就可以壓驚鎮邪！你睡去吧！”

　　玉嬌龍答應了一聲，向母親請了安，就帶着丫鬟出了屋。只見月光澄潔，碧清如水，廊柱和欄杆的影子鋪在地上，如用淡墨畫出來的一樣。風清清的，盆梅、迎春都溢着芳香。履聲輕微，衣裳習習，回到了屋內，吟絮已經把一切的寢褥、燈燭、熏香全都預備好了。兩個丫鬟服侍小姐下了頭，換了衣服，小姐便愁眉不展地說：“你們睡去吧！”繡香、吟絮兩個丫鬟全知道，今天小姐觀燈，出了一件驚險之事。如今見小姐的神色是特別地不安，容顏是從來沒有過的愁慘，兩個丫鬟就彼此使着眼色，誰也不敢多說一句話，誰也不敢邁重一步。兩人悄悄地輕輕地關好了房門，回到套間休息去了。

　　兩個丫鬟一走，玉嬌龍的神情更為淒慘，她便趴在桌上痛哭起來。雖然她不敢哭出聲來，可是抽搐得很厲害。那隻長毛的白貓蹲在地下，翹首望着牠的主人，好像很納悶似的，因為這美麗的女主人向來也沒有這樣傷心過。玉嬌龍在這裏哭泣，闔宅沒有一個人能夠知道，她的心緒更沒有人曉得。

　　當夜她哭泣着直到深更，方才睡去。由次日起，她就不能起床了，可是她的臉上只有愁態，並無病容。請了大夫來按脈診察，也說是沒有什麼大病。所以大家全曉得小姐就是因為上元節觀燈的那天，受了些驚嚇，以致病了。於是就有親友出頭，主張請巫婆收魂，請僧道禳解，但是玉正堂齊都嚴詞拒絕。有人提出了快些給小姐訂下婚姻，快些嫁出去，這件事玉大人倒頗覺得有理。於是時常與夫人背着女兒密談，而魯太太和魯君佩更與這宅裏常來常往。

　　過了幾日，裏外的僕人全都知道了，本宅的三小姐嬌龍姑娘，已由大人、太太之命許嫁了新任順天府丞的魯翰林，已經下了小訂，下月就放大訂，到秋天菊花開時就要迎娶。現在只是還瞞着小姐和小姐屋裏的那兩個丫鬟了。

　　這時是正月月底了，到了晚間，星光滿天，已沒有了月色。前些日玉宅防夜既嚴，現在也防衛得疏懶一些了。這一天是深夜子時以後，整個的玉宅除了防夜人住的班房，全都已熄滅了燈光。嬌龍小姐病已漸愈，這兩天在床邊日夜服侍她的那兩個丫鬟，她已給打發回套間去睡了。她這屋裏，兩枝大燭雖已滅了，可是床帳裏還點着一燈，不過此時她並沒有看那本神秘的書，只是躺臥着發愁。忽然有一種響聲觸到了她的耳鼓，她立時驚坐起來，卻聽房上傳來“咪咪”的貓叫聲，在她被窩裏趴着的白貓也豎起了耳朵。

　　玉嬌龍持燈下床，輕輕走到外屋，微弱的燈光在那後窗上一閃。待了一會兒，就聽窗外嗖的一聲，如秋風掃葉，又聽窗外有人說：“嬌龍！嬌龍！快開開窗子，我來了！”

　　這是個男子的聲音，傳到玉嬌龍小姐的耳裏，極為廝熟。她先把手中的燈燭吹滅，然後壓着聲音，向窗外很嚴厲地說：“你這樣前來，叫我都沒臉見你了！”她的熱淚汪然地向下流，窗外卻噗哧一笑，說：“嬌龍妹！把窗開開，讓我見見你！”玉嬌龍無聲地歎了口氣，就把後窗開了。

　　外面的人如同一隻貓似的鑽進了窗子，一進來就把玉嬌龍的胳臂揪住。玉嬌龍並不抵抗，只低聲說：“你退後些！”又問：“在新疆我們臨別之時，我對你說的是什麼話？如今你全都忘了？十五的那天你又發出弩箭，你真是要逼我至死嗎？”

　　她的語氣十分淒慘，那男子卻仍然笑着，說：“我到北京來就為的是見你！你把燈點上，叫我看看你的芳容！”

　　玉嬌龍卻連連搖頭，說：“你快走！現在的我已不是在新疆時的我了！你要沒忘我早先說的那話，你就快走！快些依着我的話去做，一年之後你再來！但不許這樣來，否則我們就不必再見面了！”

　　對面的男子卻說：“無論如何，你要叫我再看看你的容貌。分別以後，我做夢也是你，醒着時眼前也是你，沙漠、高山、森林、大河，還有我鋼刀的環子上，酒杯飯碗上，沒一處沒有你的容貌！那天在燈下我沒看清楚，現在我要細細看看！看完了我就走，聽你的話我去辦，將來咱倆做夫妻！”

　　說時，不待玉嬌龍首肯，他就由身邊取出一個火摺子，用口一吹，噗的一聲，火光立起，室中通明。在火光之內照出來身穿紅綢寢衣、雲鬢蓬鬆、滿面是淚、含羞帶恨的小姐玉嬌龍，也照出了對面的這個男子。這原是一個十分魁梧、面貌英俊的少年，只是打扮得極為新奇，一身青布衣，頭戴一頂黑氈帽，腰間勒着帶子，帶子上插着一口不到二尺長的鋼刀，刀柄上有個銅環子。當時四目交射在一起，這人就笑了。玉嬌龍雖也露出些溫情，但仍推着這個人說：“你快走吧！千萬聽我的話。去辦！……不要再這樣前來！小虎，你千萬要聽我的話！”

對面這名叫小虎的男子便歎了口氣，說：“你別傷心！我這就走。我一定聽你的話！好，再會吧！”於是他滅了火摺子，推窗走了。

玉嬌龍又悵然了半天，才把窗戶關嚴。回到屋裏，將燭台放在桌上，她又倒在床上，眼淚簌簌地流下來，浸濕了繡枕，浸濕了錦衾。此時夜靜更深，壁上的自鳴鐘敲了四響，貓兒都在她的身畔呼嚕呼嚕地睡熟了，枕畔卻仍有哽咽之聲。玉嬌龍小姐芳心酸苦，似睡非睡，她回憶起十幾年來的夢影，想到了遼遠的草原、沙漠……

寫至此處，須將玉嬌龍過去的事情敘說一番。玉嬌龍隨父來京，不過才四五個月，以前她的生活完全是在新疆度過的。她有一身武藝，勇武之處能敵神制鬼，輕巧之處可換月摘星，直至如今，她的父母還不知道，並且她的師父在起先也是不知道的。她的師父名叫高朗秋，別號“雲雁”，說到這個人，卻又與本書前傳《鶴驚昆侖》中的啞俠及《劍氣珠光》中的楊豹、楊麗英、楊麗芳兄妹，全都有關。

第五回　　人世艱辛淚辭楊小虎　　風沙遼遠魂斷玉嬌龍

　　著者為使頭緒清楚起見，不得不將筆折回，要從三十多年以前說起。在那時候，江湖間奇人輩出，紀廣傑、李鳳傑、靜玄禪師等人分據在大江南北、黃河兩岸。可是居首位的奇俠江南鶴，卻隱居於皖南九華山上，以種茶為生，不問江湖之事。江南鶴有一師兄是個啞巴，口不能言，耳不能聽，從無人曉得他的名姓，人只稱呼他為“啞俠”，因為據江南鶴對人說，他師兄的武藝比他還要高強幾倍。平日啞俠伴同師弟種茶習武，但有一日他忽然失蹤。他究竟往哪裏去了，是生是死，連江南鶴也不曉得。這啞俠三十多年前的失蹤，便間接與今日之玉嬌龍有莫大的關係。

　　這件事是起於雲南靠近金沙江的地方綏江縣。縣外有一個小村，約有二十戶人家。這地方滿生着梧桐和槐柳，時當初夏，綠陰滿村。一日黃昏之時，落着細雨，村子、山澤、大江都隱沒在濃霧裏。漸漸天將要黑了，道上已沒有行人，但遠遠地忽傳來一陣馬蹄濺水之聲，原來是來了一匹黑馬。馬上一人穿着黑衣，赤足綁着草鞋，頭上戴着一頂大草帽，順着帽檐直往下流水。這人身軀不高也不矮，衣着不窮可也不闊，但年歲已有五十上下了，鬍子雖然刮了，但又生出來很長，有許多根都已蒼白了。馬後有個不大的包裹，是覆以油布，所以還沒有濕透；但他的衣褲已盡濕，貼在身上。

　　這奇怪的人鞍旁尚有一口寶劍，順着劍鞘也往下垂滴着雨水，他一直走進了村子，就來回轉頭向兩旁觀望。這時村中的人家多半已用畢晚餐睡了，所以只有一家的柴扉裏還有微明的燈光穿着紊亂的雨絲透出。這個人下了馬，他是赤足綁着草鞋，所以在雨地下走着還很便利。他一手牽馬，一手去推門，門一推就開了，他毫不客氣地拉着馬往門裏就走。

　　這院落不大，只有兩間草房，這人牽馬進來。屋中卻沒有人聽見聲音走出來。這人就將馬撒手，愣拉門進屋。原來這屋中除了鍋碗雜具之外，只是有幾架書，有一個書生正在燈下讀書，這人只見他的嘴動，卻不曉得他讀的是什麼。此時書生已然看見了這位不速之客，他便驀然站起身來，問說：“你是哪裏來的人？為什麼不叫門，就闖進我的屋裏？”這位來客卻直眉瞪眼，指指他自己的嘴，又擺了擺手，表明他不會說話。

　　書生到此卻十分驚異，心說：怎麼在這黃昏時候，外面又下着雨，竟來了這麼一個啞巴呢？他拿起筆來，剛要寫字給他看，問他的來意。這啞巴從身邊掏出來一個小布包，布包也很潮濕了，放在桌上打開，就見裏邊有幾錠黃金，還有一張字紙。啞巴就指着那張字紙叫書生看，上面卻寫着“綏江縣桐花村耿六娘”。

書生看了不禁驚異，定睛去打量這啞巴，啞巴又用手勢表示着意思，詢問那耿六娘住在哪裏。書生又寫了幾行字，問啞巴是從哪裏來？找耿六娘是有什麼事？可是啞巴連一個字也不認識。這書生就只好隨他出屋，看見了馬匹、包裹、寶劍，就冒着雨帶他出門，在黃昏雨水裏指給他，往西隔着兩個門便是他所要找的人的家，於是啞巴笑着拱手，表示道謝，他就牽着馬走去。

這裏的書生十分驚異，回到屋中，書本再也讀不下去。是夜雨落得越大，書生悄悄地到那耿六娘的家門前，隔籬去偷聽。只聽見籬內馬嘶，並有啞巴啊啊的說話及女人嘻嘻的笑聲，卻不明白是怎麼回事。書生既懷疑又氣憤，就回到家裏。

原來這書生名叫高朗秋，別號“雲雁”，是個秀才，可是屢試不中，現已二十六七了，還是個“生員”。他的父母俱死，因為他總中不了舉，就把自幼訂下的婚事退了。有個胞兄名茂春，在河南省做個小小的知縣。他只是孤身一人居此。只有兩間草房，沒有半畝田地，也用不着他務農，他只是天天在屋中寫字，作畫，撫琴，讀書。他所讀的書最是複雜，不僅是古文經史，上至天文地理，下至醫卜星相，他無不研習，並且還通兵書、精劍法。他是村中最有名的人，誰都知道“文武全才的高秀才”。他雖年紀不大，可是村中有了什麼事都要來請教他，他是村中的“聖人”。

同時，本村中還有個為人所不齒的女人，可是又人人皆懼怕她，那就是耿六娘，外號叫“碧眼狐狸”。碧眼狐狸的爸爸就是個大盜，已於三年前被官人捉獲正法了，只剩下她一人，她就走南闖北，時常數月不歸。她是個閨女，這時還不過二十四五，還沒有嫁人。可是有個縣裏的文案先生與她相識，時常在她的家裏住，二人如同夫妻一般。那文案先生名叫費伯紳，年約三十歲，是高朗秋的同窗好友，而且是詩酒之交。當下高朗秋見自己的朋友這些日沒有來，那婦人又勾引來一個啞巴同她在一起居住，就生氣極了。

到了次日，雨仍未止，費伯紳仍然沒從城內來，高朗秋也不便去找他，更無權去替朋友找碧眼狐狸質問。不想過了二日，天晴了，那啞巴公然在碧眼狐狸的家中居住，碧眼狐狸也公然挽上了頭，改了婦人的裝束，向村裏的人說：“我的當家的來啦！他雖然是個啞巴，可是他很有錢。我們倆人是去年在外邊相識的，有朋友給做的媒，他家裏有許多茶樹，他都變賣了，來到這兒跟我過日子。我們現在至少也有幾千兩銀子。我們要買地，蓋莊子，我們還要抱個孩子呢！”

村子裏的人都在暗中笑她，罵她，可是那啞巴卻很好，天天穿着很整齊的衣服，如同是個紳士。雖不會說話，可是見了村中的老翁老婆，他就帶笑拱手，見了小孩他就很喜歡地摸腦袋，見着窮人，他就掏出大把的錢來施捨。並且時常進城，從城裏買的藥品、絨線、布、點心，時常挨着門送禮。別人若不收他就作揖，因此又沒有一個人說他不好的，都叫他“好啞人”。連帶着碧眼狐狸耿六娘也很安分，並且名聲也漸漸恢復了。

十天之後，忽然一日費伯紳到了高朗秋家裏，問明了詳情，就憤憤地說：“那狐狸娘兒們真沒有良心！不是我在衙門維護着她，她還能在這兒住？她有幾件大案都拿在我的手裏，我要一把它抖出來，她就得捉到衙門裏判死罪。如今她從哪兒招來個野啞巴，竟公然與她做夫妻？啞巴還有那麼多錢？多半也是個強盜！朗秋兄，你自管上手打人，打傷打死了都有我！」

高朗秋也自矜劍法高超，就提劍隨同前往。到那裏一打門，門還沒有開，他們就隔着短籬，看見啞巴正在教碧眼狐狸練武。那啞巴的身如捷猿飛鶴，拳似閃電流星。高朗秋一看，就嚇得趕緊把寶劍藏在一塊石頭後面，不敢隨費伯紳走進去。

少時柴扉開了，費伯紳氣憤憤地走了進去。高朗秋隔着短籬向裏觀看，就見婦人倒還似未忘舊情，向費伯紳說：「你別吃醋！我跟了他，是因為他有錢，也是為跟他學武，早先咱倆怎麼好，現在還是怎麼好，只是別叫他知道就是啦！」啞巴在旁邊發怔，也不知他媳婦跟人說的都是什麼。費伯紳就瞪着眼睛，問說：「這啞巴是個幹什麼的人？他叫什麼名字？是你願意嫁他，還是他憑仗着會些武藝，就強佔了你？」

碧眼狐狸的高身材搖搖擺擺的，長臉上帶着微笑，拿手摸着頭上插的野花，說：「都不是！啞巴姓什麼叫什麼，連我也不曉得。不過他卻名頭極大，江湖上無人不知，跟你說你也不能明白，你就放心吧！我跟他本沒有什麼交情，是去年我往江南去看我的師哥，在路上與他見了面。我早就知道他是江湖上最有名的人，我就跟他一套近，不想他就看上了我，問我在哪兒住，我就托店家寫了一個住處給他。我本想這麼遠的路，他絕不能來的，可是沒想到他真來啦！」

費伯紳氣得頓腳說：「他真來，你就真嫁他？」

碧眼狐狸也把臉一繃，說：「你可別跟我撒脾氣！我又不是你娶的，你買的。別說我嫁啞巴，就是我嫁瞎子你也管不着！」

費伯紳氣得渾身亂抖，說：「好！好！這是你說的話，我記住了！以後你可別後悔！」

兩人這樣一吵，啞巴看不過，瞪着眼過去就是一腳，將費伯紳踹得躺在地下。費伯紳往起來掙扎，並罵着說：「啞賊！你敢打我？我是衙裏的先生！」啞巴並不知他嘴裏說的是什麼，提起他的一條腿往外就扔。費伯紳的身子就從短籬飄過去，咕咚、哎呀，他的胯骨摔壞了，再也爬不起來。啞巴從裏面把柴扉關上，高朗秋將他的朋友攙扶回家。

費伯紳痛得張牙咧嘴，不住大罵，立時就要回衙門去叫官人來，把啞巴和他的情婦全都捉了去。高朗秋卻擺手說：「不可！你沒聽那婦人剛才說的話嗎？啞巴確實不是個等閒的人物，你不懂，可是他那身武藝我看得出來！你若叫官人來，不但徒勞往返，並且倘若叫啞巴恨上了你，他隨時可以將你殺害！」費伯紳聽到這裏，便打了個冷戰，於是自己只好忍氣吞聲，自己回城裏去養傷。但是，到底他是個衙門裏的文案先生，他的權勢是可畏的，所以到第二日，碧眼狐狸耿六娘又假作進城去買東西，背着啞巴前去看他。由此二人秘密地重敘舊好，可是費伯紳再也不敢到桐花村來了。

桐花村中的啞巴高高興興地享受着他半生所沒有享受的家室幸福，沒事之時，就傳授給他的情婦幾手武藝或是和同村人打手勢談談天，早忘了那在九華山上的他的師弟江南鶴。可是，每逢他教給耿六娘武藝之時，總見有一個人隔着短扉向裏偷看，那就是本村的那個秀才。他也不大介意。因為他教給耿六娘的這點兒武藝，不過是他全身武藝中的百分之一，就是全叫別人學了去，與他相較起來，還是如井蛙望天、蜉蝣撼樹，差得遠呢！

耿六娘見高朗秋時常注意他們練武，心裏很不高興，可是也不便攔他。因為他是本村的「聖人」，又是費伯紳的好友，而且知他是個書呆子，雖然他會練寶劍，但若想偷學這高深的武藝，可是不容易。

　　如此不覺過了一年多，啞巴漸漸地窮了，碧眼狐狸待他也漸漸地不好。又因啞巴本是個練武功夫的人，禁不住五十多歲又娶了個老婆，所以也身體日衰，漸漸得了病。費伯紳又時往村中，與耿六娘秘密相見，秘密計議。

　　一日，是初春三月，又是一個細雨的黃昏，忽然啞巴家裏發出了哀聲。高朗秋在屋中正獨自研習偷學來的武藝，忽然聽見了這種怪異的聲音，他就止住了手腳，走到院中，站在雨下，側耳靜聽。只聽見了兩三句哭聲，是碧眼狐狸耿六娘所發，但旋即停止了。

　　高朗秋趕緊走出門去，幾步就到了耿六娘的門前。推了一下門，見推不動，他就使出這些日經過偷學研習所得的武藝，一聳身過了短籬，硬撞進屋去。卻見啞巴已經死在床上，屍身用棉被蓋着，露出臉來。從那淒慘的面目上看去，可知啞巴之死，雖然因病，也另外還有原因。碧眼狐狸自覺武藝學得可以了，啞巴身邊的積蓄又已蕩盡，留之徒然是個眼中釘，所以……高朗秋心裏明白。

　　碧眼狐狸假哭了兩聲，表示叫鄰人知道啞巴已死。她卻正在檢查啞巴向來絕不許別人觸動的那包裹，打開一看，就使她非常失望，原來全無金銀，只是兩本破書。碧眼狐狸又不認識字，她正在生氣，忽然高朗秋闖進來了，把她嚇了一跳。

　　高朗秋的眼睛卻盯在那書皮上，他立時如見了奇珍異寶，心中驚喜，表面上卻不露出來，只是冷笑着說：“不要怕！我早就想到伯紳跟你要做出這一件事，但你們原不必這樣做，他會自己死的。放心！我不給你們聲張！可是這兩本破書我要借去看看！”

　　碧眼狐狸連書皮也沒有翻開，她只說：“你拿去吧！現在我倒很後悔。”

　　高朗秋冷笑道：“你後悔已經晚了，以後就提防這死人的朋友來找你復仇吧！”說畢話，拿着書走去。

　　次日，碧眼狐狸就辦理啞巴的喪事，那費伯紳也來幫忙。高朗秋卻從此足不出戶。過了月餘，村內無事發生，高朗秋卻把他的房屋和藏書全部變賣，離了綏江縣一去無蹤。

　　原來啞巴留下的那兩本書，每本都有四五百頁，書皮寫的是“九華拳劍全書”。江南鶴繪製。裏邊是圖多字少，雖然圖都畫得很粗糙。字也寫得劣，然而九華山老人所傳的拳、劍、點穴及種種神出鬼沒的武藝盡在其中，而且因繪者江南鶴精通一切，心思又細，當初繪這書時又專為給啞巴看的，所以是無一處不詳，內外兩功，應有盡有。得到此書，若肯下功夫去學習，不愁不能練出一副好身手來。

　　高朗秋為人本極聰明，又因本來就會些劍法，所以他得了此書就直奔河南。此時他的胞兄高茂春已升任汝南府的通判，與知府賀頌頗為相得，便薦了高朗秋在衙中做個書辦。高朗秋其實是借此隱身，並為躲避那碧眼狐狸找他索書。其實他是時時揣摸着那兩本書中的精髓，每晚並趁着人睡熟之後，實地去練習。白天除了辦理衙中的文書以外，便是吟詩飲酒，別人只道他是個書癡，卻不知他暗中正在研究飛俠的本領。

　　這時汝南城內有一位名士，名叫楊笑齋，家道殷實，為人風流倜儻，玩世不恭，已經有四十歲了，還是常在花街柳巷行走。他與本城的府台賀大人是莫逆之交，與高茂春又是換帖，因此他與高朗秋相識了。兩人詩酒往還，很是相投，可是高朗秋在背地裏研究武藝之事，他也是完全不知道。

　　這天是五月端午，衙門裏停辦公事，高朗秋隨他哥哥到內宅給府台大人與府台夫人拜過了節，就走出衙來。這時天已不早，炎日當空，他不住地打哈欠。原因是昨晚簡直沒有睡覺。啞巴書上那段"勾魂奪魄劍"叫他太費事了，到如今還覺着沒有十分悟解出來。一路走，一路想，身子撞着人他都不知道。

正在走着，忽聽耳邊有人叫道："朗秋兄！"高朗秋止住步往四下一看，並沒有什麼熟人。忽聽頭上又有人說："請上樓來吧！"高朗秋這才一抬頭，原來旁邊就是一家很小的酒樓，楊笑齋俯着欄杆，正在樓上叫他。高朗秋趕緊拱手說："哦！我正要給你去拜節！"遂就進了酒舖。

原來樓下是個走道，通着後院，後院裏像是有許多人家住着。他扶着狹窄的樓梯上了樓，看見那裏才是酒舖，只有三四個座位，除了楊笑齋再沒有一個酒客。高朗秋就拱手上前，並笑着問說："笑齋兄！今天是端午佳節，你老兄不在家中飲酒，怎麼到這裏一人枯坐呢？"

楊笑齋好像臉上露出一種很不好意思的樣子，沒說什麼，只說："請坐請坐，你在此也是一個天涯孤客，遇到佳節，必多感慨。來！你我且互盡一杯吧！"高朗秋曉得楊笑齋的太太是很嫉妒的，夫妻都年近四旬多了，沒個兒女，太太還不准他納妾。今天一定是又打了架，所以他才一個人來此飲酒遣愁。

當下楊笑齋又向櫃上說："再熱一壺酒來！"掌櫃的答應了一聲，回首向櫃裏的一個門簾後說了一句話。

待一會兒，就見由門簾裏伸出來一隻纖細的玉手，手上染着紅指甲，戴着黃戒指，還露出半截水綠的袖頭，把一個錫酒壺交給了掌櫃的。掌櫃的是一個短身材五十來歲的人，就把酒壺送到這桌上來，高朗秋不由發癡了。

等到掌櫃的轉身走去之後，高朗秋就悄聲問說："這酒館帶着家眷嗎？"楊笑齋說："只是夫婦二人帶着個女兒。"正自說着，忽見由樓梯上來了一個姑娘，穿着節下的新衣裳，長得並不怎麼好。可是這個姑娘急匆匆進到櫃裏門簾之內，又領出了一位比她高一點兒的姑娘。這姑娘長得美麗，年歲不過十五六，秀髮明眸，髮下還插着一枝黃絨做成的老虎，穿的正是水綠色的衣裳，這是端午節時應有的點綴。她把眼珠向楊笑齋轉了轉，欲笑沒笑，就隨着找她來的那個女伴跑下樓去了。

高朗秋這才明白，笑着說："怪不得你老兄今天還到這裏來，原來這裏不但有酒，且有美人！"

楊笑齋就說："你看見姑娘頭上那隻絨虎沒有？以此為題，我們每人要作一首詩，否則罰酒！"於是他從懷中掏出永遠隨身帶着的墨水匣、紙筆。他喝了一口酒，立時就成詩一首，拿給高朗秋去看，卻是：

端節家家插蒲艾，　我從鬢底見雄姿。
松風山月失吟嘯，　要伴嬋娟做虎癡。

高朗秋連連點頭，說："作得好！"遂也和了一首。二人盡興暢飲，談今論古。

從此傍午時，高朗秋就與楊笑齋時常在這酒樓見面。他就漸漸地知道了，這酒樓的姑娘名叫倩姑，尚在待字之年，可是因為家道貧寒，所以她才幫助她爸爸羅老實做這買賣。高朗秋、楊笑齋天天來此，當然漸漸地都與羅家父女相熟了。只是高朗秋卻對姑娘無意，一來他看出楊笑齋是早已為情顛倒，自己不過是陪客；二來他把心專用在那兩卷啞俠遺書之上，美色在眼中已如浮雲一般，不能留下什麼深刻的印象。

這天高朗秋又應楊笑齋之約，散了衙到酒樓來了。才到樓下，便聽見樓上有一片人聲爭吵，他趕緊跑上樓去。只見兩個大漢揪住羅老實正在怒打，羅婆婆在櫃上急得直哭着，擺手，說：“別打！別打！二位爺……”倩姑卻投到楊笑齋的懷裏，嚇得如同小蝴蝶遇着風雨藏在葉底一般，嬌淚飄零。楊笑齋一面護住他的愛人，一面跺腳說：“沒王法了！”

看見高朗秋一上樓，他就說：“朗秋兄！快到府衙叫人來。把這兩個人帶走！”高朗秋卻擺手說：“不必！不必！”他過去拉那兩個人，兩人卻都反手要打他，高朗秋就施展起從書上所學來的點穴法，只兩下，便用手指把那兩個牛一般的大漢全都戳倒在樓板上了。

這時街上已有許多人都聽見了吵鬧之聲，跑到樓上來看。可是一看見這兩個人都躺在樓板上，如同死了一般，就嚇得都咚咚咚的又往下跑。掌櫃的羅老實已然頭破血出，坐在牆根爬不起來了，他就嚷着說：“哎喲！待會兒他們鏢店的人一定來給他們出氣，我這酒舖一定要被他們拆了！”楊笑齋擺手說：“不要緊！你別怕，官私兩面都有我。”向高朗秋說：“朗秋兄在這裏保護住他夫婦，我把姑娘送到下面鄰居家中暫避一避，以免將她驚嚇着！”

高朗秋點頭說：“好！叫姑娘下樓避避也好。”

當下高朗秋在這裏迎着樓梯昂然站着，楊笑齋護庇着倩姑往樓下走。才下了幾級樓梯，就見由外面闖進來幾條大漢。為首一人年有四十來歲，身材雖不甚高，可是生得極為兇悍，敞着胸脯，手執鋼刀一口，率領着幾個人，似是要上樓來為他們那受了點穴的兩個朋友出氣。他沒瞧清楊笑齋，可是楊笑齋已認出他來，就站住身叫道：“楊老師！怎麼多日未見？”

這個姓楊的人就一抬頭，立時滿臉的怒色改為和氣，就說：“哦！笑齋大爺你在這裏？我聽說有我兩個朋友在樓上受了欺負？”

楊笑齋擺手說：“老師別急！都不是外人，剛才我也不知道那二位原是老師的朋友。我在這裏飲酒，他們也來此飲酒。因為掌櫃的羅老實跟我相好，所以招待我很是周到，把兩人冷淡了一些，他們就發了脾氣，把羅老實給打了。這時恰巧有我個預先約好的好友來到，那位是府衙裏的一位先生姓高，他看着兩人打一個，他就不平，所以……”回頭一看，高朗秋正立在樓梯的上口，他趕緊就給引見，說：“這就是高先生，這位是我的老友，也是我的老師，河南省有名的鏢頭汝州俠楊公久。”當時高朗秋便向下一拱手。

楊公久也向上一拱手，回身把手中的鋼刀交給了他身後跟來的人，並囑咐他們不要上樓，就說：“既然都是一家人，那麼，話就好說！”說着，他就咚咚地走上樓去。

楊笑齋這時也完全放心了，他就向倩姑說：“不要怕了！這位鏢頭與我是二十多年的好朋友！”於是，他又帶着倩姑上了樓。

楊公久先看了看掌櫃羅老實被打的那樣子，又低頭看看樓板上橫躺豎臥的他屬下的那兩個鏢頭。這二人雖都身子不能動轉，如同得了半身不遂似的，可是還不住潑口大罵，向楊公久說：“掌櫃的，你得替我們報仇，把那穿長袍的打死！”

楊公久卻怒斥道：“我替你們報什麼仇？你們背着我來這裏滋事，欺負人家做生意的人，也應當叫你們遇見這位老師傅，替我來管教管教你們！”遂轉身又向高朗秋抱拳，說：“失敬！失敬！想不到兄弟今天在此又遇見一位武當派的老行家。既然先生跟笑齋大爺是好友，我跟笑齋不但是當家，且是二十多年的交情。既是一家人，就請對我這兩個夥計抬抬手，把他們的穴道弄開了，我好叫他們給你賠罪！”

高朗秋聽了這話，他倒為了難。因為剛才一時的氣憤，他按照書上的辦法去點二人，不料真給點倒了，可是要叫他把二人救過來，他可得先回去查書才行。可是他手中有書的話卻又不能對人去說，只好板着臉，拱拱手說：“不要緊，我這也不過是跟他們兩人開個玩笑。可是他們兩人把羅老實打得太重了！兄弟既然打這不平，就得叫他們先躺一會兒，我出去繞個彎兒，少時再來解開他們。”說着，高朗秋轉身下樓去了。

他急忙忙地回到家中，到自己住的屋中，由床底下搬出他的一隻木匣，開了鎖，抽出那兩卷啞俠遺書來，翻閱了半天，才把解救點穴法的招數查出，口裏背誦着，手中比着姿勢，多時才將這段背熟。然後他將書照舊鎖好，才疾忙跑回羅家酒樓，只見那兩個鏢頭還在樓板上躺臥着，楊公久卻坐在楊笑齋的對面正在飲酒。

高朗秋這才施展剛背熟的那手段，從容不迫地將兩個人解救好了，並一個一個地扶起，笑着說：“多有得罪！”

此時楊公久面上現出怒色，向這兩人一擺手，這兩人又羞又氣，就下樓去了。

楊笑齋就拉高朗秋也入座，並敬了一杯酒，笑着說：“朗秋兄，你真是交友不誠，你瞞了我多日！直到今天，我才曉得你不但是一位名士，而且是一位俠客！”

高朗秋微笑，楊公久卻緊繃着一張紫紅的臉，說：“兄弟的鏢店是在信陽，不過常由此經過，因為沒人引見，也不知老兄是位武當派的老行家，所以欠拜訪。今天，我手下的人在此打人，經你兄管束，我也沒話說。可是剛才我已向你兄懇求了，笑齋大爺又說出我是他的老朋友，無論如何，也應該講些面子。可是你兄竟不顧交情，成心叫他們在此躺了半天這才將他們治好。我想這一定是因為兄弟失禮，才為你兄所怪？”

高朗秋也臉紅了，連忙擺手說：“沒有的話！”楊笑齋也擺着雙手說：“算了！算了！飲酒吧！”

楊公久卻搖頭說：“既不是怪兄弟失禮，那一定是覺着我名頭不高，武藝太弱？好啦！我倒要領教領教。明天清早在南門外，我要請武當派的老行家指教指教我，再會！”說畢，拱手站起。

楊笑齋趕緊追上去拉他，說：“楊老師，你何必！”楊公久卻抖手走去，咚咚咚，踏着沉重的腳步下樓去了。

這裏高朗秋的臉色蒼白，呆呆地不說一句話。楊笑齋就擺手說：“不要緊，他約你明天清晨去比武，你到時不要去，我找他去，給你們說合說合就完了。十年之前他窮困潦倒，多虧我救濟他，我請他到我家裏護院，他在我家裏病了一年多，也是我派人服侍，延醫診治，才把他救了。後來他臨走時，我還送了他三十兩銀子。有這些交情，我想他不能不給我留面子！”

高朗秋冷笑道：“我怕他作甚？明天爭較起來，還不知鹿死誰手！”楊笑齋擺着雙手說：“不必，不必，咱們全是斯文，不可跟他們那些江湖鬥氣。再說這楊公久武藝確實不弱，現在有名的俠客江南鶴、紀廣傑，也都與他相識。”高朗秋聽了這話，心中越發的畏懼。

此時那羅老實又叫他的女兒倩姑來給二位老爺侍酒，倩姑換了一身花衣裳。楊笑齋就杯斟美酒，面對佳人，又不禁大發詩興，拈鬚低吟。但高朗秋卻心中亂得很，他就先走了。

回到衙門，他在自己的屋中悶坐，非常後悔，覺着今天不該輕露武藝，而且自己根本還沒將那兩卷書看完，明天如何敢去與一個江湖有名的鏢頭比武呢。即或明天有楊笑齋從中解勸，可以解約，但自己的點穴法是從此出名了，以後說不定江南鶴、紀廣傑都要找我來較量，那可怎麼好？憂慮了半夜，便決定離開此地。於是深夜作書兩封，一封信是給楊公久，約他五年之後再為較量。一封是給楊笑齋，卻是幾句辭別的詩。除了將自己矜誇比作遊俠，並說自己將往魯東漫遊。另外兩首卻是勸楊笑齋及早納寵，並說：願彼妹鬢邊絨虎，早降兄家，以為宜男之兆也。

次日天色才明，他就將兩封信交給衙中夫役，命送到楊老爺家裏。他就束裝走去，一直到了金陵城中，下了寓所，化名為“雲雁山人”，從此以鬻書賣畫糊口，暗中研究那兩卷奇書。

不覺過了五載，高朗秋自信已將兩卷書中的武藝全都學會了，便重往汝南府，先到府衙中去看望胞兄。原來這時的府台還是賀頌，他胞兄高茂春已升任同知。府衙中又新來了一位文案先生，不是外人，正是高朗秋在家鄉時的好友費伯紳。

原來費伯紳在綏江縣因與碧眼狐狸相識，碧眼狐狸跟啞俠學會了幾手武藝，就在金沙江一帶橫行，成了女盜，並且時便時叫費伯紳去找她。費伯紳怕惹下大禍，這才來投高茂春，做了府中的文案。他為人慣會鑽營，所以來到這裏不到二年，便成了賀知府的心腹人了。

如今他一見高朗秋來到，便把高朗秋拉到一個僻靜之處，悄悄地說：“你可要小心！碧眼狐狸現正找你。聽她說：早先你由她的手中騙去了兩卷書，是那啞巴留下的，近來她才知道，那兩卷書很是值錢，她正要找你追索呢！”高朗秋聽了，不由嘿嘿冷笑。

高朗秋又去訪問楊笑齋，楊笑齋早已納了那酒家女倩姑為妾，並且倩姑已生了一子一女，兒子已經三歲，會走了，名叫楊豹；女兒才一歲，叫作麗英。楊笑齋一見了久別的知交來到，便極為歡喜，呼愛妾與子女出來相見。高朗秋就見倩姑風致猶昔，並且因為穿的衣裳很華麗，仿佛比當年之時更為美麗了，高朗秋就呼為倩嫂。但是，看見那男孩子楊豹，虎頭虎腦的一個，忽然又想起了五年前的一段舊事。屈指算算，再有一月零三天，便又是五月端午了，趁着倩姑轉身之際，他就悄聲向楊笑齋笑着說：“這令郎天資甚好，將來絕不像你這樣文弱。可是，為什麼叫他為‘豹’？怎麼不以‘虎’為名呢？‘虎’字不是更有來歷嗎？老兄可記得五年前端午節倩嫂夫人鬢邊的絨虎？及兄弟臨走之時的留書嗎？”

楊笑齋笑道：“‘虎’字早已用過了。”遂也悄聲與高朗秋談了一番話。

原來在高朗秋走的那一年，楊笑齋可是秘密地已然將倩姑做了他的外室，雖因大婦嫉妒，不敢將倩姑接到家中。後來倩姑懷孕生了一個男孩，楊笑齋就以“虎”命名，叫他作楊小虎。羅老實雖是個賣酒的人家，但也在汝南城中住了多年，親友很多，閨女尚未出閣就生了個男孩子，他的臉面也太難看，而且楊笑齋也不敢承認這個私生子，便把小虎寄養在倩姑的一個族嫂之處，楊笑齋在暗中幫助她撫養的費用。今年那孩子已然五歲了，但是他叫“羅小虎”，卻不叫“楊小虎”。過年，楊笑齋就把倩姑接到了家中。是年又生一子，其實已是第二個男孩子了，按照虎字往下排行，命名，所以才叫作楊豹。

楊笑齋把這件秘密告訴了高朗秋，並說：“將來我若死了，求兄叫他們兄弟相認，他們實在是親生的。”

高朗秋點頭，並為楊笑齋賀喜，又說：“我這次來，不為別的，就是為見見令當家楊公久鏢頭，以踐前五年之約！”

　　楊笑齋擺手說：“楊公久已不能再跟你比武了。三年前他在江湖上與人爭鬥，負了重傷，一條左腿竟成了殘廢。在去年他又在本地毆傷人，押在衙中，虧我托了賀府台，才把他釋放出獄。”說着，便命僕役擺酒，依然命他的愛妾倩姑侍酒。

　　正在飲酒暢談之間，忽然又來了個不速之客，原來正是費伯紳。因為費伯紳也是能詩善飲，一年多來他早與楊笑齋成了莫逆之交，穿房入室，妻妾不避。當下楊笑齋見他來到，就說：“好極了！伯紳來得正好，你與朗秋又是故人。”

　　費伯紳卻張着嘴笑着，他先向倩姑說：“今兒早晨我叫人送來的點心，您嘗過了嗎？那可不是外頭買的，是賀府台大人親手做的！”

　　楊笑齋笑道：“府台大人公餘還會做點心，可謂風流太守矣！而且是別具風流，曠古絕今，哈！哈！哈！”高朗秋看了費伯紳一下，又看了倩姑一眼，他也淡笑了笑，沒說什麼。

　　歡宴已畢，高朗秋與費伯紳同回府衙，宿在一處。一夜之內，二人閒談，高朗秋就曉得了現在的賀知府與楊笑齋交情日深，楊笑齋時常攜帶愛妾進府衙來，內眷過往得也頗勤。同時知楊家的大婦嫉妒，倩姑與兒女時受虐待，楊笑齋也無法護庇。高朗秋便悄悄囑咐，說：“楊兄！你我肝膽至交，我希望你採納我幾句話。第一，不可常與府衙來往；第二，不可叫倩嫂見人；第三，千萬不可與費伯紳接近！”

　　楊笑齋點頭說：“好！好！我跟他們也不過隨便應酬，你倩嫂已有了幾個孩子，誰還能想占奪她嗎？”

　　高朗秋擺手說：“不然！人心難測！”

　　楊笑齋點頭說：“好！好！我聽你的！我一定聽你的話！”

　　不久，高朗秋離去。他輾轉江湖，遊遍南北，到處以“雲雁山人”之名作書繪畫，換錢生活；有時也找座古廟為僧人抄經，寄食些日；暇時便研究那兩卷書中的奧秘。他也曾稍試身手，制服了江湖一些豪強，扶助了許多孤弱。可是真正有名的奇俠，如江南鶴、紀廣傑、李鳳傑及武當山上的眾道士，就是與他去到了對面，他還是不敢公然去與人家較量。

　　因為他閒時想起來好友楊笑齋，便十分地不放心，所以三年之後，他又回到了汝南府。來到此地一看，便覺得人事都非。府衙中的人事雖無大變動，可是楊笑齋的大門已然冷落不堪，門上還存着雨淋日曬、已經焦黃了的喪紙。

　　高朗秋大驚，就先見他的胞兄去詢問。他的胞兄就秘密地對他說：“你不知道！這七八年來人事大變，楊笑齋和他的愛妾倩姑全都死了，一子二女也都失蹤，沒有了下落！”

　　高朗秋更是大驚，又聽他胞兄說：“人心可怕，美色招災！本來，七年之前，楊笑齋戀上了酒家羅姓之女倩姑，同時本府知府大人賀頌，也早就在轎子裏見過那倩姑，驚為絕色，早就想圖謀到手。可是因為他是一位知府，不能公然納民女為妾，又因沒有得力的心腹人給他辦事，所以那倩姑就為楊笑齋所得了。但賀知府仍未忘情，害了許多日的相思病。後來費伯紳來到，他就買作心腹，叫費伯紳替他將那倩姑圖謀到手。

　　“那倩姑雖在楊家生了三個孩子，但丰韻依然，雖是小家女子出身，可是性頗剛烈，費伯紳用盡了千方百計，先是利誘，後是威嚇，終不成功。後來楊笑齋也察覺出來了，他就與賀頌、費伯紳二人絕交了。二人銜恨在心，便於去年，借着一件侵佔地畝的事情，將楊笑齋下獄。到底因楊笑齋是一位名士，在省裏撫台大人之處且有朋友，所以只押了一個多月，便釋放了。楊笑齋回到家裏，便氣憤成病，費伯紳還厚着臉皮前去探慰。他這一去不要緊，楊笑齋不知怎麼就錯服了藥，一病不起！」

高朗秋聽到這裏，就把腳狠狠一頓。他胞兄又說：「楊笑齋死的那夜，他的愛妾倩姑也仰藥而死，據說是殉夫，拋下一子名叫楊豹，二女，一名麗英、一名麗芳，麗芳生下才不過八個月。這幾個孩子備受楊笑齋原配夫人的虐待。但在去年冬令，楊家忽然發生了盜案，跳牆進去了五六名強盜，搶去了金銀不說，最奇怪的就是把三個孩子也完全搶走。緊跟着，府衙中也連夜鬧賊，幸虧防守得嚴緊，才沒出什麼大事情！」

高朗秋明白這一定是那汝南俠楊公久所為，心中不勝欽佩，又聽他胞兄說：「可是從此賊人也沒再來，那三個孩子至今也沒有下落了！」

他胞兄說完，就囑咐高朗秋不要向外人去說，並說：「你最好還是快點兒離開此地，因為費伯紳現在衙中獨當大權，他雖不過是個文案先生，但他比我這府丞的權勢還大！」

高朗秋卻微笑說：「不要緊，我們二人是同窗好友，他雖知我與楊笑齋生前交情深厚，但他絕不能將我怎樣吧！」遂就又說：「我出去訪一兩個熟人，明天我就走了！」

他走出府衙，卻不由得落淚。找到那羅家酒舖，一看，羅老實和他的婆子還在這裏賣酒。高朗秋悄聲問到楊笑齋夫婦慘死之事。這羅老實夫婦只是流淚，相信他女婿死因不明，他女兒大概也是被人逼死的。問到那三個孩子的下落，他們夫婦只知是被強盜搶走了，卻不知強盜的姓名和孩子們的下落。又說：「在我們倩姑沒嫁楊老爺的時候，府台確實派人來說過好幾次，要買我們倩姑到府台宅裏去作丫鬟，並說將來能做姨太太。倩姑自己不願意，我們又想嫁楊老爺比賣給府台好得多，這才……」說話時，這老夫婦已泣不成聲。

高朗秋又問：「那個小虎呢？」

羅老實說：「小虎在街上杠房門前玩耍呢！」

高朗秋趕緊下樓，順大街往南走幾步，就見有一家杠房，這舖子代售棺材，門前有一群野孩子。這群孩子遇見人家出了喪事，杠房裏有了買賣時，他們就去打儀仗。沒事之時也聚集在這裏，除了賭錢，就是打架，個個渾身泥汗，衣裳破爛，如同一群小餓鬼一般。高朗秋就站在那裏叫道：「哪個是羅家的小虎？」

有個正在開寶的七八歲的小孩子抬起頭來，說：「是我！你找我有什麼事？」高朗秋一看這孩子長得很像楊笑齋，尤其像他那胞弟楊豹，就點頭說：「你來！我跟你說幾句話！」羅小虎卻搖頭說：「不去！我還開寶哩！」高朗秋就從身邊摸出一塊銀子，說：「你要來，我就把這銀子給你！」那羅小虎看見了銀子，立時把寶盒交給別人，跑了過來；旁邊的孩子也都過來，把高朗秋圍上。

高朗秋卻說：「你們都躲開，我只找的是他！」當下他帶着羅小虎回到酒樓上，就問說：「你認得楊笑齋楊大爺嗎？」

小虎說：「我認得！楊大爺跟他媳婦死的時候，是兩口棺材一塊兒抬出來的，我們是親戚，他媳婦是我姑姑！」高朗秋心中十分難受。旁邊羅老實夫婦也都掩面哭泣，可是看他們那樣子還似不肯承認羅小虎是他們女兒和楊笑齋的私生子。高朗秋感慨了一陣，便要了紙筆，立時作了一首詩，是：

> 天地冥冥降閔凶，　我家兄妹太飄零，
> 父遭不測母仰藥，　扶孤仗義賴同宗。
> 我家家世出四知，　惟我兄妹不相知，
> 我名曰虎弟曰豹，　尚有英芳是女兒。
> 一家零散何由識，　惟有長歌抒憤悲，
> 廿年之後若相見，　切報恩恨莫再遲。

　　寫完了，他另用一張紙包好粘好，就交給了羅老實，卻向小虎說："這信中藏着一首歌，十年之後，你拆開再看，那時你必然明白了！你可以到處去唱，必可以見到你的兄弟和妹妹！"

　　小虎說："我哪有什麼兄弟妹妹？我就是獨一個，我爸爸是個杠夫。"高朗秋也不跟他細說，取出三十多兩銀子來，交給羅老實，囑咐應當送小虎入塾，不可再叫他在街頭同那一群野孩子廝混。羅老實擦淚點頭，把銀子和那粘好了的紙包全都收下。

　　小虎卻搖頭說："我不上學！我要走南闖北，我要當老道，當了老道到處化緣，在山裏住，愛上哪兒去就上哪兒去。我要當綠林英雄，綠林英雄沒人敢惹，有酒有媳婦，整箱的銀子押寶！"

　　高朗秋說："將來你要想遊歷江湖，那也很容易。十年後，你長成了，可以到一個地方去找我。"

　　小虎問說："什麼地方？遠不遠？近地方我可不去！"高朗秋說："遠得很，這是最遠的地方，叫作新疆。"

　　小虎就笑了，高朗秋給了他一塊銀子，又叮囑那羅老實夫婦半天，才下樓走去。小虎早就拿着銀子又跑到那杠房的門首賭去了。

　　高朗秋望着孩子的背影，不禁悲憤得落淚。本想去找費伯紳，將他置於死地，以為亡友報仇，為本地除害。又想無論費伯紳如何不好，但他總是自己的同窗，而且他也不過是為虎作倀，真的惡人還是那知府賀頌，自己雖有一身武藝，又能將一位府台大人奈何？他便忍下了氣憤，回到衙中，連費伯紳也沒去見，取了行李，當日就去了。

　　從此，高朗秋又輾轉江湖，到處尋訪那汝州俠楊公久及楊豹、楊麗英、楊麗芳兄妹的下落，想把他們還有一個可是異姓同胞的哥哥的事告訴他們，並想將那首詩歌也告訴他們，好叫他們兄妹將來能由那首詩歌相識。可是怎奈他走遍了南北，訪遍了江湖，也無從得知那楊公久及楊豹兄妹三人的下落。（按：楊公久即《劍氣珠光》中的賣花老人。本章重述數十年之前，寫出羅小虎的來歷以後則寫玉嬌龍之來歷，因此二人皆為本書主要人物之故。）

　　不覺又過了約有十年，此時正值邊疆多事，許多的人才都乘時而起，莫不舒展才氣，樹立奇功。可是高朗秋依然漂泊潦倒。他到處投書寫薦，終無人用他。後來他就到了久思一遊的新疆，以高雲雁之名，投入了領隊大臣玉大人的幕中。

　　新疆本是中國最大的一省，這個地方比直、魯、豫、晉、陝、江蘇幾個省合起來的面積還要大。域內民族有漢、滿、回、蒙古、索倫、哈薩克、突厥，可是一切行政權都歸大清朝廷統轄；設有將軍及巡撫，並有各營的領隊大臣分駐在各地。領隊大臣的職位就與總鎮相差不多，可是由於欽命所差，所以尊貴無比。

　　玉大人駐紮之地名叫且末縣，是在新疆的腹地，北依塔裏木河、孔雀海；南邊是一片數百里的大草原，那是蒙古、哈薩克等民族的遊牧之地；東邊有驛道可以直達陽關而入甘肅省；西邊就是“大戈壁”，戈壁即是沙漠，那是萬里黑沙，連一根草也看不見的荒涼地帶。可是，且末縣的附近風景卻極優美，以山優水秀著名的江南也不能與之比。這裏有汪洋的碧水，有蒼翠的高山，有數百頃如同在地下鋪滿了紅雪似的葡萄，有遍山遍野隨人摘取的原根的桃杏樹，還有哈薩克的馬群，在山上向下一望，那馬群就如同蟻群似的，數不過來，即使最窮的人家也有一二十匹馬，那就是他們的產業。馬肉是他們的食糧，馬乳是他們的飲料，馬革可以做他們種種的器具之用。

　　高朗秋一來到這裏，就想要在此久居。玉大人對他也頗為賞識，先是叫他在營中做司書，後來就延入內宅教書。他所教的就是小姐嬌龍，彼時小姐嬌龍年才七八歲，還是個天真活潑、秀麗的小姑娘。高朗秋因做了西席先生，就越發與玉大人接近，玉大人的軍務也常請他磋商，他就大展奇才，幫助玉大人建立了許多奇功，可是他的武藝還沒有機會顯露顯露。

　　這時他就注意上他的女弟子玉嬌龍了，因為玉嬌龍是天足，而且腰細，身輕，手腳敏捷，七八歲之時就愛馬。只要她的父母一時看不到，她就跑出宅去，見了衙門的馬，也不管是誰的，解下來，一躍就能騎上去，到城外跑半天，非得累得一頭汗才回來。起先她也由馬上摔下來過，可是到後來她的騎術也精，最出名最劣性的伊犁馬她都敢騎，而且馳騁如飛，控馭自如，衙中和營裏的人沒有不欽佩的。因此，高朗秋忽然發生了一種奇想。

　　這天，他在授書之暇，就悄悄地對玉嬌龍說：“你是很聰明！而且還活潑好武，雖是個女子，可是將來倘能經史皆通，書畫盡擅，再精通兵法和拳劍武藝，也可以光輝門庭，為人間留一奇跡。古來才女稱班昭，女將則稱秦良玉，女俠卻還沒有。其實紅線聶隱娘雖是小說中的荒唐人物。但若認真地說，一個女子若能受良師的教導，肯刻苦學習劍法及拳術，也未必不能成為一位女俠。我現在是想費下十年的功夫，教授你的文章、兵法和劍術，想要把班昭、秦良玉、紅線三個人的本領集於你一身，叫你做個古來所無、今世少有、將來難得再見的奇女子，不知你願意不願意？”他又說：“文章兵法我都可以面教，只是劍術你卻只能偷學，不能使你的父母曉得，倘若事露，我可就不能在這裏居留了！”

　　玉嬌龍是個小孩子，聽了老師的這話，自然是十分欣喜。於是，每天隨從老師讀書習字。只要一有暇時，高朗秋就把伺候小姐的丫鬟支出去，在書房中教給女徒弟彎身、擰腿、踢腳、打拳。晚間高朗秋還與嬌龍秘密約好，趁着她乳娘熟睡之時，就叫她悄悄地去到西花廳，師徒二人就用一根竹竿當作寶劍，習學劍法。過了不到二年，玉嬌龍就連上房全學會了。到了第三年，高朗秋要出外去，臨行時，他把一隻木匣藏在榻下才走。他那木匣鎖得很是嚴固，其中就有啞俠所留的那兩卷書。

　　高朗秋此次往河南去，是想把羅小虎帶到新疆來。因為屈指計算，羅小虎現在已有二十多歲了，想他已然成人了。可是一到汝南府，先見了胞兄高茂春，又去看那羅老實夫婦。可是不想羅老實夫婦俱已亡故，並且向羅家的族人一詢問，敢則羅小虎也早已失蹤，十年之前就被一個要飯的花子給拐走了，那孩子現在也不知流落於何地。高朗秋不由得深深後悔，覺得自己十年多未來此地，實在是對於老友的遺孤太缺少照應了。此時他的胞兄年事已高，還做着府丞，在這裏有子有孫，已然落了戶。知府賀頌早已調往他處，費伯紳也隨着做官去了。高朗秋於是又往各處尋找羅小虎及楊豹兄妹的下落，不想仍是渺渺毫無下落。

　　費時半載，才回到新疆，回來查看，木匣絲毫未動，開了鎖，見兩卷書安然地放在裏邊。女弟子的書法和秘密學習的拳劍，都進步了。由是高朗秋又把女學生的功課重新規定，每天白日習學經、史、詩詞、兵書、繪畫、書文，夜晚三更至四更在西花廳習武，做得是十分嚴密。

　　前幾年，玉嬌龍是瞞着她那專愛睡覺、一睡就難以喚醒的胖子乳娘。趕到她十四歲的時候，她就對她母親請求：「我最怕聽人打呼的聲音，有人在我的旁邊，我絕睡不着覺。您叫奶娘快搬開吧，給我一間屋子，叫我一個人睡吧！」玉太太也是常見女兒白天淨打哈欠，仿佛是睡眠不足似的，遂就允了女兒所請，叫乳娘搬了出去，並另派了個大丫鬟名叫浣春的伴同女兒居住。她們住的是內宅的兩間廂房，分內外間，小姐的床是在裏間，丫鬟是每晚臨時支舖，可是玉嬌龍總叫丫鬟把舖支到外屋，堵着門去睡。一到晚九點以後，她就不許丫鬟再進這屋，並說：「不准你同太太去說！」

　　丫鬟當然不敢不聽話。有時她也偷偷聽裏間的動靜，但是也沒有什麼事，不過常有磨墨聲、展紙聲和往來走步之聲。她想一定是小姐要在深夜讀書習字，所以才怕人攪，並沒有疑到什麼。不過有時裏屋都沒有燈光了，可是竟有窗子的微微響聲，這卻很奇怪，但丫鬟也不想起來去查看查看。

　　又過了三年，高朗秋又將出遊，此時玉嬌龍已然十四歲。一夜，在西花廳教畢了一套新奇的劍法之後，高朗秋就把玉嬌龍叫到了書房，把書卷用燈光遮住。他坐在椅子上，玉嬌龍站在面前，他就說：「由你九歲之時，我開始教你的武藝，今已五年多，你的武藝可以說是全學成了，再將我今天教授你的那套劍法練熟，你就可以作為一個女俠了。剛才我教你的那套劍法名叫『割雲碎月斷昆侖』，武當劍法至此已到盡處，今世除了我之外，恐怕只有江南鶴一人會運用這套劍法。不過你學會了，切不可驕傲，會武藝不過是為防身，非為與人爭較。何況江湖上不少奸徒，或有超人的膂力，或有令人難防的暗器。你一個宦門小姐，年歲又太小，既未經過大敵，又不通達世故，千萬不可自以為高，便去胡作非為。否則如有錯失，我也不能救你。明天我就要走了，我這裏有一隻木匣，其中所藏是我的家譜。我的家世不願人知，所以你也不可以偷看，你只替我好生保存就是了。」說畢，他便寫了幾個封條，蓋上自己的圖記，便將匣子的每一個縫兒全都封嚴。

　　他偷眼看着女弟子，見嬌龍只是點頭答應，並不細問匣子裏的東西，臉上也很納悶，連驚異的樣子也沒有。高朗秋就心中暗想：到底她還是年幼，這匣中的奇書，我大概只學會了六七，教授她的不過四五，且留下幾手吧！萬一她將來做出什麼天所難容、法所難治之事，我好制她。

　　當下玉嬌龍把匣子拿走，高朗秋還不放心，暗暗尾隨，見女弟子回到臥室裏，他還隔着窗偷看。就見室中燈光隱隱，玉嬌龍將立櫃開開，把木匣放在裏面，然後鎖上了櫃門，她就熄燈去睡，仿佛那匣中的東西，她根本就沒有注意，只是師父既托她保管她就保管就是了。

　　高朗秋次日就離了且末縣，越白龍堆沙漠，進陽關，到了甘肅省。他此次目的並非到河南去看他的胞兄及尋訪楊家兄妹之下落，乃是聞得京城來人談說，京城之中最近出了一位少年俠士，此人名叫李慕白，乃是江南鶴的盟姪、紀廣傑的徒弟李鳳傑之子，在京城打遍了四方豪俊，沒遇見一個對手，聲名浩大，無人不欽。高朗秋聞之技癢，想自己空得了兩卷奇書，白下了十年功夫，至今未嘗一試，難道將

　　來抱着兩卷書一身武藝去就木嗎？我也應當找個大地方顯顯身手，折服個已經出了名的好漢，好一舉成名，叫天下人皆曉得我高朗秋高雲雁。所以這次，他就是想要直往京師去會李慕白，以便一較雄雌。

　　不想才走到甘肅涼州府，時天已黃昏，牽馬來到了西關，正要找店投宿，忽聽有人叫道："高朗秋！"同時他的後襟就被人扯住了。他吃驚地回頭一看，原來是個五十歲上下的丐婦。這丐婦說："你還認識我嗎？"說的這話是用金沙江邊的土音，高朗秋越發驚異了。丐婦又說："二十年前啞巴死後，你由我家中拿去了的那兩本書，如今該還給我了！"

　　高朗秋連忙說："別聲張，我們到別處去談話！"於是高朗秋上馬又出了關廂，丐婦隨着他，走到郊外，才駐住足。高朗秋下馬，在暮色漸深之下跟她談話。

　　原來這丐婦即是碧眼狐狸耿六娘。當年她為學武藝，才嫁了啞俠，後來她自覺得武藝已經學成，又嫌啞巴妨礙着她，便與費伯紳同謀將啞巴害死。可是她並沒有嫁費伯紳，卻離了雲南，跑到長江一帶。本想任意橫行，壓倒大江一帶的豪俊，可是不料她一連碰了幾個釘子。因為此時李鳳傑尚未歸隱，江南鶴更是時出時沒，不容有會武藝的人在江湖為非作歹。於是她就又走到河北，可是河北的俠客紀廣傑也不是個好惹的，她也不能立足。她就到了陝甘之間，在一座擁有二百多嘍囉的大盜的山上，做了十幾年的押寨夫人，後來盜窟被剿了，她的男人就戮。她又獨身往各處橫行，為劫貨圖財，為給她的男人報仇，殺死了許多人命，做了許多大案。會寧縣、長武縣、鳳翔府、泰州，各地的官差捕役，都急如星火，密如蛛網捉拿碧眼狐狸。她四處逃竄，奔波數載，才來到這涼州，化身為丐婦，打算暫避緝捕，不料就遇見了高朗秋。

　　如今她扭住了高朗秋就不再放手，說："好個高秀才！當年你拿去了我兩本書，那時我還不知道那書有什麼用。後來我才聽到江湖上傳說，江南鶴走遍各省，不但是為找他師兄的下落，也是為追回來那兩本書。那兩本書是他們的寶貝，無論什麼人得了那書，就能學成跟江南鶴一樣的武藝。沒想到我叫你給騙走了，找也找不着你，這二十年，我要有那兩本書多好，我也不至於受這麼多人的欺負！"

　　高朗秋卻笑着說："幸虧當初那兩卷書被我取去，否則不知你還要做出多少惡事！"

　　碧眼狐狸說："我知道，這二十多年你一定學了一些，可是你又不走江湖，要那也沒用。你趕快拿出來還給我便罷，不然我可就要去找江南鶴，我告訴他，當年啞巴是被你給害死的，書在你的手中。"

　　高朗秋微微冷笑，說："江南鶴真要是來找我，我就怕他嗎？"於是，高朗秋突下毒手，想要將碧眼狐狸制死，既是為江湖除害，且不必還她的書，也不至於妨礙自己走路。

　　可是不料他的毒手才下，就在這廣漠的郊原上，昏黑的暮色裏，交手十餘合。碧眼狐狸立刻反手相敵，碧眼狐狸的拳技雖沒有什麼驚人的招數，可是她身手矯捷，氣力渾厚，高朗秋所會的招數雖多，可是他手腳遲緩，力氣也不濟。他便說："別打了！別打了！我把書還你就是了。"又自歎道："可惜那書我遲得了十年。武藝須由幼時打下根底，我中年時才開始研習，終如讀書一般，不能實用。北京我也不去了，你同我回新疆取書去吧！"

　　於是，他就領着碧眼狐狸回到了新疆，詭稱為夫婦。玉大人和玉太太一見高老師把師娘接來了，當然很是優待。碧眼狐狸也慣會化身，來到衙門裏她居然很是規矩，跟高朗秋溫和說話，親近舉動，他們真像久別多年的一對老夫妻似的。玉大人分出西花廳西邊的一所小跨院，裏面有幾間房子，房後有兩株樹，很為幽靜，就請他們在那裏居住。

當日玉嬌龍自然也來拜見師父和師娘，碧眼狐狸就對玉嬌龍很是注意，悄聲對高朗秋說：「你這個徒弟真漂亮！我把她帶走吧？」高朗秋卻暗中用手打了碧眼狐狸一下，遂就叫玉嬌龍把他保存的那隻木匣還給他。

他看了看，所有的封條全沒有動，心中就很歡喜，覺得這年紀輕輕的女弟子真是忠誠可靠。

當日晚間，高朗秋與碧眼狐狸同住在一間屋內。時已深夜，又當冬令，外面的風吹得甚緊，屋中燃着一枝不大明亮的燭光。二人對面坐着，高朗秋就拆開匣子的封條來，拿開給碧眼狐狸去看。這書上面雖然盡是畫的圖式，文字極少，可是碧眼狐狸仍然是看不明白。高朗秋就為她講解，然後，又把木匣緊緊鎖上，她就帶着碧眼狐狸出了屋。

一出這小院就是西花廳，此時已過了三更，天色昏黑，星斗都少，一個人也沒有，院中又頗為寬敞，於是高朗秋就悄聲跟碧眼狐狸說話，並告訴她第一招數是如何，第二招數是怎樣。同時他心中卻尋思着，若把自己從書中所心得的武藝盡皆告訴了她，將來這賊婆就越發地難制了！碧眼狐狸也認真地學習，她假想着對方就是敵人，她應當怎樣的手段取勝。

二人正在這裏研習，忽然風吹來一股濃煙，高朗秋不禁咳嗽了一聲，趕緊攔住碧眼狐狸，悄聲說：「停住！看看是哪裏來的煙？」

這煙越來越濃，分明是一團團的紅色的火焰從他們住的那小院中散出。高朗秋大驚，趕緊跑回小院裏，只見屋中已然火光熊熊，不知為什麼會失起火來。他冒着濃煙衝進了屋內，取臉盆中的水便去撲火，但水太少，火太猛，這一撲，火反倒高了。

此時碧眼狐狸已在外面驚叫：「着了火啦！」打更的人發覺了濃煙，也亂敲起梆鑼。立時衙中的人齊都驚起，營卒也齊都趕來了，大家一齊抱着水桶來救火。半時火倒是熄滅了，濃煙還滾滾地直往外衝，高朗秋因為在屋中為煙所迷，若不是被人拉出，他早已葬身在火裏。

亂了一陣，天就亮了。於是查點損失，屋子倒沒有燒倒，可是門窗全已燒焦，變成了木炭。屋中的器具、被褥以及一切，全已化為灰燼。高朗秋的一隻手也被燒壞，可是他搶出一個木片來，木片上還有蓋着圖章的半截封條，高朗秋望着這堆灰燼，不住頓腳歎息，幾乎要哭出來。旁邊的人倒都笑着說：「所幸沒燒傷了人，還算有神佛保佑。這一定是因為高師娘來啦，老兩口子太高興了，才沒有留神，大概是燈倒了引着了被褥，才燒起來的。」高朗秋心裏有苦，卻說不出來。

玉大人倒沒有介意這事，並想着高朗秋的數年積蓄，這一下全都燒完了，倒很可憐他，所以暫時騰出別的屋子來，叫他們夫婦居住。並把這失火的屋子又飭人修理查看，並為他們重置了器具，仍然請他們在這裏住。高朗秋就終日歎息，碧眼狐狸暗中說：「書已燃燒成灰了。你歎息會子就有用嗎？二十年來，那兩本書你還沒背熟嗎？好啦！你就拿嘴拿手來教給我吧！」

高朗秋卻歎息着說：「那麼厚，那麼深奧，而且又淨是圖，沒什麼文字的書，我哪能全都背記得清楚？只好就我所能記住的告訴你吧！」又說：「這也好，那書所載盡是拳家精密的手段，倘若被個心地不良的人得了去學會，將來不知為世間添多少罪惡！燒毀了倒也乾淨。只是我收過徒弟，我還沒把書中的精奧全教給她！”

　　碧眼狐狸就問：“你那徒弟是在什麼地方了？”

　　高朗秋就秘密地告訴了她，說：“你千萬不要去告訴別人，這裏小姐玉嬌龍就是我的徒弟。我不但傳授她書史，還暗中傳授她武藝。她已從我學了五年，但我不願再往下深教她了。”

　　碧眼狐狸問說：“你為什麼又不願深教她了？”

　　高朗秋說：“起先我想叫她成為一個俠女，但後來我見她富貴之氣太重。我又想，將來她年歲長大，一定是要嫁官宦之家。倘若她有一身奇技，再做個貪官惡紳的夫人，使真正的行俠仗義之士盡不能施展手段，那人間不平之事可就更多了！”

　　碧眼狐狸因他這話，便又想到將來把這裏的小姐攏在自己的手裏，攜她離開此地去行走江湖，以作自己的一個臂膀，並向那些逼得自己逃竄無路的對頭去復仇。碧眼狐狸存下深心在這裏裝作規規矩矩，與夫人小姐都處得很好，可是她暗中卻時時逼着高朗秋，叫他講訴武藝的招數，她尤其需要學那些毒辣的招數。

　　高朗秋被她所制，感到無法應付，只好就編造出許多話來，說她在外面所犯的那些案件，現在十分嚴緊，衙中已接到了許多府縣的公文，並且多名名捕已來到了新疆。碧眼狐狸聽了這話，才有所畏懼。高朗秋又時時勸她，應當改悔前非，做個安分的人。

　　她也覺得這樣住着比在江湖上奔走舒服得多，所以她也就安心了。她天天做針黹、洗衣裳，頗為勤儉。有時她也隨着玉太太和小姐到廟裏去燒香拜佛，居然許多人都說這位高師娘很好，很是一位很賢慧的婦人。

　　一瞬又是二年，在這二年之內，小姐玉嬌龍已然不學武藝了，書史繪畫她也能夠自己研習了，不再費老師教導了。高朗秋在這裏只是每天陪着玉大人擺一盤圍棋，如同是個清客一般。高師娘卻變成了半個僕婦，小姐的針線活計都由她做。她雖不敢跟小姐露出她的本相，可是有時在暗中試問小姐，說：“你的武藝學得怎麼樣了？”

　　小姐卻低聲回答說：“全都忘了！本來我就不願意怎麼學，早先是老師叫我學，後來我不歡喜學了，他也不高興教了。”

　　這年玉嬌龍已然十六歲，出落得雍容美麗，真如天仙一般。春間，她父親入京召見，恰巧她的母舅瑞將軍放了哈薩克營的領隊大臣，到了伊犂，派人來接她母女到伊犂見面，於是訂期啟程。碧眼狐狸高師娘也要隨着到伊犂去走走，高朗秋不放心，也準備隨行。到動身的那一天，一共是十六輛車、五十匹馬、八位差官、四十名營兵。馬上車上不僅帶着行李，還帶着乾糧和許多大酒簍，酒簍裏都是清水。因為由此往西須走二百多里地的沙漠，兩三日能見不着一滴水，若不事先預備，就人馬就全都要渴死的。這次往伊犂的，除了玉太太、玉嬌龍小姐和帶着的僕婦丫鬟們，及高朗秋、碧眼狐狸之外，尚有衙中兩個小官員的眷屬，都是先隨同到伊犂，然後轉道往隴西歸寧的。

　　大隊的車馬離了且末城直往西去，在且末城的附近，還有許多索倫營的旗人，耕種着廣袤無邊的田地。田間除了麥子就是葡萄，這裏的葡萄不用搭架，就由着它在地下蔓生羽狀的綠葉爬了遍山遍野。三月下旬的天氣，吹着溫暖的風，天空碧藍，飄着一朵一朵的白雲。

　　車馬前進行了一日，找了個類似市鎮的地方住下。次日，領路的兩個營兵就仰面看了天氣，看了半天，就搖頭說：“天氣可不大好！走在戈壁要是起了風，那可就壞了！”於是有差官前去稟報玉太太。

　　此時玉太太已經上了車，她倒是拿不定準主意，就說：“你們看看要能走，就走；不能走，就不要走！”

　　這時旁邊的小姐卻派僕婦發下話來，說：“小姐說了，這麼好的天氣，天上連塊雲彩都沒有，為什麼不往下走呢？在這裏停住了，算是怎麼回事兒？”

　　於是差人趕緊傳令說：“動身！走！明天晚上一定要趕到克里雅城！”當下諭令一發，車聲轔轔，馬蹄聲嘚嘚，塵土蕩起，車馬如一字長蛇，順着大道西進。營兵裏卻有人歎着氣說：“走進戈壁遇見風還不要緊，要遇見半天雲，那才叫糟呢！”當下趕車的和騎馬的，就全都談了半天雲，都有點兒談虎色變的樣子。

　　高朗秋也在車中向碧眼狐狸秘密談說：“半天雲是近來新疆出現的巨盜，手下有三百多名嘍囉，都是馬上健兒，時常在沙漠中出現，我們可要仔細些！”碧眼狐狸說：“我沒帶着兵器，可怎麼好？”高朗秋說：“帶着兵器也是無用，他們三百多人若是一齊來，咱們縱有江南鶴那樣的武藝，也是無用！”碧眼狐狸便狠狠擰着高朗秋的腿，說：“我們以後不許再提江南鶴！”高朗秋曉得碧眼狐狸最怕江南鶴，就是因為江南鶴的師兄曾死在她的手中。而高朗秋由江南鶴卻聯想到了那兩卷被火所焚的奇書，又不禁歎息。

　　這時玉嬌龍小姐的車上有個僕婦，她前面的車上是坐着三個丫鬟，那跨車轅的丫鬟叫繡香。她扭轉頭來，指着送處一片碧綠的原野，那裏有整千整萬的牛羊，並有些圓形的房屋似的，大聲說：“小姐您快看！那是蒙古包！”僕婦史媽便拉着她身後穿着綠文衣服的小姐，說：“小姐，您快扒着車窗兒看看吧！真有意思，跟畫的一樣！”玉嬌龍卻搖頭說：“那有什麼意思！”她挪挪身子，用一塊白羅巾擦擦辮髮上的塵土，腿下卻覺得有個東西。這原是她父親的一口寶劍，名叫“斷月”，雖然不能斬金斷玉，可也比一般的刀劍鋒利得多，如今她是背着她的母親拿上車來的。

　　車馬緊緊地向前行走，地下的草漸漸稀少了，四周的青綠色也漸漸消逝，土地越來越發黑，車馬的響聲越來越大，原來已走入了沙漠地帶。越走地越荒僻，地下的沙礫也越黑越粗。起先還能遇見幾隊騎着駱駝的蒙古人，漸漸什麼也遇不見了，廣漠千里之內，簡直是連一根草也沒有了。到了此處，令人膽寒，令人灰心絕望，同時馬也仿佛懶得走，差官、營兵、車夫們沒有一個人再敢高聲談說，只是嚴肅地走着。

　　高朗秋探頭向車外看了看，只覺太陽焦黃，四周的天氣都發昏，他就搖了搖頭，說：“怕是要起風！本來領路的人一定知道氣象，這麼多人走路，怎可以聽小姐一人的話呢！”正在自言自語地，就見車已轉了方向，似乎是往北去了。由那兩個領路的營兵騎馬在前，後面的車馬緊緊趕隨，輪盤緊響，馬蹄急驟，如暴雨忽至，如長河下流，一陣嚴肅恐懼的聲音，連續不斷。

　　大約又走了十多里地，車馬便來到了一片低地之內，這裏四面都有沙土崗子，較為避風，於是十六輛車都圈圍起來，如同一座小城堡。差官、營兵連車夫全說：“不能再往下走了，眼看暴風就起來啦！”

　　此時玉嬌龍小姐忽然由車中出來，她看了看天色，見天色就跟地是一個顏色，車夫卸車，營兵喂馬，燒水的、吃乾糧的。雖然玉嬌龍從懷中取出那隻帶打時刻的金表，見才指到了十一點二十分，還沒到正午；可是這些人都決不往下走了，有的就躺在沙子上預備要在此過夜的樣子。繡香從那輛車上送過來一小蓋碗紅茶、一盤雞蛋糕，玉嬌龍才坐在車上吃了一點兒。這時忽然風起了，車夫趕緊請小姐進車裏去坐，他把簾扣好，他就鑽到車底下躲藏去了。

這時風漸漸吹起，呼呼呼越吹越猛，車棚上就像下雨似的，刷刷地亂響，這風卷起來無數的沙石，振起來雄威，如同天崩地裂，如同海倒山移，四下黑沉沉，比深夜還黑。這時一切的人都蜷伏住了，連動也不敢動，只有馬還在狂暴的風沙中微弱地嘶叫。

也不知過了多少時候，風力漸漸地弱了，人這才慢慢地轉轉身，天地也略略地睜開了點眼。可是忽然間又聽有許多人驚叫：“強盜來了！半天雲！”當時一陣馬蹄之聲由遠而近，像是狂風二次又起。

高朗秋趕緊隨手抽劍，跳下車去，只覺風沙還迷眼，他便回頭囑咐碧眼狐狸說：“你且不要下車！”

此時一片馬群，蹄聲隨着風滾來，只聽“啊！啊！殺！殺！”一陣亂喊，雜以慘呼。高朗秋掄劍要去殺賊，可是他的兩隻眼睛已被沙子迷住了，睜不開，前胸又被馬蹄重重地踢了一下。他就翻身倒在地下，一匹馬從他的身上跳過去了。他趕緊鑽到了車下。

殺聲和慘叫之聲已震破了他的耳朵，風吹的沙子，已把他的兩條腿都埋住了。他心裏微微有點感覺，暗道：真是老了！兩卷奇書白落在我的手內，我也枉下了二十多年的功夫！……此時蹄聲漸逝，殺聲漸停，可是風卻仍然未止，風沙裏且有悲慘的呻吟之聲。高朗秋被沙子壓着，也起不來。

又過了許多時，風力才完全停止，才有人把高朗秋救了起來。高朗秋藍色的裕袍，蒼白鬍鬚，全都沾滿了沙土。他喘吁吁的，被攙扶到車上。只見碧眼狐狸臥在車中，也跟死去過一回是一樣。

這時，忽又聽差官、營兵都驚呼：“小姐失蹤了！……被強盜搶去了！”

高朗秋驚訝得趕緊強打着精神又鑽出車來，往外去看，只見眾人正從沙土裏刨人，刨出來許多具缺胳膊缺腿的屍身，並有受傷的馬和呻吟垂死的人。可是由差官一點人數，原來營兵只死了兩人，傷了四個，強盜可倒死了十三人，傷了八九個。

高朗秋不由越發驚訝，這時忽聽小姐車上的老媽子哭着說：“我也不知道小姐是怎麼丟的，小姐還有一口寶劍在車上呢，也沒有了！……剛才，我也嚇昏過去了，也沒覺出是什麼強盜把小姐搶走的！……”玉太太和丫鬟們也都在車上痛哭，幾個差人疾忙率領營兵騎上馬分頭去找小姐的蹤影。

這時高朗秋呆呆地發怔，前後一想，他心中就完全明白了，由前次房中失火焚書，直到如今玉嬌龍的失蹤。……他先是不禁得意地一笑，但轉又長歎了口氣，頹然倒在車上，向碧眼狐狸悄聲說：“不要等到伊犁，你就快走吧！否則你必有殺身之禍，因為我當初做錯了事，我為人間養大了一條毒龍！”

第六回　　大漠聽悲歌尋香惹愛　滿城來風雨臥虎藏龍

　　在這一陣風沙之中，劫騎之下，小姐玉嬌龍忽然失蹤。其實，這時眾盜正在紛紛逃竄，那位小姐頭上蒙着白羅巾，身穿銀紅色綢襖、水藍色的綢褲，搶了賊人的一匹高頭大馬火焰駒，手持“斷月”寶劍，正在這莽莽的沙漠之上追殺賊人。

　　這些賊人本都是巨盜“半天雲”的手下，個個慓悍絕倫。他們在風沙之中，就像魚鱉在海裏一般，翻騰跳躍，馬快刀長。然而五十多個人，竟敵不住小姐一人，被玉嬌龍殺得這個才起來，那個又落馬；有的連人帶馬一齊斬傷；有的滾下馬去，藏在沙堆裏面才算逃命。只見馬群飛奔，人聲吶喊，鐵刃相擊，血沙交濺。玉嬌龍的劍法精奇，騎術又好，寶劍更利，無論多麼兇悍的賊人，三四合之下，必要被她刺死！所以賊人驚慌，如一群鬼遇見了天神，如狐兔逢到了獅虎，個個狂喊說：“快逃！快逃！這婆娘厲害！快逃！……”他們連玉嬌龍模樣都顧不得看，只是催馬逃竄。

　　一霎時賊眾都奔散了，風沙也漸停，玉小姐這才收住了馬，喘吁幾下。四下一看，只見大漠荒涼，除了地下的黑沙，什麼東西也看不見，自己的母親和那些差官營兵、車輛人馬，也不知失散在哪裏了。

　　玉小姐怔了一怔，又笑了一笑，她對於母親等人很是放心，因為知有高雲雁他們保護着了，不致有何舛錯。自己卻收了寶劍，依然縱馬前行。並且將韁鬆手，揪下了頭上遮的羅巾，將她的一條長長的髮辮打開，改編成了兩條辮子，都垂在胸前，然後又將白羅巾在頭上罩好，再抄起韁來向下款款行走。她心中想：“聽說哈薩克的女子和蒙古姑娘，全都梳着兩條小辮，自由自在地行走於沙漠，遊獵於草原，現在我也這樣打扮，有誰能認識我？我為什麼不趁着這時到各處去玩玩，試試我十載刻苦學來的武藝呢？”於是玉嬌龍就高高興興地向下走去，只是她不知方向，並且四面都是荒沙，看不見人煙和城市。走了多時，她口也渴了，馬也累了，這才有些着急。駐馬思索了一下，覺得若在這裏延遲，只有越來越餓，越來越渴，人馬必將困死在此地，所以她一狠心，用劍柄捶馬，往西緊緊地走。這匹馬就踏黃沙，顛撲着緊緊地去走。

　　行了不知有多遠多少時候，忽見眼前有一群沙雞撲喇喇地飛起，這種沙雞是這沙漠中的唯一一鳥類，玉嬌龍看着很覺可喜，竟忘了自己的饑渴。又催馬去走，可是坐下的馬實在是無力了，一顛一顛的，怎麼打，怎麼喝牠，也不能行走了。

又走了多時，天色已漸漸地黑了，這時忽然看見面前有一座高山，山上仿佛還有樹木似的，玉嬌龍就頓然大喜，心說：山上既然有樹木，可見必有水源，必有人家，我快趕了去看看。於是她又連連策馬，這匹馬也仿佛望見了遠處的綠色就振起來一些精神和力氣，四蹄加快，緊緊前行。少時覺得地勢漸漸平坦，微風吹來，帶來些草原的香氣，原來玉嬌龍的人馬已經離開了沙漠，到了草原，可是天色已然昏黑了。

走了一會兒，玉嬌龍就下了馬，放馬在地上去啃青草。她自己也就坐在地下，摸索着揪了兩棵草，放在鼻前嗅嗅；又仰面看，見天空星月已出，那鈎殘月，淡淡的，灑下來的光華如水一般。馬在旁邊使力地蹴着地，並且仰起首來長嘶。她這匹馬一叫喚，不料就聽遠處也有馬嘶之聲相應合。玉嬌龍就不禁吃了一驚，心說：不好！說不定前面的那座山就是賊穴！於是立起身來，側耳靜聽，聽那馬嘶之聲，果然很是雜亂，而且確實是由高山那方向傳來的。玉嬌龍又暗暗地冷笑，心說：也好，我索性到賊穴之中去看一看。如果這山上的賊首正是什麼半天雲，那我倒要跟他較量較量，將他除掉！當下玉嬌龍又上了馬，仍以劍柄擊馬，向着那山走去。

此時，廣闊的草原之上，鋪着淡淡的月光，蹄聲款款，向前行走了多時，就來到了山腳之下。玉嬌龍小心地策馬上了山，座下的馬登着嶙峻的山石，玉嬌龍用劍斬着道旁的榛莽，向山上走了很高，卻沒有遇見一個盜賊，也沒看見一座房屋，只見風吹樹木，月照山岩，景況是十分清寂。

正在走着，忽聽一陣隱約的歌聲隨風飄來，玉嬌龍十分詫異，就下了馬，一手提劍，一手牽馬，慢慢地向前去走，同時留心地聽那歌聲。只覺歌越來越清楚，漸漸可以分辨得出字句來了，唱的卻是：

天地冥冥降閔凶，　我家兄妹太飄零。

父遭不測母仰藥，　扶孤仗義賴同宗。

我家家世出四知，　惟我兄妹不相知。

我名曰虎弟曰豹……

音調十分淒涼，但是聲氣卻很為激昂渾厚，似自男子所發。玉嬌龍不禁驚訝着暗想：「奇怪！難道這裏還住着什麼隱士、詩人嗎？」她一時好事心勝，遂又上了馬往上走去。她座下的馬似乎是來到了熟地方了，連躥帶跳就上了山嶺。玉嬌龍向下一望，就見下面是一片平谷，有幾處燈光，如晨星一般地閃爍，其餘卻看不大清楚了。此時聽那歌聲愈為清切，唱到尾聲是什麼「廿年之後若相見，切報恩仇莫再遲」！

玉嬌龍將馬向下去趕，因山勢太峭，馬不敢向下去走，就不住地向後退，不住地仰首長嘶。玉嬌龍下了馬，又連連用劍柄敲打馬胯，馬就更嘶叫得厲害。這時谷中也群馬齊鳴，人聲鼎沸，搖動起來許多火把。玉嬌龍用腳將一塊大石頭踢得滾下山坡，手執寶劍，發出高聲向下面喊問道：「你們都不許上來！先在下面回答我，這裏是什麼地方？」話才說出，只見下面有冷箭嗖嗖地向上射來。

玉嬌龍疾忙以寶劍紛紛撥落，棄了馬向下跑去，一霎時下了山嶺。只見谷中有許多人向她撲來，玉嬌龍就手揮寶劍，威嚇着說：「你們誰進前來誰就死！」眾賊拿火把朝她一照，其中就有人說：「啊呀！就是她！白天殺死咱們許多弟兄的就是她！」當時眾賊誰肯聽她的話，刀槍棍棒一擁上前；玉嬌龍就疾揮寶劍，橫殺直掃，刀劍鏘鏘地緊響。眾賊紛紛地後退，玉嬌龍急轉纖軀，且戰且走。

　　這時，忽聽群賊中有人像獅子一般猛吼，高呼，立時賊人都止住了手。卻見有幾個人上前來，向玉嬌龍問道：「你姓什麼？白天在沙地幫助那群官車與我們作對的是你不是？現在你到我們這山上來做什麼？」

　　玉嬌龍喘了喘氣，說：「不錯！白天與你們爭鬥的，那就是我。你們這夥強盜，平日不知在沙漠中做了多少惡事！我現在來，就是要見見你們的盜首半天雲。」

　　有個強盜說：「你先通下姓名，你是誰的老婆？誰家的女兒？」玉嬌龍把寶劍一揮，說：「休要多問！我只要見半天雲！」

　　有個強盜就說：「你且等一等！」

　　當下玉嬌龍便在此執劍站立，許多盜賊把她團團圍住，把兵刃向她身子比着，以驚懼的目光來看她，可是沒有一個人敢近前來侵犯她。待了一會兒，就見有人來說：「我們寨主請你去見！」玉嬌龍點點頭，遂手挺寶劍，在群賊的擁圍之下，向前走去。

　　十幾枝明亮的火把將她的情影送入了一間大草房內，這草房中坐着一個盜首。原來這盜首似乎正在臥病，他躺在一把椅子上，椅上還蒙着一張黑熊皮，前面一張桌子上擺着酒肉，旁邊有兩個婦人侍候着；兩個婦人都長得很醜陋，似是掠來的村婦。這盜首赤着胳臂，左臂上搭着一塊青布，臉是側着，頭髮很長，模樣看不大清楚，黑鬍子亂生在腮下，很是猙獰。

　　這盜首一見玉嬌龍進來，頓然吃了一驚。玉小姐是頭籠羅巾，肩垂雙辮，紅衣藍褲，纖軀傲立，秀目逼人，在火光下真是豔麗極了。盜首看了她一眼，趕緊又轉過臉去，似乎是有點害羞的樣子，並叫身旁的婦人替他披上了一件青綢衣裳，就問說：「你撞到我這山上來要見我，是有什麼事？」

　　玉嬌龍說：「你就是半天雲嗎？」

　　盜首點了點頭說：「不錯！莫非你認得我？」

　　玉嬌龍說：「我雖不認得你，可是我知道你是新疆省有名的大盜。沙漠中本來就難走，自從有了你們這一夥兒賊人，客商更無法行走了。我今天在沙漠中既然遇見了你們，就想將你們剪除，所以我追到此地，勸你們趕快改過向善，我還可以饒你們的性命。不然，我今天就要將你們完全殲除！」

　　盜首半天雲聽了這話，卻不由噗哧一笑，說：「好厲害！我來到新疆一年多了，還沒料到新疆會有這麼厲害的女子！可惜現在我有點兒病，今天白日我沒出馬，不然在刮大風的時候，我倒要會會你這女中豪傑。你既然來了，咱們的話就好說，我先問你姓什麼？是哪裏的人氏？」

　　玉嬌龍瞪目說：「你問我的姓名做什麼？你若肯改過，你就立時將眾人遣散，趕快走開，不然你就提防我的寶劍！」

　　半天雲又一笑，說：「事情哪能那麼容易？至少你也得先通出姓名，說出是哪裏的人，我才能跟你商量。」

　　玉嬌龍說：「我姓龍！」

　　半天雲問道：「不是河南人？」

　　玉嬌龍詫異了一下，說：「我連河南去也沒去過。我就生在沙漠，長在新疆，從幼習得武藝，專來行俠仗義！」

　　半天雲冷笑道：「這樣說，是老天給我送來的一位標緻婆娘。來吧！咱們且較量幾合，我若敗在了你的手中，我們就依着你的話，洗手不幹這事；你若敗在我手裏，那你可也休想走，你就做我半天雲的婆娘吧！」說時一躍而起，隨手從桌下亮出來一口樸刀，沙地一抖，嚇得旁邊兩個婦人全蹲在桌下。玉嬌龍也將劍一揮，憤憤地說：“來！”

半天雲卻用刀尖向他手下的人一揮，他手下的那些強盜就全都退出屋去。半天雲裸露着半臂，聳身上前，樸刀嗖的一聲削下，玉嬌龍疾忙躲閃，以劍相迎。

這半天雲體健如虎，鬚髮鬢鬆，樣子極為兇惡，直撲向玉嬌龍；玉嬌龍卻纖腰輕轉，秀劍斜掠。來往三四回合，半天雲就闖出戶外，玉嬌龍聳身追了出去。此時山谷中群盜密佈，火光燭天，但是半天雲吩咐他手下人都不許近前，他只獨力與玉嬌龍戰鬥。他刀如鳳翅，掠動如飛，而玉小姐劍若騰蛇，也不肯稍讓。二人越殺越緊。旁邊的眾賊人也齊都吶喊起來，為他們的寨主助威。玉嬌龍卻劍法鎮定，一點兒也不紊亂，與半天雲相戰三十餘合，她的劍法越熟，劍逼得半天雲越緊。可是半天雲的武藝也頗不尋常，玉嬌龍的寶劍刺來，他總能即時抵擋，毫不費思索。

二人又殺了十餘合，玉嬌龍的劍法就變了，她的嬌軀隨着劍勢翻轉如飛，一口青鋒忽而如沖天直木，忽而如探海蛟龍，忽而如白鶴起舞，忽而如燕子掠波。此時眾賊也顧不得吶喊了，個個都看得兩眼發直。

突然，半天雲把刀一橫，噹啷一聲遮住了玉嬌龍的寶劍，他退後幾步，連連擺着手說：“不要戰了！我已佩服你的劍法高強了！”

玉嬌龍見他認輸了，便也收住了劍勢，喘了喘氣。只見那半天雲借着火光不住打量自己，旁邊的眾賊還要一擁上前，全都被半天雲給擺手攔住。

玉嬌龍遂高聲說道：“你既認敗了，你就趕緊把你的賊眾解散，別等着我一個一個用劍來殺！”

那半天雲卻提刀冷笑着說：“龍姑娘你也不可太氣傲了！我今天敵不過你，並非是我的刀法不精，卻是因我身上有病，還沒好。你的劍法我已看出來了，你學的是正宗武當派，可是，假若我沒病，拼出死力來跟你較量，還不曉得是誰生誰死！”

玉嬌龍嘿嘿一聲冷笑，半天雲又擺手說：“你不要冷笑，今天我若不是好漢子，指揮我手下的人將你拿住，也不費事！”

玉嬌龍舉劍高喝道：“好！你們上手來！”

半天雲說：“賴漢子才做那事，我半天雲絕不倚仗人多欺壓你一個女子。剛才我已然說了，你若勝了我，我們就洗手不幹這綠林行當，現在就算是你勝了。我半天雲明日就拆了這幾間房子，離開這座山，叫我手下的弟兄們也各自走開，永遠不在新疆地面打攪。可是，咱們是後會有期，多則一年，少則半載，還得痛痛快快決個勝敗高低，現在就請你留下大名！”

玉嬌龍說：“我叫龍錦春！”

半天雲點頭說：“好！龍小姐，我今天記住了你的大名，不知小姐還要什麼東西不要？馬匹、銀兩，只要小姐說出來，我都可以相送！”

玉嬌龍想了想，就說：“我要一匹好馬。”

半天雲點頭說：“這容易，我這裏有的是好馬，隨你挑選，還要什麼？”玉嬌龍站住怔了一怔，就說：“你說明天改邪歸正，但我不能相信，我非得見到你們全都扔下刀槍，散了夥才行。今天你們給騰出間屋來叫我居住，給我預備下菜飯、茶水，明天看你們走後，我才能離開此地，否則……”

半天雲笑了一聲，說：“我也知道，你一定是又饑又渴了，所以我才趕緊認輸，不願跟你再鬥，就為的是叫你歇息歇息！”

玉嬌龍聽了這話，立時臉紅，又要將寶劍舉起。但見那半天雲高聲吩咐他手下的人散開，當時火把就熄滅了一半，半天雲雜在盜賊叢中，也不知往哪裏去了。

　　剛才伺候半天雲的那兩個婦人卻走了過來，將玉嬌龍請到一間較小的屋子之內。這屋子也沒有窗戶，只用一塊布幕遮擋着，裏面有一張板床，有用木頭釘的一張歪歪斜斜的桌子，桌上擺着羊油燭台。一個婦人請玉嬌龍在板床上落座，另一個婦人出去，待了一會兒就拿來了一個瓦壺和一隻粗茶碗。玉嬌龍此時本來渴極了，可是見婦人倒了一碗紅黑色的熱茶送給她，她還是不敢喝，先叫這婦人嘗了嘗，她才入口。這茶雖比不得她一向用慣了的那芝蘭香茶，粗碗更比不得她素日使用的那金杯玉盞，可是竟覺得非常好喝。她一連喝了三大碗，心中才算痛快了。

　　此時，又有嘍囉送來了酒肉，可是沒有飯食，酒是玉嬌龍所不敢喝的。那盤裏的肉，她嘗了一塊，還真想吃。於是她一手握着劍柄，一手捏着肉吃，也吃不出來是羊肉還是牛肉。連吃了幾塊，覺着不太饑餓了，便側過身來，向兩個婦人問道：“你們是幹什麼的？是良家婦女？是被半天雲搶來的不是？”

　　兩個婦人全都搖頭說：“不是！”一個就說：“我們是從甘肅來的，羅大爺把我雇來的，因為我們會唱曲。”

　　玉嬌龍驚訝地問說：“剛才是你們唱曲嗎？唱什麼天地冥冥……”婦人搖頭說：“剛才我們沒唱！”

　　玉嬌龍又問說：“半天雲是個大盜，這地方靠近沙漠，山高地險，你們跟他幹什麼？”

　　婦人說：“羅大爺有錢，他並不是賊，他養着一千多匹馬，他的人也很好，並不是惡人！”

　　玉嬌龍又吃了一驚，回想剛才那半天雲，雖然相貌長得是那樣猙獰，可是說話頗懂情理，而且刀法極佳，莫非他也是一個懷才不遇之士，流落於沙漠，不得已才做了盜賊？想了會兒，覺得身體十分疲乏，想要躺在板床上休息一會兒，可又恐怕群賊闖入，將自己殺害，所以她就掙扎着精神靜坐。

　　這時，聽外面囂雜的聲音已然消散了，只有人的腳步聲和一陣陣的馬嘶之聲。玉嬌龍就想：自己今天也是太冒險，單身來到這裏，雖然自信武藝高強，但是他們的人太多，倘若他們一堆齊上，自己也怕難以脫身。今天看半天雲通情達理得可疑，莫非他是正安排着什麼詭計，準備明天再來對付自己嗎？想到這裏，她便霍然站起身來，才要出屋去看，忽聽又有人唱起歌來，唱的又是：

天地冥冥降閔凶，　我家兄妹太飄零。
父遭不測母仰藥，　扶孤仗義賴同宗。……

　　聲音很近，並且聲調較前益為激昂。

　　玉嬌龍就回頭向那兩個婦女問道：“這是什麼人唱歌了？”一個婦人就悄聲答說：“這就是寨主半天雲，他時常唱這首歌。”玉嬌龍納悶着問道：“他在這裏有什麼兄妹嗎？”婦人搖頭說：“沒有！”玉嬌龍又說：“他倒是怎樣一個人？為什麼要來此當強盜？為什麼他的頭髮和鬍子很長，生得那怪樣子？”婦人仍搖頭說：“不知道！”

　　這時卻聽外面馬嘶之聲又起，並且有許多人說話之聲。玉嬌龍就挺劍出屋，就見淡淡月光之下，有許多人正在忙亂着備馬收拾東西。人叢中有人還在唱着那激昂的歌調，是什麼“我名曰虎弟曰豹……”

　　玉嬌龍就高聲叫道：“你們這夥賊人又要去做什麼？”卻沒有人來回答她，只見許多賊人都說着笑着，騎上馬往山下走去了，一陣蹄聲大亂，走去了很多人馬。

　　山外蹄聲漸遠，這空谷中卻越來越清靜，剛才那激昂的歌聲也不知飄往哪裏去了。玉嬌龍就提劍去找人，只見這裏留下的賊人已很少了。

　　玉嬌龍就抓住了一個，用劍逼問道：“那些人往山下做什麼去了？”這賊人回答：“他們都走了。因為我們寨主說你是一位女俠客，你既叫我們散夥，我們就得走開。再說這地方我們也不願住了，現在要搬到別處去，寨主帶着他們先走，明天我們把房子拆了，也找他們去。”

　　玉嬌龍大怒，說：“我是叫你們改邪歸正，誰叫你們又到別處去作惡？來！快給我一匹馬！我要追上半天雲去問問他！”

　　當下，玉嬌龍用劍逼着賊人索要了一匹馬，她就縱騎離了山谷。這匹馬躍過了許多山石，又來到平地之上；她便將劍插在鞍旁，揮鞭去追。這時星月愈暗，風沙又起，那群盜的馬蹄聲如滾滾潮水一般遠去了。玉嬌龍追出了很遠，也沒追獲一個賊騎。她就勒住馬，回想剛才的事，真如做夢似的，那半天雲果然是個奇特的賊人。

　　此時，玉嬌龍也不想再回那座山谷，也不願去追半天雲，便在這沉沉黑夜之下，策馬款款走去。她也不顧方向，更不知自己將要往哪裏去。回想自己十一歲之時，在師父高雲雁第一次外出之時，私窺了那兩卷《九華拳劍全書》，並謄出來一部副本秘藏。由那年起，自己就連師父全都避着，專心研究書中所示的技藝，現在已六七年了。今天第一次在風沙中試技殺賊，剛才又與半天雲比武獲勝，果然所向無敵。自己既然有如此的武藝，為什麼不做些驚天動地之事，而甘心在深閨中雌伏呢？

　　如此想着，她是十分高興，竟忘了疲倦。催馬向下走了也不知有多少里路，天光就漸漸發亮了，身後已起了紫色的朝霞，由此才知自己是正往西走，地越走越曠，竟是一片草原。四下一看，遼遠之處也沒有什麼峰嶺，只聽嗚嗚的馬嘶。又走了一會兒，不覺已走進了馬群之中，四周有成千上萬匹，全都在啃着地下的青草，玉嬌龍知道這裏必是一座牧場。

　　向遠看，見有一座白色的帳篷，玉嬌龍忽然又覺着口渴了，她遂就用鞭子驅逐着旁邊的馬群，往那帳篷走去。她原以為裏邊住的必是蒙古人，及至來到臨近，卻見由裏面走出一個女子，身穿花布短衣，腳下穿着馬皮靴子，頭上跟自己一樣，梳着兩條辮子，年紀比自己略長，膚色很白，鼻子很高，玉嬌龍就知道這一定是哈薩克人，遂就一舉手。

　　那姑娘迎上前來，便跟她說哈薩克話。玉嬌龍搖頭，告訴她說：“我聽不懂！”那姑娘才知道玉嬌龍是個漢人，遂就問說：“你是從哪兒來的？”這句話說得很是流利。玉嬌龍倒頗為驚訝，便笑了笑，下了馬，說：“我很渴！你們這裏有水給我喝一點？”那姑娘點點頭，說：“水有。”她過來把玉嬌龍由盜窟中得來的那匹紫馬看了半天，也顧不得再跟玉嬌龍說話了。

　　玉嬌龍就從鞍下將劍抽出，那姑娘看着也不大驚異，只用雙手掰着馬的嘴，要看馬有多少個牙。玉嬌龍拍了她的肩膀一下，問說：“你是哈薩克人嗎？”這姑娘點點頭。玉嬌龍笑着說：“你的漢話還說得很好。”這姑娘說：“我常跟爸爸到伊犁去做買賣，什麼話我都會說。”

　　她還對那匹紫馬戀戀不捨，但因為玉嬌龍催促着她，她只得帶着玉嬌龍進到帳篷裏。原來哈薩克帳篷跟蒙古包一樣，是用馬毛氈子搭成，外觀是圓頂，四面也都是圓的，不太高，一進到裏面卻覺得很高很寬敞。因為帳篷裏把地挖下很深。地上都鋪上毯子，所有的器具和人全都在這毯子上，哈薩克人都是以遊牧為生。

當下玉嬌龍一進來，見只是一個老婆子坐在那裏，這老婆子不會說一句漢話，那姑娘就說：“這是我的媽媽。”玉嬌龍行了禮，就盤腿坐下。那姑娘遂給玉嬌龍斟茶，斟茶所用的是一隻木碗，裏面並非是茶，卻是一種發酸的馬奶。玉嬌龍喝了兩口，覺着不好喝，就趕緊放下了。

那姑娘用手捏着玉嬌龍的平金的坤鞋，問說：“你怎麼不是纏的小腳？”玉嬌龍說：“我是旗人，我們旗人姑娘向來跟你們一樣，是不纏腳的。”遂又問她：“你叫什麼名字？”這姑娘就用她們的自己話說出了她的姓名，並說她的名字就是“美霞”的意思，遂又問玉嬌龍的名字。玉嬌龍就自稱姓龍，現在是獨自一人，要往伊犁去。

美霞似乎很羨慕她，拉她出來，指着眼前的馬群說：“這兩萬多匹馬全是我家的，我父親是個大商人，又是百戶長。現在是要開賽馬會，他預備去了。你既然是騎馬來的，咱們兩人就先賽一賽如何？等過兩天，我帶你去看賽馬會！”

玉嬌龍卻搖頭，說：“昨天我走了一夜，現在已很累，不能跟你賽馬！”美霞卻笑了一笑，她似乎要在玉嬌龍的面前施展施展身手，就拉過了玉嬌龍的那匹馬，扳鞍上去，在這廣大的草原之上馳騁起來。在近處時，她在馬上還向玉嬌龍笑着，後來她越馳越遠，人馬越來越小，就如同一個小黑點兒似的。

玉嬌龍眼看着朝陽、原野、馬群、騎女，覺着心中十分暢慰，精神也頓增了一些，遂也不甘示弱，由馬群中挑選了一匹黑馬，飛身上去。這匹馬本來沒經人騎過，性情極劣，既無籠頭，又無鞍韉，玉嬌龍只仗着用手抓住牠的鬃，可是這匹馬又不住地揚頭，跳躍。玉嬌龍又緊緊以拳頭捶打馬胯，這匹馬就如同飛似的，衝開了馬群跑走了。

那邊的美霞催馬迎了過來，大聲驚叫道：“不好！這馬可騎不得！”玉嬌龍縱馬從美霞的身邊掠過，並趁勢由美霞手中奪過了皮鞭，連揮了幾鞭，馬更顛跑得快，一霎時跑出足有二三十里。玉嬌龍回首看了一眼，覺得剛才那馬群已離着太遠了。玉嬌龍趕緊用力揪着馬鬃，想要將馬撥回，卻不料揪下了一大把鬃毛，這匹馬不但不回頭，反倒揚頭急嘶，前足蹺起，幾乎要立起來。玉嬌龍坐立不住，就被馬立時摔了下來。馬跑遠了，玉嬌龍的身子卻倒在了茂草之中，她覺着頭暈眼黑，一陣迷糊，便爬不起來了。

過了也不知有多少時候，她漸漸地蘇醒，呻吟了兩聲，才一翻身，但覺後腦發重，就又躺下了。兩旁的茂草被風吹着，都覆住了她的臉，只見天空浮蕩着白雲，四周聽不見馬嘶，也看不見人影。費了半天的力，她才在草中坐起，看了看，兩隻手已被地上的蒺藜刺得出了血，如同染了胭脂似的。摸摸後腦，覺得頭髮上很黏，原來也摔出了血。玉嬌龍心裏一難受，不禁流下眼淚，勉強站起身來一看，就見綠草無邊，被風吹得起起伏伏，如波浪一般，自己的身子仿佛落在了茫茫的大海之中，眼前除了禽鳥飛翔，什麼也看不見。

玉嬌龍就將頭上罩着的羅巾解下，擦了擦手上的血，就一步一步地走去，想要再找着哈薩克帳篷。可是她的兩腿已被摔傷，行走艱難，而且這麼廣大的草原，周圍不知有幾百里地，哪裏去找那馬群和那小小的帳篷呢？

玉嬌龍走了半天，才走出了不多遠，心中焦急極了，暗想：這裏和沙漠一樣，恐怕我在這裏就要渴死餓死了！雖然武當書上所傳示的武藝不少，但也沒有千里飛行之術呀！她的心中十分難過，勉強掙扎着又往下走。直走到日色平西，她還是沒有走出這片草地，腹中又餓了，而且雙腿疼痛，她便又臥在草地上，歎着氣。待了一會兒，眼看天上的雲光俱已變紅，一群群的烏鴉從頭上掠過，晚風陣陣吹來，天色就晚了。玉嬌龍心中更懊煩，周身更無力，索性閉上了眼睛。

正在這時，就忽聽見耳邊隱隱有一陣馬蹄之聲。玉嬌龍頓吃一驚，趕緊翻身起來，雙腿一用力就站了起來。借着天際的霞光一看，從很遠之處，跑來了幾匹馬。玉嬌龍大喜，等到馬匹漸漸來到臨近之時，她就高聲呼叫道：“來人呀！”連喊了幾聲，那幾匹馬就都停住了。馬上的人轉首向四下來看，玉嬌龍這紅衣俏影在草地之中很是顯眼，當下就飛也似的馳來。將到近前，一個頭戴官帽的人就說：“原來玉小姐在這裏，我們幾個人找了您一天啦！”說着便下了馬。

玉嬌龍倒不禁驚愕，想不到來的竟是自己父親管下的官人。只見這人身穿很肥大的一件青紗袍子，一下了馬，站在草地上。玉嬌龍覺着這人的身材十分高大，臉色很黑，雙目炯炯有神，頜下刮得乾乾淨淨，一根鬍鬚也沒有。看這人的面目很熟，可是想不起來他姓什麼，似乎不是父親衙裏的，此次出行那八個差官之中也沒有此人，遂就退後了一步，問說：“你是從哪兒來的？”

這人說：“我從白沙崗來。昨天在大風裏小姐走失了，太太不放心，特命我來接小姐。我們在沙漠跟草地裏找了一天，小姐快跟我走吧！”

玉嬌龍這才信以為真，可是又抬頭一看，見其他幾個人留下了一匹馬，就踏著草地往北飛馳去了。玉嬌龍就趕緊問說：“他們怎麼倒走了呢？”

這人就說：“他們本不是跟我一塊來的，他們是往莎車縣去的差人，與咱們無關，剛才我們是無意中遇見的。老太太只派了我一人來找小姐，太太跟車馬現在全都在白沙崗，離此不遠，請小姐快隨我去吧！”

玉嬌龍漸漸覺得詫異，同時見這人的馬上有一個紅綢包裹，更覺着眼熟，仿佛跟自己由且末縣動身時命繡香她們攜帶着的那幾個包袱一樣。玉嬌龍面上不露聲色，又直瞪了這人一眼，這人卻忽然垂下臉去。玉嬌龍心中怦然一動，就上了馬，這人便索着韁繩轉過了馬頭。

此時，夕陽照射着他們的背影，這男子在前一步一步地走着，玉嬌龍騎在馬上也走得很慢。她就看出這男子頭上那頂官帽不大合適，身上的青紗袍子更不合體，玉嬌龍就問說：“你姓什麼？”那人說：“我姓羅，我是羅差官，我跟小姐是一同由且末城出來的，難道小姐不認識我了嗎？”玉嬌龍說：“營裏那些官人，我怎能全都認識！”那人沒言語，依舊在馬前走着。

玉嬌龍心中發出冷笑，但是見這人的雄壯的背影，卻又覺得十分可嘉。此時這人已將韁繩放手了，天際霞光燦爛，看人倒還清楚。玉嬌龍驀然催馬趕到那人的前面，又突然收住了馬，在馬上回首一望，就與這人正正地對臉，她就把這人的面目看得清清楚楚。只見這人年有二十餘歲，生得極為英俊，雖然覺得面熟，然而自己確實沒見過此人。她不禁臉上一紅，可是心中倒發出無限的疑惑。

此時這姓羅的人見玉嬌龍驀然看了他一眼，也不禁一笑，就說：“我們都不曉得，原來小姐有一身好本領呢！”

玉嬌龍問說：“誰告訴你說的？我若有本領，我還不至於落到此地呢！你休說閒話，快帶我到白沙崗就是了！”

姓羅的趕上馬來，說：“小姐，白沙崗今天可趕不到了！”

玉嬌龍說：“那難道就在草地上走一宵嗎？你告訴我白沙崗的方向，我自己會騎馬找了去！”

　　姓羅的說：“天快黑了，我就是把方向告訴小姐，小姐也必走不到。倘或小姐再走失了，我回去見太太可怎麼交代？離這不遠，就有村舍，我可以帶着小姐到那裏去投宿，明天再去見太太。”

　　玉嬌龍說：“想不到你對這裏的路徑倒還很熟？”姓羅的說：“我本來常走這股路，衙裏往伊犁的公文向來都是由我送。”玉嬌龍點點頭，又問：“你知道大人往哪裏去了嗎？”姓羅的說：“大人不是到北京去了嗎？”玉嬌龍聽這姓羅的說得不錯，這才有點信他真是官人，便想剛才許是自己疑惑錯了。於是就由這位姓羅的指點方向，她策馬去走。

　　這草原上的天色已漸漸黑了，天上的星光和殘月發出些微光，照着他們；晚風習習，吹得玉嬌龍的身體有些倦怠。走了半天，方才走進了一個村落。這裏不過十幾戶人家，有狗，見有人騎着馬進村，就不住地汪汪乾吠。那姓羅的人先打開一家柴扉進去，待了半天，才見有個年老的農人提着燈請他們進去。玉嬌龍下了馬，提着馬上的包裹隨老農人進到屋內。屋中空閒無人，老農人就把手中的一盞油燈放在桌上，此時姓羅的也進屋來了，他就說：“有什麼吃的沒有？快拿來！”老農人連聲答應着，仿佛很恐懼的樣子，就出屋去了。

　　這裏玉嬌龍就用手指甲將油燈挑起，燈光一亮，那姓羅的趕緊轉臉，他走過去指着炕上放着的包裹，說：“這裏是小姐的衣服。太太恐怕小姐在外漂流了兩天，衣服一定都穿不得了，所以才叫我把這些衣服給小姐帶來，好叫小姐更換！”玉嬌龍過去，這姓羅的人又趕緊閃在一邊，他的臉依然背着燈光。

　　玉嬌龍打開包裹一看，見裏面確實是自己的衣服褲子，可沒有鞋襪，遂就不語。又轉頭看這姓羅的，見他並不知退出屋去，玉嬌龍就拿着小姐的架子，說：“你出去吧！不叫你不許進來！”姓羅的答應了一聲，便退出屋去。

　　這裏玉嬌龍就坐在炕頭，細細地想。忽聽隔壁有孩子哭啼了兩聲，又似被人用手捂住了口，孩子還使勁哼哼着要哭啼。玉嬌龍趕緊將耳朵側近了板壁，就聽那屋中的孩子要哭，卻哭不出來，並有婦人壓着嗓音威嚇，說：“你哭！你哭就得死啦！”玉嬌龍一驚，趕緊靜靜坐着，聽紙窗外遠遠有馬嘶之聲，隔着窗紙並仿佛有男子粗重的呼吸聲，玉嬌龍自向自冷笑了一下。

　　這時，屋門開了，剛才那老農人拿進來茶壺、鹽碟和一塊鍋餅、一碗黃米粥。當這老農人雙手顫顫將這碟碗等物放在那張破桌上時，玉嬌龍就下了炕，揪了他一下，悄聲問說：“你跟那姓羅的早就認識嗎？你們怕他嗎？”他兩眼發呆，鬍鬚顫顫，沒有說話。卻見屋門開了一道窄縫，恍恍見那姓羅的正站在門外。玉嬌龍就大聲向老農人說：“你把飯放下，你也出去吧！等我回去，將來一定派人來謝你們！”老農人依然不說話，怯怯地走出了屋。

　　這裏，玉嬌龍趕緊隨他去關門，等着老人出屋之際，又向門外看了一眼，見外面很黑，那姓羅的已然走開了。玉嬌龍把門關上，這門卻只有一道插關，無法關嚴，屋中又找不着東西可以將門頂上，便回身走到燈旁站立了一會兒，吃了一點鍋餅，然後就將燈吹滅，摸着黑到炕上將身一躺，側耳聽着窗外。待了一會兒，就聽仍有粗重的呼吸之聲，玉嬌龍也就假作呼嚕呼嚕地睡覺。

　　又過了許多時，忽聽屋門吧的一聲響，玉嬌龍立時打了個冷戰，但仍然不起身，只側身臥在炕上，左手在身下按着炕席，右手伸出二指及中指，預備出點穴的姿勢；臉微揚着，睜着眼向炕前去看，喉間還呼嚕呼嚕作出鼾聲。就見慢慢地炕前來了一條高大的身影，這個人手中似有個東西，他輕輕地放在炕上，又伸手輕輕把玉嬌龍的頭髮摸了一下，玉嬌龍卻趁勢翻身坐起，右手向這人的身上點去。這人忙用手擋住，玉嬌龍由炕上一躍而下，掄拳就打。那人用雙手抄住玉嬌龍的雙腕，連聲說："不要動手！我無惡意！"玉嬌龍憤憤地說道："什麼你無惡意？你別以為我不知道你是誰！"說時又一腳端去。

那人的身上被端了一下，但沒有摔倒，只急急地爭辯道："我實在沒有別的心，不然在曠野荒郊之下，我就可以把你搶走，我豈能又將你送到這裏來？我是一片好心，不信你看……"這人就騰出一隻手來，從懷中掏出了取火之物，打着了火，叫玉嬌龍向炕上去看。原來炕上放着的是一口帶鐵匣的寶劍和一封銀兩。

玉嬌龍此時的雙手仍然緊緊揪住這個人的胳膊，說："你是半天雲不是？你為什麼冒充官人來騙我？我這身衣服你是從哪裏拿來的？半夜在我身旁送來這寶劍和銀兩，你是什麼居心？快說！"

她見這人的腰間繫着一條青綢帶子，上插着一口不到二尺長的鋼刀，她就劈手抽出。只聽噹啷一聲，原來刀柄上有個銅環，刀身也閃閃奪光。這人趕緊擺手說："慢着！這口刀鋒利無比，小心傷着了你自己！"玉嬌龍卻將刀尖逼住這人的胸膛。

這人穿着那件青紗官衣，胸膛敞着，面上毫無畏色，回首用火點上燈，就說："小姐息怒！你聽我說，我實是半天雲羅小虎，因為昨夜小姐闖進我的山寨裏，我見小姐貌美絕倫而且武藝高超，想細問小姐的來歷，又知小姐必不肯對我實說，因此我才帶着幾個人連夜趕到了白沙崗，知道官人的車輛都在那裏停留住了。聽說玉大臣的小姐在風沙中遇盜失蹤，我因此才曉得小姐的來歷。

"我由女眷的車上盜了這身衣服，並將早先搶來的官服穿上，帶着三個人又來尋找小姐。聽一個哈薩克姑娘說，小姐今天早晨到了他們那裏，曾騎着一匹馬走了，後來那匹馬回去了，可是小姐不見蹤影，怕是小姐已然出了事兒。我一聽，就很不放心，遍處尋找。找了半日，才在草地中找着了小姐，我怕被小姐看出了破綻，所以才叫我手下的那三個人都避開。我假冒官人將小姐送到這裏。

"我本無他意，只是想到明天便送小姐追上官車。可又想那些官車在白沙崗一定停留不住，他們一定是先到克里雅城，然後再派人出來找小姐。這一路上頗不好走，我又不便隨行，這才為小姐送來銀兩和寶劍，我並替小姐喂好了馬，馬上預備了乾糧和水，明天還要派人給小姐領路，實在沒有什麼惡意。只是我見小姐貌美藝高，我從心中佩服，想要為小姐效勞！"

這個半天雲侃侃而談，面上並帶着微笑，說話時，身子有些搖動，有幾次胸脯都險些觸在刀尖上，玉嬌龍倒不由得趕緊縮回刀來。她漸漸心平氣和，覺得這口帶環子的刀太可愛了，侃侃而談的這個沙漠中的大盜半天雲尤為可愛。在昨夜，半天雲是個長頭髮大鬍子的怪人，所以他的模樣自己沒大看清，而現今燈光下的這個假官人、真強盜，卻是個二十四五歲的魁梧英俊的少年，倒真令自己難以置信。想這樣一個人就會在風沙中號令着數百名兇悍的盜賊，使得無人不知無人不曉嗎？

玉嬌龍就問說："你先別說什麼為我效勞送我回去找着我們那些車馬的話。告訴你！我趁着風沙走出來，就是想到各地去遊一遊，並不想立刻就回去。只是你，我聽你說話不是本地人，又很年輕，為什麼要來到這邊遠的地方做強盜呢？"

半天雲搖搖頭，微笑着說："我的事情你不曉得，我也不便對你說，可是你別以為我真是個兇惡的人盜。其實我也通情理，我也非專以盜劫為生，我還養着許多馬，只是我這個人生來太不幸了，才流落到此地！"說着歎息了一聲，扣上了他前胸的衣紐。

　　玉嬌龍就把刀拿在自己的手裏，退回兩步，坐在炕上，仍憤憤地說：“今天我算是饒了你的性命！”

　　半天雲搖頭笑道：“我不怕死！小姐你長得太美了，我要叫你拿刀殺死了，我這生也不冤！”玉嬌龍怒喝一聲：“出去！”又瞪了他一眼，半天雲依然笑着，回身往外走。玉嬌龍又忽然問說：“你叫什麼名字來的？”

　　半天雲止住腳步，回頭答道：“我叫羅小虎。”玉嬌龍哼哼一聲冷笑，說：“平日你們不定多麼兇惡了？這裏的人都怕你們，連隔壁的孩子都不敢夜啼！”半天雲羅小虎沒有言語，開了門走出屋去。

　　玉嬌龍手把着鋼刀，依然側耳向外靜聽，就聽院中仍有腳步之聲來回地響，仿佛羅小虎是沒有屋子可容他棲住，又聽他似乎低吟着：“我名曰虎弟曰豹……”

　　玉嬌龍真覺得這是一個奇怪的強盜，而且回想起剛才他偷偷進屋來撫摸自己的頭髮之時，又不覺得一陣臉熱；更想今天自己騎馬不慎，摔在草地上，路徑又不熟，倘使不被羅小虎領到這裏，恐怕此時自己依然在那片大草原上漂流着呢！這羅小虎對自己頗為有禮，而且還為自己盜來衣裳，預備上寶劍銀兩，要叫我明天回去。想自己此次失蹤，雖然是自己願意做的，可是沒有個人出來尋找自己，倒多虧遇着了這人。

　　此時，風打着紙窗，響得很緊，那羅小虎又在窗外低聲唱道：“天地冥冥降閔凶……”玉嬌龍就高聲問說：“你在唱什麼？”羅小虎走近窗前才回答道：“這是別人教給我的一首歌，我煩悶的時候就不禁要唱出來！”玉嬌龍又問：“你為什麼不找間屋子去睡覺呢？”羅小虎說：“因為我捨不得離開小姐，我要在窗外陪伴小姐一夜，明天一分手，我就永遠不能再和小姐見面了！”玉嬌龍忍不住一笑，雖然沒笑出聲音，可是她已低下頭去，臉上覺着發熱得厲害。

　　屋門一響，那少年強盜又走進屋來，才向前走了一步，玉嬌龍就說：“站住！”羅小虎就趕緊站住。玉嬌龍又瞪了他一眼，就說：“你把你唱的那首歌，再唱一遍叫我聽聽！”

　　羅小虎歎了口氣，遂就低聲唱道：“天地冥冥降閔凶，我家兄妹太飄零，父遭不測母仰藥……”唱到這裏，羅小虎的聲音淒慘，玉嬌龍低着頭，芳心中也不禁一陣酸楚。

　　窗外夜風嗖嗖，桌上油燈發暗，這少年強盜又接着唱道：“扶孤仗義賴同宗，我家家世出四知，惟我兄妹不相知，我名曰虎弟曰豹，尚有英芳是女兒……”唱到這裏，他就說：“後面還有兩句，我已忘記了，只記得好像是什麼：廿年後若相見，切報恩仇莫再遲。”說完，他用左胳膊拭了拭眼淚。

　　玉嬌龍咬着嘴唇，發了一會兒呆，就問說：“你唱的這是真事嗎？是你父親被人害死，你母親也服毒死了嗎？”

　　羅小虎說：“我不知道。我是汝南府人，自幼我只知道有個本家爺爺開酒舖，我父親是個杠夫，但他不是我的親生父親。我九歲時，我那開酒舖的爺爺送我到書房唸書，他有一封信，拆開，裏面就寫着這首歌。老師教給我當作書唸，說是我還有弟弟妹妹都在外鄉，他們也都會唱這首歌，將來我一唱出來，被他們聽見了，他們就能認我為胞兄。可惜我那時貪玩，沒將歌全背過來，過了一年，我就忘了。後來到外面走了數省，學了些武藝，我悶來時就唱這首歌，可是始終也沒會着我的弟弟妹妹！”

　　玉嬌龍淒惻地說：“你很可憐！可是你為什麼就到了新疆呢？”

　　羅小虎遲疑了一下，說：“不瞞你說，我十歲的時候，因為我那假父母待我不好，我又不願意唸書，我就跟個要飯的花子走了。那花子是個小偷，他教給我許多偷竊的本領，我就幫他去偷東西，幾乎被人打死。後來一個道人將我救了，那道人將我帶到湖北武當山去出家，那山上的道士全會武藝，我就跟他們學了一些劍法。後來我在山上做錯了一件事，被師父趕下山來。”

　　玉嬌龍就趕緊問說：“你做了一件什麼錯事？”

　　羅小虎有點兒慚愧的樣子，說：“因為我調戲了一個姑娘，所以犯了廟中的清規。我離了山，就在江湖漂流了數年，後來我因為要找一個人，便來到了新疆。這裏本來就有一夥強盜，他們劫我，都被我打服，所以他們才尊我為首領，住在昨天你到過的那紅松嶺裏還不到一年。我並非想要永久為盜，只想把馬群養大，夠我們那夥人食用了，我們便洗手。若找着我認識的那個人，我也就走開了！”

　　玉嬌龍就又問說：“你來到新疆，是要找什麼人？”

　　羅小虎說：“我要找的是我的一個恩人，如今已有十多年沒見着他了，當年他曾告訴過我，我若想見他時，就到新疆來。我唱的那首歌，就是他給我編的，我到底是誰的兒子，我的弟妹現在哪裏，只有他一人知道。”

　　玉嬌龍心想：這可也是個奇人，就又問說：“這人叫什麼？”羅小虎說：“這人名叫高朗秋。”

　　玉嬌龍十分詫異，又問：“高朗秋？是否他就是高雲雁？此人年有五十多歲了，有花白鬍子。”

　　羅小虎說：“我只是七八歲時跟這人見過一面，現在若再見了他，我也不認識了。我只聽人說他叫高朗秋，卻不叫高雲雁，此人是個文人。”

　　玉嬌龍站起身來說：“那一定是他了，我認識此人，他是我的師父，他確實是個奇人。這次，他也是隨我們一同出來的，他還有個妻子，也會武藝。前天沙漠裏那場大風，你們又去打劫，可不知他二人怎樣了？明天我帶你追上官車去找他。只要見着了他，他必可設法收留你，你就不必再為盜了！”

　　羅小虎聽了也很是歡喜，就點頭說：“好！只要找着我那高恩人，問明我兄妹的下落，我就要找他們去了。可是……”說到這裏，他又帶着些憂愁，說：“萬一小姐你這師父不是我那恩人呢？我隨你到了官人的群中，被人曉得了我是半天雲，那時我可怎樣脫身呢？”

　　玉嬌龍冷笑道：“你別疑惑我是故意騙了你去，想把你捉住，其實我這時要想捉你，就很容易！”羅小虎只微微一笑。玉嬌龍又說：“可是我捉住了你又做什麼呢？剛才我聽你一說，我覺得你的身世也很可憐，我雖是個富家小姐，但是我最喜愛天涯落魄的英雄！”

　　羅小虎聽了，面現感動之色，玉嬌龍就把手中的那口帶環子的鋼刀遞給羅小虎，說：“給你！這是你的東西，還給你！我不要！”

　　羅小虎卻不肯接過，他說：“這口刀是我初來新疆時。在迪化城跟一個索倫營官賭錢贏來的，雖然尺寸不長，可是善能削銅斷鐵，這一年來我永遠佩帶在身邊。現在小姐待我這樣好，我無法報答，願意把我這件最心愛的東西送給小姐！”

　　玉嬌龍把這口刀細看了看，雖然有些喜愛，可是聽說他是賭錢得來的，就不願接受。她把這刀噹啷一聲向地下一扔，說：“拿去！我不要！”

　　羅小虎只好由地上拾起來，可是他還直直地站立，望着炕頭坐着的玉嬌龍，不肯走去。桌上的那盞油燈都將要自行熄滅，玉嬌龍又抬頭看了看羅小虎，說：“你還不走開嗎？”羅小虎卻仍然不動身，待了半晌，就聽他說：“小姐你長得太好了，你的武藝也太使我佩服！”

玉嬌龍便鏘的一聲由身旁抽出了寶劍，將劍尖挨在羅小虎的前胸，怒聲說：“快走！你好大膽，敢跟我說這樣的話！”

羅小虎的身子仍然不動，他又說：“小姐你也想不開，你此次既然趁着風沙離開了家人，獨自遊覽江湖，那為什麼咱倆不一塊同行呢？我可以拋下我手下的人和那些馬，帶着你去走三山五嶽！”

玉嬌龍怒說一聲：“去！”寶劍向前進了半寸，那羅小虎趕緊將身子閃開，只見他彎下腰去。玉嬌龍大驚，抽回劍來，跳下炕去，又用指甲將燈撚挑起。只見那羅小虎已經直起腰來，依舊昂然站立，右手提着他那口帶環子的寶刀，左手卻按着胸，由他的手指縫裏兒流出來鮮紅的血。玉嬌龍瞪目說：“你還不走？要死嗎？”羅小虎臉色慘白，但依然笑着，點頭說：“我走！我走！小姐你休息吧！明天請小姐帶我追上官車，去見我那高恩人！”一面說着，他一面忍傷走出屋去。

玉嬌龍倒很是後悔，覺得剛才不該驀然刺他，一定傷得他不輕。此時忽聽院中咕咚一聲，玉嬌龍就趕緊拿起燈來出屋去看，一陣風將燈吹滅，但是她已見羅小虎是坐在地下了。玉嬌龍一時驚慌，顧不得其他，趕緊放下燈，過去將羅小虎扶住，同時急急地問說：“怎麼樣了？是我刺傷得你很重吧？唉！我若是把你這可憐的人刺死，我的心裏才真難受！”

羅小虎卻搖頭說：“不要緊，只刺傷了一點。我的左臂本來就有傷，是正月間在山中打獵，被一隻大熊咬傷的。我半天雲是個石頭人，受一點傷不算事！”說着，他挺身站起。

玉嬌龍趕緊說：“你住在哪屋裏？我把你攙回屋去吧！”

羅小虎笑道：“這人家只有一間閑屋，我叫你住了，我原想就在你的窗外站立一宵。”

玉嬌龍說：“那麼你回到我屋裏吧。”

當時她扶着羅小虎的右臂，又往屋中去走，她就覺得這羅小虎的胳膊硬極了，真如石頭一樣。到了屋中，玉嬌龍回身要去拿回燈來，取火將屋子照亮，卻不料羅小虎就一把將她抓住。玉嬌龍真想不到，她一位千金小姐竟落於盜賊之手。

次日，一清早便有人來打門，原來是羅小虎帶來的三個嘍囉來了，他們都聽他的指揮，住在不遠的人家裏，羅小虎就出屋去了。這裏玉嬌龍憤恨得不住流淚，她預備下寶劍，想要等着羅小虎一回到屋中，她就一劍將羅小虎刺死。可是待了多時，羅小虎方才回到屋中，不知他從哪裏換來了一身很乾淨的黑綢夾褲褂，前胸仍然敞着，胸前新貼了一貼膏藥。他雄偉的身軀，英武的面龐，精爽的神態，仿佛又吸引住玉嬌龍，玉嬌龍竟捨不得下手了。

羅小虎笑着說：“你怎麼還沒換衣服？你換上衣服，咱們用些茶飯就走吧！”

玉嬌龍就手提着劍柄，雙眼流出淚來，氣得身上發顫，恨恨地說：“走往哪裏去？難道你真想叫我跟你滿處漂流，去做強盜嗎？”

羅小虎搖頭說：“不是，昨天我本想送你趕上官車，我並不想親身去送你，可是你的美貌太使我發迷了。再說也不怨我一人，你也是喜歡我，當初你若就嫌我是強盜，也不至如此。”玉嬌龍嘿嘿冷笑着，羅小虎又說：“我願將來咱們做夫妻。我知道你趁風沙出來，不過是一時的高興，真叫你各處去奔走，去受苦，你也必然受不了。你雖武藝高強，可是江湖上的閱歷你還沒有，你還是應當追上官車，暫時回家去吧……”

　　玉嬌龍抬起頭來問說：“那麼你呢？你往哪裏去呢？”

　　羅小虎說：“我在後面跟隨着你，你請出那位高老師來見我。如若他確實是我的恩人高朗秋，那就好辦了！”

　　玉嬌龍問說：“那怎麼就好辦了呢？”

　　羅小虎昂然說：“我失足為盜，本非自願，只是沒人叫我改邪歸正。我也自己頹唐罷了。所以我在山寨裏，臉是永遠不刮，衣服也時常不換，除了飲酒賭錢，就叫那兩個婦人給我唱曲取樂。我也自己時常唱我的那首歌，越煩越唱，越唱越煩。現在我要改過自新了，叫我那恩人高朗秋給我在營中謀上個出身，憑我這身武藝，必可做一番事業。等到我得了事，有了出身，那時再托我的高恩人為媒，向你家去娶你。那時我的兄妹也就都見着了，我家中二十多年的大仇，也就容易報了。”

　　玉嬌龍擦了一擦眼淚，問說：“你可真有這番志氣？”羅小虎拍着他那貼着膏藥的胸脯，說：“這點志氣我若沒有，我半天雲枉稱男子漢！”玉嬌龍嫣然一笑，點頭說：“好，如果你有這番志氣，我願等你十年！”羅小虎說：“用不到十年！我自從見了你的面，我就不願意離開你，十年相思，誰能受得了？”玉嬌龍把劍一掄，半笑半怒地說：“快去叫這裏的人預備茶飯！”羅小虎就笑着走出去了。

　　這裏玉嬌龍本想要更換衣服，但又想：這包衣服是羅小虎偷竊來的，倘若自己見着了母親和丫鬟僕婦們，忽然身上換上了那夜丟失的衣服，豈不叫她們生疑？自己在外邊結識了大盜半天雲，這話怎能對人說？所以她並不動那包裹，好在身上的紅衣藍褲還不太髒，她只將辮子解開，兩邊分披着的又改成為一條，垂在身後。

　　這時，羅小虎幫助那老農人拿進來茶水和菜飯。玉嬌龍見他對那老農人很是和善，那老農人也不像昨晚那麼懼怕他了。羅小虎與玉嬌龍對着面用茶吃飯，玉嬌龍就不住地笑，因為像羅小虎這樣地大口吃飯，一口就呷下一碗茶的人，她還從未見過。玉嬌龍卻吃得很少，只把又乾又硬的黑饅首勉強吃了一點，倒是她太渴了，雖然茶是榆樹葉兒煎熬的，她還是喝了不少。

　　茶飯用畢，羅小虎說：“咱們這就走吧！”玉嬌龍點了點頭，就說：“這包衣服和寶劍我可都不能攜帶，你拿去吧！”羅小虎問說：“為什麼？”玉嬌龍說：“你想吧！我會武藝，我家中的人並不知道。臨走時我雖攜帶着一口寶劍，但並非這口，這包衣服雖是我的，但我怎能拿回去？你知道我若見着我的母親，還要裝出小姐的樣子來呢，咱們這事是一字不能提！”羅小虎說：“自然能不提！”遂就歎了口氣，先提着衣包和寶劍出了屋。

　　玉嬌龍隨他走出去，就見兩匹馬在院中已然備好，馬上都帶着盛水的牛皮口袋和裝乾糧的袋子。羅小虎將劍和包裹繫在他的那匹黑色的大馬上，給玉嬌龍的是一匹赤兔馬，非常矯健。玉嬌龍接過了馬鞭，先牽馬出了柴扉，就見門外站着三個大漢，一齊向她行禮。玉嬌龍就知道這三個人都是羅小虎手下的嘍囉，自己此時竟像是個壓寨夫人了，不由得一陣慚愧。

　　羅小虎已隨着牽馬走出，就吩咐他手下的人說：“你們回去吧！我去送玉小姐一程。”三個嘍囉一齊答應。當下羅小虎就笑着向玉嬌龍說：“上馬吧！”玉嬌龍扳鞍上馬。羅小虎又笑着看了她一眼，就也跨上了馬，一揮馬鞭，先在前走去，玉嬌龍策馬緊緊隨上，兩匹馬離開了這小村，就又踏上了廣大的大草原。

　　今天是個晴和的日子，東方朝陽剛吐，天際浮蕩着一絲絲的霞雲，柔風拂面，一群群的鴉兒在草原上亂飛。玉嬌龍鬢髮稀鬆，衣服上有許多折紋。她騎在馬上，時時以柔媚的目光向羅小虎去看，羅小虎也常回頭來看，兩人的眼光交射在一處時，便都不禁地笑了。羅小虎覺着玉嬌龍的笑非常嬌媚，而玉嬌龍也認為這少年強盜的一言一笑，都能慰安她的芳心。

此時落在草地上尋食的小鳥，一見馬來，就都噗嚕嚕地飛起。馬每行一步，就要驚起成千成萬的飛鳥，一層一層的，如濺起來的浪花一般。忽然，羅小虎從他的馬上袋子裏掏出來一個東西，原來是一副小弩弓和幾枝細小的箭，羅小虎就扳弓裝箭，嗖嗖很快地射去，只見飛鳥紛紛中箭下落。玉嬌龍不禁笑着說：“真好！來，給我看看！”羅小虎便把手中的弩弓向玉嬌龍一扔，玉嬌龍伸手接住了一看，是個很玲瓏的小弩弓。

羅小虎又跳下馬去，從地上拾起來幾枝箭，每枝箭上都穿着一個麻雀。箭不過三寸長，很細。所以雖然射中在麻雀的身上，麻雀還都沒死，還都撲扇着翅膀想要再飛。玉嬌龍就一個一個將箭拔出，將麻雀都放了，她笑着說：“這小弩箭可真有意思！”

羅小虎說：“這是我做的，從小我就會做，雖然不敢說百步穿楊，可是我的箭從未虛發過。我這些年行走江湖，曾遇見許多兇悍強霸的人與我作對，可是我總不願意傷人的性命，向來是以這小箭取勝的。你既喜歡，我就送給你吧！把這藏在衣袖裏，不能叫人看出。”說着，又由他那放乾糧的口袋裏，掏出來四把小箭，一共有三四十枝，都給了玉嬌龍。

玉嬌龍就笑着說：“你把這箭都給了我，以後你要使用時，可怎麼辦呢？”

羅小虎搖頭說：“此後我就不使用這些小巧的玩意兒了，我要憑長槍大刀，在疆場上立一番功名。這小弩箭不過是我漂流江湖時的一種玩意兒，只要找鐵匠打了箭頭，我想做多少就做多少。”

玉嬌龍又看了他一眼，就笑着說：“想不到你的手是很能幹的！”

羅小虎說：“本來我自覺很聰明，我的武藝並沒怎麼樣苦學過，可是也頗不錯，書我也沒有怎麼讀過，但我認識不少字。只可惜沒人栽培我，不然我豈能流為盜賊？”

玉嬌龍擺手說：“你別說了！早先你是盜賊半天雲，現在你可不是了。英雄不論出身，只要將來你能夠致力前途，也不必做大官，我就能……”說到這裏，她的雙頰緋紅，似羞似笑。

羅小虎卻得意地大笑，敞着的前胸一起一伏的，玉嬌龍就瞪了他一眼，說：“扣上前胸的紐扣。”羅小虎笑着答應了一聲，就把衣紐扣好。

玉嬌龍又留心看他的腳下，只見他光着腳穿着一雙青布鞋，鞋都很破了，玉嬌龍又問：“你還回山寨裏去嗎？”

羅小虎說：“我還得回去一趟，我得去把那些馬匹賣了，將錢分給我手下的人，叫他們各自去謀生。不然他們一定還得纏住我，不能叫我一個人把手洗乾淨了，去奔正路。”

玉嬌龍又問：“你山裏那兩個婦人，你想怎麼處置呢？”

羅小虎說：“那是他們給我弄來的，我一定要打發走。我跟他們混了一年多，他們也搶來過不少婦女，可是全都叫我給放了，因為我生平最恨人欺負婦女和小孩。我還時時想着，怕那些被搶的婦女之中就有我的胞妹，所以前天你一到我的寨裏去，我就先問你是河南人不是！我原想着你這樣的美貌，你這樣的武藝，必是我的胞妹，可是沒想到原來你是玉小姐。”

玉嬌龍問說：“你的胞妹也會武藝嗎？”

羅小虎搖頭說：“不一定，可是我總想我的妹妹是貌美絕倫，武藝高強！”說到這裏，他不由得又唱了起來：“天地冥冥降閔凶，我家兄妹太飄零……”玉嬌龍禁不住笑了。

他們且談且走，兩匹馬相並行着，就在這草原之上又走了二十多里地，前面又發現了一片馬群，羅小虎就說：“我們避着馬群吧，倘若遇見哈薩克人，言語不通，難免發生糾紛。”當下他撥馬偏南，玉嬌龍揮鞭跟上了他。

這時忽見由那邊馬群之中，跑過來一騎黑馬，羅小虎立時勒住馬說：“快把弩箭交給我！”玉嬌龍卻已然看出來，那邊騎馬來的正是那哈薩克女子美霞。待了一會兒，羅小虎也看出來了，就笑說：“這姑娘的馬術也很好，只是她的鼻子長得太高。”

此時那美霞的馬已如一枝飛箭似的來到，這姑娘在馬上招手問玉嬌龍：“你還回去嗎？”玉嬌龍收住了馬向她招手。

美霞近前來，看了看羅小虎，又看了看玉嬌龍，仿佛很詫異的樣子，就問說：“你們是一家人？”

玉嬌龍臉紅了紅，搖頭說：“不是，他是送我回去的。”美霞說：“你要回哪裏去呢？將來你還能找我來嗎？”

玉嬌龍說：“不一定，不過我要到趟伊犁，將來還要回且末縣。如果能路過這裏，我一定要去看你。”美霞又說：“你的馬匹跟那口寶劍還在我那裏，你同我去取吧！”玉嬌龍說：“你那帳篷離這裏遠嗎？”美霞回手用鞭一指，說：“不遠，就在那裏！”

玉嬌龍就向羅小虎說：“那匹馬我倒不想再要，只是那口劍是我父親之物，雖非寶劍，可也是個古物了，我想要取回來！”

羅小虎在馬上伸頭向那邊的馬群去看，只見黑壓壓的一望無邊，羅小虎就說：“他們哈薩克人的馬鞭子是靠不住的，她隨手一指，說不定就得走一二百里，才能到她們的帳篷。一耽誤了時間，可就越發追不上你們的車馬了，不如先將寶劍寄存在她那裏，將來我再設法給你送去。”

玉嬌龍點了點頭，向美霞說：“我們因為要趕路，沒工夫再去跟你取那口寶劍，暫且寄存在你那裏，將來或是我，或是他，再去取。那匹馬就奉送給你了，我們再會吧！”她向美霞一點頭，微微地笑着，美霞就勒住馬在那裏，目送他們這兩匹馬順着廣闊的草原去遠。

此時羅小虎的黑馬在前，玉嬌龍的紅馬在後，她已將那小弩弓和細箭全都收在懷中，臉上仍然罩着羅帕，縱馬速行，並不多談話。走過了草原，又是沙漠。沙漠中雖然沒遇見大風，可是人饑馬渴，太陽曬得玉嬌龍的身上都出了汗，羅小虎就又把胸前的紐扣解開了。

找了個沙崗的後面，二人下了馬。羅小虎把乾糧和水碗取出來，玉嬌龍就坐在沙地上，拿着乾糧吃，由牛皮口袋裏倒出水來喝。羅小虎熱得脫去了上身衣裳，露出他健壯的胳膊和左臂上被熊咬的傷，以及前胸上的那貼膏藥。他很敏捷飲食喂馬，並且拿了大塊乾糧嚼，就着牛皮袋口咕嘟咕嘟地喝涼水，然後就躺在沙子上歇息。

玉嬌龍就坐在他的身旁，四下去看，只見連天的黑沙，並無一人一物。天作深藍色，白雲如絲，裊裊的如她的心。玉嬌龍就也躺在沙子上，忽然又流下淚來。羅小虎趕緊坐起來，坐在她的身旁，關心地問說：“怎麼了？玉小姐你傷心了嗎？”

玉嬌龍搖了搖頭，眼淚順着鬢髮落在沙子上，她說：“你別呼我作小姐，我的名字叫作嬌龍。到現在我恨我那師父，他不該賣弄才能，背着我的父母傳給我武藝，我尤其恨我得了兩卷說拳劍的書籍，弄得我不能安分隨着我的父母做小姐！」

羅小虎就說：「莫非你又不願意回去了嗎？那可容易，我也不必去謀什麼出身了，更不必當強盜，咱們倆就在這沙漠跟草地上過日子，保管有吃有喝，也有馬騎！」

玉嬌龍搖搖頭，又說：「我也不願久離我的母親！小虎！我跟你相遇真是做夢也沒想到，我的性情最驕傲，但我被你制服了。我眼中除去了我父母之外，再沒有別的人，可是此後我將永遠忘不了你！你可千萬也要永遠想着我！為我，你要好好地致力前途，將來我們永遠在一起。但是，眼前我們就要分離了！即使高老師能夠將你收容，可是你在外面，我在閨中，我們也不能再時時見面，我也實在不放心你！」

羅小虎發了半天怔，就搖頭說：「不要緊！以後我們見面也很容易，你放心，一年之後我必能做個大官，我必能娶你！」

玉嬌龍又叫着說：「小虎！」

小虎答應着，他們兩顆熱烈的情心，如在這荒沙之間開放了美麗的花朵，如從荒沙裏滾出洶湧不斷的甘泉。此時天上的雲絲都繞成了一團一團的，在他們的眼前輕輕地飄蕩，似乎望着他們。大漠中常有的狂風這時也不起了，沙粒都安靜地躺着，聽不見駱駝的鈴聲，聽不見雄雞的叫聲，兩匹馬也都躺在沙上，跟他們一樣，都不想走了。

過了許多時，羅小虎才爬起來，備好了馬匹，攙着玉嬌龍又上了馬。他依然策馬領路前行，玉嬌龍卻懶懶地不願快走，她就與羅小虎且行且談，越談越覺着親密。走出了沙漠，又是一片草地，並有稀稀的田莊。兩匹馬踏着青草又走有十來里地，羅小虎就勒住馬不往前走了，他指着遠遠的一片樹林，說：「那邊就叫白沙崗，你們那隊車輛昨天就宿在那裏，他們因為你丟失了，尋不着你，所以他們不能往下走，此時一定還都在那裏。你就去吧！我因怕那營兵裏有人認得我，所以我不能往那邊去。」

玉嬌龍將馬催近了兩步，緊緊挨着羅小虎，戀戀不捨地問說：「那麼你現在要往哪裏去呢？」

羅小虎說：「我先到個別的地方去。記住了，此處名叫秦州村，這一帶的農家多半是由秦州移到這開墾的。明天早晨我到這裏，如若你那老師果然名叫高朗秋，就請他明天來此見我！」

玉嬌龍皺皺眉說：「萬一他不是你那恩人呢？」羅小虎說：「他若不是，我會另去找出身，早晚我要和你相會！」玉嬌龍眼睛一陣酸，又說：「你可千萬珍重，身上的傷必須好好醫治！」羅小虎拍着胸脯說：「這不要緊！」

玉嬌龍又說：「也不可憂煩，我跟你說的那些話可都須切記！」羅小虎點頭說：「不勞你囑咐。我再也找不到你這樣美貌的人，我為要早些娶你，我一定好好去謀個出身！」

玉嬌龍拭淚說：「那麼咱們再會吧！」羅小虎也說了聲：「再會！」他的兩隻雄彪彪的眼睛直瞪着芳容黯淡的玉嬌龍，玉嬌龍就策馬走了，且走且回頭。這時天上的雲光已變為金紅色，草原上的晚風漸漸吹緊，玉嬌龍的健馬俏影漸漸小了，走遠了。

原來不遠就是白沙崗，那裏並不是個市鎮，只有一個驛站，有四五戶農家，日前，玉太太那隊車馬由沙漠之中逃出，就棲止在這裏。這裏的驛吏只能騰出兩間房來，請玉太太和丫鬟們跟那幾個小官員的家眷們居住，其餘的人有的投宿在農家，有的就在車上睡。除了細軟之物，一切東西都存放在車上，因為沒有地方去擱。前夜可就有賊人從車上偷去了一個包裹，包裹裏是小姐的衣物，東西丟得雖然不算多，可是把一些人嚇得都不得了。尤其聽一個農人說，就是那天，有兩個騎馬的人深夜來敲門，把他們叫起，問：「在這裏停留的車輛是什麼人的？有位姑娘現在還在沙漠裏，她是不是這裏官眷中的什麼人？」這農人說：「我把實話都告訴那兩個騎馬的人了。那兩人都長得很兇悍，都帶着刀，說不定就是半天雲特意來此打聽消息，還想要打劫。」因此，這裏的一些差官和營兵們全都驚心喪膽，都說：「這地方可不行，不能多住，還是再走一程到克里雅城吧！」

玉太太卻因女兒在沙漠中失了蹤，憂煩得時時哭泣，不願意走遠，怕把女兒單獨拋在茫茫的沙漠裏，所以就派差官營兵找遍了沙漠。找了兩天，可始終也沒尋出小姐的蹤影，眾人都說：「小姐一定是半天雲給搶去了，在這裏越耽擱日子多了就越壞，這非得到克里雅城去勾來大隊的官兵，才能由半天雲的賊群之中將小姐救出。」

但是，那位高師爺又忽然病了。他是住在一家農人的小土屋裏，向他的妻子碧眼狐狸說：「你去告訴太太，自管往下走吧，玉小姐必然無虞，不等咱們走到伊犁，她一定已然先走到那裏了！」

高師娘把這話告訴了玉太太，玉太太卻說：「這是高師爺病了，他口中說的胡話。」所以玉太太死也不走，非得尋着了小姐她才能放心起身。

大家都得聽太太的話，所以雖住在這小小的驛站上，時時恐怕強盜襲來，可是大家又都不能走。所幸此地水源倒還富足，糧草也還夠用，但是小姐一天尋不着，眾人就要一天困在這裏。

就在眾人憂心歎氣的時候，忽然小姐單身歸來，而且騎來的是一匹赤兔馬，馬上還有一個牛皮水袋和裝乾糧的口袋。這些營兵和幾個差官看見了小姐，就如同見了天仙忽然下凡似的，一齊都歡呼着說：「小姐回來啦！」這麼一喊，早有僕婦丫鬟由驛站的小房裏跑出來，都驚喜着把小姐攙下馬去。小姐微微地喘氣，臉有些紅，就進到裏面見了她母親。

玉太太真疑惑自己是做了一夢，她把女兒詳細地看了又看，就流着淚說：「龍兒，這兩天你上哪兒去啦？你可真急死我啦！」

玉嬌龍卻說：「那天刮着大風，我在車上被個強盜揪了下去，搶走了。在風沙裏走了很遠，我就用手打那強盜；強盜一怒把我推下了馬去，我就摔死過去了，就在沙地上躺了一夜。第二天早晨被一個放馬的哈薩克姑娘把我救了，那姑娘待我很好，她也會說咱們的話，她把我帶到她的帳篷裏，又住了一天，今天是她打聽出母親等人駐在這裏，她給我備了馬，還給我馬上帶上了糧食跟水，指告了我路徑，我這才回來！」

玉太太說：「哎呀！這位哈薩克姑娘可真好！明天咱們趕緊派人去謝謝她吧！」玉嬌龍擺手說：「暫時不用，我已經跟她約好，將來我們由伊犁回來時再去看她。」旁邊有小官員的家眷就說：「這一定是神佛指點，特意叫那姑娘去救小姐，不然在沙漠裏就是有人去救，要是個男子也不方便呀！」

玉嬌龍又問：「我的老師和師娘怎樣了？他們那天沒遇着什麼驚險嗎？」她母親玉太太歎了口氣，說：「還提呢！你那老師那天也叫強盜給拉下車去，被烈馬連踢了幾下，受了驚嚇。當時還不覺怎樣，一來到這裏，他就起不來了，現在是住在外邊一個農人家裏。聽說今天他發燒得很厲害，人事不省，口中直說胡話，他催着叫我們離開這裏，他說你絕丟失不了，你會一個人走到伊犁去。”

玉嬌龍聽了不禁神色一變，趕緊說：“我去看看他老人家吧！”

旁邊的丫鬟們說：“小姐且歇一歇，換上衣服再去吧！這次出來把小姐的衣服帶得很多，可是前天晚上來到這兒，因為這兒的地方小，車上的東西就沒全拿下來，不知怎麼會丟失了一個包裹。”

玉嬌龍不等這丫鬟說完，就擺手說：“那不要緊！”

因為這屋子太小，連玉太太都退了出去，叫女兒換衣服。少時，玉嬌龍就換上了新綢子的內衣褲，外罩雪青色的緞袷袍，僕婦又給她梳洗頭髮，重編辮子。屋中已點起了燭台，丫鬟送上來紅茶、糕點，玉嬌龍卻都不去食用，她只急急地要去見她的老師高雲雁。玉太太也想着：自七八歲時，女兒就做了高師爺的學生，如今高師爺在沙漠中遇了兇險，得了重病，也難怪女兒對他放心不下。當下玉太太就派了三個僕婦隨去，並叫了兩名差官、十名營兵，護送小姐去看高老師。

此時，天上的雲影已然發黑，暮鴉成群在空中飛叫，從沙漠和草原那邊吹來的晚風，是越發地寒冷了。其實高朗秋所住的那處人家，距這驛舍不過是二三十步遠，可是營兵個個持刀擁護，就仿佛玉嬌龍是什麼顯官要員似的。

她來到了這人家，就進了高朗秋棲住的那間小屋之內。這屋子真窄，除了炕上躺着的高朗秋，炕前坐着的高師娘，就幾乎再無隙地了，玉嬌龍一進屋，她的身後就是用草紮成的屋門。

屋中太暗，看不清高朗秋的病容怎樣，只見高師娘霍然站起她那高大的身軀，道：“小姐你回來了？這兩天內你一定見了不少的事，到底是徒弟比師父強，你師父只為那天被馬踢了幾下，就爬不起來了。小姐，我們還以為你單槍匹馬跑到伊犁去呢！”

碧眼狐狸這樣高聲地說話，身旁的高朗秋就揪住她的胳膊，連說：“悄聲，悄聲！”又喘吁了幾聲，聲音微弱地說：“嬌龍！我怕一病不起，當着你的師娘，你說實話也不要緊，我那兩卷書，你是否已經抄出了副本？”

玉嬌龍說：“師父且不要問這話，我先問師父，你是否名叫高朗秋？”碧眼狐狸突然抓住了玉嬌龍的手，悄聲問說：“他教了你十多年，難道他的真名字你都不知道？”此時高朗秋又呻吟着說：“我沒做過欺人枉法之事，真名字被人知道了也不要緊！只是，奇怪，你是聽誰說的？”

玉嬌龍悄聲對碧眼狐狸說：“請師娘暫且出屋，我要跟師父說一兩句話！”碧眼狐狸卻嘿嘿笑着，大聲說：“哎呀真奇怪！女徒要跟老師說話，還有叫師娘躲開的嗎？”

此時屋門開了，兩個僕婦站在屋外，都說：“請小姐回去吧！不然太太又不放心，叫師爺跟師娘歇歇吧！”碧眼狐狸笑着說：“對啦！小姐請回吧！待會兒想着把那兩本書送回來就是了。”高朗秋躺着長長地歎了口氣，玉嬌龍只好轉身出去。

營兵們把她保護着回到驛舍，她便同她母親在一起用飯。這菜飯雖然比不得她們在且末城時那一向的享用，可是比跟羅小虎在一起的那些要強得多了，但她竟不能夠下嚥。今天，僅僅知道了高雲雁即是高朗秋，羅小虎所唱的那首歌是他編的，羅小虎的家門慘史、妹弟的下落也都只有他知道，只有他才能幫助羅小虎將一個草莽的英雄引上正路。可是，又偏偏有那高師娘從中作梗，不能叫自己將話對他說明。

　　玉嬌龍手持着筷箸悶想着，忽然她把筷箸放下，眼睛一瞪，心中想着：今晚我就去，先將高師娘殺死，然後對高朗秋說明，請他明天帶病到秦州村見一見小虎，以後求他給小虎謀個出身……

　　這時她母親玉太太卻瞪着眼睛看她，慈愛地說：“龍兒！你怎麼一點兒飯也不吃呀？你別淨想着這兩天的事啦唉！這次咱們真真不應該出這趟遠門兒！”繡香也在旁說：“我給小姐熱點酒，叫小姐定定神吧？”玉嬌龍卻急躁地說：“不用！”又見她母親驚訝地望着她，她就勉強地噗哧一笑，說：“媽媽！我真想再回到那沙漠裏去！那沙漠裏真好，有馬，有人唱歌……”

　　忽然她聽得窗外真像是有人唱歌，她吃了一驚，趕緊側耳細聽，原來不是，是在窗外守衛的一個營兵，嘴裏哼哼着梆子腔。玉太太就叫僕婦出屋去吩咐，說：“叫他們規矩點兒！因為小姐回來了！夜裏還得加嚴防備，要仔細防備半天雲那夥強盜再來搶劫。”玉嬌龍聽她母親口中說出了“半天雲”三個字，不由得臉上突然一下熱了，站起身來，背着燈燭。

　　這時玉太太又連聲歎氣，叫繡香給小姐收拾床舖，讓小姐歇息。這位太太拭了拭眼淚，向女兒說：“將來見了你父親，我也得瞞着，不能叫他知道你在沙漠裏丟失了兩天兩夜的事，雖然你可也沒有什麼舛錯，但是，我究竟對不起他呀！”玉嬌龍忽然心中又一陣難受，眼睛覺着發酸。

　　少時，繡香已鋪好了床舖，請小姐去歇息。這小屋中除了她母親和一個僕婦、一個丫鬟之外，還有五個官員的太太也在此睡覺。這許多人都在一間屋裏，玉嬌龍還沒有受過。她想起昨夜與羅小虎在一起的時光，那是多麼驚奇而纏綣呢！她輾轉尋思，忽悲忽喜一夜，聽窗外永遠有巡更聲、人的往來腳步聲和刀鞘摩在靴子上的聲音，她雖想要偷偷起來去見師父高朗秋，但是卻不能夠。她又想不出這時羅小虎是在哪裏？荒涼的沙漠？廣闊的草原？可憐的他究竟棲止在何處呢？……玉嬌龍想再聽聽那悲壯蒼涼的歌聲，然而，聽不見了！

　　到了次日，一清早，玉嬌龍就見這裏的人都忙亂起來，丫鬟僕婦們都急急地收拾東西，外面也是馬嘶車響，原來大家就要即時動身。玉嬌龍趕緊問他母親說：“高老師那樣重的病，他怎能隨着咱們走呢？不如我去告訴他，叫他就在這裏養病吧！”玉太太卻說：“你不用去，叫錢媽去問問他吧！”於是就派錢媽去了。

　　待了一會兒，錢媽回來了，說：“高師娘也收拾好了東西啦，她要一輛車，要送高師爺回且末城去養病。她說在這地方，高師爺的病也絕養不好！”玉太太就說：“這也好，就叫張差官帶四個營兵送他夫婦回去吧！”玉嬌龍心中明白，那高師娘一定是借辭回去，要去搜自己那兩卷書。

　　關於書的事，玉嬌龍倒是用不着擔心，因為她看見自己的那隻裝首飾的木匣正提在繡香的手裏，那鏈上的銅鎖安然未動，高師娘就是回去，到自己早先住的房中去搜索，也是白費事。只是，無論如何自己也得再見高朗秋一面，並且須背着人跟他說幾句話。於是她就向她的母親請求說：“我想再去看看我的老師，因為我昨天看見他老人家的病體十分沉重。今後我們到伊犂去，他到且末城去養病。他那麼大年歲，就許從此與我見不着了！”

　　玉太太面上卻現出不悅之色，說：“你也是個大姑娘了，對於老師也不可太近。何況高師爺也未必就死，他只是驚嚇得糊塗了，前天我要是聽了他的話，你回來了也找不着我們了。走吧！趕緊到克里雅城去歇息兩日，再往伊犂去吧！我看你由昨天回來到現在，仿佛精神總是不安！”玉嬌龍的心如同被她母親用針刺了一下，便不敢再言語了。待了一會兒，差官就隔着窗子請示，問說：“是否即刻動身？”玉太太吩咐：“即刻就走！”

當下外面的車馬愈亂，玉太太帶着玉嬌龍出去，她命女兒跟她坐在一輛車上。玉嬌龍的心裏很難過，可是面上也不大敢現出愁態。她先由丫鬟攙上車去，坐在車裏，她的母親就坐在她的前面，並且放着車簾。跨車轅的是一個僕婦和一個趕車的。她就得聽車聲轔轔地響，馬蹄嘚嘚急敲着，她母女坐的這輛車也顛動着走了。她母親的身子擋着車窗。她也不能扒着車窗向外去看。她想着這時車馬或已走到了草原。那羅小虎也許正在遠處騎着馬向他們這隊車馬張望着呢。唉！“侯門一去深似海，從此蕭郎是路人。”玉嬌龍的心坎裏突然想起了這兩句詩，她不禁悲傷欲絕，在她母親的身後滴下了眼淚。此時只覺車輪愈急，馬蹄愈驟，又覺風在窗外呼呼地響，玉嬌龍又盼望再刮起一場狂風，自己再趁勢逃出去，再與羅小虎相會，可是，沿路無事。

至傍晚時，這一隊車馬就進了克里雅城。克里雅城即是于闐縣，在這裏有縣官，有總鎮。如今玉領隊大臣的官眷來到這裏，本地朱總鎮趕緊請玉太太和小姐到他的衙門內宅裏面休息，朱總鎮的夫人恭謹接待。玉太太就告訴了走在沙漠遇匪之事，朱總鎮不住地告罪，自認查辦不嚴，致使官眷受驚。所以，次日朱總鎮就帶領了大隊的官兵往沙漠中去剿捕大盜半天雲的盜眾。

玉嬌龍聽見了這個消息，非常擔心。但是她母親卻覺得這裏給預備的地方狹小，不願多住，又吩咐起程。本地的朱總鎮便親率官兵，保護着送到了和闐（今和田）縣。在和闐縣又休息了一晚。次日再起程到莎車縣，由莎車縣又加派了人員保護北上。

一路風塵，越走越離着沙漠遠了，玉嬌龍時時擔心着羅小虎。不知小虎在哪裏，也不知經過克里雅城的官兵征剿之後，他是被捕了，還是能夠僥幸脫身？玉嬌龍時時吞咽着眼淚，但被母親監守着，僕婢擁護着，她一步也不能離開。

又行走了幾天，才來到伊犁。伊犁的將軍是一省最高級的長官，因為與她家也是親戚，所以早為她母女預備下了行館。她也在此見着了她的母舅瑞大臣和她的舅母于夫人。她還有兩位表姊，都比她的年歲略長，一個叫玉清，一個叫玉潤，嬌龍一來到，當然表姊妹是住在一起。

這裏的居住和飲食，是比玉嬌龍在家裏時還要舒適些、豪華些，而且庭中的芍藥已然開放，粉白紛披，芳香怡人。舅母又很和善，兩位表姊也都知書會畫，女紅尤為精巧。服侍她們的丫鬟僕婦也都是個個馴服。只是玉嬌龍的一顆心仍時時馳往於荒沙曠野之中。她不耐煩陪伴着舅母談說家庭瑣事，聆聽閨閣的訓言。她更恨兩個表姊日夜跟她在一起，問她什麼《女四書》《列女傳》，並弄些針線攪擾她的心。

只是這裏有一隻小貓，全身是雪白的毛，只鼻梁上有一塊黑，是她舅母由北京帶了來的，因為見她喜愛，就送給她了。別人都管這貓叫作“雪中送炭”。可是玉嬌龍給這個貓起了個名字，叫牠“雪虎”。她時常把貓緊緊地抱在懷裏，叫着：“雪虎！雪虎！”有時不覺地就把“雪虎”叫成了“小虎”，假若此時身邊沒有人，她就不禁落下幾點眼淚。

她每天雖然必須盛裝豔容，可是從鏡裏她知道自己已比以前瘦了。她的首飾匣中有四卷書，其中兩卷是很小的本子，抄得很潦草。那是她在十一歲時，她師父高雲雁第一次外出，把木匣交給她代存之時，她就自出匠心，拿個小鐵片磨成一個鑰匙，將匣子開了，將書發現，她以兩個月的工夫將全書抄得，並訂成了容易收藏的小冊。這幾年來，她背着師父，背着一切的人，在暗中刻苦地練習。還有兩卷書，那就是江南鶴手錄的原本。這是當碧眼狐狸高師娘被她師父領到且末城中的那一天，玉嬌龍就查看出來高師娘的來歷可疑，她與高雲雁必不是夫婦。所以那夜裏，玉嬌龍就到高雲雁碧眼狐狸所住的小院中去探窺，果然被她探出，碧眼狐狸是為這兩卷書而來的。玉嬌龍的心中就發生了嫉妒，她知道她師父雖然精研此書，但是她師父的膽氣太小，而且是照着唸書的方式去研究，不會活用。但這書若被一個武藝已有了根底的人得了去，一二年後，這人就將成為自己的勁敵了。因此在那夜，玉嬌龍就縱火燒屋，趁勢將這兩卷原書也得到手裏。她將這正副兩種本子，永遠隨身珍藏，這次她是裝在了她的一個一尺見方的烏木首飾匣內，交給丫鬟繡香收着。可是來到這裏，因為兩個表姊時時在旁，她竟連匣子也不敢打開。

她的表姊們都有很多的金翠的首飾，腕上的鐲子差不多是一天一換，仿佛故意向她炫示似的；可是她竟什麼也拿不出來。那書上所繪的圖式她倒是不必時時翻閱，因她早已在心中記得嫻熟，只是這身手，若是不時常地練習，只在深閨中消磨，若再有半載，她就將成了普通女子一樣的纖弱。所以，她大膽地在深夜兩個表姊熟睡之時，悄悄地出屋，在庭前打拳劍，往房上房下躥越。她住的這雖是衙署的重地。日夜都有人巡邏，可是她這樣夜夜練習，竟沒有一個人察覺。

因此她就想盜馬出城去找羅小虎，可是又難以離開她的母親。所以她的身手、武藝不但都沒有擱下，而且還日日進步，但是她的心永是十分優柔寡斷，甘願被情思煎熬，卻沒有決然一走的勇氣。

過了一個月之後，她的母舅就要攜眷離伊犁赴任去了。她們母女也應當就回且末城，可是因為天氣已至初夏，沙漠中炎熱難行，又不得不暫留於此地。玉嬌龍覺得非常苦惱。

忽有一日，高師娘突然身穿重孝來到，原來高朗秋已於月前死在且末城了。這件事真給了玉嬌龍一個嚴重的打擊。她當着人就哭泣起來，別人只說她感念師恩，卻不知道她是另有隱痛。因為高師娘一來到，夜間她也不敢再出去練武了。

高師娘是跟僕婦們住在一起，正房裏還有兩位表小姐，穿着孝的人是不能到這屋裏來的，所以她不能常跟玉嬌龍見面，見了面也是不能說什麼話的。但是，有一日深夜子時以後，玉嬌龍忽覺外房門微響，有一個人進來，就伏在了她的床下。玉嬌龍伸手一摸，摸着床下人的頭上的髮髻，她也毫不驚慌，用低微的聲音向床下說：“到外面去等我！”床下的人似乎微微冷笑，就爬着又悄悄地出屋去了。玉嬌龍也輕輕地下了床，此時屋中睡着她兩個表姊，外間還有一個丫鬟、一個僕婦，但都不知道這屋中先後有兩個人進出。

碧眼狐狸高師娘到外面蹲地下，一見玉嬌龍出屋來了，她就驀然站起來，走上前來，一把就將玉嬌龍抓住，冷笑着，悄聲說：“你放心！我來沒有別的事，就是你師父在死前說那兩卷書是在你的手裏，叫我來向你索要，你拿出來便沒事，不然你可……”

碧眼狐狸才說到這裏，忽覺玉嬌龍用手指向她的左肋點去，她大驚，趕緊用右手去揉，同時又翻左手向玉嬌龍去打。不料被玉嬌龍用手托住，下面一腳，碧眼狐狸就咕咚一聲坐在了地下。她大怒，挺身而起，不料玉嬌龍如閃電般地趕到，向她的前胸又是一腳。碧眼狐狸閃身跑開，飛身上了房，想掀房瓦向下去打，卻不料腦門子忽然一痛，被一枝小箭射中了，痛得不禁哎啊一聲。玉嬌龍卻如狸貓似的撲上房來，碧眼狐狸伸手要去點穴，更不料玉嬌龍早已抄住了她的腕子，反手一捽，身後又一腳。碧眼狐狸就啪嚓一聲整個身子摔在房瓦上。玉嬌龍就騎着她的身子，手按着她的雙臂，碧眼狐狸極力掙扎，卻不能夠。她就說：“我要嚷了！我嚷嚷起來，我被拿住，可也於你沒有好處！”

玉嬌龍卻冷笑着，悄聲說：“我不怕！至多叫人知道了我會武藝，但你是個江洋大盜，我早已看出來了，只要捉住了你，翻起了你的舊案，你就休想活命！”

碧眼狐狸的身體有些顫抖，就悄聲央求說：“你放了我！我就走！那兩卷書我也不跟你要了。”

玉嬌龍說：“你要我也不能給你，今天你也可以看出了，我的武藝准比高雲雁還強上百倍。無論你怎麼抵抗，也是無用；無論你跑到哪兒去，我也能當時就把你捉回來。以後你就得依從我，我叫你怎樣，你就得怎樣，不許違背我的話。當然，我也不能錯待了你，慢慢我還要把書中的武藝傳授給你呢，你應不應？快說！”

碧眼狐狸這時忽然悲泣起來，她哽咽着說：“我應！我應！我現在本是無處容身，我當初的事都做錯了，如果小姐你肯收留我，我為什麼不願過安適的日子呢？只是你師父臨死時勸我趕緊逃去，他說你心毒手辣，必定容不下我！”

玉嬌龍冷笑說：“我師父他是不曉得我，我待你如何，以後你就知道了！”當下她將碧眼狐狸放了手，先跳下了房去，回到房中安眠。

到了次日，她大表姊就說：“昨天半夜裏，我聽見房上瓦響，嚇得我用被蒙上頭，我怕是鬧賊！”玉嬌龍先是故作詫異，繼而就笑着，搖頭說：“沒有的事！賊人無論如何大膽，也絕不敢到這兒來呀！”

當天，那碧眼狐狸高師娘就裝病了，她用白布箍住頭，說是頭痛。玉嬌龍還特別到她屋中去看她，並說：“師父已死，師娘你也不必傷心了！你一定是因為路上勞頓，所以才頭痛。你就放心休息吧，我們怎樣待我的師父，也就怎樣待你！”碧眼狐狸口中只得道謝。

玉嬌龍見自己已將這個兇悍的賊婆制住了，心中很是高興。她原想派她借個辭出去，找着羅小虎，替她傳遞一封信，以表示相思之情，勸羅小虎速謀個出身，可是又怕碧眼狐狸靠不住，倘若將自己鍾情巨盜半天雲的證據落在她的手裏，那她反倒能將自己挾制住了。玉嬌龍心中猶豫不決，無論怎樣想主意，也無法得知羅小虎的近況。她正在憂愁，時時想像着那遼遠的沙漠，暗誦到“天地冥冥降閔凶，我家兄妹太飄零”那首殘缺不全的詩歌，她就不禁為那個身世淒涼，從困難之中長大，現在又失去了情人的少年英雄而惋惜，墜淚。

又兩三個月，此時已到夏去秋來，忽然她的父親玉大人從京城回來了。玉大人在伊犁拜訪了幾日親友，便定了日期攜眷回任。到起身的那天，正是個新秋晴朗的日子，這次比來的時候聲勢可又大得多了，車四十多輛，馬一百餘匹，五十名差官帶着百餘名營兵。玉大人有時坐在車上，有時也騎着馬押護，威風赫赫，直往且末城。玉嬌龍的車上倒是只有丫鬟繡香和繡香替她拿着的首飾匣、抱着的貓兒“雪虎”。但是這時即或再有一陣大風，可也未必敢有強盜再來打劫了。玉嬌龍也絕無辦法再乘風走去了，她如被囚在籠中的小鳥。

離伊犁走了三天，就見車馬已走入了草原地帶，此時草地的草色已變為枯黃，成千整萬的牛馬嘶着西風，差官、營兵全都振作着精神走着。玉嬌龍隔着車窗就聽他們互相談說道：“放心走吧！連夜走都不要緊，這次絕不能像來時那樣了，沙漠裏現在沒有強盜了，半天雲那夥人早就叫官兵剿得一個也不剩了！”玉嬌龍無意聽到了這話，心就如同被利刃扎了一下似的，悲傷地想：怪不得半載以來聽不見羅小虎的音信，莫非他早已死了嗎？他死之前也沒得見着他的恩人高朗秋，也沒得見着我，他真是苦命！玉嬌龍這樣地想着，就十分傷心。

過了草原，又是沙漠，她不禁又想起幾個月前，與羅小虎共臥沙上，對傾心曲，那一種纏綿難忘的情景。現在，真不知羅小虎的屍骨埋在哪裏了！玉嬌龍暗暗地拭淚，繡香看她出來了，就問說：“小姐，您是怎麼啦？一來到這兒，您又想起以前的事情來了吧？不要緊，這次有大人保護着，就是再遇見大風，半天雲也不敢再搶咱們來了！”又笑着說：“您抱着雪虎吧！牠不願叫我抱着，直抓我，牠是想小姐！”這個不解事的丫鬟，把個貓兒放在了小姐的膝上，她原想借着貓兒解開小姐的憂懼。可是沒想到，小姐的眼淚反簌簌地如同小雨點一般落在了貓兒雪白的毛上。

此時車馬已走進了大漠的腹心，馬蹄遲重，車輪遲緩，個個人都不作聲，都不說話，沉重嚴肅地進行。玉嬌龍柔腸宛轉，自己也不知淚怎麼會這樣地多。又走了半天，忽聽……呀！哪來的歌聲，雄壯而蒼涼，字句很真切，唱的正是：

天地冥冥降閔凶，我家兄妹太飄零……

玉嬌龍大驚，就聽車外人聲馬聲都嘈雜起來了，有人嚷着說：“大鬍子！一定是半天雲！”又聽她父親玉大人怒喊着說：“放箭！”只聽嗖嗖箭聲急響。

玉嬌龍心頭一下一下地緊痛，她淚如泉湧，雙手按住自己的胸口。丫鬟繡香嚇得面色慘白，也靠在她的身上。這時卻聽外面高昂的聲音仍急急地唱着：

父遭不測母仰藥，扶孤仗義賴同宗。
我家家世出四知，惟我兄妹不相知！

外面箭聲愈急，車也忽然停止住了，就聽她父親玉大人咆哮地說道：“追！殺！捉不住賊人你們都不要回來！”喊聲中夾雜着緊急的箭聲、雜亂的馬蹄聲，並有“我名曰虎弟曰豹，尚有英芳是女兒”歌聲仍然忽斷忽續，顯見這人是一邊騎着馬飛奔，一邊唱出的，歌聲漸漸地遠了。

玉嬌龍把貓和繡香全都推開，爬出車去，站在車轅上向遠處望去，就見有三四十名騎着馬的營兵，都持弓握刀向北追趕去了。那北邊極遠之處有幾匹馬，馬上的人時時回身，也似在向營兵們放箭。一霎之時，那幾個賊騎就跑過了沙坡，玉嬌龍卻始終也沒看見羅小虎。

這裏大隊的車輛全已停住，差官營兵們都刀光閃閃地保護住了車輛。玉大人騎在紫色大馬之上，手舉寶劍，高呼着：“追！”他雖是背着身，只見他花白的鬍鬚被風吹得亂動，玉嬌龍趕緊又回到了車裏。她又擔心，又悲痛，又憤恨，緊緊地咬着牙，枉然地落着淚。繡香嚇得已縮成一團兒，貓兒臥在車角裏仍然睡覺，外面是一片怕人的岑寂。

少時談話聲又漸漸地沸起，僕婦和丫鬟都過來掀開車簾看小姐，並安慰着說：“小姐放心吧！強盜已被咱們這裏的兵給趕跑了！”玉嬌龍拭着淚，搖頭說：“我倒是不怎麼怕，只是太太現在怎麼樣？”僕婦說：“太太倒也沒受着什麼驚恐。”

玉嬌龍叫繡香給她穿上鞋，僕婦攙着她下車去，到前幾輛車旁去看慰她的母親，玉太太說：“我倒沒有什麼，你沒受什麼驚嚇我就放心了。這次賊來得不多，只是四五個人，你沒聽見剛才有個賊人直唱嗎？”

玉嬌龍拭淚搖頭說：“我沒聽見！”

　　玉太太說：“你回車去歇息吧！待會兒就能把賊人捉了來，那半天雲真膽大，也不知是個什麼人？”

　　旁邊有僕婦說：“我看見啦！那賊人是個長鬢鬍子，頭髮也挺長，跟個惡鬼似的，騎着黑馬，嘴裏還唱着。”

　　玉嬌龍心痛得覺着站立不住，兩個僕婦又把她攙回車上去。她很擔心，就想：如果少時官人把羅小虎捉獲送來，在車前梟首，他的血都流在沙子上，我的心將怎麼受呢？她擔憂了多時，忽聽又是一陣雜亂的馬聲，又聽她父親震怒地喊道：“你們還都有臉回來，賊人一個也沒擒來？混帳！飯桶！”玉嬌龍這才放下了心，知道羅小虎已然逃去。她很欽佩羅小虎的英勇、矯捷，但是又不由得發恨，暗想：別後半載，你依然在此為盜，你也太沒有志氣了！你這樣，我可怎能和你相見呢？……因此，她的淚又不住地流。

　　車身又移動了，外面玉大人震怒着，罵他手下的人無用，一面罵，一面憤憤地指揮着車馬向前進。這裏玉嬌龍經繡香勸慰，不得不收住了眼淚。細想了半天，她的心是不怎樣難過了，只是依然懷着幽怨。這種幽怨無處去說，除非給自己一匹馬，讓自己追上羅小虎，讓自己痛快地數責他一番才行。

　　車馬加緊前行，越過了沙漠，便找了驛站歇息。次日依然往下走去，又走了數日，便安抵了且末城。到衙前下車進內，玉嬌龍倒覺得自己的家裏有些生疏了，有個看守房屋的僕婦說：“太太跟小姐走後，家裏倒是沒有什麼事，只是高師爺、高師娘回來了，高師爺得病死了，小姐的屋裏時時有響動，我們怕是鬧鬼，都不敢在小姐的屋裏住！”玉太太怒喝道：“不許再說！本來小姐在路上就受了很多驚嚇，如今才一回來你們就說這話，走開！”這個僕婦含着羞退出去了。

　　玉太太就向女兒說：“你別信那話，你要不願住你的屋子，你就搬來跟我住在一處吧！”玉嬌龍卻搖頭說：“我不害怕，我還要住我的那間屋。只是每晚叫高師娘跟我做伴好了。”玉太太猶疑了一下，但想高師娘的年歲也很老了，平日人又規矩，如今她丈夫死了，她也很是可憐。既然女兒喜歡她，那就叫她去一半陪伴，一半服侍，也很好。她上了年紀的人總比丫鬟還靠得住，遂就答應了。

　　由是，晚間玉嬌龍就同碧眼狐狸住在一間屋內。玉嬌龍本來心情不好，但自她與碧眼狐狸住在一起之後，每晚碧眼狐狸必要跟她說許多話，倒解去了一些愁悶。碧眼狐狸就跟玉嬌龍說了她自二十歲時走江湖，至今三十年來所遇到的一些稀奇古怪的事情，說她自鳴得意其實是兇狠淫賤的種種行為，說高山大河、名俠悍盜，並說她與高朗秋的關係，以及她怎樣害死啞巴，高朗秋又怎樣從她手中騙去了那兩卷奇書之事，等等。因此，玉嬌龍憑空知道了閨閣之外的許多事情，這些事情使得她驚異、羨慕，也解去了她心中的一些愁悶。

　　碧眼狐狸的意思現在倒是沒有什麼，她在江湖漂流的年數太多了，外面所結下的仇人，所作下的大案，所招惹下的那些必欲捉獲她而後甘心的各地名捕，也是太多了。現在玉嬌龍待她很好，吃喝很富足，每天除了縫縫衣服，也沒有什麼事幹，無論上下全都尊稱她為“高師娘”，她倒是很知足很安分。她只是時時防備着，萬一被人發現了她是碧眼狐狸，官人來捕，或是江南鶴來為他師兄報仇，到時她還是要設計逃走；並想逃的時候還要帶走玉嬌龍，以做她的膀臂。所以她除了用江湖上的新奇事情，做盜賊的種種瀟灑引誘玉嬌龍之外，並對玉嬌龍極為恭順；玉嬌龍吩咐她怎樣做，她就怎樣去做，決不違背。

　　玉嬌龍是一面監視着她，一面又籠絡她，原想着利用她去到沙漠中找羅小虎，為自己傳信，但是自己總對這碧眼狐狸還是不能放心，總不敢把羅小虎之事向她公開說明。

不覺又過了幾個月，此時天已嚴寒，郊外草木盡枯，野獸無法藏匿了，正是打獵的時候。此時又值邊疆平靖，衙中無事，玉大人幾乎每日要到郊外去打獵。他打獵時很是威風，至少要有二十名差官隨行，帶着鷹犬、弓箭、火藥槍等等，每天出去必能獵到許多狐狸、兔子、獐子等等。有時一高興也叫玉嬌龍隨行，玉嬌龍總要帶着丫鬟繡香和高師娘，但是她對於打獵雖感興趣，可是自己從來沒動過手。她那現在已練得百發百中的珍珠箭，本來不用鷹犬就可以捉狐射兔，但是她絕不顯露。在她父親的面前，她只做出活潑、天真、膽小的樣子。她父親只知道女兒的騎術不錯，可是不知道女兒還有一身超人的武藝，更沒想到跟着女兒的那個高師娘，原是個江洋大盜。

有一天，玉嬌龍又隨着她的父親在郊外打獵。她看見放出去的盤旋於空際的飛鷹，頗感歎自己的武藝無處施用；又看見那撒出去的獵犬，猛勇絕倫，又不禁地憐惜。想遙遠沙漠中的那個人，那條勇猛強壯的漢子，俊美多情的男子，飄零不幸的人，現在不知他怎麼樣了，因此又不禁一陣傷心。

此時天色陰沉，似有雪意，時間也不早了。但是玉大人因為今天得到的野物太少，便跟那些藏匿起來的野物賭上了氣，他決定先不回去，非打不可。但又想到女兒如進城晚了也不大好，所以就派了兩名差官，先護送小姐進城。

小姐玉嬌龍是騎着一匹赤兔馬，人都知道這匹馬是個哈薩克族姑娘送給她的，但只有她自己才曉得這匹馬的可悲傷可戀慕的來歷。她頭上戴着貂皮女帽，身披紅緞大斗篷，薄底的繡花坤鞋蹬着黃銅鐙，手戴着貂皮手套，提着皮鞭，握着韁繩。

高師娘跟繡香都坐在騾車裏，繡香說：“小姐您上車來吧！您拿暖爐暖暖手腳吧！”高師娘也說：“要不，小姐您上車來，讓我也學着騎騎馬！”

玉嬌龍搖搖頭，微笑着說：“我是最不喜歡坐車。”兩個差官一個在前，一個在最後，玉嬌龍的馬傍着車走。騾子和馬的口中都吐着白氣，天是很寒，而且越來越陰沉，雪花已紛紛落下來了。

走到將進城門之時，碧眼狐狸忽從車裏伸出頭來，向南指着說：“那邊就是你老師的墳墓。那墳前不是有一座新立的碑嗎？是你師父沒死的時候託付衙門陳文案，陳文案上月才把那碑給他做好，才立上的。”

玉嬌龍知道師父的墳上新立了一座碑，聽說上面有碑文，她前些日就想要去看看，如今她父親又沒同行，她遂就吩咐車馬站住，說：“你們且等一等，我去看看我師父的墳，立時就回來。”遂催馬跑了過去。

不一會兒就跑到了墳前，只見墳上的蒿草未刈，新碑屹然。她下了馬，於細微的雪花飄飄之下，看見碑的上面刻着篆文“綏江高先生雲雁之墓”，背面是楷字，刻的是：

嗟尔高雲雁　　綏江壹儒生
胸懷秋月朗　　身世羽毛輕
爾曾讀經史　　文章早有名
亦曾發韜略　　邊疆樹奇功
攜劍遊南北　　長揖傲公卿
肝膽交良友　　仗義拯孤伶

布衣五十載　死葬且末城
雖死有遺憾　人間猶不平
尚有侯門女　雛鳳作鴞聲
更有楊小虎　恩仇未分明
······

　　玉嬌龍才讀到這裏，就十分驚訝。因為雪已越下越大，天已越來越黑，後面的字還很多，她也不能再向下去看。她只想將那"尚有侯門女"五個字鏟去，但此時身邊又沒有刀劍，只得恨恨地上了馬，趕上了車輛，進城回到衙內。

　　這時她的心中十分悶悶不樂，想着師父高雲雁實在是不明白自己，他以為自己也是碧眼狐狸那樣的人，並且以為自己將來比碧眼狐狸更能做出什麼惡事，他真是想錯了！或者是因他對我私抄書籍以及縱火燒房之事深為銜恨，所以臨死時還氣憤不出，作了詩，托人刻在碑上，來罵我勸我。他真是書生的度量，太狹窄了，太小器了。

　　只是小虎，原來他是姓楊，怪不得他唱的那首歌有什麼"我家家世出四知"的話。真奇怪！這高老師既叫小虎恩仇分明，可又不早告訴他實話，歌詞又作得那麼含混不明，是什麼意思呢？真是書生的行為。無怪他讀了數十年書，學了數十年的武藝，卻不能做一點官，也不能做個俠客，並且連碧眼狐狸也制服不了，真是個酸書生，無用的人！

　　玉嬌龍對她師父輕視着，並且有些憤恨，但她並未對碧眼狐狸露出一點兒意思。碧眼狐狸就悄悄問她，說："小姐，你沒看見那碑上刻的是些什麼字嗎？"玉嬌龍笑着說："看見了，是他自己作的一首詩，誇他的本領才學如何之大！"碧眼狐狸恨恨地說："那書呆子只會作詩，會騙人，早先那兩本書若不是被他騙去，現在我得多麼……"

　　玉嬌龍微笑說："你手中就是有那兩本書，你必也學不會，書上的圖畫雖明白，但沒有細心地領會，巧妙地運用，也是不行的。你就別再掛唸着那兩卷書了，你也老了，即使再教給你，你也學不會了。你就安心地跟隨着我，反正，只要有我庇護你，什麼事你也不要怕。少時我要出去一趟。"碧眼狐狸急問道："小姐你要出去做什麼？"

　　玉嬌龍笑說："因為我師父墳前新立的那座碑上有幾個字，我要把它削去！"

　　碧眼狐狸說："過兩天路過那裏再把它削去吧！何必深夜又去一次？隔着一道城！"

　　玉嬌龍說："隔着兩道城也攔擋不住我！因為那碑上有一句罵我的話，我不即時削去，我不放心！並且還有罵你的話。"

　　碧眼狐狸氣憤憤地說："他罵我什麼？他病了那些日，不多虧我服侍？我又不是他的老婆，他也不是我的漢子！"

　　玉嬌龍說："他罵我是梟鳥，罵你是淫狐！"碧眼狐狸說："我去把他那座碑劈了！"

　　玉嬌龍擺手將她攔住，說："你去把碑劈了，陳文案還能把碑重刻，因為他們生前是莫逆之交。再說那碑文除了兩句是暗中罵我們之外，其餘的話都與我們無干。少時我去，只把那兩句話削下來就是，過後別人見了也不會怎樣留心。"玉嬌龍就叫碧眼狐狸給她預備下火鐮、火石，並囑咐她好好看守屋子。

　　到了深夜，玉嬌龍命碧眼狐狸到外面看看雪住了沒有，碧眼狐狸說：“雪正下得大，小姐你還是不要去吧！我們久幹綠林的有兩句話，是‘走黑不走月，走雨不走雪’。無論身子多麼輕，在雪上沒有不留腳跡的。”

　　玉嬌龍卻笑着說：“我不聽你的，雪越大我才越喜歡出去。”她遂就換上了雙白絨襪子，身穿白絨衣褲，背後插着寶劍，帶上火鐮、火石。頭用白紗巾蒙上，在衣裳上又披了一件銀狐小皮襖。她全身上下盡是白色，真跟她那隻愛貓“雪虎”是一樣。碧眼狐狸將房門啟了一道縫，玉嬌龍就側身出去，只見眼前的白影一閃，她就沒有了蹤影。

　　此時整個且末城籠罩在黑沉沉的夜色裏，白茫茫的大雪裏，風停夜靜，市街上沒有一點還能活動的東西。城垣上的官兵雖巡邏得很嚴，然而卻攔擋不了玉嬌龍。一霎時這位小姐就到了城外，她在雪地上如同一隻白貓似的，很快就躥到了高朗秋的墳墓之前。她蹲着身，先取出火鐮和火石，打着了火絨，就一手拭去碑上掛着的雪，一手執火去照這碑陰的字跡。此時風雖不大，但雪落得仍緊，她的火連打了四次卻滅了三回，這荒郊曠野，大雪寒夜之下，墳前碑後，只有微微的火光一明一滅的。

　　玉嬌龍將全篇碑文盡皆讀過後，不禁微微一笑。因為她師父高朗秋自作此墓文的用意有二：一是勸誡玉嬌龍，不可恃才作惡，應當效才女班昭、孝女木蘭，紅線、聶隱娘亦非不可為，不過須出於俠義；並暗示那兩卷奇書最好是燒毀，切莫落於惡人的手內。此外，便是囑告楊小虎，倘若將來他能來到此地，讀此碑文，須知塚中人即汝父好友。因為二十年未晤，不知汝成了如何的人，但須速尋汝弟汝妹，彼等住汝州俠楊公久之家。至於仇人係一姓賀之人，問我胞兄高茂春必知詳細情形。全文盡用淺近的詩句，共約二百餘言，但意思極為隱晦，非詳讀細思不能知其用意。玉嬌龍明白這是高朗秋臨死前的兩件憾事，所以他才囑友留在碑上，為將來讓她和羅小虎來看。玉嬌龍便從背後抽出寶劍來，一手揮劍，一手持火，將文中與她有關的二十幾個字盡皆削去。

　　此時大雪紛紛，火光搖搖，寶劍閃閃削在青石碑上，只聽喀喀地響。忽然，有人自後面將她的腰抱住，玉嬌龍吃了一驚，回身掄劍。身後的人卻撒了手，跳到墳後藏着去了，發出嘿嘿的男子的笑聲。玉嬌龍一挺身躥上墳頭，掄劍向墳後趴着的那個穿黑衣服的人就砍，劍光如閃電似的落下。那人卻用手中的短刀橫迎，鏘的一聲，玉嬌龍的寶劍被斬成兩段。

　　玉嬌龍大驚，跳下墳來問道：“你是誰？”

　　這人也直起身來，身材雄偉，哈哈笑着走近前來，說：“嬌龍，別怕，我是小虎。我來此五天了，看見了你兩次，可是我不敢上前招呼你。前天夜間我也到衙門裏去了一回，可是我不知你住在哪間屋裏。快有一年了，我時時想你，嬌龍！跟我走，找個地方我們談談心吧！”這半天雲隨說着隨走過來，伸手就要拉玉嬌龍的胳膊。

　　不料，玉嬌龍驀然一抬臂，將羅小虎手提的寶刀擊落在雪地上，又拳揚腳起，兩三下就把個壯漢半天雲打倒在雪地之上。打過之後，玉嬌龍忽然又悲痛地哭了起來，說：“我為什麼要隨你去呢？你，你個沒有志氣、沒有信義的人！在沙漠之中我跟你是怎樣說的？怎樣叫你去改過、去進取、去謀出身？你怎樣答應的我？不想這一年來你仍在沙漠中做強盜，上次還敢追我的車，現在還敢來到這裏，你，你快走開！”

　　羅小虎由雪地上爬起，拾起刀來，卻不敢再近前來跟玉嬌龍說什麼了。他只站在距離五步之處，沉重地歎氣。玉嬌龍抽噎了一陣，反倒又走過去拉住他的胳膊，溫柔地勸慰說：“你也別難過，你得知道，一年來我比你還難過得多！我時時思念你，時時流淚。我也知道你謀出身不是容易的事，可是你也應當先改一改盜性，離開那沙漠。你至今還做着賊，你想我怎能和你在一塊兒？我是名門的小姐，我雖會些武藝，但我並不同一般江湖女子，我絕不能離開我的父親，去長久與匪人廝混。你要想娶我，你非謀出身非做官不可，你明白不明白？你不要傷心。你去吧！反正我永遠等着你！”

羅小虎點點頭，一句話也不說，轉身就走。玉嬌龍卻又把他拉住，指着身旁的碑墓說：“你來看！這座墳就是你那恩人高朗秋的墳墓。他有自題的碑文，上面說他臨死時還關懷着你，只是你們已有二十年未見了，他無處去找你。他還說你原本姓楊，你的兄弟妹妹都被什麼汝州俠楊公久攜去。你的仇人姓賀，須問汝南府高茂春，他是你恩人的胞兄。他必可以知道你詳細的身世。現在高茂春恐年已甚老，楊公久和那姓賀的仇人，都許已不在人世，你那妹妹弟弟都已一定長得很大了。你不用為我，就為你家的恩仇，為尋你的弟妹，你也不可以再為盜賊！在那沙漠裏你永遠也不能見人！”

說到這裏，她仔細地看着羅小虎的臉龐，借着雪光還能隱隱看出，他的臉上倒是又刮去了鬍鬚，只是似乎比早先削瘦得多了，他緊鎖着雙眉，滿面愁悶之態。玉嬌龍又溫柔地安慰他，婉轉地勸勉他。羅小虎就點點頭，說：“我都知道了！我走了，咱們再見吧！”說着他把玉嬌龍的手輕輕推開，轉身踏着雪走去，雄偉的身影漸漸消為雪色隱蔽住了。

玉嬌龍在這裏戀戀難舍地站立，只覺得兩隻手已凍僵，雪已落滿了全身，而羅小虎已不知走往何處去了。她這才從雪中將斷劍找着，離開了這裏，潛行飛躍，回到城裏衙中。

一回到屋裏，碧眼狐狸就將燈點起，看見了她手中的斷劍，又看見她臉上的淚痕，就不禁驚訝，悄聲問說：“小姐，你剛才遇見了什麼人？”玉嬌龍搖搖頭，不叫她多問，遂就藏起斷劍，將衣服脫下，交給碧眼狐狸，她卻上床掩被睡去。碧眼狐狸把小姐衣服上的雪全都掃落，然後收起。她驚訝地看着玉嬌龍，見玉嬌龍用緞被蒙着頭，似乎並沒睡着，是在那裏哭了。碧眼狐狸心中猜疑又夾雜着驚懼，暗想：剛才她在城外莫非遇見了什麼武藝高強的人？是江南鶴？或是那啞巴一派的人？她凜懼地關嚴了門，吹滅了燈。此時衙門更鼓已交四下，窗外的雪如風吹沙起似的那麼蕭蕭地響。

次日，雪仍未住，碧眼狐狸特意到院中去查看，見雪上一點兒痕跡也沒有，原來玉嬌龍昨夜踏下的足跡，早被新雪給掩蓋住了。碧眼狐狸對玉嬌龍越發畏服，但玉嬌龍卻從此愈少歡樂。

時光荏苒，轉瞬嚴冬已過，新春又來。玉嬌龍除了有時隨她父親騎着馬到郊外去遊玩，稍為開心之外，便整日在閨中習字作畫，晚間仍然練習武技及弩箭。她練武必在深夜，並不避諱碧眼狐狸，所以碧眼狐狸的武藝也較前略好些，因為她能從玉嬌龍那裏學一些拳劍招數，也很感謝玉嬌龍，就更不想離開這裏了。玉嬌龍終日以筆墨丹青消遣她這青春韶光。除了貓兒可使她稍解煩悶之外，並沒有一個人能夠來安慰她。羅小虎更是毫無音信，關於半天雲的消息也一點兒聽不見。

不覺春轉成了夏，夏又轉成秋，庭草由青變綠，由綠又變黃，燕子飛來又飛去了。這日是重陽節以後，忽然有位哈薩克姑娘到衙門來拜見玉小姐。衙中的人記得去年小姐在沙漠中失蹤之時，多虧有位哈薩克姑娘援救，所以趕緊通報到內宅，玉太太立時命僕婦給請進來。

這位哈薩克姑娘美霞，頭梳雙辮，臉上搽着脂粉，除了腳下穿着皮靴，穿的衣裳也跟旗人的女子差不多。她是騎着馬來的，由馬上拿下來一口寶劍，並有兩塊馬肉脯。劍就是玉小姐在沙漠中丟失的那口“斷月”，馬肉脯是她帶來的禮物。美霞隨着僕婦一進了內宅，玉太太跟玉小姐都由屋中迎出來，讓到客室中，丫鬟們忙着敬茶，擺點心。玉太太就表示謝意，說：“我的女兒去年在沙漠中遇見盜賊，多虧姑娘救了她，臨走時姑娘還送給她一匹馬。我們早就要去給姑娘道謝，只是想那草地的地方太大了，恐怕找不着。”美霞聽了，卻有點兒發怔，答不上話來。玉嬌龍在旁邊趕緊說別的話，然後就拉着美霞到她屋中去玩。

原來美霞此次來是另負使命，到了玉嬌龍的屋中，她就從懷中掏出來一封折疊得不成樣子的信，玉嬌龍趕緊使眼色將高師娘和繡香支出屋去。她拆開了信，就見裏面只有一張信紙，上面密密地寫着：

　　嬌龍賢妻妝次：

　　別後又將一載，深為思念。我現在依你之言，去奔前程。現在做買賣，買賣很發財。因為我想發了財之後才能做官，做官不難。至多再有一年，我就能高車大馬，冠帶見汝。到時必以花轎娶你，叫別人都說你的夫婿是英雄。今托美霞姑娘傳信，請你放心，並送上弩箭二十枝，是我做的，請你收下可也。書不盡言，他日再見！

　　小虎頓首。

玉嬌龍看了這封信，臉上不禁發熱，又是高興，心中卻又有一種隱痛。美霞又從靴筒裏掏出一把短小的弩箭，玉嬌龍趕緊接過來，連信藏起。她把美霞拉到床頭，與她並肩坐下，低聲問說：“你知道他現在是做什麼買賣嗎？”

美霞說：“他是販馬，現在很闊了！”

玉嬌龍聽了，心中稍稍安慰，又悄聲說：“我也不給他寫回信了，將來你若再見了他，就說是我告訴他的，叫他改個名姓吧！他本來是姓楊，再說以後難免會有人知道，羅小虎即是……”

美霞說：“你放心，他現在已不做強盜了，那夥人全散了。再說除了有些官人恨他，我們放牛馬的人並不恨他，他在沙漠裏這幾年，沒搶過我們什麼東西！”

玉嬌龍點點頭，又說：“你還告訴他，也不可專做買賣，還必須趕緊求個出身。不然，我怎能……”

正說到這裏，忽然有個僕婦進來，說：“太太說，這位姑娘既是遠路來的，就請小姐留這位姑娘在這兒多住幾天。”玉嬌龍就向美霞問說：“你能在我們這裏多玩幾天嗎？”美霞說：“我隨便玩，我一個人時常到各處去，半年不回家，家裏也沒人找我。”玉嬌龍又因此想到了自己，自己空有一身武藝，卻何處不可去，只能在閨中度這煩悶的生活。自己的心是太軟了，總是不願離開年老的母親！

由此，這哈薩克姑娘就留住在這裏。每天玉嬌龍帶着她出城去玩，二人都騎着馬，只帶着兩個丫鬟、四名或六名營兵。玉大人和玉太太對她們也不干涉。秋原野草，駿馬西風，二人時常賽馬或射鳥打兔。在衙中，玉嬌龍就跟美霞學哈薩克的語言。玉嬌龍心中的愁緒漸漸解開，美霞居此也留連忘返，一直住到年底，方才回去。她走後，玉嬌龍又感覺寂寞了，又時時刻刻想念着羅小虎。

過了年，玉嬌龍已然十八歲，她的容貌越發出落得美麗了，武藝也日益精深，那碧眼狐狸跟她的感情也更厚更密，只是羅小虎卻消息杳然，哈薩克姑娘美霞也沒有再來。是年秋間，她父親玉大人忽奉欽命調任京都九門提督正堂。這個消息一傳來，衙內外全都喜歡，許多官員官眷都來賀喜。玉太太也很高興回北京，因為在京城有許多親友，不至於像在這裏這樣寂寞，而且九門提督正堂的權位又比現在大。下人們更是歡天喜地，都想回京城去逛逛，連碧眼狐狸高師娘全都笑了，她私向玉嬌龍說：「天下的地方我都去過，只是沒到過京城，現在可遂了我的願啦！」

惟有小姐玉嬌龍卻為此事發愁了兩三天，因為她想：自己一到了京城，就越離着羅小虎遠了，他在這裏的消息自己更無法得到了。並且，到京城之後，自己就愈益尊貴。在這裏羅小虎只要做個小武職，還可以冒昧求親，一到了京城，他得做到什麼爵位才能向一位正堂的小姐攀親呀？再說京城的親友眾，少年顯貴多，自己年已十八，難道能沒有別人來求親嗎？她十分憂慮，倒願意朝廷忽然收回成命，可是，行期已卜定了。

這天，許多官員來恭送，營兵們擊鼓奏樂，商民們爭獻萬民衣、萬民傘。光榮顯赫的大隊車馬就離開了且末城。依然是取西路先赴伊犁，然後再轉道晉京，因此又須穿過沙漠。沙漠中雖然風沙滾滾，可是並沒看見半天雲那夥盜賊。過了沙漠是草原，玉嬌龍在此也沒遇見那哈薩克女友，心中既惆悵又悲哀。

到了伊犁，她父親玉大人又向本地將軍拜辭，將軍和大小官員又來送禮、餞別，她的舅父瑞大人、舅母于夫人、表姊玉清玉潤也都趕來相送，因此在這裏停留了五天。玉嬌龍天天幫助母親應酬這些女眷，覺着十分乏味而且煩惱。

好容易盼得動身了，但行走了數日到了迪化省城，玉大人在此又需駐師拜客。玉嬌龍跟母親帶着僕婦丫鬟，住在一個很大的官舍之中。這裏有花園，花園中秋柳蕭疏，寒蟬聒噪，園中有樓，樓外是一條長巷，巷中也有幾家舖戶和不少的人家。

來此的第二天，晚飯之後，因為在房中覺着煩悶，玉嬌龍就帶着高師娘和丫鬟繡香上樓來眺望。這官舍本歸迪化撫台所管，撫台每遇花月佳辰，時常招延本城的一些文官、紳士、名流，登此樓來飲宴賦詩，所以這樓上有一塊橫匾，題名「綠霞樓」。樓上陳設得相當款式，壁上的字畫詩文也不少。玉嬌龍略看了看，然後就推開後窗，只見樓外巷中人來人往，並有狗跑着，車走着。

玉嬌龍就笑着說：「這樓蓋得可不大好，一邊是太雅了，一邊又太俗了！」碧眼狐狸問說：「北京宅裏也有這樣的樓嗎？」

繡香在旁說：「沒有，我小時在北京宅裏住過兩年，知道宅裏沒有樓，可是院子又深又大。也有一座花園，那園裏沒有柳樹，可是有很多棵海棠樹，還有芍藥，一到春天，海棠開過芍藥就開，好看極了，比這兒可好！」

碧眼狐狸說：「小姐，咱們回到北京宅裏，可要找個臨近花園的屋子，咱們住。」玉嬌龍並沒理她。

此時夕陽斜照在小巷裏，家家炊煙散出，都在做晚飯了，所以往來的人也漸少。忽見由左首來了一匹馬，這馬是全身紅色，鞍轡很新，嘚嘚地走來。馬上是一個身穿藍緞子袷袍、青團龍緞子的馬褂，頭戴鑲金邊的緞帽的人，似是一位官員，身材雄偉，在馬上揚着頭。玉嬌龍一看，神色立變，趕緊退身回首，身子緊張得有些顫抖。她向碧眼狐狸和繡香說：「你們都先下樓去！」說話時是命令的口氣。

繡香還發着怔，碧眼狐狸卻拉着她說：「咱們下樓等着小姐去吧！」她拉着繡香往樓梯下走去，還沒走下，忽聽樓外有人扯開了嗓子高聲唱道：「天地冥冥……」

玉嬌龍又推開樓窗，向樓下厲聲呵斥一聲，外面的歌聲止住了。玉嬌龍氣得身子發抖，向樓下瞪了一眼，見羅小虎正騎在馬上揚首向樓上笑，街中還有往來的人呢！玉嬌龍趕緊又退回身來，暗暗歎氣。忽然一回首，見一張幾上放着墨水匣和筆架，並有一疊紙張，她趕緊走了過去。紙上已有厚厚的一層塵土，她抽出一張，見印着是"綠霞樓詩箋"。墨水匣因蓋得緊，裏面的墨綿倒是沒乾，她急匆匆地持筆蘸墨向信箋上寫：

　　　　君來此何意？速走去！他日若得意，可正大光明至京去見我父，勿再做此鼠竊。我為君憔悴甚矣，君乃不諒！男兒何竟如此無志氣？將相本無種，男兒當自強！為君為我，均宜奮翼直飛，今暫別，勿悲傷，相見之期不遠，惟在君為也！

　　寫畢，團了團，便摘下髮辮上的金簪，刺透信箋，隔窗投於樓下。只見羅小虎在馬上伸手接住，又笑了笑。玉嬌龍趕緊回身，心裏真恨。

　　聽見樓下的馬蹄聲，她又扒着樓窗向下去瞧，見羅小虎健馬雄威，已走出了這條長巷。玉嬌龍的心裏又有些依戀似的，回身到幾前，收了筆紙，不禁呆呆地發怔，心中想：小虎必是真不做強盜了，不然他如何敢到迪化城中來呢？他一定是知道我將離開新疆，所以才不知由什麼地方趕到這裏來與我相別，但他又太冒失……

　　此時碧眼狐狸又一人上了樓，她向玉嬌龍做出來一種惡笑，說："小姐，我知道了，原來半天雲……"玉嬌龍不語，轉身下樓。碧眼狐狸在前，一邊向下走，一邊還回頭，還是那麼惡笑着，悄聲說："從今天起，你得把書讓我看看了！"玉嬌龍驀然一腳，正踹在碧眼狐狸的腰上，咕咚一聲，就像把一個很重的東西給整個扔下樓似的。

　　正在院中揉柳絲的繡香嚇得轉身說："哎呀！高師娘你怎麼啦？"碧眼狐狸已挺身而起，瞪起了兩隻兇眼。可是玉嬌龍已然下了樓，就假作攙扶似的揪住了她的胳膊，碧眼狐狸紫色的臉突然變為蒼白。玉嬌龍笑道："師娘你老了，上下樓應當小心！"她手指用力，正捏的是已經被她給挫開了的碧眼狐狸的骨節。碧眼狐狸痛得頭上就滾下豆子般大的汗珠，說："可不是！我真老了！好小姐！"玉嬌龍又用手一托她的胳膊，咯嘣一聲，骨節才合上了。碧眼狐狸一撇嘴，這才緩過氣來。玉嬌龍叫繡香過來攙扶着高師娘，這才一同出園回到內院。

　　從此，碧眼狐狸對玉嬌龍更加畏懼，可是玉嬌龍待她卻比以前更好。繡香那聰明的丫鬟卻從這次起就覺出她們的小姐有些奇怪，可是她不敢問，也不問，並且故意不去留心她小姐的行為。

　　在迪化城住了四天，又起程東去。玉嬌龍怕羅小虎仍在暗中尾隨，時時地提着心。可是過哈密城，出猩猩峽，進嘉峪關，走祁連山，渡黃河，經蘭州，過長安，穿風陵渡，穿晉省，路上走了兩個月。在秋色滿城之下平安抵達了北京，竟未再見羅小虎的身影。沿途閱盡了千山萬水，玉嬌龍自覺懷襟一暢；可是把個羅小虎已拋在萬里之外，她又有些悲哀。

　　到了本宅中，這裏庭園寬廣，起居食用較在邊疆時益為豪華。她因有綠霞樓上的那件事，就不願再與碧眼狐狸同屋居住，所以她自己擇定了西房做她的香閨，命丫鬟繡香和吟絮住在套間。這裏是格外寬敞，而且有個後窗，窗外通着那向少人跡的花園，她每夜習武非常地方便。因為她父親就了新任，公事較在新疆時更多了，她母親又終日與戚友應酬，所以她也比昔日更多些自由。

　　京城的富麗，生活的尊貴，也使她對於羅小虎不甚懸係。京城中顯貴極多，彼此都往來甚密，喜慶慰吊之事幾乎每天都有，玉嬌龍的富麗、雍容、華貴，就立時壓倒了京都一切的名門婦女。她的兩位胞兄和嫂嫂、姪兒也都進京省親，家庭團聚，解去了她不少的憂悶。她的兩位胞兄，一名寶恩，一名寶澤，全是在京城長大的，後來都中了舉，做了官，一在安徽，一在四川，現任都是四品府台。嫂嫂也全是名門之女，姪子們都已很大了。十餘年來，因為父母和幼妹都在新疆，路途遙遠，他們很少去省視，只是有時候玉大人進京時，他們才趕到京城去叩見。玉嬌龍只記得五六歲時隨父母在京時，她的兩個胞兄同在一個月之內娶了嫂嫂，喜事辦得很是熱鬧，那是給她印象很深的一件事。

她的兄嫂在京住了約有半月，就又分別回任去了。庭院雖大，但人口稀少，她又感到有些寂寞。得到她母親的同意，她就時常出去遊玩。與她往還密切的有許多名門女眷，但比較近的反倒是那落魄的小旗官德嘯峰之妻德大奶奶。這有幾種原因：

第一，兩家本來是老親，而且玉大人最欽佩德嘯峰之為人，認為他慷慨好義。而且幾年前德嘯峰所打的那場冤枉官司，玉大人非常不平。所以德嘯峰充配新疆之時，雖然他只到了伊犁，並沒到且末城，可是玉大人趕緊就派人去照應他。

第二，德嘯峰現在雖然沒做官，但家道還很殷實，而且此時朝中的顯要鐵小貝勒，與他最稱莫逆，所以仍然有許多富貴人家與他往來，不以為辱。

第三，德嘯峰過去在京城的名頭太大了，"鐵掌德五爺"，南北城的光棍、地痞是無人不知，無人不稱為是好朋友。尤其都曉得德嘯峰結交過李慕白。京城中的人都把李慕白的事蹟神化了，都知此人有萬夫不當之勇，偷星換月之能。還有俞秀蓮，十六七歲的姑娘雙刀震京城，匹馬闖南北，天下更找不出第二個來，而俞秀蓮就跟德家人是一家人一樣。加以現時北方的名鏢頭神槍楊健堂、京城俠公子邱廣超也都是德嘯峰的好友。一朵蓮花劉泰保又時常在街上吹，說他認得德五爺，常到德五爺家中串門。所以這幾年德嘯峰雖然整天在家中讀書習字，不常出門，可是昔日的名氣絲毫未減。

第四，德大奶奶最善交際。她丈夫從新疆赦還時，說是在新疆時多承玉大人照顧，並聽說玉大人有一女公子，貌美年輕，能書善畫，時常隨她父親騎馬打獵，德大奶奶腦裏就早存着印象。所以如今玉嬌龍一來到北京，她就極力聯絡，她並沒有什麼用意，不過她最喜歡有點兒男子脾氣的女子。

第五，玉嬌龍除了喜歡德大奶奶的為人暢快之外，並存着一種深心。因為德家現仍不斷與江湖人往返，名鏢頭、大俠客，只要初到北京，時常先去拜訪德嘯峰，並聽說李慕白、俞秀蓮仍與德嘯峰秘密相往返。

尤其是德家的兒媳楊麗芳，最使玉嬌龍留意，因為在玉嬌龍所認識的這些人的家裏，簡直沒有娶漢人的姑娘做兒媳的。這樣美麗的媳婦在北京也沒有第二個，而且，她每逢三六九必隨同丈夫向名師楊健堂學槍，這更是少見。因此許多親友都在暗地裏笑話，說德家簡直是胡鬧，也不知是從哪兒弄來個姑娘，就算是他們的兒媳了，並且成天練武，難道將來還要叫兒媳出去賣藝嗎？

玉嬌龍卻從邱廣超之妻的談話中知道了些楊小姑娘的來歷，原來她叫楊麗芳，本是永定門外賣花老人楊姓的孫女，姊妹二人，後來她祖父被殺，姐姐被賊人搶走。那時俞秀蓮正在北京，她就仗義不平，先把楊麗芳安置在德家，免得孤苦無依。然後俞秀蓮又往外省去了一趟，聽說替楊家把仇報了，並把楊小姑娘的姊姊也嫁到一個大戶人家，後來楊麗芳也就由俞秀蓮為媒做了德家的媳婦了。

這邱大奶奶對楊麗芳的家世來歷不過略略曉得，但玉嬌龍聽了，卻非常地驚訝，並想到了羅小虎所唱的：「我名曰虎弟曰豹，尚有英芳是女兒。」她雖沒聽說楊豹現在何處，也沒得機會問問楊麗芳她的姐姐是否叫作什麼英，可是她很懷疑楊麗芳就是羅小虎之妹。因為楊麗芳的眉目之間有幾分頗似羅小虎。

有此種種原因，所以玉嬌龍與德家來往得很密，只是楊麗芳比她低一輩，玉嬌龍有許多話不好意思向她問。再說當着德大奶奶，玉嬌龍也不能淨跟一個做兒媳婦的談話，並知道打探人家家庭淒慘的歷史也是很不對的。何況楊麗芳也一定不知道她還有個姓羅的胞兄，不知道她那胞兄現在是做什麼的，更不知道自己跟她那胞兄又是什麼關係，簡直都不能說呀！但是玉嬌龍對楊麗芳卻很親近，而且只要一看見了楊麗芳，就不禁想起在遙遠之處的那個人，心中就不禁有些悲痛。

京城地大人多，藏龍臥虎，碧眼狐狸一來到這裏仿佛心就慌了。她常出門，名目上是到德勝門外一座小廟去燒香，其實她什麼地方全去。她也存不住話，回宅裏便對玉嬌龍談說，不是今天哪家鏢店在比武，就是哪宅又出了飛賊作了大案，哪路的英雄要來了，某名拳師又新收了徒弟，把她假裝老太婆在街上聽來的市井新聞全都津津有味地秘密告訴了玉嬌龍。因此玉嬌龍也不禁技癢。那天她去看楊麗芳練武，雖然裝着膽小，仿佛真拿不起槍來的樣子，但是那天幸虧她見楊麗芳的武技幼稚，不足一笑，否則她真許忍不住要跟楊麗芳比一比呢！

此時碧眼狐狸居心叵測，時常深夜私自外出，玉嬌龍暗中問她，她只是笑着說：「我得把北京城的地方都認熟了，得找幾個幫手，因為京城的人雜，倘若將來有人認出我來，我得想法子走。」玉嬌龍也在閨中安不下心去，她就叫碧眼狐狸秘密地給她做了幾身男子的衣裳。有時不到二更，她的閨中就熄了燈，其實她並沒在房中睡覺，而是趁着夜色，鑽出後窗越牆出去了。

碧眼狐狸在京城有三個窩處：一是德勝門外的一家小店，替她養着一匹馬；一是前門外西河沿一個姓魏的家，這人是碧眼狐狸早先手下的嘍囉，現在鏢店做個小夥計；一是小乞丐長蟲小二，也是碧眼狐狸用錢買下的，有許多小乞丐可間接供她驅使。長蟲小二有個情人，叫醜丫，是個撿煤核的姑娘，住在一個極窮極僻靜的地方。這幾處，玉嬌龍都跟隨碧眼狐狸去過。他們倒都知道她是個大姑娘，可是只知她是碧眼狐狸的徒弟，並不曉得她是提督正堂的小姐。

碧眼狐狸在京城這樣招朋引類，似乎是別有用心。玉嬌龍猜着她是叫那些大府第給迷住了，又犯了她的盜性，大概她是想着將來作幾件大案，偷許多珍寶，就離開京城。玉嬌龍暗笑着，想暫時利用她，不揭穿她的私心，但玉嬌龍自信絕不能叫碧眼狐狸得手，要叫她永遠做自己的奴僕。至於她自己跟碧眼狐狸做這盜賊似的行為，她倒並不是想做什麼壞事，只是覺得在閨中太悶，晚間出去玩玩也很開心。

二更天以後，僻靜的小茶間裏時常會出現一個穿着青大褂，瓜皮帽永遠不摘，永遠坐在背燈光的地方聽一些閑漢胡說亂笑，卻永遠不招呼人的少年。南城花街柳巷之中有幾個名妓也接過一個闊少，這闊少是個小白臉兒，好像是個大姑娘似的，又像是個唱小旦的，可是這闊少只打個茶圍便不再來。德勝門外土城附近的住戶也時常聽見半夜三更之後，有人在外面跑馬，但沒有人對這些事太留心。她們的行動極為詭秘，宅內宅外均無人知曉。

可是有一口，忽然宅門前來了個賣藝的父女，父親是耍流星，女兒是走軟繩。宅裏的男女僕都出去看了一看，都說那女兒的軟繩走得極好，長得模樣也不難看。玉嬌龍出門站立在高坡上看了一會兒，她就覺得奇異，特意把那走軟繩的姑娘叫了過來，問了幾句話，還賞了幾兩銀子。回到宅中，她不禁悶悶沉思。

就在這天夜裏，玉嬌龍沒再出去，可是碧眼狐狸卻偷偷到她屋中，哀懇着求助，說：「那賣藝的人名叫蔡九，是甘肅會寧縣的捕頭，武藝極為高強，辦案尤為厲害。六年前我在會寧縣作過幾條命案，也是為報仇才作的，就為蔡九和他的妻子所迫，幾乎被擒。幸仗着早先跟那啞巴學過幾手點穴，我才把蔡九點傷，將蔡九的妻子殺死逃走。這幾年我不敢出頭，也是為怕他，因為他的飛鏢太厲害。現在他又帶來個女兒來到北京，在宅前賣藝，一定是為我而來，他們已經探出我是藏在這裏了！」玉嬌龍聽了這話，也很吃驚，但又氣憤；碧眼狐狸若是被捕，連自己的隱事都許鬧穿，所以她就答應幫助碧眼狐狸與蔡九父女決鬥，並叫碧眼狐狸不要害怕。

過了兩日，這天就是鐵小貝勒的壽辰，玉嬌龍便隨着母親前去拜壽。雖然受到許多僕婦小姐的歆羨，但她心裏很是不安，總惦記着蔡九父女在宅門前賣藝之事，所以沒等到坐席用宴，就催着她母親帶着她回家去了。

不料，晚間她父親回來，急匆匆尋找「劍譜」。劍譜現在玉嬌龍正閱着，她父親可不知道，待她將劍譜交出，她父親還說：「你一個女孩子，看這可有什麼用？」又說：「剛才鐵貝勒將他家藏的一口寶劍拿出來給我看，那口劍確能削銅斷鐵，比咱們家裏的那『吞霜』『斷月』兩口劍好過萬分！劍身尺寸長約二尺九分、寬一寸多，護手長約一寸、寬約二寸六分，厚約七分，兩耳每耳長約一寸五……鋼作深青色，七星之中第三顆特別顯明……你替我仔細查一查，此劍究竟是何名稱，明天我好去回復鐵小貝勒！」

既然她父親當作一件緊要的事情這樣地說了，她就簌簌地翻着書頁，心中怦怦亂跳。因為她想起羅小虎曾有一口寶刀，那次雪夜在高朗秋的墳前，自己手中的劍曾為他的寶刀所斬斷。若沒有一口超過眾人的兵刃，徒有一身超過眾人的武藝，也是無用。現在自己為碧眼狐狸的那件事已成騎虎難下，不定幾時事情就鬧穿了，自己就在家中居住不下了，就必須走！走到江湖上，沒有一口鋒利的兵刃可怎成？

當下她由書中查出那口劍必是「青冥」，告訴了她的父親。她父親又把書就近燈光看了半天，也點頭說：「大概不錯，這書上也說是青冥劍劍身的七星迥異凡劍，一定就是它了！我明天把這書送給鐵貝勒看去！」

玉嬌龍的心中卻決定了要取這口青冥劍，她並沒對碧眼狐狸說。深夜，她就獨自離宅直往鐵貝勒府。到了鐵府裏，許多屋子裏的人都還沒睡，她如一隻狸貓似的無聲地走着，到各屋前隔窗竊聽，卻聽有一間屋中，有個小廝正跟同伴說話，說：「劉泰保今天弄了個大沒趣，他在西下書房前黑摸咕咚地等了半天，一心要看爺的那口寶劍，可是得祿大叔一點面子也不講，說什麼也不讓他看，氣得他直罵……」

玉嬌龍就按着院落的形式找到了書房，擰鎖進去，取了那口青冥劍。不料這時劉泰保也想要盜取這件東西，他在窗外覺察到屋中有人了，沒敢直撞進去，就跑到房上去掀瓦，去發威風。就在這時，玉嬌龍像一股風兒似的早已出屋上房，而且已轉到了劉泰保的身後。劉泰保剛一道出字號，玉嬌龍就一腳抬起，把劉泰保踹下房去，她就走了。

第二天，碧眼狐狸才由外面得來鐵府失劍的消息，便背着人向玉嬌龍笑，並要看看寶劍。玉嬌龍卻冷笑着說：「你若必要看劍，那我就在你看完之後，遂即割下你的頭來，去交給蔡九。」碧眼狐狸嚇得一變色，玉嬌龍便拂手令她走開。」

玉嬌龍得了青冥劍，試了試，果然削銅斷鐵，不同凡器，她就收藏在她睡覺的木榻之下。這木榻是不能挪動的，前面有隔扇，榻下藏着什麼東西，別人絕看不出來。並且她在裏邊安設着伏弩，除了她之外，誰要是啟開那榻上的一塊浮板，弩箭就能把眼睛射瞎。她囑咐繡香、吟絮鋪床時要輕輕的，只許動被褥，不許動榻板。她並明告訴了碧眼狐狸，說：“高師娘，我臥室中無論什麼東西，你可都不要私動！要動了，你眼睛瞎了，或是咽喉破了，可別怨我！”這話她仿佛是湊趣似的說着，可是碧眼狐狸真是什麼也不敢伸手去摸了，連屋中的椅子她都不敢坐。因為她知道玉嬌龍說什麼便能做出什麼，高朗秋說她是一條“毒龍”，碧眼狐狸始終沒忘。

玉嬌龍的木榻中不但藏着青冥劍，還藏着《九華劍拳全書》和她的夜行衣及男子衣帽等物。至於她的小弩弓，是永遠藏在首飾匣內。她得了這口寶劍之後，本來可以心滿意足了，但她卻不禁由寶劍又想起了寶刀，由寶刀又想起了羅小虎，又不禁一陣難過。

當日，聽說那賣藝的父女又到門口兒來，碧眼狐狸嚇得躲到玉嬌龍的屋中。她的身子有些發顫，同時緊緊地咬牙，玉嬌龍卻安嫻鎮靜地在幾上練她的大字。她寫的是八分體的隸書，臨的帖是《漢曹全碑》。她寫得幾乎與原帖一個樣了，再把筆力運得渾厚些，就簡直與前庭掛的那幅對聯上的筆跡無異。

當下她忽然停住了筆，看着自己寫的這字，不由一陣發恨！恨的是常到她家中來的那個最得她父親歡心的魯君佩。魯君佩是位探花郎，現任翰林院編修，他的書法、文章、詩賦都很好，可是他的面貌可厭，言談庸俗，行為也很卑劣。玉嬌龍來京已將四個月，隱隱聽得親友中來做媒的不少。別的人不中自己父親的意，難以成為事實。惟獨這魯君佩，確實是自己婚姻和命運上的一個障礙，萬一父親做主把自己許配了魯君佩，過些日，羅小虎再得意而來，那自己應如何呢？她憂慮着，心中又萌生了離開這裏攜劍遠走的念頭。

這時繡香忽然又進來了，這個丫鬟今天的神態也很驚懼。她悄悄向玉嬌龍說：“剛才大人回來了，從來沒有今兒這樣煩惱急躁的，跟太太都幾乎吵起來！小姐，您快過去看看吧！”

玉嬌龍驚訝着問說：“為什麼事兒呀？”

繡香說：“聽說是什麼宅裏丟失了一口寶劍。原主倒不願深究了，可是咱宅裏的大人氣得不得了，說是若不拿獲盜劍的賊正法就辭官。太太說大人是自己找着不省心，大人就急了！”玉嬌龍趕緊到她母親的屋中。見她父親已然走了，她要問又不敢問，只找了幾句別的閒話說了，才稍稍解開了她母親的愁顏。

回到自己的屋中，她心裏猶豫了一日。本想離家遠走，做一件驚人的事，但又想：那樣一來，父親也一定不能做官了，母親還不得為思念我而死嗎？再說，江湖上的顛沛困苦，我真能受嗎？走後再想回家來當小姐享福，那可就不能夠了！所以她知道自己不能顯出形跡，不能離家。至晚間她就寫了一封信，做出一種俠客的口吻，感謝鐵小貝勒不欲深究之情，並請鐵小貝勒轉囑玉正堂勿再為此事徒勞。信寫完了，她又覺着後半篇容易叫人猜出自己與玉正堂有關，並能顯示出來自己的畏懼。或許因此弄巧成拙，所以又撕去了半篇。

她將這半張信箋封好，趁夜深時潛離宅院，尋着長蟲小二，命他將這信交到鐵貝勒府。回來之後，她心中很痛快，因為她這封信寫的是隸字，筆跡故意模仿魯君佩，即或鐵小貝勒忽然發威，要按照筆跡去捉盜劍之人，那很好，就叫父親把他寵信的探花郎拿下吧！

又過了一日，因被那蔡九父女逼得太急，碧眼狐狸就與他們約定當晚在德勝門外土城決戰，便來求玉嬌龍屆時幫忙。玉嬌龍本來不願再出門惹事了，可是這時她對碧眼狐狸感到些顧忌，因為自己鍾情半天雲羅小虎和最近盜劍之事，兩件隱私全都在碧眼狐狸的心裏，如若拒絕了她這請求，她就許翻了臉！翻了臉自己倒不怕，自己可以殺她，但那必要鬧得事情不可收拾。所以玉嬌龍心中一盤算，就爽快地答應她了。

到黃昏時，玉嬌龍令碧眼狐狸先去，隨後她暗攜寶劍，離了家宅，在城牆僻靜之處，爬到城外。她到德勝門那家小店裏，換上青衣，取了馬，飛奔土城，正趕得碧眼狐狸為蔡九、蔡湘妹、劉泰保三人所圍，堪堪就要力盡就捕。玉嬌龍上前揮劍解救，並接過來飛鏢打回，以至蔡九負傷慘死。她將碧眼狐狸救走，令碧眼狐狸騎馬自去回那小店匿居，她於昏昏的夜色之下回到了城裏。前後她去了共二十分鐘，回到了閨閣中，依然人不知鬼不覺，抱着貓兒玩。

但是第二天，碧眼狐狸高興地來報告，說是九城轟動了巨案，蔡班頭昨夜中鏢死在京城了。玉嬌龍非常驚訝後悔，想自己做的這是什麼事呀？那蔡姑娘她是多麼可憐呀！想到蔡姑娘若不離開此地，案子早晚是要發的，所以她趕緊命碧眼狐狸出去飭長蟲小二探出蔡湘妹住的那間店房，夜晚她就去了。雖有劉泰保趴在房上守夜，可是玉嬌龍身輕似燕，動作如閃電那般快，第一夜她在蔡湘妹的枕畔放下了白銀，第二夜又到劉泰保、蔡湘妹隱匿的另一個店房裏留柬，催促他們離京。第三夜劉泰保、蔡湘妹搬到得祿家裏去了，她也得了報告，夜間又去恫嚇。她本想殺死那二人，但一來怕把事情再鬧大，二來她覺着湘妹可憐，不忍下手。

不料第四天，大白天的，劉泰保就帶着蔡湘妹來到她家的宅門前走軟繩，一頓大罵，從此北京城的人都知道巨盜碧眼狐狸師徒是藏在她的家裏了。玉嬌龍既憤恨、恐懼，又悲傷，因為她的父母從這天起也是日日愁眉不展，同時仿佛她與魯君佩的婚嫁也一天一天地將要成為事實了。而羅小虎依舊是音信杳然，外面的劉泰保又日益進逼。謠言喧動，她想隱忍、斂跡，便避難似的終日不出閨門。

可是她又覺察出碧眼狐狸高師娘仍然在外獨自行動。頭一回不知她是在哪裏受了鏢傷，第二回更是她家中的一件翻天覆地之事。那天深夜中忽然碧眼狐狸負傷逃歸，她趕緊去救，不料在花園中她便遇見了一位手使雙刀、武藝高強的人，她力敵，雖用寶劍斬斷了敵人的一口刀，但敵人卻越殺越勇。此時家中的守夜僕人和官人已趕到了花園，她只得鑽進了後窗，回到屋中，敵人也驚走了，可是高師娘的屍身已發現在園中，一口被寶劍削斷的刀也扔在地下。

由此，她父親玉大人才知外面的謠言確是事實，本宅中確實藏着賊人，藏着寶劍和贓物，便令人把高師娘秘密地抬出去埋了，因怕家人把此事洩露到外面去，對於誰是高師娘的徒弟反倒不深究了。玉大人既引疚自責，又懼將來之禍，所以便要稱病辭官。

玉嬌龍憂心如焚，正無辦法，忽然德大奶奶又請她去赴宴。她就暗暗拿定了主意，想今天見着楊麗芳，自己設法跟她說上幾句私話，向她細細詢問她家中的歷史。如果她確實是羅小虎之妹，那自己就把高朗秋和羅小虎之事告訴她，叫她去找楊豹，再去訪問羅小虎的下落。至於自己，如目前的事情逼迫太急，那就顧不得許多了，只好就離開家走吧！

誰料事情出了意外，她一到了德家，就遇見了俞秀蓮，她才知道昨夜殺死碧眼狐狸，鋼刀被自己寶劍斬折的那強硬的對敵，原來就是這位久聞其名的俠女！玉嬌龍益為凜懼，可是見俞秀蓮無意揭穿她的隱私。只是拿話刺激刺激，又用手段試一試，掐幾下，擰幾下，她全都忍受了。她倒很欽佩俞秀蓮。當日沒得機會跟楊麗芳細談，可是也用不着細談了。

回到宅中，她料到今夜俞秀蓮必來，所以就燃燈等待着。果然，深夜之間，俞秀蓮前來索劍。她便表示自己今後斂跡，請俞秀蓮勿再逼迫，並應允明日親將寶劍送回鐵府。俞秀蓮走了，她卻也隨之走出，立時到鐵貝勒府中將青冥劍交回在原處。

她又至德嘯峰家見了俞秀蓮，兩人坐在房上談了半天心，俞秀蓮就勸她別再這樣胡鬧，並說：「京城比不得別的地方。你是位小姐，你也比不得我。如果人家知道玉小姐是個飛賊，你父母一定都得氣死，你那兩位哥哥的官也就都不能做了！」她點點頭，表示十分懺悔。回家後，次日就派人到德家送禮，聞知俞秀蓮已走，她就放了心。想事情已經完了，寶劍交還，碧眼狐狸已死，俞秀蓮雖已探出自己的事情，可是她為人慷慨寬容，必不能對別人去說。

玉嬌龍經過了此番教訓，本想從此洗心革面，安分在家中做個小姐。專等候羅小虎做了官來此求親。可是忽然一夜又鬧賊，她施放冷箭把賊人擒住，想不到又是蔡湘妹！蔡湘妹大罵她的父親，並說要去喊御狀。幸虧她母親賢明，才把事情按住了，未致擴大。她又親自見了蔡湘妹，溫慰、蒙哄，把蔡湘妹弄得綿軟了，便派人用車將蔡湘妹送回。

玉嬌龍心中很是平靜，覺得一切事情都已完了，所有的爭鬥俱已解開了，她就稱疾裝病度過了這慘淡的新年。雖然她父親氣病了，母親也病了。加以那個魯君佩又時時來活動，恨不得立時就做她家裏乘龍快婿才好。魯太太並把個雙龍玉佩給她，說是壓驚鎮邪，其實已隱隱有下聘之意，她明白。但這些憂愁苦悶，她認為都很容易解除。只是在上元節的這天晚上，她隨着母親觀燈歸來，忽由人叢中施放出來一枝小箭，正正射在她新改裝的兩把頭上，她真驚訝了！

過了幾日，夜裏，忽然羅小虎又鑽窗進來見她。玉嬌龍見她這個相待三年、一心所屬的情人，仍然是鼠竊一般地來了，仍然腰插短刀，舉止粗鄙，仍然是那強盜半天雲，仍然沒有出身，沒做官，她真覺得沒有希望了！她不由得悲傷欲絕，哭泣了一整夜。

次日，她就借辭說：「我怕屋裏的那個窗戶，因為高師娘就死在那裏。我想不到她原來是賊，我夜裏睡不着！」於是她將《九華拳劍全書》、夜行衣褲及男子衣帽、小弩箭，都嚴密地鎖在一隻鐵箱之內，囑繡香好好保管，她就搬到她母親的屋中，藉以躲避羅小虎再來纏她。此時她真恨羅小虎，並且恨自己當初行為不檢，她真病了。她心中甚至產生了一種反感，有時竟想，倒情願下嫁於翰林魯君佩，做一個庸愚的媳婦，以斬斷自己內心的紛擾，而酬答補報父母的養育之恩！

第七回　　門外悵蕭郎歌哭拼醉　　巷中追豔婦兄妹成仇

　　幾日之後，這天是正月二十九，北京人說：“節也過了，年也跑了。”這月是“小建”，明天二月初一，後天就“龍抬頭”了。花園大院住的那位劉太太蔡湘妹，雖然拖着一條被箭射傷的腿，可是痛痛快快、高高興興、風風光光的，過了這個新年與燈節。她跟得祿的老太太和得祿嫂，跟李家的二嫂子、張家的三嬸子、馬家大姑娘，連鬥了二十多天的“梭胡”，贏了好些錢，比她走軟繩賣藝掙的錢還多。同時她的當家的一朵蓮花劉泰保，在外面賭錢也贏了不少。她真快樂，買了張“胖小子摸魚”的年畫貼在屋裏，她希望今年自己生這一個肥頭大耳的胖小孩子。她也不想搬家了，而且得祿的老太太現在跟她很好，還要認她作乾女兒呢！

　　可是，前一天晚上，她丈夫劉泰保瞧着她的腿完全利落了，現在要給她一條軟繩，她照舊能跳“八仙慶壽”，遂就說：“我說，喂！咱們明兒該幹正經的啦！明天買點兒禮，先到鼓樓西看看玉小姐去。年前她不是說以後你可以常常到她宅裏去玩嗎？那咱們就索性借此拉攏拉攏她。我也不是想巴結玉宅，好在提督衙門找差事；那一箭之仇，咱們也可以不報，只是，爸爸死在土城的事咱們可別忘啦！跟她宅裏走熟活了，先打探打探碧眼狐狸的底細，那小狐狸到底是誰？自然，就是小狐狸跟咱們走個頭碰頭，咱們也是犯不上動手自討苦吃，可是，鬥雖鬥不了他，我劉泰保還會用智賺。萬一，這寶押對啦，小狐狸落了網，把咱們去年丟的那些臉掙回來是真的！你說怎麼樣？明天你辛苦一趟。把小狐狸捉住了，咱們威鎮九城，你看那時候得有多少鏢店請我去幫忙？得有多少宅門請我去教拳？等到五月節，叫你穿繡花裙子，櫻桃、桑葚、棕子，咱們成筐整簍的買！”

　　蔡湘妹說：“你當是我跟了你淨圖吃穿啦？得啦！別說啦！明兒我去就是啦！你當是就你記着，我把我爸爸死的事情就忘啦？”她邊說邊拿新綢子的手絹蘸眼淚。

　　次日，二十九，上午劉泰保就到街上買來了禮物，是兩斤福壽餅、一蒲包兒龍井茶葉、一簍兒福橘、斤半蜜棗。下午，蔡湘妹搽好了脂粉，梳了一個巧妙的盤龍髻，戴上鮮紅的綾絹花、鍍金首飾，換上了花邊紅緞襖，下邊是繡着金鳳凰的紅緞小鞋，手上戴着一串鍍金的戒指，胸坎下掛着一條紅綢手絹，還有個平金的紅緞荷包。對鏡端詳，磨煩了多半天。劉泰保從街上挑了一輛新車雇來，他拿着四樣禮物，蔡湘妹就裊裊娜娜地走出了街門。

　　街坊的馬家大姑娘正在門口買花樣兒，她瞧見湘妹就羨慕地笑着問說：“劉二嫂子您出門兒去呀？”蔡湘妹說：“可不是！我到鼓樓西瞧瞧玉宅三小姐去。”劉泰保說：“快上車吧！”湘妹登着車凳兒上了車，劉泰保也跨上車轅，車簾並不放下，車夫收起了板凳兒，就趕着騾子走了。不多時就走到了鼓樓，劉泰保跳下車去，說：“我在這兒等你，你一個人去吧！見了她……”蔡湘妹說：“你就別囑咐我啦！”車又往西去了。

到了玉宅的高坡前，蔡湘妹就叫車停住，她下了車，手提着四件禮物，裊娜地走上了高坡。

玉宅的大門洞裏正坐着四個僕人，其中的一個一眼看見了蔡湘妹，就驚慌慌向他的同伴說：“來了！那走軟繩的小娘兒們可又來了！糟糕，她還提着禮物！”於是四個僕人一齊屁股離開了長板凳，都直着眼看蔡湘妹。

蔡湘妹走到臨近，拿着點兒架子說：“你們給回一聲兒，我姓劉，住在花園大院，我是來望看望看這裏的太太和小姐！”說着，就進了大門檻，要把禮物交給僕人。僕人都不敢伸手去接，一個僕人就恭恭敬敬地說：“劉太太，您先在這兒等一等，我們進去問一聲，因為宅裏太太和小姐全都病着。”

蔡湘妹驚訝着說：“全都病啦？那我更得趕緊進去看看啦！”僕人又把她攔住，說：“您先在這兒等一等吧！我們太太跟小姐因為病，許多日子沒見客啦！我們先進去回稟一聲，然後再請劉太太！”說着，一個僕人趕緊轉身跑到裏院。蔡湘妹把幾件禮物放在大板凳上，她就娉婷地站着，跟這裏的三個僕人閒談天。三個僕人全部恭恭敬敬地回答，可是同時都用眼溜看蔡湘妹，都有點神魂兒飄飄然的。

這時裏邊出來了兩個僕婦和大丫鬟繡香，她們見了蔡湘妹，一齊請安。繡香過來說：“因為太太小姐都受驚得了病，房中供着神，所以來了客全都不能接見。小姐知道劉太太來了，還帶來禮物，就吩咐我們說：‘謝謝劉太太了，禮物實在不敢收。’劉太太是坐車來的嗎？要沒坐車，我們這兒派人給您送回去。過些日，小姐的病好了，一定到府上看您去！”

蔡湘妹怔了一怔，做出不高興的樣子，說：“你們看，我大老遠的來了！”

繡香說：“實在是屋中供着神，不能在屋中讓堂客。因為燈節那天，太太帶着小姐出去看燈，回來天晚了，街上的匪徒又鬧出了點兒亂子，所以娘兒倆全都病了，過了這些日子了。據大夫說，是受了點兒驚邪。”

蔡湘妹發着怔，喘了口氣，說：“那麼人叫我見不着，禮物也不收了？我這禮物可也太薄，這不過為表一表我的心，因為太太小姐都待我不錯。上次要不是小姐親口對我說過，叫我以後有工夫找她來談閒話兒，這回我可不敢來，我也知道，像我這樣的，不配登上這高門大府！”

繡香趕緊說：“那倒不是！前幾天我們小姐還問呢，說‘那位劉太太沒來嗎？腿上受的那一箭也不知好了沒有？’倒是很掛念着您的。現在真是因為病，昨天邱宅裏來的少奶奶也沒見着！”

蔡湘妹咬着嘴唇，半天才說：“我也不能楞闖進去，我帶來的這禮物我可不能再帶回去啦！你們告訴小姐，別混疑惑我，今天我是誠意來瞧太太、小姐，一點別的事兒也沒有，也不是黃鼠狼給雞拜年，沒存着好心！”僕婦都笑着說：“劉太太您這是哪兒的話？禮物您既不能帶走，那麼我們就大膽替宅裏收下，回頭再稟報太太、小姐吧！”繡香卻用眼瞪着那兩個僕婦。

蔡湘妹沒法子，無論怎樣她今天也見不着玉嬌龍了，她只好轉身往外去走，嘴裏還叨唸着說：“我真想不到，今兒我會白來一趟！”兩個僕婦把她送到大門外，都抱歉地說：“真對不起劉太太！等我們小姐病好了，她一定去瞧您！”

蔡湘妹也不言語，裊娜着身子走下高坡。那趕車的趕緊預備下小板凳兒，蔡湘妹登着板凳兒上了車，高坡上站着的兩個僕婦都說：“劉太太，謝謝您啦！”

蔡湘妹說：“你們告訴小姐，過幾天我再來瞧她！”說着，一低頭要進車，卻見南邊離着車不遠站着一個人。這人長得極為魁梧英俊，年有二十餘歲，穿着青緞大夾襖，黑絨坎肩，頭戴一頂鑲金邊兒的小帽。這人穿得很闊，兩隻眼可帶着些賊氣，不住地瞧她的頭，望她的腳，蔡湘妹就恨恨地隔着紗窗向外罵道：“兔子眼睛！瞧什麼？沒見過你家祖奶奶？”外面那人聽見了，可是並沒言語。

蔡湘妹放下車簾，叫趕車的快些走，可是那人依然跟着，並向趕車的問道：“車裏的嫂子娘家姓什麼？”

蔡湘妹氣得扒着窗向外大罵：“兔羔子！你管得着我姓什麼嗎？還問我娘家？兔羔子，瞎了眼！”

車窗外的人也生了氣，怒聲說：“你這婆娘別罵人，老爺問你是抬舉你，是喜歡你！”

蔡湘妹氣得罵了聲：“混蛋！”掀開車簾叫趕車的停住。那人卻冷笑了一聲，嘴裏還嘟嚷着罵着，就走開了。

這時劉泰保趕緊跑了過來，見她媳婦抄着趕車的鞭子要下車去打人，就攔住，問說：“是怎麼回事兒？”蔡湘妹指着說：“是那人！那兔羔子，他調戲我，他還問我娘家姓什麼，你說氣人不氣人！”劉泰保瞪了那人的背影一眼，趕車的人笑着說：“那也許是個瘋子，劉二爺跟太太就別跟他一般見識了！”

劉泰保又向他媳婦問說：“你見着玉嬌龍了沒有？”蔡湘妹說：“沒見着嘛！玉太太跟玉小姐都病着，不見客。說了半天他們才收下咱們的禮，一下玉宅的高坡就遇見了這兔羔子！”

劉泰保把媳婦勸進車裏，叫趕車的快些把車趕走，他卻氣憤憤追上那人。只見那人大踏步走到鼓樓前，原來這道旁有個黑臉上有兩塊刀傷的小伙子，正牽着一匹榴紅色的大馬和一匹青馬，在那裏等着他。

這魁梧的少年接過來鞭子上了紅馬，回過頭來看了一看，劉泰保就上前憤憤地問說：“朋友！你先別跑，剛才你跟我媳婦問的是些什麼話？”

這人微微一笑，說：“我看她頭兒腳兒不難看，才問問她……”

劉泰保當時氣得拍着胸脯，說：“小子！你來到北京也得睜睜眼！一朵蓮花劉二爺的女眷你敢調戲？小子！”他一縱身要向馬上抓這人，不想沒有抓住，這人蕩馬走開了。身後那臉上有刀傷的小子騎着青馬掠過，順手一皮鞭正抽在劉泰保的脖子上。劉泰保大罵，跑着去追，那兩人卻一齊哈哈大笑，催着馬向南跑去了。

劉泰保本想今年得出出風頭爭爭臉，沒想到第一次上街，媳婦就受了調戲，他又吃了這個虧。他真氣瘋了，頓着腳大罵：“好小子！反正你們兩人當天逃不出北京城，今天我要搜不着你們的窩處，不鬥鬥你們，太爺就不叫一朵蓮花！”

這時街上有許多人都擁了過來，劉泰保站在人叢中拍胸脯，道字號。

忽然有個人上前來，拉着劉泰保的胳膊說：“劉二爺！我這兒有頭小驢，借給你騎，你快追趕那兩匹馬去好不好？”劉泰保一看，是本地的流氓花脖陶九，遂就說：“好！快牽來！”

花脖陶九跑去牽驢，這裏劉泰保又氣憤憤地說：“只要追着那兩個小子，劉太爺決不能饒他們！這些日我因為在家裏過年，不願惹閒氣，現在可就說不得啦！

不但我們要鬥鬥這兩人，還得把去年的老賬算一算。諸位知道碧眼狐狸的事嗎？碧眼狐狸是被兄弟給剪除了，可是那小狐狸依然藏匿在京師，兄弟早晚要把他捉住，牽給諸位看看，是什麼模樣兒？”接着又低聲努着嘴說：“我劉泰保若不是顧忌着玉正堂的面子，也早就把那檔子案子破了！”

圍着的人一聽到劉泰保又拉扯上了玉正堂，就有的懼禍躲開，有的向劉泰保使眼色，好意地悄悄囑咐他說：“劉二爺，您在街上說話留點神，不然，出點什麼事，合不着！”劉泰保卻微笑着搖頭說：“不要緊！玉大人跟我有交情，剛才我給他送去的禮他全都收下啦！”

這時花脖陶九把一頭草驢牽來，並悄聲向劉泰保說：“剛才我又聽人說啦，那戴金邊小帽的傢伙這幾天時常在玉宅的大門前轉，那臉上有刀疤的人就在鼓樓前牽着兩匹馬等着他，仿佛是等着玉宅的什麼人出來似的，說不定就與那狐狸案子……”

劉泰保趕緊擺手，說：“老兄弟請你守嚴密些！我要不是看出這一點來，我也用不着跟那兩個小子賭這口氣，兄弟！再見！”說時劉泰保騎上了驢，向眾人一拱手，揮鞭嘚嘚的走去。

其實這時那兩匹馬早已去遠了，但劉泰保也根本就沒想要追上。他一直到了煤市街全興鏢店。此時他表兄神槍楊健堂回延慶家中探望去了，劉泰保一到這裏更是隨隨便便，他就找着瞪眼薛八、歪頭彭九、花牛兒李成、跛腳金剛高勇和那年前受傷現在還沒有十分好的鐵駱駝梁七，把剛才的事情說了，然後就說：“這人是年有二十六七歲，身材與五爪鷹孫大哥差不多，可是腰軀挺拔，長的模樣不壞，比咱們哥兒幾個都漂亮。鬍子剃得很乾淨，身穿青緞大夾襖、青絨坎肩，頭戴青緞小帽，可鑲着金邊兒，仿佛是故意擺闊似的。不過他那匹深紅色的大伊犁馬，在咱們這兒倒是少見，也許他是由別處來的。他說話有點河南味兒，不知諸位近日在客棧和各鏢店裏，看見過這麼個眼生的人沒有？”

瞪眼薛八等人尋思了半天，都說：“沒大留神這個人！”

跛腳金剛高勇就說：“戴金邊小帽的人現在不多，只要找着他那頂帽子就找着那個人了。”

花牛兒李成說：“他這麼闊的人不能不逛堂子，今兒晚上我們到八大胡同串一串，也許能找着他。可是，萬一找錯了也是糟糕，頂好劉二爺你在嫂夫人跟前請兩天假，每晚跟着我們在南城串一串，也許能找着這個人。為辦正經事兒，嫂夫人也不應罵你荒唐。”

劉泰保笑了一笑，說：“好！我先進城去一趟，真得向我媳婦請請假，然後我才能夠出來在南城住五天。不探出那小子的來歷不進城！”於是大家笑了笑，又說了一會兒閒話，劉泰保就走了。

他不但回家去告訴蔡湘妹，並到東西城和北城都託付了朋友為他打聽頭戴金邊小帽的人。晚間，他就換上一身闊衣裳到南城，去與花牛兒李成等人一起到八大胡同妓院聚集之所去尋訪那個人。

這時八大胡同裏非常熱鬧，最有名的是韓家潭寶華班。聽說數年前名俠李慕白困頓京門之時，常來這裏逛遊，這裏有個名妓翠纖與李慕白有過一檔子豔事，至今還有許多人能說得出來。寶華班之外尚有金鳳班、玉香班、紅林院、綺夢樓等等，都是藏香蓄粉，麗人雲集，每晚一般富賈豪商咸來此走馬尋樂。不過清朝有例，凡是有現在官職的人，一概不許涉足花叢；可是一般做吏的，職位雖小，掙的錢可多，他們出入此間卻沒有避忌。

這些日，各妓院中就出來了這樣的一位“大爺”。此人衣飾闊綽，有時還穿着官靴，似乎是什麼衙門中的師爺，又像是哪處王府的大管事的，簡直花錢如流水一般，任何人也沒有他闊。只是他沒有常性，在玉香班認識個姑娘，談上幾句話，他又往對門的紅林院；由紅林院出來，他又許回到玉香班。他見了剛才他挑的那姑娘就裝作不認識，打算另挑，這在妓院裏按規矩說是絕辦不到；可是他太肯花錢，又太不講理，有時妓院的夥計也就設法通融通融，不願鬧出事來。好在這人打茶圍從來不耽誤時間，他只跟妓女談上幾句話就走，他真正是“走馬看花”。有時出了頭等班子，又許入三等下處，所以這人是近日花叢中的一怪人。

一朵蓮花劉泰保、花牛兒李成等人，假充嫖客來到胡同裏尋訪，頭一日聽說有這個怪人，第二天就被他們遇着了。遇着的地點是在胭脂胡同，堂名叫作“綺夢樓”。劉泰保分明看見那人走進去了，他也拉着花牛兒李成、瞪眼薛八、歪頭彭九往裏去走。

這三個鏢頭雖也都是花叢中魔王、八大胡同裏的混混兒，但他們一向逛的只是些下等的娼寮。這綺夢樓的門口油飾得很新，牆上的磚都雕着花鳥，兩旁門燈照如白晝，門前停着幾輛簇新的大鞍車，出入的人全是綢緞裏到底。他們這四個人，除了劉泰保身穿青洋縐大棉襖，腰繫繡花汗巾，還夠點樣兒；其餘這三個，個個都是短打扮，衣服連扣子也沒有，只用一條帶子繫住，為的是脫衣服打架方便。花牛兒李成一臉鼻煙，瞪眼薛八是不怕瞪眼，而且永遠撇着嘴。歪頭彭九的那腦袋實在難看，四下剃得精光，蒼蠅落上那得滑下來，當中可留着像麻繩兒一樣的一條小辮，紅頭繩上拴着一個小銅錢。

他們也知道自己不配進“班子”，然而禁不住劉泰保往裏拉，並說：“怕什麼？你們哥們兒都是老江湖，什麼地方沒去過？難道這花錢的地方都不敢去了嗎？”花牛兒李成紅着臉說：“不好意思，咱們這身打扮不襯！”劉泰保卻揚眉吐氣地說：“有什麼不襯？有錢就襯！咱們來此是為辦案，若等你們回去換換打扮，賊早就跑了！”他隨說着，隨往門去走。門裏的毛夥見他們的打扮跟氣色就有點兒特別，一聽他們說什麼來此為是辦案，可又有點兒驚懼。

當下劉泰保大大方方地吩咐瞪眼薛八在院中巡風，他挑選了個名叫春鶯的妓女，帶着李成、彭九進屋去喝茶。這春鶯姑娘的房中雖都是些榆木擦漆的器具，但擺設得極為華麗，有雪白的沉香床，跟月亮般明亮的梳妝鏡，歪頭彭九簡直不敢往鏡中去看他自己的那根小辮。春鶯姑娘倒是毫無名妓的架子，穿得華麗，長得嬌美，可又有點小姐和命婦的神色。她殷勤地裝煙倒茶，李成跟彭九都坐立不安，劉泰保卻還能態度從容。他手托着茶碗，就問說：“春鶯姑娘，剛才我看見一個戴青緞金邊兒帽子的闊大爺走進來，那是哪屋裏的客？”

立在鏡邊的豔麗的春鶯姑娘卻指指上頭，說：“那是樓上素娥屋裏的客，姓羅。素娥跟我是乾姊妹，她說，那人倒是花錢不打算盤，只是沒常性；他來了一次以後再來，他就不認舊人，打算另挑了。”

劉泰保望了李成一眼，悄聲說：“你們給我記住！那人姓羅。”又說：“你們二位在這裏坐一會兒，我出去一趟。”

歪頭彭九本來除了辮子上的那個小銅錢之外，另外是一個錢也沒帶，所以他怕劉泰保掏壞，把他們放在這兒，叫他們丟人。劉泰保前腳出屋，他隨之也出來了。劉泰保便瞪眼說：“老九，別這麼怯怯吞吞的，今天咱們是來此花錢！你也不是六七歲的小孩，來到外婆家裏就認生。”歪頭彭九不住搖動他頭上那個小銅錢，說：“我要上茅房！”劉泰保往屋裏推他，又悄聲說：“眼看大功就要告成，你別沉不住氣，在裏邊混攪！”

他剛把歪頭彭九推回去，在院中站了半天的瞪眼薛八又跑過來，悄聲說：“我聽明白啦！那傢伙是樓上素娥屋裏的客。”劉泰保說：“我比你打聽得更明白，快去給咱們取傢伙來！”瞪眼薛八趕緊轉身走了。

這裏劉泰保站在庭中，燈照着他，許多毛夥都拿眼溜着他，他解開汗巾繫在裏面的小夾襖上，把辮子盤在頭頂，挽挽袖頭，腳站了個十字步，專等那戴金邊帽子姓羅的人一下樓，他就上前去打架。

各屋中全都燈光搖搖，笑語細細。劉泰保在院中站立了一會兒，歪頭彭九又由屋子裏探出頭來叫他，這時卻聽樓上有男子聲音高唱。劉泰保趕緊向彭九擺手，側耳聽樓上傳來的歌聲。他不大聽得懂，因為這既不是梆子腔，可也不是二簧，倒有點兒像是崑曲，只隱隱聽得慢聲唱道：

……
父遭不測母仰藥，　扶孤仗義賴同宗。
我家家世出四知，　惟我兄妹不相知，
　　我名曰虎弟曰豹……

劉泰保暗自冷笑，心說：哪裏來的老虎豹子，我劉泰保今天倒要在此施展施展虎豹的身手！他也不管唱歌的人是誰，就扯開嗓子高叫了一聲：“好啊！”接着又叫道：“真好嘛！”

兩個毛夥忙過來向他請安，說：“大爺！請您到屋裏坐去吧！”

劉泰保搖頭說：“不！我在這兒也是唱戲啦！再說許他唱就許我叫好，誰也攔不住我！他在姑娘跟前顯顯嗓子，我也賣弄賣弄嚷嚷！”

這時許多香巢內的門簾全都打開，樓欄杆上也趴滿了人，花紅柳綠，燕語鶯聲，都借着燈光向他來望。劉泰保揚臉向樓上招手說：“姑娘們，再請剛才唱戲的那位消遣幾段，我一朵蓮花劉泰保闖遍山南海北，還沒聽過這麼特別的梆子腔。那位消遣完了，我還要請出一位戴金邊帽子的朋友，跟我演出武戲！”

說到這裏，就聽樓上有人喝了一聲：“渾蛋！”聲音像霹雷一般。

劉泰保仔細一看，見一個身穿紅衣裳的妓女旁邊站着一條大漢，這人此時雖未戴着金邊帽子，可正是那個姓羅的人。劉泰保就哈哈一笑，說：“好！劉大爺來這兒花錢正為的是來找你，你的花名兒叫什麼？”

樓上的這人不懂得“花名”是什麼意思，只一拍胸脯說：“我叫羅小虎！”旁邊的許多妓女全掩着口咯咯的笑起來。

那人更是大怒，向劉泰保說：“你上來！”

劉泰保說：“你下來！”

那人找着樓梯就要往下走，卻被幾個嫖客把他阻住，有人說：“不要惹他，他是鐵貝勒府教拳的師傅，一朵蓮花劉泰保！”羅小虎把腳頓得樓板直響，說：“管他是誰！”又怒喊着說：“你有膽子上樓來嗎？”

劉泰保哈哈一笑，說：“有什麼不敢？若要怕你，劉大爺犯不上費盡千方百計到這兒來找你。前天在鼓樓我就想鬥鬥你，被你騎上馬逃走了；今天，你騎上獅子我也要把你揪下來！”說着一扔大棉襖，拍拍雙手，表示手中無兵器，此次專憑拳鬥。他一步緊一步往樓上來跑，嚇得樓上的妓女全都哎呀哎呀的直叫。因為羅小虎的力太大，旁人都攔阻不了，劉泰保一上樓來，嚇得別人全閃開了。

　　劉泰保曉得這傢伙必有幾下身手，他一上樓來就先發制人，一拳向羅小虎的當胸打去。羅小虎並不閃避，只用手去粘，劉泰保收拳閃避，羅小虎卻攻上前來，要伸手擒住劉泰保的腕子。劉泰保卻輕移慢躲，等到羅小虎的手驀然一抄手腕之後，他忽然披攔截砍，其勢極猛，右手打開羅小虎的臂，左手向羅小虎的小腹猛捶。

　　羅小虎一退身，身後就是樓欄杆。劉泰保一拳沒打着，再進一步去逼，不想兩隻手全被羅小虎握住，並且握得甚緊。劉泰保心中着急，怒罵道：“這算是哪一路的拳法？”他雙手用力去奪，膝蓋向前頂；不料羅小虎用力將他一掄，他的身子就趴在了樓欄杆上。他又用腳去踢羅小虎的臉，沒有踢着；羅小虎一撤雙手，劉泰保的身子就由樓上飄了下來，樓下的妓女又都驚叫：“哎呀！”

　　劉泰保一挺腰，身子立定，擺手說：“別害怕！我沒摔着！”驀然，頭頂上一個光亮亮的東西又打了下來，瞪眼薛八大喊道：“不好！”劉泰保趕緊雙臂一掄，一隻由樓上飛下來的大玻璃燈就掉在地下摔了個粉碎。

　　劉泰保益發憤怒，見薛八已取來傢伙，他就說：“扔給我！”薛八把一口單刀飛起來扔過去，劉泰保輕巧地抄住了刀把，然後向樓上指罵着說：“小輩！你用辣手暗算，不是好朋友！滾下來，我借你一件傢伙，咱們刀槍對砍，見個高低！”

　　羅小虎在樓上說：“誰同你一般見識！”

　　劉泰保擺刀又往樓梯上跑，說：“你別吹！今兒咱們這武戲當場不出彩，就永不煞台！”

　　他將要走上樓去，羅小虎卻迎下了兩三步，劉泰保掄刀就砍。羅小虎向旁一躲，劉泰保再一刀，又被羅小虎閃開，刀“喀”的一聲，正砍在樓梯的欄杆上。樓下毛夥便一齊大聲喊：“御史大人查街來了！”彭九、薛八卻都說：“沒有！他們瞎說，劉二哥放心去幹！”

　　劉泰保抖擻着精神，單刀如電，嗖嗖進逼，那羅小虎不住地向上去退。忽然他由懷間抽出了一口兵刃，迎着劉泰保的單刀一削，鏘的一聲，劉泰保仿佛是撲了個空，大吃一驚，半截刀已飛下樓梯，噹啷落地。羅小虎以帶環的短刀進逼，劉泰保用半截刀招架，同時喊叫道：“好傢伙！你手裏也有寶劍！”遂翻身跳下了樓梯。

　　瞪眼薛八趕緊追來遞給他一根扎槍，劉泰保才將槍接到手中，忽覺有暗器飛來；他趕緊閃身，瞪眼薛八的手腕上卻中了一枝箭，痛得他哎呀一聲。劉泰保嚇得身上一陣哆嗦，叫道：“哎呀！原來你就是小狐狸！”

　　羅小虎此時卻回到那素娥的屋裏，扔下銀兩，戴上他那頂金邊帽子，往外就走。彭九等人都已藏起來，只有劉泰保仍不氣餒，他手挺長槍，攔住樓梯，大喊道：“小狐狸！你再滾下來，不動暗器，不用寶劍，咱們倆要拼個死活。走十里地沒有遇不見禿子的，想不到舊冤家在此相遇，原來你小狐狸是這般模樣，玉宅的高師娘大概就是你的媽……”

　　他正使勁兒嚷嚷，羅小虎摵起衣裳，已由樓上躍下。劉泰保回身擰槍就刺，羅小虎短刀相迎，刀光槍影，一場好殺。妓女、嫖客全都藏到屋裏去了，毛夥趕緊跑了去叫官人。

　　但此時羅小虎用他那口雖短卻極鋒利的刀，已將劉泰保的槍桿削斷，順勢一腳將劉泰保踹翻。劉泰保翻身爬起，掄着槍桿再戰，羅小虎又一腳將劉泰保踢得滾開。

　　身後的李成由屋中抄起一隻花瓶飛來，羅小虎一歪頭，花瓶從他耳邊飛過去，摔在了地下。

　　又有人呼哨着叫道：“衙門的人來了！”羅小虎這才轉身走去。薛八、彭九趕緊露出頭來去追，但追出門首，他們又都不敢走了，劉泰保怒罵着，說：“你們倒是追上去呀！”

　　這時有兩個毛夥走來向他請安，說：“劉太爺！請您還是到春鶯姑娘的屋裏坐會兒去吧！我們不敢不去通知衙門，待一會兒官人准來。那個人是逃走了，劉太爺您……”劉泰保擺手說：“不要緊！我在這兒等着官人，一會兒的官司我也打！”

　　毛夥們苦苦央求，劉泰保這才又到那春鶯的屋中去坐，只有李成陪着他，薛八、彭九都被他給派走追尋那姓羅的下落去了。

　　待了一會兒，南城衙門就來了幾個人；可是來到這兒一看，動刀打架的人已逃走了，也沒鬧出什麼事來，妓院的人也沒敢說出劉泰保的名字。官人在這裏待了一會兒，只好又走了。

　　此時劉泰保卻在屋中悶悶地喝茶，眼前那位美麗的妓女和他笑着談話，李成低聲叨唸剛才的事情，他全都不理。他悶坐了半天，才開了盤子，向這位春鶯姑娘拱手說：“對不起！打攪你半天！”春鶯笑着說：“不要緊，劉老爺客氣什麼？明兒來呀！”劉泰保點頭說：“好，好，明兒見！”

　　他同花牛兒李成來到院中，又向毛夥們抱拳，說：“打攪打攪！兄弟叫一朵蓮花，南北城的人都知道。煤市街全興鏢店的神槍楊掌櫃的，那是我表兄，以後萬一有什麼麻煩事，就到全興鏢店去找我，別客氣！”毛夥們齊都恭恭敬敬地說：“劉太爺您別囑咐啦！這兒您雖不常來，可是您一道出字號來，我們就都知道了。以後求您多維持，有一點兒小事情我們也不敢驚動您，大事情一定去稟報您！”

　　劉泰保一邊拱手，一邊同花牛兒李成出了門。李成很高興地說：“真夠面子！老劉你一朵蓮花的名頭真叫得響！”

　　劉泰保說：“還夠面子呢？叫人由樓上推下來一次，踢滾開兩回，刀槍全都被人砍折，這跟頭栽得還不夠大的？我劉泰保從年前到年下，在南北城可真泄夠了氣啦！唉，想不到小狐狸原來是這麼個傢伙，寶劍他送回去了，不知他又從哪兒偷來了一口寶刀？”他歎了口氣，又一拍胸脯，說：“現在倒好啦！我到底認出他是什麼模樣啦！只要他不逃開北京，就好辦！等着，我劉泰保要佈置下天羅地網，不擒住他我決不甘休！”

　　兩人說着，回到了全興鏢店。此時瞪眼薛八跟歪頭彭九早就回來了，他們都說沒追上那姓羅的傢伙。瞪眼薛八的左腕上貼了一塊膏藥，他認輸了，連連地搖頭，說：“這個忙兒我可再也不敢幫了！原來他就是那神出鬼沒的小狐狸，咱們再派一百個人，也絕鬥不過他。我可不再往裏攙腿啦！我還留着我這命呢！”李成跟彭九等人卻都主張到延慶請回來神槍楊健堂，到泰興鏢店再把受傷新愈的孫正禮請出來，再到巨鹿縣去請俞秀蓮……

　　劉泰保連連擺手說：“算了罷！算了罷！俞秀蓮跟這小狐狸是一手兒事，他們不定還有什麼關係呢？”說到這裏，他忽然想起一件事來。記得年前在土城幫助蔡德綱父女共戰碧眼狐狸師徒時，隱隱看見那小狐狸是個身材纖細的人，沒有今天姓羅的這麼高，這麼魁梧。莫非使小弩箭的人，天下也不是小狐狸獨一份兒？這姓羅的傢伙莫非是小狐狸的師兄弟，一門中學出來的？這麼一說，小狐狸是又請來了一個幫手嗎？這樣一想，劉泰保不禁毛髮悚然，覺得禍事重重，都已被自己惹下；

朋友全不中用，媳婦的技藝也不算高。跟頭是栽下了，雖然爬不起來，可是若來個"溜之乎也"，那更丟人洩氣；若說不走，這姓羅的就許勾結上小狐狸，不敢惹俞秀蓮，可敢專門跟自己作對。他們既有小弩箭，又有寶刀，玉正堂還暗中縱養着他們；自己現在卻是個無業遊民，而且"老虎掉在山澗裏，傷人太眾"，這幾個月來，自己的人緣兒一天比一天糟糕。劉泰保這麼一想，不禁腦如上箍，心如湮煮，就哇的一聲咯了一口鮮血，把屋中的人全都嚇慌了。

這時夜已過了子時，八大胡同裏的燈雖沒滅，可是人已少了。附近幾個小館子冷冷清清，鍋裏空冒着熱氣，沒人照顧。妓院也多半關上了門，掩住了妒燕嬌鶯，頰紅黛綠，也掩住了輕雲似的春夢。

離開八大胡同往南是一條大街，名叫西珠市口，這裏有幾家旅店，旅店裏的客人這時也都睡了。只有路南的一家偌大的客棧，臨街的樓窗上還有隱約的燈光，並傳出一種濁厚的低吟聲，唱着："我名曰虎弟曰豹，尚有英芳是女兒……"又有捶桌子聲、頓樓板聲及沉重的歎息聲。

這間屋倒是相當寬敞，一張木榻、一張八仙桌、四把椅子，屋中的半天雲羅小虎正在一人獨斟獨飲。他渾身發熱，脫了個光脊背，脊背和胸膛上的幾處刀劍傷和猛獸的噬傷，在油燈微弱的光焰下顯得發黑。他像只中了箭的老虎一般，暴跳得卻比老虎還厲害，一個人獨飲低唱，又捶胸頓足，心說：玉嬌龍！好啊，你真纏住了我，害死了我！我發了財還不行，還得叫我做官！兩年來我費盡千方百計，也曾花錢買賄，也曾低首向人，結果，也沒摸得半個官做。玉嬌龍！難道我一輩子做不得官，你就一輩子也不見我了嗎？你有那身武藝，隨時可以到我這裏來；但你不但不來，反倒連你住的屋子也都換了，叫我連去了三次，也找你不着！

越想越氣，他就把酒壺、酒杯，連油燈全都推在地下，又將兩把椅子踢翻。立時他這屋中就如天翻地動，亂響了一陣；然後他長歎一聲，倒在床上睡去了。

昏昏暈暈的，忽然覺着有人進到屋裏，羅小虎一驚，立時由懷中抽出來寶刀。只聽進屋來的這個人發着南方口音，說："哎呀！這可了不得了，幸虧我來看，不然要着起火來了！"

原來油燈滾在地上並未滅，還在樓板上呼呼的燃着，這個人踏了兩腳，才算給踏滅了。羅小虎於火光中看了看這個人，見是個二十來歲黑臉的小個子，身體挺結實，但有點兒猴相。這人梳着個道冠，穿着短道袍，好像是個小老道。記得今天在店裏曾看見過他一回，大概他也是這裏住的旅客。羅小虎此時的腦子明白了點兒，便將寶刀徐徐收入懷中，點點頭說："多謝你！幸虧你把火踏滅了，你去吧，不要攪我睡覺。"那小老道也沒言語，轉身就出屋去了，屋中留下許多難聞的燈油氣味。

羅小虎也覺着這是在客棧裏，不可任意地發脾氣，萬一起了火，縱使燒不死自己，把別人燒死了也太不對。他歎了口氣，又想起了今天在綺夢樓遇見的事：那姓劉的刀法很好，他與我並不相識，為什麼要跟我打架呢？北京人真欺負人！接着又胡思亂想起來：我來到北京十幾天，走遍了花街柳巷，看盡了少婦長女，竟沒有一個比得上玉嬌龍一成的，可恨！玉嬌龍真美，真狠毒，假若有個長得比她還好的，或與她差不多的，我羅小虎弄到手裏也就走了，也就不用為做官求親，着這鳥急，生這鳥氣了！

想到這裏，咚的一聲，他又把床使力地捶了一下，隔壁卻有個山西口音的人罵道："你娘！不睡覺可幹什麼？半夜裏活詐屍！棧房不是為你一個人開的！"羅小虎大怒，剛要由懷中抽出寶刀，又將自己的怒氣壓了下去，心說：別不講理！本來不該攬人。又歎了口氣，隔壁那山西客還低聲絮叨着，他也忍氣不言語。待了會兒，他也就睡去了。

次日，快用午飯的時候他才醒。在樓下大房子裏住着的他那兩個嘍囉，一個叫花臉獾，一個叫沙漠鼠，這兩個人進屋來問說：“老爺，今兒還有什麼分派嗎？”

原來一年來羅小虎離開了紅松嶺他那群盜黨，他身旁就只帶着這兩個心腹人，幫着他販馬、發財、求官。雖然官職始終沒求成，可是他永遠命這兩人叫他“老爺”，希望有朝一日，得個功名，娶了官太太，這兩人就是隨身的官人了。然而希望就跟夢似的，無法捉到，自己懷中仍插着寶刀，仍是半天雲。這兩人雖然也學了兩句官話，可是，花臉獾是一臉刀疤，沙漠鼠是兩隻紅眼，神氣古怪，依然是嘍囉模樣。

羅小虎心裏不大痛快，就瞪眼說：“沒別的分派，還是那兩件事，一個去到鏢行跟各處去打聽汝州俠楊公久；一個到鼓樓西玉家。只要看見那小姐出門，就跟着她，看她往哪裏去，就趕緊騎馬來告訴！”兩個嘍囉齊都挺着胸脯，搖晃着腦袋高聲說：“好啦！”

羅小虎又說：“再去打聽，昨天在綺夢樓和我打架的那一朵蓮花劉什麼，是個怎樣的人？”

花臉獾說：“那不用打聽，街上的人都認識他。那是鐵貝勒府的教拳師傅一朵蓮花劉泰保，在北京有些名頭，年前為在玉正堂宅中捉拿狐狸，出過大名！”

羅小虎一驚，趕緊問說：“什麼事？玉家怎會叫他拿狐狸？”花臉獾把他在街上聽來的這個不太完全的故事都說了出來。羅小虎就明白了，那所謂的“小狐狸”一定就是玉嬌龍！她現在匿居閨閣，也一定是被劉泰保逼得無法。於是就冷笑了一下，恨恨地說：“把那劉泰保的住處給我打聽出來！”

兩個嘍囉轉身要走，羅小虎又說：“站住！還有點事！”遂叫沙漠鼠把他靠牆的一隻木箱開開。這箱中滿滿的都是金銀元寶、零整銀子和大疊的銀票，還有一大包一大包的珍珠，這全是二三年來，他在沙漠草原之間劫來搶來的和他販馬賺來的錢。

羅小虎說：“拿些銀子給這裏住的那個小老道，昨夜要不是他，棧房早着起火來了！”沙漠鼠說：“給他十兩銀子吧？”羅小虎點了點頭，又問：“那小老道是個幹什麼的？他為什麼不找個廟裏去住？”

沙漠鼠說：“那人好怪，他本不是老道，不過是穿着道士的衣裳賣野藥，有個串鈴，有個布招牌，有個藥箱。他昨天才來，說是由江南九華山來的。他可很留心咱們，只不斷地打聽咱們是從哪兒來的？老爺是做什麼官的？”羅小虎笑了笑，也不介意，兩個嘍囉就出屋去了。

又待了一會兒，店中的夥計就給他送來了豐盛的酒飯。羅小虎是正月十三日來的，在這魁升店中住了已有二十多日了。他雖行為古怪，性情暴躁，但頗為仗義疏財。本店房中住着一個落第的舉子，貧病交加，房飯賬欠了已有五十多兩，店家無法，逼他搬走。但羅小虎頭一天來到時，聞知了此事，立時替他還清了房賬錢；並拿出五十兩銀子，讓那窮苦的書生回籍。前天店中又有個謀事未成、憔悴而死的小官員，死在房中無法抬埋，遺下寡婦孤兒在屋中啼哭。羅小虎又資助了二百兩，並贈給那孤兒兩個大元寶。因此店中無論掌櫃、夥計，還是常住的客人，沒有一個不說這位戴金邊緞帽的人是位闊官，是位善人，是位慷慨熱心的俠士；但羅小虎卻終日愁眉不開。

這天，他用過午飯之後，又騎着他那匹榴紅色的大馬在街上閑走；走着走着，

　　不覺又走到北城，眼前又出現了巍峨壯麗的鼓樓。羅小虎不禁心中一陣煩惱，真懶得再往西邊去走了，因為即使到了玉宅門前，也不過只能徘徊一會兒，咫尺天涯。這畫棟雕梁的一大片房屋，簡直就像是山嶽，玉嬌龍就像被壓在這山嶽底下了，無法與自己會面。

　　這時，他的嘍囉花臉獾從街旁一個酒舖走出來，招呼他說：“老爺！”羅小虎下了馬，上前問說：“怎麼樣？”花臉獾悄聲答說：“那宅門前停着兩輛車，可那是別處來的，玉小姐還是沒有出門兒。我想待會兒，也許能出來送客。”

　　羅小虎一怔，心裏想起前幾天在玉宅門前看着的那個穿紅衣紅裙的小女人，那小女人還不錯，遂就問說：“你看清楚到她宅裏去的是女眷嗎？”羅小虎立時將馬交給花臉獾，就向西走去了。

　　羅小虎原不是什麼好色之徒，他只是喜歡注意女人。他知道自己有個未見過面的胞妹，大概名字就叫作“英芳”。莽莽天涯，不知道那妹妹流落於何所，也許已做了別人的妻子，也許已淪落於煙花之中。所以他只要看見一個年輕的婦女，便覺着有可能是自己的胞妹，就必要設法打聽打聽人家的姓氏和出身。同時他還有一種心理，就是玉嬌龍那樣多情而美麗的人，卻不能與自己朝夕相共，所以他恨不得找一個比玉嬌龍美麗的人，以做玉嬌龍的替身。

　　當下他又來到玉宅的門首，見這裏只停着兩輛很平常的騾車，兩個趕車的人在高坡下等着，就坐在車上的凳兒上喝茶談話。時候已然不早了，夕陽斜鋪在這條街上，往來的人也不很多。羅小虎是走過去了又走過來，同時他可看見一個三十來歲的禿子，抹着一臉鼻煙，像個地痞似的人，在這裏也轉了兩個來回，並且用眼溜了他兩下，後來拐進一條小巷裏去了。

　　羅小虎也不大注意這人，他只往東走去，揚着臉向高坡上看看；又轉身回來，再看看天空。天空上，二月的纖雲被夕陽照得黃中透紅，十分美麗。晚風習習吹着，雖然還很涼，但卻不跟冬天的風一樣，這是有點兒發軟了。雲霞之間鴉鵲亂飛，街上已有賣餛飩的擔子過來了。這古城的風光雖然沒有新疆草原上的那種香氣，也沒有大漠高山上那種奇景，然而卻別有一種風味，是一種柔美的掠人心底相思的風味。羅小虎又不禁頓了一下腳，恨恨地說：玉嬌龍！莫非你是變了心？故意以“做官”來為難我嗎？

　　這時迎面來了十多匹馬，馬上都是佩刀的官人，護衛着一位身穿紫色馬褂的老將軍，下了馬往高坡上去了。羅小虎心想：這一定是玉正堂了，好大的威風！

　　他又徘徊了一會兒，心中十分急躁，就想離開此地。這時，坡上就送下客來了，果然是一群女眷；可是送客的都是婆子、丫鬟，卻看不見小姐玉嬌龍。被送出來的是兩位女客，都是旗裝，一位四十歲上下的太太，穿戴倒還樸素；另一位女眷年只二十上下，恭恭謹謹的在那中年婦人的身後隨着，像是個做兒媳婦的。這小媳婦瘦長的臉兒，嬌紅的脂粉，纖眉秀目，雖比不過玉嬌龍，可是也遜不了三五分。她穿的衣服是大紅緞子的，雖不如玉嬌龍那麼豪華，但卻更為嬌豔。羅小虎立時兩隻眼睛發直。

　　此時那婆媳二人已帶着僕婦們上了車，車往東去了，羅小虎趕緊快走，追了上去。直追到鼓樓前，他找着了花臉獾，要過馬來，上馬就追着車去走。迤邐地過了許多條馬路，來到了東城，兩輛車就魚貫地走進了一條胡同。這胡同口有一座木頭牌坊，羅小虎仰面去看，四個字他倒也還認得，寫的是“三條胡同”；往南一看，原來不遠就是東四牌樓。羅小虎催馬進去，見那兩輛車在一個門前停住了，這門雖不如玉宅那麼大，可是至少也是個官員之家，美麗的小媳婦於夕陽影裏隨着她的婆母進門去了。羅小虎張望了一下，撥馬就走，心中十分懊惱，暗暗恨道：怎麼這些標緻的女子盡都出在富貴之家？都是這樣裝腔作勢的連人也不看？可恨！

　　他策馬出巷，順着大路向南去走，就想：玉宅的院落太深，而且戒備得又甚緊，我要想給玉嬌龍傳一封書信都辦不到。看剛才那家子，門戶還小一點，家中的人口也必定不多，那婆媳與玉宅不是近親也是好友，我不如去托她們，叫她們替我把一封信傳給玉嬌龍。不過要好好地去托她們，不然她們不肯管，而且還一定見不着，一定談不了話。這還得深夜帶着刀去，雖然有些不講理，可是我除了請她們秘密捎書之外，並無別意，也不算什麼的。於是他拿定了主意，要趕回店房去寫信。

　　馬出了前門，將走過正陽橋，忽聽身後一陣細碎緊急的蹄聲。他回頭一看，原來是一頭草驢，騎驢的正是一朵蓮花劉泰保，一身青布短打扮，掛着一個鏢囊，臉有點兒瘦了。羅小虎一聲冷笑，劉泰保騎着草驢向着他的馬緊追，並說：“姓羅的！我知道你今天進城去啦，我在門臉等了你半天啦！劉泰保現在把腦袋拿在手裏握着啦，要跟你回頭碰一碰，並且要碰到底。咱們兩人頂好找個旅館談談天，我不怕，我知道你更不能怕。綺夢樓裏的一場爭戰，那不算什麼，不能由那就說結下深仇。我也知道你不是小狐狸，可是至少你跟小狐狸是師兄弟。來！下了你的坐騎，咱們談一談，也不妨請出那位小狐狸來咱們講講理！事情沒有什麼難辦的，如果你們真是俠義英雄，我劉泰保拱手叫你老師傅，過去的事算是我的錯。我帶着媳婦一走，永遠不回京城；不然，可以把我的腦袋送給你們做一件謝禮；再不然，你們兩人一齊放冷箭，我劉泰保單刀相迎，雖然明知多半必輸，可是我還不含糊。”

　　劉泰保的草驢緊頂着馬屁股，他嘴裏如連珠一般說出了這一篇話，羅小虎卻哈哈大笑，回着頭說：“劉泰保！我勸你趁早離開北京！你我既無深仇，你更不必苦苦追着我。你說那什麼小狐狸，那人我認識，可是……我不能告訴你，不過我知道你的武藝比她差得遠得多！”

　　劉泰保瞪眼說：“差得遠我也要鬥，你告訴我那人的住址和姓名吧！”羅小虎搖搖頭，沒工夫跟劉泰保多說話，催馬緊走，就把劉泰保的草驢丟在後邊了。劉泰保在後潑口大罵，羅小虎忍着氣只是大笑。

　　少時他就回到了店房，下馬進門，命店夥將馬牽到棚下，咚咚咚地跑上樓去。一進屋，卻吃了一驚，原來那賣藥的小道士正在他的屋中站着，猴頭猴腦的，神情極為可疑。羅小虎就瞪眼說：“你為什麼趁着無人到我屋來？有什麼事？”

　　這小道士昂然說：“我給你來送銀子了。昨天我替你撲滅了火，那不算什麼，你叫人給我十兩銀子，我不能收。好！現在你回來啦，我給你吧！”說着他就把十兩銀子放在桌上。這小道士因為鬢髮很長，所以顯得臉有點兒瘦，其實他不但不瘦，兩隻胳膊還很健壯，說完了話他轉身就走。

　　羅小虎只笑了笑，四下看了看，見屋裏的東西倒沒有挪動。他也不大介意，便躺在床上歇息，腦中不禁又回想起剛才所遇見的那旗裝的少婦，不由得由羨愛之中又引起了一陣憂煩。他長歎着，又捶床唱起來：“我家家世出四知，惟我兄妹不相知，我名曰虎弟曰豹，尚有英芳是女兒……”唱過之後，又在屋中來回走了走，便喊叫店夥拿來紙墨筆硯。羅小虎就跟惹氣拚鬥似的，用拳頭握着筆，在信紙上寫着大字，寫的是：

　　　　嬌龍賢妻妝次：我來京已有半月，只同你會過一面，你不容我與你多談，便催我走去，我心中真熱煩。幾次去找你，你卻搬了屋子，可見你是故意避我，你的心是變了！別後一年多，我依你的話拋開朋友，改了行業，而且發了大財，但官是沒法弄到，真叫我堂堂好漢無計可施，只有歎氣而已！看這樣子，一輩子我也做不到官了，難道是你也因此一輩子就不跟我見面了嗎？你有那樣高超的武藝，何必在宅中充小姐，受一朵蓮花那等小輩之氣！我勸你快些隨我走，咱們有錢，可以到處享福，何必非做官太太才行？這封信請你三思，收拾行李等候我，後天我要親自去接你……

　　寫過之後，草草粘封了，就帶在身邊。此時，他的兩個嘍囉花臉獾與沙漠鼠回來了，羅小虎把桌上放的十兩銀子交給花臉獾，說：「那賣藥的小道士還很有骨氣，他不肯要這銀子。給你們，你們兩人分了，把它花了吧！」又問那沙漠鼠說：「打聽出來了什麼事沒有？」

　　沙漠鼠擠着兩隻爛眼，說：「我今天打聽出來的事情可很多。我新交的那個泰興鏢店的夥計，他告訴我說，他們鏢店的大鏢頭五爪鷹孫正禮，現在傷已然好了；今天劉泰保找了他去，聽說他在屋中直嚷嚷要打姓羅的，要拿小狐狸。」

　　羅小虎微微冷笑，便說：「今天我也見着劉泰保了！那小輩他已自己說明他與我交手必輸，所以我也不願與他一般見識了。」

　　沙漠鼠又說：「可是聽泰興鏢店裏的人說，孫正禮的師妹俞秀蓮又將來到北京！」羅小虎笑道：「倒盼她來，好叫我看看，長得比我的心上人如何？」沙漠鼠說：「楊健堂可也要回來了，劉泰保更要四面八方去請朋友，我怕到時咱們孤掌難鳴！」羅小虎索性哈哈狂笑起來，說：「一點兒也不用怕，我有寶刀！」

　　正說着，忽見有人把頭探進來，正是那小道士。小道士點手叫花臉獾，笑着說：「來！我請你喝酒！」花臉獾臨出屋時還向他的主人問：「老爺！今兒晚上還到哪裏去？我出去喝酒怕一時不能回來。」羅小虎說：「你不要管我，今晚我要到個別的地方去，用不着你跟着！」他拂拂手，叫沙漠鼠也出屋去，獨自一人在屋中沉思了一會兒，又不住地冷笑。

　　少時店夥又給他送來酒飯，飯他吃了，酒卻一點也沒喝。這時燈已點上了，羅小虎就暗暗紮束利落了身體，先躺在榻上養神。街上的更鑼敲到二更時，他就起來，又預備了一下，便撲滅了燈走出屋去。

　　樓上各房間中，有的客人已睡着了，有的是流連在八大胡同裏還沒回來，所以多半屋中都沒燈光，樓梯更是黑乎乎的如同一眼井似的。羅小虎將要往下去走，忽見一人在自己的前面順着樓梯咚咚地跑下去了。羅小虎問了聲：「是誰？」那人連言語也沒言語，一下樓梯就沒有了蹤影。羅小虎心說：奇怪！莫非是賊？他也追下了樓梯。

　　只聽大房子裏有許多人說笑，他就叫道：「花臉獾！」連叫了幾聲，沙漠鼠才由大屋中出來。門一開，裏面傳出骰子在磁盆中亂轉之聲，羅小虎就問：「花臉獾呢？」沙漠鼠笑着說：「花臉獾叫那小道士給灌醉啦，現在屋裏睡着呢！」羅小虎悄聲說：「我現在要進城去辦點事，今晚也許不回來，樓上的屋子要好好看着，小心賊把咱那箱子裏的東西偷了去！」沙漠鼠點頭答應，羅小虎就向門外走去。

　　此時天上懸着一彎新月，路上行人已很稀少。羅小虎也沒騎馬，他就慢慢地走，進了城走到東四牌樓，已然三更了。大街上，兩旁的舖戶全都緊閉着門板，如人合上了眼睛。四周都是靜悄悄的，沒有一點活動的東西，一切仿佛都已睡熟了；只有遠處的梆鑼聲，隱隱的，直如夢囈一般。

羅小虎進了三條胡同，來到那門前，忽然他又有一陣猶豫，暗想：白天我也沒打聽打聽，這家是姓什麼？是怎樣的人家？我就貿然地進去，去找人家的兒媳。雖然沒有存着旁的念頭，就是只叫人傳封書信，可也就夠冒昧的了！

他轉身走去，想要再到玉宅，設法將信直接交給玉嬌龍，不必無故的來攪人，好像來欺負人家的少婦。但又停住腳步想了一想，卻覺得那少婦真是姿色動人，也真許是個未嫁的姑娘？那麼自己就一半威嚇，一半請托，與她結婚。即或被玉嬌龍知道了也不要緊，叫她看看，我雖沒做官，然而也有女人跟我。這樣一想，他就脫去了外面罩着的長衣，卷了個卷兒，連鞋一起都放在門前的上馬石後面，一聳身上了牆。向下一看，各屋中都有燈光，羅小虎不禁吃了一驚，心說：怎麼回事？這家為什麼這麼晚還不睡覺呢？

羅小虎順着院牆、房頂直往後院去走，就見有個人也往後邊來了，他趕緊趴在房上。就見下面的人似是個僕人，走到屏門就站住了身，向裏面叫着說：“鄧媽！”西邊燈光輝煌的屋中就走出來一個僕婦，問說：“什麼事？”那男僕說：“老爺叫我來說，天不早了，請五奶奶跟少爺、少奶奶歇息吧！不至於有什麼事了！”僕婦卻說：“五奶奶很害怕，少奶奶也不肯睡。可是，事情也說不定！前幾年我在院裏服侍俞姑娘的時候，就遇見過這麼一回事，也是有個男子騎着馬追車，果然夜裏就有人來了；要不是俞姑娘的武藝好，可真不定出什麼事啦！”

男女兩僕在下面說話聲音不大，可是房上的羅小虎全都聽得清清楚楚，他心中不勝驚訝，暗道：原來白天那小媳婦已然看出我來了，知道我今夜必來，那小媳婦莫非也有玉嬌龍那樣的本事嗎？好！我倒要會一會她。於是他就趴在房上，屏息靜氣的一點也不動。等到男僕人轉身走了，女僕人回屋之後，羅小虎卻從房上一躍而下，並無多大的聲音；屋中有人正在說話，也似乎沒有覺得。

羅小虎壓着腳步走到了窗前，用手指蘸了點兒唾沫，輕輕地將窗紙劃了一個小窟窿，他就彎着腰，向屋裏去看。只見屋子雖然不像玉宅那麼寬大，陳設器具卻也十分講究；屋中沒有別人，只是一個年輕的男子和一個旗裝的小媳婦。男子像個文弱書生似的，穿着一身青綢衣褲，辮子盤在頭上，正望着那小媳婦笑。那小媳婦是個背影，也是一身青，手中握着一口刀。兩人像是一對小夫婦，情景極為溫馨和諧。雖在這防守賊人的緊張情況之下，但小夫婦仍然互相嘻笑，悄聲說話。那小媳婦忽然一轉身，燈光照着她的側面，嬌豔非常，正是羅小虎白天看見的那個小媳婦。她擺着手，又輕輕地跺腳，嬌笑着：“你別跟我鬧，奶奶就在裏間啦！賊也許一會兒就來！”她那少年丈夫仍然笑着，要胳肢她。小媳婦卻抬抬刀，仿佛要跟她丈夫打架似的，但她又嬌媚地笑着，說：“真別鬧啦！好文雄，別跟我鬧！聽聽動靜，待會兒賊准來！可是到時候你千萬別先出頭，你沒經過大敵，我不放心！”那少爺文雄笑着說：“你也沒經過大敵，我也不放心。”兩人說笑着，極為親愛。

窗外的羅小虎心中卻非常難受，而且嫉妒，心想：怎麼人家就有閨房之樂，我羅小虎卻不能？他瞪着一隻眼向裏看着，心裏把原來的目的也忘了。卻不料背後“吧”的一聲，有一牆瓦飛來，正打在他的後背上。他又痛又驚，趕緊掄刀回身，屋中的燈光也突然滅了。他跳到院中向房上去看，只見黑乎乎的什麼東西也沒有。

此時屋中那小夫婦一齊出來，掄刀撲上他來。羅小虎卻退後了幾步，一手握着寶刀，一手擺着，說：“別動手！我來沒有惡意！”不料話未說完，那文雄掄刀向他連砍，大怒着說：“白天你尾隨我的妻子，晚間你又來，還敢說沒有惡意？”說着鋼刀如電光一般的削下。羅小虎疾忙以寶刀相迎，那小媳婦卻急急地說：“文雄快躲開！叫我……”

小媳婦的刀法新奇，兩三下殺得羅小虎不得不退後。同時羅小虎也不願傷着人家，他回身一聳，上了東房，並向下邊說：“我來是求小嫂子給我辦點事！我這兒有一封信……”不料小媳婦已然飛身追上房來，鋼刀在他眼前一晃；羅小虎疾忙用寶刀相迎，刀碰在刀上，只聽嗆啷一聲，小媳婦手中的刀被削斷，驚訝得往旁邊一閃身，羅小虎也向後退了一步。

不料後面早有個人，不知是誰，一腳向他踢來，羅小虎就咕咚一聲摔下了房去，下面的文雄掄刀向他就砍。羅小虎情急，一腳踢去，正踢在了文雄的腕上，踢落了文雄手中的鋼刀；同時羅小虎急快地滾起來，以寶刀向文雄砍去。只聽一聲慘叫，文雄臥倒，羅小虎倒吃了一驚。

這時那小媳婦已由房上跳下來，手中的刀雖被削去了一截，可是她仍舞動如飛，向羅小虎來砍。羅小虎迎戰了兩下，這時屋中就有喊叫聲，外面並有人語嘈雜，羅小虎就一聳身又上了房。

不料房上趴着一個人，驀地一抄他的腳，啪嚓一聲，羅小虎又坐在了房瓦之上。趴着的那人挺身而起，撲了過來，模樣雖然看不清，但那身影很是短小。羅小虎將寶刀一晃，問說：“你是誰？”這短小的人卻連話也不答，只徒手過來要奪羅小虎的寶刀。

羅小虎一滾身就滾下房去，雙腿一挺，站住了身。這原是個偏院，正院中卻人聲雜亂，並有女人的哭泣之聲。羅小虎正想跑開，可是房上那短小的影子又如一隻夜貓子似的，嗖的一聲撲下來。羅小虎將刀一晃，那人一縮頭，手反抄上來要奪羅小虎的刀。羅小虎施展刀法，寒光閃閃；那人徒手應敵，左躥右躍，簡直像個猴子一般，身手極為敏捷。羅小虎的刀雖然沒有被他奪了過去，可是覺得此人十分厲害；尤其是那幾個掃堂腿，假使羅小虎沒有點兒真功夫，早就被他給掃倒了。

羅小虎刀法愈急，那人卻愈不稍退後，拳腳的來勢反愈猛，羅小虎就虛晃一刀，飛身越過了牆去。牆的這邊是另一家住戶，這家住戶也被西鄰的吵鬧之聲驚醒了，各院中也全都點上了燈，並有人在屋中向外問：“誰？”羅小虎又上了房，踏着房瓦快走。

走過了許多層院落，不防身後又有短小的黑影追來。羅小虎疾忙由房上過牆，跳到外面，這裏已出了胡同，是一片黑茫茫的曠野。那短小的黑影又如箭一般的追來，羅小虎回身掄刀，怒喝一聲：“你是誰？這樣苦苦地逼我？”黑影兒嘿嘿一笑，並未答話，又撲過來奪他的刀。羅小虎真氣極了，嗖嗖地掄刀；那黑影疾忙躲閃，才躲避開卻又撲上來，並趁空打了兩拳，踢了一腳。小虎身體結實，拳打上腳踢上的都不倒，可是這條黑影兒卻真真叫他生氣，纏住了他，叫他沒有一點辦法。

這黑影是一步也不放鬆，看那樣子他並非要害他的性命，只是要奪他這口寶刀。羅小虎緊緊地握住了寶刀，且戰且走，黑影一步一步地追上。忽然，羅小虎覺得一腳登空，原來身後就是一個大深坑，他一下子掉在坑中。坑裏很髒，大概有不少泥水，上面的那人便哈哈大笑。羅小虎向上面怒罵了幾聲，上面也沒有還言。

羅小虎在坑中生了半天的氣，這才爬上來，還緊緊握着寶刀提防那人再來奪；可是四下去看，不見黑影，大概那人是已走了。羅小虎喘了喘氣，信步走着，兩隻腳覺着很濕，心中又不放心剛才自己闖禍的那家：那個小媳婦的武藝不錯，還會上房，想不到北京城處處有這樣的奇人！只是她那個女婿本領不濟，被自己誤傷了，豈不要叫那小媳婦傷心嗎？唉！自己太不對了！

可是想到扒窗偷看到的那些甜蜜的情形，他心中卻又嫉妒得慌，就想：我幾時才能與玉嬌龍成為夫婦呢？她在京城這幾個月，並不是安分守己，不出閨門；她也盜寶劍，做飛賊，可是她就不肯出來與我私自會會面。她認識這個會武藝的小媳婦，一定還認識不少的能人，無論哪個，還不能替她捎一封書信給我嗎？但她就不那麼辦，我沒做成官，她就要將我拋了，好個負心的女子，今夜我非得去找她不可！

當下羅小虎將寶刀插在腰帶上，在黑沉沉的夜色之下，他又辨別着路徑，往鼓樓去走。此時街上就有更聲緊急地敲着，並有馬蹄聲嘚嘚響，似是查街的官人來了。

羅小虎穿越着小巷，迤邐地走到了北城，尋着了鼓樓往西，少時就來到了玉宅的門前。這裏很是清靜，除了門前的八棵大槐樹被風吹着蕭蕭作響，此外便沒有別的動靜，屋中也似乎沒有什麼防備。

羅小虎來到門前，就一伏身，要躥上屋去，卻聽有人嗤的一聲叫。羅小虎大驚，抽出刀來，問了聲：“是誰？”只覺得前胸驀然一痛，原來中了一鏢。羅小虎痛得幾乎坐在地下，他一彎腰將鏢拔出，不料流星錘又自後打來，正打中在他的脖頸上。同時樹上嗖地跳下一人，掄刀向他來砍；身後一流星錘險些又打中了他的屁股。

羅小虎一面揮刀迎敵，一面閃身，跑下了高坡；嗖嗖的兩鏢又自上飛來，一鏢打空了，一鏢被羅小虎接住。他不敢再鬥，轉身就跑。後面的兩人卻緊緊地追來，並高聲向他大罵，一個是女人的聲音，說：“你快些站住！不然我可就要拿鏢打死你了！”羅小虎趕緊一低頭，但是鏢並沒有飛來。

又聽是一個男子的聲音，說：“朋友！站住吧！你已受了傷，還想跑嗎？站住咱們談談，你是為小狐狸來的，我們也不是為別的事！只要你告訴我們，那小狐狸是玉宅的什麼人，咱們倆就算是一條線兒上的了！”

這聲音非常廝熟，是那一朵蓮花劉泰保的聲音，羅小虎不由得更加氣憤，回身說：“好啊！你也敢來欺負我？”說着就要過去與劉泰保廝殺，但是那女人的飛鏢又打來了，幸虧沒有打着。羅小虎回身再跑，並後悔自己今晚沒有帶來弩箭；可是帶來那弩箭也沒有多大的用，並不能將人射死。

他急急地跑出了很遠，後面的人才不追了，他這才慢慢地走。胸前的傷痛，身體的疲倦，他並不在意，他只是懊惱。因為自己的武藝最好是一刀一槍，或是角武比力，他完全不要以巧勝人；今天遇見的那條黑影，神出鬼沒，不知使的是哪一家的拳法。又加上劉泰保那冷不防就打來的流星錘，劉泰保女人的飛鏢，真令他難防難擋，他的肝肺都氣得要炸了！古城中這窄小的胡同，他真覺得行不開！他在沙漠裏、草原上，是蓋世無敵的好漢，然而在京城中，他就要受一般小輩的欺侮。

羅小虎憤憤地走到了南城，找個僻靜的地方爬過了城牆，就回到了西珠市口。他住的這家店房，樓上樓下全都沒有燈光，他跳牆進內，也無人覺得，他就摸着了樓梯向上去走。不想走到了樓上，忽見眼前又有一條黑影走來，要從他的懷中奪他的寶刀！他趕緊一手護住胸，一拳打去。那人閃開，又來了一個掃堂腿，掃着了，可是羅小虎沒被掃倒。羅小虎憤怒極了，反身去撲，並問：“你是誰？”黑影仍不答。羅小虎拳飛腳起，那黑影也舞拳相敵，但卻不如羅小虎的力大。

他們在樓上這樣咕咚咕咚的一陣亂打，各屋中的客人就全都驚醒了，有人嚷嚷着問：“什麼事？”羅小虎就說：“有賊！”同時拳腳不停。那黑影卻一轉身跳上了樓欄杆，一跳而下，羅小虎還要下樓去追，卻聽下面一聲冷笑，黑影兒就不見了。

　　此時各屋中都點上了燈，羅小虎就偷偷溜回自己的屋內，趕緊掩上了門，往床上一躺。胸口上的鏢傷十分疼痛，脖子也發酸，一口怒氣頂在心裏出不來，他簡直恨一切的人。此時外邊吵吵嚷嚷的，腳步踏得樓板咕咚咕咚的亂響，店家也仿佛被驚醒了。羅小虎就暗自尋思：那條短小的黑影實在可恨，不知他是誰，偏來和我作對，由東城追我到南城來。而且他知道我住在這裏，以後這東西一定要時時跟我為難，妨礙着我的事，我怎樣將他剪除了才好？

　　當夜羅小虎的店中既亂，傷處又痛，所以沒有怎麼睡，到天明他才迷迷糊糊的仿佛入了夢境。直睡到過午，外面有人咚咚地亂捶門，羅小虎這才忍着傷痛起來，將門開了，就見門外是他帶來的那兩個嘍囉花臉獾與沙漠鼠。這兩人本來是見他們的"老爺"到這時還沒有起來，就很疑惑，如今一開門，見"老爺"是兩腳污泥、滿胸血跡，他們就大吃了一驚！

　　二人疾忙進屋，隨手把門緊緊地掩上，沙漠鼠悄聲問說："怎麼了，老爺？"羅小虎瞪眼說："少問！"他低頭看看，胸前的血跡實在不少，無怪乎痛。又掏出自己寫的那封信，就見也被血跡浸紅了一半，他一氣嗤嗤的撕扯了，花臉獾、沙漠鼠全都直瞪着兩隻眼發怔。

　　羅小虎一邊換衣褲和襪子，一邊又吩咐說："快出去給我買刀創藥，再買一口樸刀來！"沙漠鼠答應了一聲，轉身就走。花臉獾又把屋門緊緊關上，然後走近前來，悄聲問說："昨天夜裏的事兒？"羅小虎擺擺手，不叫他多問，只說："你們要防備一點，現在有許多人都在暗中要害咱們！"

　　花臉獾壓着聲音說："今天外邊可都傳開了，說東城鐵掌德嘯峰家昨晚去了賊人，驚了他家的少奶奶，傷了他家少爺。"

　　羅小虎一聽，便不禁驚愕！因為德嘯峰是個很有名的人，自己向來很景慕他。不想昨晚自己去的那人家，就是德嘯峰的家，還誤傷了他的兒子，實在是太不應該了。他心中一懊煩，就又躺在了床上。花臉獾又說："今天內外城都很嚴，茶館酒店全有衙門的探子。咱們這兩天，還是別出門才好！"羅小虎點了點頭，又歎氣。

　　花臉獾將羅小虎脫下來的那染着血的衣裳藏在床底下，把那口寶刀也壓在褥下。這時外面又有人捶門，羅小虎趕緊坐起身來；花臉獾向他擺手，請他先躺下，並拉過棉被蓋在他身上，將地上放着的兩隻泥襪子也踢到床下，這才去開門。原來外邊是沙漠鼠帶着那在本店住的小道士，小道士背着藥匣子，迷嘻地笑着；羅小虎卻不禁吃了一驚，臉色也變了。

　　沙漠鼠近前來，悄聲說："這位道爺，他有好的藥，專能治刀傷，他在江南給許多人治過。"

　　羅小虎瞪着小道士，突然問說："你行走江湖有多少年了？"

　　小道士把藥匣放在一個凳兒上，往近走走，說："至少也有十年了，我們是世世走江湖賣藥，我匣子裏的藥都是祖傳的秘方。"

　　羅小虎瞪大了眼睛，說："你倒不會武藝？"

　　小道士猴子一般地迷嘻笑着，搖頭說："我沒學過那些，我做生意的人，也用不着武藝。可是我常給會武藝的人治病，江湖上一些有名的俠客、鏢頭、山大王，他們受了傷，都請我去治；我的補鐵平金散、生龍活虎膏，都是四遠馳名！"

　　花臉獾又把屋門關好，羅小虎自己掀開了被臥，露出了血色模糊的鏢傷。小道士就打開了他那藥箱，取出來兩貼膏藥和一包面子藥。羅小虎又問說："你行走江湖，你可曉得江湖間誰的武藝最高？誰的名氣最大？"

小道士說：“若論武藝，誰也超不過江南鶴、李慕白、猴兒手，老小三輩！”羅小虎笑道：“猴兒手是個什麼人？我還沒有聽人說過，大概人物不會出色，武藝不會高強吧？”

小道士說：“哈哈！你是不知道，猴兒手的名頭可大極了！他是鳳陽府譚二員外的少爺，李慕白的大弟子，誰比得了？”

羅小虎笑了笑，又問：“你可知道有一位高朗秋？”小道士搖頭說：“沒聽說！”羅小虎又問：“你可去過武當山？”小道士點頭說：“去過，那山上道士們的武藝是一代不如一代了。”羅小虎又說：“你可知道新疆有個半天雲羅小虎？”小道士搖頭，點上半截蠟燭，烤化了兩貼膏藥，並往膏藥上灑那面子藥。

羅小虎又問說：“你可知道有個楊小豹？”

小道士說：“三年前江湖聞名，偷盜了宮中四十幾顆珍珠，後來死在保定府的單刀小太歲楊豹，我倒是曉得，可是沒聽說過什麼楊小豹。”

羅小虎吃了一驚，立時心中湧上來一陣悲哀，又瞪着眼，趕緊問說：“楊豹死後，他家中還有什麼人？”

小道士拿着膏藥，說：“昨天新出事的，鐵掌德五爺家的兒媳婦楊麗芳，那就是楊豹的胞妹。”羅小虎立時怔了。

小道士把兩貼滾熱的膏藥向羅小虎胸前的傷處用力一按，他立時哎呀一聲，昏暈了過去，把小道士嚇了一跳。花臉獾和沙漠鼠趕緊過來喚救他們的“老爺”，小道士驚訝着，說：“怎麼，他的身體是這麼虛？連一貼膏藥都禁不住？”花臉獾要去找草紙好點着了熏救，沙漠鼠是連聲叫着：“老爺！老爺！羅老爺！”那小道士也直發怔。

忽然羅小虎蘇醒過來了，他急急地擺手，驅這些人全都出去，他卻在這裏不禁痛哭，偌大的英雄竟如同女子一般嗚嗚地啜泣。

從此，他也不出屋子了，飯吃得很少，酒也不再喝，更聽不見他再唱那“我名曰虎弟曰豹，尚有英芳是女兒”的悲歌。同時也不知那小道士給他貼的是什麼膏藥，傷不但不好，反倒腫起來了。

過了三四日，這三四日內外的風聲很緊，都說京城藏着大盜，內城提督衙門、外城御史衙門，都正在飭派官人到各處尋查形跡可疑的人。並聽說一朵蓮花劉泰保、神槍楊健堂、五爪鷹孫正禮等人，現在日夜在街上亂轉，他們必要捉獲殺傷德大少爺的那個賊才甘心。

除了沙漠鼠還時常出門去打聽打聽消息，臉上有刀疤的花臉獾簡直不敢出門，他成天跟小道士在一起賭錢，“老爺”給他的銀子被小道士贏去了很多。小道士不僅會賭錢，並且江湖的見聞極廣，但誰也猜不透這小道士是個何許人。

在樓上的羅小虎雖然身負重傷，而且心灰意懶，可是他時時謹慎地防守他那柄帶環子的寶刀。他知道有人正惦記着他的這口寶刀，而且那個人大概就住在這裏；因為每夜他都覺得屋外有響動，只是那個人不能得手。他疑惑那小道士是個綠林中人，但是細瞧可又不像，叫沙漠鼠、花臉獾他們去探查，也是一點可疑的痕跡也探不出來。

天是漸漸暖了，羅小虎的傷換了兩貼膏藥，卻更加重了。這天不過是晚間二更天的時候，突然有一個人走進了他的屋中。他這屋中的桌子上還正燃着明晃晃的燈燭，羅小虎聽見了腳步聲，就趕緊忍着痛一翻身，同時按住了褥子，褥子下面就是他的那口寶刀。他瞪大了眼，看見床前站着一個青緞衣青緞小帽的少年男子，細條身子，俊俏的臉龐，啊呀！不是個男子，原來正是他的情人玉嬌龍。他說：“啊！你這時才來？”

玉嬌龍卻向他擺手，俊俏的臉上如鋪着一層秋霜，一點兒也沒有溫暖，一點兒也沒有柔媚。她走近一步，低着頭，嚴厲地向他質問，聲音極小，說：“你住在北京是什麼用意？為什麼這些日你都不走？你到德家做出的那是什麼事？你可知道那楊麗芳就是你的胞妹嗎？你殺死的那德文雄就是你的妹夫，你簡直是強盜，我當初錯認了你！”

羅小虎心痛得如刀割一般，他翻身坐起來要爭辯，玉嬌龍卻不容他說話，又往下憤憤地說：“你在這裏再住幾天，一定要事發被捕！我現在無法救你，我自救尚且不暇。我等了你三年，希望你有個出身，沒想到全成了泡影，你反倒日趨下流！我的父母已將我許配了現在順天府丞魯翰林，我無法違背。我今天來就為的是把這些話告訴你，是怪你自己不長進，非我無情！”

羅小虎張着手急叫道：“嬌龍！”玉嬌龍連看也不看就翩然出屋，羅小虎又悲哀地叫着：“嬌龍！賢妹！”

玉嬌龍已走出去了，忽又頓住了腳，一轉身，似乎是要再回屋去看看；但這時驀然有一人從她的身後撲來，玉嬌龍疾忙回身閃開。這個人如同個猴子似的，很短小，舞着雙手又向她來撲。玉嬌龍飛快地閃避，同時拳飛腳起，就把這人一腳踢倒；這人一滾身往上站起，玉嬌龍追過去又是一腳，就把這人踹得骨碌碌地滾下了樓梯。

玉嬌龍不敢在此多留，便從欄杆上一跳，跳到了樓下；那猴子似的人卻爬起來又一躥，倒把玉嬌龍頭上的青緞帽打落在地下。玉嬌龍憤憤地一掌打去，打得那人又後退了兩步，玉嬌龍向外疾忙走去。

此時櫃房中已跑出幾個人來，玉嬌龍早已走到門外。可是她才一出門，不防門前正站着兩個人，一個人拿着點着松香的火摺子一晃，玉嬌龍就覺得眼前一片火光，趕緊閃開。同時，這拿火摺子的人可也嚇了一大跳，驚愕地說：“哎呀！原來是她呀！這些日子我劉泰保做夢也沒想到是她呀！”

玉嬌龍一驚，回身以小弩箭連珠般的向那說話的人射去，那劉泰保跟着另一個人卻往西撒腿就跑。那店中也人語喧嘩，街上還有舖戶未關門，玉嬌龍就疾忙地向東走去。此時夜色漸深，更鼓已敲到了三下，巍巍的古城，已入了沉睡的狀態。玉嬌龍越城潛回到宅中，她的心緒也萬分的不寧。

原來這些日劉泰保每夜都要在羅小虎住的店房門前探望，今天不料探出來一件出他意料之外的事，倒把他嚇呆了。劉泰保帶着花牛兒李成，兩人向西跑出了很遠，花牛兒李成因為屁股中了一枝小箭，就跑不動了，喘着氣說：“站住吧！站住吧！到底剛才你拿火摺子照的那個小伙子是誰呀？他怎麼那麼厲害呀？沒說話就放箭！”

劉泰保卻說：“那就是小狐狸，我真沒想到是她！怪不得俞秀蓮不肯告訴我實話。如今，如今，今兒的事連我的媳婦都不能告訴！現在知道了她是誰，倒難辦了！”這兩人就回全興鏢店去了。

此時，那羅小虎住的店房之內，卻大亂了一陣。那賣藥的小道士被人打得鼻青臉腫，可是他拾着了一頂青緞小帽。店掌櫃是暴跳如雷，指着這小道士嚷嚷着：“怪不得我這店裏這幾天常出事，鬧得客人都不安，原來你不是好人，趁早兒你滾！要不然我可要把你交官了！”

小道士掩着臉生着氣，也不言語；倒是有在住的老客人和管賬的先生，勸着掌櫃的，說：“還是別聲張吧！現在街面上正緊着，叫他再住一晚上，明天一定叫他搬走就是了！”店掌櫃的這才不得不壓下點兒氣，又向小道士說：“明天請您走吧！您欠下的店錢我們也不要了！求您別再給我們這兒生事兒啦，我們這兒可是正經買賣。”小道士點了點頭。

此時沙漠鼠早跑到樓上去告訴了羅小虎，說：“那小道士原來是賊，剛才被個外邊進來的人給打啦！”羅小虎似乎沒聽見這些話，只仰面躺着，瞪着兩隻大眼睛發怔，他那兩眼被燭光照得通紅，紅得可怕，沙漠鼠嚇得趕緊退身出去了。

後半夜店房中無事，次日早晨，那小道士連他的那隻藥箱忽然都不見了，店門還沒開，不知他什麼時候就走了。在一進門的白照壁上留下了幾個用炭寫的字，是：

我乃江南大俠猴兒手譚飛，我走後店中仍有賊人，一定還要出事，請店家小心為要。

同時，羅小虎褥子下的那口帶環的寶刀忽然也不見了，他急躁、憤恨，但又不敢聲張，也無處再去尋那猴兒手。他也明白了，小道士猴兒手給他貼的膏藥一定不是什麼好膏藥，不然為何越貼傷越重呢？他暴躁着，叫沙漠鼠給他出去另請名醫，他希望早些能夠行動，好出去辦他自己的事，同時命花臉獾天天出去打聽外邊的事。他知道劉泰保、楊健堂、孫正禮等人已全都知道他住在這兒了，只是因為他現在負着重傷，楊健堂等人不願來抓他這一個病夫；只在等着他的傷癒了，再來拿他，或與他比武。可是他現在如同被人監守起來，若想逃走，恐已甚難。所以把他那兩個嘍囉全都嚇得戰戰兢兢，天天吃不下飯去，只盼着他們的“老爺”快些把傷治好，好悄悄地離開北京。

同時，他們又聞得玉正堂的小姐玉嬌龍已許配給了順天府丞魯君佩，又因為北京有些無賴漢給玉嬌龍造出了很多謠言，說玉小姐是什麼“小狐狸精”，所以魯家為息人言起見，把婚期提前了，大概是下月中旬就要迎娶。

第八回　　彩輿迎新娘途逢惡虎　　香車隨寶馬私走嬌龍

　　　羅小虎自更換了醫生之後，他前胸的鏢傷漸漸地好了些，只是胸中氣憤，而且傷心。有三件事最使他痛惜，第一是太對不起胞妹了！本來相違數載，一旦兄妹得到機緣相見，正應當相敘過去家庭的慘變，骨肉分離後各自遭受的痛苦，然後再相議如何復仇等等之事。鐵掌德嘯峰也應當算是自己的姻親了，可是，自己不才，那天偏偏把一件小事弄成了大事，將德文雄殺傷。那天聽玉嬌龍來說，他是已然死了！咳！我將我的妹夫殺死了，使胞妹年輕守寡，我還有什麼臉面再去見我的胞妹呢？就是我將自己淩遲處死，也不能贖去我的罪愆。第二即是玉嬌龍那天晚間來此所說的那一番話，簡直是義斷情絕。背叛了沙漠中的盟誓、草原上的恩情，她已甘心去嫁什麼魯府丞了。她只恨我不長進，不能做官，然而我怎樣才算長進，怎樣才能做官呀？第三是恨那猴兒手，累次在自己的事情中間搗亂，臨去時還趁着我的傷重，將我的寶刀盜去，真真可恨！羅小虎一想起這些事，他就痛心、懊悔，炸了肺似的氣憤。本想挣扎着去向胞妹謝罪，去見玉嬌龍嚴辭質問，去尋猴兒手索要寶刀；可是自覺得仍然體力不勝，而且精神不濟。

　　　這天，花臉獾、沙漠鼠二人來悄悄地對他說：“大爺！咱們在這兒也沒有什麼事啦，你老的傷也快好了，玉小姐要嫁魯府丞就叫她嫁魯府丞去吧，咱們還是回到新疆販馬去吧！”

　　　羅小虎搖搖頭，愁悶地說：“要走你們就先走吧，我可以給你們盤費。”花臉獾說：“盤費倒不要緊，只是大爺……老爺，你這樣地住着，早晚要出事呀！”羅小虎冷笑道：“我倒要等着出點事叫我看看，我看誰能把我怎樣了？”

　　　正在說着，忽聽樓梯一陣緊急地響，花臉獾探出頭去望了望，臉上就立時變了顏色。他回轉頭來，驚慌慌地悄聲說：“來了！來了！劉泰保！”羅小虎便也悄聲說：“快把刀給我預備在手下！”花臉獾就把新買來的一口純鋼的薄鋒厚背的樸刀，放在了羅小虎的身旁，羅小虎用被將刀蓋住，依然假裝安靜地躺臥。

　　　此時外面的劉泰保等人已上得樓來，除了披着青綢夾襖的劉泰保之外，還有一位穿布衣服的高身、方面、黑鬍子的人。花臉獾認得，這是新由延慶府回來的全興鏢店掌櫃的、神槍楊健堂。後面跟着一條大漢，手中提着一口明晃晃的鋼刀，這人是五爪鷹孫正禮；他去年被碧眼狐狸所傷，現在已然把傷完全養好了。

　　當下楊健堂向孫正禮使了個眼色，囑咐他不可莽撞，劉泰保在前，三個人就走進屋來。羅小虎將要扶枕坐起身來，劉泰保卻擺手說：“不要客氣！不要客氣！你自管躺着養神吧！我們早就想來拜訪你老兄，只因你病着，怕騷擾了你；現在我們哥兒三個知道你的病快要好了，所以特來向你問問。德五爺家裏的事情不提了，因為德少爺被你傷得並不太重，德五爺曠達為懷，他是寧叫人負我，我不負人，所以他也不願深究，並且他夫婦還勸着他的兒媳息事忍氣。”

　　羅小虎一聽了這話，心中倒不由立時松展了，就想：德少爺原來沒死！玉嬌龍那天的話卻是傳聞之語，或者是自己聽錯了，但是仍然不勝慚愧。又聽劉泰保把聲音壓得略小一點，說：“今天我們哥兒三個前來，非為別事，就是我們早已探出了……”說着看了看花臉獾和沙漠鼠，又笑着說：“你們二位可否暫且出去回避回避？我跟羅大哥說幾句私話。你們放心，我們絕打不起來，我們絕不能逼他；我們若想逼他，還不能等到今天才來呢！”花臉獾、沙漠鼠兩人都用眼看着他們的“老爺”，羅小虎卻努努嘴，說：“你們去吧！”那二人就又疑又懼地出了屋子。

　　孫正禮是手握着朴刀昂然站立，瞪着兩隻大眼睛看着羅小虎；楊健堂擋在孫正禮的前面，是怕他驀然動手，同時也觀察着羅小虎的神態。劉泰保又向床前走了一步，說：“我們知道你是從新疆來的，你常在玉宅的門前轉，玉小姐也曾扮成男子到你這兒來過，我們都知道你跟玉嬌龍必有深交；去年死的那碧眼狐狸耿六娘，你們在新疆時也一定都是老朋友。這件事關係重大，玉小姐後天就要出閣……”

　　羅小虎吃了一驚，劉泰保又說：“過去的事全都算完了，連玉小姐都算上，咱們全是江湖的朋友。你們既然讓了步，我們也不願意逼之過甚，同是拿刀動槍的，打拳踢腿的，打一回鬧一回那是見面禮，以後彼此要關照的事情還很多呢！只是，今天趁着老哥你的傷略輕，請你說實話，你跟玉小姐到底是怎麼一回事？是師兄妹？是朋友？還是你兩人有特別親密的交情？還有，玉嬌龍的武藝到底是跟誰學來的？碧眼狐狸怎麼會混入玉宅？正堂玉大人到底對他的女兒能上房，家中養着賊老媽兒的事，知道不知道？你說完了，只要是實話，我們哥兒三個是拱手就走，以後絕不打攪你！”

　　劉泰保這一席話，羅小虎聽了，只是臉上有些變色，卻一直微笑着，心中盤算了又盤算，便說：“你們真問着了！玉嬌龍是如何的人連我也不知，什麼碧眼狐狸，我更是連面也沒見過！”

　　劉泰保一怔，孫正禮立時把刀舉起，推開了楊健堂，一躍步近前來向羅小虎就砍。羅小虎也由被下亮出了刀，同時翻身滾起，鏘鏘兩下，敵住了孫正禮。楊健堂趕緊將孫正禮拉開，並推出屋去。劉泰保又連連擺手，說：“別這樣！咱們還是好好說話！”

　　羅小虎憤憤地說：“是他想要暗算我！你們三個人沒等我的傷好就前來，就是沒懷好意。不錯，我羅小虎與玉嬌龍相識，可是什麼碧眼狐狸我卻真不認得！”

　　劉泰保點頭說：“這就好說了！你既自認與玉嬌龍相識，那麼趁着她現在還沒做府丞夫人，就請你去找她一回，定個地點，我們私下會個面。你可聽明白了，不是我們要向她高攀，是因為我們也打了小半年的交道了。我的老泰山死在她的手裏，寒舍她也曾光顧過幾回，並且她在我媳婦的腿上還射過一弩箭。我們兩人在德家也見過面，現在我手中還有她的親筆跡。總而言之，這半年來我們雖然為敵，可是非常密切。現在，再有兩三天她真是一位命婦了，我們更不能高攀了。所以在她沒上花轎之前，無論如何，也得跟我們見面談談，把以前的事情交代清楚了，省得日後再出事端。玉宅的大門我們是不能進去，所以只有煩你老兄給我們引見引見，地點可以隨她定。還告訴她，請她放心，我們絕無惡意。不然我們現在的人也不少，真要是不講面子，把她的底細揭穿；她雖不至於被她父親押在提督衙裏，可是到後天也准保叫她上不了那頂花轎！」

羅小虎放下刀，不禁長歎着，他搖了搖頭，說：「你們不知道，我跟她見面也很難！你不知道，那天夜裏，我也是想躥房去找她，可是，幹你甚事？你就在暗中打了我一鏢！」

劉泰保說：「那天是我們的不對，可是，唉！現在你就告訴我實話吧！那天玉嬌龍女扮男裝來找你，到底是有什麼事？」羅小虎說：「她是跟我說幾句話。」劉泰保說：「說什麼話？老兄你可否告訴我？」羅小虎搖搖頭，說：「不能告訴你們，那是我們的私事，與你們並不相干！」劉泰保的神色一變。

此時楊健堂和孫正禮又齊都走進屋來，孫正禮怒目圓睜，用刀向床上指着，說：「跟這小子說什麼廢話？把他拉出去殺了，給德五哥出氣就得啦！」楊健堂又向他擺手。

劉泰保卻繃起臉兒來，說：「姓羅的朋友！事到如今我們已給你留夠了面子，你可一句實話也不肯說，一點事兒也不肯給我們辦！」

羅小虎說：「還有什麼實話？我說的沒有一句假。我除了知道玉嬌龍的師父高朗秋，他對武藝知道的很少，都是由兩卷書中所學來的，聽說那兩卷書是江南鶴所作。」

劉泰保的臉立時嚇白了，楊健堂也有些驚愕的樣子，孫正禮卻手握着樸刀，瞪着眼說：「你可別拿江南鶴來嚇咱！」

羅小虎說：「我拿別人的名頭來嚇你們作甚？不過是我曉得這些事，把實話告訴你們。可是你們切莫輕視玉嬌龍是個女子，她的武藝你們三個人也非對手！」聽了這話，楊健堂也生了氣。

羅小虎又說：「我的武藝，刀槍不說，柔軟的功夫我也比她差得多。但我也不怕你們，我若畏懼你們，早就走開了。以後你們或是對付她，或是對付我，全由你們的便！」

孫正禮拍胸說：「來！你立刻就出去，咱倆較量較量！」劉泰保又橫臂攔住他。

羅小虎坐在床上，又說：「只是求你們替我拜上德五爺，那天我實在不曉得是他的兒子，我也無意殺害他的少爺。前幾天聽說他家的少爺死了，真要把我愧死！我在此不走，就是願意叫德五爺來殺我，替他的兒子抵命。今天聽劉朋友一說，德少爺原來沒死，我才松了些心。煩你們拜上德五爺，蒙他不願深究，但我羅小虎早晚要給他登門叩頭認罪！」

劉泰保、楊健堂和孫正禮一聽這話，全都更是詫異，楊健堂就說：「你怎會認識德五爺呢？」羅小虎搖搖頭說：「並不認識。」說到這裏，他又長長地歎了口氣，便不言語。

當下劉泰保與楊健堂面面相對，此次來，除了略略探出玉嬌龍那身武藝的來歷，並無什麼結果。劉泰保向楊健堂使了一個眼色，然後向羅小虎一拱手，說：「多打攪了！再會！再會！」他們三個人就一齊走出屋去了。一陣沉重的腳步之聲，三個人似是已經下去走了。

這裏羅小虎坐在床上呆呆地發怔，想到德文雄沒死，他有點歡喜；但知道了玉嬌龍後天便要嫁人，他又氣得幾乎要跳起來。他緊咬着牙，憤憤的，心說：好！

玉嬌龍你變了心，叫你後天去嫁人？我有辦法！

待了一會兒，花臉獾和沙漠鼠才偷偷地溜了進來，悄聲問說：「剛才是怎麼回事呀？劉泰保他們是幹什麼來了？」

羅小虎說：「他們都是好漢，剛才找我來，不過跟我說些講交情的話，並沒有別的。你們不要多問，把信封信紙給我拿來，我要寫信。」沙漠鼠趕緊出屋，花臉獾就在這裏磨墨泡筆。少時沙漠鼠將信封信箋拿來，羅小虎就命人攙扶他下了床，坐在椅子上，並命二人回避出去。他就握起筆來，一彎身，胸前的傷處仍然很痛，並且心裏充滿辛酸，他就在信箋上歪歪斜斜地寫道：

字達德少奶奶楊麗芳姑娘尊鑒：

前次我攪鬧貴府，真大不該。我那次去本無歹意，只是要托你辦一點事罷了，不想我又一時失手，傷了你的夫婿，我真該死！

我非他人，我本姓楊，河南汝南人氏。我的來歷自身也不大曉得，可是高朗秋曾留下過一首歌：天地冥冥降閔凶，我家兄妹太飄零，父遭不測母仰藥，扶孤仗義賴同宗。我家家世出四知，惟我兄妹不相知，我名曰虎弟曰豹，尚有英芳是女兒……高恩人叫我兄妹將來由此歌相識，想你必也會唱。我聞你有兄曰楊豹，已死，他實是我的兄弟，你是我的胞妹，我是你的大哥。我本想前去一見你們，共敘當年家中慘事，但我那晚把事辦錯了，我實在無顏到德府去見你！

現今，我又有一件為難之事，恐怕後天我就要死了；但父母之仇未報，我死實在有罪。那天無意之中相見交手，我知你的武藝高強，在我以上！倘能得德五爺、劉泰保、楊健堂諸公之助，必能報仇。仇人姓賀，他的名字我也不大曉得，你可派人到汝南去打聽。汝南開酒舖的羅老實，即咱們的外祖，他還有族人，也許知曉此事。高恩人有一胞兄叫茂春，此人更盡皆知曉，高恩人已死矣，他胞兄還許活着。總之，這件事我是託付你了，因我已無力顧及。明後天我就要在京城之中做出一件驚人之事，我命亦必隨之死去。天地冥冥，無有辦法，揮淚書此，不盡欲言。

胞兄小虎作拜啟

寫過之後，他的眼淚不禁直滴在桌上。封好了信，他在信皮上寫了「呈德少奶奶楊麗芳」，然後又慢慢回到床上去休息。等到天色晚了，用了一些酒飯，他就用一條綢帶子將前胸緊緊地繫住，忍着未愈的傷痛，出店下樓，命沙漠鼠給備上了馬，他就騎馬進城去了。

此時天色才過初更，東城大街還很熱鬧，但三條胡同裏卻是冷冷清清，德宅的雙門也緊緊閉着。羅小虎來到這門前下了馬，看見兩旁無人，他就將這信柬由懷中取出來，隔着門縫兒投了進去，然後他上馬撥彎就走。

出了三條胡同，本想再到鼓樓西去一次，可是他已覺得傷勢有點兒支持不住了；又怕前門關了，自己騎着馬，而且這樣的身體也不能爬城，所以他就撥馬向南。馬一顛，傷處就痛，他就得駐馬緩半天氣才能往下去走。

出了前門，沙漠鼠就跑過來，將他的馬接過去，並揚着頭悄聲說：「剛才劉泰保跟那拿刀的大漢子，又在門口來回地走。」

羅小虎說：「不怕他們，他們不過是為偵查我的行動就是了！你們只要謹慎些，不要惹出事來，他們便也不能奈何咱們。等一半天我的事情就辦完了，或走或是還在此地，就都不要緊了！」他下了馬，進店扶着樓梯上了樓，樓上黑乎乎的，總像那小道士猴兒手還在那裏蹲着似的。

羅小虎小心防備着進了屋，點上了燈，就站着發怔，心說：信我已然投了去，想我妹妹必然明白了！她大概不會派人來找我，即或找我來，我也一概不認。明天我在這裏再待一天，後日，玉宅門前我要鬧他一件大事！魯府丞必去迎娶，玉嬌龍必要上轎，我就要闖出人群將他們全都殺死！然後，我逃走也值，死了也值！他胸中怒氣向上湧着，愁緒千條萬縷，自己無法撕開，無法斬斷，便喊來花臉獾，叫他拿酒來。羅小虎就一臂扶桌，坐在椅上，大口地連喝了幾杯。覺着身上發熱，頭腦昏沉。他又連斟連飲，並且以手擊着桌子，高唱起來：「天地冥冥降閔凶，我家兄妹太飄零……」想到當年高恩人作歌，原是為叫自己報仇，並沒叫自己為一個女人去捨命；但事情已走到了這地步，除此不能發洩胸中的怒氣！不把這件事情辦完，即使活着，自己也不能再去辦別的事，可又有什麼辦法呢？唉！又想自己二十年來失身綠林，以致把前途埋沒；因為誤結識了一個玉嬌龍，以致到此地步。因為莽撞傷了妹丈，得罪了德家，而無顏去見胞妹。因此又恨自己，恨不得橫刀自殺了！他瘋狂地唱歌痛飲，直到天明，才因體乏，趴在桌上睡去。蠟燭燒盡了，蠟油流在了他的頭髮上，他也不曉得。

直到次日早晨，沙漠鼠跟花臉獾進屋來，想要把他扶到床上去再睡，羅小虎卻宿酒未醒，大叫着：「玉嬌龍！」一腳踹去，把花臉獾踹得滾到桌子下面去了。沙漠鼠說了一聲：「老爺！你醒醒吧！是我們！」羅小虎這才睜眼看了看，似乎覺出他踹錯了，就問：「沒有人來找我嗎？」沙漠鼠說：「這麼早，能有誰來找呢？」

羅小虎又問：「咱箱子裏一共還有多少兩銀子？」沙漠鼠說：「我也數不出來，大概連莊票還有一千多兩，金子不算！」羅小虎說：「都拿出來！問問哪家店裏住着窮困不能回鄉的人，給他們銀子叫他們回家！問問誰家窮得要賣兒女，給他們銀子叫他們骨肉團圓！到街上找些小叫花子窮漢，每人贈他們十兩！」沙漠鼠驚得張着嘴，說：「老爺！你為什麼要這麼行善哪？」

羅小虎又怒聲叫道：「花臉獾！」花臉獾趕緊由桌子底下躥出來，說：「老爺有什麼吩咐？」羅小虎急急地說：「快騎馬到鼓樓西玉宅去看，看那裏有什麼事？如若那裏有人娶親，就飛馬來告訴我！」花臉獾脆快地答應了一聲，即刻就走了。這裏沙漠鼠扶着羅小虎躺到床上，羅小虎閉着眼，急遽地喘息着，似乎是又睡了。

半天，花臉獾滿頭是汗，氣喘吁吁地回來了。一進屋，他叫了聲：「老爺！」羅小虎瞪大了眼，問說：「怎麼樣？」花臉獾指手劃腳地說：「我到了鼓樓西，見玉宅的大門前已高掛上了紅彩。」羅小虎點頭冷笑着：「哼哼！」花臉獾又說：「宅裏搭了比這樓還高的喜棚！」羅小虎緊咬牙。花臉獾說：「明天玉嬌龍小姐就出閣，明天鼓樓西一定熱鬧！」羅小虎怒罵聲：「媽的！」一伸腳幾乎又踹着了沙漠鼠。

花臉獾壓下了聲音說：「咱們何必還在這兒呢？跟這些人搗亂做什麼？老爺的傷也好一些了，不如咱們明天就走。不願回新疆，咱們可以到別處去，天下有的是標緻婆娘！」

羅小虎皺着眉拂拂手，把兩人全都趕出屋去。他獨自卻頓足捶胸，心中如燃着一把烈火，恨不得那魯府丞即時就去迎娶，自己就即時跑去把他們殺死，才能痛快。這一天，他真難挨，度一日如同十年似的，好容易盼到天黑了，卻又睡不着覺。他就又飲酒，又唱着一首記不完全的詩，唱來唱去，又飲得酩酊大醉，睡了，這才挨到了天明。

這天，是三月十一，東風正暖，天氣晴和，飄蕩着花兒似的雲朵，是個大吉利的日期。從早晨起，這客店的門前就走過了兩起娶親的了。今天事情已到了臨頭，羅小虎倒是非常鎮定，只是滿臉的殺氣，兩眼有些呆板，呆板得那麼怕人。

他今天仿佛竟忘了胸前的鏢傷還沒有十分好，精神也非常的興奮。

他叫沙漠鼠到外面剃頭舖子找來個剃頭匠，給他打了辮子，刮了臉，修飾得乾乾淨淨。然後又換了一身青綢夾襖、青綢夾褲，外罩絳紫色的緞子大裌袍、青雲緞的馬褂；又叫花臉獾拿着他的鞋出去給配了一雙軟底官靴，他穿上了，真像是要到哪裏去賀喜的樣子。

然後他就擦刀，將刀擦得雪亮；又收拾他的小弩箭，揣在懷中，帶上細箭三十餘根。命沙漠鼠去備馬後，他又向花臉獾說：“今天，還是你同着我去，你帶着我的刀牽着我的馬，還在鼓樓前等候。不要害怕！今天的結局還不知怎麼樣，闖了禍，出了我的氣，也許我逃不了，也許能從容走開，都說不定。反正你記住了吧！我若是被擒，你就趕緊跑，我被殺了你也不要去領屍；我若是能逃走，那更好了，咱們能一路行便一路行，不能，將來便在汝南見面！”花臉獾聽了這話，嚇得臉都白了，兩條腿不住地發顫。

羅小虎就昂然地下了樓，花臉獾捧着那口帶鞘的樸刀隨在他的背後。走到店門前，沙漠鼠已將兩匹馬備好，拴在那裏等着。花臉獾將刀掛在那匹紅馬的鞍下，羅小虎就鞭馬走去，連頭也不回。那花臉獾卻跟他的夥伴沙漠鼠兩人急急地悄聲又說了幾句話，才騎上馬，趕上了他們的“老爺”。

當下兩匹馬一黑一紅，一前一後，嘚嘚地踏着石頭道緊走，少時進了前門。一進前門，街道就不像南城那樣繁忙了，路上車稀人少，他倆便連連揮鞭，催馬疾走。羅小虎那一身闊綽的裝束很像是位官員，花臉獾就像是他的“跟班兒的”，所以有許多人都為他們讓路。

走不多時便到了鼓樓前，只見有許多簇新的花轎、大鞍車，全都往鼓樓西邊去走。到此，他們的兩匹馬反倒慢了，花臉獾的臉色顯得更是慘白，臉上的刀疤更是清楚。羅小虎卻面色發紫，在鼓樓前的地安橋邊下了馬。他把馬交給花臉獾，說：“你還是到那酒館等着我，不要顯出形跡來！”就轉身向北大踏步走去。

此時天色已經不早，十一點鐘左右，街上的人確實比往日多得多，男女老幼，都如湧潮似的往鼓樓西去擁擠，有的還說：“大概轎子都快來了！”

羅小虎的胸中怒氣擁塞着，簡直喘不過氣來。他瞪着大眼隨走隨看，就見這些人群之中，最多的還是些裝飾豔麗的少婦長女，其次是乞丐們，另外有些穿着短褂、三三五五的橫着走路的是街頭的流氓。

但是轉過了鼓樓才一往西，就見是出大差似的，路兩旁全都站着官人。有的帶着腰刀，有的拿着皮鞭，喊着說：“要看熱鬧的貼着南牆根兒走！別亂擠！”又啪啪地掄着皮鞭，驅趕得那些想去討點喜錢的乞丐們四下逃奔。

羅小虎就雜在人叢之中，順着南牆根兒去走，被前後的人擠着，他出了一身的汗，同時胸前的傷處也很痛。眼見着轎子、官車、騾子、馬一起一起的都往西邊走，人叢中就有人指着說：“快瞧！這是張大人家裏的轎！”“這是李侍郎家的車！”“瞧！這是韓御史家的女眷！”又有人喊着：“二姑娘別往前走啦！就在這兒瞧着吧！回頭轎子一定要從這兒過！”

旁邊有人悄聲地交談，說：“你們瞧吧！今天一起轎就許要出事！劉泰保他還得顯一手兒嘛！”另一個說：“那他可不敢，今天無論是誰要敢在這兒鬧事，那可是找着砍頭！”並且有人似乎故意地從羅小虎背後一膀子撞過來。羅小虎扭頭一看，見是兩個流氓，他也忍住了氣，向旁躲一躲，就讓兩個流氓先走過去。

　　此時，這條大街上如同開了熱鬧的集市，但又有一種森嚴的氣象，馬鐙、轎頂子、官人出鞘半截的刀和看熱鬧的婦女頭上的金釵，亮閃閃得刺眼。日麗天晴，風一點兒沒有，靠南邊一帶的住戶，牆頭探出來的杏樹還留着將謝的嫣紅花瓣。

　　少時，羅小虎就擠到玉宅的大門前。但在這裏隔着一條馬路，前面又有人擋着他的視線，他可不能完全看見那大門。只見高坡上有許多人來往着，有穿官衣的，有穿便衣的；車轎都是先到坡上，等人下了車，進去了，再退下坡來。坡下有許多個小廝，每人都牽着幾匹騾子或馬，來回地遛着。羅小虎在此被擠得實在受不了，同時心中急躁得實在捺不住，就把心一橫，心說：既來到這裏了嘛，豁不出去還能夠辦事？於是他走出了人叢，過了馬路，直往坡上走去。

　　他此時極力鎮定，不使聲色露出，原想一定有人要攔住自己盤問，自己就謅他一個“韓御史宅中的”，或是“李大人家中的”。自己現在雖沒帶着刀，可是懷中藏有弩箭，要打起來，他們也不能一人不傷就將自己拿住。他邁着大步往坡上走，想不到竟沒一個人攔他。雖然有人看了他一眼，可是見他穿戴闊綽，腳下又蹬着靴子，仿佛像在這裏行人情的人，便沒有一個人覺出可疑。

　　他態度昂然地走進了大門。將進二門時，有個官人模樣的人正從裏面出來，與他走了個對面；這人還趕緊閃開，低着頭，恭敬地讓路。

　　羅小虎昂頭邁步，順着廊子直往裏走。只見有個穿緞子衣服四十多歲的僕婦正從裏院出來，被一個男僕攔住，問說：“裏邊全預備好了嗎？”

　　那僕婦着急地說：“沒有嘛，小姐的頭拆了兩回，到現在還沒梳好呢！偏偏要嫁了，卻又在前兩天親自把繡香打發走了。自從小姐改梳頭之後，不是天天繡香給梳嘛！”

　　男僕又問：“現在小姐歡喜點兒了沒有？”僕婦說：“歡喜什麼呢？到現在還掉眼淚兒呢！”男僕說：“這怎麼辦？喜轎快來了！”僕婦說：“來了就叫它等着，咱們可不敢催！”說着，這僕婦急急忙忙地從羅小虎身邊走過去，往外院去了。

　　羅小虎聽了心中十分難過，眼淚也幾乎落下。他往裏院直闖，但被剛才說話的那僕人攔住，那僕人恭恭敬敬地說：“官客是在西院，這後院都是堂客。老爺，您的跟班的在哪兒啦？您跟我到西院去吧？老爺，您是哪府裏來的？”羅小虎也不言語，只點了點頭，隨着這僕人順廊往西。

　　進了個屏風門，只見這院裏十分的熱鬧，原來這院裏也是極款式的房子。今天，客廳都是專為擺筵之用，這裏是招待官客的所在；北房是招待貴冑顯官，東房是與玉大人等級差不多的官員，西房中是近親好友，這全是由玉二少爺寶澤接待。

　　寶澤就是玉嬌龍的二胞兄，三十多歲，現在四川任知府。此次來京，一來是襄辦胞妹的喜事，二來也要在京活動活動，想要調任個京官，以便在京料理家務，侍奉父母。他此次來僅攜着僕從，並沒帶家眷。至於大少爺寶恩，現在做着鳳陽知府，因為近來鳳陽境內出了幾件案子，所以他不能離身，只派親信的僕人和升、連喜二人來了。

　　當時羅小虎一進到這裏院，正跟二少爺寶澤走個對面。二少爺也不知小虎是個什麼官員，是他父親的同寅，還是他哥哥的同年，就趕緊叫僕人招待，他又跑往裏院忙去了。僕人見羅小虎的穿戴雖說不俗，可是沒戴官帽，又不像是什麼特別顯貴的賓客，就把他讓到了西房。

　　西房三間，坐着賓客二十多人，羅小虎一個也不認識。他找了個紅木凳坐下，也沒有人理他，因為此時全屋中的人都正在聽一個人說話。這人是坐在一把椅子上，穿戴雖闊，但不甚官派。年紀有四十多，身材不高，精神飽滿，有兩撇鬍子，手托着水煙袋，正在說：“有人說我交結天下豪傑，至今還有許多江洋大盜時常與我秘密往來。那都錯了，那真冤枉了我！”

羅小虎一驚，心說：此人是誰？便瞪目去看這人，只聽這人又說：“本來直到現在我還是個罪人，三四年來我的行為極是謹慎。早先我倒是認識個李慕白，可是我們早就斷絕了來往，即或彼人尚在人世，他也必然不認識我了。”說到這裏，抽了口水煙，忽然看了羅小虎一眼，羅小虎不禁吃了一驚。

旁邊就有人說：“其實現在李慕白就是進城也不要緊了，他還許弄個差事當一當呢！”又有人說：“李慕白要是當一名官差，那可真是一把好手，江湖上大大小小的賊人哪個不怕他？譬如去年，本宅裏鬧的那些事，外面傳的那些謠言，若有李慕白在這裏，誰敢給這宅中的小姐造出種種令人難信令人生氣的壞話呢？”

那托水煙袋的人卻擺手說：“少談！少談！今天宅裏辦喜事，我們還是不要談宅裏的事吧！”有人就笑着說：“嘯峰現在連說話都謹慎了！”那托水煙袋的人點頭說：“實在！我現在連針尖一點大的小事全都不敢惹！”

羅小虎一聽，原來這人就是德嘯峰！同時見德嘯峰所坐的地方雖然離着自己很遠，可是他一連用眼掠了自己兩下，羅小虎便覺如坐針氈，坐不住了，起來假裝看了看壁上的字畫，便揚着頭背着手走出屋去。

又往前院去走，卻見有個人從身後跑出來，似有什麼急事似的；羅小虎吃了一驚，趕緊走出了大門。就見那人同着個差官，出來召集官人說話，立時，情形又緊張起來，揮着鞭子的官人向後驅人，喊着說：“往遠處去！近處不能站閒人！”

羅小虎依然背着手兒大模大樣的在上坡站着，就有個掛着腰刀的官人，過來向他笑着說：“您也是來這兒賀喜的嗎？”羅小虎點了點頭。這官人又問：“您貴處是……”羅小虎變了色，生氣地說：“你盤問我這些作甚？你問問玉大人，他認得我，他在且末城時就認得我！”

這官人趕緊賠笑，說：“哦！您是由新疆來的，宅中大人的老同寅，我們不知道！”又悄聲地說：“這宅裏的事情大概您也曉得，外面風聲很大，都說有飛賊要來跟本宅作對。剛才東城的德五爺又囑咐了宅中的二少爺，說還是門上嚴一點，讓門口這些閒人離遠着一點才好，因為魯宅迎親的轎子眼看就要來了！”

羅小虎吃了一驚，因為由這官人的話中聽來，可見剛才德嘯峰是已看出了自己，好厲害的眼睛！只是他還心存忠厚，只叫宅中驅閒人、守門戶，並未指出自己就是賊。

當下那官人又請羅小虎進去，羅小虎卻搖頭說：“宅裏太亂，亂得我頭昏，我想在這裏涼快涼快！”官人微笑着說：“對了，樹底下倒是很涼快！”說完話，這官人就轉身進門裏去了，羅小虎卻趕緊下坡走入了人群。人群正在亂着，因為官人們的皮鞭已打破了兩個人的臉。羅小虎雖然有力，可是被人擠得也不住往後退。

這時，忽然有許多人嚷嚷說：“來了！來了！”立時眾人的聲音平息下去，個個都伸直頸項，官人的皮鞭也不抽了，只聽一陣陣細細的管樂之聲，送來了一行最講究的儀仗。旗人娶親沒有什麼“金瓜、鉞斧、朝天鐙”，只是高杆子挑着牛角燈，燈上寫着雙喜字；白天雖然不點着，可是六十對或八十對，擺列起來也極為好看、威儀。嗩吶也是“官吹”，單調的只是一個聲音，沒有什麼“花腔”，顯着怪沉悶的。隨着鼓樂是來了一頂轎，轎子是大紅圍子，不繡花，這就是接新娘用的。後面有七八輛大鞍車，是“娶親太太”，大概新郎也坐在車上，都是趕到高坡上去了。

羅小虎的前面還擋着兩層人，所以他只能企着腳，伸着脖子，看了一個大概。他胸頭的火焰就要噴出來，立時要撞出人群到高坡上去抓住、去打死那個新郎，但是，他又使力地攔住了自己，緊緊咬着牙，心說：別忙！且等一會兒，看看玉嬌龍怎麼樣，看她肯上轎不肯。她若是肯上轎，那我可就非殺死了她不可！

這時那頂紅轎已卸下了轎杆子，由八個轎夫托着往高坡上去了。有個長着鬍子的官人過來，向一些看熱鬧的人擺手，說：“還不散散嗎？轎子你們也都看見啦，就是那頂轎子；你們要想瞧瞧轎子裏的新人，那可瞧不見！”又有掄鞭子的過來，羅小虎又身不由己地隨着人向後退了幾步。他分開眾人，獨自跑到前面，使勁地向前擠，熱得他把馬褂也脫了，直瞪着大眼向高坡上去望。

這時高坡上是一陣沉悶，不知鼓樂和轎子進宅中是做些什麼去了？更不知玉嬌龍此刻是哭還是笑？尤不知玉嬌龍此時的心中是否還記得沙漠、草原，是否還想起來？羅小虎等得心急，摸着他懷中的小弩箭，他又恨自己，當初為什麼不練會那毒藥煨成的鋼鏢，卻弄這打不死人的小東西！

他跳起來，又要跑上高坡，闖進那大門。可是這時忽聽樂器又奏起來了，那頂大紅轎子已由高坡上緩緩地托下。托到下面，就放在轎杆上，預備要抬起，要走，宅中也有許多錦衣翠鈿的女眷們送了出來。羅小虎卻如暴獅出押似的，扔了馬褂，猛躍出人叢，直奔喜轎。立時一片哎喲哎喲的驚叫聲，官人們個個抽刀攔住了羅小虎；羅小虎卻用弩箭突突突連珠一般向喜轎射去，同時並射官人。一個官人撲向前來，他一腳就將那官人踢倒，靴子也踢飛了一隻。他由地下撿起那官人的刀，舞刀仍撲喜轎；但官人眾多，哪容他上前？

此時高坡上的女眷們已紛紛逃回宅內，那人群似潮水一般往後亂擠亂退亂跑，呼聲震天。羅小虎有如一隻猛虎，舞動鋼刀如飛，東砍西攔；一隻腳光着，一隻腳穿着靴子，往前撲，往旁閃，但絕不後退。他兩眼怒睜，大罵道：“玉嬌龍！你這喪良心的女子！忘記了沙漠中的事？忘記了我半天雲？”弩箭嗖地向轎子去射。十幾個官人擋住轎子，幾個官人來捉他，但一群鷹雖然厲害，哪裏捉得住他這條猛虎？

此時，由退後的人潮之中，又跑出來十幾個人，原來都是街頭流氓。剛才他們是混在看熱鬧的人群裏，此時都跑出來了，個個都帶着一枝梢子棍，大喊着：“拿兇手呀！”但他們不幫助官人，只在裏面亂攪。

羅小虎腳下不利便，啪嚓一聲摔了個跟頭，兩個官人已掄刀趕到；可是幾個流氓也跑了過來，抖着嘩啦亂響的梢子棍，說：“老爺們！別真殺他呀，宅裏大吉祥的日子！”羅小虎趁此時又爬起來，不想另一隻靴子也掉了。他光着兩隻腳又掄刀，卻被一個人自後抽了一棍。他趕緊掄刀回頭，卻聽這人說：“還不快跑？快跑出德勝門去吧！”

羅小虎一看，原來是一朵蓮花劉泰保，他倒不禁大吃一驚；劉泰保又向他使眼色，羅小虎就光着兩隻腳向東跑去。前面看熱鬧的人亂跑，羅小虎也緊跑，官人緊追。劉泰保帶着那夥流氓，一同幫助追，一半礙着官人的路。

羅小虎那兇樣子，手中又有刀，誰敢阻擋他？便一任他跑到了鼓樓前。他由花臉獾手中接過了馬，拋了刀，上馬就向鼓樓後跑去。一直跑到北城根，又轉向西，順着城飛奔而去，少時就奔到德勝門。

守城門的官人一看見他滿頭是汗，氣喘吁吁，光着兩隻腳登着馬鐙，紅色的大馬飛似的奔來，就大聲喝着，想要截住。羅小虎用弩箭就射，馬往起一跳，嘶叫了兩聲，又撞翻了一個賣菜的車子。羅小虎又揮幾鞭，馬就橫出德勝門去了，在關廂中又撞倒了兩個人。他人如兇虎，馬似怒龍，一霎時跳出了關廂，一直往北，過了土城子。

但此時羅小虎的心肺都要由喉嚨跳出來了，他喘吁得太厲害，不能再快走，只得緊緊勒韁。回頭去看，見身後並無追兵，只有一頭小驢自後飛也似的跑來，驢上正是一朵蓮花劉泰保。羅小虎吁吁地喘着，說不出一句話來。

少時劉泰保就來到了臨近，也收住了驢，他就說：“羅老兄弟！想不到你原來是個粗人。精細一點兒的人，今天也不幹這怔事！這有什麼用呢？難道你還能一個人把玉嬌龍的花轎搶走了嗎？今天我是受德五爺之托，德五爺昨天就找了我去，他說他見到了你的信。雖然他兒媳婦楊小姑娘還不信你是她的哥哥，可是德五爺覺得楊家家庭慘變，骨肉早已分離，也許他兒媳婦還有個胞兄多年在江湖上流落。所以他一方面今天親自到玉宅去賀喜，囑咐玉宅防患於未然；一方面又托我招些朋友加入人群，到時萬一有事發生，好救你老哥逃命。我早就看見你沒帶着兵器，我知道你的寶刀也叫猴兒手偷去了，就想你也許不至做出什麼事來；至多不過看看你的心上人怎樣上花轎，傷傷心就是了。可是沒想到你老哥真怔！你當初就辦錯了，就早應該跟我一朵蓮花合成一夥，協力對付玉嬌龍！現在咱們先找個地方避一避，過兩天再想辦法。你先別傷心，別想尋死，玉嬌龍拿定了主意要嫁魯翰林，是誰也攔不住。下馬吧！喘喘氣兒，我先帶你找個地方歇一歇去吧！”

羅小虎這時面如白紙，氣息喘得極為急促。他聽了劉泰保的話，要下馬，但不防頭往下一栽，整個身子摔下馬來，同時由口中噴出飛泉似的鮮血。劉泰保趕緊過去將他攙扶起來，叫路旁的行人幫忙，攙他到離着大道很遠的一株柳樹下去歇息，並把馬和驢也牽過去拴在那株樹上。劉泰保望着羅小虎不住地笑，並說：“你這樣剛強的一條漢子，竟為玉嬌龍傷心成了這個樣子，到底是怎麼回事呀？你是個綠林英雄，她是個深閨小姐，她怎會把你給迷住了？”羅小虎卻如一隻死熊似的，躺在那裏，胸脯仍然急急地喘，話也不願多說。

此時，雖然也有耕地的農人過來看他們，但卻沒有官人追到，因為這裏距離德勝門已有二十多里。而且城中不過是驚擾一陣，只在兩三個官人的帽子上、衣服上中了小弩箭，並不要緊；轎子也被射了幾枝箭，並沒射透。新娘玉嬌龍絲毫無恙，穿戴着鳳冠霞帔，在轎中安然坐着，並未受驚嚇。於是玉大人氣憤憤地吩咐仍然起轎，並說：“等我把女兒嫁出去，我要殺盡了北京城的流氓，然後我也死！”鼓樂又奏，儀仗紛紛，並有官兵護送，轎子又走了。

這時街上十分清靜，看熱鬧的人早就驚跑了，那些掄着梢子棍攪亂的流氓，也都四散無蹤。這隊娶親的儀仗嚴肅地前行，雖有官人押護，可是那些打燈的、抬轎的，仍然個個提心吊膽，惟恐有冷箭飛來，所以都走得很快，不多時就到了西城魯宅。

魯家的宅院比玉家還要廣大。魯侍郎為官半生，寅友甚多，新郎魯君佩又有不少的同年，都很早就來了，所以比玉宅裏還要熱鬧。女眷也來了不少，都等着要看新娘，看看這位京城聞名的美人玉嬌龍小姐。所以轎子一到，大家就歡狂了；但是又帶來了剛才在玉宅花轎出門之時有莽漢發箭的消息，有的人聽了，就嚇得目瞪口呆。同時新郎魯君佩去的時候是歡歡喜喜，如今回來卻氣得胖臉發紫，一點笑容也沒有。

隨轎來的幾名官人，一來到就嚴守大門，並請宅內上下都要加小心，莫要混進閙人去，所以更把大家的一團高興嚇散了。有些人還勉強笑着，說吉利的話，有些人卻已坐立不安，有些人又紛紛談論，說：「玉大人得想辦法，閙了有半年多了。這次事情之後，再捉不住強盜，再鬥不過劉泰保，那他不用辭官，他的官也自然就幹不成了！」卻又有剛才隨轎子從玉宅回來的人，朝他暗暗擺手，向他的知己人悄聲說：「全不是那麼回事！這與劉泰保毫無相干！剛才那兒漢在肇事時，罵的話清清楚楚。乾脆，才娶來的這位新婦，在新疆時就……」這人說話的聲音極小，但那個剛才還說捉強盜的人一聽完，就嚇得趕緊避席而去。

堂上此時新郎新娘正在拜天地。過了些時，就開了晚筵。新娘玉嬌龍梳着兩板頭，穿着繡花衣裳，由丫鬟僕婦隨侍着，又挨着桌子為眾賓客敬酒道謝。這樣雍容華貴美麗的新娘誰看見過呀？誰能相信，剛才曾有個莽漢，以箭射轎，指着她的名字大罵？玉嬌龍低着眼皮，不像害羞，也一點兒不像為剛才的事而驚憂，她只是有一種凜然的令人不敢正眼去看的威嚴態度，如寒梅，如冷霜。

她斟過了謝酒，便被丫鬟僕婦送回了新房。新房是五間很大的房子，此時明燈四照。最東首的一間是洞房，紅燈映着紅門簾、紅帳褥，豔麗得如同花塢一般。新娘一進洞房，就叫丫鬟吟絮向外面說：「我們小姐頭痛，要上床去歇一歇，請太太、奶奶、小姐們在外屋說話吧！別進裏屋！」一般女客的來頭也都不小，見新娘這樣大的架子，就都不高興，有的摔了幾句閒話就往外走。

此時天色已晚，男女賓客多已走去，只有一些至近的親友還在客廳中暢談。新郎魯君佩剛才是有些煩惱，此刻卻又十分高興了。他挺着大肚子，一個人跑到書房裏，摳着腦袋，拿着筆去作「催妝詩」。他剛寫好了一兩句，這時忽然院中就亂了起來，他連忙放下筆出屋，卻見燈影之中，許多的人都往新房去跑，並有人嚷嚷着說：「新娘哪兒去了！新娘不知往哪兒去啦！」

魯君佩嚇了一大跳，也趕忙往新房裏去跑，就見屋中人很是雜亂，個個驚慌，都說是怪事。這五間屋子全沒有後窗，不知新娘是如何走的？新娘的衣服全都亂放在床上，床上有一片鮮紅的血，倒像新娘是被誰殺害了似的！可是往各處去檢查，卻別無痕跡。丫鬟吟絮說不知道，守門的人也說沒有看見新娘出門。魯君佩急極了，趕緊命人套車，親自到玉宅去通知。

這時就約有二更天了，黑夜沉沉，京城氣氛嚴肅，家家都已關門閉戶，只有魯宅和玉宅兩邊的人來回坐着車、騎着馬跑。玉宅裏，玉大人聞訊，是氣得幾乎昏暈了過去，只是頓腳，說：「果然是這樣一回事！唉！唉！」此外他什麼話也沒有，一點表示也不做。玉二少爺也甚驚異，趕緊勸他父親勿憂，並且伺候着，也不敢離身了。

玉太太因今天女兒出閣，本來是又悲又喜，更因白天有人攪亂之事很是生氣。忽然聽說了這事，她趕緊就來到魯家，一見床上血跡，就哭了起來，說着：「龍兒呀！我的多災多難的可憐的女兒呀……」她因這片血跡，就斷定魯家是把新娘害了。並認為害死的原因，就為白天有瘋漢撞轎，魯家的人疑新婦不貞，但又不能退婚，所以才出此下策，殺人滅跡；並逼着陪房丫鬟服了毒，以圖滅口。

魯家是極力爭辯，說：「這是絕沒有的事！無論是誰家，也無論是大門小戶，誰能娶了新婦當天就害死的呢？再說，即使因白天的事，男方起了疑心，不願意了，但也絕沒有害死新娘的道理呀！」

幸虧這兒還有幾家至親沒走，就出頭為兩家調停，並且說：「兩家雖是新親，也是老親，又都是現在朝中的大官，京城中的赫赫門第。無論新娘是怎麼樣了，倘若聲張起來，這件事可是愈鬧愈大；不但兩家的門庭都不好看，朝廷都許要出來干涉、降罪，外面的謠言不知更要有多少了！不如先把事情瞞着，就說新娘因為娶的這天突然有瘋漢攪亂，嚇病了，失了魂，所以不能圓房，不能回門，也不能會一切的親友。同時再暗中去尋訪新娘的下落。”

　　玉太太細想了想，也沒辦法，魯宅的人更不願把事情傳出去，只好就依着親友的調停，暫時把這事情遮掩住，並把知情的僕人都囑咐了，拿賞銀買住了，無論是誰，都不許把事情傳出去。玉太太回到自己家中，含淚告訴了玉大人，玉大人依然是頓足歎氣，一句話也不發，並且不許別人在他耳畔提說此事。二少爺又安慰母親，當夜闔宅不安。

　　次日，玉大人就沒上衙門，提督衙門的人都知道正堂大人是昨日嫁女，累着了，病了，連客也不見了。宅內寂靜蕭寥，只有棚舖的人來這兒拆棚、卸彩子，乞丐們在坡下等着廚房把昨天的殘肴剩飯拿出來給他們。魯府那裏也是如此，不過新郎魯君佩是一夜也沒有睡覺。第二天清晨，他就急忙忙地到了順天府衙門，見了府尹大人，秘密地談了半天。隨後府尹大人就派了幾名精明的班頭，四出尋訪緝拿。

　　紙裏包不住火，北京城的閒人多，耳朵又都長。雖然當事者，連衙門裏都把事情壓得很嚴密，可是茶寮酒肆之中，依然有人在竊竊私語，說的是魯翰林家跑了新娘，玉正堂家丟了姑奶奶之事。他們說的有根有據，畫龍點睛還帶着畫蛇添足；並且說也是昨夜內，鐵貝勒府中也出了一件驚人奇案，那口寶劍又丟了。

　　原來鐵府中自從那口青冥劍被人退還之後，鐵小貝勒就將劍懸於自己的臥室之中，離着寢床不遠。鐵小貝勒向來獨宿，外間徹夜點着燈，窗外永遠有兩個侍衛防守。昨夜也沒有什麼動靜，可是今晨鐵小貝勒起身一看，寶劍忽又不翼而飛。

　　這樣的事發生於寢室中，鐵小貝勒便有些凜懼，並且震怒，便飭命內外城各衙門限期拿人、追劍。因此街上緝騎亂走，人人恐慌。兩件事在同夜發生，全是這麼怪異，街上的流氓土痞就全都斂跡，茶館酒肆的生意這些日倒顯着清淡了。同時，最出風頭的一朵蓮花劉泰保當然也不露面兒了。他的媳婦蔡湘妹整天跟街坊的婦女抹牌，也不管她丈夫的下落。

　　劉泰保確實沒在北京，那天，瘋漢用箭射玉宅的花轎，劉泰保在裏邊一攬，瘋漢跑了，他也就再沒有了蹤影。因此人人都疑惑上他，傳言是：劉泰保買出了瘋漢，大鬧玉宅的喜事，沒攪成；他又拐走了玉嬌龍，撇下他的“原配”，小狐狸玉嬌龍又幫助盜去青冥劍。

　　鐵小貝勒跟邱小侯爺要出頭調解玉魯兩家的糾紛，德嘯峰已派人往江南請李慕白來京辦案。傳言愈傳愈離奇，表面上京城仿佛沒有什麼事，其實暗中已是滿城風雨，緊嚴之極。一到傍晚時，玉、魯兩宅附近及鐵貝勒府那一帶，就斷絕了行人。

　　距京城不遠，盧溝橋迤西，西山的山峪之中有一小村，地名叫桃花峪。這時，峪中千萬株桃花，已零落殆盡，但地下還留着一片紅英。村中四十多戶人家，其中有一家姓章的，家道本來很窮。章老兒六十多歲了，早先曾在城裏玉宅打過更，並把個小女兒賣給了玉宅做丫鬟。後來玉宅的全家往新疆去做官，他那個小女兒也被攜帶了去，他卻回到鄉下來務農。種着有十來畝地，還有個二十來歲的長子，過着極儉樸的日子，他那個往新疆去的女兒卻與他們早就斷絕了音信。他們多年也難得進城一次，所以也不知玉宅的主人究竟是回來了沒有。

　　這一日，是玉嬌龍在城內失蹤的前四天，忽然他那女兒竟坐着騾車歸來，穿戴得很闊，帶着兩份舖蓋、幾隻大包裹，另外還有一隻大竹籃子。章老頭夫婦幾乎不認識他們的女兒了，他女兒就說：“我就是十年前被您賣在玉宅裏的那個女兒，在玉宅這些年，是專伺候小姐。小姐給我起了一個名字叫繡香，我跟着小姐在新疆住了八九年，小姐待我很好。現在是因為小姐要出閣了，不願叫我陪房過去，當一輩子的丫鬟，所以才打發我回來；並給我找了個女婿，姓龍，是甘肅人。他在甘肅有買賣，他家裏也很有錢，一半天他就要來接我，我就要跟他走了。”

說着就打開她的舖蓋卷，被褥全都是綢緞的，並且很香。又打開那隻竹籃，裏邊卻臥一隻長毛兒的白貓，鼻梁上有一塊黑，很好看。繡香就趕緊叫她爹到外面去買豬肝，好給這貓兒拌飯吃，她管這隻貓叫作“雪虎”。

這個多年沒回家的姑娘一旦歸家，而且又這麼闊，簡直是這個偏僻的小山村內突然來了一位貴人。一時，妗子、姑媽、本家的老祖母和鄰居們就都來看她，問她宅中的事，她卻不大細說，只說她夫婿就要來了，就要帶她走了。因此，親族鄰舍又都等待着要看她那位女婿。

繡香在這裏住了幾天，她就梳成了漢裝的少婦的頭髻。這幾天，她就把帶來的一大匹緞子，毫不心疼地剪下來一塊，天天就坐在炕頭做鞋。鞋做成了，到第六天上午十時許，她的女婿果然來到。她這個女婿原來長得比她還俊，年歲也跟她差不多，細高的身量，穿着一件藍綢子的夾袍、青綢褲，繫着絲線腿帶，穿着雙喜緞鞋；辮子很長，是又黑又亮，前面露出一點兒青頭皮兒，像是新剃的。

這位“姑爺”見着丈人、岳母只是作揖，並不叩頭，連手中的馬鞭子全都不放下，就要叫繡香跟着他走。繡香也仿佛看見女婿一來，一刻也不能在家裏待了，就給她父親留下五十兩銀子，隨着她的女婿出了門。

親族鄰居的都擠着門看，說：“哎喲！兩口子怎麼都這麼俊呀？真是玉女配金童呀！”柴扉外早停着一輛車和一匹青色的健馬，馬上鞍轡鮮明，並有一口寶劍。那輛車，據趕車的人說，是這位大爺由盧溝橋雇來的，講明拉到石家莊。

當下章老頭和他的兒子，替姑爺和姑娘往車上搬行李、包裹。那隻貓，姑娘說是姑爺的心愛之物，也一定要帶走，連豬肝拌飯都裝在了籃子裏，牠還不住地咪咪直叫。繡香坐在車裏，向她的爹娘擦了擦眼淚。

姑爺騎上了馬，拱手說：“再見吧！兩年之後我必要帶着姑娘回來！”於是車走了，馬隨着，輪蹄碾轉着地下的紅英，絲鞭在春風裏掠動，一霎時，這一對璧人就離開了山峪。

趕車的跨着車轅，還跟騎馬的大爺不住地說話，問說：“大爺您貴姓呀？”大爺回答說：“我姓龍。”聲音是很細，這位大爺倒有點兒像京城中徽班裏著名的小旦。趕車的又問：“您就到石家莊嗎？家住在石家莊嗎？”大爺卻搖頭，說：“不！我們還要進娘子關往山西去呢！到石家莊換車。你要能往遠處去，我們就不用雇別的車了，拉我們到嵩山。”趕車的卻搖搖頭，說：“不行，我們至多送您到磁州，遠了我們不去。”

車馬向着西南行走，正午時在半路打尖，再往前進，當日就過琉璃河到了高碑店。因為天色晚了，便找店住下。趕車的就跟那位大爺支錢，大爺說是沒有零錢，隨手就給了一塊銀子，呵！足有二兩重，這位大爺真闊。他又叫店家煮雞，不吃粗糧食，一定要吃白麵。

店家把一盤白煮雞和特意由外面買來的白麵饅頭、兩份碗箸送到房中。這小店的屋子本來是很簡陋的，牆上懸着一隻黑砂碗菜油燈，可是土炕上卻鋪了閃緞的被褥。黯淡的燈光之下，照着兩個渾身綢緞、齒白唇紅的儷影，大爺正在炕上逗貓呢。大奶奶真是個賢德的媳婦，不用店裏的髒筷子，人家自己帶"匙箸"；她打開兩個烏木的扁長匣子，裏邊是調羹、筷子、叉子、小刀全都有，都像是白銀的。大奶奶撕雞、切饅頭，恭謹得像個丫鬟似的伺候着大爺。大家都不禁咋舌，心說：這麼闊？在路上還這樣鋪張？這條路又不平靜，一個年輕人帶着個媳婦這麼個走路法兒，可真非出事不可！但是又見大爺的寶劍不離身，卻又像是會點武藝似的。將近二更之時，屋中就熄了燈，小夫妻睡了，隔窗連鼾聲都聽不見。

這位大爺逢人便自稱"龍錦春"，其實她就是在京城魯宅失蹤的那位新娘玉嬌龍小姐。玉嬌龍本不願意離開她的父母，假若魯君佩人才略好一點，她也可以安心下嫁。但魯君佩的人才卻是那般不濟，所以在婚期之前，她的芳心中曾交戰了許多次，結果認定是非走不可。

她自己的事情一向都瞞着人，碧眼狐狸又死了，身邊更無一個人可以說。但是，丫鬟繡香是她最親信的，而且她也明白，她的詭秘行跡也被繡香看出來過兩三次，繡香只是不肯說出罷了。所以，她就把自己會武藝，自己不願嫁魯翰林，自己要出走的事，詳細地都對繡香說明了。繡香流着淚，說是："我願意跟小姐走，沿途我服侍小姐！"

玉嬌龍於是又同繡香秘密計議，就在婚期的前幾日將繡香遣走。她送給繡香許多衣物及她那隻心愛的貓，另外還帶着許多金銀珠寶及啞俠的遺書。全宅上下雖然都覺着小姐的行動有異，但小姐的理由卻極充足，她說："繡香最會服侍我，我將來到了魯家，繡香若隨過去，她永遠是個丫鬟。如今我把她打發回家，叫她骨肉團聚，叫她父母將來為她一夫一妻地擇配！"

玉太太就賞給繡香幾錠銀子，並把當年的賣身字契拿出來還給了她。繡香走的時候，向大人、太太、二少爺及小姐都一一叩了頭，小姐且悲傷地流了幾滴眼淚。

那天一進洞房，玉嬌龍就脫去了新婦的衣服，換上暗中帶來的青衣青褲，又取出小刀將胳膊劃破，向床上滴血，故布疑陣，然後吹了燈就走出去了。玉嬌龍那神出鬼沒的本領，當然能在那夜闌人散的魯宅隨便地出入，無人發覺。而且她還想此後自己浪跡江湖，不知要遇見多少起爭戰，沒有一件合手的兵刃也不行；所以她又如輕燕一般夜至鐵貝勒府，取走了那口青冥寶劍。早先她還劍之時就是不得已，那時她就想着是暫存在鐵府一般，隨時還可以取走。

拿到了青冥寶劍，她先到前門外西河沿那姓魏的家裏。姓魏的叫紅臉魏三，早先是碧眼狐狸的嘍囉，攜妻匿居京城，以給鏢店做小夥計遮掩身份，已有多年。去年經碧眼狐狸介紹，玉嬌龍就在他家裏存着一包男裝的衣裳和火折、火鐮、印章、鑰匙等等，但魏三並沒問過玉嬌龍姓什麼。

玉嬌龍一來到這裏，當夜就把脂粉洗去，叫魏三的媳婦把她前面的頭髮剃了剃，改成一條男人式的辮子，並且把耳朵眼兒用鉛粉塗住。次日清早叫魏三到德勝門外小店取來了她那匹馬，她就騎着馬走了。誰知道這位年輕的男子就是轟動京城的魯宅失蹤的新娘呢？她在盧溝橋雇了車，到桃花峪接了繡香，便向南走。她想要一直到河南遊嵩山，然後赴湖北朝武當，再至嶽陽觀洞庭，然後她想到衡山去隱居。

二女同行，詭裝夫婦，在高碑店宿了一宵，又往南去。馬傍着車走，春風大地，遍處是花草芳菲，蜂蝶追着她的馬，在她的臉上繞。她悵悵然仰看碧空中飄浮的白雲，又憤恨，又傷心，想到那不成材、沒志氣，空有健壯身體與魯莽性情的羅小虎。她又思念父母，不知何年何月自己才能歸家？她又疾搖絲鞭，輕驕駿馬，微笑着藐視江湖，心說：來！來！無論你江南鶴、李慕白、俞秀蓮，或是什麼自覺不錯的英雄好漢，來！見見我玉嬌龍，見見我的青冥劍！

　　她一點兒也無顧忌，午間在中途打尖用飯，荒村小鎮上她就露出來整封的白銀。晚間，無論住多麼亂多麼狹窄的店，她也要把個小土屋弄成她的閨房似的；食用上一點兒也不因陋就簡，除了雞鴨就是肉，她不怕多花錢。繡香叫她大爺，她對待繡香，當着人有時是繃着臉兒，正正氣氣的，有時又故示恩愛，與繡香耳鬢廝磨，真如才結婚不久的小夫婦。繡香也自然而然的就常臉紅，就會向她嫣然地笑。那隻"雪虎"，更如同是玉嬌龍的命，有時走在半路，她還叫繡香由車上把貓抱出來，她在馬上抱着親着，親熱地叫着："雪虎！"但親熱之後，她又時常臉上顯出來一陣悲傷。

　　這位大爺鬧得叫那趕車的人既吃驚又害怕，怪得又叫趕車的生疑。走了兩天，眼前就是保定府，身後卻有幾個騎馬的大漢追下她們來了。玉嬌龍聽見了身後的馬蹄之聲，趕緊回頭一看，見身後來了一共是七匹馬，各種的顏色，都很矯健。馬上的人一個個都是彪軀大漢，都穿着青色綢衣，有的把辮子繞在頭上，有的戴着紅草帽，沒有一個年過四十的，他們好像都是兄弟。玉嬌龍注意着他們的馬，見上面帶着的行李捲兒都很輕，可是每個行李捲裏都露出來刀柄，還有飄着紅綢子的，有一個人的腰間還掛着鏈子錘。玉嬌龍一看，就明白了，知道這七個人不是鏢頭，便是江湖強盜。

　　她摸了摸鞍旁的寶劍，毫不介意，照舊地搖着鞭子策馬隨車去走。她把臉向着車裏，見繡香濃妝豔抹的盤膝坐在車裏，抱着貓向她微微地倩笑。她也笑着，說："咱們到了保定，到城裏去逛一天好嗎？"繡香笑着說："怎麼都成，隨大爺！我連現在咱們往哪邊走了都不知道！"玉嬌龍用鞭子直指着說："這就是正南，咱們此時是往南邊兒走了！"

　　她得意地搖着鞭子，趕車的卻獐頭鼠目地不住回頭，顯得有點毛咕。瞬間，後面的七匹馬已如狂濤似的，暴雨似的，呼啦一聲來到，搶到玉嬌龍的車馬前邊去了，突然又全都收住了韁。此時塵土飛揚，車中的繡香趕緊用絹帕掩面。玉嬌龍呸呸啐了幾口，覺得眼前如起了霧，騷臭實在難聞。

　　那七個人同時回頭盯了盯車裏的繡香，隨後，就有個黑臉膛的漢子向玉嬌龍一拱手，問說："朋友！你是從哪兒來的？"

　　玉嬌龍眼睛瞪大了，帶着點氣說："我們是從京裏來的，你問這幹嗎？"

　　黑臉漢子笑着說："隨便問問，對不起！"又拱了拱手。

　　玉嬌龍又惡狠狠地瞪了他們一眼，七個人就齊都哈哈大笑，有的說："是個雛兒！"有的說："怎麼是妞兒的脾氣呀？"有人就說："走吧！"於是七匹馬又蕩起來漫天的煙塵，嘩啦嘩啦蹄聲亂響，一齊向南跑去了。

　　忽然有兩個人翻身滾落下馬，馬就跟着前面的馬跑去了。另有兩個人便將坐騎勒住，回頭來問說："老三，老九，你們怎麼啦？迷啦？"這老三跟老九全趴在泥土裏，都成了土猴兒了，哎喲哎喲地叫着，說："不好！我們中了暗器！"

　　馬上的兩人立時神色驚變，一人向前面大聲喊叫："回來吧！這兒出了麻煩啦！"一人就跳下馬來救他的同伴。只見老三背後插着一枝不到三寸長的小箭，箭雖不長，可是插進肉裏很深，一拔出來，老三就哎喲哎喲地叫，並且流出一片鮮血；老九被箭射着了脖子。前面的三匹馬也全折了回來，馬上的人全驚訝地問道："是怎麼回事？"

　　這裏，玉嬌龍的車馬仍慢慢向前去走，趕車的發着怔，直眉瞪眼的也不知道是怎麼回事？繡香卻放下了車簾，拿絹帕掩着嘴笑。玉嬌龍像個沒事人兒似的，搖着鞭，走過那個地下躺着的人旁邊之時，她連低頭看也不看。

　　但是車馬才走過去，那黑臉漢子已催馬追來，厲聲叫道：“朋友！站住吧！還裝孫子嗎？”玉嬌龍驀然回身一掄鞭，吧的一聲脆響，正打在那漢子的黑臉上，她怒聲說：“你敢罵人？”黑臉漢子大叫了一聲“啊”，便鏘的一聲將鋼刀由行李捲內抽出，後邊的四條大漢也一齊掄刀撲奔過來，趕車的驚呼道：“老爺喲！”便滾到了車底下。

　　玉嬌龍卻亮出了青冥劍，寒光閃爍，揮動似飛，只聽鏘鏘鏘一陣亂響，五個漢子手中的鋼刀紛紛俱折。眾人大驚，都要跑，玉嬌龍又扳動了袖中的弩弓，嗖嗖嗖珍珠箭射出。五個大漢子有哎喲一聲滾倒的，有撒腿跑了的，煙塵之中狐兔紛逃。玉嬌龍卻一縮脖噗哧一笑，輕輕收藏起來寶劍。

　　那趕車的由車底下爬出來，一鼻子一嘴的土，哭似的說了聲“爺爺”。玉嬌龍繃着臉兒拿鞭子抽車轅，喝道：“快上車！快趕着走！”趕車的不敢怠慢，上了車，用力連連甩鞭，騾子拉着車咕嚕咕嚕地飛跑。

　　玉嬌龍的馬緊緊隨着車走，她十分得意，在馬上一顛一顛的，口中不禁就唱出了：“天地冥冥降閔凶，我家……”忽然她又自己止住，心中襲上了一陣輕微的悲痛。她咬咬牙，拿出手帕來擦擦眼睛，回頭再看，見遠遠之處那七個人又都聚集在一堆了，倒是都站着身，好像受的傷不太重，正目送着她這邊的車塵馬影。

　　少時，就到了保定府的北關，天色尚早。玉嬌龍找了一家很寬敞的店房，命車輛先趕進去。她策馬隨之進內，下馬問店家說：“有寬敞的房子沒有？”夥計回答說：“有。”遂就給她找了個寬敞的房子，是分裏外間，屋中陳設得還算講究，這是為過往官宦居住的。

　　玉嬌龍吩咐店夥去搬行李，繡香也隨着進來，就又在裏間的床上鋪她們的閃緞被褥。貓兒“雪虎”蹲在床上咪咪直叫，玉嬌龍就說：“你餓啦？等一等，這就給你拿吃的來了！”轉首叫店夥去泡茶，並說：“現在我們的人倒是不餓，你快些拿點肝拌飯來吧！”店夥見這位闊客人還帶着一隻貓，覺着很奇怪，斜眼看了一下，就出屋去了。

　　玉嬌龍卻躺在床上，吻着貓，又笑着向繡香說：“剛才的事，你看好玩不好玩？”繡香的臉上仍未褪驚慌之色，說：“我挺害怕的！他們沒有死人嗎？”玉嬌龍搖頭說：“沒死人，我並沒使用毒辣的手段，只是稍稍顯顯咱們的本領，別叫他們覺着咱們是好欺負！因為他們江湖人彼此全通氣兒，咱們這回若是甘受了欺負，以後的欺負可不知要受多少呢？”

　　繡香有點憂慮的說：“現在北京城裏也不知怎麼樣了？魯宅丟失了您，他們能就把事情壓下去不聲張嗎？咱們宅裏的大人、太太不定急得怎麼樣了！”玉嬌龍卻申斥說：“也別提這些事了，愛怎麼樣怎麼樣！非是我不孝，是事情逼得我實在無法！”她的臉色漸漸陰沉起來，手撫着貓兒坐着發了半天的怔。

　　這時忽聽外面有人叫道：“大爺在屋裏嗎？”玉嬌龍帶着氣問了聲：“什麼事？”外面的人掀着軟簾怔要進屋來，玉嬌龍卻站起身來用手驅逐着說：“出去！出去！哪有怔進屋來的？太沒有規矩！出去！”

　　外面原是那個趕車的，他被趕到外屋，鼓着嘴站在那裏。玉嬌龍出來，就帶怒問道：“什麼事？你快說！”趕車的很煩惱的樣子，說：“您把車錢給我開清了吧！我只能把您送到這兒，不能再往別處去，您另找車吧！保定府也有的是車，反正我是不管拉！”

玉嬌龍瞪眼說：“什麼話！在盧溝橋不是講得明白，送我們到石家莊。現在才到了這兒，你就不管送了，叫我們換車，這說得下去嗎？不行！”

她轉身又要進屋裏，趕車的卻說：“大爺！大爺！我可跟您說明白了，無論您給多少錢，我可也不管往下送了。今兒路上的這場事，嚇得我至少得少活十年！我趕了十幾年的車，沒遇見過這樣的客人，一瞪眼就拿袖箭克人，射傷了六七個！好，您要這麼走路還行？我要是再往下去送您，別說到石家莊，離開這保定府往南十里之內若不出事，我能輸腦袋！”

玉嬌龍冷笑着說：“出了事跟你不相干！”

趕車的急得頓腳說：“怎會跟我不相干呢？您雇的是我的車嘛！您會射箭，人家就許會打鏢，到時候，刀槍無眼，我的命跟騾子的命都許賠上。我們做的是買賣，能跟您賠命？”

玉嬌龍抖手啪的就打了他一個嘴巴，趕車的捧着臉直嚷嚷，說：“別講打，打死我也不管拉！我們做的是買賣，你別仗勢欺人！”玉嬌龍憤怒着，由桌上抄起皮鞭向趕車的又打。繡香掀簾跑出來，急勸着說：“小……大爺！您何必跟他生氣呢？”

玉嬌龍仍是揮皮鞭，趕車的一邊往外跑，一邊扯開了嗓子嚷着說：“強盜！在路上您傷了六七個，說話還就講打人！保定可不同別的地方，這兒有衙門，有黑虎陶大爺，有雙鞭靈官米三爺，就是什麼地方都得講理！”

玉嬌龍追出屋去，追着這趕車的啪啪地又抽打，店夥也過來勸，但哪裏勸得住玉嬌龍？

各屋中的客人也都跑出來了，有的說：“這年輕人可真兇！”有的卻生氣，要打不平。趕車的在院中繞着跑，並喊着說：“打官司去吧！反正我不管拉！我不拉強盜！哎喲，你打死我吧！”邊喊邊往門外去撞。玉嬌龍趕過去，一腳就將趕車的踢倒，同時鞭子嗖的一聲又抽下，厲聲問說：“你管送不管送？”趕車的躺在地下，哭着說：“哎喲！哎喲！我不管送！你打死我也不管送！”

玉嬌龍掄鞭子又要抽第二下，不料身後就有人一手將她的胳膊拉住，說：“朋友！你打幾下就得了，還非得把他打死嗎？睜開眼睛看看，這裏是什麼地方？”

玉嬌龍回頭一看，見是一個中年客人，身材雄壯，穿着藍綢子肥褲褂，兩眼瞪得很大，滿臉的怒氣。玉嬌龍猛力奪過來胳膊，問說：“你是幹什麼的？你管得着嗎？”這人冷笑着說：“天下人管天下事！我叫魯伯雄。”玉嬌龍一聽這人姓魯，她的氣就不從一處來。

魯伯雄又說：“朋友！我看你雖年輕，可也一定是常走江湖的，一定明白江湖上的規矩；不能夠這樣任性，一言不合就打人，那可保不住你要吃虧！”

玉嬌龍啐了一口，說：“你管不着！”魯伯雄拍着胸脯說：“我要管！只要你敢再拿鞭子打他一下，我就當時給你一拳！”說着挽起袖子，露出鐵棒似的胳膊，握着比玉嬌龍大一倍的拳頭。

旁邊就有客人稱心，說：“對！得管教管教這小子，把這小子的嫩臉兒打腫了才算痛快！”又有人說：“這是太原府的大鏢頭魯大爺！”

魯伯雄專看玉嬌龍肯不肯服軟，店夥就過來勸說：“算了，算了！兩位老爺都不必生氣，有話慢慢商量！”

卻不料玉嬌龍用手將店夥一推，店夥也幾乎摔倒。玉嬌龍一個躍步過來，掄拳向魯伯雄就打，拳似流星身似電，魯伯雄緊忙閃躲，反手相迎；玉嬌龍卻順着他的拳勢反手一牽，魯伯雄的身子往前一傾，並未栽倒。他一翻身，足踢手打，勢極兇猛，逼得玉嬌龍直往後退，但是玉嬌龍以兩手護身，也不容魯伯雄的拳腳觸到她的身上。

魯伯雄一拳緊一拳，一腳緊一腳，兩隻拳頭像兩個鐵錘，耍得極熟，玉嬌龍被逼得將近了她那房子的門口。繡香在屋中驚叫着，旁邊的人都緊張地直着眼看，因為眼看玉嬌龍就要被打了。但不料玉嬌龍忽然纖軀一轉，右手撒開，左手出拳擊去，隱緊擦掇，其勢極快。魯伯雄正用"黃鷹抓肚勢"想一把將玉嬌龍抓住，卻不想已然來不及，胸頭早挨了一拳。他趕緊雙手去推，只覺玉嬌龍又一拳擂在他的左肩上，同時左胯又被踢了一腳，他就咕咚一聲摔在了地下。

旁邊的人都大驚，玉嬌龍卻鶴鷺似的翩身閃在一邊。魯伯雄爬起，滿臉紫漲，掄着雙拳如猛虎一般的撲來。玉嬌龍眼神極快，手腳翻騰，橫劈斜砍，不到四五下，又將魯伯雄打得躺在地下。

魯伯雄又爬起來，跑進屋中就取出一杆長槍，玉嬌龍也要進屋取劍，魯伯雄卻抖槍向她的後心刺去。玉嬌龍翻身閃開，魯伯雄又抖槍猛刺她的咽喉，她便疾忙閃躲。魯伯雄又抖槍猛刺她的腹部，她卻一閃身，掄臂已滿開，突然把槍尖奪住。魯伯雄雙手握槍，按、搖、拽、奪，玉嬌龍卻趁勢向前，又往魯伯雄的左脅擂了一拳，魯伯雄痛得就松了一隻手。玉嬌龍把槍奪到手，往遠處一拋，她電光似的手腳疾進，魯伯雄又咕咚一聲摔躺在地下。旁邊看着的人都變了色，有的就啊呀啊呀驚叫着，玉嬌龍卻抿嘴一笑，轉身就進到屋裏。

這時，院中的人連談話全都不敢高聲了，因為這魯伯雄是山西有名的鏢頭，外號人稱"金槍先鋒""神拳太保"。這次是他應黑虎陶宏、金刀馮茂、雙鞭靈官米大彪、三隻鏢常文永之邀，來到保定府，昨天才到，兩三日內還要往北京去會朋友，不料今天就被個細腰兒的漂亮小伙打了個落花流水。

當下他爬起身來，連槍也不撿起，身上的土也不抖，滿面紫紅地出店門去了。旁邊的人都咋舌說："不好！這回頭黑虎陶大爺一來到，還不得鬧翻了店？那小伙子還禁得住嗎？"起事的那個趕車的人此時早跑出去藏起來了。

本店的掌櫃的姓汪，是個上年紀的人，趕緊來到玉嬌龍的房裏。他先站在外屋，隔着門簾向裏間和和氣氣地說："大爺在屋裏嗎？我是這店裏櫃上的，請您說兩句話！"門簾一啟，露出那身穿藍緞襖、紅緞褲子的小媳婦的半身，同時看見剛才打人的那個大爺正坐在床沿上，拿小鏡子照着臉，像個娘們似的在梳妝，貓就蹲在他的身旁。

這掌櫃的恭謹地等着，玉嬌龍放下小鏡子走出來，沉着俊臉問說："什麼事？"

掌櫃的一彎身，笑說："沒有什麼事，是……剛才您打的那個人，他勾兵去了！"聲音極小，且帶着害怕的樣子，又說："剛才您打的那個，那是山西新來的鏢頭，是這裏黑虎陶宏給請來的。黑虎陶宏的名字您大概也知道，是本地的惡霸。他開着鏢店，手下有二三百人，金刀馮茂是他家的師傅。前年在城裏修了一座廟，請來了江南靜玄禪師的徒弟法廣主持，去年又有大財主雙鞭靈官米大彪在這裏安了一份家。他們……都不講理，都不好！我勸您，還是別惹他們！待會兒他們一來，無論他們說什麼話，您千萬也別動氣！"

玉嬌龍冷笑着。

掌櫃的又說："我給您在中間說和說和，明天，我們給您雇一輛車！我看您一定是位做官的，自己的身份要緊，不必跟他們那些江湖人鬥氣！"

　　玉嬌龍微微笑了笑，說：“你放心，我絕不能給你們這店裏鬧出人命事來，可是無論他們是誰來，我不怕！你別在我這裏多說廢話，出去，叫夥計快給我的貓兒拌飯！”

　　店掌櫃飄灑着花白鬍子，深深作揖，懇求說：“求大爺維持我們！大爺是過往的貴人，我們，卻是……全家在這裏，指着這個買賣，向來不敢得罪人！”

　　玉嬌龍點頭說：“好！他們再來，我出去跟他們理論，不能在你們這兒打，你放心吧！”掌櫃的又深深作揖。玉嬌龍又囑咐說：“快叫夥計給貓拌飯！”掌櫃的連聲答應，玉嬌龍就轉身進裏間去了。

　　待了一會兒，夥計把貓飯拿來，因為沒有現成的豬肝，是用雞絲拌的，玉嬌龍還嫌不好。她又叫夥計去換了一壺頂高的香片，夥計就問說：“大爺您吃什麼飯？”玉嬌龍說：“清蒸鯉魚、乾炸羊肉裏脊、溜丸子，丸子要做得小一點兒，拌肉絲、翅子白菜湯、玫瑰露酒，這些你們還沒有現成的嗎？”夥計說：“這您也得等一等，我們得上飯莊子叫去！”玉嬌龍說：“叫去吧！”店夥皺眉咧嘴的出屋去了。

第九回　　劍舞身隨一身真敵眾　　鷹翻鷲落雙俠各爭強

　　這裏繡香把茶杯沖洗了兩三回，才倒了一碗茶送到玉嬌龍的面前，她憂愁着悄聲說：“小姐！我還有點兒害怕，待會兒那些個惡霸要來了，可怎麼好呀？”

　　玉嬌龍擺手說：“不要緊！你別害怕！我這身武藝足能應付他們許多人。寶劍由我自己隨身攜帶，丟不了，只是那首飾匣子裏邊的書和雪虎，你千萬要仔細看着！”

　　繡香點點頭，又央求着，憂愁地悄聲說：“小姐！咱們以後別再惹事了！事情惹得太多了，究竟不好，咱們就謹謹慎慎地走路就是了，走到衡山……”

　　玉嬌龍對繡香這話先是有點生氣，把臉兒一沉，但心裏轉而又一想，就微微歎息說：“我也不是願意出來惹事兒，本來這次我離家出來，就是萬分的不得已，你是知道的！今天，路上的那幾個人有多麼輕視咱們？我生平最不受人的輕視！剛才，那趕車的多麼可恨！把咱們拉到這兒他又變了主意，並抬出什麼黑虎陶宏嚇我，不然我也不能夠打他。那什麼魯伯雄，我是恨他姓魯！”這話把繡香嚇了一跳。

　　玉嬌龍的臉色陰沉了半天，忽然扭頭看見了那貓兒雪虎正在低着頭吃飯，吃得很香，她又不禁愁消怒解，微微的笑了笑。

　　這時就聽得院中有腳步雜亂之聲，有人站在門前使力地咳嗽，繡香嚇得變了色，玉嬌龍立時抽出了青冥劍，撞出軟簾到了外間。

　　只見大門開了，門前站立着四條彪軀大漢，都穿着長衣，卻很整齊。其中有一個連鬢鬍子、相貌極兇惡的人，高高拱手說：“老兄就是剛才跟魯鏢頭比武的那位嗎？”

　　玉嬌龍沉着臉點點頭說：“不錯！”

　　這人又說：“請教貴姓大名？”

　　玉嬌龍說：“我先問你！”

　　那人說：“兄弟是雙鞭靈官米三爺的盟弟，黑虎陶大爺也是我聯盟的弟兄。”

　　玉嬌龍說：“我沒問別人，我問的是你！”

　　這人說：“我叫常文永，有個人送的綽號叫三枝鏢，又叫飛鏢常，我在江南河北小有名聲！”

　　玉嬌龍擺擺手說：“少說廢話，我叫龍錦春，你現在找我來是有什麼事吧？快點說！”

　　飛鏢常說：“我大哥米三爺跟魯鏢頭現在‘聚星樓’候你，請你賞光，去飲幾盅酒，彼此見個面！”

　　玉嬌龍說：“我這裏的酒飯快送來了，我屋中還有女眷，離不開身。”

　　飛鏢常卻一笑，說：“龍爺，你還以為我們是不知江湖義氣的壞人嗎？你貴寶眷在這裏，我們絕不驚擾，只請你到聚星樓，跟米三爺見面談一談。我看你老兄也是位有膽量的漢子，不至於不敢去吧？”

　　玉嬌龍冷笑着說：“不用你來激我，你就在門前等着吧，我這就同你去。”

　　說着，她又進到裏間，將寶劍插在鞘中，手握着劍鞘就走出來。她叫飛鏢常幾個人在前走着，她在後跟隨。出了店門，見所有的人都望着她，並且有的在後追隨着，似是料定少時必有一場更熱鬧的決鬥。

　　此時，滿天鋪着綺錦的晚霞，春風習習，吹着玉嬌龍的深灰色的綢袷袍。她氣態軒昂，大踏步地走着，都道她是少年的武師，誰也看不出她是一位名門閨秀。她緊隨着飛鏢常等人，由北關走到了西關。這裏就有一家很大的飯館，橫匾就是“聚星樓”，門前還掛着幾條酒旗，寫的就是什麼“李白斗酒詩百篇，長安市上酒家眠，天子呼來不上船，自稱臣是酒中仙”等等的詩句。

　　飛鏢常先叫一個人上去傳報，他在這裏張着一隻胳膊請玉嬌龍上樓。

　　玉嬌龍一點兒也沒有猶豫、畏縮，她一手掠起了衣襟，一手拿着寶劍，咚咚咚很快地就上了樓。只見樓上很是寬綽，座位擺設得不少，可是這時座位多半空閒着，只有六七個座客。這幾個人一見玉嬌龍上了樓，多半都起身轉頭，只有兩個人坐在那裏沒有動：一個是位僧人，年有三十多歲，面上有幾顆麻子；還有一個是坐在那裏生氣，就是剛才在店中被玉嬌龍狠打的那個魯伯雄。

　　玉嬌龍昂然立定了身，只見對方的幾個人齊都用眼睛打量她。

　　有個四十歲上下、瘦長身材、有短短黑髯、穿章很闊的人，向她一抱拳，說：“多承賞光！果然是一請就到。兄弟姓米，草字大彪，在此也是作客。因為學過幾手武藝，所以平生最敬慕武藝好的老師傅們。今天聽這位彭老弟由路上回來……”說着，他指指旁邊站着的一個瞪着眼睛發怒的人。玉嬌龍一看，原來就是今天在路上被自己用箭射傷了的那黑臉漢子。

　　又聽米大彪說：“才知閣下武藝絕倫，並且有一口削銅斷鐵的寶劍，所以仰慕之極。剛才魯鏢頭又來說，他也在店中領教了閣下的武藝，殊為欽佩。我才差遣我的兄弟將閣下請了來，一來是為大家和解，二來討教討教！”

　　玉嬌龍一見這雙鞭靈官米大彪的態度倒非常和藹，她也就消了些氣，拱拱手說：“不要緊，既然你們認輸了，向我來說和，我也不便太逼人過甚。”遂就不等主人落座，她就坐下了。

　　那魯伯雄卻用拳頭一擂桌子，震得盤碗亂響，說：“我魯伯雄走江湖多年，沒受過今天這欺辱！其實，你武藝高，我的拳法弱，敗在你的手裏不算什麼，一兩年後咱們再見面，再較量；可是今天我原是打的不平！”

　　玉嬌龍冷笑着說：“我並沒叫你打那不平！”

　　魯伯雄要往起跳身，又舉拳又瞪眼，米大彪和別的人趕忙把他攔住。

　　玉嬌龍卻只坐着冷笑，神色一點兒不變。

米大彪就問：“請教閣下尊姓大名？”

玉嬌龍手托着腮，搖晃着頭說：“我名叫龍錦春！”

米大彪說：“久仰！”又問：“府上？”

玉嬌龍說：“甘肅省人。”

米大彪又問：“這次是由北京來嗎？”

玉嬌龍搖頭說：“不是！”又一拍桌子，說：“你何必細問？”

米大彪很詫異，因為他從來沒見過會武藝的人會這樣不懂客氣的，而且，他真瞧不出這跟娘們似的年輕人竟有一身武藝。他就又拱手，帶笑說：“不該多問，但既是江湖朋友，如今既肯賞光前來，兄弟倒要細細請教一下，不知尊師是哪一位？武藝學的是內家還是外家？”

玉嬌龍昂起首來說：“沒有人配教給我武藝！只有九華山啞俠、江南鶴他們兩人，可以算是我的師兄。”

那邊的法廣立時站起身來了。

米大彪驚訝得變了色，他勉強笑了笑，又問說：“我提出兩個人來，龍兄可曾認識？”

玉嬌龍問：“什麼人吧？”

米大彪說：“南宮李慕白，巨鹿俞秀蓮。”

玉嬌龍微微點頭說：“知道，他們全是我們一家，但全是我手下的敗將。”

米大彪一笑，又問說：“江南的靜玄禪師呢？”

玉嬌龍搖頭說：“沒聽人說過，大概是無名之輩，做我的門徒我也不收！”

她的話才一說到這裏，驀不防法廣和尚的手指已從側面點來。

玉嬌龍眼明手快，啪的用手將法廣打開。此時身後又有人掄刀來砍，玉嬌龍飛快地躲閃，青冥劍已嗆啷一聲出了鞘。黑臉姓彭的疾忙將刀抽出，魯伯雄也舉起了凳子向玉嬌龍頭上摔來，玉嬌龍一閃，凳子咕咚一聲摔在樓板上。

法廣和尚抽出一枝二尺長的判官筆，這判官筆是純鋼鑄成，如筆狀，專用以點穴，毒蛇似的刺過來，向玉嬌龍的腰際去點；玉嬌龍用青冥劍一掃，便把鐵筆尖兒削落。魯伯雄又舉起一張小茶几摔來，一下又摔空了。別的幾個人飛起酒壺瓷碗，齊向玉嬌龍紛紛來打，卻都被她用劍削斷，用手接住，用腳踢飛。玉嬌龍身如鳥轉，劍似鷹翻，尖聲叫道：“要出了人命可休怨我！”

此時又由樓梯上來了十幾個人，短刀長槍一齊撲上。玉嬌龍手不停，足不歇，劍無破綻，忽而跳到桌子上，忽而又跳到椅子上。她單劍殺得兵刃紛紛斷折，如細草之遇嚴霜；對方的人慌亂着後退，又像狐兔遇着了老虎。刃物交接，桌椅亂倒，雜以受傷的人慘叫，助威的人怒罵，這樓上就鼎沸起來，天翻地動起來。

忽然有人遞給米大彪一對鋼鞭，米大彪就站在一張桌上，高舉雙鞭大叫道：“不要亂打，叫我單獨一人鬥鬥他龍錦春！”法廣也分開眾人，他仍想以點穴制勝。此時眾人已把玉嬌龍給圍住了，法廣一趕到，沒有尖兒的判官筆又往前去點。玉嬌龍卻抖起了劍光，身子隨着劍光跳上了樓欄杆。欄杆之下就是大街，大街上這時也亂極了，所有的人都仰着臉往上面瞧，並且都驚慌着。

玉嬌龍的背脊向後，一腳登欄杆，一腳登着窗櫺，她將劍尖向下，鏘鏘鏘又削斷了幾件兵刃。

忽然米大彪趕過來，雙鞭向她的腳部打去。玉嬌龍一聳身又跳到一張桌子上，把劍光向米大彪的頭上一晃，米大彪趕緊橫鞭去迎，吧噠一聲，鋼鞭也被削去了一段。

　　玉嬌龍寶劍飛舞，驅開身後及兩旁的敵人，惡蟒似的直向米大彪的胸間刺去。米大彪手中只剩下一隻半鋼鞭，難以招架，只得將身子向後去退，退到背後靠着了樓欄杆。這樓欄杆本來就不很結實，玉嬌龍的身輕，踏上去還可以，但卻禁不住他用身子去靠；而且玉嬌龍的劍逼得太緊，他的雙鞭實在無法招架。命在頃刻之間，屁股就不由向後一頂，就聽喀嚓一聲，欄杆折斷了，米大彪的瘦長身子整個飄下了樓去。

　　從兩丈多高的樓上掉下來，他倒沒摔成重傷，可是把幾個看熱鬧的人給壓倒了。他的鋼鞭也撒了手，一鋼鞭將對門藥舖的招牌打折，那半截又打昏了一個人，街上就大亂；又見有個人由樓上摔了下來，是那黑臉彭摔在地下，已成了半死。

　　此時樓上許多人都往下亂跑，法廣也順着樓梯跑下來，樓上大概只剩下了玉嬌龍。她提劍站在樓上往下一看，下面的飛鏢常就一鏢向上打去，打得十分準確；但玉嬌龍伸手一接，接得也再准無比。街上的人更是亂跑亂喊，少時就有官人趕來了。同時又見有幾匹馬從西邊馳來，馬上的人將官人勸阻住，他們七八人便一齊下馬上了樓。

　　這時玉嬌龍獨自在樓上，才喘了一口氣，忽聽得樓梯聲響，她趕緊橫劍站在樓梯口上。卻見由下面來了幾個人，為首的年有三十多歲，黑臉膛，短小精悍，穿着青綢大褂，手中只有馬鞭，並無兵器，他向玉嬌龍一拱手，說：“兄弟是黑虎陶宏。”指指身後一條大漢，說：“這是我的老師金刀馮茂。朋友！你先不要逞強，保定府今日已非同昔日。昔日，李慕白、俞秀蓮、楊小太歲等人曾來此鬥鬧過，我們因是本地土著，顧忌頗多，所以不願惹他們；今日無論是誰，只要敢來此逞能、攬害，我們師徒必不能依！”

　　玉嬌龍說：“誰管你依不依，你要怎樣吧？”

　　黑虎陶宏說：“我要跟你比比武！今天時間晚了，我們也沒有攜帶着兵器，請你說下個時間地點吧！你今天無論戰勝了多少人，你也不算英雄；非得你將我陶宏，連我師傅馮四爺也打敗，或較個平手，保定府才得由你通過，否則你走不了！”

　　玉嬌龍說：“何必另定時間地點呢？就是現在，就是這裏，你們取兵刃來跟我動手吧！”

　　黑虎陶宏卻搖頭說：“這地方狹窄，樓下已有官人來了，必不容我們在樓上打架。你如有膽子可以到我家中，我家門前很為寬敞，你的劍法也施展得開。”

　　玉嬌龍哼哼一笑，說：“好吧！你們且下樓去等着我吧，我隨後便下去。”

　　黑虎陶宏冷笑說：“有金刀馮四爺在此，馮四爺是光明磊落的好漢，我們還能夠暗算你嗎？你下來！”

　　玉嬌龍說：“我從來沒聽人說過你們的名姓，誰知道你們是些什麼東西？”

　　黑虎陶宏與金刀馮茂都憤恨地退下了樓梯。

　　這時天色已然黃昏，對門的商號都不敢點燈，這酒館的樓下也沒有一個酒客，連掌櫃帶堂倌大概都藏起來了。酒樓地下扔着斷了的槍桿和鋼鞭，米大彪等受傷的人已被攙扶到一旁。那些看熱鬧的人，膽小的是早已跑了，膽子稍大一點的也站在老遠的地方。十幾名官人的腰刀都已出了鞘，鎖鏈也抖得嘩啦嘩啦響，但被黑虎陶宏勸阻住，他說：“不必管我們，私事私辦，除非出了人命，用不着諸位操心。”

　　幾個莊丁牽着健馬，那飛鏢常站在一匹馬的後頭，手中拿着一枝鏢，專等着玉嬌龍下了樓梯一出酒樓的門，就冷不防給她一下。可是樓上昏黑，毫無動靜，半天也不見玉嬌龍下樓。眾人都仰着頭向上去看，並有人大聲罵着：“滾下來！滾下來！不敢出來了嗎？”連罵了許多聲。

忽見一張桌子由樓上飛下來，陶宏等人趕緊向旁去躲，桌子啪嚓一聲摔在街上；緊接着又有板凳子摔下來，一個莊丁就應聲而倒。

金刀馮茂暴躁着喊道：“這算什麼豪傑？”他就要取雙刀跑上樓去。

忽見樓上隨着一張桌子跳下來一個人，人如飛雲騰鶴，劍似閃電虹光，玉嬌龍就下了樓。眾人沒見她是怎樣腳踏實地的，只見她已由莊丁的手中奪了一匹馬，跨上向西跑去。

飛鏢常向着馬一鏢飛去，玉嬌龍反劍一磕，鐺的一聲鋼鏢落地；飛鏢常的第二枝鏢又打去，卻被玉嬌龍接住了打回，一個莊丁就中鏢栽倒；第三枝、第四枝又全都打空了。陶宏、馮茂便一齊上馬，喊道：“休走！”

玉嬌龍在馬上扭轉纖軀，用劍招點着說：“來！”她的馬嘚嘚地向西跑去了。

這裏的群馬、眾人如潮湧似的呼啦啦趕去，霎時就出了西關。

此時暮色鋪滿了原野，玉嬌龍卻撥馬回來，迎着陶宏說：“就在這裏爭戰好不好？”

陶宏手中沒有兵器，疾忙往後去退；金刀馮茂卻手舞雙刀，催馬向前。此時西邊又來了陶家的一隊莊丁，打着十幾隻燈籠，二十多枝火把，越來越近，一片火光燈影，照得道旁的樹影亂動。

金刀馮茂這位深州的好漢，除了曾敗在李慕白的手下，生平還沒有低頭服人。如今他馬轉刀騰，玉嬌龍卻劍飛騎縱，馬戰了五六合，便一齊跳下馬來。馮茂氣兇如虎，雙刀如鳳翅展開，左刀削，右刀砍；玉嬌龍卻伸劍取敵，縱步高飛，如疾風撥雲，隨來隨去。馮茂左刀護住了右刀，換變刀勢，橫刀斜砍；玉嬌龍卻閃身直掠，劍如大鵬展翅，力透劍鋒，直取馮茂。馮茂身隨刀移，玉嬌龍也撤步倒劍，靜觀對方刀勢的變化。

此時燈影火光已來到了臨近，紅焰照着嬌美的玉嬌龍；她剛才在酒樓上已脫去了綢衫，將綢衫連劍匣斜繫在背上，辮髮也掠在前面，形態極為俊俏。金刀馮茂很愧恨地想：跟一個女兒般的男子交手還不能夠得勝，我還算是什麼豪傑？他的刀法驟變，虎軀一衝，玉嬌龍卻纖腰疾轉，寶劍斜掠，往來又鬥了三四合。

這時，黑虎陶宏也由莊丁手中得到了雙刀，跳下馬來殺進。玉嬌龍一口劍敵住四件兵刃，展開她的十載所得、書中所獲的鬼神不測的劍法，嗖嗖嗖輕軀隨劍飛轉。此時在燈影裏的馮茂與陶宏，簡直徒具勇力不能擒敵獲勝。

魯伯雄綽了杆槍，常文永拿着一口刀，法廣和尚換了一枝鐵杖，都自兩翼襲來；杖抖起來風，槍抖成了花，刀光如閃電。

但玉嬌龍縱躍旋回，拒前制後，戮左迎右，一劍復一劍，殺往又殺來。火光中只見她的俏影翩然，而且越殺越緊，劍術步法絲毫不亂，面色神態一點不變。

馮茂大怒，喊了聲：“衝！”立時刀槍和鐵杖集中於一面，像一棵銅鐵鑄成的大樹壓倒下來。但玉嬌龍以青冥劍紛撥，陶宏、常文永、魯伯雄又皆刀折槍損，都驚慌着後退。

只剩下兩個人與她爭戰，卻是馮茂和法廣。馮茂已不住地喘氣了，想不到這小輩如此難制，他真驚訝！記得李慕白劍法不過如此，到底這小輩是個什麼人？

法廣和尚的鐵杖是打的時候少，點的着數多。點穴法一百零八手他全都使盡了，即使是最殘忍的“腦戶”“啞門穴”，他全都使力急快地點去。但，不容他的杖頭觸到玉嬌龍的身上，玉嬌龍就早已用劍去掠；他恐怕杖被削折，便趕緊又縮回。

他也看出來了，這年輕人也必精通點穴，自己這手兒武藝到他的眼前無用，所以他也不敢奮勇向前自討苦吃。

只有金刀馮茂雖然直喘，可是越殺越勇，忽然一下，寶劍削斷了他左手的刀，他一口刀仍然與玉嬌龍拼戰。

這時陶宏等人又換了兵刃上前，莊丁們除了打燈籠舉火把的之外，也全都掄刀揚棍的齊上，圍住了飛劍無敵的玉嬌龍。玉嬌龍卻疾忙搶了一匹馬，跨上去，並不走，只舉劍大喊：「你們還不肯服輸嗎？如若你們一擁上前，我可就要胡殺了！殺死人，休怨我龍錦春的手辣！」

眾莊丁都有些不敢向前，常文永又放了兩枝鏢，又都被玉嬌龍用劍撥落在地下。

這樣英雄的人，使馮茂、陶宏等人不得不氣餒，馮茂就攔住了眾人，
一手提刀在前，高聲問道：「龍錦春！你的師父到底是誰？」
玉嬌龍啐了一聲，說：「你們問不着！」又微笑了笑，自拍胸脯說：「我呀！我是

> 瀟灑人間一劍仙，　青冥寶劍勝龍泉，
> 任憑李俞江南鶴，　都要低頭求我憐。
> 沙漠飛來一條龍，　是神無影鬼無蹤，
> 爾輩鼠蛇來侵犯，　直似蟪蛄撼泰峰！」

嬌聲婉轉地說完了，一手揮劍開路，一手提韁就走。這裏幾十個手執利器的江湖大漢，竟沒有一個人敢去攔她。

玉嬌龍於茫茫夜色之間，催馬向東北走出了很遠，回首去看，那一片燈火已闌珊地向西去了。玉嬌龍也覺着有點累了，她就叫馬緩緩地走着，多時才回到了北關那家店舖。店門前掛着隻紙燈籠，上面寫着店的字號。有幾個人站在燈下，正張望着，談着話；一見玉嬌龍回來了，他們趕緊閃在一邊，但齊都仰着頭驚詫地瞧着。玉嬌龍卻不理他們，騎馬一直進店，下了馬，交給了店夥，說：「這匹馬也是我的，好好的看着，無論是誰來要，都不許給！」

店夥連說：「是！是！」
玉嬌龍就提着寶劍走往裏院。

進到屋中，只見裏屋點着兩枝蠟燭，桌上擺着許多酒、菜。繡香下了床，說：「大爺回來啦？菜都冷了！」

玉嬌龍輕輕說了聲：「不要緊！」便坐在床上休息，寶劍就放在被褥上，她抱起貓來親了親，問說：「我走後這裏沒有什麼事嗎？」

繡香說：「剛才有兩個衙門的人來向我盤問您的來歷。」
玉嬌龍神色一變，趕緊問說：「你是怎麼回答的？」
繡香悄聲兒說：「我就照着您交代的話說的。」
玉嬌龍點點頭，又沉思了一會。見貓兒雪虎站起來伸了個懶腰，瞪着兩隻綠色的眼睛，很像個英雄的樣子，玉嬌龍忽然又歎了一口氣，繡香在旁直發怔。

玉嬌龍吃了一點飯菜，就說：「睡吧！」
繡香要去關屋門。玉嬌龍擺手說：「你別去！」她起身下了床，先是呆呆地站着，又忽然將軟簾一掀，倒把繡香嚇了一大跳。燈光照到了外屋，外面倒是沒有什麼怪異之事。玉嬌龍右手的手心向外，護着自己的胸，很快地就到了外間；轉身

向四下看了看，並將桌椅的下面全查到，她這才關嚴了屋門，然後進到裏間。門簾隨着她在身後落下，她也嬌慵地伸了個懶腰，寶劍、小弩弓都放在枕邊，吹滅了燈燭，才躺在了床上。

床裏的繡香替她把綢被蓋上，她卻推到一邊，不蓋；繡香在枕畔又悄聲問說：“小姐，得有多少日子咱們才能走到衡山呢？”玉嬌龍說：“你不要着急！到了衡山，我若看那個地方不好，我還許不住呢！”繡香說：“要不然，咱們還到新疆去吧？”

玉嬌龍又長長地出了一口氣，說：“得啦，你別在枕邊跟我這麼絮煩了！叫我好好地歇一會兒吧！真是！”說到這裏，她忽然又笑了，說：“現在我真覺着我是你的丈夫了，你就是一個常在我枕邊絮絮不休的妻子。”

繡香作急說：“您，到這時候了，還跟我鬧！”

玉嬌龍嘻嘻地笑了笑，忽然又把繡香抱住，緊緊地一陣抽噎。

繡香就覺得她小姐的熱淚已濕在她的臉上了，就歎着氣悄聲說：“您是怎麼啦？唉！”

玉嬌龍像個小孩似的倒在繡香的懷裏哭着，弄得繡香沒辦法，既不敢大聲勸，也脫不了身。過了多時，忽然見玉嬌龍一翻身，她的手向枕邊一摸，臂又一抬，只聽窗紙噗的一聲響，窗外就有人叫道：“哎喲！哎喲！痛死我了……”一聲比一聲慘，一聲比一聲低。

繡香的身子立時又發顫，玉嬌龍用被子將她的身子和頭全部蓋上。她在被裏蒙了半天，才聽見窗外有人雜亂地說話，有個人就說：“沒什麼事！沒什麼事！諸位回去吧！”是店家的聲音。

又聽得有人說：“左眼……是一枝袖箭……一準得瞎！”玉嬌龍卻伏枕大笑起來。

一夜過去，第二天起身時已然八九點，玉嬌龍隔着窗叫店夥給她們熬點江米稀飯，店夥在窗外既恭敬又害怕似的答應說：“是！”玉嬌龍叫繡香給找出裏衣來換，她的胸部用一幅白紗裹得很緊。因為她預備的男裝衣物並不多，所以裏面仍是穿着紅羅襦，外罩青綢小褂，把紅衣的領子藏在裏面，脖紐扣得很嚴；青綢肥褲子，繫着紅絲線的窄腿帶；青緞雙臉鞋，外穿一件翠藍綢子的肥大袍子。

她一起床，沒洗臉時就先將兩耳洗淨，用粉和油將耳孔塗上；對鏡細細看了，看不出來耳孔，她這才開了屋門，繃着臉兒，故意使出來粗聲，叫道：“夥計，打洗臉水來！”

店夥應聲而至，前後打來了兩盆臉水。

繡香已卷起來錦衾繡枕，穿上了鞋，娉婷的對鏡挽髮，並問店夥說：“大爺叫你們熬的江米稀飯，好了沒有？”店夥說：“好了，好了，這就好了！”

玉嬌龍像個男子似的，昂然地說：“先給貓做吃的！”店夥又答應：“是！”玉嬌龍又問說：“昨天夜裏是怎麼回事？是誰在院中叫喚？”店夥的臉都嚇白了，翻着眼睛瞧着玉嬌龍，搖頭裝發怔，說：“我不知道！”

玉嬌龍拿濕手巾擦完了臉，坐在凳兒上，微微地一聲冷笑，翻眼瞪了店夥一下，就說：“告訴你們掌櫃的，他要是晚上淨放進來閒人，攪得客人們都睡不安，他的買賣可不能夠好啦！我們下次再來到保定，也絕不再在你們這店住啦！”店夥又說：“是！是！”

玉嬌龍又向繡香拿着“丈夫”的架子說：“拿出二十兩銀子來給他們，叫他們到城裏，找出名的舖子買些好茶葉，要頂高的龍井，再買幾包檀香，買一把粘好了的素面摺扇！」繡香拿出銀子來，交給店夥，店夥就出屋去了。玉嬌龍叫繡香給她打好了辮子，她就斜臥在床上逗貓。

待了一會兒，店夥端進來一盆江米稀飯，粥裏還煮着棗兒，另外還有白糖。用過了早餐，店夥就把買來的東西和剩下的錢都送來了。茶葉、檀香都由繡香收起來，玉嬌龍卻又不慌不忙地跟店夥要來筆硯，她要書寫扇面。因為筆不大好使，不能寫小楷，所以她只柔秀地半真半草地寫了兩首詩，就是昨晚她在單身力戰黑虎陶宏、金刀馮茂等人之後，意氣洋洋隨口說出來的那兩首詩。她回想着，又修改了幾個字，就寫在扇面上。寫過之後，放在桌上，還要等候墨蹟乾了。她這麼一磨煩，就將近晌午了。

昨晚，玉嬌龍雖然與金刀馮茂、黑虎陶宏等人大戰一場，並且深夜還有人來此窺探，被她用箭隔窗射傷；可是這整整的一個上午，竟無人來找她報復。她就以為那些人對她畏懼了，她很放心，又吩咐店夥去叫菜。午飯用畢，才叫店夥給她備馬。昨天她打了的那個趕車的是至死也不再拉她，一清早就趕着車跑了，玉嬌龍也不追究。她叫店夥另給找了根鞭子，就叫繡香騎着她昨晚得來的那匹馬走。

除了付清店賬之外，她又交給店掌櫃十兩銀子，說：「昨天黑虎陶宏他們，率眾跟我爭吵，你大概也知道，我看你一定是跟他們同夥！」掌櫃連連躬身，悄聲說：「也不是一夥，是我們不敢得罪他。」

玉嬌龍點頭道：「我也不必跟你們多說了。昨天我奪來他這一匹馬，可也不是我搶劫來的，現在我們要騎着牠走，給他這十兩銀子，作為是馬價，煩你交給他們吧！」

掌櫃的又連連作揖，說：「大爺真公道，待會我們派人把你這銀子送去就是啦！」玉嬌龍點了點頭，她二人就出了店門。

繡香在新疆時本來也騎過馬，還常說：「馬比驢容易騎，因為牠走起來身子是平的。」但是她說的那也是好馬。如今這匹馬卻不大好騎，一走就一顛，並且舖蓋、包裹全都在她那匹馬上，累贅得厲害；玉嬌龍的馬上只有寶劍和那裝着雪虎的籃子。繡香的馬在前，玉嬌龍的馬在後，繡香直說：「別快走，我騎不穩！」玉嬌龍卻搖着扇子說：「你別害怕！越害怕越騎不穩，你爽性壯起膽子來，倒不要緊。」

她們是順着大道往南走，可是這股大道上沒有多少行人，並且越走越斜。天空飄着薄薄的雲，煙似的，很快地奔馳着，把陽光都遮住了，因此玉嬌龍又有點迷了方向。走了多時，就覺得天上的雲變了顏色，天色大概不早了。這時兩邊是田禾，當中的一條路漸漸狹小，也看不見村舍人家。

忽然玉嬌龍隱隱聽見身後有一種響聲，嘩啦嘩啦，似是群馬的蹄聲；她趕緊回首，卻見遠處田禾的邊際上滾起了霧似的一片煙塵，可是並沒看見一條馬影，大概是有許多匹馬都從後邊的岔道上趕往前面去了。玉嬌龍就有些驚異，但又想：不怕！她催馬到繡香的前面，收了扇子，揮鞭去走，昂首向前去望。

走了又有五六裏，便見前面有一脈青山，繡香就說：「有山！山上有道兒嗎？」玉嬌龍說：「有山自然有路，裏面還許有人家呢！咱們在山裏找着人家，就先叫他們燒點水，咱們泡壺茶喝。」隨說隨走，少時就來到了山下。

只見山雖不大高，但滿是崚嶒的青石，沒有一株樹，連草也不多。有一股穿山的小路，極峭，而且坎坷不平。玉嬌龍倒沒注意到什麼，可是繡香依然向上指着，說：「山上有個人！」等到玉嬌龍抬頭看時，山上那人已然藏躲起來了。

玉嬌龍又低頭細看，見地下的土很堅硬，留着許多雜亂的白色蹄跡，並有幾堆馬糞，就冷笑一聲，說：「不要怕！這座山騎着馬能穿過去，咱們向前直走！不要怕！可是你一個人騎馬不行，你也到我這馬上來，我抱着你再往上走。」

於是她叫繡香慢慢下了馬，繡香的馬就專載行李，並把裝貓的那隻竹籃也繫在這匹馬上，將韁繩又繫在前面黑馬的屁股後頭，兩匹馬就連成了一串。她抱着繡香上了黑馬，繡香回過臉，害羞地笑着說：「這有多難看呀！你又是個男的！」

玉嬌龍也笑了笑，一手揮鞭，一手抱着繡香，騎着一匹馬帶着一匹馬，往山路上去走，並悄聲囑咐說：「你別淨依仗我抱着你，你應當反手揪住我的腿，坐穩了身子，不要怕！」繡香覺着她抱着自己的那隻胳膊，袖子裏藏着個東西，是那小弩箭。

這條山路是越來越深，不見其低，只覺其高；路當中的大石頭很多，似是有人故意搬來堵路的。前馬跳過了石頭，還得等着後邊的馬也跳過來，這才能走。玉嬌龍漸漸地就生氣了，芳容也有些發紫，一抬頭忽然看見前面一塊高石上站着個持刀的人。玉嬌龍騰開了手，驀地一弩箭射去。只見那個人如猴子似的，連刀翻下了高石；聽不見呼聲，可是至少也摔個腰斷腿折了。繡香倒嚇得哎喲一聲，玉嬌龍又囑咐：「揪住了我！」她隨手抽出了青冥劍，同時催馬往上緊走。但高處已有很長的弩箭射來，有的力不足，沒射到；有的幾乎射中了玉嬌龍，但被她疾快地用寶劍一撥，就撥落在地。

斯時亂石的高處出現了二三十人，並有雜亂的馬嘶之聲，玉嬌龍看出那群人之中有飛鏢常和魯伯雄，其餘的大概都是黑虎陶宏和米大彪家的莊丁，玉嬌龍就向他們鄙視地一笑。那邊，飛來的不僅是箭、飛鏢，連石塊石片也一齊打來。玉嬌龍一手執劍掩護，一手提韁，催馬快走；繡香斜趴在馬上，雙臂緊緊抱着她，頭向下垂着，金簪都已落地，頭髮也散亂了，身子不住地抖。

玉嬌龍緊緊催馬前行，後馬緊跟着前馬，蹄聲嘚嘚；後面的人可也持刀追來了。馬踏着山石又走了一截路，忽然山路轉往下去，十分的陡峭，簡直無法騎着馬下去，但身後的一群人已將殺到，並且吶喊着。玉嬌龍想勒住馬回身去應戰，可是這匹黑馬如同生龍，無論如何也控制不住了，只覺得這匹馬一蹄登在了雲裏，後面的馬也隨之由高崖之上跳下。

接着就聽呼啦一聲巨響，眼前濺起一片白霧，玉嬌龍和繡香的臉上身上都覺得冰涼。原來這山后就是一道大河，水很深，兩匹馬都墜在河裏，浮着水走。身後的山上一塊一塊的大石頭又如飛箭一般的打來，打在河裏撲通撲通亂響，水花都濺在玉嬌龍的頭上。玉嬌龍咬着牙，催馬涉水，走了很遠，才上了河的對岸。

只見這條河，順岸曲折地向西展去，四五裏之外，影影綽綽那裏有一座長橋。雲縫裏露出的金黃色的陽光正投照在那河裏，仿佛那裏才是平原大道。

玉嬌龍回頭向山上去看，見那山上的人都漸漸散開了，回去了，可知他們必然全都沒有膽子下山，全都不會浮水。玉嬌龍的兩隻鞋襪已然盡濕，繡香抬起頭來，髮上也往下垂水；兩匹馬的全身已沒有一點乾的地方，除了水就是汗，並且呼嚕呼嚕直喘。

玉嬌龍策馬走過了河邊的一片沙灘，就站住了，下了馬，又將繡香抱下來。繡香一下馬就坐在了地下，喘着，兩手去挽頭髮。玉嬌龍卻不放心她的貓，怕牠被水淹死了。她一手提劍，到後面的那匹馬旁，解開了繩子，打開那隻竹籃的蓋兒；不防嗚的一聲急叫，白毛都濕貼在身上的那隻貓兒驀地往地下一跳，跳出來就飛跑，跟兔子一般。玉嬌龍叫着：「雪虎！雪虎，好雪虎！回來！」貓兒卻是無情的，跑起來不認牠的主人了。

　　玉嬌龍趕緊去追，快要追上了，貓兒卻把身子一蹲，扭頭又向回來跑；玉嬌龍急叫牠，牠也是不管不顧。繡香也急了，掙扎着站起來，急着去追去截，也叫着："雪虎不跑！雪虎聽話！雪虎來吃肝拌飯！雪虎……"但貓兒卻東跑西躥，她們倆都抓不着。除非玉嬌龍朝牠放弩箭，像打獵似的，然而她豈能捨得呢？她幾乎要哭出來了，比什麼事都着急。

　　但這時候卻見西邊那座長橋上又閃爍着刀光，蠕動着人影，原來是飛鏢常、魯伯雄的那一夥二三十人，由山上轉到那邊，過橋向她們追逼前來。玉嬌龍大怒，見貓兒站在很遠的地方，耳朵豎着，兩眼東瞧西望，仿佛還是要跑的樣子。她怕那夥人來到這裏，一場爭戰就許把貓兒驚跑，無從去尋覓，就趕緊叫繡香在這裏看守着貓兒，急急地說："你別怕！我去迎截他們，你在這兒千萬別叫雪虎跑了！也別驀然去追牠，你拿點什麼東西逗牠好了。"繡香帶着哭腔答應了一聲，玉嬌龍就掖了掖已濕了半截的長衫，挽起袖子，一手持着小弩弓，弓中裝着箭；一手掄着青冥寶劍，飛奔了過去。

　　那一群人已然走過了橋，玉嬌龍就尖聲喊道："都站住！誰敢過來我可就殺誰！"那群人領頭的原來不只是魯伯雄，還有黑虎陶宏也在內，黑虎陶宏也大聲說："你別發威！我們都看出來啦，你是個女的不是男的！你快些通出姓名，把那匹馬還給我們，我們便不傷你！"

　　玉嬌龍說："胡說！我是堂堂男子，你們竟誣我為婦人女子？真可恨！我的姓名你們不能問，馬也不能還，要戰就戰！"說話時，只見飛鏢常一掄胳膊，鋼鏢打來。玉嬌龍一斜身，用劍一磕，噹啷一聲，鋼鏢落地。玉嬌龍騰步直上，便與黑虎陶宏等人廝殺起來了。

　　陶宏吩咐手下的人一齊上前，將玉嬌龍圍住，一齊上手，殺死了也不要緊。這時道上無人，當時，短刀長槍就一齊上前。玉嬌龍將青冥劍飛舞，兵刃遇着它就紛紛俱折；同時，她身子宛轉如飛，寶劍前削後砍，飛鏢常慘叫了一聲就倒地身死了。許多莊丁也受傷的受傷，敗走的敗走。

　　陶宏跑到一邊，掄着一隻半刀，氣極了，向橋邊給他牽馬的幾個莊丁大喊："過去！把那邊的兩匹馬奪過來！"當時橋邊的幾個人一齊上馬，往繡香那邊奔去。玉嬌龍揮劍又砍傷了兩個人，掙身躲開，去截那幾匹馬。一匹馬被她截住了，劍砍在馬腿上，人倒馬翻，但其餘的六七匹馬早掠過去了。玉嬌龍大怒着，回身去趕。

　　那邊的繡香見群馬撲來，嚇得大叫，抱着貓兒疾忙逃奔；才逃了幾步就一下栽倒，貓兒雪虎又不知驚躥到哪裏去了。那兩匹拴在一塊兒的馬，也一前一後向東飛奔，那六七匹馬緊追。玉嬌龍的弩箭發出去，嗖嗖嗖，就有三匹馬上的人高張着雙手翻身落馬。後邊的陶宏又高呼："回來！"剩下的三四匹馬又折回來，魯伯雄率着十幾個人也趕到，當時馬上的、步下的又一齊舞刀持槍向玉嬌龍廝殺。

　　玉嬌龍用劍斬斷了兩件兵刃，又從馬上砍下一人來，奪了一匹馬，就飛身而上。如今她又成了馬上將軍了，彎腰向下，寶劍揮得更緊。那陶宏站在遠遠之處，還大聲指揮着："放箭！要小心自家人！"

　　玉嬌龍心說：這個人真可恨！她便趕緊殺出了一條路，棄了這裏的魯伯雄等人，專撲奔陶宏而去。黑虎陶宏自知不敵，轉身就跑。玉嬌龍催馬追趕，不料身後的冷箭又射來。玉嬌龍雖然趕緊伏身，一枝箭從她的頭上飛過去了，但另外兩枝箭卻射在她的馬胯上了。馬就一聲長嘶，猛地往起一顛，玉嬌龍騎不住了，立時落下馬來。她身子一挺，兩腳平落在地上，一口氣也不喘，又執劍去追陶宏。陶宏在前邊跑，玉嬌龍在後邊追，魯伯雄等十餘人又在後面追玉嬌龍，都跑得甚緊，都相距不過二十多步。

陶宏已上了西邊的木橋。這橋很長很平坦，也很寬，可以走大車，因為一股大道自南由此橋渡河，便能穿進北岸的山口。此時夕陽斜照之下，大道的南邊已煙塵大起，來了許多車輛，並有許多擔囊荷物的行人；但都因為看見這邊的廝殺惡鬥，便在遠遠之處，轉往岔道上走去了。只有兩匹馬，一黑一白，卻飛也似的馳到。

陶宏已跑上了橋，手中的刀只剩了一口，他回身喘了口氣，卻見百步之遠，有個騎着黑馬的大胖子，大喝道：“黑虎陶宏！三年沒見，你怎麼還這麼膿包？你們這麼些人會敵不過人家一個？”陶宏定睛一看，卻不由大吃一驚！這胖子年有四十歲上下，頭戴大草帽，身穿青綢褲褂，操着山西口音，像是個買賣人，可是鞍旁有刀，這人與他似曾相識。另外的一個，與這胖子兩馬相並，馬上的人卻身材昂爽，留有黑鬍子，但年紀不過將過三十；大草帽背在背後，身穿深藍色的綢褂褲，鞍旁是寶劍。這人直瞪着精爽的眼睛，看着玉嬌龍舞動如飛，又斬斷了許多隻刀槍的寶劍。陶宏越發驚訝了，就疾忙拱拱手，高聲叫着：“李兄快來助我！”那邊的黑鬍少年卻微微冷笑，並搖搖頭。

此時玉嬌龍已趕上橋來，陶宏掄刀猛砍，玉嬌龍寶劍一掠，陶宏的這口刀就嗆的一聲被削斷。他持着半截刀又招架了一下，回身順着橋向北就跑。玉嬌龍如蒼鷹擒兔，嗖的一個箭步追上去，寶劍一掄；陶宏哎喲一聲驚叫，忙低頭伏身，劍從他頭上如閃電一般的掠過，下面又一腳踹來。陶宏短小的身子在橋上立不住，當時就撲通一聲掉下河去，河水都濺到橋上來了。陶宏在河裏掙扎着，仰面急喊着：“快救我！”轉眼就沉下去了。那邊騎黑馬的大胖子拍掌大笑，說：“脆！棒！是好身手！”

這時魯伯雄等七個人又趕上橋來，玉嬌龍便立在橋頭舞劍迎殺，只見劍光緊抖，刀槍俱折，前邊的人撲通撲通墜在河裏，後面的人轉身就跑。只剩下了魯伯雄一人，刀倒沒斷，可是欲逃亦逃不得，那邊馬上的胖子又喊道：“老鄉！快跳到河裏去逃命，憑你鬥不了啦！”魯伯雄果然投身下河，浮着水逃走了。河中波濤滾滾，有的會水就浮着水逃走，有的還在水中掙命，人頭像西瓜似的一浮一沉，有的就如黑虎陶宏一樣一沉下去就再也沒露面。

岸上、沙灘上、橋上爬着受傷慘叫的人，亂扔着折斷了的刀槍，幾匹沒人騎的馬野龍似的順着河岸向東跑去。

東邊還留下三四個陶家的莊丁，正在拿刀威嚇着繡香，繡香坐在地下痛哭，樣子十分可憐。玉嬌龍氣憤得提劍又往東邊去跑，那黑馬上的胖子卻連連擺手，催馬過來說：“不要魯莽！你要是一過去打他們，他們可就立時把你夫人的命要了！來，讓我過去跟他們說幾句好話，你放他們幾個人逃命好了！”

玉嬌龍很詫異，喘了喘氣，扭頭看這胖子。就見他不僅是胖，而且極為健壯，背寬胸脯高，肚子用寬頻子勒着，卻不肥，滿面風塵之色，一見便知是個久走江湖之人。他鞭着馬，馬鐙與鞍旁掛着的一口帶鞘的樸刀相磨擦着，喀喀的響。他神態從容，笑着，高張着手向那邊喊說：“朋友們！別難為人家一位堂客，來，我給你們解和解和！”他催馬走過去了，玉嬌龍也提劍向那邊走去。

這時，忽然一匹白馬又趕到，馬上的人翩然下了馬。玉嬌龍不禁愕然，就站住了，心說：這人的身手太敏捷了！她定睛看去，見這人三綹胡鬚，微黑的臉，身材魁梧，神情瀟灑；他一抱拳，態度極為恭敬，說：“這位兄台單身敵眾，還占了上風，兄弟已旁觀了多時，實為敬佩！黑虎陶宏那些人兄弟是認識的，他們是保定府一霸，平日作惡多端；想兄必是個俠義之人，為打不平才與他們爭戰起來。請問兄台貴姓大名？武藝是哪位名師傅傳授出來的？這口寶劍是什麼名稱？”

此人似乎特別注意玉嬌龍的寶劍，玉嬌龍趕緊退了一步，瞪目又看了這人一下，便說：“現在我沒工夫跟你談話！我的寶劍叫青冥，我名叫龍錦春，別的話你都問不着！”對面這人一閃身，玉嬌龍就持劍向東跑去。

此時那胖子已下了馬，正在跟那幾個人談話。玉嬌龍趕到近前，掄劍就要殺那幾個人，那幾個人也要一齊掄刀，地下坐着的嚇得繡香拿雙手掩着臉，叫道：“哎喲！”胖子卻抽出刀來，從中一攔，笑着說：“我正給你們說合啦！殺人不可殺絕，再說你們又不是有什麼深仇大恨，看我的面子，放他們幾個走就是啦！老兄你要是掄寶劍，就請你先斬斷我的刀，先殺我；我放他們幾個走了，他們並沒欺辱你的夫人！”

胖子伸着刀，態度很和氣，可是玉嬌龍的寶劍立時削下，胖子的刀就變成兩截，一半掉在地下，一半胖子還手裏拿着。他神氣不變，哈哈一笑，說：“好鋒銳的寶劍！可是您老兄這樣辦事，未免有點像婦人之心！”

話未說了，玉嬌龍瞪目說：“你是他們一夥的！”寶劍嗖的又削過去，胖子一閃身躲開了；接着玉嬌龍又橫掃一劍，胖子用半截刀相迎，笑着說：“再讓你削去一塊吧！”

玉嬌龍進一步，反腕擰劍向胖子的肚子刺去，不料後面斜來一腳，正踢在玉嬌龍的腕子上，青冥劍落在地下。玉嬌龍身子斜撲下去，疾快地就拾起來劍，回臂一掄，身後那青鬚少年卻輕輕轉到了她的面前。她手似風環，猛地又一劍；少年略閃身即避開，走進一步。玉嬌龍舉劍要砍，只聽對方說：“拿來吧！”玉嬌龍就只覺手腕一痛，不知怎樣，青冥劍就被那青鬚少年奪過去了。

玉嬌龍大驚，更情急，她馳步向前，搓身前擊，其急如風；青鬚少年正在仔細看劍，只用手一推，玉嬌龍就又退了半步。她疾忙反手，二指向這人的喉間去點，點的是“廉泉穴”。但少年隨手一推，玉嬌龍又身不由己的倒退了三四步，可是她挺身立住，沒有跌倒。玉嬌龍急了，弩箭又嗖嗖嗖地射出。少年的身子動也不動，只用手指去夾，一連三枝弩箭全都夾在了他的手指間。胖子在旁大笑，說：“你這小玩意兒，還施展它幹嗎？”

玉嬌龍的兩隻眼睛都瞪圓了，喘着氣，一句話也不說。趁着那少年看劍出神之際，她驀地又撲上前去奪劍。少年一腳，就將她踢倒，她翻身而起再撲。少年又一腳，她又跌倒，滾起來再撲。

那邊已然走遠了的幾個莊丁，一見玉嬌龍被打敗，便又掄刀向這邊跑來，要打便宜手兒。青鬚少年舉劍向他們高喊：“快走！你們還要回來送死嗎？”

不料玉嬌龍就趁此時一聳身，兩隻手緊緊抱住了他的右腕，死也不放。青鬚少年憤怒起來，又一腳踹去，玉嬌龍就如同一個石球似的滾出了很遠。但她同時挺身躍起來，青冥劍已回到了她的手中，她把劍一掄，仙人步站立（即丁字步，可以進退封逼，助勢提勁，而且前後左右均能反轉自如），一手指着青鬚少年，問說：“你叫什麼名字？”

青鬚少年說：“我是李慕白，你這口劍原是我的，我贈給了京中一個人，不知你是怎樣得來的？你一女子，我也不願與你交手，寶劍你可以暫時拿着，但不許你憑藉利器，為非作歹。將來我若知道你這口劍得來的不義，可還要把劍追回！”

　　玉嬌龍聽了李慕白的名字，一驚，但旋又一聲冷笑，說：“原來你就是李慕白，你來！”說着由懷中取出她的摺扇，啪的一聲打開，叫李慕白看她在上面寫的字，並且驕傲地高聲唸出，是：

“瀟瀾人間一劍仙，　青冥寶劍勝龍泉，

任憑李俞江南鶴，　也要低頭乞我憐！”

　　胖子在旁笑道：“哈！這女扮男裝的人還真狂得不得了啦！再唸吧！”

　　玉嬌龍又唸道：

“塵海飛來一條龍，　是神無影鬼無蹤，

爾輩鼠狐來犯我，　直似蜉蝣撼泰峰！”

　　胖子說：“好大口氣！”
　　李慕白憤怒着到鞍旁去抽劍。
　　玉嬌龍跑開幾步，先叫繡香躲開，她脫去了長衫，連扇子都擲給了繡香。她喘着氣，青綢小褂的紐扣也開了幾個，露出裏邊的紅襦；她站立着，專取守勢。
　　李慕白抽出了寶劍，躍步向前，一劍擊下，玉嬌龍的青冥劍反舞以迎。李慕白怕傷着劍，疾忙抽劍避鋒，玉嬌龍以青冥劍趁勢下撩。李慕白疾閃，反腕振劍去刺；玉嬌龍隨手去挑，迎門倒砍。李慕白又一閃，劍勢凝回起舞，劍尖正透敵心，玉嬌龍不得不避開。李慕白又翻腕，劍從上而下。玉嬌龍向左去閃，挽劍變勢，巧妙地轉守為攻，以身避身，以劍找劍，腳步輕敏，絲毫都有規矩。
　　李慕白更看出來了，這女子的劍法與自己原是出於一家；他謹慎着，不願向對方加以傷害，步步引誘着玉嬌龍的劍法。玉嬌龍卻振起了威風，一步逼一步，一劍緊一劍，嗖嗖嗖如鳳翅，如霞光，如落月流星。李慕白只是後退，把她的劍法看夠了，忽然又進步，反手，雙足躍起，劍從懷中透出。玉嬌龍用劍一找，李慕白的劍卻望空舉花，同時轉劍又刺來。玉嬌龍豎劍去迎，李慕白的劍勢又變化，以捲簾式向她來砍，幾乎就傷着了玉嬌龍的脖頸！可是玉嬌龍斜撤步，縮身舉劍向前一推，李慕白嚇了一跳，因為劍幾乎被她的青冥劍碰着。
　　李慕白就撤步倒劍，搖手說：“不用戰了！你的武藝不錯，我看你的劍法、步法像是九華山學來的，我們原是一家。現在我只問你的師父是誰？還有你曉得不曉得啞俠的下落？”
　　玉嬌龍不住地喘氣，搖頭說：“我都不知道，不過我不能服你！今天是我已然同那些賊戰了多時，氣力不勝了，不然，叫你李慕白當時就死於我的劍下！”李慕白淡淡地一笑，胖子也怔了。
　　陶家的那幾個殘餘的莊丁早就都嚇跑了，岸邊只漂泊着幾匹馬。玉嬌龍的那兩匹馬雖已跑出了很遠，倒是沒有丟失，馬上馱的東西也都安然無恙。玉嬌龍提劍趕到那躲在　邊的繡香，喘着氣問說：“雪虎呢？”繡香抽泣着說：“本來我都抱住牠啦！那幾匹馬一撞我，我就躺下啦！雪虎也跑啦！”又悲傷地叫着：“雪虎！雪虎！”

-203-

　　玉嬌龍一頓腳，眼淚汪然流下，也邊哭邊叫着：「雪虎！雪虎！」

　　她兩眼帶淚向四下看，只見眼前是高山大河，滾滾的流水，荒莽的沙灘，還有悲嘶的幾匹馬；身後、右邊都是很高的碧綠的田禾，左邊是疏柳、長橋、夕陽。不遠處的李慕白跟那胖子還站在那裏望着她，她又瞪了一眼。到哪裏去找那白毛兒黑鼻子的雪虎呢？她嗚嗚地哭着，繡香勸着說：「天快黑了！大爺，咱們先找個地方住去吧！明天再來找雪虎，牠也許在麥地裏藏着啦，大概丟失不了！」玉嬌龍又哭着叫了幾聲雪虎。

　　李慕白跟那胖子已上馬往西去了，胖子在馬上還不住回頭。

　　玉嬌龍頹然坐在地上，陣陣的河風吹得她身上很冷。天已漸漸黑了，暮鴉成群飛過山去。繡香又勸了她半天，她才拭了拭眼淚，站起身來；叫繡香把那兩匹馬牽過來，打開衣包，另拿出一件青綢的男裝衣裳穿上。她又摸了摸，另一隻包袱裏的首飾匣沒有丟，那裏面就有兩部《九華拳劍全書》。她才放下心，看看四下無人，她就悄聲囑咐繡香說：「雪虎丟了還許能找着，只是這匣……」繡香點頭說：「我知道！無論如何我也在意，絕不能讓它也丟了！」玉嬌龍說：「只要你眼睛看到了就是啦！也不用時刻不離手，看得嚴還不如叫別人不介意才好！」繡香又點頭，把兩匹馬分開，東西也叫兩馬分載着。

　　玉嬌龍扶了繡香一把，叫她先上馬。她又在暮色之中，又向四下看了看，這才收劍扳鞍上了馬。

　　這時她才覺得雙腿酸痛，全身也很難受，因為今天被李慕白連推倒了兩回，臂上、手上已有不少擦碰的輕傷，比她離京時自刺的那點傷還痛。她憤恨地咬着牙，絕不服氣，誓要休息幾日，再尋李慕白決一雌雄。她的心裏尤有悲傷，貓兒雪虎她實在捨不得，就想：牠哪兒去了？是在那沙漠似的河灘上流浪着嗎？還是被人捕獲害死了呢？牠忽然跟我翻了臉，不聽我的話，當然是可恨，是無情，然而牠又是多麼可愛呀！今後誰還給我開心呀？我還親着誰抱着誰呀？她不住地流淚，還低聲叫着：「雪虎，雪虎！跟着我們走吧！」

　　繡香的馬在後緊隨着，她心裏也很難受，又很害怕，因為這一天的事簡直是出生入死，眼前的刀光劍影至今還像未消散。現在是馬行在羊腸小徑之上，兩旁都是茫茫的田禾，被風吹得嘩啦嘩啦的響，又像有群馬追來似的。

　　天上暮色沉沉，無雲之處都露出了星星。走了多時，大概走出十多里地了，天更黑，眼前卻看見了稀稀的亮光，繡香趕緊指着問道：「小姐……大爺快看！那邊是燈還是星星呢？」

　　玉嬌龍說：「那邊是燈光，一定是村落。你記住了，住店房時你就稱我為大爺；但若在人家投宿，你就無妨還呼我為小姐。因為在路上是兩個女的太不便，向人家投宿，男人可又不大合適。早先，我那高老師都說過，他常對我說江湖行路之事。可是我還沒想到，江湖人的眼睛竟是這麼的毒，譬如今天與我對劍的那個有鬍子的人，他一眼就看出來我是女扮男裝。」

　　繡香問說：「那有鬍子的人是誰呀？」

　　玉嬌龍說：「那是個有名的江湖人，叫李慕白。你記得早先在德五奶奶家裏住着的那個俞大姑娘吧，聽說那就是他的妻子；但也是外面的傳言，未足可信。不過他們二人倒是時常在一塊兒，又都是江湖上武藝最高的人。今天，若不是我，換個別人，即使能夠殺退那群強盜，可也必定勝不過他一個人。他的武藝不過是跟江南鶴學出來的，我的武藝卻是……」說到這裏她忽然又不說了，將馬策了兩下，說：

“咱們快走吧！找個地方好歇息。你既隨我出來，你就放心得啦！我的武藝無人能敵得過，我這口寶劍也沒有兵刃敢相觸！”

繡香聲兒顫顫地說：“可是……我怕！路真難走！江湖人又真兇！”

玉嬌龍也不再理她。

少時就聽見狗吠之聲，已經走入村子裏了，繡香被狗嚇得又直哎喲哎喲驚叫。這個村裏人家不太多，多半是有很高的石牆，有一家後窗戶還有燈光，是家小舖；還有兩三家較貧寒的人家，也有燈光，並有推磨的聲音。幾隻大狗圍着她們的馬亂咬，玉嬌龍高聲叱着，喊叫一家住戶開了門。院裏出來了兩個人，問說：“是幹什麼的？”

玉嬌龍在馬上說：“請問，這兒有店房沒有？”就有人回答說：“這兒沒有店房，這是個村子，不是鎮。你們要找店房還得往南走十里地，石橋鎮，那裏才有店房呢！你們是從什麼地方來的？”

玉嬌龍和氣地說：“我們是從保定來，我們走得真累啦，勞駕吧！方便方便吧！叫我們在這兒借宿一宵吧，明天一早就走，我一定重謝你們！”

對面黑乎乎的人影就說：“家裏沒有富餘房子，太不方便，不行！”玉嬌龍說：“我們兩人全是女的，到你家有什麼不方便的呢？”對面的人一聽原來是兩個女的，他們倒覺得有點奇怪了，就問說：“你們的男人在哪兒啦？”

繡香聽了，覺得臉上一陣發熱，玉嬌龍的聲音也有點兒忸怩，說：“我們，我們兩人都是姑娘，都沒有男人。”

一個人就說：“讓她們進去吧！讓到奶奶的屋裏得啦，怎能叫她們兩個姑娘往下走呢？”

另一個人卻說：“還得問問！”於是又問道：“你們兩個女的怎能出來走路？你們家裏也倒放心？你們是打算上哪兒去呀？”

玉嬌龍短歎了一聲，說：“沒法子！我們是姊妹倆，家無長男，父親在外做官，在湖南衡山呢！地方太遠，兩三年沒有音信，媽媽不放心了，才叫我們兩人去看看，這也是萬分出於無奈！”

那兩個人全都無話可說了，於是一人就說：“進來吧，馬也牽進來吧，院裏有地方，繫在棗樹上就行了。”又說：“也就是你們倆，都是姑娘，不然我們真不能留，因為我們家裏也有年輕的姑娘。”

玉嬌龍跟繡香下了馬，先後牽馬進門。院中果然還寬敞，有兩株棗樹，玉嬌龍就把馬繫在樹上。這時就有個老頭子，手裏托着一盞油燈。從東邊屋裏出來。院裏這兩個人都有三四十歲，他們借着燈光一看，玉嬌龍穿着大褂，留着男人的辮子，繡香卻梳着婦人的頭髻，他們就說：“喂！喂！你們先別卸行李！你們是兩口子呀！我們這兒可沒有房子讓你們住，你們還是上別處找店去吧！”

玉嬌龍回身笑着說：“你們再細看看！我是個女扮男裝。我們姊妹假作夫婦，不然如何敢出來走路呢？”

一個男子蹲下去看她的腳，說：“你是大腳呀！不行！不行！你別成心來這兒胡鬧！”

玉嬌龍不由有些生氣，把臉一沉，說：“誰來同你們胡鬧？非得裹小腳才能算女子嗎？我們北京的姑娘都不裹腳，我們是由北京動身到保定，由保定又來到這裏的。俗語說：與人方便，自己方便。難道我們還能安心來害你們？”

她說話的聲音很尖很脆，西屋裏就有個老婆婆的聲音說：“讓人家進屋來吧！這一定是北京城的旗人姑娘啦，快請，讓我問問，她們家裏我還許認識呢？”玉嬌龍跟繡香倒齊都吃了一驚。

　　西屋的門便開開了，露出裏邊黯淡的燈光，一個十六七歲穿花衣裳的鄉下姑娘，倚着門，驚奇地向外望着。屋裏的老婆婆又說：“請進來吧！這是土地神給咱家引來的貴客，昨夜裏我還夢見北京城呢！今兒就從北京來了貴客，快讓我來見見吧！”

　　院中那兩個男子還不大放心似的，發着怔，尤其是見馬上滿載着綢緞的大包袱，帶鞘的寶劍，他們真懷疑。那持燈的老人好像是這兩人的爸爸，他倒是叫兩個兒子幫助去拿行李，就請玉嬌龍和繡香進了西房。

　　玉嬌龍就見這屋子很是窄小，牆壁上掛着許多灰土；有一張桌子，上面放着一盞很暗的油燈，還有兩份竹筷子，粗碟子、粗碗；屋後牆是一舖土炕。同時那拿着燈的老頭兒也走進來了，隔壁屋裏且有小孩哭聲。這情景仿佛與兩年前在新疆草原與羅小虎同睡的那地方很像，玉嬌龍的心中又不禁泛起來一陣酸痛。

　　看炕上放着兩份被褥，雖不十分髒，但上面的補丁很多。一個被窩似乎是這鄉下姑娘睡的，這姑娘倚身靠着牆，眼睛直向着玉嬌龍和繡香看；另一個被窩枕頭邊有一團白髮，原來就是那老婆婆，滿臉皺紋，足有七八十歲了。她在被中要爬可爬不起來，只說：“姑娘們進來啦？姑娘可別怪我！我老啦！這家裏的是我的兒子、孫子、孫子媳婦、重孫子、重孫女。我如今是個老廢物啦！我要是能夠起來，哪能容他們跟姑娘說那些廢話呀？他們都忘了恩了！他們都是花旗人家的錢養大了的。我從二十歲時守了寡，就在北京城邱侯爺家伺候那兒的奶奶太太！”

　　玉嬌龍更是驚愕，原來這老婆婆竟是邱廣超家的舊日僕婦，而邱少奶奶又是自己最知心的女友，她心中因此有些擔心。老婆婆又說：“現在聽說那兒的奶奶也成了老太太啦！小侯爺的那位少奶奶當了家，娶那位少奶奶的時候，我還在那兒呢！過了兩年，我的眼睛就瞎了，侯爺太太賞了我五十兩銀子，小侯爺還叫少奶奶賞了我兩個元寶，叫我回家來養老；我們才修蓋了這所屋子，置了幾畝田地……”

　　老婆婆絮絮不休，玉嬌龍卻一語不發。繡香在炕上找個地方，鋪上了一條閃緞被褥。那鄉下姑娘看見這條發光的被褥，越發的眼直。有兩個村婦，像是老婆婆的孫媳，就是剛才那兩個男人的妻子，一個還抱着孩子，都站在門外往屋裏看。

　　繡香一邊收拾東西，一邊笑着跟人家說客氣話；玉嬌龍卻脫去了外衣和小褂，露出裏邊的紅襦，坐在她的被褥上，不說一句話。那老頭兒叫他的孫女把舖蓋抱走，到別的屋睡去，這鄉下姑娘就抱起來她那自慚形穢的被褥和枕頭，可是還不肯走。她的祖父直催她，繡香就笑着說：“這位妹妹，明天咱們再說話兒吧！”那姑娘才被她祖父拉走了，門也隨之關上。

　　老婆婆又說：“給人家二位姑娘做點什麼吃呀？把雞子兒煮幾個來吧！”窗外的婦人答應着，繡香就笑着說：“您別讓嫂子們麻煩啦！”老婆婆說：“不！我知道，您北京人吃飯都晚，不像我們莊稼人，太陽還頂高就吃完飯睡覺啦。二位姑娘貴姓呀？宅子是在哪兒呀？老爺在哪兒當差呀？”

　　繡香不敢貿然回答，瞧着她的小姐，玉嬌龍便說：“姓龍，是漢軍旗人，家住在前門外，我父親在湖南做將軍。”

　　老婆婆的耳朵還好，她都聽清楚了，就說：“那您一定知道邱府上，邱府上也是漢軍旗人，侯爺在外省也做過將軍；京城德五爺他們卻是內務府的。”玉嬌龍更為變色，趕緊問說：“您跟邱家還有來往嗎？”

　　老婆婆歎了口氣，說：“早就沒有來往啦！十二年啦，人家也許早就把我忘了。我這個兒子跟孫子又都不行，他們就知道在家裏耕地，不敢出外。我的兒子早先倒是到京城裏去過一次，可是他說，一進京城他就花眼，一上大宅門的台階就腿軟。現在他也過了六十啦！腿腳也快跟我一樣啦！要不然，跟人家邱府沒斷，什麼事沒有個照應？他們不成！”

玉嬌龍聽到這裏才放了心，才知住在這裏不要緊，絕不會因此為京中的戚友們所知曉。她躺下身歇息，並叫繡香點上了兩枝檀香。空氣污穢的屋子裏，立時散漫着裊裊的芬芳煙雲，老婆婆使力用鼻子嗅着，笑問說：“我有十二年沒聞見這香啦！龍姑娘，這是萬壽香還是龍涎香呀？”繡香笑答道：“這就是平常的檀香，是我們在半路買的，不是從北京帶來的。”

老婆婆又絮絮地說着話，繡香不好意思不回答，可是好幾次被她的小姐用眼色或胳膊肘兒攔住了。隔壁有人拉風匣燒火，待了半天，老婆婆的孫媳婦，一個三十上下的很憔悴的村婦，給送來了七八個白煮雞子兒，還有醃白菜、黃米稀飯和烙得很厚的白麵餅；檀香刺激得她直咳嗽，她把飯放在桌子上就趕緊出去了。

繡香把板凳擦了擦，又墊上她自己的一件緞子衣裳，這才請她的小姐下炕來落座吃飯。她給剝着雞子兒皮，玉嬌龍慵倦地坐在凳兒上，一隻臂放在桌上支着頭，眼望着那碗黃米稀飯，又回憶起昔日新疆草原之事。她恨自己年幼無知，又恨自己多情而任性，誤結識了羅小虎；如今……大錯已經鑄成，情絲又復縛緊，三載以來，自己被情思折磨得嘗盡了苦惱，殷切期待他有個出身，好遂所願；但他盜性不改，胡作非為更甚，如今且逼得自己離開了閨門，拋下了父母。雖然隻劍遨遊江湖，絕無所懼，但將來究竟哪裏才是歸宿呢？

今天的一天惡鬥，不但逢着了勁敵李慕白，又丟失了自己心愛的貓兒，小虎他現在什麼地方？他哪能知道我此時心中的悲痛呢？他哪能幫助我，愛護我呢？但是，又怎樣才能使我忘記他呢？想到這裏，淚如檀香的灰，紛紛落下。繡香剛剝好了一個雞子兒，看見她的小姐這個樣子，也不禁心中難過。她低着頭，悄聲勸着：“小姐，你也別傷心啦！明天一定就能把雪虎找着啦。”

玉嬌龍搖了搖頭，繡香遞給她一條手帕，她就掩着臉說：“不是專為雪虎，我是另有難過的事情，你不知道我的心！”

兩人吃着飯，繡香皺着眉，又趴在她小姐的耳邊說：“我想，這兒那老婆婆既是邱宅早先用的人，不如就托他們去請來邱侯爺。邱少奶奶跟您多麼好！叫他們到咱宅裏，跟大人去說，叫咱們還是回北京，魯家的事也再想辦法！”

玉嬌龍忽然一瞪眼，悄聲說：“你千萬別做這夢！咱們兩人……都今生今世不能回北京了！”她掩面啜泣得更厲害。

繡香也拿袖子擦眼睛，又悲聲說：“不然，咱們到新疆投舅老爺那兒去？”

玉嬌龍冷笑說：“何必依人呢？”

兩人又無聲地哭泣了半天，玉嬌龍才親自去關了門，抽出寶劍放在褥下，熄燈睡去。這一夜，玉嬌龍雖因身體疲倦，心情愁悶，一着枕就睡着了，但她知道外面並沒有什麼動靜，否則她是會醒的。

清晨院中的雞叫，朝陽染上破舊的窗紙，繡香先起來收拾東西，並悄聲回答那老婆婆問的話。那鄉下姑娘跟兩個媳婦進來送洗臉水、掃地，院中孩子哭，老頭兒又咳嗽，玉嬌龍全都不管；她和衣掩被，枕邊拖着條男子式的長辮，身上穿着繡邊兒的紅褲，炕下放着一雙青緞的雙臉鞋，像是睡得很香。

繡香對人是很謙卑的，她梳洗好了，又出屋拜見老頭兒和兩個媳婦。原來這家是姓祝，家中一共十一口人，祝老婆婆、祝伯伯、祝大哥二哥、大嫂二嫂，還有那姑娘今年十六，是祝大嫂的女兒，乳名叫招弟，她卻沒有招來弟弟，只招來個才三歲的小妹；二嫂有三個孩子，是二男一女。這地方名叫柳河村，屬饒陽縣管轄，村內約有百餘戶人家，祝家在這裏有四五十畝地，也算是小康之家了。

　　如今繡香長的是這麼好，穿的衣裳又闊，既在大門庭中學過些謙卑的禮節，可又未改小家女子的溫柔和婉；所以才半日，她就跟這裏的兩個婦人處得很好，並且說了實話。她說那位男子裝束的才是真正的“姑娘”“小姐”，而自己卻是她的丫鬟，但小姐待自己至厚，有如姊妹。這次是奉宅中太太之命，隨侍小姐出來。

　　祝大嫂和祝二嫂都跟她十分親熱，稱呼她為“大姑娘”；招弟叫她為“姑姑”，對她身上的一切全都很羨慕。近鄰的幾個婦女也跑來瞧她，可是不敢到屋中去瞧那位小姐。

　　繡香就跟人說：“昨天在北邊河岸跑丟了一隻貓，是她小姐最心愛之物，昨天小姐為那貓哭了半夜，大概今天若是再找不着那貓，小姐還不願離開此地。”於是祝大嫂就要叫她的丈夫到那邊河岸去找。祝二嫂又說石橋鎮菩薩廟的神簽最靈，可以去求一枝簽，看看是叫什麼人拾去了，然後也就容易找了。祝老頭卻說：“姑娘就在這兒住着吧！住上十天半月的也不要緊。待會兒我就叫人到河邊去找，找着了，姑娘她給點賞錢就是啦！”繡香說：“只要是找着，我們小姐至少要酬謝二十兩。”這個數目，可把旁邊的人都嚇了一跳，祝大哥疾忙轉身就出門去了。祝老頭又把那瞎眼的母親請到了另一間屋去，這間西屋就讓給了玉嬌龍和繡香居住。

　　傍午時玉嬌龍起來了，繡香服侍她梳洗完畢，依然是男子的打扮，繡香問說：“小姐您想吃什麼？我給您做去吧？這兒豬羊肉都買得着，雞子兒更是現成，您吃什麼吧？”玉嬌龍說：“隨便！你就快去做吧！吃完了我還要去找雪虎，不找着雪虎我誓不離開此地！”繡香趕緊就去做菜。

　　今天祝大嫂特意為她們蒸的白麵饅頭，買來了肉，從地裏摘來豆角；祝二嫂也把她儲蓄的雞子兒拿了出來。妯娌倆幫着升火，繡香炒了兩三樣菜給她小姐端過來。玉嬌龍匆匆用畢，囑咐繡香先送這祝家十兩銀子，她就帶着寶劍，出了門，馬也不備鞍，騎上就向北走了。

　　由此到河岸約二十里地，但玉嬌龍催着馬，一口氣兒就來到。青山、茫茫的河水、荒沙、長橋，就是昨日爭戰之地；現在玉嬌龍只由地下拾起來幾枝小弩箭，旁邊還有斷槍折刀，可看不見昨天受傷的人了。

　　玉嬌龍下了馬，又叫着：“雪虎！雪虎！”她這麼叫着，不由得聲音就發顫，眼睛也有些發酸。她牽着馬走遍了河岸，正要涉水過河到山上去尋。這時忽見有兩個男子跟幾個十來歲的孩子從田地中走出，原來是祝大哥和村裏的幾個人，手裏還拿着臭鹹魚，捉貓的繩套子；還有個孩子也不知從哪兒捉來個耗子，用繩兒拴着，還活着呢！他們都累得吁吁直喘，搖頭說：“真不容易找！也許是叫誰給抱去啦？要是叫狗咬死，也得有個貓屍首呀！”

　　玉嬌龍聽了，心裏非常難過，就說：“勞你們的駕，你們就在這兒替我找吧！那貓是全身的白長毛，鼻子上有一塊黑，你們叫牠‘雪虎’，牠會知道的。只要是把牠找着，我賞三十兩銀子！”祝大哥幾個人一聽，立時又都有了加倍的精神，連孩子們也跳了起來，一齊叫着：“雪虎！雪虎！”

　　玉嬌龍又心情黯然地騎着馬往回去走，沿途還悲哀急切地叫着那貓的名字。

　　當日，貓沒有下落，她們在此又住了一日，心中都十分憂煩，繡香就說：“明天南邊石橋鎮有集，祝大嫂要帶我去。她們說那兒有一個菩薩廟，神簽最靈，我想去求一枝簽，也許就能知道雪虎是往哪邊跑去了？或是叫什麼人給抱去了？」

玉嬌龍想了一想，她對於神佛本來是不大信的，尤其是廟裏的簽。早先她唸書的時候，曾聽老師高朗秋說過，神簽共有兩種：一種是照着算卦的本子印的，一種是好事的文士所作。前者是欺騙那些愚夫愚婦，後者多半是調侃人生。

但如今她仿佛是「急病亂投醫」，就點頭說：「好吧！那麼明天你就去求一枝簽吧！在那集上也打聽打聽，如有人能夠找到送來，叫我們多酬謝也行。可是，若准知道是誰抱去了，不肯拿出來，那我可……」說着她又氣憤了。

繡香就說：「唉！小姐您放心！人家鄉下不像咱們城裏人，誰也養活不起這麼貴重的貓，您就別難過了！」

玉嬌龍憤憤地說：「只要把雪虎找回來，我就把牠殺了！牠沒出息！牠忘恩負義！」說着又黯然墜淚。

次日，清晨起來，繡香就去趕集。祝二哥套了一輛牛車，拉着繡香、祝大嫂、祝二嫂、招弟，還有鄰居的一個姑娘，都到石橋鎮去了。

石橋鎮在南邊十裏之外，是一個很大的市鎮，那裏有一條很長的街。牛車遲緩地走着，到了鎮上時就有十點來鐘了。這裏正在熱鬧，本來街上的商舖就不少，現在又擺了許多臨時的攤子，男女老少紛紛擁擠。一些村婦鄉女，雖然也都打扮得花枝招展，但是像繡香這樣的，梳着漢人的頭髻，可又穿着花緞旗袍；尤其是那麼清秀的眉目、白潤豐腴的臉兒，與一般不上脂粉的粗臉終不相似，因此，沒有人不特別地看她。

祝家兩位婦人在這集上又遇見了幾個親友，她們拉着手兒談話，就把找貓的事順便託付了。這雖然是一件小事，可是集上就有人嚷嚷了，說：「柳河村有人找貓，誰送去就得銀三十兩，你們誰想發財呀？」居然這裏就像出了一件新聞。

繡香忽聽見有鐘磬之聲嗡嗡的響，趕緊叫招弟領着她去求簽，祝大嫂、二嫂就在一家舖子的門前等着她們。招弟拉着繡香走進了一條小巷，這巷裏有幾戶人家，菩薩廟在路北，紅牆雖新，但香火似不大旺。

廟門前有個擺香攤的老頭兒，看見了招弟，就說：「招姑娘幹什麼來啦？」

招弟回答：「求簽。」

老頭兒笑着說：「求什麼呀？求婆婆嗎？」

招弟的臉紅了，佯怒着，打了老頭兒一下。

繡香也笑了笑，買了一股香，就進廟去拈香拜佛。她除了默禱快些找着雪虎之外，還求神保佑她的小姐，別再在路上遇見什麼災難；然後由僧人的手中接過來簽筒，跪在拜墊上，雙手舉着簽筒顛了幾下，一枝很長的竹簽就落在地下。和尚拾起來，按照簽上的號數，查出來簽文，交給繡香。繡香一看，是一張被煙熏黃了的竹紙，上面有木板印的字。她一看是「中下」，覺着還不大壞，站起來，在籤筐裏丟了幾個香資，就同着招弟出了廟。會着了祝大嫂等人，她急忙忙催着牛車把她們拉回去了。

此時玉嬌龍在屋裏正在點查她的金銀，她此次帶出來的是金多銀少，都是她歷年所得的壓歲錢。每年她母親要給她幾個金銀錠子，或是元寶，玉嬌龍很明白，母親之意非僅為女兒壓歲，也是想使女兒積蓄起來，將來好帶到婆家去，然而今日自己卻多麼辜負母親的慈愛之心呀！

她正在悲傷，忽然繡香回來了，把簽文交給了她，她一看，就見上面印着是：

中下之籤

　　若問婚姻總不遂，　燕南巢北汝何之，
　　不逢金火休相問，　記取東風楊柳枝。
　　　—婚姻無望，　財不能發，
　　　　尋人西南，　千里之外。

　　玉嬌龍看了，突然覺得身上一陣發熱，心中卻極為氣惱，暗想：我本來找的是貓，與婚姻的事什麼相干呀？但細細地看，細細地一尋思，卻又覺着這籤文的每句每字都像是暗說着自己的心事。本來自己愛雪虎，時時就由雪虎想到了小虎，"燕南巢北"，正像是說自己由北京往南來，實在是茫茫然不知何往；"不逢金火休相問"，金是西方，火是南方，這就說的是"尋人西南"之意；"記取東風楊柳枝"，是說心中相思之情。但一隻貓是絕不能跑在"千里之外"，莫非我問的是貓的去蹤，籤反答覆了我羅小虎的下落嗎？羅小虎他那天是以箭射轎，當眾辱我，逃跑之後，走向西南，現在……

　　玉嬌龍想到這裏，不禁緊緊咬牙，臉色變白，心說：我還能跟你見面嗎？你在西南千里之外，別說我不能去找你，就是你來了，我也不能再理你了！我此刻雖然漂流於外，但我只能行俠仗義，不能強掠硬劫；你一個惡性不改的強盜，豈能與我再相結合？

　　她憤憤地將籤文扯得粉碎，繡香急得變了色，頓頓腳說："您這是怎麼啦？就是籤上說的不對，可總是菩薩跟前求來的，您別就撕呀！"

　　玉嬌龍搖了搖頭，神態由憤怒又變為淒慘，把扯碎了的籤文交在繡香的手裏，身子向炕上一仰。繡香愁得暗暗歎氣，也不敢多說話。

　　過了許多時，忽然外面有人嚷嚷，說是什麼貓有了下落了。繡香疾忙出屋，就見院裏站着一個半老的村婦，衣裳很是破爛，她說："俺當家的今天在大道上拾糞，可瞧見那隻貓了，是叫一輛裝油的車帶走了。那輛車是往南去了，大概是走南宮冀州去的，你們要趕緊去追，還能追得上……"

　　繡香趕緊拉開門，往屋內看她的小姐，就見玉嬌龍已然下了炕。繡香就進了屋，說："您聽見了沒有？有人看見雪虎叫一輛油車給帶走啦，南宮冀州在哪兒呀？"

　　玉嬌龍急急地說："我立時追去，追上車找着貓，回來再謝這個報信的人。"說着，她提起馬鞭向外就走。

　　剛走出幾步，忽然想起了一件事，回身又進屋來，並且把屋門倒帶上，向繡香說："你把首飾匣給我！"繡香也不知她是要做什麼用，就打開包袱，取出首飾匣。玉嬌龍接過來，就蹲下身。這鋪炕，本來有個很深的炕洞，原是為冬天升火燒炕用的。玉嬌龍就用劍鞘將首飾匣直推進洞裏，然後站起身，悄聲囑咐說："放在這裏還好，你只要時時留心就得了。我往南宮追那輛油車，也許兩三天不能回來，萬一有賊來，偷去了什麼東西都不要緊，只是不要叫他偷去了這首飾匣。我若是不回來，無論有什麼事，你也別離開屋裏，在這兒也少跟他們這些人說話！"繡香點點頭，又嚇得身子有些發抖。

　　玉嬌龍拿出幾塊金錠、一兩塊碎銀帶在身邊，就到院中，自己將馬備好，帶上了寶劍，出門上馬。

　　祝大哥祝大嫂跟許多人隨她出來，祝大哥向南指着說："出了村子往西就是大道。”那送信來的婦人說：“那油車是兩人趕着，他們就把貓裝在空油簍裏了，俺當家的今早看得清清楚楚！”

玉嬌龍點點頭，策馬出村走去。

這時玉嬌龍仍穿着男裝，茶青色的綢衫，白羅腰帶，將衣襟掖在腰帶上，如同是穿着短衣；下面是深藍色綢褲，繫着腿帶。她這樣的一個俊美少年，又攜有寶劍，馬又走得飛速，沿途上且逢村遇鎮就要去打聽有無油車從此經過，所以很惹人注意。暮春的天已很炎熱，曬得她頭上直流汗，她便用一塊粉綢子的手帕去擦拭，可是隨擦隨又流出。所以走到一處大市鎮內，她就買了一頂有綢飄帶的大草帽，戴在頭上，看上去更像是個男子了。

鞭絲帽影，順着大道飛馳，傍晚時就來到了巨鹿縣境內的一個市鎮。進了街道，她就向人打聽：“誰看見有一輛油車經過這裏？”

問了兩三個人，就有個賣鍋餅的小孩子指告她說：“路東彭家小店裏剛推進去了兩輛油車！”

玉嬌龍不暇細問，就順着這小孩所指之處，飛馬奔去。來到臨近一看，果然土牆上歪歪斜斜的寫着“彭家老店”四個字，門前還掛着個笊籬，表示這裏不但開店還帶賣飯。店房是很小，只有一間大屋子，兩邊亂哄哄的有許多人，也無所謂院子；一輛車就停在屋裏，車上都堆着很大的油簍。玉嬌龍下了馬，將馬拴在旁邊的一根朽木椿子上，她就抽出劍來，身後背着草帽往店裏就走，店裏亂哄哄的談話之聲立時停止。

玉嬌龍向兩旁去看，見左邊只是鍋灶，店主人正在那兒煮面，老婆抱着孩子坐在地下拉風匣；右邊是一舖大炕，炕上得有二三十個人，躺着的，坐着的，抽煙的，摳腳趾縫兒的，什麼人都有，都直着眼來瞧她。玉嬌龍就把青冥劍向油簍上一拍，問道：“這油車是誰的？”

有兩個坐在炕上的人就說：“是我們的，什麼事吧？”

玉嬌龍把劍放下來，一看這兩人全都是滿身油污，一個敞着懷，一個脫了光脊梁，拿着一件油得不成樣子的藍布小褂正在擦頭擦脊背，玉嬌龍就說：“聽說你們在北邊大道上拾了一隻貓？”

那敞懷的人問說：“什麼？貓？毛也沒有！”

玉嬌龍又說：“我那隻貓是渾身的白長毛兒，鼻子上有一塊黑。”

旁邊的一個人就指着鼻頭說：“我的鼻子上倒有一塊黑，脖子上還有一大塊黑呢！我是個背煤的。”

玉嬌龍笑了笑，說：“我聽人說我那隻貓是叫你們拾了來，裝在油車上了，我才趕緊追來。你們快把貓給我吧！要拿銀子換，我也願意。”

有個人又說：“我這兒倒有一隻貓，你看是你的不是？”

玉嬌龍趕緊問說：“我看看，在哪兒啦？”

這人把光着的一隻黑泥腳丫高高抬起，腳趾亂撓，嘴裏還細聲學着喵喵的貓叫，旁邊的人哄堂大笑。

這個人耍腳丫正在得意，忽然一道寒光落下來，就聽媽呀一聲慘叫！雖然玉嬌龍的劍是平着拍下來的，並沒有把這人的腳砍斷，可是也夠痛的，痛得他雙手抱着腳直用嘴吹。

玉嬌龍瞪目說：“快些把貓還給我，不然……”她一劍刺入油簍裏，簍中的油便順着劍流出。

　　兩個販油的人疾忙下了地，一個就攔阻說：“喂！你怎麼胡來？貓還能藏在油簍裏嗎？你賠油吧！”玉嬌龍一腳踹倒了這個人；另一個人揪住她的胳膊要奪她的劍，卻被她用點穴法給點倒。

　　此時屋中大亂，玉嬌龍急急叫着：“雪虎！雪虎！”拿寶劍又扎漏了幾隻油簍，油就汪然地流出，流了一地。

　　兩個販油的躺在油裏大喊：“強盜呀！”

　　店主人忙往外去喊官人，店家老婆抱着孩子也往外跑去了。屋裏的人都紛紛往店外去跑，外面的人卻又紛紛擠在店門首往裏來瞧。

　　玉嬌龍知道貓一定是沒在這兒，事情又已弄得這麼大，她就趕緊一晃寶劍也走出店去。

　　店門前的人被她的劍光嚇得都往後退，她便解下馬來，聳身跳上去，掄起鞭子來要走。忽聽有人怒喝一聲：“下來！”

　　玉嬌龍驚了一下，趕緊扭頭去看，見是李慕白分開眾人奔向自己來了，玉嬌龍就急急揮劍掄鞭驅趕擋路的眾人，她的馬嘚嘚的往南飛馳而去。

　　少時就走出了這小鎮，只聽身後有人大喊：“站住！往哪裏去！九華山的門徒哪能容許你這樣的人任意橫行，我的劍也不是為你欺淩無辜用的！快丟下寶劍，不然我要不顧你是男是女，可就……”

　　玉嬌龍一翻身，弩箭射去，但被李慕白抬手就抄住。

　　李慕白的馬快，一霎時就追上了她。玉嬌龍在馬上翻臂探身一劍刺來，李慕白疾閃身躲開。他手中並無兵刃，但驀然就要抄奪玉嬌龍手中的寶劍；玉嬌龍疾忙勒住馬向後退去。李慕白就將馬一橫攔阻住她，在馬上一縱身；玉嬌龍卻低頭翻身下馬，李慕白已如鷹隼一般撲下。玉嬌龍疾忙斜身掄劍，這一劍真有切瓜斷藤之勢，十分疾快狠毒，然而李慕白不知怎麼一來就閃開了。

　　玉嬌龍怒道：“李慕白，我難道怕你？”她舞起劍來，直撲李慕白，白光灼灼，隨手飛舞，迎門倒砍。一口劍忽向前，忽滾後，顧盼圓轉，旋動自如；如疾風掠草，閃電騰天，一分一毫都緊極、速極、狠極，沒有半點破綻。可是李慕白身輕如遊鶴，盤旋於她的左右前後，她的劍來到了，李慕白就立時閃開；她接着又一劍，李慕白卻不但又閃開了，反逼上她來要托住她的咽喉，抄她的手腕。

　　玉嬌龍也毫不容讓，劍法愈急，同時奪路想要追上馬匹逃走。可是李慕白又緊追着她，並且冷笑着說：“你有這樣好的武藝，若再有這口寶劍輔助你，你橫行起來，那還了得？”

　　玉嬌龍挺身猛刺，說：“你說我橫行，我看你更混蛋！”

　　李慕白一手掠雲斜身進逼，說：“不因你是一個女子，我早就要制服你了！”

　　玉嬌龍說：“呸！誇口！”說着嗖的一聲以劍橫掃。

　　李慕白斜着一伏身，容她的劍像一條白龍似的從自己的眼前掠過，便疾忙縱步向前，右手如滿月，仍要抄她的腕子。玉嬌龍的劍又忽從上下落，李慕白的左手舉起來要去托，玉嬌龍卻趕緊又將劍抽回；不防李慕白突然一腳，將玉嬌龍就踹出三四步，玉嬌龍的身子立時跌倒了，草帽也壓扁了。

　　李慕白趕緊追上去，玉嬌龍卻又趁勢身子一滾，滾出了很遠。李慕白又追至，俯身要將她按住；但不料玉嬌龍的寶劍並未撒手，她突然躍身而起，如出水的蛟龍，躥山的猛虎，寶劍疾疾旋轉，勢若追風，反逼得李慕白不住後退。

　　玉嬌龍追上了李慕白，寶劍是如長虹倒掛，從上砍下；然而劍才落下，眼前的李慕白又忽然不見了，而自己的兩隻胳膊卻被緊緊抓住。玉嬌龍便將劍往前一扔，拋在地下兩步之外，同時腳向後去踹。李慕白就把她往旁邊一摔，疾忙向前去拾劍；但玉嬌龍的身子斜着向前一撲，整整將劍壓在她的胸下。李慕白又一腳踢去，但玉嬌龍的身子已隨着李慕白的腳而飛起，劍也隨之重入她的手中，倏然撤步倒劍，向李慕白一聲冷笑。

李慕白也倒退了一步，就點點頭說：「你的武藝實在不錯，劍法身手我看得出來，我們確是同門。你一女子，我也不能過分逼你，你無妨向我說實話，到底你是誰的門徒？」

玉嬌龍喘了喘氣，說：「你不用來問我，我也絕不能告訴你！連俞秀蓮，我也沒告訴過她我的師父是誰。」李慕白突然氣色一變。

玉嬌龍慢慢向後倒步，同時橫劍讓身，退出了很遠，她的意思是要追上她的那匹馬，想要逃走。

李慕白也走向道旁，由他那匹白馬上抽出了寶劍，很快地又追上來了。玉嬌龍回身抖劍又來迎戰，先是想一下就削斷李慕白的兵刃；不料李慕白的劍一抖起來，真如大鵬掠翅，力透中鋒，玉嬌龍反倒將劍趕緊縮回。李慕白劍劍着緊，不但躲着她的寶劍，反着着逼得她無法迎架。

又三四合，忽然玉嬌龍的劍勢也驟變，成了縱步追風之勢，身軀向左一退，劍鋒砍下來。但李慕白忽然一劍拍在她的臂上，她覺着一陣手痛，同時眼前也一陣白光紊亂。剛要退身，剛要將劍換手，不料李慕白早把她的青冥劍奪了過去，並且回身就走。

玉嬌龍從後面猛撲上去，叫着：「還我的劍！快給我！」

李慕白雙劍向後一掄，她連避也不避，向着劍光勇撲；李慕白反倒將劍疾忙抽回，跑到馬旁就上了馬。

玉嬌龍張着雙手急追，喊着：「給我……劍！」

李慕白撥馬走開了，一手拿着雙劍，一手揮鞭，且轉頭說：「我不忍傷你，就是看在同門的道義之上，等我打聽出你的來歷之後，那時我再懲罰你！劍是不能夠給你了，你以後如再不改過，再遇到我的手裏，我就不饒你了！」

玉嬌龍忽然又發去了一枝冷箭，李慕白用劍一磕，箭就落在地下。李慕白催馬向南去走，玉嬌龍在後緊追，她也搶着馬騎上去追趕，並且弩箭嗖嗖直放，但一下也沒射中李慕白。李慕白的輕騎健影倏忽間順着夕陽大道走去。玉嬌龍在後急追緊趕，然而前面的人馬已越來越遠了，終至於看不見了。

田野上吹來了嗖嗖的晚風，亂雨一般的鴉鵲向遠處帶着暮色的樹林投去，紅霞向天外落下。四顧寂寥，寶劍無影，落得她雙手空空，渾身是汗，直喘氣；她心中一陣難受，不禁又落下淚來。但才落下兩行淚，她就一咬牙，連身上的浮土也不拂，又鞭馬去追，嘚嘚的蹄聲如驟雨一般的亂響。她心中憤憤地想：我不追上你李慕白，不奪回來我的青冥劍，我寧可死！

馬疾走着，暮色漸深。玉嬌龍往南衝過了一個小市鎮，又走出有多半里地；只見星月光輝，大地黑茫茫的，連村舍燈光也沒有，人蹤和犬吠之聲也聽不到。

玉嬌龍忽然又勒住韁繩，細想了一想，暗道：李慕白自負武藝天下無敵，他奪了我的寶劍，絕不能就逃出很遠，說不定他就在剛才我看見的那小鎮住下了。他一定也很狡猾，知道我必定追，他豈能連夜一直往下去走，那還不早晚叫我追上？於是玉嬌龍立時轉馬又往回走，少時又來到剛才走過的那小鎮之上。

　　這裏不過有二十來家店舖，客店大概也不多。玉嬌龍先找到了一家，見關着門，她就扒着門縫往裏看；見這店跟自己白天追油車所進的那個店差不多，裏邊也很亂，她就向裏問說：“請問！你們這店裏是住着一個騎馬的人嗎？他是才來到的！”

　　裏邊的人，一聽見她那尖細的聲音，就齊都納悶，吵嚷的談話之聲頓然停止。玉嬌龍手牽着馬，眼往門縫裏瞧，見裏面的人影很亂，並有一股惡劣的氣味由門縫直鑽出來，她趕緊用手絹掩住鼻子。

　　裏邊有人悄聲猜着說：“是娘兒們吧？”又有人說：“也許是小孩，管他呢！店家快告訴他這兒沒有騎馬的，倒有騎螃蟹的。告訴他快走，別在這兒哼哼，這聲兒，我們聽了難受！”於是就有個光着脊梁光着腳的客人把門縫拉大了一點，用嗓子眼兒哼哼着說：“我們這兒沒有啊！沒有騎馬的呀！倒有個騎螃蟹的呀！”

　　玉嬌龍氣得將門板踹了兩腳，裏面就有人怒罵起來了，說：“小子！妹妹！你他媽是幹什麼的？別忸踹你祖宗的大門呀！玉嬌龍憤憤地要用弩箭往門裏去射，可是門縫又關上了。她只好牽馬走開。

　　又找到了另一店房，這家店房倒還比較大點，店夥也很和氣。裏院有兩間馬棚，可是棚下拴着兩頭騾子，並沒有馬。玉嬌龍發着怔，店夥就說：“您是找人嗎？隔壁還有一家朱家店，您上那兒再問問去吧！”

　　玉嬌龍點了點頭，滿胸的氣，牽馬又到了鄰家店裏，店夥迎過來問說：“你是找人嗎？”

　　玉嬌龍不言語，一直找到了馬棚；就見有院中暗淡的燈光斜照着，馬棚之下有四五匹馬，其中的一匹正是李慕白的那匹馬。玉嬌龍先察看了看，見馬上並無行李，也沒有寶劍。

　　此時店夥從旁接過她的馬去，問說：“大爺！由哪兒來的？”玉嬌龍悄聲回答：“由保定來。”又以更小的聲音問說：“騎這匹馬來的人住在哪屋？”

　　店夥指着西邊的一間小屋，說：“就是那間屋，您是一塊兒來的嗎？”

　　玉嬌龍趕緊把他攔住，瞪眼說：“嚷嚷什麼？”店家嚇了一大跳。

　　玉嬌龍等這個店夥把馬拴好了之後，就說：“你給我找一間房子，要單間。”說着，她又向那西小屋投了一眼，見那屋裏連燈光也沒有。

　　店夥給她找了一間小北房，玉嬌龍便很快地走進屋內。店夥出去，又待了會兒，給她送來一盞油燈，掛在牆上。玉嬌龍故意背着燈光，店夥問說：“您吃什麼飯？”玉嬌龍搖頭說：“不吃，我已吃過了。”店夥又問說：“給您倒壺水來吧？”玉嬌龍點了點頭。

　　店夥轉身出屋，忽然玉嬌龍又說：“給我找點火來，抽煙用的！”店夥在門口答應了一聲，就走了。

　　玉嬌龍摘下草帽，站着靜聽那西房裏的動靜，可是什麼動靜也沒有；只有鄰房中的客人正在談話，談的是糧行的事情。斜對過馬棚裏的馬用蹄子敲着地，前院有人搖着轆轤打水，玉嬌龍忽然又一陣煩惱。

　　又待了一會兒，店夥給她送來了一壺茶、一隻茶碗、一個火鐮和兩根紙媒子，玉嬌龍立時把火鐮拿在手裏。店夥又問她要被褥不要，她只搖頭，店夥就又走出屋去了。

　　這裏玉嬌龍掩上門，回頭一看，土炕上只有一領蘆席和兩塊磚頭，這樣的寢席，她哪裏睡過？同時想到自己的手中已無寸鐵，檢點小弩箭，也只剩了六枝。由這弩箭她想起羅小虎來，不由一陣悲傷、思戀且憤恨；又想到了父母，她不由得就哭了。抽噎了兩下，她又趕緊拭淚，並吹滅了燈。

她把草帽拋在炕上，輕輕拉門走出屋去，在簷前靜靜地站立。站立了多半天，聽見外院的轆轤聲也不響了，鄰屋也熄燈睡去了，棚下的馬也不作聲了；店夥也沒再到裏院來，並聽遠處更鼓已敲了三下。四顧寂寥，天上繁星擁着殘月，薄雲如輕紗從黑天上輕輕掠過，將星斗擦得是愈潔愈亮。

春風很暖，飄飄地吹着她的綢袖，她就挽了挽袖子，手中緊緊握着火鐮，慢慢地往李慕白住的那房子走去。才一走到房前，突然聽屋中有人厲聲說：“你要不趕緊改悔，我可就不顧什麼同門之情，也不管你是男是女，我就不再饒恕你了！”

玉嬌龍嚇了一跳，趕緊蹲下身去，屋中的李慕白就隔室侃侃而言，說：“我早已看出來了，你的武藝必與啞俠有關！因為你是個女人，我不願向你逼問。我告訴你，你的武藝還差得很多，不可以逞強！寶劍既到了我的手中，你休想再能奪回。我也不殺你，但你若再做出什麼惡事，敗壞我九華派的名聲，那我就要不再顧惜了！”

玉嬌龍蹲在地下還是不出聲。忽然北房門開了，走出一個客人，像是要上茅房的樣子。玉嬌龍就趕緊縱身上了房，回身嗖的一聲，一弩箭向那客人的背後射去。那客人就哎喲一聲趴在地下，急喊叫說：“有賊啦！哎喲！射了我屁股上一箭，哎喲好痛呀！”

屋中的李慕白怒罵了一聲：“惡賊！你一定要叫我殺死你嗎？”門一摔，便挺劍奔了出來。

那中箭的客人痛得在地下亂爬亂滾，玉嬌龍就趁此時疾跳下房，一扭身就進了屋。李慕白回身掄劍，玉嬌龍趕緊把屋門關上，同時急急地打開了火鐮。取火向屋中一照，就見炕上只有一領蘆席，把席掀開，席下有一口寶劍，卻是李慕白自己的那一口劍，並不是“青冥”。

此時院中已亂嚷了起來，許多人都已然驚醒。李慕白以青冥劍擊門，怒叫道：“你出來！我怎能容你這樣兇惡的強盜在我眼前胡為？”

玉嬌龍抄起了寶劍往屋外跳，才一出屋，李慕白一劍過來，嗆啷一聲，她手中的劍便被斬斷了；剩下的半截劍她還不敢拋開，又跳回到屋內。她先把一隻凳子拋出去，李慕白在外怒罵；玉嬌龍又把兩枝弩箭射出，隨手用火點着了炕上的蘆席，當時火焰就突突騰起來了。李慕白一面喊人快來救火，一面卻身子不動，持劍等候玉嬌龍從火中奔出，但玉嬌龍豈敢出去？

此時濃煙已充滿了小屋，火勢熊熊引着了窗紙，並即將要燒到玉嬌龍的身上。她已退得身子貼住了後牆，被煙刺激得不住咳嗽，猛烈的火焰離着她的身子不過半尺。她啊的驚叫了一聲，疾忙躍身而起，伸手抓住了房梁；火焰在她的身下亂滾，她的一隻鞋子也掉了。

外面人聲大亂，水也往窗裏潑來，水觸在火上，濃煙更往上騰，玉嬌龍被熏得幾乎摔落下去。她此時連一口氣也喘不出來，一手緊緊抓住房梁，一手用那半截劍向房頂猛砍。她急極了，連砍了二三十下，就見房頂上的灰土和破葦子都落了下來，露出了一個洞。屋中的煙都往外直冒，玉嬌龍的身子也隨着煙爬出。

到了房頂上，她一聳身就跳到房後，這裏是一處小空院，她那半截劍也丟了。緊吁了幾口氣，掖了一掖衣裳，見這房子濃煙滾滾，烈火騰騰，越來越大，玉嬌龍疾忙躲開。

往南走，飛身又上了那座馬棚，她站在棚頂上向下去望，只見剛才李慕白住的那間房子已然成了一座火窟。院中許多人提着水桶來回地跑，鄰居們也都趕來救火，亂嚷嚷着，前面的轆轤嘩啦嘩啦聲音不斷。

　　玉嬌龍向人叢中去看，就見李慕白也在下邊來回地跑。他跑得比誰都要快，手裏提着的水桶也比誰的都大；他把水向高揚起來的火上去潑，潑得也高極了，敏捷極了，然後他又趕緊跑到前院去提水。玉嬌龍見那口青冥劍就插在他的背後，他此時是專顧救火，已顧不得再去搜尋玉嬌龍；而且人人都想着玉嬌龍是縱火自焚，此時一定已葬身於火窟之中了，誰也沒往馬棚上看。

　　玉嬌龍便慢慢由馬棚上爬下來，雜入人叢之間。李慕白提着一桶水又很快地跑來了，玉嬌龍也就跟在他的背後跑；等到李慕白舉起水桶向上潑水時，玉嬌龍便趁他不防，驀然從他的背後將青冥劍抽出。

　　李慕白回手一桶，將玉嬌龍打了一個觔斗，並把一個幫助救火的人也絆倒了；玉嬌龍疾忙挺身而起，嗖的一聲就上了北房。

　　下面的人齊聲大喊：“賊跑了！”

　　玉嬌龍慌忙越房逃去，她急不擇路，踏過了許多處房屋，才逃出了這座小鎮。李慕白已自身後追來，玉嬌龍卻向着前面茫茫的黑霧裏逃去，不想一下子撞在樹上；她顧不得頭痛，如狸貓似的趕緊就攀樹而上。這棵樹很大，她爬到了上邊，找了個樹叉坐下，青冥劍緊緊拿在手中，卻不住地嬌喘。她藏在樹上，如一隻梟鳥似的，兩眼不住向樹下去望；可是過了許多時並不見李慕白追來，大概是李慕白已知無法追她，又趕回救火去了。

第十回　鏘鏘刀劍三俠逐一龍　瀟瀟風雨半夜驅群盜

　　玉嬌龍費盡了千方百計，才由名俠李慕白的手中將青冥劍奪回，這也頗值得驕傲，然而她卻又不禁傷心，因為她知道這放火的手段太惡毒、太卑劣。早先自己的師父高朗秋曾說：「尚有侯門女，雛鳳作鴉聲。」又對高師娘說過：「我為人間養大了一條毒龍！」如今不料都被他說中了！

　　玉嬌龍心中很是憤恨，因為自己在碧眼狐狸死後，聽了俞秀蓮的勸說，在北京城原已銷聲匿跡，不願再惹事；但是，都是被人逼的，才走到今天這一步。第一逼我的是劉泰保，第二是魯君佩，最可恨的是羅小虎！他，不長志氣，在京師胡鬧，那天攔着轎子使我當眾丟盡了臉面；並且武藝不高，闖了禍就狼狽而逃。回憶當年在沙漠、草原、農舍……自己真是「一失足成千古恨」了！但轉又一想，羅小虎自幼不幸，漂泊落拓，求官既難，想見我可又見不着面，而我又要背棄他嫁於魯君佩，也實在難怪他……玉嬌龍一陣傷心，就趴在樹枝上哭了；心一痛，手腕也發酸，就幾乎將青冥劍掉在地下。

　　她趕緊一振精神，忍住了悲痛，就從樹上跳下。四面去看，夜色茫茫，那鎮上已沒有了火光，只有團團濃煙在天上飄蕩，漸漸散去。知道那店中的火已熄滅了，李慕白頃刻之間就會又趕到，所以她又疾忙去走。她腳下只穿着一隻鞋，走路十分不利便，走了一會兒，就覺着腳痛得難忍，遂在道旁坐下。歇了多半天，才再往下走，也不知走了多少路，就聽見前面有狗叫，有一片黑乎乎的樹林，她就曉得前面有村莊了。她因不願意再出事，就趕緊繞道，也不顧人家地裏的田禾，就踩着田禾走，把襪子都扎破了，她的腳更是痛，連歇了三四次。她看着天空的星斗方向，才知道這時自己已往西南走了很遠。但是天色已然發明了，她就找了個地方歇息，坐在地下，身體一疲乏，頭也暈沉得很，她的雙手緊緊握着青冥劍，不覺就睡去了。

　　睡了多時，忽然覺着很冷，身上的衣服已被露水淋得潮濕了。臉上有個東西觸得她很癢，睜開眼睛一看，自己原來是臥在一座古寺之旁的大柳樹下，柳絲如線，在她的臉上不住的飄拂。她翻身坐起來，舉起青冥劍向樹上柳枝砍了兩下，就砍下一些。她低頭一看自己，現在已經成了什麼樣子啦？光着襪底，只一隻腳上有鞋……假若此地離着那起火的小鎮還近，她就要回去取馬，拼命與李慕白大戰幾百合，決一死生！燕子在她眼前翩然地飛着，樣子十分愜意，像是有意對她加以嘲笑。朝陽從東山吐出來，把天上魚鱗狀的雲朵染得多半邊青、少半邊紅。大地上的田禾，上面灑着一片金波，不住隨風滾動；這情景，有一點像新疆的草原。玉嬌龍站起身來發着怔，卻不邁步兒，鳥兒在耳邊又唧唧地叫着，仿佛也在問她說：“你現在打算怎麼辦呢？”

她低頭又看了看，見寶劍被陽光映得發着青光，她一咬牙，心說：不要緊！就將茶青色的綢衫脫下，裹住了寶劍。裏面是一身藍，不過這身綢衣裳做得有點瘦小，更容易叫人家看出她是個女子之身；但她也想開了，女扮男裝本來只能欺瞞那些愚人，真正的老江湖是一見便看得出來。她揪平展了衣裳，倚着樹，打開了頭髮，用手指梳了梳，想要重新編辮子。

這時忽然看見遙遙之處來了三輛騾車，她心中就想：這就好了！我現在身邊又不是沒有錢，我就過去叫他們讓給我一輛車坐吧！於是她也顧不得細編辮子，就把頭髮挽了一挽，挾着她的那口青冥劍迎着車跑去，一邊跑，一邊搖着手大聲呼叫：“站住！站住！車！站住！”

及至她跑得快到了臨近，她招搖的手才被車上的人看見了，她的呼聲也傳達到了那邊，那邊的三輛車才前後停住。三輛車的車轅上都坐着男子，一個四十來歲、身材很魁梧的人就跳下了車來問說：“幹什麼的？”

玉嬌龍站住了身，緩了緩氣，卻看見這三輛車都插着三角形的白布旗子，上面寫着“雄遠”二字。玉嬌龍就有點驚訝，問說：“你們這是鏢車嗎？”

這人搖頭說：“不是，我們是做買賣的，這旗子上是我們的字號，你是幹什麼的？”

玉嬌龍把頭髮向後掠了掠，說：“我是保定府的人，也是個做買賣的，我是珠寶行。掌櫃的派我到大名府去辦貨，昨天走在這兒，就遇見了強盜，把我的什麼東西都給搶了去啦！倒幸虧還沒殺我。我在那邊墳圈子裏睡了一夜，今天想走也不行了，你們看，我還跑丟了一隻鞋。我從小就身體弱，我父母拿我當閨女一樣養活着，沒有車我真不能走路，你們行個方便吧！讓給我一輛車，只要到前邊能找着個縣城，或是大市鎮……”對面的人向西南指着說：“往那邊三十裏就是縣城。”

玉嬌龍點頭說：“那更好了！只要到那兒，我就下車，車還讓你們，我送你們二十兩銀子……”說着拍了拍腰說：“我還有錢！”又微微地笑說：“得啦！請你們行個方便吧！”

她這番態度，使得對面這人直發怔，這人搖了搖頭，說：“不行！我們的車都坐滿了人，哪能夠讓給你？你挾在衣裳裏的是什麼東西？”

玉嬌龍翻了臉，說：“這你問不着！我好意要賃你們的車，你們不識抬舉，以為我沒錢，我這兒還有金子！”說着由懷裏掏出一塊金子，顯示給眾人，黃澄澄的金子，被陽光照得刺眼。

後面的那輛車上卻有人下來了，其中一個年紀三四十歲的人，很瘦，確實不像是保鏢的，這人就說：“來來來，有話好說，別想打架呀！”他先向他的同伴使了個眼色，然後向玉嬌龍笑着說：“您先把金子收起來吧！這東西，您幸虧是讓我們瞧見，要是叫別人瞧見，別說三十裏，連三步您也走不開了。看您這樣子，大概也是才出遠門。”

玉嬌龍瞪眼說：“你可別說廢話！”

這人笑着說：“好啦！不說廢話。我們也不要您的金子，您既然是個遇見災難的人，我們也不能不行件好事。好在離着縣城才三十里地，我們就走上三十里地，您就上我們的車吧！”

玉嬌龍問說：“這地方屬什麼縣管？”

這人就說：“這地方嘛……這就是大名府啦！再走三十里地就是大名府的城啦，您上車吧！”

玉嬌龍聽了，很是欣喜，就想：到了大名府城內，先買一雙鞋，找一家乾淨的店房再歇一天，然後買一匹馬就走。但先往哪裏去？是還往下去尋貓？是回去找繡香？她此時還沒有決定。坐上了車，她又不放心這幾個人，所以並不進到車裏；只跨着車轅，寶劍放在腿下，伸着雙臂挽她的辮子。車輛又走動了，這車上的趕車的人，不住斜着臉瞧玉嬌龍的粉面，他好像有點疑惑，又有點害怕似的。

此時，那瘦身材的跟那二人又說了幾句話，就到前面的車上去了。那二人就在地下跟着車走。一個高身材的瘦子就問說：“您在保定府是什麼字號？增福百飾樓您可知道嗎？”

玉嬌龍搖頭說：“不知道，我們那買賣的字號是‘聚寶’，地點是在西關，東家是黑虎陶宏。”

瘦子聽了臉色一變，接着又笑說：“陶大爺的姓名我們是久仰啦！他真有錢，也是個好漢子。”

玉嬌龍說：“也算不得什麼好漢！”

瘦子又是一怔，說：“不過比起我來，總是好漢啦！掌櫃的，您貴姓呀？”

玉嬌龍說：“我姓龍。”

瘦子點頭說：“哦！龍掌櫃的！珠寶店的買賣可真發財，真是個好買賣。”

旁邊另一個年紀較輕點的瘦子拉了他一下，兩個人就故意落在車後，低着聲音去談話。

玉嬌龍雖然也覺得這幾人很是可疑，但是自己因有青冥劍護身，便對什麼都不怕；即或這輛車把自己拉到盜宅匪窟，或是李慕白再追來，自己也是不怕的。於是就一聲不語，編好了辮子，又暗暗去裝懷中藏着的小弩箭。

此時三輛車已走出了很遠，道路平坦，騾子都像歇過了一夜，很有精神，所以走了些時，遠遠就有城垣出現。玉嬌龍就向那邊指着問：“這就是大名府的城牆嗎？”

瘦子點了點頭。玉嬌龍卻心裏有些疑惑，就問說：“喂！你們姓什麼？”

那個高身材的瘦子說：“我姓崔呀！”

此時越走那邊的城越顯着大，路上往來的人很多，路旁也有茶館和小店。走到一個茶館旁邊，玉嬌龍就突然跳下車來，向那姓崔的人說：“你們來坐車吧！我把你們的車占了半天，很對不起，你們算算要多少錢？”

姓崔的說：“掌櫃的，你坐一會兒車算什麼，我們怎好意思拿錢呢？可是，你跟我們到城裏好不好？到我們櫃上歇一歇？”

玉嬌龍搖頭說：“不用，謝謝你們了！再見吧！”

那姓崔的發了怔，車上的人又都向他遞眼色。那身體魁梧的人就生着氣說：“走吧！快進城去吧！你非得往家裏請財神爺嗎？”

姓崔的便向玉嬌龍點點頭，說聲：“再見！”他們就坐上了車。

玉嬌龍看這三輛車往城那邊已然去遠了，這才穿着一隻鞋，走進了路旁的野茶館。這茶館的屋裏有個煮面的鍋，外面扯着席棚。席棚下面用磚砌的幾個矮台就算是座位，坐着不少的人，都敞胸露懷，像是趕車的、賣菜的之流。他們一瞧見玉嬌龍，尤其是看見玉嬌龍的腳底下只穿着一隻鞋，他們就把目光都集在她的身上，交頭接耳，紛紛地談論、猜度。

玉嬌龍卻一直走進了屋裏，找了個桌旁坐下，把衣服裹着的寶劍放在桌上，她就叫道：「掌櫃的，先給我泡壺茶，然後下面，快快！」她實在是餓了。

掌櫃的是個胖子，光着膀子，答應了一聲。旁邊有個婦人好像是內掌櫃的；她看了玉嬌龍幾眼，又悄聲問着她丈夫，好像是說她看不出來玉嬌龍是男還是女。掌櫃的就說：「快給人倒茶吧！少問！」

這屋裏煮面的鍋冒着熱氣，幾隻水壺也都直叫着，所以很熱。窗子倒是開着，窗外就有兩個一身白灰的人，像是瓦匠，正彼此談着話，玉嬌龍卻一句也聽不懂。

等到那婦人把一隻沒有把兒的破茶壺給她送過來時，玉嬌龍就問說：「你們這裏是大名府嗎？」那婦人一怔，玉嬌龍又問說：「你們這是什麼地方？」那婦人說：「俺這是巨鹿縣。」

玉嬌龍心說：既然是巨鹿縣，為什麼那姓崔的騙我，卻說這裏是大名府？那人是存着什麼心？不由得驚疑，就想要立時走開。但又發愁腳下只有一隻鞋，走到哪兒也要被人看到哪兒，遂就故意做出從容的樣子，點了點頭，向婦人又問說：「你們這近處有鞋舖沒有？」說着翹起腳來讓她看，笑着說：「你瞧我，為趕着走路，把一隻鞋都磨破了！我一生氣，索性把那隻破鞋丟了。這近處，有什麼賣鞋的沒有？」

婦人見玉嬌龍一隻腳穿着青緞雙臉鞋，另一隻卻是白綾襪子，襪子上已然全是泥了，尤其是那襪底，簡直跟鞋底一般的黑了，不過還可以隱隱看出，上面是有針線扎的精細花朵。這婦人還沒見過男子有這麼瘦的腳，沒見過這麼奢華的襪子，就發着怔搖頭說：「俺這沒有賣鞋的！買鞋得上城裏去。」

忽然玉嬌龍看見席棚下來了兩個人，那許多喝茶吃面的人，一看見這兩人來到，就齊都有些發呆、吃驚；因為這兩人都是頭戴紅纓帽，後面的那人還提着鎖鏈，腰裏挎着刀，都是衙門的人。玉嬌龍卻一點也不在意，因為她在北京時，在新疆時，她父親統轄着多少比這職位還高的官人！那些人對於她這位小姐，沒有一個不是恭恭敬敬的，見了她，連抬眼皮也不敢。她就倒了一碗茶，先把茶碗細細刷了，還嫌不乾淨，又眉皺着說：「你們這茶盅有多髒！換一隻乾淨的來吧！」

此時那二名官人已走進屋來，一點兒也沒有禮貌，把眼睛直向她來盯。她也瞪起了眼睛，那提鎖鏈的官人就走過來，問說：「你是從哪兒來的？」

玉嬌龍沉着臉說：「保定。」

官人又問說：「你從保定來，為什麼你說的是北京話呢？」

玉嬌龍瞪眼說：「我是北京人！」

官人又問：「你在北京是幹什麼？」

玉嬌龍說：「你管得着嗎？我又不是賊，用得着你來追問我？」

官人伸手就要拿桌上的那口寶劍，問說：「這衣裳裏包的是什麼？」

玉嬌龍趕緊雙手將劍按住，着急地說：「你們不能隨便動我的東西！」

兩個官人一齊厲聲呵斥，說：「快抬開手！叫我們看看你衣裳裏包的是什麼東西？你的來歷不明！」

玉嬌龍笑着說：「你們要看也行！但你們得先躲開一點，不許動……來看吧！」說着她抖開衣裳，露出了光芒閃爍的青冥劍。官人也鏘的一聲亮出了腰刀，外面的人都站起身來往窗裏來瞧，玉嬌龍卻微微笑着，向兩個官人說：「你們別胡猜疑，我不是壞人，這口劍是我帶着防身用的！」

拿刀的官人把刀給了他的同伴，他就抖動着鎖鏈，說：「你也別分辯啦，早早就有人把你的事情告啦！你半男半女，腳上只穿着一隻鞋，懷裏又帶着金子，說的話都驢脣不對馬嘴，你多半是個賊！來，別叫我們費事，快快讓鎖上，到衙門去再說！”

玉嬌龍卻急了，砰的一聲持劍躥上了桌子，由桌子又跳到窗外，外面的人嚇得亂跑。

兩名官人由屋中追出，一個掄刀，一個抖鎖鏈，都說：“你還想跑嗎？來！把她截住！”

玉嬌龍卻回身一掄寶劍，誰也不敢捉拿她。她喘了一口氣，說：“你們不能冤枉我！我是有來歷的人，我父親是京師的大官！”

官人橫刀問說：“你爸爸是什麼官？你說出來！你姓什麼？叫什麼？”

玉嬌龍遲疑着，尚未想起來說什麼話，這時忽見有一騎馬像箭一般的自南馳來，馬上的人連連喊着說：“別鎖她！別鎖她！這是我的朋友，她不是壞人，我保她！”

玉嬌龍倒吃了一驚，回頭一看，見身後煙塵之中，自馬上下來的卻是一位二十三四歲的大姑娘，俏拔美麗，身穿一身青，原來是俞秀蓮！玉嬌龍疾忙掠劍向旁閃開了兩步。

俞秀蓮一手提着皮鞭子，過來拉她；玉嬌龍卻疑惑她是要幫助官人來捉拿自己，就疾忙向旁一跳，寶劍隨腕倒掛，腳站丁字步，眼睛盯着俞秀蓮，同時又防範着官人。

俞秀蓮看見她這樣子，又看了看她的腳底下，就不由得一笑，遂又向兩位官人說：“這是我的朋友，她也是個女保鏢的，從小跟男的一樣，滿處瞎走。她的脾氣太壞，可是人很靠得住，剛才崔三他們弄錯了！現在我保她，你們二位就別拿她啦！”

兩個官人也都笑了，一個就收起了腰刀，說：“我們也沒打算立時就鎖她，先是盤問她，她不肯說實話嘛！好啦！既然俞姑娘認識她，那我們就不疑惑她啦。可是俞姑娘勸勸她得換換打扮，這樣不男不女，不是壞人也得被人認作壞人！”

旁邊的人也都笑了，都像看稀奇物兒似的來看玉嬌龍。

兩個官人走後，俞秀蓮又過來，用手親熱地拉住了玉嬌龍，笑着說：“我真想不到你竟會來到這兒？快走吧！到我家裏去吧！”

路旁停着一輛很舊的騾車，趕車的人也正在這兒喝茶；俞秀蓮就雇好了這輛車，推玉嬌龍上車，玉嬌龍卻很猶豫。這時屋裏的那個內掌櫃的又跑出來，向玉嬌龍問說：“面都煮好了，你還要不要？”

俞秀蓮擺手說：“不要了！待會兒我叫人給你們送錢來。”

內掌櫃的笑着說：“不要緊！俞姑娘！”她對俞秀蓮是極為恭敬。那掌櫃的又把玉嬌龍的那件裹劍的衣服拿出來，玉嬌龍就上了車。

俞秀蓮上了馬，傍着車去走，一直迎着城垣走去。一邊走，俞秀蓮還不住和車裏的玉嬌龍談話，問說：“德五嫂子跟她的少爺、兒媳婦還都好嗎？邱少奶奶現在怎麼樣？你走的時候見着她了嗎？”玉嬌龍卻是一句話也不回答，俞秀蓮也就不便再問了。

車馬少時便走到了巨鹿縣的北關，這裏離着城門已很近，人煙更是稠密，玉嬌龍不由得精神愈是緊張。忽然見俞秀蓮的馬直向前跑，跑了不遠就突然收住，那裏路西就有一座大柵欄門的寬綽房子，白牆上寫着幾個方桌面大的字：雄遠鏢店。

玉嬌龍才知道剛才自己坐的那輛車確實是鏢車。

此時那姓崔的瘦子正站在鏢店門前，俞秀蓮就在門前跟他說了幾句話。玉嬌龍不由憤恨，就要拿着寶劍下車，俞秀蓮卻拂手令那姓崔的趕緊跑回鏢店裏去了。

她撥馬過來，又向車上的玉嬌龍說：“你就別生氣啦！那人是我父親早先手下的夥計，他名叫崔三。今天他們是由冀州回來，在路上遇見了你，他就生疑了，才把你誆了來；同時他又跟他熟識的官人說了，這才有剛才那件事。恰巧我正在櫃上，崔三回來跟我一說，我就心裏想，別是玉嬌龍吧？所以我就趕緊騎上了馬追了去，幸虧我去得快，不然還得到衙門保你去！”

玉嬌龍冷笑說：“我看你在這巨鹿縣很有點勢力呀？”

俞秀蓮一邊策馬跟着車走，一邊扭頭向車裏說：“也不是有什麼勢力！不過我俞家的原籍就在這裏，認識的人總多。我父親當年就在這裏開設雄遠鏢店，後來他年老了，才歇業。去年冬月，我自江南回來，我一個姑娘家，在家中也無事可做；再說崔三那些在我父親手下做過事的人也都因多年閒散，混得很窮。河南我有一個師哥叫金鏢郁天傑，他有點財產，可是兩腿因為當年與人爭鬥成了殘疾。他在河南住着，總難免有早先的仇人前去找他，所以他把那邊的房產都賣了，全家搬到我這裏來了，又加入一點本錢，就開了這家鏢店，還用老字號，他算是掌櫃的，我算是大鏢頭。”

說到這裏，她自己笑了一笑，又說：“其實我也不親自出馬保鏢，不過用我的名氣，在北至直隸保定府，南至河南衛輝一帶，倒還叫得響。開了也半年多了，從沒出過一回事，賺的錢也夠嚼用。只是這件事，上次我到北京卻沒跟德五嫂子說，我怕她又什麼大掌櫃的啦，女鏢頭啦，拿我取笑。”

玉嬌龍也笑了一笑，說：“等着，將來你的鏢車在路上再遇見我，那時我再報仇！”

俞秀蓮笑着說：“瞧你的本事，還沒有那麼大！”

兩人說笑着，進了城，城裏也很熱鬧。街上遇見的老頭兒、老太太、婦人們都笑向俞秀蓮打招呼，俞秀蓮就下了馬，牽着馬走，無論對誰，全是十分和氣的。

趕這輛車的人也像早就認得俞秀蓮的家，所以他一句話也不用問，就將車趕進了一條小巷，在路北一個小黑門前停住。巷裏那幾個鄰居的孩子正在玩耍，他們一看見了俞秀蓮，就一齊迎着跑過來，亂笑亂嚷地說：“俞姑娘！你又騎着馬回來啦！你今兒怎麼沒帶着你的刀呀？”俞秀蓮笑着，被這幾個孩子揪着衣裳，拽着馬鞭子，她是一點兒也不惱怒。

看見俞秀蓮有這麼好的脾氣，這麼好的人緣，玉嬌龍不由得很是羨慕，同時卻又感傷自己，連年憂苦，一身飄零。雖然出身比俞秀蓮尊貴，武藝自信也不在她之下，但現在哪如人家呀？

巷裏的孩子們一嚷嚷，好像牆裏就知道了，小黑門立時就開開了，出現了一個三十來歲的婦人。玉嬌龍下了車，一手提劍，一手拿着長衣，往門裏就走。那婦人直扭着頭向她來看，外面的孩子也亂嚷着：“一隻鞋！一隻鞋！”玉嬌龍又覺得氣往上頂。

這房子是分裏外院，外院只有兩間西房，裏院只有北房三間。院中種着些花草，還有兩盆夾竹桃、一個金魚缸。

俞秀蓮把馬牽進來，繫在外院，有個十一二歲的孩子就隨進來給她喂馬。門關上了，外面車輪又響，車也走了，俞秀蓮便一拉玉嬌龍，說：“進屋裏來吧！”

　　玉嬌龍同俞秀蓮進到了北屋，就見當中還擺着佛龕，旁邊供着三位神主。兩個較高的神主牌子，大概是俞秀蓮先父先母的靈位；可是離着很遠，又有一較小的靈牌，上蒙着黑布，不知祭的是誰。這是外屋，掀簾進了西裏間，就是俞秀蓮的臥室，壁間掛着刀，地下還放着馬鞍。屋裏有一張長桌，上面只擺着一個鏡子、兩隻粗瓷的花瓶，還擺着兩卷書，是《三國志》之類；炕上是鋪着粗藍布的單子，疊着很乾淨的粗布被褥，兩隻木箱，箱子上放着個針線笸籮。玉嬌龍就往炕上一坐，把一隻鞋也脫了，寶劍也放在炕上，先歎了一口氣。

　　此時那婦人送進茶來，俞秀蓮等那婦人出去之後，就皺着眉，向玉嬌龍悄聲問說：「你是怎麼出來的呀？在北京的時候，我囑咐過你嘛！你同不得我，你不能跟我比。我想一定是我走之後你又胡鬧，這口寶劍怎麼會又叫你給拿來了？」

　　玉嬌龍拿衣襟擦了擦眼淚，但是又發急地說：「我胡鬧？你不知北京城近些日來的事情！但若我不是被逼得實在無法，我也絕不離家；我不離開家，也用不着再去拿這口寶劍！」

　　俞秀蓮詫異着問說：「是誰逼的你？是劉泰保嗎？」

　　玉嬌龍說：「他也算是一個，不過事情可多極了，我現在也不願意跟人說，說什麼？我不向誰求助，你也別細打聽，你只要相信我絕沒有做賊，在你家裏待一會兒絕不能夠給你惹事，就完了！你必定要知道詳情，你又不是沒有馬，你可以跑趟北京，找德家去，他們能夠告訴你！」

　　俞秀蓮向她的胸上擂了一拳，笑着說：「你瞧你這脾氣！來到我家，你還想使小姐的脾氣可不行！」

　　玉嬌龍也一笑，就說：「你是不知我這些日的心裏有多麼急，多麼氣，咳！貓也丟了！」

　　俞秀蓮問說：「什麼？貓？你由北京出來時還帶着貓？」

　　玉嬌龍擺手說：「你別打聽啦！我現在就問你，那個李慕白是個什麼東西？」

　　俞秀蓮怔了一怔，說：「你問這話幹什麼？」

　　玉嬌龍說：「你告訴我吧！他是你的什麼人？你告訴我不要緊，德五嫂子也跟我談過你們過去的事，但她懷疑你早已嫁了李慕白。」

　　俞秀蓮臉紅了一紅，說：「那是她信口胡說！我也用不着跟誰分辯，謠言到底算不了真事，不過我只待李慕白如我的胞兄一樣。去年九月間，我們自九華山分手，他往山西訪友去了，我獨自回家來，至今音信不通。上次我到北京去，原是專為看望德五嫂和楊麗芳，到年底我不在她家過年就急着回來，那是因為，第一我不願在北京住，因為一有閒事我就要管，一有不平我就要打，日久說不定就能連累德家；第二是我要趕緊回來，鏢店好結帳，我不回來，有些個人就能拖住賬不給。回來時路過正定府，我還去看了看楊麗芳的姐姐麗英。因為這，德五哥他們就胡猜……這且都不說，你向我問李慕白幹什麼？」

　　玉嬌龍憤憤地說：「在路上我們交手三次，寶劍被他搶過去一次，但終於又被我奪回來；我才知道名震江湖的李慕白，武藝也不過如此！」

　　俞秀蓮臉色一變，說：「這口劍本來是李慕白的，可是他也是自別人的手中得來的，後來他才獻給了鐵小貝勒。」

　　玉嬌龍冷笑說：「這就完了！寶劍就跟傳國的玉璽似的，玉璽是有德者居之，無德者失之；寶劍也是，誰的武藝高就誰使用！」

　　俞秀蓮說：「你放心！我們絕不要你的寶劍。在北京時，因為你盜去了這口寶劍，把事情鬧得太大了！我見你這個人很不錯，再說德家婆媳、邱少奶奶又都跟你很好，她們都是我的好朋友；所以我想咱們也算是朋友，我才勸你把劍交回，以免事情鬧穿，你父兄的官職都要搖動，你母親若曉得你是這樣的人，也必定傷心……」

聽了這話，玉嬌龍就哭了，又急躁地說：「你就別說啦！你走江湖這些年，哪兒學來的這些貧嘴子呀？我瞧你倒真像那劉泰保的媳婦。我也沒工夫聽你這麼說，你快給我找一雙鞋，借我一匹馬，我即時就走；反正，我早就知道你是好人，你能疼我，咱們將來再見面。」

俞秀蓮說：「你何必要忙着走？你在別處還有什麼事嗎？」

玉嬌龍搖頭說：「我沒有事，就是因為我出來時還帶着個丫鬟，她現在別處等着我呢！」

俞秀蓮笑着說：「你看你，女扮男裝由北京跑出來，還要帶着貓，帶着丫鬟，你到底是打算着什麼主意呢？你有准去處沒有呀？」

玉嬌龍突然問說：「你這屋裏沒有別人來嗎？」

俞秀蓮說：「沒有別人，只有在我家幫忙的那個女人。」

玉嬌龍就索性把差不多跟鞋一樣髒的兩隻襪子全都脫了，身子往炕上一倒，說：「要說我沒有准去處也不對，可是一定的准去處，也難說！」

俞秀蓮沉着臉兒說：「這為什麼？」

玉嬌龍忽又歎了一口氣，擺手說：「你別忙！等我歇會兒，讓我心裏靜一靜，我要把話對你細說，唉！我真找不出一個人來說我的心腹事！」

俞秀蓮看了玉嬌龍一眼，就見玉嬌龍躺着，兩滴眼淚流向枕邊，一聲也不再言語了。

俞秀蓮又說：「我想你索性在我這兒多住幾天，把這雙襪子先叫人給你洗洗，然後拿着你這隻鞋的尺寸，叫鞋舖裏去給你定做一雙。」

玉嬌龍點了點頭，說：「大姐，你愛怎麼辦就怎麼辦吧！我現在的心裏真煩，什麼事我也沒心情了！」

俞秀蓮就叫她家中用的那個女人，把這一隻鞋、兩隻襪子全都拿出去。待了一會兒，又給玉嬌龍端來一碗面，這面不過比店裏賣的略好一點，可是也只有幾小塊肉、一點青菜。玉嬌龍也不好意思挑剔，又因為餓，她就全都吃了，吃完了又躺下，不知不覺就睡着了。

及至醒來，天色已然不早，俞秀蓮卻沒在屋。待了會兒，雇用的那女人已把玉嬌龍的一雙襪子漿洗得很白，並且曬乾了。玉嬌龍就問說：「俞姑娘上哪兒去啦？」

這女人說：「到櫃上去啦，剛才是櫃上來了人把她請去啦。」

玉嬌龍聽了，心裏略微有點狐疑，就向這女人探詢了探詢俞秀蓮平日在家中的生活情形。原來她每天只是在屋中燒幾炷香，做一點針線活計，看看閒書，或是在院子裏練練拳腳，養魚蒔花。北關的雄遠鏢店她是每天必去一趟，去了也並不是必要經管櫃上的事，而是去找郁天傑和崔三的妻子談談閒話。

玉嬌龍對於她這種生活倒是很為羨慕，只是想：若叫自己過她這種平凡寂寞的日子，可也過不了。自己的心是早已然荒了，恐怕就是回家去，照舊在深閨中讀書畫圖、逗貓，消磨光陰，也一定覺着難耐。

她回想起在保定單戰群雄，真覺得高興；與李慕白幾番爭鬥，雖敗猶榮。只是路上受的那些閒氣，實在不痛快，店房是個個狹小，店裏住的人又都是那麼髒，而且討厭。她又想起了羅小虎，那大鬍子長頭髮，那猙獰兇惡的臉，以及山谷裏的賊穴，真覺得悔恨！但當想到那個臉刮得很乾淨、身子挺直、面目英俊、唱着悲傷的歌的羅小虎時，卻又使她不禁思念：不知他現在逃到哪裏去了？此生恐怕永遠也不能再見面了吧？想到這裏，心中又不禁十分悲痛。

等了半天，也不見俞秀蓮回來，這裏用的那個女人也沒再進屋來。玉嬌龍腳上只穿着一雙襪子，不能下地，覺得十分煩悶。她扶着炕沿向下一看，見地下牆角放着一雙青布小鞋，已然舊了，大概是俞秀蓮穿過的，她就用劍尖給挑過來，穿在自己的腳上，來到外屋。

她先往椅子上一坐，發了會兒呆，又回手拿起來桌上那個小牌位，掀開黑布一看，見上面卻寫的是“宣化孟思昭之靈位”。玉嬌龍吃了一驚，明白這所供的就是俞秀蓮的未婚夫，聽德五奶奶跟邱少奶奶都說過，他們未婚夫妻始終沒有見過一面；孟思昭的武藝與李慕白不相上下，而且救過李慕白的性命。至今，孟某已成了泉下之人，李慕白是漂泊江湖，俞秀蓮卻度着這種淒涼的生活，她還不忘孟思昭，也未免太多情了……玉嬌龍手拿着靈牌位想着，覺得好笑，又覺得可憐，更想到情場挫折，人我一樣，而不禁有些傷悲。

這時俞秀蓮突然回來了，一進屋，看見玉嬌龍手裏拿着那個靈牌，就臉色一變；玉嬌龍也覺着有點不好意思，趕緊把靈牌送還原處。俞秀蓮手裏拿着一個包兒，說：“我叫人去給你買來了一雙男鞋，這尺寸是最小的了，恐怕你穿上也大。你先在家裏穿着好了。”

玉嬌龍笑着說：“你可真關心我，我要早先就有這麼一個姐姐，可就好了！”

俞秀蓮沉着臉兒說：“我要是你的姐姐，這次我就不能叫你出來！自然，我也一定勸阻你的父母不把你許配給魯君佩，可是也不能由着你去與羅小虎……”玉嬌龍吃了一驚，俞秀蓮沒把話說畢，她就把鞋包向玉嬌龍一丟，一直進裏屋去了。

玉嬌龍趕緊把鞋包兒接到手裏，穿上鞋，趿拉着，就追到裏間。她臉通紅着，揪着俞秀蓮，急急地問說：“你這是什麼話？我不明白！”

俞秀蓮冷笑着說：“你不明白？我可都明白啦！也不用等你靜一靜心再跟我說了。今天恰巧有個人從北京來，羅小虎在北京胡鬧，你嫁到人家家裏又跑了，這人都已跟我說了！”

玉嬌龍詫異着問說：“是誰？是不是一朵蓮花劉泰保又到這兒求救兵來了？”

俞秀蓮搖頭說：“不是劉泰保，你也不必打聽啦，我說出來，你也許不認識這個人。這人來，並不是為找你，我也囑咐別人不告訴他，你現在我家。”

玉嬌龍說：“是誰？是李慕白嗎？”

俞秀蓮搖頭說：“也不是李慕白，李慕白多年沒到北京去，他還不知有個與大盜羅小虎相識的玉三小姐呢！”

玉嬌龍就要去抄她的青冥劍，俞秀蓮卻先搶到手中，一手把寶劍藏在背後，一手向玉嬌龍一推；玉嬌龍不由得往後退了兩步，鞋幾乎又掉了。

俞秀蓮冷冷地說：“我告訴你！今天到的這人雖說不是為你來的，可也算是為你來的，你看這封信吧！”說着，從她的青布小襖裏掏出一封來，丟給玉嬌龍。

玉嬌龍抽出信箋來，見上面寫着是：

　　字呈秀蓮賢妹：年前在京同席見過一次面之人，今突出怪異，遠走無蹤。彼若妹之流，而行事則缺乏妹之謹慎及大度，其行為真真叫人沒想到！現在此事鬧得極大，但未嘗不可補救，詳情可問來人。我妹如在外遇見此人，千萬秘密將她送歸，否則若使其長年在外漂流，將來真不堪設想，我等與有咎！嫂二人拜。麗芳之事均托來人面陳，恕不縷述。

　　玉嬌龍明白，這一定是德五奶奶跟邱少奶奶托人帶來的信，想叫俞秀蓮見着自己時，就強迫自己回北京。當下她不禁心中一陣難受，可是只冷笑一聲，就把信紙團揉了。

　　俞秀蓮指着炕說：「你先坐下，咱們慢慢地談！」

　　玉嬌龍的臉煞煞的白，強忍着眼淚，就在炕邊坐下。

　　俞秀蓮說：「這是德五奶奶托我師哥孫正禮送來的。孫正禮前天才由京動身，連夜趕到我這裏來，剛才一到鏢店跟我說明了情由，他就倒頭睡了。」

　　玉嬌龍說：「你快點說！」

　　俞秀蓮說：「你的事情倒不急！我師哥這次來，是因為楊麗芳，她已知道十幾年前害死她父母的仇人是在河南汝南府，她要即刻就去報仇。她丈夫的傷才好，她公公、婆婆攔她勸她也不行！她是天天哭，連飯也不吃，非要走不可，所以德家才叫我趕緊去。」

　　玉嬌龍點點頭，說：「嗯！可是，我的事現在京城有什麼傳說嗎？」

　　俞秀蓮說：「傳說那不能聽，只是，你的父母跟魯家的人還都在掩彌這件事，說是你娶過去就病了，直到現今還沒見親友！」

　　玉嬌龍冷笑了一聲，又擦擦眼睛。

　　俞秀蓮又說：「為楊麗芳的事，明天我得跟我師哥走；到了北京，或是我勸她暫時別任性，或是我就得跟她跑一趟河南，幫她去報仇。那羅小虎我也想見見，問問他真是楊麗芳的胞兄不是？」，

　　玉嬌龍皺着眉說：「那絕沒有錯！我能保證！」

　　俞秀蓮低聲問說：「你是跟羅小虎有……」玉嬌龍略微點點頭，咬着嘴唇流淚。

　　俞秀蓮說：「你還想見見他嗎？」

　　玉嬌龍點頭，卻憤憤地說：「我想見見他！見了他就用劍割下他的頭！」

　　俞秀蓮說：「那何必呢？」

　　玉嬌龍哭着說：「你別管我！誰你都能管，你就是管不着我！」

　　俞秀蓮說：「你不如也跟我回北京。」

　　玉嬌龍瞪眼說：「跟你回去幹嗎呀？」

　　俞秀蓮笑着說：「跟了我回去，就托邱少奶奶她們把你送回魯家，就說是你的病好了，照常做新婦。早先的事自然全都掩住，外面的傳言也自然平息。」

　　玉嬌龍一笑，把箱子上的針線笸籮拿下來，紉了針，又找了兩條黑布作鞋帶。

　　俞秀蓮又笑着說：「你既然不願跟羅小虎，還是跟魯君佩去吧！你是一位千金小姐，本應當去做少奶奶，走江湖與你不相宜，我這是好話！」

　　玉嬌龍又一笑，兩條黑布草草縫好已釘在鞋上，繫緊了。俞秀蓮卻拿着寶劍站起身來，將門堵住，笑着說：「你繫好了鞋是想就跑嗎？」

　　玉嬌龍冷笑說：「我幹嗎想跑？我真要是想跑，你堵住門就能攔得住我嗎？你自己把你俞秀蓮也看得太高了！」

　　俞秀蓮笑着說：「無論你這小狐狸多麼狡猾，在我眼前休想逞強！」又笑着說：「回不回北京在於你，我也不能勉強你，因為這件事與我一點不相干。不過是德五嫂子她們來信託付了我，我也覺着這麼辦不錯，你在外面算是怎麼回事呢？你

去跟個羅小虎，將來又怎麼了局呢？”

　　玉嬌龍反問說：“那你現在就是有了局了嗎？外屋的那個牌位，就是你的結局嗎？”她斜眼瞪着俞秀蓮，微微冷笑着。

　　俞秀蓮臉紅了紅，說：“你別管我！我家輩輩是江湖人。”

　　玉嬌龍說：“我們的家，由我這輩也是江湖人！”

　　俞秀蓮說：“你細想一想吧！”

　　玉嬌龍說：“我早比你想得細，正經你管管你自己的事吧！別來管我！”

　　俞秀蓮說：“好啦！我不管你！”說着把青冥劍向炕上一摔。

　　玉嬌龍趕緊把劍抄在手中，又用長衣裳裹好，她就站起了身。

　　俞秀蓮瞪起眼睛，說：“你是立時就要走嗎？你走可以，寶劍你拿去也可以，但是不許你憑這口寶劍在江湖上任意胡為，不許你再勾結碧眼狐狸那樣的強盜。如果你再做出鏢傷班頭蔡九那樣的事，我可要跟你絕交。說實話，我跟你交朋友是衝德五嫂之面，勸你回去做小姐、當少奶奶，是因為你不懂得江湖道義，專能任性……”

　　玉嬌龍卻驀然把俞秀蓮一推，她就到了外屋，轉臉又一笑。

　　俞秀蓮又說：“你得跟我發誓，永不胡為，我才能放你走！”

　　玉嬌龍卻冷笑說：“我胡為不胡為，你管不着，你央求我倒許行，說橫話無用！”

　　俞秀蓮一個箭步躥上來，玉嬌龍已然推門到了院裏，一直向前院跑去。

　　俞秀蓮追了出來，她覺得又好氣，又好笑，就說：“我還能把你放跑了嗎？你別真覺得你的武藝不錯！”玉嬌龍一抬手，俞秀蓮沒有防備，一枝小箭就射在她的左肋。

　　俞秀蓮真氣了，拔出箭來，就跑到屋中去取雙刀。

　　玉嬌龍卻疾忙跑到前院先開了街門，然後又去解馬，俞秀蓮已手舞雙刀從裏奔出，怒道：“好！你翻臉？我能叫你走開？”

　　玉嬌龍一劍斬斷了韁繩，一手舞劍，一手催馬，跑出門就飛身上了馬，又一抬手；俞秀蓮以為又有冷箭射來，疾忙止步，準備用刀去撥。不料玉嬌龍這次是虛作式，她並未放箭，趁着俞秀蓮橫刀怒視，止步候箭之時，她就嫣然一笑，說了聲：“再見吧！”策馬向東馳出了小巷。

　　到了街上她略緩些，及至出了東門關廂，於路旁折了一條柳枝作為馬鞭，劍插於鞍下，她便策馬飛奔，蹄聲疾響，塵土高騰，路上的人見她闖來齊都驚訝着躲避。她往東，才走過一條石橋，就見身後有兩匹馬如箭似的追來，一是憤怒至極的俞秀蓮，一是個彪形大漢，大概就是孫正禮。玉嬌龍又冷笑一聲，連揮柳枝，催馬急奔。

　　奔出又四五裏，迎面來了一輛笨重的牛車。玉嬌龍勒馬向旁一讓，想要躲開，不料身後飛來一個拴在粗繩子上的大鈎子，一下就鈎住了她座下的馬腿。玉嬌龍翻身落馬，但她隨即抽劍一躍而起。俞秀蓮已由馬上躍下，雙刀向她來劈；玉嬌龍嗖的舉劍一掠，俞秀蓮展開雙刀，反進逼兩步，左右刀勢不同，向她來橫截斜砍。

　　玉嬌龍疾忙翻身向後去跑，不料馬上的孫正禮又抖起了一鈎繩，繞住了她的寶劍，劈雷似的喝了聲：“玉嬌龍你個賊閨女，快跪下吧！”同時俞秀蓮的雙刀又趕到。玉嬌龍向地下一滾，寶劍抽開，鈎繩也切斷了。孫正禮躍下馬來掄起大刀就砍，玉嬌龍又跳起來翻劍去迎，俞秀蓮的雙刀自後砍到；玉嬌龍向孫正禮射了一箭，又翻手掄劍，去削俞秀蓮的雙刀。

　　孫正禮便疾忙跑到一邊去拔下胸脯上被射的一箭，俞秀蓮也收刀避開了寶劍。

玉嬌龍趁此時，就奪了孫正禮的那匹馬，飛身而上。俞秀蓮向她雙刀一撲，如鷹翅一般的削來；玉嬌龍寶劍斜掠，拍馬緊走。孫正禮由地下拾起那帶着半截繩子的鈎子，又向玉嬌龍拋去，但沒有再鈎着。

玉嬌龍縱馬直奔，俞秀蓮又上了馬緊追，並說：「非得把你捉住，連劍帶人押到北京不可！」玉嬌龍回首說：「你也配！我不傷你的性命，就算是便宜你了！」當下騎紅馬的玉嬌龍在前，青衣黑馬的俞秀蓮在後，孫正禮也上了那匹馬掄刀跟着追，並大聲喊叫。

玉嬌龍的馬是由東轉北，已走出了很遠。前面是一道大河，天已不早了，晚霞下落，把茫茫的河水都映得發紅。那邊有個很熱鬧的渡口，玉嬌龍避開了那邊的人，又撥馬往西。

忽然見有一人橫馬將她攔住，馬上的人正是李慕白，向她喝道：「你這女賊！在那邊放了火，又跑到這裏來了！今天我還能放你逃跑？」說着便掄劍直砍，玉嬌龍疾忙以劍相迎。

此時李慕白卻毫不客氣，劍光甚緊。後面的俞秀蓮、孫正禮也已追到，孫正禮並扯開了嗓子大喊：「李兄弟！抓住這丫頭！這丫頭拿的是你那口寶劍！她是北京玉正堂的女兒，當了新婦又跑了的，出名的小狐狸精！」玉嬌龍回手射去一箭，孫正禮立時栽落下馬。

俞秀蓮已趕上，李慕白又逼至，雙刀一劍，玉嬌龍便使出生平之力，以劍去迎。她此時兇極了，劍光疾抖，看不見一條條的劍光，只覺得是一朵白花將她的身子護住，且戰且催馬去走。

俞秀蓮舞雙刀緊追，李慕白也趕上了，只見玉嬌龍策馬呼啦一聲跑進河裏，回手又一箭，李慕白用劍撥開。俞秀蓮一馬向河中去追，李慕白卻將馬勒住了，不肯再去追趕。

這河就是釜陽河，河身雖寬，但水很少，也很淺。那邊有一個擺渡，渡口兩邊無數的人都向這邊嚷嚷。玉嬌龍催馬涉水去走，連頭也顧不得去回，嘩啦嘩啦地蹚着水。

少時將走到對岸了，忽然馬蹄陷在了泥沙裏，玉嬌龍情急，就從馬上跳下；回頭一看，見俞秀蓮已將追至，李慕白跟孫正禮也騎馬涉水追來，她趕緊在水裏泥沙裏連爬帶走。此時不但小箭沒有了，連那玲瓏的弩弓也已丟失。

她上了岸就跑，一直跑出有半里地，李慕白、俞秀蓮、孫正禮都已趕到，把她圍困在垓心，孫正禮怒喊道：「小狐狸你還不投降嗎？」說着一刀砍來，玉嬌龍趕緊閃開。俞秀蓮的雙刀又劈，玉嬌龍疾忙用劍去迎，李慕白卻一劍拍在了她的頭上。她的頭一暈，差點兒摔倒。俞秀蓮攔住了孫正禮，就跳下馬來要捉她，不料玉嬌龍劍抖得更緊。李慕白在馬上一抬腿，又把玉嬌龍踹得躺在地下；但不容俞秀蓮來捉她，她又虛晃一劍，爬起來回身就奔。俞秀蓮、孫正禮在後緊追，玉嬌龍卻如兔子一般驚奔。正奔着，忽然李慕白橫劍又在前將她截住。玉嬌龍向李慕白砍了一劍，沒有砍着，轉身又跑，上了高坡。孫正禮自後趕來，一刀猛砍，俞秀蓮驚叫了聲：「別傷她！」只聽嗆啷一聲，孫正禮的鋼刀卻成了兩段。

李慕白說：「姑娘退後！」他便跳下馬，挺劍上坡去追；玉嬌龍橫劍去迎，啪的一聲，只覺得手腕發疼，劍已被李慕白踢落。她不顧命只顧劍，頭上寒光一閃，她卻伏身咕嚕嚕滾下坡去，抄起劍來又逃。

俞秀蓮說聲：「好狡猾！」雙刀又趕到，李慕白又抄到前面去截，玉嬌龍卻爬上了一棵大樹。俞秀蓮罵道：“什麼東西！”將一口刀拋在地下，手提一口刀也攀樹向上去追；玉嬌龍卻又呼啦一聲從樹上跳下，帶下來許多枝葉。

李慕白啪的一劍又打中了她的右肩，她厲叫一聲，咬牙舞劍跟李慕白拼命，但覺得右臂又一陣奇痛，她把寶劍可還不撒手，回身又跑。俞秀蓮也從樹上下來又追她。玉嬌龍回身掄劍，劍若飛蛇上掠下刺，與李慕白、俞秀蓮又戰了四五合，身上又受了一處傷，又咕咚栽倒了。俞秀蓮一手挾刀，一手又去捉她，但她忽然又跳了起來。她已渾身是血和土，髮亂臉紅，瞪着女妖似的一雙眼，舞劍又鬥，使盡了她《九華拳劍全書》上所有的劍法。

李慕白見她把九華老人所傳的劍法使用得如此之熟，反倒不肯傷她了。俞秀蓮也讓了一步，說：“你歇歇！我們不叫你太為難，何必你非得叫我們殺死了你呢？”玉嬌龍卻啐了一聲，啐出來的唾沫裏都帶着血，倒劍回身又奔。

不遠之處就是一戶有土牆的人家，玉嬌龍如狸貓似的跳進了牆內。這裏李慕白向俞秀蓮說：“進去不要與她交手，勸她出來跟她理論就是了！此時孫正禮也空着手跑來，他和師妹兩人就上前拍門。門裏一個農婦抱着孩子出來，俞秀蓮跟人和氣地說着話，就進門去搜人。

但是，真奇怪，這院中只有兩間土房，院中既沒有柴垛，又沒有好的隱身之物，可是無論是院中屋裏，盡皆沒有玉嬌龍的蹤影；地下只有一滴滴的血跡，看那樣子，玉嬌龍是從前牆跳進來又從後牆爬出去了，寶劍始終沒有拋下。俞秀蓮、孫正禮又會同了李慕白，向這人家的牆後去搜查，就見是一股迂迴的小路，接連着萬頃綠海一般的麥田。山色夕陽，暮鴉亂飛，四顧無人，這三個人只好回去。

這時那土牆裏住的農婦，驚訝了半天，因為她根本沒有看見有什麼人跳進院，也沒見有人跳出去。在俞秀蓮等人走後，她又抱着孩子在院中和屋內各處搜找了半天，結果也是什麼都沒有，她覺得這真是一件怪事情。

她的孩子已有四五歲了，是個男孩子，但是還讓媽媽抱着。這個孩子十分羸瘦，臉和身上都跟黃蠟一般的顏色，趴在他媽媽的肩膀上先是哼哼，後來就哭了起來。他的媽媽着急說：“你哭什麼？快要哭死了吧？你看時氣多低！家沒米，孩子病，又有鬼進門！這可怎麼好？你那死在外頭的爹還不回來！”

孩子仍然哭，婦人就把他抱到屋裏，往炕上一丟，但又覺得丟得重了，遂又哄着：“三喜！別哭啦！你爹快回來啦！快給你求藥來啦！吃藥要再不好，就帶你到廣明寺去燒香許願……”說了一會兒，忽然外面有人踹門，病孩子突然像有了點精神，就推着他媽說：“爹回來啦！”

那婦人有點疑懼地說：“要是你的爹還好，就怕那兩個拿刀的！那小婆娘一個人拿着兩把刀，也不知是哪縣裏的女差人？”她叨唸着走出去開門，沒到門前就聽門外有人嘔嘍嘔嘍地咳嗽，她知道是她的丈夫，遂開了門。

她丈夫一進來，她就一邊往屋裏走，一邊向她丈夫急急地說了今天家裏發生的事。她的丈夫是個四十多歲很瘦的農夫，把背着的半口袋米，先放在地下，又咳嗽了幾聲才說：“剛才你說的那件事我知道，那拿雙刀騎馬的姑娘是巨鹿北關鏢店的女掌櫃的，她是有名的俞老鏢的女兒，那不是歹人。還有個大漢子，那是她的師哥五爪鷹老孫，也是城裏的人，多年在外，今天不知怎麼他又回來了。剛才我過擺渡時，擺渡上的人都看見啦！說是俞姑娘帶着兩個男子追一個使寶劍的細長身量的小伙子，那小伙子真兇，三人會沒捉住他！”婦人聽了，發了一會兒怔。

炕上躺着的孩子又呻吟着叫爹，這農夫就止住了話，趕緊過去摸了摸孩子的頭，問說：“三喜好了一點兒沒有？倒是不大發燒了！你外婆給你的藥，叫你媽燒點水給你吃，明天病就好了。”

他坐在炕上喘了喘氣，又向老婆說：“到他外婆家裏我真開不了口，好容易才說出來，孩子病了，沒米又沒錢。外婆倒是沒容把話說完，就應得借我二升米，但她兒媳婦可不大願意……”男的坐在炕頭說着，女的在灶旁燒火，此時屋中和外面都已昏黑，只有灶裏的火呼呼地發着光亮。

漸漸夜深，屋中的人吃完了飯，連燈也沒點，就睡覺了，病孩子的呻吟之聲也已停止。此時，外面的天色愈黑，殘月繁星顯得愈真切，村中稀稀的幾戶人家，犬吠之聲遙遙相應。村後廣漠的麥田就像是一片大海，但比海還要沉靜。這一夜，村中的狗雖不斷的吠，可是沒有發生什麼事。

天未明，星斗就被濃雲遮住了，並隱隱響動着春雷，接着，雨就落下來了。雖然暮春的雨，下的不算很大，可是淅淅瀝瀝地直下到了次日仍然未止。這地方平日就人少，一下雨更連個人蹤也沒有了，滿地的泥濘雨水。樹木被風吹得在雨中搖曳，如祈雨的巫婆那瘋狂的姿態。在那一片麥田上響聲更大，麥浪層層起落，加以起潮一般的聲音，更與大海無異。

此時，這戶人家的屋宇上又起了炊煙，但因空中的雨氣太重，煙起來散不開，只一團團的凝聚着。屋中那患咳嗽病的農夫不知為了什麼事，正跟他的老婆吵嘴，病孩子還在呻吟着；屋子雖小，聲音卻很愁悶，而且嘈雜。

忽然間，有一人拉開門走進屋內，把屋中的農夫夫婦都嚇了一大跳，那婦人就嚷了一聲：“哎喲！”進來的這個人正是細長身子，頭上一條辮子已然蓬散，雨水直往下流。臉上身上都是泥、雨水和血跡，並沾着許多青草，可知此人在麥田中已滾了一兩天了，但所受的傷還不算重，所以身軀還能直挺挺地立着；手中提着一口寶劍，順劍尖也向下流泥水。

這人還很年輕，進屋來就擺手說：“不要怕！那姓俞的、姓李的沒再到你們這兒搜人不是？”婦人嚇得戰戰兢兢不敢言語，病孩子卻從炕上爬起來，驚奇地看着她。那農夫卻一半害怕一半恭敬，彎腰打躬地說：“好漢！請到炕上坐下，歇會吧！姓俞的他們沒有再來，這一下雨，大概更不能來了！”

持劍的人說：“他們來了我也不怕！”喘了喘氣兒，把劍放在炕上，她就向那婦人說：“大嫂！勞你駕！你先弄點水來叫我洗洗臉，我是個女的，你別害怕！”

婦人嚇得眼睛更直了，玉嬌龍卻說：“你們放心！我不是賊，我不過是跟昨天追我的那三個人有仇。他們倚仗着人多，來欺負我，但我不怕，將來我還要報仇！此刻她們如果再來了，我還要跟她們拼一回！”

那男的翻着眼睛瞧她，見她的眉眼兒果然是個女的。說話的聲音雖然急，可是很嬌細，並且耳朵上還在往下滴水，還露出耳朵眼兒了呢。可是腳底下，一雙青布泥鞋上綁着帶子，又不像是什麼姑娘媳婦。

玉嬌龍見這人直看她的腳底下，就說：“你們別疑惑！我是北京人。”農夫一聽，就更恭敬，說：“哦！原來是京裏人，是做官的呀！”趕緊抱了抱拳。

婦人打來了一木盆水，裏面有一塊很髒的粗布手巾，也沒有鹼皂跟肥皂。玉嬌龍皺了皺眉，可是沒有法子，遂就擰了一把手巾，把臉擦了；又向婦人借了一把破木梳，攏了攏頭髮。她坐在炕頭上，向身邊摸，那農夫夫婦齊都直眉瞪眼的看她摸什麼。待了半天，原來她是摸出來一塊黃澄澄的金錠，那農夫立時就變了顏色，驚詫着。

　　玉嬌龍卻把這塊金子放在農夫的手裏。農夫覺着很沉，手不禁有些顫抖，玉嬌龍就說：「拿去快給買一匹馬來，再買一套男人穿的衣裳來，快去快回，辦好了我還要另外給你錢。可是到了門外，無論見着什麼人，也不准說出我現在這裏，否則我就拿劍把你們全都殺死！」

　　她這話一說出來，嚇得那病孩子就哇的一聲哭了，婦人趕緊過來，戰戰兢兢的抱住那孩子溫慰。玉嬌龍卻很後悔，又掏出一錠金子來給孩子，說：「不要怕！我知道你們都是好人，但我不能不說這厲害的話，因為外面有人正在跟我作對。你叫什麼名字？多大年歲了？」

　　金子一到那孩子的手裏，孩子就不哭了，婦人也笑了，低聲說：「他叫三喜，我們姓柳，哪兒看見過金子呀？姑娘！」

　　姓柳的農夫也道謝，說：「姑娘請坐坐，我出去找個親戚家，給您辦馬去。可是，我們莊戶人家哪裏有馬？東村張家有一匹耕地的馬，可是太老了，還沒有小驢跑得快呢！」

　　玉嬌龍點頭說：「小驢也行，因為我急着要走，可是……」

　　姓柳的農夫說：「姑娘別囑咐啦！到我們親戚家裏，我也不能說實話。」說着他戴上一頂破草帽，就出門冒雨走了。

　　這裏，婦人給玉嬌龍盛了一碗米飯，玉嬌龍吃了，覺得很香。窗外雨聲淅淅，屋中越來越黑，那姓柳的農夫又一去不歸。玉嬌龍看看自己這身滿是泥水的衣服，昨天僥幸脫險，夜晚在麥地中趴伏了一夜，身上還有微微的傷痛；再想起昔日的富貴尊榮，跟羅小虎的相思繾綣，她不禁愁心如焚，幾乎要哭泣起來。

　　過了許多時，外面就一陣門響，玉嬌龍趕緊抄起來寶劍，到門前隔着破窗紙往外去看，就見那姓柳的農夫回來了。他牽着一頭小黑驢，白嘴白肚囊兒，十分的好看，另外還有鞭子、草帽和一件蓑衣。姓柳的農夫把驢放在院中，進了屋，他那蓑衣底下藏着一套藍布褲褂；雖然布很粗，倒像是新做的，還沒有人穿過的樣子。

　　農夫就笑着說：「這頭驢是我孩子的外婆家養的，東村的張員外給過八兩銀子他都沒賣。這衣裳做了就沒穿一回，是孩子他二舅預備娶媳婦時穿的。這蓑衣你老人家也披上吧！小心雨淋濕了身子，受了風寒。這頂草帽你老人家要不嫌破，我也送給你！」

　　玉嬌龍不禁笑了，說：「好！好！我謝謝你們啦！請你們暫時避一避，我換上衣裳當時就走！」

　　農夫趕緊走出屋去，婦人抱着孩子也避到一邊。玉嬌龍就換上了這身乾衣褲，又肥又大，真覺得難看；然後用濕衣服將劍裹起，跟婦人要了一根草繩將劍捆在背後，又把鞋繫緊了些，她就披上蓑衣，戴上了破草帽，遂即出屋。

　　那農夫趕緊把門敞開，把鞭子和驢絆交給她。玉嬌龍又掏出一塊銀子給了孩子，農夫就笑着說：「哎呀！這一下我們可發了財啦，老天給我們送來了財神娘娘！」婦人也笑着，拉着孩子的手說：「三喜！還不快給姑娘道謝！姑娘賞了咱們這許多金銀！」

　　玉嬌龍牽着驢出門，騎上去，農夫和抱着孩子的婦人都送出來，玉嬌龍就擺手說：「外面的雨很大，你們快快回去吧！咱們後會有期！」說着一揮皮鞭，小驢噠噠地走去。別看驢小地下又滑，跑得還是很快，不在健馬之下。玉嬌龍高興極了，也不顧傷痛，向前疾走。雨淋着身上的蓑衣簌簌地響，順着破草帽往下流水，四周圍都是濃煙雨氣。

　　她催着小驢一連衝過了幾個村落，忽然見面前的田禾劃分出三股小道，一往北，一往東，一往西，玉嬌龍在此倒猶豫了，心說：我往哪裏去呢？往東去找繡香？但李慕白現在就許已然去了。寶劍給他們不要緊，只是那兩部書，無論如何不能叫他們拿走！我不回去，他們還許不至於強逼繡香；我要是一回去，他們可真能逼我。往北往西，卻又覺茫茫無處投奔。

　　想了半天，就只好策着驢一直往北。她想找個市鎮或是縣城，暫且好好地歇息一天，再找家鐵舖買幾枝尖銳厲害的飛鏢，回去再對付李慕白和俞秀蓮。她匆匆地催驢緊走，忽聽身後有人厲聲叫道：“你是幹什麼的？站住站住！”

　　玉嬌龍吃了一驚，回頭一看，原來是兩個男子打着一把破傘，步行着前來。玉嬌龍就不懼了，收住驢，扭頭等着這兩人來到臨近，她見這兩人的樣子都不像是好人，當下就把臉一沉，問說：“叫我停住，你們有什麼話說？”

　　這兩人挺着胸脯，發着橫說：“你脊背後頭藏着是什麼東西？快拿出來看看！”玉嬌龍才曉得這兩人是趁雨打劫的強盜，看他們懷裏都露着刀柄，玉嬌龍就不禁冷笑，更厲聲些問說：“你們懷裏都藏的是什麼？倒來問我？”

　　這兩人一齊由懷中抽出短刀，每口刀約有半尺長，舉着晃了一晃。一個就揪住了驢尾巴，另一個一手打傘，一手握刀，瞪着眼睛說：“快滾下來！身上有多少錢？背後背着是什麼東西？快拿出來！還許饒你的……”“命”字還沒有說出來，就聽啪的一聲，玉嬌龍一皮鞭正抽在這人的臉上；這人啊呀一聲躺在了地下，傘在雨地上亂滾。那揪着驢尾巴的人握刀便向蓑衣上狠狠去扎，玉嬌龍又啪啪連抽兩皮鞭，這人便雙手抱住頭不住往後退。那躺在地下的人又爬起來，向玉嬌龍奔來，樣子兇惡極了，說：“好！你小子找死？也不看看我是誰？”

　　玉嬌龍自背後抽出青冥寶劍，寒光一抖。這賊看見人家的長兵刃露出來了，就趕緊抽回他的短刀；但哪裏來得及，玉嬌龍的劍鋒早已挨在刀刃上，不過輕輕一掠，半尺長的短刀就削得只剩了兩寸，空剩了個刀把。這人趕緊扔了刀回身就跑，那個人更不敢停留，也回身去逃。遺下的那把傘被風一吹，咕嚕嚕地滾去；那兩個賊以為是玉嬌龍追下來了，便一齊跪在地上磕頭求饒，及至回過頭來，才見是他們的那把破傘滾來了。雨愈大，穿蓑衣的玉嬌龍已收了寶劍驅驢走去。

　　玉嬌龍對於做這事倒覺太不值得，而且是一種羞辱；兩個持短刀行劫的小毛賊，也值得自己亮出青冥劍？這實在太侮辱自己的青冥劍了。但由此卻又感到江湖上坎坷難行，以自己這樣高強的武藝還得受大氣、惹小氣，處處時時都得防備着，真是討厭！因此又悔恨自己過去做的事，就想：若不認識羅小虎，若不護庇高師娘，若不惹下劉泰保，當然還得再沒有那魯君佩，自己此時不是仍然在北京宅中做小姐嗎？會武藝也沒有人知道，哪裏能在外面受這些氣，吃這些苦呢？想到這些，她心中非常不痛快。

　　往北走了許多里路，驢就漸漸喘得走不動了。雨落得更緊，地下的流水淙淙地響，四周天色都已發黑。蓑衣的草雖然很厚，可是雨水也將透過來；背上覺得發潮，而且傷處發疼，臉上、手上、腿上更是汪然往下流水。她把手伸出來用衣袖抹了抹臉，就見斜對面遠遠的仿佛浮着一片蒼綠，心說：那裏必有人家，我還是找個地方先歇歇吧！於是低着頭，掄鞭抽驢。

　　雨氣太重，鞭子都難以掠起；驢嘶叫着，一下就打了個前失，所幸玉嬌龍沒從驢上摔下。但她不得不下了驢背，揮鞭狠狠抽了幾下，驢只是跪在地上不動。

　　玉嬌龍又心軟了，她停住了鞭子把驢扶起來，就牽着去走，斜風暴雨如亂箭一般向她射來。兩旁地裏種的都是玉蜀黍，雖還沒有長起多高來，可是雨濯在那無數葉子上聲音極大；加以四周騰起迷茫的白氣，玉嬌龍連這頭驢，直是陷在浩蕩的大海之中，她就斜着身子咬着牙向前拽着驢走。

忽然見面前來了一個東西，玉嬌龍又拿袖子擦擦臉，定睛一看，原來是一輛帶棚子的騾車。車上都蒙着油布，車裏卻沒有一個人，只見趕車的人披着一身油布，搖晃着長鞭。玉嬌龍就叫道：「喂！喂！」對面這輛車在泥濘之中行得極慢，玉嬌龍又往前迎着，半天才走到臨近，她就啐了兩口雨水，問說：「你這車是往哪兒趕呀？我雇了吧？」車停住了，趕車的大聲嚷嚷着說：「你有驢，我們可不管！」

玉嬌龍聽了這話很覺詫異，趕緊走近車轅，說：「我又不白坐你的車，我給你錢，你憑什麼不管？」趕車的擺手說：「你有驢，又有蓑衣草帽，我們管你幹嗎？這車是聶家莊的，聶老太君的心願，一到大雨就派我們出來救迷路的，救了就送到莊子去款待；可得是單身，沒馬沒驢也沒雨傘的人才管，還特別為的是接待被雨截在野地的媳婦婆娘們。人家做的這是善事，又不圖錢，你有驢又有蓑衣，想坐這車可辦不到！」

玉嬌龍說：「你沒看出來，我是個……」本想說出自己是個女子，但又覺得這輛車來得可疑，遂就改口說：「我也是走迷了路了！這個驢剛才打了兩個前失，也不能再騎了。我又是外鄉人，來到這裏上不着村，下不着店，連方向都迷失了。你們既然是做好事，為什麼還要這麼挑人呢？」

趕車的皺了皺眉，仿佛是斟酌了又斟酌，就點頭說：「好吧！接了一個人，也就好回去啦！我們的幾個夥計還在那兒等着我摸小牌呢！好吧，你就把驢拴在車後頭，上車來吧！可是小心別髒了車褥墊，這輛車平日是我們八太爺坐的！」玉嬌龍更是疑惑，將驢就拴在車後。她脫了蓑衣跳上了車，露出她背後草繩綁着的亂七八糟的衣裳和一口寶劍。但那趕車的看見了，卻不怎麼驚異，只笑了一聲，說：「你看你這個樣兒？是怎麼回事呀！」便搖着鞭子趕着車一直走去。

玉嬌龍卻一手把他的胳膊抓住，趕車的人臉都嚇白了，玉嬌龍就瞪起眼來問說：「你要把車趕到什麼地方去呀？你們的莊子在哪邊？」

趕車的這才說：「莊子是在西南，可是咱們得先往東去，你看，這股道兒車能夠轉回去嗎？只好得繞個遠彎兒！」

玉嬌龍松了手，趕車的面色也漸漸緩過來，又懊煩地說：「我們這事情可真不好幹！平常倒沒有什麼事，只是送老太君、老太太、八少姨太太、八小姨太太到紫微廟燒燒香。」玉嬌龍聽他說了這些個「太太」，就更覺得新奇，趕車的又說：「八太爺也不常出門，只是拜拜府台，見見縣官。」

玉嬌龍就問說：「你們的八太爺他是做什麼官？」

趕車的搖頭說：「不做官，請他做官他也不做，大官得叫他八兄，小官稱呼他為八員外。」

玉嬌龍說：「他是個財主嗎？」

趕車的說：「財可多極啦！這一縣的土地，多一半是他老人家的。」

玉嬌龍說：「他的祖上是做官的？」

趕車的鞭子跟頭一齊搖着，說：「祖上也不做官，他祖上比我還不濟，跟你倒差不多，是指着趕驢吃飯。八太爺小的時候外號叫八隻手……」他打了個冷戰，又說：「這事情本地人全知道，可是你千萬別跟人去說，說了你就不能頂着腦袋走出這個縣了，誰不知道聶八太爺？」他一縮脖一翻眼珠，做出一副既佩服又很害怕的樣子。玉嬌龍卻咬着嘴，鼻子裏輕輕發出一聲冷笑。

　　此時，雨淋着車棚上的油布聲音越發大，騾子渾身是水在前面艱難地行着，車輪咕咚一聲陷下去了，又咕咚一聲翻起來，泥水隨着輪子往高處飛濺。順着泥途轉了個彎，確實是往西南去了，趕車的一邊吆喝着：「吆！吁！」，抽着騾子，一邊哼哼起來小曲，唱道：「小佳人你別想不開，俏郎君今天不來明天准來……倚着枕頭得了相思病，哎喲，小奴家的心懷不開！」玉嬌龍真想用點穴法把這人點下車去，但因想要看看那聶八太爺究竟是怎樣的一個強徒惡霸，要在這雨天荒野之間自己做一件轟轟烈烈的事，所以就暫時捺住了氣，隨着趕車的胡唱。

　　騾子走車顛，雨聲也越來越響，大地上田禾起伏，暮色已層層漲起，這時就進了一個村子，到了一個疊着石牆的廣大莊院之前。忽見有兩匹馬自後趕到，泥水飛騰，馬上兩條大漢，全穿着油布雨衣，齊說：「帶來啦？好！好！請下車！」玉嬌龍驀地吃了一驚，自背後亮出來青冥劍，把眼一瞪，趕車的嚇得哎喲一聲叫，就跟個賊似的向莊裏飛跑。

　　兩個馬上的人一齊抱拳，其中一人就說：「龍英雄，不要多疑！我們不是黑虎陶宏那等人，我家八太爺最重江湖義氣。前些日有自保定來的人說，陶宏他們得罪了一位會使寶劍的龍英雄，他們都吃了大虧！我家八太爺聽了就笑，說他們都混蛋，既有削銅斬鐵的寶劍，那一定就是了不得的英雄，不恭敬反敢去招惹，就是自找吃虧送死！」

　　玉嬌龍聽了這話，才知道他們原來是曉得自己的來歷，此次是有意把自己請來的，又聽這漢子說：「我們八太爺派人往各處訪了多日，也沒訪出龍英雄的大駕在哪裏，他常常歎氣，說今生恐遇不見這位高人。今天，恰巧雨天來君子，莊裏兩個小廝們喝醉了酒出去撞禍，便撞到你英雄的身上了。他們逃回來說遇見了削銅斷鐵的寶劍，八太爺就知道是龍英雄來到此地，遂就趕緊命我們前來迎接大駕。」玉嬌龍自北京出來以後，還真沒受過江湖人這樣恭維，她的顏色漸和，便點了點頭。

　　那兩人下了馬，正要往莊裏去讓，莊中已走出一人。這人身穿寶藍綢衫，身材真與那孫正禮差不多；紅胖的臉，沒有留鬚，可是有許多鬍子碴兒，全都蒼白了，至少也有五十歲。這人出門來就滿面笑容的把肥大的袖頭一拱，說：「龍英雄的大駕真請到了！久聞大名，如仰山斗，今天來此處真為敝莊生光！」嗓音發啞，但很渾厚。

　　玉嬌龍直瞪着秀目看着這人，問說：「你是誰？」旁邊人就悄聲說：「這就是八太爺！」玉嬌龍握劍冷笑，這八太爺卻說：「豈敢！豈敢！兄弟名喚聶如飛，族中排行第八，外人才稱我為八太爺；但是在龍英雄的面前，我卻不敢！」

　　玉嬌龍受了人家這樣的恭維，自己也就沒法再施展厲害了，遂也笑了笑，說：「你們這樣看得起我，我很謝謝你們！今天我是從這兒路過，遇見這討厭的雨，正沒地方去呢！你們既然誠意把我接來，我就不用客氣啦，只好在你們這兒打攪一天。咱們交個朋友，日後你們在江湖上如遇有什麼危難，我必幫忙！」

　　聶如飛連連拱手，大笑道：「那好極了！這實是我們三生有幸，請進！請進！請龍英雄切莫笑敝莊狹窄。」又喝令說：「把龍英雄的坐騎牽到棚下，用細草料喂，穿來的蓑衣拿到客廳去吧！」

　　玉嬌龍跳下了車，提劍往莊內走去。聶如飛深深拱揖，讓玉嬌龍在前，他隨在背後，他的背後又有幾名僕人。莊中房屋雖不少，但沒有什麼畫棟雕梁，院中也沒有鋪着磚，雨水沼成，與外面無異。聶如飛說：「請北屋裏去吧！」早有僕人趕過去高高打簾，玉嬌龍虛讓了一下，聶如飛便打躬說：“龍英雄先請！”

玉嬌龍進了屋一看，一通連的五間屋子很是寬大，裱糊得也相當乾淨，陳設桌椅不少，可是沒有什麼華貴的東西。最奇異的是迎面有一幅橫匾，上書“忠義草堂”，這名稱很怪。在左邊牆壁上有一幅大畫，畫筆粗劣，走近了去看，原來是“梁山泊忠義堂”的全景。玉嬌龍小時看過《水滸傳》，記得那部書的一開篇就有木刻的一幅圖，這就是照着那幅圖放大了描下來的。

聶如飛站在她的背後，說：“龍英雄請看，這張圖畫得怎樣？我花了五百兩銀從南方雇來人，半年才畫成的。龍英雄請細看，這山道上，屋裏，全都有人。這是行者武二爺，這是花和尚魯大師傅，他們二位英雄正在喝酒呢！再請看，這是母夜叉張家孫二娘，畫得真像個美人，哈哈！比那邊的扈三娘還畫得俏呢！忠義堂中坐的是宋公明……”說到這裏，他深深作了一揖，像拜佛似的，玉嬌龍見了就不禁要笑。

聶如飛又挺起腰來，說：“我自幼就敬仰梁山眾位英雄，所以十幾歲時我就闖蕩江湖，結交了許多江湖俠客、綠林英雄，只要是有名氣的人我就設法結交，可是我還沒遇見過及時雨宋公明那樣的好漢！”

玉嬌龍就問說：“你認識李慕白嗎？”

聶如飛說：“久聞其名，只是沒見過面，他若由此經過，我也想與他結交。”

玉嬌龍又問：“羅小虎呢？你認識不認識？”說出這話來，她不由有些臉紅。

聶如飛怔了一怔，就搖頭說：“此人的名姓我不大曉得，想是新出世的好漢？惡牛山有個焦大虎，那倒是俺的兄弟！”當下他恭敬地讓座，玉嬌龍把草帽摘下，拋在旁邊的凳子上，用手掠掠辮髮，就在椅上落坐，青冥劍就放在身旁。有個僕人托着盤子送來了兩壺酒、四盤菜，菜很簡單，酒杯卻很大。

聶如飛就為玉嬌龍滿斟了一杯，都溢出來了，玉嬌龍擺手說：“我不喝！”

聶如飛說：“不要多疑，我聶如飛的武藝雖然不高，生性卻光明磊落，酒裏不會有什麼毒藥，來！我先喝一杯叫你看。”說着他自己也滿斟了一杯，一仰脖咕嚕一聲全呷下去了，又笑着說：“你放心了吧？別說你遠路來，給敝莊帶來了運氣……”玉嬌龍聽了這話，卻又不由一陣驚愕，聶如飛又接着說：“就是行路的客商投到這裏，咱也不能錯待。江湖好漢講的是行俠仗義、四海結交、劫富濟貧……”玉嬌龍聽這又是一句賊話，便微微冷笑着，酒是絕不喝。

少時菜飯也送上來，玉嬌龍看聶如飛下了筷箸，自己才夾了一箸子吃。把飯吃過，就見聶如飛還在大箸子挾菜，大口地吞飯，眼見他一連吃下了五大碗飯，吃完了飯又喝酒；這簡直不像是什麼“大爺”，卻分明是個“大王”！玉嬌龍不禁又想起沙漠中的大盜、自己的情人羅小虎，其粗魯似不減於這人，然而自己當初為什麼偏偏要鍾情於他呢？太糊塗了！自己還希望他做官成親，也太妄想了！因此非常悔恨，但是又不由得一陣淒然。

聶如飛邊談話邊喝酒，酒越喝得多，他的脖子跟胖臉越發紅紫，話噴出來的越粗野，越發露出他的本性來。但玉嬌龍見他對自己倒是真誠的畏服，由他的話中也可以聽得明白，就是這聶如飛，他本與黑虎陶宏那邊有些來往。前些日自己在保定府憑單劍戰敗了黑虎陶宏、金刀馮茂、法廣、魯伯雄、米大彪，打死了飛鏢常那些英豪的事蹟，他全都曉得，所以他才把自己奉若神人。

外面的天色漸漸黑了，風愈急，雨愈大，只見有人進來點上了兩枝蠟燭。屋子大、燭光小，喝得半醉的聶如飛和他的幾個僕人，相貌都猙獰得跟惡鬼似的。待了一會兒，又有人背進來一份被褥，並把六張椅子拼在了一起，玉嬌龍就知道這是給自己預備的床，他們今天是留自己在此歇宿了。聶如飛還沒有吃完，僕人就紛紛地撤去杯盤，然後聶如飛站起來拿袖子擦擦嘴，又拱手笑着說：「龍英雄就歇息吧！明天再談。今天我真高興，酒也喝得太多了，我也真有點支持不住啦！哈哈！」一陣怪笑就歪歪斜斜地走出屋去了。幾個僕人也都隨着走出，玉嬌龍就看見他們的身後全在褲腰帶上插着明亮亮的短刀。

這幾人才一出屋，玉嬌龍就疾忙手持寶劍到門前，扒着門縫兒往外去看；就見那聶八太爺聶如飛是往後院去了，其他幾個人全都往前院走去。院中雨如稠絲，攪得天地皆暗，地下冒起許多泡沫，汪洋流着水，已將漫過了台階。簷水像瀑布似的嘩嘩往下急流。雷聲像聶八太爺的嗓子，粗重而沉悶地喊叫；閃電似刀光，一亮一亮的驚人。

玉嬌龍將門上的一個插關才插上，忽聽外面傳來一陣急驟的馬蹄濺水之聲，由遠而近，接着又聽咣當一聲巨響，像是那大莊院門開開了。玉嬌龍暗自驚異地想：他們怎麼有人這時候才回來呢？停了一會兒，就聽有簌簌的雨濯油布衣裳之聲，嘩啦嘩啦的蹚水走路之聲，唧唧咕咕的說話之聲，玉嬌龍疾忙回身將兩枝蠟燭吹滅，持劍扒着門又向外去望，就見是三個大漢一齊往裏院去走，有個人並指着她這屋，悄聲說：「就在這屋裏……」玉嬌龍十分驚疑。

那幾個人進去許多時也不見出來，玉嬌龍不由打了一個哈欠，兩腿也發酸，她就慢慢退到那幾把椅子的旁邊，將身一躺，覺得頭一沉似乎要睡。忽聽咕咚咕咚的一陣亂響，玉嬌龍疾忙將身坐起，睜大了眼睛，只見電光一閃，似火龍打了窗紙一下似的，緊接着喀嚓一個大霹靂，把房子震得都直搖晃。門外卻有人捶門，玉嬌龍就舉劍問說：「是誰？」往門口走近了兩步，又厲聲問說：「是誰？快說！」

門外雨聲如沙漠中刮起了大風，有個沙啞的嗓子說：「龍英雄！快開門！讓我們進屋，我是聶如飛，我要求你一件事！」

玉嬌龍吃了一驚，用劍一拍窗櫺，說：「你就在外面說好了！進來我的寶劍揚起，可是連我自己也攔不住！」外面說：「話太多，得慢慢商量！你快開門讓我進屋吧！」

玉嬌龍卻突然將劍鋒扎出門外，就有人哎呀一聲，咕咚摔在水裏，嘩啦嘩啦又往起來爬。

門外的聶八太爺有些憤然了，嗓子像霹靂似的說：「龍英雄！走江湖交朋友的人應當心明眼亮，不可疑心太重。兄弟是吃綠林飯的，老兄也看得出來，你跟咱全是一條線上的人，都要講些義氣。今天沒有旁的事求你，就是西面大道旁的紫微廟，從兩日前就駐下了帶着家眷的做官的人，因為前面的河裏漲了大水，他們不敢過，就停留在那兒啦！這是檔子好生意，他們的人不多，可是金銀一定不少。兄弟這二年家境不大好，看你也像多少日沒摸着油水似的，趁着這連夜大雨，咱們去撈一趟，彼此幫忙。我們仰仗你的武藝，你也得知情，我們給你拉線探風。這個好生意，做好了咱按份平分，不昧心；願意不願意就聽你一句話，絕不強拉硬扯，也不為難你，只講的是交情！」

玉嬌龍抽劍後退了兩步，倒有點發呆了，心說：原來這聶八太爺真是個賊首，他現在要去打劫官眷，還異想天開，強拉我去幫助他！我雖離家行走江湖，但我豈可做這盜賊之事？要是不管吧，他們也自會去打劫的，那不也如同是幫助了他們一樣嗎？心中轉了一轉，便說：「好吧！既然這樣，我就去幫助你們一回，這也不算什麼。可是他們既有官眷，一定有官差保護。”

　　聶八太爺說：“官差有十幾名，都不中用。只是有兩個保鏢，打着是‘臨淮鏢店’的旗子，要不是為這兩個保鏢的，我們還不能請你呢！到時只要你掐住了那兩個保鏢的，你就都不用管了，旁的事自有我們兄弟！”

　　玉嬌龍爽然說：“好！”回身拿起來草帽和蓑衣，剛要開門，忽然又止住了腳步，向外面說：“我這口寶劍雖然鋒利，可是沒有暗器也不行，你們有鏢沒有？借我幾枝用用。”聶如飛道：“鋼鏢可有的是！早先我練過，沒練好，就擱在一邊了。”遂就叫人到裏院去拿。

　　玉嬌龍這才把門開了，聶如飛等一共五個人都進來，齊哈哈地笑着，又秘密地談論着，聶如飛直向玉嬌龍拱手拜託。

　　玉嬌龍卻暗自冷笑，看他們那意思是就怕那兩個保鏢的，他們不曉得那二人的本事有多麼大，所以才完全仰賴我玉嬌龍。

　　待了一會兒，有人拿來了一個鏢囊，很沉重，囊中有二十多枝鋼鏢，每枝都有三寸長，都很銳利。玉嬌龍很是高興，掛在身上，外面披上蓑衣，又戴上草帽。

　　聶八太爺是一身短打，披油衣穿油褲，戴着一頂油布帽，一手提着把樸刀，一手高舉着說：“走！瞎蛤蟆領路！”那瞎蛤蟆就是白天打着雨傘搶劫玉嬌龍未成，倒被打了一頓的那個小子，他真跟個蛤蟆似的蹚着水走在前面，聶如飛在中，玉嬌龍在後，一共是八個人。

　　出了莊門，門外還有七八個人，並備有四匹馬。玉嬌龍就搶着上了一匹，聶如飛也上了馬，就吩咐走，並向玉嬌龍說：“龍英雄！我們可都是真心實意，為的是大家發財。天上打着雷呢，各人的心可都要放在中間！”

　　玉嬌龍說：“你們要不放心我，不如不叫我管！”說着臉色一變。

　　聶八太爺卻沒看出，反哈哈大笑說：“你要是不管，我們這件生意就做不成了！這兩天生意明擺在那兒，我們都沒敢下手。今天大雨，從天上降下你這條真龍！你就是不幫忙，不上手，也得跟我們去，叫我們借你個吉利。”說着揚起鞭子來又喊着：“快走！快走！”

　　當下許多人在前面跑着，如魚鱉蝦蟹，數匹馬像蛟龍似的在後跟隨。天空昏暗，一道一道裂着閃電，一聲一聲滾着沉雷，大雨傾盆，禾低泥濺。蹄聲踏踏，馬聲嘶嘶，嘩啦啦向西飛奔，馬上的幾個人不斷地鞭撻馬背，縱聲談笑。忽然聶八太爺幾個人一齊把馬勒住了，倒把後邊的玉嬌龍嚇了一大跳，也勒住了馬；就見前邊的人都一聲也不響，靜悄悄的，舉動都很遲緩。

　　聶八太爺等人下了馬，玉嬌龍也騙身下來，問說：“是怎麼回事？”聶八太爺就說：“到啦！把馬拴起來吧！”又向每個人都扒着耳朵說：“到時大家的手底下都要利落點！別拖水帶泥，別落帽留靴。要的是東西，做的是生意，別傷人結怨，別欺負人家的娘兒們！”說着，幾匹馬就由一個人牽往不遠之處的一片黑森森的樹林之中。玉嬌龍看准了那個地方，然後就隨着這些人一步一步地蹚着地下的泥水去走。

　　往西又走了一會兒，忽然見眾人走得更加謹慎、遲緩，借着天上的一道閃電，就看見面前有一片很高大的房屋，有高旗杆、刁斗，可以斷定這就是那座紫微廟。

　　玉嬌龍把聶八人爺推了一下，聶如飛回頭驚問道：“什麼事？”玉嬌龍說：“我先去，我先占住要緊的所在，然後無論誰出來，咱們也就好對付了！”聶如飛連連點頭，說：“好！好！”

　　玉嬌龍便提劍往前去跑，雨水在她的腳下嘩嘩地流着；蓑衣都已貼在身上，她索性脫去，一鼓勇氣往前直走。天上一道一道的閃光，仿佛為她打着燈籠。她就來到了紫微廟的牆後，就看見這牆上辟着個後門，閉得很緊。她飛身跳過牆去，腳踏在地下嚓嚓一陣亂響，原來這是個後園，種着滿地的青菜。

　　她往前走，躥上了大殿，殿宇上的瓦極滑，她就手按着瓦往前爬，雨水在手上潺潺地流。跳到了西配殿上，只見各殿中都黯無燈光，她就又往前院去走。前院的正殿中卻燃着黯淡的佛燈，她跳了下去，走到窗櫺前，扒着往裏一看，就見殿中香煙彌漫，有幾個僧人跪在佛前誦經，梆梆的敲着木魚，但被雨聲擾着顯得聲音極小。

　　玉嬌龍偷看了一會兒，又轉身，見東配殿燈光灼灼，窗裏邊還掛着紅色的窗簾，她就曉得官眷必是住在那配殿裏；只不曉得這是哪一省的官，大概也是晉京去召見的吧。她正想要去推門進屋，忽見有兩人自後院彎着腰走來了，閃電一照，二人的手中刀光灼灼。玉嬌龍早已掏出鏢來了，驀然就一鏢打去，立時就有個人叫了一聲倒下了。另一個人掄刀躍起，還沒撲過來，又被玉嬌龍一鏢打倒。

　　此時東配殿中就有婦女驚叫之聲，玉嬌龍便躍上了房。閃電忽又一亮，房上有兩個人爬着殿脊過來，刀鋒向前問說：「是誰？莊上的嗎？怎麼樣？不能得手嗎？」

　　玉嬌龍掄劍向前就砍，只見電光映着劍光，雷聲裏雜着慘叫聲，先後兩個賊人都被她砍得滾下房去。忽見對面西房上又有二人從上跳下，玉嬌龍也不管是誰，掏出鏢就打，那二人也應聲而倒。

　　忽聽雨聲裏又有人打呼哨，聲音十分響亮。下面也有十幾個人從前院來了，大喊着：「拿賊！在殿脊上了！」玉嬌龍知道這是官人和保鏢的，她就不再打鏢，踏着瓦很快地走往後院。只見後牆上黑乎乎地站着一人，口中把呼哨吹得甚緊，並啞着嗓子大喊着：「還有人沒有？快走！快走！風太大！」玉嬌龍又一鏢，嚷聲忽斷，那人已摔在牆外。

　　玉嬌龍追過去，就見那人正在地上爬，哎喲哎喲地叫着，正是那轟八太爺。玉嬌龍一躍而下，先踢開他身旁的刀，然後彎腰將他身上披着的油布衣裳剝下。轟如飛就哀求着，說：「鏢頭饒命！」玉嬌龍將他踢得順着水滾出很遠。

　　玉嬌龍披上油布衣裳，又重新跳進牆去，蹲在園中的蔬菜地裏，雨從她的頭上直往下流，泥水在她的踝骨間蕩漾。她細心向前院聽了半天，見並沒有什麼太嘈雜的聲音，就又躥上了正殿。只見西殿東殿都有人站着，電光閃耀之下，她看出來是官人和鏢頭的樣子，因為賊人絕無此膽。她便飄然躍下，如一股輕煙直鑽進了東配殿，原是想去告訴那官眷說：「你們不要怕！我是俠客龍錦春，特來救你們！」

　　可是外間桌上只有盞佛燈，裏間有杏黃緞門簾隔着。外屋雖無人，裏間卻不像是一個人在說話，玉嬌龍就不敢貿然進去。她摘下草帽，連油布衣裳一起挾在臂下，另一隻臂挾着青冥劍，如同一隻貓似的就躥在了佛桌底下。前面有桌簾擋着，她在桌底下低着頭蹲伏，觀看動靜。

　　少時門一開，進來了四隻水淋淋的靴子，是兩個官人就站在這裏。一人隔着門簾向裏回道：「回稟大人！賊已被打走了。捉住了兩個，身上都受着很重的鏢傷，一個是快死了，一個是咬定了牙關不說話！」裏屋的大人就回答說：「那麼，先把他們押在前院吧！明天再交衙門。好好看守，叫兩個鏢頭不要離開這院！」官人答應了一聲：「是！」靴子一齊轉過來，輕輕又往屋外去了。

　　此時佛桌底下的玉嬌龍卻極為驚愕，因為聽着裏屋那位大人的語聲兒好像十分廝熟。她非常疑惑，雖然覺着那兩個鏢頭一刀一槍都沒有費力，憑白地邀功固然可笑，但自己可也不敢貿然進屋去現出俠客的身份了，暗想：這官大概還是個京官，也許與我家有親故的關係？在北京時我跟這人見過面？

此時又聽屋中有婦人和孩子們說話，她趕緊掀開一角桌簾，側耳向裏屋靜聽。裏屋的杏黃緞子的門簾直飄動，傳出廝熟的婦女之聲，是歎着氣說："盼望明天雨住了吧！快些過了河，到了北京這顆心就放下了！母親的病也不知怎麼樣？她龍姑姑多麼明白的人，料想她不能夠不回來！"玉嬌龍覺得頭髮都悚然豎起！這聲音她聽出來了，正是她的長嫂，哎呀母親原來病了！她不禁淒然落淚。

忽然門又響了，她趕緊放下桌簾，就見由外邊又進來一個穿便鞋的人，到簾子前向裏面說："回事！請大少爺、大少奶奶、姑娘、少爺都別驚！剛才是有俠客暗中把賊人打走的，因為那兩個鏢頭都不會使鏢，可是捉住的賊人都是受了鏢傷的。口供也問出來了，他們說，他們就是附近住的人，他們的首領是叫什麼聶八太爺，平日專幹這些勾當。今天還有個男不男女不女的大強盜幫助他們，那個人大概是跑啦！"這聲兒更熟，是隨侍玉大少爺的僕人連喜，他是在新疆長大的，上次玉嬌龍出嫁的時候還在宅裏幫忙呢！

玉嬌龍暗中擦着淚，連大氣兒也不敢出，只聽屋裏她的長兄，現任鳳陽知府的寶恩說："好啦！知道了……"語氣頓了一頓，又隔着簾縫悄聲說："可以問問本廟的住持，那個聶八太爺平日是個怎樣的人？在本地有多大的聲勢？如若……他們是本地人，別為這事叫他們跟這廟結仇。如若確實是因窮為盜的小賊，釋放了也可以，你問朱班頭要主意吧！斟酌着辦，不必再來問我了！"連喜應了一聲，轉身出去了。屋裏的寶恩又歎息一聲，似乎是自言自語地說："我倒願意真如人所傳言，龍妹妹真有那份本事！各地的盜賊也太多了，應當有些遊俠出來，咳！"

玉嬌龍真想要躥出桌去與兄嫂相見，但是，自己現在這個樣子能見誰呢？自己過去所做的事雖然能博得哥哥的同情，但是他又有什麼辦法可以解去自己所有的困難，而使自己仍然能回到家裏去當小姐呢？她暗暗地啜泣着，又想：也不知母親現在是患了什麼重病？當然是與自己的事情有關了，可憐的母親，誰叫你生下這個不成材的女兒呢？她索性坐在了佛桌底下，悲痛得渾身都無力，假使這時有人進來，很容易把她抓獲，但是沒有人進來；只有窗外的雨水，仿佛和她的淚水在一起流。

過了多時，有個僕婦自裏間戰戰兢兢地走出來，把屋門關嚴，然後在外間佛桌旁鋪了兩個蒲團，她就在上面半坐半臥地睡覺。她離着玉嬌龍不遠，若是一扭頭，若是她的目光敏銳，便可以發現佛桌下有人；可是待了一會兒，她就打着鼾聲睡去了。玉嬌龍已看出這座廟的客堂一定不多，長兄寶恩必是趕着赴京省視母病，被河水所阻，暫住在這荒僻的寺宇之中，也確實是無法。心中思忖了一會兒，便放下了劍和草帽、油布衣服等物，慢慢地鑽出來，站起了身。貼着簾縫聽了半天，只聽見一片輕微的鼾聲，她慢慢地走進了屋裏。

忽然窗外閃電一照，她疾忙伏身，卻看見一張雲床上並臥着兄嫂和姪女、姪兒一共四口，地下是箱子包袱。她順勢把手探到一隻包袱裏摸了一摸，摸着的是衣服和靴子，她就提起來輕輕地拿到外屋，用那件油布衣裳裹好。然後她又輕輕地進來，在床旁靜靜地站立了一會兒。電光在窗外又一閃，她就蹲下身來，把手撫在她姪女的頭髮上，輕輕地搖動了一下。小孩子喘了口氣，似乎在半睡半醒之間，玉嬌龍就趴在她的耳朵邊說："不要怕！我是你龍姑姑！"小孩子當時驚叫了聲："龍姑姑！"聲音很高。

玉嬌龍趕緊出屋，拿起包袱和寶劍、草帽，匆匆開了屋門向外走，就聽裏屋在說：“什麼事？蕙子！好孩子！你說夢話了？”“不是！是龍姑姑來啦！真來啦！”“怎麼？屋門響？是妹妹來了嗎？你的事別發愁！進來吧！我已想到是你來救我！”“龍姑姑！”最後是兩個孩子齊喊，燈也驟然亮了。

玉嬌龍流着淚飛身上房，心痛得站立了一會兒，然後一咬牙，如飛煙飄雲，倏忽間就走去。但她並沒離開這座廟，她在閃電之下四下尋找，就找着了寄存馬匹、車輛的一個院落。院裏有黑兀兀的兩間小屋，車夫們大概就在那裏熟睡。借着閃電見馬棚下繫有十餘匹官馬，她知道這些馬多半還是伊犁馬，因為她的長兄雖是個文官，可也生平酷愛騎射。她特意找了一匹較為矯健的，解下來，就開了那後門走出。身後倒沒有什麼動靜，她將包袱和寶劍全繫在馬上，騎上去蹚着泥水走去。

雨是微了一些了，她一直走進了遠遠的那片樹林，林很深，剛才賊人所繫的那幾匹馬都已沒有了。她試探着往裏走了走，就下了馬，將馬繫在一顆樹上，然後由泥中拔出腿來，蹬着馬背爬上了這顆大樹。她找了個枝叉將身躺下，用草帽覆住了臉，雨水淋着她的全身，十分寒冷，但是她太倦乏了，在此就不知不覺地睡去。

次日她被鳥聲吵醒，睜眼一掀草帽，草帽就掉在樹下了；林中煙霧彌漫，葉間仍垂滴着宿雨，身上落了許多樹葉。她舒了舒身子，便又蹬着馬背下來，地上的泥水真深，群鳥驚噪。走出樹林一看，雨雖已住，天尚未晴，南邊遠遠一抹紅牆，被雨水沖洗得很嬌豔。北邊，原來林外不遠就是一條茫茫的大河，河中已有幾隻很大的船，船上有許多車馬，往北岸渡去了。玉嬌龍不由得叫道：“哎呀！他們已經走了！”於是趕緊回到林中，將馬背上的包袱打開，見其中卻是兩身官服、三身便服和兩雙靴子，都是她大哥的。她就想：我的身量跟我大哥高矮差不多，穿上他的衣裳也許合適。

於是她就坐在馬背上，將自己身上又濕又髒的衣裳完全脫下，換上了她大哥的一身便服，是一件藏青羽紗的大褂，外罩青緞馬褂，裏邊可沒有什麼襯衣，下面是寶藍洋縐褲子；這身衣裳雖然不算很長，可是肥大得很。尤其是那雙靴子，太大了，她就將一身官服用劍割碎，在腳上裹了許多綢緞的條子，這才蹬上靴子。然後將包袱在馬背上綁好，寶劍藏在包袱底下，她就解開了馬，走出樹林；再向河那邊望去，只見她大哥的那些車馬已然全都渡過去了。

玉嬌龍飛馬來到河邊，點手招喚渡船。那使擺渡的一看她穿的這身衣裳，又是官靴，就以為她是丟在後邊的官人，跟前面那幾輛官車是一起的；便把船攏岸，叫她連馬上了船，篙聲波影地渡到了北岸，也沒跟她要錢。

玉嬌龍一登上岸，就上了馬。因見前面的官車走出未遠，所以她並不急急去追，反按住了馬，就在後面暗暗地跟隨，總不離遠，可也總不挨近。前面的官車在路上停住了打尖，她就也駐馬用飯，但絕不在一處。前面的官車到晚間投入了店房了，她也必要跟隨混入，可是覓單間，不使人注意到她的形蹤。深夜裏她可又提劍出屋，在長兄嫂行台附近巡邏。

如此連行數日，這天中午時候，眼前就看見了巍巍然的京城。玉嬌龍不由得一陣心痛，看見哥哥的官車一直趕往城裏去了，她便黯然地先在關廂中找了一個小店，將馬寄存，並挨延着時間。好容易盼到天色快要黑了，她這才潛身混進了城門。此時滿天紫霞，城樓上鴉群亂噪，大街上人往車來，還是那般熱鬧；她卻心情惆悵，愴然欲哭！離京才一月，但竟如同經過了幾十年。

玉嬌龍來到京城第一個去處，就是到西河沿的一個小門前。她先去敲門，連敲了許多下，才聽裏面有婦人聲音說道：“喂！喂！找誰呀？”

　　玉嬌龍隔門縫悄聲說：“是我！你快開門！”裏邊說：“你是誰呀？你有名姓沒有？我男人沒在家，院子裏就是我一個，知道你是幹什麼的呀，我就給你開門？”

　　玉嬌龍在外面說：“魏三嫂你快開門！我姓龍，上月我是從你們這兒走的，我現在來拿衣裳來啦！”裏面一聽，突然半天沒人言語，也沒有動靜。

　　玉嬌龍把門又敲了兩下，紅臉魏三的老婆才把門開開，玉嬌龍跳進院，隨手把門關上，就往屋裏直走。

　　到了屋裏，那婦人隨着進來，把嘴一撇，笑着問說：“你怎麼又回來啦？跑了一趟哪兒呀？”

　　玉嬌龍坐在炕頭，劍就放在身旁，喘了喘氣，問說：“你男人怎麼沒有在家？”

　　婦人說：“這些日晚上他都不在家，天天到鏢店去賭錢，把我的褲子都快輸出去了。”

　　玉嬌龍又問說：“北京城近日沒有什麼事嗎？”

　　婦人說：“事兒可是天天有，這麼多少萬萬人，爭名圖利，好酒尋花，哭的笑的，誰家誰人沒有點事？”說着給玉嬌龍斟過一碗茶來。

　　玉嬌龍說：“我問的是，城裏現在有什麼新奇的事沒有？”

　　婦人說：“新奇的事這些日子可少了！就是順天府丞魯翰林娶的那位奶奶，到現在還是不能夠出屋見人，聽說是衝撞了狐狸精，還有……讓我來想一想。”這婦人很健壯的身子倚着一隻立櫃，她拿手搉了搉頭髮，就說：“再沒有什麼事情了！我男的不常回家，我又不出門，前門城樓子要是塌了的話我也不知道！”露出黑牙笑了笑，又說：“到底怎麼樣？外頭的買賣好做不好做？我男的現在連賭帶花，在外掏了許多虧空。昨天他又手癢了，他想要到外邊混混去，咱們搭夥好不好？”

　　玉嬌龍緊皺着眉，搖頭說：“你們不知道！我跟你們不是一類的人。我的馬在城外店裏，我在那兒住着不便，我想在你這兒借住兩天。這兩天不要叫你男人回來，今天，明天，後天我就要走了。”

　　婦人說：“這不算什麼的，全是朋友，又不是一天半天的交情啦！別說你只在這兒暫住，就是住個兩月半年，准保吃喝一頓也不能缺。我男人，紅臉魏三那王八蛋，他更樂啦，他在鏢店裏一住，更沒有管主啦！”

　　玉嬌龍點點頭，隨着又長歎了口氣，婦人問說：“你吃了晚飯沒有？可別客氣！”玉嬌龍搖頭說：“我沒吃飯，可是我不想吃。”她打了個哈欠，因為這些日她所遇的盡是些驚險、爭鬥、勞碌之事，如同是一個自戰場歸來的勇士，雖然心猶有餘，猶可以振作，但力氣是有點不足了。她恨不得即時就睡一覺才好，但隔城宅中就臥着病重的母親，自己哪能一刻坐立得安？哪能睡得着覺？只盼這時天再黑些，更鑼再多多敲幾下才好。她連聲地歎氣，默默地坐了些時，魏三的老婆跟她說了許多話，並要跟她抹牌玩，她卻一句話也不回答，心情愁惱極了。

　　又過了些時，她就跟魏三老婆借了一件深藍色的布小褂穿上，將褲腳也繫緊，辮髮盤在頭上。那婦人在旁笑着說：“我的姑奶奶，您這是怎麼個打扮呀？這要叫人瞧見……”玉嬌龍說：“少說話！我去一會兒就回來。千萬記住，別跟旁人說，我到這裏來了！”婦人說：“咱們這些日的交情啦，我們又不是第一回給你辦事，你難道還不放心嗎？”

　　玉嬌龍冷笑說：“我有什麼不放心？出了事你們也好不了！我雖然也闖蕩江湖，可是我的手下沒有案，你們，尤其是你的男人，他的底我全都知道。”婦人臉色變了變，雙手一齊擺着，說：“話既說到這兒，也不必再往下說了，你要辦什麼事就快點請吧！可是，要小心一點！現在不似前些日。”玉嬌龍驚問說：“怎麼？”那婦人就悄聲說了四個字：“處處風緊！”

　　玉嬌龍卻不在意，提劍出屋，就見天空星月茫茫。她悄悄爬上牆頭，向下一看，巷中已無人行走；她就翻過牆來，貼着牆根疾疾地走。少時就來到城牆下，她將劍插在背後，然後用雙手摳着城磚，如個壁虎似的很快地向上去爬；遇着有斜生於磚縫之中的松樹、酸棗樹，她就拔攀着，用力向上去躥。少時她的雙手就揪住了城垛口，一翻身就上了馬道。

　　城上淒涼得如一片沙漠，斜月下照，只有她的影子淡淡地在地下浮動。此地的風很涼，她先坐在垛口上歇憩了一會兒，就依舊摳着城牆，向下去爬，就進了內城。於是她就穿越着曲折狹窄的小巷，避着悠悠的子時更聲，走了多時，她才來到鼓樓迤西。上了坡，她不由得心裏一陣發疼，眼睛也有些發酸了。大門前槐樹的枝葉蔽住了天上的星光，月光不知怎會透進了林中，將淡青的顏色在朱門上抹了一筆，看上去如同是山中的一座古廟，更顯得蕭索荒涼。

　　她飛身上房，踏着屋瓦，很迅速地，但是無聲地，就走到了後院。此時各房中盡皆黑暗無燈，只有北屋她母親所住的裏間，紗窗上浮着一層極淺的嫣紅色。她曉得那是她母親床前的一隻燈座上有個“福”字的銀燭台，點着那紅色的羊油蠟燭，為的是不傷眼睛。然而這種光色愁黯得很，有如她的心情一般。

　　她輕輕地跳下房，腳底下覺得酸軟極了，淚水不自禁地由眼眶裏流出，流到她的嘴角，浸入唇中，又鹹又苦。她幾乎要悲哽出來，但極力忍抑着，就慢慢地走到屋門前。試探了一下，覺得門從裏邊關插得很緊，她先彎下腰，輕輕地將寶劍平放在窗前的石階上，然後伸着手指從裏面去啟門。她對於這種偷偷的啟門技術，向來精通、敏捷，然而如今到了自己家裏了，她反倒畏懼似的，十個手指不住地亂顫。半天，她才將屋門啟開，還發出一些聲音來。她側着身，如同牆上的月影似的極慢地移動。

　　快走到裏屋前時，她覺出外屋門是睡着一個人，這人像睡得正酣，腳步才微微快了些。她飄然地啟簾直進裏屋，一股藥味直鑽入鼻子裏。紅燭的光在她的眼前一迸，她就覺着眼睛裏有許多瑩瑩亂轉的液體，看室中的一切東西全都繚亂。

　　她疾忙用袖子擦了擦眼睛，蹲下身，慢慢蹭到靠後牆的綠緞幔帳之前。她用手徐徐地撩開，燭光就投進帳內，紫色的緞被，紅色的枕頭，枕上睡着垂着蒼白頭髮，臉上皺紋似愈多，目闔口閉的母親，她在心裏叫了一聲：“母親！”便愴痛地用手摸着她母親的臉。她覺得母親的臉很熱，心裏又是一驚。

　　這時玉太太重重地出了口氣，她疾忙將手縮回，趴伏在床下，淚水便一滴滴落到地下的方磚上。待了一會兒，她慢慢地又直起腰來，聽母親呻吟了一聲：“哎喲！”翻了個身臉朝裏去了。她用帳角擦擦眼淚，跪在床前，雙手搭在她母親的被上，又不禁一陣劇烈的抽噎。忽然聽她母親說：“快把水拿來吧！錢媽！”玉嬌龍疾忙拿帳子遮住自己的身子，輕輕地帶着悲聲答應了一下，然後將幔帳掩好。她到桌旁去拿藤編的暖壺，倒了一茶碗釅茶，又輕輕地走到床前，用幔帳遮着自己的身，略略扶起母親的頭，喂了幾口水。她的淚仍簌簌地不住地流，希望叫母親睜眼看看自己，可是玉太太的眼睛並未睜開，她喝完了水又重重地喘了幾口氣，就又翻身向裏，並且呻吟了一聲：“龍兒啊！唉……”

　　玉嬌龍把臉貼在被褥上，一會兒，就覺得母親已經睡熟了。她流了許多眼淚，心中旋回了多次，還是將幔帳平平地閉上，把茶碗仍放還原處，輕輕地退身出屋。

走到門外，將屋門掩好，卻又不放心，她重新進屋來，將在外屋支舖酣睡的錢媽重重地推了兩下。錢媽驚醒，坐起來問了聲："是誰？"玉嬌龍一聲不語，疾快地出屋，拾起寶劍飛身上房，越過了西房後的那所花園，心中益發悲痛，忍了一忍，越牆而出，便下了高坡。回首又看了一眼，只見樹影鬱然，月色愈晦。

她往西一直走去，才走不遠，見眼前走着一個人，忽然躺在地下了，把她嚇了一跳！她疾忙閃在一邊，手橫寶劍。但是這個人忽又爬起來了，歪歪斜斜地走着。玉嬌龍想着這人是個醉鬼，大概是醉糊塗了，回不了家啦，便沒有介意，穿越着小巷又緊緊往南去走。

可是她覺得吃力極了，因為心中既悲，身體也極疲憊，頭也覺着昏沉，就想：回到紅臉魏三家裏，好好休息一兩天，然後置幾件衣褲鞋襪，再於夜間看看母親的病情，就，就還是走吧！或是到柳河村祝家會着繡香一同南下，往新疆去找舊時的女友美霞也好，或是索性往巨鹿去重戰李慕白與俞秀蓮！

她走了多時，才到了前門的城根，實在太疲憊了，她就在地下坐着歇息了一會兒，幾乎要睡着了。天際的烏雲遮住了黯月，順着城牆掃過來一陣陣的涼風。忽聽長巷中的更鼓敲了四下，玉嬌龍打了一個冷戰，站了起來，她就一振勇氣，爬過了城牆，疾疾地走到了西河沿。

來至紅臉魏三的家門前，越牆進去，就見那屋中已沒有了燈光。她手中持劍進到屋中，摸着了取火之物，點上了燈，就見屋中另支了一份床舖，上面鋪着一份褥枕，看來是為她預備的；炕上卻是那紅臉魏三的老婆，掩被睡得正香，還露出一隻很胖的胳膊來，簡直跟一隻豬似的。玉嬌龍心想：這家人倒還誠實，他們也是畏懼自己的武藝吧？不由連打了兩個哈欠，吹滅了燈，倒在床上，臂壓着寶劍，又流了兩行眼淚，便不知不覺地沉沉睡去。

在睡夢中，又夢見母親忽然病死了，她看着衣裳不住地哭；又覺着是羅小虎突然自暗中撲出來，用臂將自己緊緊抱住，她便罵道："可恨！不成材！"羅小虎只是笑着，兩臂如鐵箍似的將自己的身子箍的很痛，氣也喘不過來。她不禁大嚷了一聲："快放開我！"忽然驚醒，睜眼一看，原來實在是有人按住自己，已用繩子捆住了自己的手腳。她驚極了，翻身要起，但哪裏翻得起來？按住自己的又不像是一個人，全都力氣很大，玉嬌龍就嚷了一聲："你們敢……"但覺得身上的綁繩越繞越多，越捆越緊，捆她的這兩人全都氣喘吁吁，玉嬌龍就咬牙罵道："紅臉魏三你王八蛋！想害我？我死了你也不能活，我被交官你也跑不了！"

那紅臉魏三卻發出獰笑，說："我倒是不怕了！告訴你吧，我們今天是奉官捕你！"玉嬌龍嚷嚷說："我不是強盜，我是玉……你以為捉我到官我就怕嗎？"

紅臉魏三說："因為你不怕，我們才捉你；因為你是玉嬌龍，我們才把你上捆繩。乖乖的吧！讓我們把你送個好地方去。"

玉嬌龍啐了一聲，嘴唇碰着個什麼東西，她用牙就咬，只聽那魏三的老婆媽呀一聲怪叫，疼得直吸氣，連聲叫着："哎喲！哎喲！哎喲……"紅臉魏三回手把燈點上，燈光照着兩張又紅又黑的臉，都喘吁吁的，那魏三老婆的肥肉上滿流着汗。

玉嬌龍見自己的雙臂已被倒捆在背後，渾身上下亂繞着很粗的繩子，直纏到腳根，而青冥劍就斜躺在床角。她就全身用力想去挨着那劍鋒，把身上的綁繩給磨斷。紅臉魏三慌忙過來抽劍，玉嬌龍狠狠地用力，一條左腿已然掙出，咚的一聲將紅臉魏三踹得滾在地下，寶劍也噹啷一聲落下了床。玉嬌龍身子一挺，獨腿向下一跳，那魏三老婆卻撲過來緊緊將她抱住。玉嬌龍把頭向魏三老婆的臉上一撞，又咚的一聲，正撞在魏三老婆的眼睛上；這老婆又怪叫一聲，但是兩隻胖胳臂卻緊緊抱住了玉嬌龍的細身子，死也不放。此時那紅臉魏三又將玉嬌龍的雙腿緊緊地纏住，多加了幾條繩子，原來他們的那隻櫃裏早已預備下了很多繩子。

此時窗外似乎有車輪咕嚕嚕的一陣響，驟然又停住了，紅臉魏三就說：「來啦！」他趕緊跑出去開門。這裏玉嬌龍被魏三老婆平放在地下，她知道掙扎是無用了，就瞪大了眼睛問說：「快說！你們是安的什麼主意？打算把我交到什麼地方？告訴你們，你們若想還活，就趁早放開我！」

正說着，外面又進來了三個人，很匆忙地抬起來玉嬌龍往屋外就走。玉嬌龍的身子直挺，大聲嚷嚷：「你們是強盜！快放開我！」這幾個人全都一句話也不答，就直把她往外抬。抬出街門，外面就橫停着一輛棚子車，玉嬌龍又嚷嚷說：「你們搶人！」忽然一塊手巾堵在她的嘴裏，她只哼哼着，就被塞進車裏，還有個人說：「慢慢的！」

一言未了，忽然由車底下鑽出來一人，這人說：「慢慢的？你們就先都慢慢着走吧！到底你們吃了什麼狗熊肝、老虎膽，敢來私劫正堂大人的千金？」

他的話才說完，有個人就把他向旁一拉，說：「你看看這個！」這時天已快亮了，此人手中的東西很能看清楚，這由車底下鑽出來的人一看，原來是個衙門裏的人才有的、上面蓋着火印的腰牌。

這個想打不平的人就不禁驚訝說：「啊！你們哥幾個原來是官人？」官人把腰牌別在腰上，就說：「你知道了就得啦！我們這是差事，你少管！你今兒怎麼樣？撈着點了沒有？天快亮了，快走吧！以後你小子留點兒神，想去上誰家撈的時候，先得提防點我！」說着順勢一腳。那人卻早溜開了，還說了聲：「得！我走！謝謝諸位抬手！」

這裏玉嬌龍臥在車裏，她氣極了，悲痛極了！《九華拳劍全書》上所有的武藝，到全身被綁的此刻也一點拿不出來了。車簾已放下，車窗外的話她卻聽得清清楚楚，只聽有人說：「那傢伙是個幹什麼的？」

「還不是小賊？他打算攔住咱們沾點兒油水，他瞎了眼啦！」

「應該把他也抓住！」

又聽是魏三說：「值不得！那……」

又有一人不耐煩地回答他說：「你放心吧！怎麼說一定就怎麼算，還能坑了你？你只把嘴堵嚴些，脖子縮到蓋子裏就得啦！」車動了，車輪響着，也不知是向哪裏走去。

少時東方已現出了曙光，曙光漸漸伸展，偉大的京城又自星稀月淡之下恢復了光明，晨風順着城根飄着。正陽門的門洞開了，有許多人擁擠着出出入入，其中有一個人，就是剛才從那車底下鑽出被認為是小賊的人，他也混進城來，倉倉惶惶直往東城去走。

東城，朝陽已照到了各個大小胡同。三條胡同德家，雙門仍然緊閉，旁邊的車門更似久已不開。這個人直到正門去扣銅環，少時，裏面有人把門開開，出來的人吃了一驚，接着又笑說：「呵！劉二爺！今天您這麼早……」

這個劉二爺就說：「早？我還覺得晚呢，一夜我也沒睡！五爺起來了沒有？就說一朵蓮花找他有事相談！」說着，進到門裏，隨手關閉了大門，還抱起來一塊石頭咕咚一聲頂上。他喘了喘氣，滿臉是汗，嘴上新留的小鬍子上都掛着許多水珠。

這僕人是德家的壽兒，他知道劉泰保這些日時常晚上來見五爺，但白天他從來沒露過面，就如同是個耗子。可是今天居然一早就來到，壽兒遂悄聲說：「您上書房坐一會兒去吧！我去回一聲我們老爺，大概是還沒起來呢！」他遂就進裏院去了。

這裏劉泰保自己進了書房，就往床上一躺。半天，德嘯峰才進屋來，當時就悄聲問說：「有什麼事？」

劉泰保趕緊坐起身來，拿手向空中指點，半歎息着說：「大糟而又特糟了！怪事裏又出怪事！」

壽兒把熱茶送到他的近前，德嘯峰點着了水煙，壽兒又出去了。劉泰保這才跑到德嘯峰的近前，說：「五哥，你不是說玉嬌龍這些日病不見人有些可疑嗎？我就天天夜裏到玉宅的高坡前去蹲着。我想，無論玉嬌龍是藏在魯宅，躲避羅小虎，或是她已然離開了北京，反正她早晚是要回娘家的；尤其這幾天玉太太病得要嗚呼，她大哥二哥都回來了，她在別處聽了信兒，還不心動？還不來個深夜探母嗎？果然不出我所料，昨夜子時之後，我就看見由玉宅院中飛出來一條黑影！那身手，那細腰兒，那手中閃閃的劍光，除了小狐狸玉嬌龍沒有第二份兒！」

他喘了口氣，又接着說：「那傢伙的眼睛真厲害，一下子就把我瞧見啦！我趕緊裝了個醉鬼，又因天黑月黯離着遠，她也看不出來我的模樣，就算把她蒙過去了。我見她一直往南走，我就遠遠地在後跟隨着。玉嬌龍那麼神出鬼沒的人，昨天可不知她有什麼心事，走路像沒勁兒的樣子。後來她走到前門城根，就坐在地下歇着，我就早爬上城去了；等她上了城又下去，我早過了城牆，藏在她的前頭啦。我跟螃蟹似的，橫着走道兒，眼睛瞪着她，就瞧她進了西河沿一家小門。這家子我認識，是鏢行裏的一個小混夥，名叫紅臉魏三，他的老婆叫大母驢，兩口子都有兩膀子力氣，在京城雖也住了幾年了，可是他們的來歷真有點測不透。我看玉嬌龍進去了，我就爬上牆頭，一看屋裏通黑，我又不敢進去，害怕她那小箭。在門口蹲了半天，我就想到全興鏢店去找兩個夥計幫助我，不想才走到珠寶市就遇見一輛騾車。那時就四更多天了，騾車又沒帶着燈，我就覺着怪，疾忙折回來，跟在車屁股後面。不料這輛車正停在魏家的門首，裏邊可就有人嚷起來，又尖又細聲音又急，我想多半是玉嬌龍。車上的幾個人都進去了，我趁着趕車的不在，就趴在車底下觀看動靜。待了一會兒，果見他們抬出來一人，正是玉嬌龍，身上的那繩捆得很緊，連嘴都被人堵住了。」

德嘯峰聽到這裏，神色漸變，手中的水煙自然地燒着，眼神也發了呆。

又聽劉泰保說：「那時我很詫異，我想玉嬌龍的本領多麼高強！我費了一小年的力對付她，一次也沒得過手，如今這幾個傢伙是哪一路來的好漢？玉嬌龍怎會招惱了他們？他們把人捆上車去運走，是要往哪裏去呢？我就鑽出車去，想要嚇他們一下，不料……」

德嘯峰仰起臉來問：「這幾個人到底是幹什麼的？」

劉泰保用兩個指頭一拍桌子，悄聲說：「他們掏出腰牌來了！我一看是官人，我就連頭也不敢抬，車也不敢追，趕緊回身就走。他們還以為我是個小偷，可是我沒敢爭辯，我就趕緊來啦！」

德嘯峰聽了這一席話，就擺了擺手，不叫劉泰保再說了。

劉泰保搬了個小凳兒，就坐在德嘯峰的斜對面，他喝完了一碗茶，又自己斟着茶喝。

德嘯峰就納悶地說：「不會是假冒的官人吧？玉、魯兩宅既然把事情瞞了這許多日，直到現在，多半的人還都相信玉嬌龍是受驚中邪。她的新屋至今還四周蒙着紅布，除了一個僕婦、兩個丫鬟，誰都不能進屋；今天延僧，明天請道，燒紙焚香，可見他們兩家盡力不使此事鬧穿，哪能又有官人將她捕去的道理？果然押在監裏，是問罪還是放呢？何況這件事一定要傳出去，他們兩家誰能吃得住？」

劉泰保說：「不過官人可一點也不假，腰牌上的火印清清楚楚。」

德嘯峰問說：「你沒看明白他們是什麼衙門的嗎？」

劉泰保說：「當時我哪敢多問？我不認識他們，他們可許認識我，我雖留了鬍子，可是鼻眼也改不了。自從我回到城裏來，多少日了，白天我就不敢露面！這幾天還好一點兒，前些日，天天提督衙門跟順天府的差官，到我家裏去盤問，要不是您弟妹她的口齒伶俐，早就被他們把底盤看出來啦！我覺得這是小事，沒跟您說！」

德嘯峰又沉思了一些時，就說：「或者是南城御史派人幹的事？南城蕭御史是魯君佩的同年，聽說非常恨玉大人教女不嚴。尤其，他是鳳陽府的人，家裏還有族人，大概被玉大少爺給得罪過，所以要官報私仇。知道昨天玉大少爺攜眷來京探母，他就耍出這個手腕來！」

劉泰保說：「不過這個手腕也太辣啦！我想他們許是買通了魏三，安排下羅網，絕不是一天半天了。玉嬌龍也不是傻子，又有那身神出鬼沒的功夫，她居然會上了這個大當！」

德嘯峰歎息說：「一個女子，究竟能有多大的能為？」

劉泰保說：「咱們哥兒們現在怎麼辦才對呀？」

德嘯峰說：「這件事，咱們能有什麼辦法？待會兒，我先派人去打聽打聽。如果知曉玉嬌龍是被押在哪個衙門裏，他們若再不願將案擴大，我可以出頭調停調停；若是人家照着公事辦，不顧玉、魯兩府的顏面，我們可就一點辦法沒有！」

劉泰保說：「五哥！據您猜想，他們能把玉嬌龍治成什麼罪名？並不是我關心她，她要捉住了，我倒可以出頭了；只是我們那位羅兄弟、虎爺，他要是知道了這件事，得把他急瘋了，他能當時就提着劍去闖官衙的大門！」

德嘯峰連連擺手，說：「千萬不可告訴他！闖出事來，大家都要受累。目前我們為難的倒不是她的事，我想無論哪處衙門，捉住了玉嬌龍，縱不能放了她，也不會將案子問大了。只是你那個朋友和我的這兒媳，他們兄妹真難辦！只好暫等些日，等候俞秀蓮來了再說！」

劉泰保說：「我的五哥！俞秀蓮來了，無論是勸您的兒媳婦別出門，或是幫助您的兒媳婦去河南報仇，那都好說。只是，現在我看守的那位虎爺，真真難辦！他一死認定玉嬌龍是被魯君佩給害死了，立誓非殺了魯君佩不可！他說先報妻仇，後報父母之仇，您說可怎麼辦？俞秀蓮來了也攔不住他呀！」

德嘯峰皺了皺眉，說：「你先設法攔住他，只要俞秀蓮來京，我可以叫他們兄妹去往河南。今天晚間我把打聽出來的事告訴健堂，叫他再去告訴羅小虎，這幾日你就暫且別到我這裏來了。」

劉泰保連聲答應，當下告辭，出了門還東瞧西望。到了大街看見一輛空轎車，他就雇上了，雇到德勝門，在車上他放下車簾，臥在車裏假裝睡覺。及至大約快到了的時候，他方才爬起來，扒着車上的紗窗向外一看，就說：「好啦！停住吧！」他給了車錢，跳下車去往西走，就到了積水潭淨業湖。

這時湖中碧波蕩漾，岸上柳絲倒垂。他向北走了一會兒，就推開一個荊棘縈成的扉門，進了一堵破磚牆裏；這裏原來就是蔡湘妹和她父親蔡九的故居，現在是被劉泰保給租下了。

他一進這屋子，就聞見一股腳臭氣，花牛兒李成、歪頭彭九，還有兩個流氓，都光着腳丫，盤膝坐在炕上押寶。

頭髮跟鬍子又長得很長的羅小虎，是坐在一個炕角裏，拿着一把小刀正在削竹子呢！眼前一大堆又短又細的竹子，周圍削了一大片竹皮。

劉泰保就指着他說：“你還弄這個！”

旁邊花牛兒李成說：“給他買點竹子叫他整天削，他還老實點，要不然我可看不住。一個大活人，你不給他出門兒哪成？”

忽然羅小虎皺眉凝眼的問：“今天外面有什麼風聲沒有？”

劉泰保一時興奮，說：“今天外面的風聲可大得很！”說出這句話，卻又非常後悔。

羅小虎立時就要站起來，問說：“什麼事？”彭九李成等人也停了賭，一齊扭頭，都將目光盯在劉泰保的身上。劉泰保卻淡然一笑，說：“街上不過官人比往日多，不知是要過什麼大差事。”說到這兒，又怕羅小虎生氣，遂改口說：“一定是有什麼大官要晉京。”

羅小虎說：“管他作甚？”便又低下頭，照舊地削竹子，越削越使力，幾乎劃破了手。忽然他又長長歎了口氣，握起拳來，李成趕緊攔阻他，說：“喂！虎爺！您可別再唱您那梆子腔啦！”羅小虎搖頭說：“我不唱！”他往炕邊挪了挪，就愁悶地向劉泰保說：“你勸勸德五爺，就叫他的兒媳婦走吧！楊麗芳既有那身武藝，為什麼不趕緊去為父母報仇？姓賀的又不是什麼江湖英雄、刀馬好漢，一個指頭也可以戳破了他，德五爺為什麼不放心？”

劉泰保把桌上剩下的一些酒肉拿起來吃着喝着，說：“德五爺不怕兒媳婦的武藝不夠，是怕路上孤單，等到俞秀蓮一來，他也就叫她走了！”

羅小虎搖搖頭，歎着氣說：“自己的父母大仇，何必叫別人幫助才去報？”

劉泰保突然挺起胸來，說：“你這話不對！你不能責備一個已經做了人家兒媳的女子。據你所說，她的父母也就是你的父母，你這大的漢子，武當山的高徒，新疆沙漠裏馳名的半天雲羅小虎，你為什麼自己不去報仇？要是我，我早就騎上馬離開北京了！”

羅小虎歎氣說：“你說得對！我也不是並無此心，可是我渾身沒那股力氣！”

旁邊的李成一邊搖着寶盒，一邊扭臉說：“大概你這一身虎力都叫龍給吸了去啦？”

羅小虎點頭歎息，說：“真是！此刻若為玉嬌龍的事，我能立時跳起來跟幾千幾百人拼命，但別的事我是一點也辦不了！”

李成笑着說：“你許是魂丟啦？”

羅小虎垂頭不語。

劉泰保頓腳說：“怪事！我一朵蓮花行走江湖多年，也沒看見過你這樣的人！誰沒見過娘兒們？要都像你這樣，好漢子都得拴在娘兒們的褲腰帶上啦？”

李成笑着說：“喂！可別說，這倒別怪咱虎爺！玉嬌龍實在跟別的娘兒們不同。我是沒那豔福，要不然，譬如說，我這花牛兒也爬過沙漠，聞過她一點龍味，她如今拋了我，我也得丟丟小魂兒！”

彭九推了他一下，說：“你還有魂？快開寶吧！”

李成把寶盒子使力按着，驀然吆喝一聲：“開！”

忽然外面進來一人，說：“開什麼？好戲又快開台了！”進屋來的是禿頭鷹。

劉泰保曉得他的耳風長，如今前來必有所聞，萬一他把那件事說露了，羅小虎立時就許瘋狂，他遂迎面一把扭住禿頭鷹的繡花大襟，點手說：“老禿你這兒來！我有兩句話要跟你說！”

禿頭鷹卻站住身不走，聞了一把鼻煙，擺擺手說：“別這樣鬼鬼祟祟，我今天來沒有別的事，是劉二嫂子叫我來找你。她說你昨晚上沒回家，她不放心，才托我來看看。還有一件事，二嫂子是真有能耐，不怪是班頭的女兒，江湖上長大了的；她天天跟鄰居李家的娘兒們抹牌，李家娘兒們的親胞兄就是魯家的廚子頭兒，她打聽得清清楚楚，玉嬌龍實在是在娶的那天逃走了。兩家花了多少錢買住人的嘴，新房四周掛紅布，無論誰也不准進屋看病人，那全是蒙人！”

劉泰保說：“莫不成魯胖子就願意終身打這暗光棍？擺個枕頭當媳婦？”

禿頭鷹說：“他有什麼法子？玉宅托至親好友求得厲害，同時他還盼望萬一能再找着玉嬌龍呢！可是聽說玉宅派出去找小姐的人不少，還有人往新疆去，就是至今還沒有下落。”

羅小虎在旁生氣說：“我絕不信，玉嬌龍哪能逃？她眼裏看見的就是官，無論多好的漢子，不做官她就瞧不起……”

他的話還沒說完，劉泰保就趕緊質問了一句，說：“你這話是以為玉嬌龍早就跟魯胖子成了夫妻嗎？為怕你攪亂，才裝病，才不出門不見人？”

禿頭鷹笑着說：“人家犯得上這麼辦？”

劉泰保頓腳說：“假定是真的，可是鐵貝勒的寶劍又是誰給盜去的？”

羅小虎說：“那是另一人，還許是你呢！”

劉泰保說：“我？我要有玉嬌龍那份本事，如今不至混成這樣。乾脆一句話說，千真萬確，玉嬌龍早已離開了京師，你要是好漢應當上外省找去，別在這兒死膩！”

羅小虎說：“我不是死膩，是你們不放我出門！”

劉泰保說：“我放你出了門，你去殺死了順天府丞，我的腦瓢也得掉，誰不知那天是我把你放走了的？誰不知咱們是一夥？何況我又受德五爺之托？”

羅小虎暴躁地跳起來，說：“這要急死我！無論你們怎麼說，再過三五天，我這幾十枝箭做好了，你們誰攔阻我也不行！”

劉泰保微微冷笑說：“你老哥的那箭，簡直還不如我媳婦的繡花針，連轎圍子都射不穿，那有什麼用？至多了能嚇嚇麻雀。”

羅小虎頓腳說：“到時候你們看吧！我羅小虎此次再撞出事來准保一人做一人當，誰也不能連累。可是誰要救我，我也罵誰，救了我比在監獄裏還看得嚴！”

劉泰保微微笑着，見禿頭鷹要過去跟那李成等人賭錢，便對他使了個眼色。禿頭鷹笑了笑，喝了一碗茶，聞了幾把鼻煙，然後就先出了屋，劉泰保隨着他也走了出去。羅小虎瞪了他們一眼，便仍坐在炕上去削竹子。待會兒劉泰保回來，找了個炕邊就躺下睡覺，羅小虎削下來的竹皮子都飛到了他的臉上，他也不覺。

及至他醒來，歪頭彭九剛從外面買來了烙餅、醬肉、燒酒，劉泰保跟着吃喝了一頓，就倒身又睡。直睡到天黑他才醒來，那幾個人又在吃晚飯。彭九吃完了，抹抹嘴就要回南城，羅小虎還囑咐他說：“你路過那鐵舖的時候，催催他們快點給我打那一百個箭頭子，若是不快，或是沒有我那舊箭頭的三個大，我可就不要！”

　　歪頭彭九連連答應。劉泰保說：“咱們兩人一塊走，我也要出南城。”羅小虎還衝着彭九的身後說：“四天，你要把箭頭送不來，哼！咱們再說！”彭九回頭說：“哎喲虎爺！你得講理呀？鐵匠到時要打不好箭頭子，我有什麼辦法？我又沒學過鐵匠！”劉泰保不容他跟羅小虎多分辯，就把他拉走了。

　　這裏，來這兒賭錢的那兩個流氓全都贏了錢，高高興興地走了，只有花牛兒李成輸了個精光，手裏捧着寶盒子發愁。羅小虎就說：“昨天咱們商量的那事怎麼樣？只要你能給我找一口刀，把我帶到西城魯君佩的門前，你就不用管了。我絕不能被他們拴住，辦完了事，我找着我那兩個夥計，一定給你五百兩，我有一箱子金銀呢！我那兩個夥計都是忠心於我的，他們絕不能拐走。大概他們搬出了那店房，還是住在城裏，只是你們不叫我出門，所以他們找不着我。只要我們見了面，你想跟我借一千，我也有！”

　　花牛兒李成說：“虎爺！你小點聲音說話，老劉現在就許在窗外偷聽着啦！”羅小虎冷笑了一聲，李成說：“你別笑！你不怕他，我可怕他！招翻了他，他能打我，在北京城我就永遠別吃他的飯啦！可是，並不是我貪財，我覺着他們這樣不許你出門，也太不對！”

　　羅小虎憤憤地說：“我是不願意跟劉泰保傷了交情，又因看在德五爺的面上，不能不暫時忍耐；否則你們多少人，也看不住我！”李成說：“我也明白，不過我敢發誓，魯翰林在西城到底住哪一條街，我真不知道。早先我是用不着打聽他的家，這些日我又淨陪着你，沒有工夫去打聽。再說，現在一個玉正堂家，一個魯翰林家，誰要是在街上一說，就有嫌疑。在西城臭皮胡同我倒有個相好的，外號叫大蘿蔔。”羅小虎問說：“是個幹什麼的？”李成說：“是個娘兒們暗混，早先跟我不錯。到她那兒一打聽，不但能知道魯家的住處，還許能打聽出來玉嬌龍的真情。可是，大蘿蔔的那個門兒是沒錢莫入，我今天又輸了個精光！”羅小虎說：“這不要緊！”伸手就往裏衣去掏。他這裏衣，自從那天射轎逃走，被劉泰保帶到這裏之後，就沒有換洗過，這時他就從裏面掏出來了幾張五十兩的銀票、幾粒珊瑚和珍珠。李成特意點上燈來看，不禁驚疑，咧嘴說：“虎爺！你敢則真有錢？你這財是怎麼發來的呀？”

　　羅小虎說：“我在沙漠裏雖做過半天雲，可是我早就洗了手，這些錢是販馬賺的。在新疆養馬容易，販馬也容易，跟番子們做買賣，賺的不一定是金銀，珊瑚、珍珠、貓兒眼，全都有。我有一顆貓兒眼擱在屋裏能發光，用不着點燈，我送給朋友啦！將來還可以要回來給你看看。”李成吐了吐舌頭，說：“是夜明珠吧？虎爺，我說怪不得玉嬌龍以千金小姐之身，卻肯愛上了你，原來你真有聚寶盆？好！只要有一張銀票，今天就花不了，我先帶你看看大蘿蔔去！”於是花牛兒李成就穿上鞋襪，把衣服揪了揪，又摸了摸小辮，羅小虎就吹滅了燈，二人出屋，將門倒鎖，就一同往外走去。

第十一回　　么魔小鬼詭計鎖神龍　怪客奇人飛行來巨宅

這時天色已黑，天空掛着一鈎淡淡的月亮，千萬縷柳絲搖動着黑影。有人在對岸吹笛，聲調淒涼，羅小虎不禁長歎了一口氣。花牛兒李成便說道：「這一點你太捨不開了！你離開了玉嬌龍難道就不做人了麼？你心放寬一點，跟我看看大蘿卜，准保，豬八戒使飛眼——是另有一股子風流勁兒。」隨他說，羅小虎仍然是抑鬱不歡。

走在大街上，李成就跟羅小虎要了一張票子，找個錢莊把銀子兌了；手裏拿着大封的銀子，搖搖擺擺穿越着小巷。走了半天，方才來到一個破門板前，一推，門就開了。羅小虎還遲疑着，不肯往裏去走，李成回過頭來悄聲說：「別拘束，來到這兒得拿起點架子來，不然她們瞧不起你，打聽事情她們也不肯告訴你實話。」羅小虎聽了便挺起胸脯來。

院子非常之窄，相對着的四五間小屋，窗上都浮着淡淡的燈光。李成故意咳嗽了一聲，屋裏就有個女人發話了，說：「是誰呀？姓張姓李先說一句話，別他媽屬刺蝟的，光咳嗽！」窗紙上浮出人影，但很模糊。

李成走到屋門前，就說：「是我呀！十來天我沒來，你就不認識鄉親了嗎？」

女人說：「哦！原來是花牛兒呀？這些日你淨在哪棵樹上趴着啦？你還活着，還能認識這個門，就算不離！進來吧！」

屋門一開，李成手托着銀子笑嘻嘻的進來，羅小虎低着頭隨他的背後走入，女人一看，就哎喲一聲驚叫，又笑着說：「媽喲！你帶來的這個人是鬼呀？怎麼這麼長的鬍子呀？」

李成說：「這是我們虎爺，你別瞧鬍子長，這是因為他現在事不遂心，多半個月沒有刮臉。假如把臉刮了，還真是個地道小白臉呢！」說着把銀子往桌上一摔，在炕頭坐下。

女人趕緊倒茶，又問：「抽煙不抽？」

李成說：「我跟我們虎爺都沒有那種癮。」

女人笑着說：「怎麼？姓虎？怪不得這麼虎頭虎腦的呀！」她舉起手來要摸羅小虎的臉，卻被羅小虎一推。女人摔在炕上，故意翹起兩隻粽子似的紅鞋來引誘羅小虎，羅小虎卻覺得從心中發出一陣厭惡，把臉一轉。女人驚訝着，悄聲問：「怎麼回事？」

李成也悄聲說：「他是個財主，就是脾氣有點彆扭，你得耐心對付着他，他可有貓眼兒。”

　　女人點了點頭，瞧着羅小虎，就見羅小虎將身向椅子上一坐，咯嘣一聲，椅子幾乎塌了架。

　　這屋子太低窄，天氣又熱，女人趕緊遞給他一柄摺扇，並順便掠了個媚眼。羅小虎仍然沉着臉，打開摺扇扇了幾下，就見扇面上寫的是“春眠不覺曉”那一首詩，上款是“紹紳老弟台教正”，下款是什麼居士，扇骨子雕刻得極為玲瓏精細。

　　那女人還以為羅小虎也是個文墨人，就說：“虎老爺，您看這扇子頂好吧？這是我妹妹的一個相好的，一位闊少爺留下的，聽說能值一百兩銀子呢！”

　　李成說：“你放心！就是一千兩我們虎爺也不在乎，扇壞了你的扇子，一定賠你。”

　　那女人說：“我不是怕扇壞了，我是說這把扇子的來歷。你還別拿幾千幾百來嚇唬我，我也不是長了兩隻金錢眼，幾千幾百我沒花過可也瞧見過！”

　　羅小虎一聽女人說的這幾句話，還有點硬勁，就不由得注意了女人一眼。這才看出女人有二十來歲，並不醜，黑黑胖胖的臉兒，挺俏的身子，穿着紫綢衣裳、綠羅褲子，頭也梳得烏黑，還戴着一對亂晃動的翠墜子。羅小虎這才喝了一口茶，問說：“你認得魯翰林的家嗎？”

　　李成趕緊向他使眼色，女人發着怔說：“什麼？鹵……”又媚笑了笑。

　　李成就說：“我這位虎爺是來京訪友，他有位表親是西城魯翰林家的大管家，魯翰林就是……你沒聽說九門提督玉正堂的小姐……”

　　女人說：“哎喲！我知道啦！你們說的是魯侍郎家呀！聽說他家上月娶的那個媳婦，一下轎就口吐白沫，不省人事，是叫狐仙給迷住啦！”

　　正在說着，忽聽隔壁又有女人笑着說：“你們說什麼啦？我來聽聽哪兒又鬧狐仙？”李成驚詫着說：“這是誰？”

　　那女人說：“這是我妹妹。”

　　李成說：“原來你還有妹妹哩？”

　　女人說：“不是親的，是乾的，她比我可闊的多。”

　　李成說：“她叫什麼名字？”

　　女人說：“她叫翠仙，外號叫小蝦米。”

　　李成就說：“小蝦米熬大蘿卜，倒真是本地的吃兒！來，請過來給我們這位虎爺引見引見吧！”

　　大蘿卜拿手捶了李成一下，就喊着說：“過來呀！這兒來了一位虎頭兒，聽見你說話，想要見見你！”

　　隔壁屋中的女人就笑着說：“什麼虎頭兒？我瞧見過狼頭狗頭，還沒瞧見過虎頭兒呢！等等，讓我見見！”

　　羅小虎的眼睛也不住瞪着門外，可是半天那女人也沒有來，大蘿卜就說：“粉少擦吧！”

　　隔壁笑着，待了一會兒，那屋的門響，這屋裏的門又有人開，就出現了一個穿桃紅色衣裳、瘦臉水蛇腰的女人。可是這女人才一邁腿，她就吃了一驚，定睛向羅小虎瞧了又瞧，緊接着她就臉色變白，哎喲一聲說：“我認識他！那天在玉宅門口我瞧見過他，放箭射轎子的就是他，他是強盜！”

　　羅小虎憤怒地啪的一扇子打去，女人摔倒在地。羅小虎驀然站起身，怒瞪起眼睛，李成趕緊上前把他攔住，大蘿卜也慌忙躲開，連說：“別生氣！別生氣！”

彎腰去攙她的乾妹妹，並說：「喲！你們看看，這麼好的扇子也打折了！」

被打的女人站起來，雙手捂着臉，哭着，往屋外就走。羅小虎也要走，李成說：「別忙！她雖認得你，可是絕不敢出去給咱們嚷嚷。」又悄聲說：「給她們點錢，買得她們把嘴閉住了就是了！」

羅小虎卻跳起來，大怒道：「憑什麼給她錢？只管叫她們到外面去說！我羅小虎誰也不怕！」

這時那女人就站在院中哭，忽聽街門又響，似乎進來一個男子，帶着氣連聲問說：「是怎麼回事？為什麼哭？誰欺負了你？」

那女人嬌啼着說：「屋裏，一個強盜，拿你那把扇子，打了我……」

男子立時說：「啊？強盜？在京城咱們可不怕強盜，我叫官人去！」

屋中的羅小虎已推開李成，猛虎似的跳出；看見院中有個身穿綢衫、很瘦的一個男子，他掄拳就打，咚的一聲，那男子就躺在地下了。

兩個女人驚叫着逃往牆角，那男子一邊哼哼着一邊爬了起來，大蘿卜在那邊喊叫說：「賀大爺！您快躲躲吧！可別惹他！」

姓賀的喘吁吁地說：「他敢把我怎麼樣？我父親做過知府！我是刑部差事！南城御史是我的義兄！混蛋東西，你敢在京師橫行？你姓什麼？」

羅小虎一拍胸脯說：「老爺姓虎！」又一腳踹去。姓賀的哎喲一聲，又倒在地下，好像是被踢死了，嚇得李成跑到屋中拿了銀子，央求着推着羅小虎就走。

二人出了門，李成還歎氣說：「虎爺，你的手底下也太重！打他一下就得了，何必還踢他一腳？倘若出了人命，你虎爺逃得開，我花牛兒可跑不開！」

羅小虎卻憤憤地說：「我恨他姓賀！跟我的仇人同姓！」

李成聽了這話，不由得一怔，也不敢多問他。

兩人走着，過了大街，又穿進小巷，羅小虎在前，李成在後。忽然李成覺得身後有人一推，自己摔了個馬趴，把一封銀子拋在地下了，他啊呀一聲。

前面的羅小虎回頭問說：「怎麼啦？你連走路都不會啦！」

李成說：「不是不會，是不知誰從後面推了我一下！」

羅小虎吃了一驚，四下一看，淡淡的月華照着深巷及兩旁黑黝黝的屋牆，並無人影。他就不信，說：「胡說！你是沒看見腳下的石頭！」

李成趴在地下亂摸，說：「石頭？連我剛拋在地下的銀子也沒有啦！哎呀，哪兒去啦？我就覺着有人推了我一下，可沒有看見有人從地下搶銀子呀？」

羅小虎又四下看了看，便說：「沒有的事！」回身過來，彎腰向地下看了看。地下雖浮着霧一般的月光，可是要想找個東西也很難。

李成就由腰間抽出一口短刀，把胸挺起來，悄聲說：「一定是有蟊賊！我在這兒等着，虎爺你回去拿火，順便帶件傢伙來。咱們那屋子房梁上頭藏着一口朴刀，劉泰保也不讓告訴你，你快拿來。假若拿了火來在地下照不見銀子，那就是有人在暗中跟咱們作對！」

羅小虎聽了這話，回身就走。少時來到了積水潭，順着岸往北，走到破牆前，他心中忽然生了個主意，就不去推門，先扒着牆窟窿往裏去看。見東屋中有燈光，知道是有人回來了，他就先脫下了鞋，悄悄地越過牆去，落地無聲。只見東屋中人影幢幢，正有人說話，雖然聲音不大，可是悄悄走近前，側耳向窗也能聽清，只聽屋中的人說：「無論什麼衙門全部打聽不出，這事可有多麼怪？紅臉魏三莫非跟她有仇，勾結了人假冒官人，把她拿車拉到別處去害死了？」

　　羅小虎吃了一驚，心說：這是誰叫人捉了去啦？又聽是楊健堂的聲兒，說："我想許是玉嬌龍這些日就沒離開北京！今天有人自保定來，說的什麼龍錦春，那許不是她。她這些日大概都住在紅臉魏三的家裏，魏三日久生了壞心，就串通了官人把她捉去，大概……"

　　說到這裏，楊健堂忽然把話止住。羅小虎覺着不好，疾忙飛身上房，屋中的楊健堂已然提刀出來。

　　羅小虎跳到了外面往西跑去，跑了不到百步，就撞到一個人的身上。這人哎喲哎喲的躺在地下，說："虎爺，咱的銀子真是丟啦！你走後不知哪兒來了一個人，將我連打了兩個嘴巴，踹了一腳，那一腳踹得很厲害！"

　　羅小虎大怒，嚷嚷着說："我去看看！"

　　不防此時劉泰保與楊健堂一齊趕到，劉泰保把羅小虎抓住，說："原來是你呀？你在窗外偷聽着，你可跑什麼呀？"

　　羅小虎裝作發怔說："我沒偷聽！"又說："咱們快走！那小胡同裏有賊人，搶去李成五十兩銀子，還打了他！"

　　劉泰保驚訝着說："憑李成他還有五十兩銀子？"

　　李成哎呀哎呀地說："是真的！虎爺的銀票，今天才換的。我們上大蘿卜家裏沒花了，回來走到那條胡同，我就被人推了一個跟頭！"

　　劉泰保把刀一晃，說："走！你帶着我到那胡同，我替你找找銀子，我看看是什麼人？"又向楊健堂說："大哥！你把虎爺拉回去！"

　　羅小虎卻說："你一個人去哪行？我去幫助你！"

　　劉泰保帶着李成往西去了，楊健堂卻把羅小虎拉住，說："你跟我回來，我還有許多話要跟你說呢！"

　　羅小虎說："大哥你就在這兒說吧！這旁邊又沒有人！"

　　楊健堂遂用很小的聲音說："事情老瞞着你，老把你看守在屋裏，我也覺着不對！"

　　羅小虎說："可不是！這樣看着我，還不如讓我坐監呢！"

　　楊健堂用手一按他搖起來的胳臂，說："壓聲！聽我細細告訴你！這也難怪劉泰保，他是因知你的脾氣魯莽，萬一闖出禍來，於他有關，以後他在京城更不能出頭了。並且德五爺若曉得你們惹禍，他無力援救，必定更為難受。德五爺為你家早先的慘禍，十分義憤！他的兒媳本來不信你是她的哥哥，並且因你傷了文雄，她很恨你。因德五爺揣度情理，知道沒有錯，你確是楊門之子；所以夫婦連日對兒媳開解，我那女徒弟已有幾分相信了，今天還哭泣了一場。文雄的傷雖還未好，可是他也不念舊惡，今天他說，無論你幾時晚上有工夫，可以到他家中與他談一談。德五爺並叫我勸你，楊豹早死，只有你是楊家的根苗，你應當以身體為重！"

　　羅小虎聽到這裏，不禁像咳嗽似的發出一陣悲聲。

　　楊健堂又說到玉嬌龍，把劉泰保所知道的玉嬌龍被捕之事，全都細細告訴了他，並說："今天德五爺派人到南城去探聽，全都不知此事，可見此事很重大，咱們得慢慢地想辦法，不可魯莽。不過我敢保玉嬌龍如果真是落在衙門的監中，她必無性命之憂，因她並不是殺人的兇犯、滾馬的強盜！"

　　羅小虎頓腳長歎了口氣。

　　這時劉泰保從西邊罵罵咧咧地回來了，說："他媽的那個賊知道我劉泰保來了，就不敢露面兒啦，什麼東西！虎爺你也太疏忽，五十兩一包銀子怎能交給花牛兒？這傢伙還靠得住？”

　　楊健堂趕緊走過去兩步攔住劉泰保，叫他不要大聲嚷嚷，遂一同回到破牆裏，進了屋。李成是心疼那些銀子，雙眉擰得跟繩子似的，又因為後腰疼，就睡在炕上。劉泰保是又罵了一陣兒，就幫助楊健堂勸羅小虎。羅小虎臉色陰慘得像要下大雨的天氣，兩隻眼睛凝滯着，一句話也不說，楊健堂勸他的話，他都點頭。

　　劉泰保又笑着說：“反正玉嬌龍就是再出來，來到咱們這屋裏，她也未必再理虎爺了，因為虎爺太沒出息！官既做不成，仇也至今未報，迎娶的那天還幹了件太丟人洩氣的事，給了她個大難堪。我要是她，我也不能理你了。天下何愁無美婦人？你也太想不開！俗語說：‘妻不如妾，妾不如嫖，嫖不如摸不着’，莫非你專愛這摸不着的滋味嗎？”

　　羅小虎搖頭，緊閉着嘴，由鼻孔裏長長地出着氣。

　　忽聽門外有細碎的腳步聲，楊健堂疾忙攔住劉泰保的話，站起身來向窗外問道：“是誰？”

　　外面有人回答說：“是我，大哥您也在這兒啦？”門一開，進來的是青襖兒紅褲子、滿面帶笑的蔡湘妹，腹部已顯然的隆起了。

　　羅小虎卻覺着十分慚愧，坐立不安，蔡湘妹還笑着叫了聲羅大哥，遂一拉她丈夫的胳臂，說：“快回家去！”

　　劉泰保發怔問說：“什麼事？你先說明白啦！”

　　蔡湘妹的神色有點緊張，就壓着聲，指手劃腳地說：“你剛走不大會兒，我正在院裏跟得祿嫂子說閒話兒，就有人拍門來找我。我出門一看，原來是俞秀蓮！”

　　劉泰保興奮着說：“啊！她老人家來啦！”

　　蔡湘妹疊着腿兒坐在炕頭，花牛兒李成趕緊爬起來說：“二嫂子您好啊！”蔡湘妹點點頭，又接着指手劃腳地說：“不但俞秀蓮來啦！孫大哥也來了！聽說還有李慕白！”

　　劉泰保搖晃着身子說：“呵！那我可得去會會！”

　　蔡湘妹說：“他們是今晚才到的。李慕白不知是住在哪兒，孫大哥是回泰興鏢店去啦，俞秀蓮是我留下住在咱們那兒啦。”

　　劉泰保說：“正好！我這些日又不敢在家住，她給你做伴兒，我也放心！”

　　蔡湘妹說：“人家不能在這兒長住！人家這次來，第一是為德家少奶奶報仇之事，第二是為來找玉嬌龍。原來玉嬌龍確實是離開了北京一次，她還帶着個丫頭，帶着隻貓；男不男女不女的，改名為龍錦春，在外邊胡鬧了有一個月，無惡不作，跟李慕白就爭鬥了三次。末後她到巨鹿縣遇見了俞秀蓮，人家本來把她讓到家裏，跟她很好，可是她蠻不講理，跟人家也翻了臉。俞秀蓮、李慕白、孫正禮三個人一齊戰她，竟沒把她抓住，她到底是跑了！”

　　羅小虎聽到此處奮然而起，說了聲：“好英雄！”

　　劉泰保看了他一眼，又聽媳婦蔡湘妹說：“大概她是由那兒就逃回北京，可是就上了紅臉魏三的當。我看她是一時大意，不然怎麼大江大海都闖過來啦，一個小河溝子會把她淹死？”

　　羅小虎便又憤恨。

　　蔡湘妹又說：“俞秀蓮的主意現在就是，如果玉嬌龍是被紅臉魏三害啦，或是賣啦……”

　　劉泰保說：“誰能賣她？也沒有人敢買呀！”

　　蔡湘妹說：“那俞秀蓮就要救她，救了她可也不能放她走，得把她送回她的娘家。如果她是真被衙門給捉了去，那俞秀蓮說是活該，她在外面太惡了！真比強盜還兇，應該讓官人懲罰她！”

　　羅小虎聽到這話，緊緊地握起拳，要開口爭辯。

　　蔡湘妹又說：“反正無論如何，由明天起得大家一齊着手，必得探出玉嬌龍的下落、生死存亡，跟那口寶劍到底是落在何人的手內，才算完！”

　　劉泰保擺手說：“好了！”又向羅小虎說：“虎爺你聽見了沒有？現在李慕白、俞秀蓮都已來到，可以稱得起是七龍八虎會京城；不到三五日，玉嬌龍的下落必可探出來。那時是救，還是不管，自有十全的辦法，反正用不着你這頭虎再出頭啦！”

　　羅小虎搖頭說：“我不出頭！”

　　劉泰保說：“可是我對你還不能放心！”又向楊健堂說：“大哥跟你兄弟媳婦見俞秀蓮商量去吧！我還得在這兒看着虎爺！”

　　羅小虎哼哼一聲冷笑，說：“你看着我，濟得了什麼事？我本就不想走，因為還沒到我要走的時候呢！到我一定要走的時候，無論你們誰攔我，也是不行！”接着又長歎了一口氣，便上了炕，又去拿刀使着力去削竹子。

　　劉泰保向李成追問起來，剛才他們怎樣到大蘿卜家裏去的，怎樣羅小虎跟那姓賀的打了架，怎樣走在胡同裏又被人奪去了銀子，然後劉泰保就說：“這樣看來，那小賊也許真不是小賊，咱們倒得提防着他點。這件事交給我，只要他敢再來，我就給他個虧吃！”

　　當下他又手提單刀出去巡查了一遍。巡查回來，見花牛兒李成跟羅小虎都躺在炕上睡着了，他就自己由桌上取酒獨飲。酒本來沒剩了多少，連一口也不夠，但他喝到口中，覺得舌頭一陣發辣，倒勾起愁來了，心說：不行！玉嬌龍永遠不犯案，永遠下落不明，我就永遠不敢在人前露面兒；因為街上都認定是我串通了小狐狸，把玉小姐拐跑了，這個冤我怎樣才能洗清？再說，我劉泰保為什麼好好的拳不教，好好的飯不吃，福不享，半年以來，出生入死，圖的什麼？不就是圖做件漂亮的事情，出人頭地嗎？可是跟頭連氣兒栽，如今且一個跟頭栽到底，弄得我不能出頭了；將來媳婦養了孩子，我倒像是個私爸爸？這不行！我得想法子，趁着李慕白、俞秀蓮俱在此地，我要在他們的面前露露臉，那才能叫人誇我是好漢子！他皺着眉，摸着上嘴唇新留的小鬍子想了半天，忽然決定了，心說：我現在就走，再到玉宅去看看！他家的做知府的大少爺既然回來了，昨夜又有那件事，如若他妹妹真是被衙門捉去了，他絕對不會不知情。對！我去探聽探聽，搶個先，把這件案子得探出來，公之於眾，得使李慕白等都為之咋舌，伸大拇指頭讚歎，那我才算英雄！於是他把腰帶繫了繫，袖口挽了挽，站起身伸伸胳膊，振作起精神，就向李成的大腿擰了一下。李成驚醒，剛要叫出來，劉泰保就趴在他的耳邊悄聲說：“你別睡！看着點羅小虎，我再出去溜達一趟！”李成吸着氣點頭，劉泰保就將單刀交在李成的手中，拿上李成的那口短刀，連流星錘都藏在腰間，他就走了。

　　出了門先到德勝門大街，這裏有一家小酒館，掌櫃的名叫白眼老六，是劉泰保新結識的朋友。劉泰保來到這裏時，見還有幾個坐客，他連頭也不抬，就進了小小的櫃房。這櫃房裏還有幾個人，都坐在炕上推牌九，一見了劉泰保都要站起來打招呼。劉泰保卻擺手，把白眼老六一拉，扒着耳朵悄聲問說：“今夭晚半夭你沒聽見什麼事嗎？”

　　白眼老六搖頭，也扒着劉泰保的耳朵說：“今天可是……玉宅門前車特別多！”

劉泰保說：“那倒不稀奇！那是因為他家大少爺回來了，一個外任的府台，回到京裏還能沒有點應酬嗎？只是衙門裏面……”

白眼老六悄聲說：“剛才，孟八跟着兩人又來這裏喝了一會兒，我順便探了探，他們都說南北兩衙門，這幾天都沒有什麼大案！”

劉泰保不禁說了聲：“怪！”怔了一會兒，白眼老六也怔着。

劉泰保看見前邊屋子走了幾個酒客，天色已不早了，他就到炕前把人家正推得高興的骨牌一推，大家齊都嚇了一跳，都笑說：“劉二爺您別跟我們鬧着玩！您要抽多少頭兒，這炕上的錢您隨便拿！”

劉泰保搖頭說：“我不抽頭兒！我來是特別告訴你們幾位，這幾天千萬少在外頭滋事，別在人前逞能，別滿處去混說！”

眾人都點頭說：“您放心！我們都知道。自從劉二爺留上鬍子之後，我們沒有統領了，在街上連個架我們也不敢打。”

劉泰保說：“就是我能出頭，也幫助不了你們，因為今天來了兩位有本事的人！”

大家一起驚訝，都問：“是誰？哪一個？”劉泰保擺手說：“不必多問！你們玩吧，明天再見！”說着轉身出了酒舖。

原來除了這酒舖的燈還亮着，其餘別的舖戶都已關上了門，門縫裏都連一點光也沒有。天上那鈎牛耳尖刀似的月亮已被烏雲包住，四下裏漆黑。劉泰保貼着牆根去走，就到了玉宅的高坡上，他盤上了一棵大槐樹，坐在樹上歇了一歇，心說：我真無能！我來到這裏也不知有多少回了，但究竟是做出了哪一件漂亮的事情？今天我是膽子得壯一壯了，幹一下子吧！他想着，就如個猿猴似的由樹枝跳到了房上，然後踏着房瓦伏着身向後去走。

玉宅是向來睡覺很早，他是知道的，這時天色不過三更，但各屋中多半已沒有燈光。他一直走向裏院，這院裏簡直像沒有人住，一個螢火蟲那麼小的光亮都沒有。他心說：淨在房上走來走去，跟貓似的，什麼事也辦不了。我得下去，先設法找着他們新回來的那位大少爺住在哪屋，那才是漂亮辦法。

於是他將身向下一跳，不料腳下重了一點，發出點響聲。就聽東屋裏有人使着聲兒咳嗽，他嚇了一大跳，趕緊溜到南房檐下蹲着，心中罵着自己“飯桶”。停了半晌，再不見有什麼動靜，他就慢慢地直起腰來，側耳向窗裏去聽，原來屋內一點鼾聲也沒有，他心說：怪呀！莫非這屋裏沒有人住？他輕輕地伸手去推門，卻見沒有鎖着，也沒安着插關。

此時忽聽前院敲着梆子，聲音很脆，似是打更的人往這院裏走來。他大吃一驚，疾忙拉門避到了屋裏。屋裏咕嚕咕嚕一陣亂響，又聽啪喳一聲，大概是一隻碗掉在地下摔碎了。他嚇得毛髮悚然，忙抽出短刀來，又聽有老鼠的吱吱叫聲，四周圍一股油煙氣味，原來這裏是廚房，沒有人在此睡覺，耗子可倒不少。劉泰保伸手向前去扒，扒了半天，忽然把手指燙了一下，原來是摸到個熱水壺上了。他心裏又罵了一聲，掏出火摺子來，點着了一抖。屋中火光一閃，一切的灶台廚櫃和地下被耗子撞下來的一隻破碗，就全都映入他的眼簾。

更聲愈來愈近，他疾忙將火折用腳踏滅，蹲下身，卻聽打更的人已來到這院裏，又把梆子梆梆地敲着。劉泰保心說：不好！萬一這傢伙聞出來火摺子上的松香味兒，他要撞進屋來，那可糟糕！殺傷了他就是一場人命，不傷他我可又跑不了！於是他將刀和火折全都收在腰間，卻由菜案子上抄起兩隻鐵鍋，一手拿一個。他預備着只要有人撞進這廚房來，就迎頭給一鍋，再進來一個還是給他一鍋，兩隻鍋至少能打量兩人，然後自己拋下鍋就跑。他於是等着，心說：打更的！你進來吧！我給你個鐵帽子戴一戴！

等了一會兒，更聲卻過去了，打更的似是往後院去了，劉泰保倒笑自己太毛咕；可是這兩隻鍋是他新得來的武器，就像玉嬌龍得到了青冥劍似的，絕不肯放下。他用膝蓋一磕頂門，才要出屋，忽見對面的房上有一條黑影逝過，驚得他幾乎坐了個屁股墩兒！他一振勇氣，心說：妙啊！說不定又是玉嬌龍吧？她不知在什麼地方掙斷了繩索，又回家探母來了吧？好！我也請她戴個帽子！

於是他手提着兩隻鐵鍋，飛身上房。走過了兩重脊，又到了後面的一個院裏，卻見那條黑影如燕子似的從房上翩然下落。劉泰保高高舉起鍋來要打，可是又想：不行！離着太遠，絕打不着，白驚動人！同時卻又看出來下面這條黑影的身材很矮，而且毛手毛腳的一點也不大方，絕不像是玉嬌龍。黑影突然進了那漆黑無燈光的西屋，劉泰保心中突生一計，就也跳下了房。這次他跳得可很漂亮，腳掉地一點聲音也沒有。他壓着腳步，慢慢地也走到那西屋門前，聽裏面並無聲音，他就把兩隻鐵鍋底兒朝下，放在屋門前的地下，算是設了兩個埋伏，然後抽出短刀側耳去聽屋裏的動靜。

卻不料忽然屋門一開，屋裏的人嗖地躥了出來。但是這人萬也沒想到地下會有埋伏，他一腳就蹬在鍋上，哧的一聲滑出了很遠，只聽咕咚、噹啷一陣響，劉泰保心說：這叫作活煮臭腳丫！那人翻身爬起，劉泰保抄起一隻鍋來飛去，沒打着，掉在地下，又是一聲巨響！屋中就有人驚叫，前後院的梆聲也緊敲起來。劉泰保飛身上房，那人隨之追上；劉泰保由房上跳至牆上，那人也緊緊追來。劉泰保跑至花園，那人也追來了；劉泰保藏在太湖石後，那人也聳身跳到太湖石上。劉泰保轉身又跑，越牆而過，下了高坡；那人隨之又出來，高聲說：“小子！走什麼？過來對對刀，比一比身手，那才叫好漢子！”

劉泰保止住步，回身說：“喂！別上前！我手裏可有鏢！小心打你的肚子眼兒！”

那人說：“老爺怕你打鏢？老爺的肉皮是刀槍不入！”說着往前急逼。

劉泰保往後直退，同時問說：“朋友你是誰？說出名姓來我好認識你！”

對面那人一拍胸脯，說：“老爺姓譚名飛，外號叫猴兒手，是李慕白老爺的大徒弟！”

劉泰保說：“哎呀！原來不是外人，大水沖了龍王廟啦！兄弟是一朵蓮花劉泰保，德五爺是我的好朋友。李慕白大哥雖說與我沒見過面，可也是知己的朋友。”

猴兒手說：“你這小子救走羅小虎，你也跟着跑啦，為什麼又到這兒來啦？”

劉泰保哈哈一笑，說：“我來這兒恐怕與你老哥是一樣，咱們哥兒倆都為的玉嬌龍，咱都是一派。”

猴兒手說：“我們九華派裏沒有你！”

劉泰保說：“可也總算是一家人，咱們得聯起手來，對付玉嬌龍跟羅小虎，那才對！”

猴兒手近前一步說：“玉嬌龍到底是怎麼回事？她是在家裏還是真跑啦？”

劉泰保笑着說：“原來你還都不知道呢？你為什麼不早跟我打聽打聽？”

猴兒手說：“我找不着你這傢伙！”

劉泰保擺手說：“才見面，別就開玩笑！這地方不妥，人家玉宅裏的人恐怕都被嚇醒啦！來，我帶你到一個地方，咱哥倆細談談。我還告訴你，你的師父已然來到北京啦，你知道嗎？”

猴兒手說：“我不知道！是真來了嗎？他老人家在哪兒住？”

劉泰保聽猴兒手的說話聲音，似乎是有點害怕，就心說：這小子！不定是怎麼回事啦，他師父來北京還許是特意為捉他呢！遂就又一笑，說：“我所聽的也不過是傳聞。慕白老兄要真來到北京，他總還得有些顧忌，再說他來到這兒又有什麼事可辦呢？玉嬌龍一個女流之輩，他老兄也犯不上幫助咱們下手，我想他老兄還是多半沒有來。”

猴兒手說：“你別拉近，他會是你的老兄？他是你的爺爺。”

劉泰保笑着說：“那也沒有什麼，咱們先別開玩笑，我先打聽打聽。你來到京城這些日子，先是跟羅小虎住在一家店裏，後來你又走了，一去無蹤；今天忽然又露了面，你到底貪圖的是什麼呀？難道你是想摸玉嬌龍一把嗎？”

猴兒手不言語，隨着劉泰保一同往西去走。劉泰保雖然與他並行，可是不能放心這猴兒，躲出了有三四步，並且時時扭頭防備着。

猴兒手卻似是很衰很頹唐的樣子，一邊走一邊說：“我摸玉嬌龍幹嗎？她是我的仇人，我要打她，只是打不着！”又說：“在九華山上學藝二年多，我師傅李慕白他不好好教給我，反倒說我不成個材料，這輩子也當不了俠義英雄。我就跟他賭了口氣，背着他我就跑出來了。我鳳陽府的老家因為經過一場官司，已然七零八散，我哥哥譚起死在獄裏了，陶小個子現在還做着囚犯。我到安慶府去找我姐夫，可是我姐夫也不容留我；他的鏢店買賣很好，用的全是一些專管吃飯的鏢頭，我這麼大的本事，他可不要我！”

劉泰保笑着，猴兒手又拍着胸脯說：“我是李慕白的徒弟，不能在江湖偷盜。我爸爸是鳳陽府分水犀牛譚二員外，雖然死了，可是大江南北誰人不知？哪個不曉？我也不能當街賣藝，給我爸爸丟人！”

劉泰保對他的家世本來不大明白，只聽他說，又問道：“那你怎麼辦？你吃什麼呀？”

猴兒手說：“我本來有半箱銀子呢，都叫我師父給散光啦！我離開安慶的時候，我姐姐給了一點兒，我就買了藥匣子，買了道袍。”

劉泰保說：“您就賣野藥兒？”

猴兒手說：“不是野藥，是當年陶小個子傳給我的方子。一個是補鐵平金散，專治拉稀，小腸串氣，精關不固，百病皆治；一個是生龍活虎膏，是刀創藥。還代賣耗子藥兒，耗子吃了當時就死；若是把耗子藥加在生龍活虎膏上，那……”

劉泰保說：“您給羅小虎貼的大概就是這種雙料的膏藥吧？才把他那鏢傷弄得越來越腫，越來越化膿，是不是？”

猴兒手說：“我是行俠仗義，拿這膏藥在湖北、河南、直隸省，救過不少受傷的強盜跟土痞。”

劉泰保說：“好個行俠仗義的妙法子！我要受了傷，可絕不敢找您！”

猴兒手又說：“我來到北京，是想像我師父似的，在此做些驚人之事。”

劉泰保說：“胡貼膏藥也就夠驚人啦！”

猴兒手又說：“來到北京，我就遇見羅小虎，我就看出他跟他帶着的那倆小子，都不是東西。我看見他有口好刀，我就想他不配使，應當歸我使，我就費了許多力，將刀取在手中！”說着拍了拍腰。

　　劉泰保說：“那麼這些日子您可又跑到哪兒去啦？玉嬌龍的事情鬧翻了京城，您怎麼也不出頭行俠一下子呀？仗義一下子呀？”

　　猴兒手擺手說：“不跟她鬥！不跟娘兒們鬥，你看德家的少奶奶，我就絕不見她！”

　　劉泰保卻冷笑說：“你得敢見她呀！我雖不知詳情，可也聽說過大概；當年要不是你，楊小姑娘的爺爺能會被人殺死？”

　　猴兒手似是很慚愧的樣子，說：“可是我也救了她，前些日羅小虎到她家裏要調戲她，幸虧我暗中相助。”

　　劉泰保說：“你別胡說！人家兩方都不計較那天的事啦！羅小虎當稱楊小虎，他是楊豹的哥哥，楊麗芳是人家的親妹妹！”

　　猴兒手詫異着問說：“是真的嗎？楊豹可是我的仇人。當年他若不殺我爸爸，我們兄弟還不能殺死他爺爺呢！”

　　劉泰保說：“你們那筆債，早就糊糊塗塗地勾銷了。你既做了李慕白的徒弟，咱們就算是一家人，我勸你就別跟我們這幫人作對！”

　　猴兒手搖頭說：“我不跟你們作對，我上次圖的就是羅小虎的那口寶刀。可是，楊豹姓楊，他是他的哥哥，怎麼他又姓羅呢？我不明白。”

　　劉泰保說：“你不明白，我也不明白，不過這真不是瞎話，是真的。現在我就問你，你到玉宅裏去，是打算幹嗎？”

　　猴兒手卻笑了笑，說：“那是為一件別的事。我認識一個娘兒們，我離開了西珠市口那個店，我就住在她家。那娘兒們長得不錯，像個小鳥兒似的，一點兒也不叫人害怕。我跟她過得很好，所以我不願意我師父來，我也不願意再管人家的閒事。可是我的錢又不夠花的，我想玉宅的錢多一半都是他們小姐當賊掙來的，偷他一點兒不算什麼。”

　　劉泰保說：“好！你倒真會想主意！”

　　猴兒手說：“我就去偷了他一下子！後來我又想着不對，錢也許是玉大人掙來的；要真是他做官掙來的，那我可還得是賊，我就要想法子還他。今天我在西城街上遇見羅小虎，他還同着一個人，他們到錢舖裏去兌了一大封銀子。我想羅小虎是個賊，由他手中取來，不算我做壞事……”

　　劉泰保擺手說：“你別說啦！我明白啦，剛才你是搶了銀子又到玉宅去還帳，表示你是俠義，不是賊。到底你是俠義還是賊，我不便批評你，反正你是猴兒手，真正的俠客不能有這外號，你看我一朵蓮花！”

　　猴兒手說：“你也別吹，我知道你也鬥不過玉嬌龍！”

　　劉泰保微笑着說：“可是一回鬥不過她，二回再鬥，早晚我要叫她在我的手下服輸！”

　　說時又來到德勝門白眼老六的那個酒舖前，這裏門板雖已上了，可是由板縫還漏出燈光。劉泰保就拉了猴兒手一下，說：“這地方有玩意兒，你進去看看好不好？”

　　猴兒手發着怔說：“有什麼玩意兒？”

　　劉泰保笑着說：“進去一瞧就知道了。”遂把門敲了幾下，又叫了一聲：“老六！”

　　裏面有人答應，把門開開。此時屋裏和櫃房全都擠滿了人，牌九、搖攤、黑紅寶，一共三份。人足有二三十，多是短打扮，以流氓地痞占多數。只有幾個穿綢褲褂搖摺扇的，卻是買賣人和大宅門裏管事的，都拿着整串的錢，整個的元寶來這兒賭，這個賭局也吃的就是這種人。

劉泰保一進來，許多人都叫着"劉二爺"，劉泰保面帶微笑，向幾個人努努嘴。那幾個流氓的眼睛就全都瞪在了猴兒手的身上，只見猴兒手頭上梳着一條小辮，身上可穿着短道袍，樣子很怪，腰間繫着一條粗麻繩，繩上插着一口發亮的刀把兒上有個銅環子的短刀。劉泰保的嘴向下一撇，幾個流氓就會意了。

猴兒手可全不覺得，他的身材又不高，扒着人的肩膀往裏看玩意兒，也看不見，他就一句話也不說，拿肩膀往人身上愣頂，就被他頂開了兩個人。有個人翻了臉，開口就罵道："什麼東西？鳥孫子，你他媽的愣頂什麼？"

劉泰保在旁說："得！別生氣！這是我的朋友，譚老兄弟，自家人！"又使了個眼色，那人當時就不言語了。

猴兒手這時高興極了，伸手向懷中去掏，原來他還帶着十來兩銀子。他把銀子分作兩份，先壓上一份，寶盒子一開，立刻就輸了。他又把餘下的一份分成兩半，先下半份，可是也被吃了去。他急得直抓腦袋，把那半份又壓上，壓的是紅，不料寶盒一開又是黑。他的兩手精光，急得翻了翻眼睛，回身說："劉泰保呢？"

立時有人向他胸上一拳，說："小子！你瞎啦？憑什麼踩我的腳？"

猴兒手驚說："沒瞧見！"他回頭急急叫着："劉泰保！借我幾兩銀子，我把錢撈回來就還你！"喊了兩聲，不知劉泰保哪兒去了，旁邊有人就說："窮吵什麼？沒有錢就快點滾蛋！"

眼看着開寶的又直往外賠錢、賠銀子，有許多壓中的人，都搖頭晃腦的，表示得意。猴兒手真急了，把拳頭咚的一聲向案子上一捶，說："我這隻拳頭當五十兩！"

開寶的人把眼睛一翻，說："行！可是你輸了應當怎樣？"猴兒手說："輸了這隻手，我再賭那隻手！"開寶的人說："兩隻手都輸了怎麼樣？"

猴兒手生氣地說："我再拿腳下注！"

開寶的人卻把眼一瞪，說："他媽的你身上還有什麼東西？倒不如咱們賭腦袋，你輸了把腦袋割下來給我，你要贏了我也割給你頭！"

猴兒手說："幹！"把脖子一伸，說："我壓紅的！"開寶的人臉上沒有一點表情，當眾把寶盒一開，原來卻是個黑。

猴兒手真着急了，把眼睛瞪起，向腰上一摸，不料那口帶環子的寶刀卻不見了。他大吃一驚，叫道："啊呀！我的刀哪兒去啦？哪個小子大膽，敢偷我猴兒手的寶刀？快拿出來！"旁邊的人有的斜楞着眼睛撇嘴嘲笑，有的裝作沒事人兒似的，沒有一個人言語。

猴兒手氣極了，要打那開寶的人，突然有人說："小猴崽子你別逞強！刀在二太爺的手裏啦！二太爺是心疼你，怕你真拿這口刀抹了脖子！"

猴兒手一看，只見是一朵蓮花劉泰保推開了半扇門，站在門檻上，一手摸着小鬍子微笑，一手搖晃着寶刀，刀上的環子嘩啦嘩啦的響。猴兒手分開眾人撲向前去，劉泰保轉身向外就跑，猴兒手大嚷說："小子你別跑！我還拿你當好人，不想你是個騙子！"一個躍步闖出門去，就見劉泰保向北跑去了。

猴兒手急追，劉泰保穿越着小巷又往東，一邊跑一邊搖晃着刀環，故意逗他。猴兒手追得很快，可是劉泰保跑得更快，所幸此時已夜深無人，小巷長街就由着他們跑。跑得猴兒手氣喘吁吁，大罵："小子，反正你跑不上天去！譚爺爺追上你，非點你死穴不可！”

　　劉泰保笑着說：“二太爺生平是不怕點穴，你不追老子你就是孫子！”

　　譚飛聽了這話越是努力緊追。眼看到了一塊曠敞的地方，此地人家稀稀，多半是些小門小戶，劉泰保就跳進了一家院牆，猴兒手也隨之跳進去。這人家是分內外院，外院又是對面的房子，房內全沒有燈光，劉泰保就到北房前拿手去捶窗戶。

　　猴兒手趕上去掄拳要打，卻不料房門忽開，出來一人手掄雙刀向他就砍，猴兒手疾忙躲開；不料使雙刀的人又一腳，腳像個鈎子，把猴兒手踹得哎喲一聲。剛罵了聲：“賊……”突然從什麼地方飛來一枝鋼鏢；猴兒手疾忙將身向地上一趴，鏢從他身上飛了過去，原來是屋中又出來一人。這使雙刀的人卻將鞋尖向猴兒手的身上一點，猴兒手就覺得全身又麻又疼，知道是遭了點穴。

　　這時劉泰保早已跑到房上蹲着去了，就聽他說：“俞大姐別傷他！他是猴兒手，我特意把他誆來，為請您教訓教訓他！”隨手將火摺子抖起，跳下房來，迷嘻地笑着，向猴兒手說：“你睜眼看看吧！這位是誰？”

　　猴兒手把眼睛都瞪圓了，他一看，那拿雙刀的正是全身青衣、蛾眉秀目的俞秀蓮。另一個提槍拿鏢的也是個女子，青衣紅褲，黑黑的臉，嬌小的身材，肚子可有點鼓。猴兒手就哀求着說：“俞師姑！我不知道你在這兒！”

　　俞秀蓮卻不正眼看他，把解救點穴的方法告訴了劉泰保，就跟蔡湘妹進屋了。劉泰保把火折扔在地上，叫它自行燃燒，他就遵法搖動着猴兒手的身子，搖動得差不多了，他就疾忙往旁一跳。猴兒手坐起身來，悄聲向他狠狠地罵了幾句，劉泰保卻直笑着作揖。

　　此時屋裏已點上燈，把猴兒手叫到窗外，俞秀蓮在窗裏向他詢問他近年來所做的事。俞秀蓮是嚴厲地問，猴兒手站在窗外，低頭站立，嚅嚅地、糊裏糊塗地回答。

　　劉泰保在旁邊笑着，又揪揪他的胳膊，在他耳邊悄聲說：“這口刀是人家羅小虎的，我替你還了他好了。今天是我跟你第一回開玩笑，好顯着咱們親熱，你可別生氣！”

　　猴兒手伸腿去踹他，他卻又跳出遠遠的。此時，俞秀蓮就說李慕白已經來到此地，囑咐猴兒手不准胡作非為，並命猴兒手即刻到西城阜城門內一家油鹽店裏，找在那裏匿居的爬山蛇史健，以後一切事都須聽史健的吩咐。猴兒手唯唯地答應着，連聲大氣兒也不敢出，然後轉身跳過了牆，垂頭喪氣地走去。

　　劉泰保站在牆上還向他拍巴掌，猴兒手由地下揀起一塊磚頭向他飛去；劉泰保將身向牆裏一跳，不料脖子上早啪的挨了一磚，非常疼。蔡湘妹在屋裏說：“你幹什麼啦？俞大姐叫你進來，有事要分派你啦！”他便摸着脖子進了屋。

　　當夜，劉泰保仍然回到積水潭，花牛兒李成跟羅小虎都在炕上熟睡，什麼事也沒有。次日羅小虎仍然不出門，照常耐心地坐在炕上削竹子，他時常發着怔，凝着眼神，仿佛連話都不愛說，外面的事他更不聞不問。

　　天氣很熱，蟬在門外的柳樹上高唱，聲音都傳到屋內。京城中表面是依然平靜，魯宅的新媳婦玉三小姐病了這許多日，至今還沒有見親友，這件事仿佛也陳舊了，沒有人再上茶館酒肆去談說了。可是現在有許多人正在暗中活躍，第一是德嘯峰，與京城聞名的俠公子銀槍將軍邱廣超。二人除了托人在各衙門探聽玉嬌龍的下落之外，並都親身去見新回京的玉知府寶恩。他們也不能說聞說三小姐被官人捉去了，只能問：“姑奶奶近日的病勢如何？”寶恩便像是很發愁的樣子，說：“還是不見好嘛！在房裏還是不見人，一聽見人的足聲，她就驚喊，終日昏昏沉沉的，只有一個僕婦和兩個丫鬟伺候她。內人昨天還去看了她一次，可是她大睜着眼睛，竟不認識嫂嫂了；因此家母也因憂得病，家嚴更是十分灰心！」顯然是有一種隱情，他家裏的人諱莫如深。

邱少奶奶以至近的姐姐的資格要到魯宅去看看，可也被玉家的兩位奶奶攔阻，說是：「別去看她啦！她不像早先那樣子啦！我去看她，都挨了她一頓罵；您若去，要是得罪了您，我們可真擔不起！」旁邊，玉大奶奶膝下的那個七歲的女孩蕙子，一聽人談說到她的龍姑姑，臉色就立刻顯露出來驚疑，仿佛是自己在心裏說：不是那麼回事呀？總之，玉、魯兩宅無論上下，對此事全都保守得極為秘密，事情是可疑得很，然而無人能設法把它揭穿。

同時，又出了一件事，是有人在提督衙門控告了大盜虎某，原呈是：

具狀人賀紹紳，河南人，在刑部衙門當差。前聞西城某巷中有娼婦大蘿卜、小蝦米，其家中去一遊客，自稱姓虎，身攜銀兩無數，舉動兇悍，動輒毆人。有人知彼即係在玉宅喜事時，箭射彩轎，刀傷官人之人。想係江湖大盜潛居京師，若不嚴加捕拿，難免再出巨案……謹此告密。

並附有這賀紹紳的家世履歷。

提督衙門的人抄下來一份給了德嘯峰。原意是聽人傳說，德嘯峰對那撞喜轎的莽漢的來歷，有些知曉；劉泰保救走了那人，德嘯峰有主使的嫌疑。所以想索性把這狀子給德嘯峰看看，送個人情，給德嘯峰容個時間，好叫那「虎某」快跑。

不料德嘯峰一看那賀紹紳的家世履歷，卻是：

父諱頌，曾任河南汝南及江西吉安知府……現告老居京，紳在刑部當差，所言是實，絕無謊報……

官人走後，德嘯峰就拍桌子說：「這真是冤家狹路！這賀家正是多少年前害死我兒媳婦父母，三年來遍訪無着的仇人！」因兒媳婦楊麗芳現在鬧着要往河南去報仇，假若她知道仇人就在京師，她又會武藝，立刻就能闖出來大禍，所以德嘯峰把這事並不宣露；只把新從延慶回來的楊健堂請來，悄悄告知他此事，叫他去設法探出這賀家的情況、平日的行為，及那告老的賀知府在汝南任上時，是怎樣害過一姓楊的夫婦，並囑他不要向外人說知。

楊健堂為自己義女的家門奇冤，自然十分義憤，便慨然應允了。這件事倒不難辦，知曉了賀家的住處，楊健堂費了一天的工夫，就已探出來大概。德嘯峰記在心裏，秘不發表，現在只是專搜尋玉嬌龍的下落。

先幾日來京的爬山蛇胖子史健，他對這回事最熱心，曾帶着猴兒手趁夜到魯宅去了兩次，可是竟沒有尋着那不見人的新娘住的屋子。他是在山西與李慕白會面後一同北來，走到保定迤南遇見了玉嬌龍，李慕白去追玉嬌龍，往南去了；他就一個人來到北京，秘密見了德嘯峰一次，現住在同鄉開的一個小舖裏。

劉泰保手底下的耳目眾多，除了每天有人向他報告消息之外，他自己天天晚上要到玉宅門前去溜達；探出來的卻只是玉宅的奶奶少爺們，天天坐車往魯宅去看那位病姑奶奶。但玉嬌龍到底是在哪裏？到底是死是生？誰信魯宅的新房裏真有人？誰信他們為雙方遮羞耍的這套假玩意兒？連俞秀蓮也每夜潛入玉、魯兩家的宅中去探查，各衙門的監獄中她也都設法進內查過了；蔡湘妹又托街坊李二嫂，向她那個在魯宅做廚役的娘家哥哥去打聽，結果全是像海底尋針似的茫茫渺渺，一點也探不出玉嬌龍的蹤影。

至於李慕白，此次是與俞秀蓮、孫正禮一同來京，現住在鐵貝勒府內，如上賓一般，受到優待。他過去的官司經鐵小貝勒打點，已無人肯再追究了，他可以隨便在街上閒遊了。每天他只是訪訪德嘯峰、劉起雲、孫正禮，京華景象一如從前，但已沒有多少人認識他了。六載前逗留的西河沿旅舍，打磨廠比武之處，韓家潭銷魂之鄉，在在都掀起他的記憶。他又到南半截胡同去拜見了表叔，表叔祁家是越來越窮，以為他早先的案子還沒銷，也不大敢招待他。出了南半截胡同不遠，就是他舊日臥病，與孟思昭結成生死之交的法明寺；再往南，即是纖娘的埋香之所，李慕白並沒去看，心頭滋出些悲思，也旋即消逝。

他鞭絲帽影，駿馬英姿，走遍了長街，登遍了酒樓茶肆，但聽不見關於玉嬌龍的風聲，也看不見形跡可疑的人。他的意思倒不是必須尋獲玉嬌龍，他認為玉嬌龍若果真被官人捉去，那倒是為江湖除去一個強霸；他只是立誓要尋回青冥劍，那口劍在玉嬌龍手中還不至於濫殺無辜，但要到了什麼紅臉魏三的手裏，那可就更貽害無窮了！同時他還希望能從玉嬌龍的口中問出啞俠及《九華拳劍全書》的下落。但作難的是，他不願像史胖子、猴兒手那樣，深夜往人家宅第去尋人家的閨房，所以他並沒到魯家去過；只會過史胖子、猴兒手，在德家見過劉泰保，劉泰保又引他去看了看羅小虎。

現在羅小虎已將他那些枝弩箭做好了，劉泰保並將寶刀還了他，天黑以後，若有人跟着他，也准許他出門。羅小虎是這件事裏的主要人物，他的心比誰都急，但他又不得不隨在這許多人的腳後頭，尋他的茫無下落的情人。

這古城中，龍藏虎臥，鷙走猿飛，閃閃的刀劍光，輕輕的遊俠跡；每夜更深，群俠齊施身手，但是一連五日，竟毫無線索。

到了第六天忽然發生巨案，說是西直門關廂的第一家小店裏，昨夜突去暴客，殺死了兩個在那裏已投宿了七八天的旅客，是一男一女。有人認識，是在鏢店做夥計的紅臉魏三跟他的老婆，死得極慘！有人還看見昨夜行兇的暴客是從房上來的，是個細腰的少年。

這件事一出，使得邱廣超、德嘯峰、李慕白、俞秀蓮、劉泰保等人無不驚詫，連史胖子與猴兒手都有點害怕了，都說：“先歇兩天吧！誰知道這是怎麼回事呢？玉嬌龍不定是藏在哪兒啦！咱們在這兒找她，她還許正在暗處笑咱們呢？”

羅小虎卻大樂，拍着巴掌。李、俞二人卻既驚且憤，要再鬥鬥玉嬌龍；但過了兩天，玉嬌龍還無蹤跡。

忽然一天又出了一件驚人之事，就是玉、魯兩宅同時傳出來消息，說是魯少奶奶玉小姐的病已好啦！由今天起就出來拜客！這個消息可把這些日的謠言完全掃淨。德大奶奶信以為真，又驚又喜。可巧俞秀蓮正在她家，她就拍手笑着說：“叫我跟着你們當了這些日子瘋子！天天疑神疑鬼的，瞎說人家，原來全不是那回事！人家玉嬌龍明明是一娶過去就病了，就沒出新房。這都是劉泰保那小子造的謠，現在看劉泰保的臉還往哪裏擱？好在那小子本來就沒臉。”

俞秀蓮生着氣說：“這跟劉泰保有什麼相干？她這些日若在魯家害病，那到巨鹿縣去吃了我的一頓面，搶了我一匹馬逃走的不是她嗎？李大哥、孫師哥跟我，我們三個人把她追跑了的，難道那也是我們瞎說？”

　　德大奶奶說：“你們看見的，那一定是她的魂靈！書上常記着這樣的事兒，說是一個人在這兒得了病，臥床不起了，可是她的魂靈已然出千里之外了；在那地方她也照常吃飯，照常能見人說話，跟真人沒有什麼分別，絕看不出來。後來，她回來了，跟病床躺着的那個她，一見了面，兩人又合而為一，變成一個好好的人！”

　　俞秀蓮說：“我不信！魂靈還有那些事兒？”

　　楊麗芳也在旁納悶。

　　此時德嘯峰走到屋裏，聽她們正在談說此事，他就擺手說：“這件事約兩三日內就能查清，玉嬌龍她回娘家的那天，我們這裏去一個人看看她，由她的容態上必可看出點兒來。據我想其中必有絕大的隱情，她那樣的人怎能甘心嫁魯君佩？這不定是怎麼回事了！”

　　德大奶奶哼哼冷笑了一聲，也不信她丈夫的話，就說：“誰的話也都不足為憑，還是看看她本人！我敢說，以我跟她的交情，她見了我的面絕不能不說真話。只可惜咱們跟魯宅無來往，非得等她回了娘家，我才能去見她！”

　　俞秀蓮說：“邱家跟魯家有來往沒有？”

　　德大奶奶說：“魯君佩的四嬸子是邱廣超的表姐，她們倒還走得很近。”

　　俞秀蓮突然站起身來說：“不如我就去找邱少奶奶，叫她帶着我到魯家去看看，那叫我扮作隨身的丫鬟我也願意；只要我能見着玉嬌龍，我就有辦法！”

　　德大奶奶說：“得了吧！你給我惹什麼禍都不要緊，可別給邱家招事！”

　　俞秀蓮說：“我不招事，我跟隨她去，一定規規矩矩的，我哪能又跟玉嬌龍翻臉呢？”

　　旁邊楊麗芳微笑着，也跟俞秀蓮一樣興奮。

　　德嘯峰點頭說：“俞姑娘若去一趟也很好，快些把此事弄個水落石出。只要見玉嬌龍確實在魯家，安心做那裏的少奶奶，我們就放心了，連詳情都不必問。辦完了這件事，我們還有更要緊的事情。”

　　俞秀蓮瞧了楊麗芳一眼，就說：“對啦！我也願意趕快把這件事弄清，我好帶着我姪女往河南去報仇！”

　　楊麗芳黯然轉過臉去。

　　德嘯峰又點頭說：“就是！”

　　俞秀蓮正要往屋外走，忽聽壽兒在窗外嚷着回事，說：“劉二爺來見老爺！”

　　俞秀蓮問說：“劉二爺是誰？”

　　德嘯峰說：“是劉泰保。”

　　德大奶奶就說：“他幹什麼又來？不用見他好了！”

　　德嘯峰說：“他來一定也是為這件事，他必有所聞，怎能不見他？”說着往屋外就走，並叫壽兒出去雇車，送俞姑娘去往邱宅。

　　他走到外院，就見劉泰保正在書房前台階上站着，見了德嘯峰，他就請安。德嘯峰一看，他那留了還不到一個月的小鬍子不知為什麼又剃了，嘴上光光的，進了屋，德嘯峰就笑着說：“怎麼又不留鬚了？”

　　劉泰保說：“我娶媳婦還不到一年，兒子也還沒出世，我留哪門子的鬍子！以前我是沒法子，有人造謠言，說是我拐跑了玉嬌龍，弄得我不得不晝伏夜出，並留點鬍子以便遮人眼目。現在玉嬌龍已然光明正大地當起府丞夫人來了，我還有什麼嫌疑？官人還能借着什麼碴兒抓我？這點胡子沒用了，我自然不要它啦！”

德嘯峰就悄聲問說：“怎麼樣？你在外面聽見了什麼沒有？”

劉泰保說：“我就是為這件事來的。今天一清早玉嬌龍回的娘家，在玉宅吃完午飯，又回婆家了。車後跟隨的官人很多，下車的時候，四周圍都不許站閒人，所以禿頭鷹他們都沒瞧見，可是這個玉嬌龍不能是假的。據我想，多半是那天紅臉魏三把她捆去沒有捆住，她掙斷了繩索，反殺死了魏三跟他老婆！”

德嘯峰說：“這樣一說，你那天所遇見的有腰牌的官人，一定是賊人假冒的了？”

劉泰保說：“多半是！”

德嘯峰說：“可是玉嬌龍既然願嫁魯君佩，她當初就不必跑；既然跑了，魏三也白費力捉了一回，枉賠上性命。她武藝之高、本領之大可知，她何必又自己投回魯家？”

劉泰保點頭說：“五哥所見極對，我也覺出這是個大悶葫蘆，所以我還不甘心，還得設法打破這個葫蘆，露一露臉。今天我來，就是有一件難辦的事，您得給想法子！”

德嘯峰問：“什麼事？”

劉泰保說：“就是我們這位虎爺，他聽說了這件事，簡直是要瘋了，他說今天晚上就要去殺魯府丞！我後悔把寶刀又給了他，他又有自己做的幾十枝箭，簡直我們都攔不住他老人家！”

德嘯峰說：“你趕快到泰興鏢店去找孫正禮，到阜城門內去找史胖子……”

劉泰保說：“史胖子不行，那傢伙比我還壞，他現在跟羅小虎交上啦！晚間兩人一同上酒館，一同到魯宅去探風，猴兒手也跟着他們，他們說話都背着我！”

德嘯峰說：“有孫正禮去就行。”

劉泰保搖頭說：“那位大爺急性子，您派他去打誰倒行，叫他在屋裏日夜看着人，他哪有那耐性？”

德嘯峰想了一想，就說：“不過，他一個大活人，要不叫他動轉也辦不到，只要叫他明白利害，這件事得慢慢辦理，不叫他莽撞就是了！此事本與我無關，我之所以要管，第一是因玉宅對我有過好處，我不能不維護玉嬌龍；其次還是為羅小虎。因為他的胞妹是我的兒媳，他胞弟楊豹那樣的好漢子又死了！他父母的奇冤未報，高朗秋、楊公久、俞秀蓮都是俠義英雄，對他楊家所做的事都是可泣可歌。他既是我家的親戚，所以我義不容辭，無論他是個怎樣的人，我也得維護他，勸導他，不能叫他在我眼前惹下殺身大禍；我為的是將來把事情辦明，冤仇報了，叫他認祖歸宗，也算是楊家的一條根！”

劉泰保說：“五爺當仁不讓，我真欽佩。就是，虎爺他認上死扣兒了！他要娶玉嬌龍，可是玉嬌龍大概早就把他忘啦！”

德嘯峰也皺着眉感覺到難辦。

劉泰保只好去找孫正禮，他一出門恰巧俞秀蓮正上車，俞秀蓮就囑咐說：“告訴他們，現在都沉住點氣！我現在就去看她，等我晚間回來再商議辦法。”

劉泰保連聲答應，就讓俞秀蓮的車走過去了。車來到大街上，俞秀蓮就叫趕車的放下車簾，她在車中扒着青紗車窗向外去看。車行走了許多時，由東城到了西城北溝沿，就在邱侯爺的府門前停住。俞秀蓮下了車，把車打發走了，門裏有個僕婦直着眼睛望着她，俞秀蓮就邁步進了門檻，微笑着問說：“你們少奶奶在家嗎？”

僕婦問說：“您貴姓呀？”

俞秀蓮說：“我姓俞。”

僕婦說：“我給您回一聲去！”她進了屏門，順着廊子往裏院去跑，俞秀蓮就慢慢地往裏去走。

這時忽見北房的簾子一啟，出來了一位三十來歲的錦衣公子，正是邱廣超，他很恭謹地叫道：“俞姑娘來了？”

俞秀蓮止住了腳步，邱廣超就笑着說：“慕白也在這裏。”

俞秀蓮笑了笑，下了台階往那邊去走，只見李慕白身穿藍色綢衫，手持摺扇，也自屋中出來。

俞秀蓮進了這小客廳一看，並沒有僕人在此伺候，她遂就向邱廣超說：“今天我來，就是求邱嫂嫂領着我去看看玉嬌龍！”

邱廣超說：“我們也正在提說此事，也因她是個女子，只有俞姑娘見了她，才什麼話都好說。慕白的意思是不願再逼她，只叫她把青冥劍交出來就是了。”

俞秀蓮說：“還不定是怎麼回事呢？德五嫂子不信在巨鹿跟我鬧翻了臉的是她，我又有點不信現在這個重病才好的真是玉嬌龍！我非得去看看不可。”

邱廣超說：“本來內人是要明天去看看她，因為今天玉嬌龍必回娘家去。”

俞秀蓮說：“我聽到劉泰保說，她已然從娘家回去了。”

邱廣超說：“那今天叫她去也好，只是姑娘要隨了去，未免要使魯家的人生疑！”

俞秀蓮說：“我可以扮作你們家裏的丫鬟。”

邱廣超笑了笑，說：“我家只有四個使女，他們都認識。”

李慕白在旁說：“據我想，魯家現在必有比玉嬌龍更毒辣的人，所以玉嬌龍才不能不低首就範，姑娘去了，千萬也要小心！”

俞秀蓮聽了便一怔。

此時進去回事的那個僕婦就來說：“我們少奶奶請俞姑娘！”

俞秀蓮點點頭，又向邱廣超、李慕白二人說：“我到裏院去啦！只要邱嫂子今天肯出門，無論用什麼手段我也要見着玉嬌龍；只要見着了她，我就有法子向她探出來底細。”

李慕白說：“楊健堂親聽羅小虎說過，玉嬌龍的武藝確實自啞俠的書中所得。南鶴老伯數十載浪跡江湖，就為的是尋找那兩卷書和啞俠的下落。倘若姑娘能將這兩件事的下落究出，再把寶劍索回，我就不必親自向她去追索了；因她現今已是一位命婦，我更不願與她見面動武。”

俞秀蓮點頭說：“好！這些事我必忘不了。”說着她就隨那僕婦走往裏院去了。

這裏李慕白與邱廣超閒談，談到武藝，李慕白就說：“玉嬌龍的武藝確實罕見，只是行為卑劣，毫無慷慨的氣度。”接着又說：“現在鐵貝勒擬留我常住北京，也是因為他現在職位愈尊，人愈貴重；玉嬌龍兩次到他府中盜劍之事，使他有些膽寒，所以想使我保護他。雖然他對我必然優待，但多年來我浪跡江湖，閒散慣了，若叫我在京長住，不能再往別處去，如何成？所以我想給他介紹兩個人代替我。”

談了些時，就有僕婦來說：“少奶奶要走啦！”

邱廣超與李慕白齊都站起身，隔着玻璃窗向外去看，就見由裏院走出來高梳兩板頭、身穿豆青色春羅旗袍、手拿着小扇子的邱少奶奶。隨侍着的三個僕婦，其中一個是穿着一身月白色的褲襖，腦後梳着個“蘇州頭”，年紀很輕，裊裊娜娜的，原來正是俞秀蓮。

　　邱廣超不禁大笑，李慕白也點了點頭，邱廣超回身笑說：“慕白兄，你太有些近於迂腐了！為什麼你不與她結為夫婦？天下的婚姻哪還有比你們再合適的？我是俗人之見，我主張你不如應了鐵貝勒之聘，就在京長住下；我們再把舊事重提，使你與俞秀蓮成為一對，永彌人間缺憾，也省得你們再在江湖漂泊。你看，神出鬼沒的玉嬌龍現在都甘心俯首做人妻，未必不是她厭倦江湖了，做人還是夫婦與家庭的事要緊！”

　　李慕白搖搖頭，只說：“你不明白。”

　　此時，門外的兩輛騾車已然趕走了。魯宅本來離此不遠，所以不多的時間便已來到。這門前已停着幾座車轎，可見宅裏已來了客人。俞秀蓮先下了車攙扶邱少奶奶，另一個僕婦趕緊走過來，對她很客氣地看看，俞秀蓮卻瞪了她一眼，這僕婦就不敢過來幫忙了。

　　邱少奶奶倒是一點不客氣，大模大樣地叫俞秀蓮攙扶着下了車。就看見門前有一個胖子，穿着油裙，地下放着個籃子，籃子裏有幾隻燒雞；胖子高舉着籤筒子，許多宅裏的僕人都圍着他抽籤賭彩，打算贏他的燒雞。

　　上馬石的旁邊還有個賣茉莉花的小子，有幾個丫鬟都圍着他買花，往頭上去戴。賣花的小子猴頭猴腦的，他扭頭看見了俞秀蓮，就把嘴一咧，高聲吆喝着：“茉莉花啦！香死人的茉莉花啦！”

　　有個官人模樣的人走過來瞪眼說：“在這門口做買賣，可不准胡吆喝！不然你滾吧！”

　　這時有兩個手拿着茉莉花的丫鬟走過來，笑着請安說：“邱大少奶奶！”她們並注意地瞧着那個攙着少奶奶的年輕俊俏的老媽兒。

　　俞秀蓮卻不多看人，只把邱少奶奶攙上了台階。進了大門，卻見由裏面出來了四名官差，腰間全都掛着刀；見有女眷來了，他們一齊躲往牆根，垂手恭立。俞秀蓮曉得這必是順天府的官人，魯君佩不過是個府丞，他的宅中就預備下這許多的人，防範誰呢？

　　一個丫鬟在前面跑着去傳報，兩個丫鬟在邱少奶奶的前面走，邱少奶奶就說：“我聽說你們新奶奶的病好了，我才特意來看看。在這兒論，我們是嬸子跟姪媳婦；在她娘家論我們卻是姐妹，所以我得趕緊來瞧她。”

　　一個大丫鬟說：“我們少奶奶的病可也真怪！說病了就人事不省，說好了就立刻好了。這還是仗着太極觀的老方丈，畫了兩道符，縫在鞋底裏，把魂給壓住了，這才好的！”

　　又一個丫鬟也說：“那老道士畫的符可真靈，不怪人稱呼他是老神仙。”

　　走進了垂花門，聽客廳裏有許多男人在那裏談話，俞秀蓮就曉得今天必是有許多男客也來給魯君佩賀喜，她倒是很想看看那魯府丞到底醜陋到什麼樣子。

　　又走進了兩層院落，就有本宅拿事的女管家畢媽媽，帶領着兩個僕婦出來，一齊請安說：“大少奶奶您好！我們太太現在堂屋會客，來的是展公爺府裏的奶奶，蕭御史夫人，您沒見過吧？”

　　邱少奶奶搖頭說：“我都不認識，叫你們太太先會客好啦！不用驚動她，我是專看你們少奶奶來啦。”

　　畢媽媽說：“可不是！剛才就來了七八起客，都是來瞧我們少奶奶的。可是少奶奶剛病好，今天早晨又回了一趟娘家，太累啦！現在大概在房裏睡下啦！”

　　邱少奶奶說：“她睡下也不要緊，我們倆是誰跟誰？她病了這些日子，我都沒見着她，現在還不快點讓我瞧瞧她？”遂又問：“她住在哪屋裏？”

畢媽媽有些遲疑，可是邱少奶奶既然這樣不客氣，她也不敢攔阻，只好說：“我們少奶奶的病，也就算是好了七八成兒，可還沒有大好，所以展大奶奶、蕭太太也還都沒有見着呢！”

邱少奶奶臉上露出不高興的樣子，說：“不管人家，得讓我先見見。”

畢媽媽只得向旁邊的丫鬟使眼色，一個丫鬟就跑了去稟報魯太太，畢媽媽就無可奈何地請邱少奶奶進到了北屋。北屋五間，最裏間就是昔日的洞房，於今玉嬌龍的寢室。外屋陳設得頗為華麗莊嚴，牆上還貼着雙喜字，掛着喜屏，朱色豔然，令人憶起不久之前他們的新婚；可是堂屋還擺着神龕，供着“伏魔大帝”“觀音老母”，佛燈下還壓着種種靈符，道士送來的鐵如意也在桌上擺着，卻又有一種神秘的氣象。

隨邱少奶奶進屋來的是三個女僕，其中一個就是俞秀蓮。邱少奶奶向來是吃水煙的，銀水煙袋永遠是叫一個張媽拿着，現在卻被俞秀蓮給搶了過去，為的是她好跟隨邱少奶奶進裏屋。

畢媽媽先走進去了，待了會兒，有丫鬟從裏邊打起簾子，就見玉嬌龍頭戴着兩板頭，插着滿頭的綾花和絨鳳，身穿銀紅色綢旗袍，綠紗的坎肩，紐扣上掛着二龍戲珠的玉墜，下穿鑲珠的厚底鞋，正斜坐在床上。果然是玉嬌龍，半點兒也不假！她的瓜子臉兒上擦着很紅的胭脂，眉也似經過一番描畫，豔麗絕倫，姿色如昔；可是真好像是生過病，確實有些瘦了，兩眼也含着深深的憂鬱。

一看見邱少奶奶，玉嬌龍就讓丫鬟攙扶起來請安，忍不住兩眼迸出來珠淚。

邱少奶奶是又驚訝又難過，趕緊說：“你坐着吧！才病好，不可以累着！”她拉着玉嬌龍的雙手，見玉嬌龍的手上戴着金的、翠的、鑲珠的許多顆戒指，手還是那麼細而長，塗着不少的脂粉，可是竟覺得有些粗糙了，心想：是因為她拿了些日子的寶劍吧？邱少奶奶對她不禁懷着些凜戒，可是玉嬌龍竟像是受了多日的委屈，如今才遇見了能訴衷曲的親人，抽搐哭泣得極為可憐。

丫鬟遞給她手絹，她擦擦眼睛，忽然睜開眼一看，見簾子外站着個一身月白的年輕老媽兒，立時把兩眼瞪圓了。俞秀蓮掀簾徑入，向玉嬌龍屈腿請安，笑着叫了聲：“魯少奶奶！”

玉嬌龍沉着臉，微點了點頭，就扭過面去。俞秀蓮給邱少奶奶裝水煙，邱少奶奶與玉嬌龍並坐在床上，就說：“我早就想來看你，只是你的婆家、娘家都在各處謝絕親友，說你是中了邪；有時昏沉得人事不知，有時又發狂，滿嘴說胡話，所以不叫人看你來，也沒人敢來。可是我實在的不放心，本來，自你由新疆到北京來，誰還有咱們兩人走得近？”玉嬌龍斜着身不語，淚墜在衣襟上，邱少奶奶也拿手絹擦擦眼睛。

旁邊畢媽媽說：“這一個月來，我們可也都急死啦！這屋裏整天鬧神鬧鬼，牆上的畫兒就自己掉下來，籠子裏的八哥嗚嗚地哭。”

俞秀蓮插言說：“你們倒沒丟貓？”

畢媽媽一怔，不明白她問的這是什麼話，又說：“請僧也不行，請道也不行，燒紙燒香都沒用！枕頭底下壓善書，被褥上貼神像，也都沒用。結果還是那兩隻鞋，把朱筆寫的符藏在鞋底裏，這才鎮住了魂！”

俞秀蓮說：“要是穿一隻鞋更好！”畢媽媽又是一怔，心說：怎麼，這個老媽兒這麼多的話？邱少奶奶疾忙向俞秀蓮使眼色。

畢媽媽又說：“沒娶過來的時候，玉宅的親家太太就說，姑娘身體弱，在新疆的時候就時常病！”

俞秀蓮又插言說：“新疆那地方我也知道，雲一起就能遮住半個天，山上大虎小虎全都有。強盜還很多，殺人放火、放箭、搶馬上樹、丟鞋……”

忽然玉嬌龍身子直挺挺的向床上一倒，畢媽媽驚叫道：“哎喲！怎麼啦？”疾忙過去叫道：“少奶奶！少奶奶！”

邱少奶奶也慌得緊緊拉住玉嬌龍的手搖動，兩個本宅的丫鬟嚇得都變了色。玉嬌龍雖然躺下了，頭上的花也掉下許多枝，可是她睜圓着兩隻眼，緊緊地咬着嘴唇。畢媽媽趕緊擺手，囑咐那兩個丫鬟說：“別聲張！叫太太知道可不得了。”

玉嬌龍突然挺身而起，頭上的花亂顫，憤怒着說：“有什麼不得了？”

畢媽媽忙說：“得啦！您好啦就得啦！不然我們真擔不起！這都因為那位大姐說了兩句錯話。”

玉嬌龍瞪眼說：“人家說錯話？可是我聽你們剛才說的錯話也不少！都給我出去！”說着啪的一個大嘴巴。

畢媽媽雙手捂着臉，哎喲哎喲慢慢走出了屋。兩個丫鬟也疾忙跑出去了。

玉嬌龍向外看了看，就急急地悄聲說：“你們何必還來逼我？你們瞧我已經到了什麼地步！”

邱少奶奶嚇得臉白，說不出一句話。

俞秀蓮卻昂然說：“到底是怎麼回事？快跟我說，我們能幫助你！”

玉嬌龍連連擺手說：“誰也不用幫助！我不求誰，只求你們可憐我，別天天晚上來許多人攪我就是了！要是把我逼死了，於你們並無益！”又向邱少奶奶說：“請您快些走，以後也別再來看我，受了連累可不好。這個家跟我們那個家，以後還不定要出什麼事……”

此時窗外足聲雜沓，有許多人匆匆而來，玉嬌龍趕緊把話止住，暗暗地擺手，又隨手將掉在床上的絨花往頭上去戴。俞秀蓮很鎮定地給邱少奶奶裝煙點火，玉嬌龍又做出笑臉來跟邱少奶奶閒談。

外面來的是魯君佩，他憤怒地用腳踢開竹簾。

屋裏的俞秀蓮立時把眼瞪起，邱少奶奶也沉着臉兒，可又暗中拉了拉俞秀蓮。

魯君佩身子高得像一座塔，可是又太肥，仿佛這座塔蓋的太不成樣子，凹鼻子、小眼、臉就像個西瓜。他身穿灰色官紗長衫、青緞馬褂，低頭進來，又抬頭直腰，低着眼皮看人；但一見邱少奶奶端坐着抽水煙，他又不敢發脾氣了，就請了安說：“嬸子！我廣叔這一向可好？今天怎麼沒有來？”邱少奶奶不言語，照舊抽水煙。

魯君佩看看他的嬌妻玉嬌龍，玉嬌龍卻扭着頭去瞧別處。魯君佩又看看俞秀蓮，他驚訝着：邱宅從哪兒雇來的這俏老媽兒呢？

此時畢媽媽和兩個丫鬟已從他身後進來，畢媽媽還捂着臉，說：“少奶奶一翻臉就打我！……”

魯君佩就回過頭來，瞪着眼睛大聲說：“你們也是可恨！主子的面前有客，哪由下人胡說？誰家府裏有這規矩？”

俞秀蓮一聽這話就要抬手，邱少奶奶從後一揪她的胳臂肘兒，卻厲聲向魯君佩說：“你可別對着我發脾氣！”

魯君佩一笑，傲然說：“這是我的屋子！脾氣我隨便發。”

邱少奶奶說：“是你的屋，可是這兒坐着我的玉妹妹。”

　　魯君佩挺直了胸脯，說：“她是我的妻子！”

　　這句話才說出，俞秀蓮就向他的胸脯猛擊了一拳，厲聲說：“你是什麼東西，敢在我們跟前發橫？”她還要再打，玉嬌龍卻站起身來用手攔住。
　　俞秀蓮倒不禁一怔，向玉嬌龍冷笑了一聲。玉嬌龍卻面容淒慘，像懇求似的。
　　此時畢媽媽已哎喲一聲又跑出了屋，兩個丫鬟又往旁去躲。魯君佩的身子向後連退了幾步，坐在一張椅子上，臉色蒼白，像西瓜上長了一層白霉，雙手捂着胸口，呻吟了兩聲，才說：“好！你邱家的底下人敢動手打我！”
　　邱少奶奶憤然站起，把水煙袋交給俞秀蓮，拉着她說：“咱們走！”又向玉嬌龍說：“妹妹你寬心！你在他們這兒，他們要是虐待你，你娘家不給你出氣，我給你出氣！”說着憤憤地走出了屋。
　　這時魯太太已帶着僕婦進來了，臉色也極不好看，問說：“怎麼回事？我的兒媳婦才病好，來這兒看她我們領情；親戚雖遠卻走得近，多少得講些禮！”
　　邱少奶奶說：“我來到這兒就沒打算講理，我就是為給我嬌龍妹妹出氣來了！這一個月她藏在屋裏不見人，誰知道她是真病啦？還是叫你們給監禁起來啦？”
　　魯太太撇着嘴笑說：“那些事她娘家人全都知道！她娘家父母俱在，兩個做知府的哥哥也都不是聾瞎。我們兩家親戚的事情，別人少操心，更牽連不到您邱府上！”
　　俞秀蓮握拳瞪眼說：“邱府就要管！你老東西少說閒話！”
　　魯太太往後退了一步，說：“哎喲可了不得！哪兒來的這個小老婆子？比她的主子還兇！怪不得邱大奶奶今天來了連我都沒見，氣比誰全大，原來早就帶來打手了！”
　　幸虧有兩位官太太——展公爺家的跟蕭御史家的過來勸解，邱少奶奶也怕俞秀蓮把魯太太再打了，同時不願太失身份，就聽人勸解，憤憤地往外去走。
　　才走出屏花門，就見那賣燒雞的胖子已混到院裏叫人抽籤來了。出門上了車，車往北走，那賣茉莉花的卻舉着籃子追着車跑，向俞秀蓮說：“姑娘不買茉莉花嗎？”車一邊走，他一邊追。跨車轅的俞秀蓮怒猶未息，她就向這猴頭猴腦的人說：“告訴劉泰保不用再攔羅小虎的行動，他要怎樣就怎樣，放他出去吧！有什麼事都由我擔！”賣花的這才止住腳步，趕車的人直詫異。
　　車裏的邱少奶奶一揪俞秀蓮，俞秀蓮將頭探向車內，邱少奶奶就在她的耳邊問說：“這賣茉莉花的人是誰？”
　　俞秀蓮悄聲說：“這是李慕白的徒弟猴兒手。”
　　邱少奶奶說：“也別太怔辦！這件事兒我看麻煩啦！不定是怎麼回事。玉嬌龍絕不願在他家裏當媳婦，可是看那樣子她又是無法；後悔剛才我也是忍不住氣，不然應當問問她到底為什麼？魯君佩有什麼厲害的手段會使她害怕？唉！我一定得設法救她！”俞秀蓮一聽也怔了。
　　少時兩輛車已趕回到北溝沿邱府，此時李慕白仍然在這裏等候消息。邱少奶奶連兩板頭也不摘，俞秀蓮也不換裝，就把僕婦都打發回裏院，一同急急地進到客廳，把剛才在魯家的事全都說了。
　　邱廣超氣得只是冷笑，說：“想不到魯君佩竟有這樣的本事，他會能制服了玉嬌龍！現在先把這件事按下兩天，我自有辦法！”
　　李慕白在旁不語。邱少奶奶跟俞秀蓮又都生了半天氣，揣測了半天，就齊回裏院更衣去了。李慕白在這裏用過晚飯才走。

　　當日晚間，李慕白回到鐵府並沒做出什麼行動，可是劉泰保、史胖子、猴兒手，並有那胸懷義憤的俞秀蓮、拼出命的羅小虎，全都在魯宅附近各展奇能。但是魯宅的門燈照得是同白晝一般，前後各大小院落，甚至每一個牆角都掛着風燈。每座房上都有打更的人坐着，按着時間打梆子敲鑼；四十名官人不斷地在各院巡查，各屋中卻連一點香火頭兒的光也沒有，防備得真是一點風也不透。

　　可是俞秀蓮居然進了玉嬌龍住的屋，但真奇怪，這統共五間大屋子，竟是一個人也沒有，不知玉嬌龍在什麼地方睡覺，她只得走出。

　　史胖子跑到廚房裏吃了一頓夜餐，也無人察覺。

　　其餘別的人都不敢上房。約四更時，眾人只好先後離去。

　　臨走時，劉泰保叫猴兒手將門燈吹滅了，摘下來扛走，羅小虎又抽出寶刀向大門上扎窟窿。

　　次日，猴兒手又奉史胖子之命，一清早到花市上蔓了半籃子茉莉花，來到魯宅；見木匠正在門上釘鐵葉子，補那幾個窟窿，門燈倒沒有另掛新的。他才來到門首站了站，剛要吆喝，就有官人過來把他趕走了。今天的官人好像是更多了，他不敢近前，只好提着籃子到胡同口去賣。有魯宅的丫鬟、婆子趕過來買，他就問：「那大門口為什麼不許我去呀？」婆子、丫鬟都說：「少打聽！」

　　傍午時又有幾輛車出來了，車都垂着簾子，看不見車裏的人，出了胡同往東走了。猴兒手猜出這必是玉嬌龍出去拜客，就在車後跟着走。車走在大街上，街南有一家酒樓，酒樓上有一人推開窗子高唱：「天地冥冥降閡凶⋯⋯」猴兒手看見是羅小虎，疾忙向他努嘴眨眼，就見樓上發下來幾枝弩箭，全都射在車棚子上了。街上立刻大亂，羅小虎下了酒樓騎上他的馬，回身又射了幾箭就走去，猴兒手也提着籃子趕忙跑進了一條小胡同。

　　這件事可真鬧大了，街上、茶館、酒肆，又傳說起來了。德嘯峰聽了信兒疾忙命人找來劉泰保，叫他去攔住眾人，尤其要監守住羅小虎，他說：「十天之內，無論是誰，都不許輕舉妄動，否則我就不認識他！」

　　劉泰保唯唯地答應着，疾忙去找史胖子，可是史胖子卻說：「今天一早，羅小虎來跟我借馬，我就到我寄存馬的地方，把馬牽了來給他了。他出去闖了禍，直到現在還沒回來，大概不回來啦！」又笑着說：「咱們為這件事都是瞎奔忙！其實魯府丞跟咱沒仇，玉嬌龍咱又沒交情，咱們管不管都不吃緊，只是羅小虎，咱們別耽誤了人家的好事呀！」

　　劉泰保看出這個胖子太壞，羅小虎一定是他給放出去的，並且還是他給出的主意；雖然着急，但也沒辦法，只好跺腳說：「這麼一來，我可又得留鬍子啦！誰不知道那傢伙是我的朋友呀？」史胖子卻只是笑。當夜魯宅戒備得更為嚴緊。

　　事過三日，眾人無計可施，劉泰保這時卻忽發奇想：如今各路英雄，齊聚於此，文的武的誰都不在我以下；可是所有人都無法找着玉嬌龍，原因就是夜入魯宅並不難，可就是不知她住在哪間屋。我要是出一奇計，無論哪天，我跟玉嬌龍見了面，問清她現在打的到底是什麼主意？為什麼她要怕魯君佩？青冥劍反正她也用不着了，若能跟她要過來更好。那樣一來，我這風頭得出得多麼大？誰不得佩服我？一輩子都可以拿它向人誇口了。

　　於是，劉泰保就在家裏跟他的媳婦商量，蔡湘妹立時又去找李二嫂；現在，蔡湘妹已把她的用意都跟李二嫂說明了。李二嫂的丈夫在鐵府打雜，也知道他們府中現在住着一位李慕白，是江湖大俠，貝勒爺的好朋友，來此也是為玉嬌龍之事。他覺着玉嬌龍的事是早晚要鬧穿的，劉泰保將來必得勝，還許升官發財呢！所以他們夫婦很樂於為劉泰保夫婦幫忙。

當下李二嫂又打扮了打扮，就帶着蔡湘妹到她的娘家。她娘家住西城，離魯宅不遠。非到二更天她娘家哥哥不能回來，回來時衣裳裏總得藏着些米麵、雞絲、肉片、海參等等；白天只有媳婦在家，連飯都不用做，最歡迎人家找她來摸牌。如今她的小姑帶着肚子凸起的蔡湘妹一來到，她們就湊了個手，拉來街坊的一聾老太太，於是就抹起來紙牌，談起來閒話。

蔡湘妹就由這婦人的口中套出魯宅近日的情形。這婦人說：“我們當家的也不願幹啦！求劉嫂子跟您房東說說，叫他上鐵府伺候去吧！我們也搬家，咱們姊妹就能天天在一塊兒啦，也省得我整天悶得慌，越閑越懶！”

蔡湘妹說：“大哥在魯宅的事兒不是很好嗎？”

婦人打了一張“么魚”，說：“好什麼？現在快累死啦！弄來好幾十個官人，都是順天府跟外城御史衙門的，都得在這兒吃飯，晚上還得預備夜宵；饅頭一蒸就是四五籠，還不夠吃的。廚房就是三個人，多一個也不添，快累死啦！”

說着又吃了一張“九梭”。蔡湘妹也看着牌，口裏卻說：“不是聽說，那兒的新少奶奶病也好了嗎？親友們都常去看，下人們總可得些賞錢吧？”

此時李二嫂和了牌，那婦人就摔着牌說：“賞錢倒是有點，可是那頂什麼？時時還得捏着一把汗。晚上，是房上都有人打更，官人們一夜不睡覺。看得那麼嚴，可是門燈還丟了，大門上也叫人扎了幾個窟窿。聽說是現在邱小侯爺跟他們作對，他們哪鬥得了呢？那位少奶奶，就是有名的玉嬌龍，簡直是一個惹禍精！早先，新房四面擋着紅布，除了畢媽媽跟兩個丫頭，誰也不許進去；端進去的菜飯可也有人吃，大概都叫畢媽媽她們吃了。那屋子本來就是一間空屋子，哪有什麼病人呢？”

說到這兒卻又後悔失言，悄聲說：“您可別在外頭說，說出來可就不得了！魯少爺那天把家人叫齊，每人賞了二兩銀子，並囑咐說，無論是誰，只要向外人多說一句話，造一句謠言，立刻就抓到順天府去打板子！”

蔡湘妹說：“我不能向外人去說，我們當家的現在也不管他們這件事啦！早先我們是奉鐵府之命才管的，現在又不在他們那兒教拳啦，誰還願意因她得罪人？可是……”她抹起牌來，又問說：“到底是真病好啦是假病好啦？現在別是個假玉小姐吧？”

婦人點頭說：“是真的！不假，可是回來得也真怪！那天前半夜還沒有什麼動靜，第二天可就聽見那屋裏有人嚷嚷，又叫又罵，魯少爺也撒氣。待了一會兒玉宅的大爺、二爺全都去啦，大概商量了足有一天一夜，就說是新奶奶的病好啦，就出來見人啦。可是，您聽明白了，少奶奶病好了，少爺可不敢跟她挨近；天一黑了，就把少奶奶搬到另一間屋子去睡，少爺卻坐着擋得挺嚴密的車，去到朋友家裏睡覺去。”

蔡湘妹驚訝着說：“這是為什麼呀？”

婦人說：“為防賊呀！魯少爺現在有一個軍師，是個花白鬍子的老頭子，南方人，官人們背地都叫他‘諸葛亮’，這些主意全是他給出的。他說邱小侯爺手下有飛簷走壁的人，又因為玉小姐有外遇，那男的就是個飛賊！”

蔡湘妹說：“玉小姐既然有本事嘛，現在怎會這麼聽他們的話？”

婦人摸了一張牌，又打出去一張，撇着嘴說：“有什麼本事？外邊說她如何如何，那全是謠言！她過門兒那天讓強盜搶走了，倒許是真的。如今又叫魯少爺給設法找回來啦！我雖沒見過她，可是聽說腰細得連一陣風兒都禁不住。前兩天還有時鬧點脾氣，打畢媽媽，罵人，這兩天乖乖兒的，白天只出去看看親友。那天又出了事，她那個野漢子在街上一家酒樓上往下射箭，她在車裏差一點沒受傷！賊騎着馬跑啦，也沒捉着。晚上，她就在老媽子的屋裏睡。……」

說到這兒，她忽然又翻了臉，向她的出了嫁的小姑子說：「下房兒在裏院，三間房子是老媽子跟丫頭睡，有個套間兒，一到晚上魯少奶奶可就搬進去；屋裏連根繩子也沒有，恐怕她上吊。外屋是睡着八九個人看着她，怕強盜再把她搶走。可是人家屋裏全是娘兒們，屋裏的事又不准跟別人說；您的哥哥在廚房，晚上他又不常在那兒睡，你說他怎麼會知道得清清楚楚的？仿佛他看見了似的？他要不是跟哪個丫頭哪個婆子有一腿才怪！那天他還靦着臉跟我說呢，說邱少奶奶那天打架來還帶着個小老媽，比他們宅裏的焦媽全強。我想他跟焦媽一定勾搭上啦，不然他哪會知道這些事呢？」

李二嫂說：「你也別多疑心，得工夫我問問他，勸勸他就是了！」

於是這個婦人掀起了醋波，叨嘮不休，無意中又吐露出魯宅的許多秘密。

蔡湘妹喜不自勝，抹了不到十把牌，輸了不到兩吊錢，她就推說身子重，精神不好，回家去了。

此時劉泰保正在家中睡覺，蔡湘妹把他叫醒，笑着低聲說出了所探來的事。劉泰保跳起來一拍胸脯，說：「好啦！臨潼鬥寶我第一，把李慕白、俞秀蓮、史胖子他們全都踢到一邊去，讓我來出頭！洗洗三敗之辱，做個頂尖的大英雄，並且還得給我岳父雪恨！今天晚上，我就馬到成功！」

蔡湘妹指着他說：「你立時就吹牛！沒你媳婦，你也辦得了這件事？」

劉泰保擺手說：「別讓旁人知道！將來我一定給你道謝！」

蔡湘妹哼了一聲，說：「還謝什麼？今晚上辦漂亮一點，別洩氣就得啦！」

劉泰保給媳婦作揖說：「我求你先說點吉祥話兒！」

少時，俞秀蓮自德家回來，劉泰保把那些話一字不提，並向媳婦使眼色；他坐立不安，心裏仿佛揣着彈簧。俞秀蓮也沒說她今天從外面聽來什麼事，她只說楊小姑娘報仇的事，現在是不用發愁了，大約不必遠往河南就可把仇報了，只是刻下還得斟酌。

劉泰保對這件事倒是不怎麼關心，他只問：「李大老爺怎麼樣？莫非對玉嬌龍的事他就永遠這麼不聞不問嗎？自然這點小事，他大俠客也不放在眼裏，他現在是講究刀槍對敵，不願那麼爬房過脊、偷偷摸摸的了。可是他既在這裏嘛，玉嬌龍又拿着他的《九華拳劍全書》和青冥劍，要真是書劍被咱們得了來送到他的手裏，他大俠客總也得有點臉上無光吧？」

俞秀蓮說：「我想他總有辦法吧？現在還沒到他必非出頭的時候呢。」

劉泰保心中暗笑：等他出頭可就晚了！

俞秀蓮又說：「第一是德五哥求他對玉嬌龍加以寬容，而且他本人也不願與女子爭鬥，否則玉嬌龍必不能生還京師。現在玉嬌龍是個安分守己的少奶奶，叫他去逼迫她，他自覺那非英雄所當為！」

劉泰保說：「幸虧還有我們這一夥不是英雄的，要不然，玉嬌龍不定怎麼暗笑，魯君佩不定怎麼得意啦！」

蔡湘妹申斥他說：「你怎麼跟俞大姐頂嘴呀？」

　　劉泰保笑着說：“我哪敢跟俞大姐頂嘴？不過我覺着那位李大俠客跟我們的脾氣不一樣！”

　　俞秀蓮微笑着，說：“不是我們的脾氣不一樣，是他跟我們的見識不同。連我也恨不得殺死魯君佩，但他對德五哥說，殺死魯君佩也無用，玉嬌龍所怕的絕不是魯君佩，他背後必定有個足智多謀的人，那人在暗中佈置下了羅網，叫玉嬌龍逃不出來，我們也都無法進去！”

　　劉泰保吃了一驚，瞧了瞧他媳婦，心說：李慕白確實有點心計！他沒聽人說，竟猜出魯君佩的背後還有人，可是他絕不知道那背後的人是個花白鬍子的“諸葛亮”吧？媳婦也疏忽，剛才為什麼不順便向李二嫂的娘家嫂子探詢探詢，那“諸葛亮”到底姓什麼？住在哪兒？是個幹什麼的？不錯！現在頂是這個人要緊。我今天得單槍匹馬，把這老傢伙的來歷，魯君佩天天晚上睡覺的地方，玉嬌龍的臥房全都得找出；還得見着玉嬌龍，問明詳情，討要《九華拳劍全書》和青冥劍，打一頓魯君佩，嚇嚇那“諸葛亮”……這些事一夜之內全都得辦完了。不過媳婦又快要生養，不能幫助我，我一個人怕忙不過來。……

　　如此一想，他越發待不住，向俞秀蓮說了些和氣話，待了一陣子，他就走了。他身邊帶着一切零星雜碎，短刀之外，百寶俱全。他也不去找誰邀誰，出門時太陽還很高，他就往西城去了。可是沿途上，走一條街穿一條胡同，全要遇見三四個熟人；有的稱呼他“劉二哥”，有的叫他“一朵蓮花”，有的還說：“怎麼這兩天你不施展一手兒，給大家看看呢？”他真懊惱，心說：不行呀！我這個人太明啦！誰都認得我了，我可怎麼辦這秘密事兒呀？走到西城，看見魯宅那個胡同，他可不敢進去；同時又見猴兒手拿着一籃子花兒在那兒蹲着。他趕緊躲開，心中着急，就想：這些傢伙成天在這兒等着，沒人認識他們，他們辦事可比我方便得多了，到時一定要跟我搶功！

　　他想先到附近飯舖耗耗時候，一拉門，看見裏面的座客並不多，卻有個身材魁梧的大漢，臉上刮得很乾淨，正在那兒吃面，原來是羅小虎。他趁着羅小虎沒瞧見他，趕緊轉身走開，吐吐舌頭，心說：好大的膽子呀！繞過了兩條胡同，走到魯宅的南牆外，又見許多人蹲着圍着，不知是在幹什麼了。他剛往近去走，就見人群中站起來史胖子，手拿着籤筒子跟燒雞，他又不得不躲開。

　　忽然迎面來了一輛騾車，跑得極快，車簾下垂，不知裏面坐的是誰。跨車轅一個戴紅纓帽的差人，直用眼睛瞪他，冷笑着說：“少見哪！”他趕緊裝作沒聽見的樣子，車走過去了，他連回頭去看看也不敢，心裏卻跟讓涼水澆了似的，想着：完啦！結啦！這還他媽的怎麼出風頭呀？但為了回去不叫媳婦罵自己洩氣，他就不得不豁出去。於是找了個沒人照顧的燒餅舖，用了一頓晚餐，也不敢吃飽；又跟烙燒餅的人東拉西扯談了半天閒話，天色就黑了。他大喜，這才走出舖子，又往魯宅走去。

第十二回　　墮計錯尋仇竟逢鴛侶　　請君來入甕大快人心

　　魯宅今晚防守得益為嚴密，各宿室中燈光毫無，院中卻輝煌得如白晝一般。防守的人也加了，各個都身穿短衣、頭盤辮髮，看不出哪個是官人，哪個是特雇來的打手，刀槍棍棒、鈎竿繩索，一切俱全。下人們都很早地就睡了覺，少爺、少奶奶好像根本就沒在家，老爺魯侍郎本來就有病不能下床，這些事他也管不了；只有魯太太是連夜不睡覺，她是賭上氣了，說：「我倒要看看邱廣超他有什麼能為？難道他真能放火燒了我這所宅子嗎？」

　　魯太太有個兄弟，本宅叫他為「黑舅老爺」，這傢伙是個武舉，有些力氣和膽子。他拿着一口青龍偃月刀，指揮打手們，說：「只要有賊人來，就格殺勿論。要是捉住活的，就施刑問口供，非得把邱廣超打趴下不可！」

　　有人說：「舅老爺！這件事跟邱廣超沒多大相干，其中的原因雜得很！最搗蛋的還是姓虎的那小子，他也不是專跟咱們，他是有貪圖……其中的詳情恐怕只有少奶奶一個人知道！」

　　黑舅老爺卻說：「若沒有邱廣超給他們撐腰，他們誰也不敢，邱廣超倚仗着世爵以為沒人敢奈何他。你們想，他都肯派女將出馬，來這兒搗蛋，小老媽兒動手就要打人，事先要沒有主子的教唆她能敢？乾脆，邱廣超還不定跟這兒有什麼臭事！這兒娶了個少奶奶，簡直是娶了個攪家精！君佩是執迷不悟，這要是我的家，我絕不能容留這禍害！」

　　在當院他們擺着兩張桌子，桌上有茶有酒有點心，大家在前後院巡邏一回，就來這兒吃喝談論。這初夏的時令，夜風兒陣陣吹起，他們倒都覺得優哉遊哉。在後庭有三間屋子，宅中都叫它下房兒，丫鬟僕婦都在那裏睡覺，現在那裏戒備得特別嚴緊。院中兩隻風燈，一點鐘之間黑舅老爺要帶打手來這兒轉三次。房上擱着個燈籠，有兩人坐在瓦上，屁股底下墊着鑼跟梆子；只要聽見前院的更聲一響，這兩人就抬起屁股抄起梆鑼來跟着敲。他們白天都睡足了覺，此時都很有精神，大睜着眼四下張望。但是他們還是有疏忽，此時劉泰保如同個刺蝟，已由牆根過來。

　　劉泰保偷偷溜到下房門前，手一摸屋門，門就開了，他手裏有撥門的傢伙。一溜進屋，就聞得一股臭腳味，不知有多少丫鬟、老媽兒都在各舖板上睡覺。隔窗的燈光照得屋中一切清楚，他左邊看看是四隻小腳兒，右邊看看是幾團頭髮，呼嚕呼嚕的鼾聲像是打着小悶雷，心說我的豔福倒不淺！他看見北牆有一扇板門，知道裏面必是玉嬌龍隱藏的那個套間。他腳步特別輕，走到臨近，剛要拿鋼絲去撥門，忽聽見身後的屋門微響；他疾忙蹲身，鑽到舖板底下，不留神一隻手按在了尿盆裏，心說：好晦氣！

只見門縫並沒怎麼大開，一陣風兒似的就飄進來一個人。這人走得很快，腳步着地極輕，正從劉泰保的前面經過；劉泰保卻看出來是一雙黑絨的軟底小鞋，心中吃了一驚。這女人到套間的門前一撥，即走入；劉泰保探頭往外一看，見那一閃的背影帶有雙刀，心說：好嘛！我們兩口子費了很大的事，倒給她辟了路啦！不用說，一定是白天在家裏，自己的臉上露出了形色，叫她看出來了，所以緊緊跟着我；我先進來的，她反倒搶了先。好！我倒要聽聽她跟玉嬌龍是善說還是惡說？於是劉泰保爬出床舖來，蹲在套間的門縫前，側耳向裏偷聽。

只聽屋中大概是玉嬌龍，問道："外面還有誰？"

劉泰保嚇得幾乎坐在了地下，疾忙抽出短刀，卻聽屋裏的俞秀蓮說："是劉泰保！"

聲音很小，但玉嬌龍卻並不十分壓聲，她喳喳地說："我已然不惹你們了，你們何苦還來逼我？非得逼得我倒行逆施嗎？"劉泰保打了個冷戰，心說：不好！要翻臉。

俞秀蓮也像是很生氣，說："你混蛋！你不明好歹！五哥五嫂是關心你，怕你在此受委屈。咱們以前的事也不用提了，你有什麼為難的地方我可以幫助你。你玉嬌龍受這欺辱，自願忍氣吞聲，我還看不慣你給江湖丟人哩！你的身上沒有傷不是？手腳還利落不是？快點跟我走！"

就聽玉嬌龍嘿嘿一笑，接着又歎氣，並聽咕咚咚一陣腳步聲，好像是俞秀蓮拉她走，她卻不肯走。

劉泰保怕她們立刻就相拉着出來，把自己撞着，就趕緊又往床底下去鑽；不防太慌張，嘣的一聲，頭撞着了舖板。有個婆子驚醒了，問聲："怎麼回事？陳姐姐！醒醒！你聽聽！"套間裏全無聲息。

劉泰保在舖底下學了幾聲耗子叫，婆子就罵道："這些耗子，也瘋啦！明兒非得抱個貓來不可！"

此時外面的梆鑼聲梆梆梆梆鐺鐺鐺鐺交了四下，各處應合，這座房上更是敲得特別響，院中並有沉重的腳步聲、大聲的說話聲。屋裏的丫鬟僕婦大概全都醒了，有的嬌聲伸懶腰，有的低聲罵着："窮吵什麼？"有的說："我做了個夢！"又有人說："你別壓我的胳臂呀！"床板子咯吱吱地響，許多人都翻身，還有個丫鬟說："臭蟲咬，又不許點燈！"劉泰保在舖底下趴着，心說，可千萬別點燈！

趴了一會兒，窗外的說話聲沒有了，舖上又發出許多鼾聲，套間裏卻聲音毫無。劉泰保剛要挪動挪動身子，好躲開旁邊那太難聞的尿盆，忽然見有一人蹲着身向床底下拉他的胳臂；他嚇了一跳，以為是俞秀蓮叫他快走，就趕緊爬將出來。那人又拉了他一下，他仰面一看，不是俞秀蓮，原來是玉嬌龍！

玉嬌龍翩然進到套間，門留了一道縫兒。劉泰保鼓起勇氣，蹲着身走進套間；挺直了腿站起身來，就見窗上燈光很亮，俞秀蓮已無蹤影，只有一身綢緞的玉嬌龍站在自己的面前，相離着很近，就像眼前栽了一棵牡丹似的，撲鼻的香。

劉泰保心中從來沒有過這樣感覺，又驚又怕，外帶有點兒銷魂，就拱拱手，悄聲說："小姐！我來也是奉德五爺五奶奶之托！"

　　玉嬌龍推他一把，說：「快從窗戶逃走！不許再來！我在此是自己願意！」

　　劉泰保點頭說：「是！遵命！」想了想，又回過來說：「可是羅小虎那位大爺我可攔不住他呀！」

　　玉嬌龍歎了一口氣，說：「隨他便！剛才我已跟俞秀蓮言明白了，不叫她再管。我在此隨時可以走，誰也攔不住我，我並不怕誰，只是你們不要來攬我。早先的事全是我的錯，以後我不再與你們作對，你們可也不必來纏我了！」

　　劉泰保說：「大家對您全是一番好意。」

　　玉嬌龍點頭說：「無論是好意壞意，明天如再有人來，我可就要轄助這裏的人跟他作敵，那時可別說我恩將仇報！」說着將窗戶一推，原來這窗戶早就動了。

　　劉泰保剛要往外跳，院中卻有人大聲笑着說：「快天亮了！天亮了好睡覺！」

　　劉泰保趕緊又蹲在地下，仰臉向玉嬌龍擺手，說：「這兒不妥當！我還是從外屋抓空兒溜吧！」說着站起身來，向玉嬌龍又一拱手，悄聲說：「玉小姐！年前多次打攪，您不要我的命，就算是恩深德厚。可是我起先也不是成心跟您為難，是因為碧眼狐狸的事兒，又因為敝岳父。」

　　玉嬌龍歎了口氣，說：「我很對不住你的太太，用鏢打死蔡九是我一生做過的唯一錯事，將來我再設法彌補罪愆吧！」

　　劉泰保說：「其實也不要緊！兩家既然交手，就難免死傷，再說我知道小姐絕不是存心要他的命。只是我劉泰保為這些事荒時廢業、丟了名聲，到現在簡直無法在街面上混了。」

　　玉嬌龍說：「你可以向人說，我在你的手下服了輸！」

　　劉泰保笑說：「那誰信呀？我來的打算，就是……小姐可別生氣，就還是為那口寶劍。小姐如今已成命婦，要那也無用，不如賞給我；我送還鐵府，借此謀個差事。」

　　玉嬌龍搖頭說：「那可不行！李慕白來了我也不能夠給他，將來還要用它。你快些走！我也沒有許多話對你說，剛才我把話都對俞秀蓮說盡了，就是求你們走！求你們以後別再來攬我們兩家！」

　　劉泰保卻嘻嘻一笑，把腰挺起來了，說：「小姐的話說到這裏，我可倒要拿點搪啦！現在天快亮啦，我也懶得動啦，吃官司、挨打、丟腦袋，我早已置之度外。小姐早先寫給鐵貝勒的那半封信，我早托給我一個朋友拿着啦；只要我一死，他立刻就能去告御狀替我鳴冤。不是我耍無賴，就是賊來不能空手走，請您快把青冥劍給我！」

　　玉嬌龍冷笑說：「你別錯打了主意，以為我不敢聲張嗎？以為我真怕你們來攬嗎？」

　　劉泰保退了一步，兩隻胳臂往前胸一抱，說：「我想大概有點怕！反正一句話吧，我的命，跟玉魯兩家的臉面，玉大人、玉大知府二知府，跟這兒魯府丞的官兒，都拴繫在一塊兒了！我完，他們誰也不能不完！」

　　此時窗外又有許多人巡邏，眼看已將到了五更，玉嬌龍半天也沒有說話，劉泰保已看出來她很是着急。忽然玉嬌龍一回身，從床下抽出來寶劍，交給劉泰保，連聲說：「快走！快走！」

　　劉泰保倒吃了一驚，接過劍來手有些發顫，還恐怕是假，從身邊掏出個小鐵鈎兒來，往劍鋒上試了試，果然應手而折。他不禁笑了，向玉嬌龍請了個安，說：「招小姐生了半天氣，可是我也實在沒有法子！」

　　玉嬌龍悄聲說：“快走吧！小心一些！”

　　劉泰保點頭說：“我知道我怎麼來的？”說着喜孜孜、輕悄悄地又走到了外屋。因為院中還有人，他不敢即時出去，所以又蹲下，心中想：大功告成！回家去先誇示於媳婦，明天再誇示於李慕白、俞秀蓮……連禿頭鷹都得叫他看看，然後用紅緞包裹獻還鐵貝勒，別叫他就以為李慕白的本領大。此時，院中的聲音已沉寂了，各床上的女人也都睡得正酣。劉泰保先伸手由一張舖上拉下來一件粉紅色的女人衣裳，大概是丫鬟穿的，披在自己的身上，雙手抱着寶劍，先蹲着身去啟開屋門，然後直起身往外就走。

　　不防對面的房上就有人看見他了，詢問了一聲：“要幹嗎去？”他擦着窗戶走，扭扭捏捏地學着丫鬟的樣子，並作出嬌聲來，說：“我要上茅房去呀！肚子不好呀！”不料房上喊了聲：“有賊！”立時鑼聲梆聲齊起，前院後院都湧進來拿着刀棍的人。

　　劉泰保拋了丫鬟衣服，疾忙上房，不料房上有二人齊掄刀向他來砍。劉泰保用劍相迎，嗖的一聲，一把刀就被斬斷，心說：好劍！他抖起威風來又要斬斷那個兵刃，卻不料下面伸來了鈎竿子兩三根，齊都鈎住了他的腿，就聽咕咚嘩啦一陣亂響，他的身子連同幾片瓦一起摔下房去，頭上又挨了一木棍，打得他眼睛發昏。一個前失，對面又有刀砍來，他疾忙將身一滾，性命逃開了，青冥劍可也撒了手。想要上房逃走，房上卻又有人，四圍的刀棍齊向他遞。他手中又無寸鐵，命在頃刻之間，便大喊道：“我一朵蓮花把命交給你們，你們可也……”

　　這時忽見房上摔下來幾個人，兩旁的人也紛紛喊叫着倒地，一枝弩箭差點誤射着劉泰保的屁股。就見一條莽漢從房上跳下來，一手掄刀，兵刃碰着它就折；一手射弩箭，中了箭的人就慘叫。來的正是羅小虎！他一面亂砍亂射，一面大喊：“劉泰保快走！”劉泰保趁此機會就上房逃命，並喊着：“小虎也飄吧！”羅小虎卻如洪鐘一般大聲喊道：“我不走！我要見見魯君佩！”

　　此時劉泰保逃了命，俞秀蓮是早被玉嬌龍給氣走了，對這些事她灰心不管了，只有羅小虎一人在拼鬥。他斬斷許多隻刀棍，射傷十幾個人；但無奈人是越來越多，黑壓壓的圍滿了這院子，將他困在垓心。他一手擎弓裝箭，大喊着說：“誰敢進前一步，就小心老爺的刀跟箭！老爺決不逃，快叫魯君佩出來見我！快，揪他出來！”

　　四圍的人都站在四五步之外，持槍拿刀的比着他，可是無人敢近前。那黑舅老爺站在屏門口高聲問說：“你小子叫什麼名字？”羅小虎橫刀說：“老爺名叫羅小虎，外號半天雲。”黑舅老爺說：“那天在玉宅門前射轎子的是你不是？”羅小虎點頭說：“在街上射車的也是我！”

　　黑舅老爺暴怒着說：“你好大膽！你對官眷施行無禮，攔街傷人，就是強盜就該殺！你實說，你怎麼認識的玉小姐？”羅小虎搖頭說：“沒甚交情，不過在新疆時她是小姐我是強盜。有一次我打劫了她，她勸我不可為盜，應當去求功名，我就恭恭敬敬將她送歸；從此我就洗了手，再沒別的事了。此次我到京師來，聽說她嫁了人。她嫁別人我不管，她嫁魯君佩我可真生氣，大概你就是魯君佩，看你那黑鳥樣？着箭！”話音未落，黑舅老爺應箭而倒。

　　眾人刀槍齊上，羅小虎猛獸似的跳縱着舞寶刀迎敵。這時忽聽前院梆鑼聲又起，並有人大聲嚷嚷着：“又有賊來了！賣燒雞的胖子！賣花兒的小子！哎呀！原來也都是賊！拿……”人聲愈亂，這裏的許多人也跑往前院去助戰。羅小虎越發抖起來威風，一面舞刀，一面大喊道：“嬌龍！為甚在這裏受這鳥氣？快些遠走高飛！”只聽一片鏦鏦刀刃響，呀呀的受傷人的慘叫聲，劈啪的摔瓦摔燈之聲。又聽有人嚷：

“猴兒要放火！快潑水！”“小心！胖子往後院去啦！”更聽一陣緊緊的呼哨之聲，屋瓦亂響，群聲喊叫：“拿！跑啦……”

漸漸的雜亂聲又消降下來，卻聞得受傷人的呻吟聲更加淒慘。屋裏的僕婦丫鬟都趴到舖板底下，動也不敢動。套間裏的玉嬌龍卻芳心如絞，臥在床上不住地痛哭。過了些時天色亮了，魯宅的更夫多半都中了箭傷，所以連五更就沒打。賊人已全都逃走，地下留着些斷刀折棍，還有那口青冥劍。有人愁眉苦臉的正在打掃院子，忽見少奶奶滿面淚痕，自屋中走出，到院中拾起來寶劍又進屋裏去了。魯太太在上房氣得直罵，僕婦丫鬟們走出屋來都面如土色，做事都沒有精神，彼此說話也都聲音很小。

直到太陽高高地升起，朝煙已散，門外才來了許多車輛，是魯君佩從別處回來了，有幾個人挎着刀保護他。還有個花白鬍子、瘦得跟狼似的老頭兒，穿着絳紫色褂子、青緞坎肩，紐扣上戴着一串十八子的香串；腰間繫着綢帶，上面還掛着眼鏡盒跟懷錶；穿着皂鞋，頭戴青紗小帽，手裏拿着一柄摺扇，扇面上寫的是“陰騭文”。這人彎着腰，背後掛着一條豬尾巴似的小辮，被魯君佩恭恭敬敬地請到裏院。就有人在背後朝他努嘴，悄聲說：“看諸葛亮還有什麼主意？”

這瘦老頭兒站在院中，叫人把昨夜之事尋根究底地問了一遍，他並不暴躁，也不驚慌，聽後只是微微地點頭。上房的魯太太知道兒子回來了，就把魯君佩叫到屋裏罵了一頓。所罵的話絕不像是一品夫人說的，並且聲音很高，窗外都聽得見，是說：“這樣的媳婦你還要她幹嗎呀？她不定交了多少個強盜漢子啦！休了另娶就是啦！丟臉也是他玉家的姑娘，礙不着咱們魯家的事！這樣天天晚上鬧，誰也受不了，殺人放火的，咱們這宅裏成了戰場啦！弄的這是什麼事呀？我看再鬧幾天，就是不出人命，咱們這點家當也就快抖露完了！你的差事也就不用幹了！我也得死！”

半天，魯君佩才愁眉不展地走了出來，走到那瘦老頭的面前，悄聲說：“我想先叫她回娘家去住幾天吧？”瘦老頭兒卻連連搖頭，拉着魯君佩往外院走去，一面走，一面悄聲對他說：“你以為把尊夫人送回娘家去住，就萬事皆休了嗎？你還要防備，他們所恨的還是你呀！你既然與他們結下了深仇，非你死，就得他們傷，不然解不開呀！當先我也曾預言過將來的後患，叫你斟酌，你全都不在意；那麼已然如此了，中途若再隱忍姑息，遷延躲避，可是更糟更糟！何況我已擬得辦法，你到書房來！”

魯君佩緊鎖着兩道眉，垂着一張冬瓜臉，又隨着這“諸葛亮”到書房去秘密商議辦法去了。

少時南城的蕭御史也到了，三個人在一起低聲談話，忽然聽人報導：“玉大少老爺來了！”三個人才立時將話止住。玉大少老爺即是寶恩，聞訊來到，急得他滿頭是汗，一句話也說不出來。到裏院去看了看胞妹嬌龍，見倒是無恙，可是容顏慘暗，對哥哥也沒有什麼話說。魯君佩對大舅子毫不客氣，說話時撇着嘴；旁邊的蕭御史說話倒是很謙恭，話語之中卻帶着嘲笑和威脅。玉寶恩臉色一陣兒變白，一陣兒變紫，但卻不敢發作。此時那“諸葛亮”已然回避了。

玉寶恩在此又坐了半天，方才告辭走去。時已偏午，這時京城中鐵騎遍走，情勢十分嚴重。茶館酒肆之中還有許多人圍在一起，悄悄地談說昨晚魯宅所發生的驚人奇聞。這幾天常在玉宅門前抽籤賣燒雞的那個胖子，跟那賣茉莉花的小子，今天忽然全不來了；有人傳言他們是賊，昨夜鬧魯宅的就是他們，可沒人曉得他們在哪兒住。劉泰保又沒回家，有許多跟劉泰保素識的，此時都避免嫌疑不敢出門了。

　　午後，有人看見邱廣超坐着騾車往鐵府去了。

　　當日晚間，神秘恐怖的暮色又冉冉升起來。鐵府內書房聚集了幾個人，當中坐的是鐵小貝勒，眼前放着一蓋碗釅茶；旁邊是邱廣超，面帶義憤；德嘯峰坐在邱廣超的右邊，手托着水煙袋，撚着鬍子，樣兒有點憂煩；玉寶恩是坐在斜對着鐵小貝勒的一個小凳上，面容極為慘暗，連頭也不抬。

　　鐵小貝勒說：「事情鬧成這樣，真不能不想辦法了。今天有兩個御史遞折參奏世襲靖平侯邱廣超收容匪人，縱庇江湖大盜，屢次趁夜往順天府丞魯宅中行兇。」

　　邱廣超在旁微微冷笑，德嘯峰說：「其實他真冤枉！不過是因為他的夫人到魯家打過一架罷了。正經倒是我，這幾天在魯宅攪鬧的人，我都認識他們！」

　　鐵小貝勒就向玉寶恩說：「你聽，嘯峰他都說實話了！他已在我跟前自認結交江湖人，你還有什麼不可對我說的呢？」寶恩立起身來說：「卑職在外多年，幼年時又未隨家父在新疆，十幾年來舍妹的為人如何，卑職實在不能深知！」鐵小貝勒面有怒色，說：「你若不肯說實話，這件事可就難辦了！」

　　德嘯峰在旁十分着急，直向寶恩使眼色，並悄聲說：「你實說了不要緊！」

　　寶恩這才落下淚來，說：「舍妹的為人如何，卑職實不知道。人說她會武藝，曾竊去鈞府寶劍，連家嚴家慈都不知道；或許因管束不嚴，她又韜晦過深之故。不過有一件事，卑職至今仍有些疑惑，即是此次卑職入京省親，中途為大雨所阻，宿於紫微廟中，雨夜遇盜，為俠客所救。半夜女兒蕙子驚呼，說親眼看見了她龍姑姑立於床旁……」寶恩把此事詳細地說了一遍，鐵小貝勒等人面面相覷，齊現出一種驚佩和惋惜之態。

　　鐵小貝勒又問到玉嬌龍此次是怎麼回來的，玉寶恩更為恐慌，就說：「卑職實在不知，只知舍妹病好了，就出來見人了！」鐵小貝勒擺擺手令他走去，寶恩如同一條被人捉住的魚又得放生似的，恭謹地向室中所有的人請安行禮，疾忙走了。

　　這裏，鐵小貝勒叫來得祿換了茶，就歎息着說：「寶恩是個老實人，膽子又小，要叫他當着我的面承認他的妹妹是飛賊，他死了也不敢，這其中必有隱情！」

　　於是又命得祿到前院請來李慕白，共同猜測此事。李慕白就說：「昨夜俞秀蓮在魯宅私自見了玉嬌龍，玉嬌龍卻說不叫大家管這件事，否則她就要跟大家翻臉了。看她那樣子是很懺悔過去，願從此做個規矩的婦女。不過又聽說她時常哭，而且對魯君佩的種種侮辱她都甘受，未免又有些可疑，或者她是自有打算，只是時機未到？」鐵小貝勒默默不語。李慕白又說：「俞秀蓮已發誓不再管這件事了；劉泰保昨夜幾乎被擒，今天在積水潭他的下處睡了一天，也沒有吃飯，想是他懊煩已極。只是羅小虎，這幾天沒人曉得他住在哪裏。」

　　鐵小貝勒震怒說：「把此人除去，就沒有事了！你們見了他叫他快離開京師，否則我要辦他！本來大家管這件事，只是為使玉嬌龍不再恃仗武藝，橫行不法。再看半個月，她果然真是定心在魯家做媳婦，你們就不用再管她了，寶劍我都可以不要。只是羅小虎，因他與你們相識，我才暫時可以網開一面，放他趕緊走，叫他斷了想頭。他早先是個大盜，如今是個流民，無論如何也跟個小姐配不上，他那樣屢次攔街胡鬧，我實在不能容許！」大家都默默不語，少時一同告辭。

　　出了書房，幾個人又一同到李慕白的宿室去密談。一進屋，德嘯峰就笑着說：「這間屋子才款式呀！可見貝勒爺待你優厚。」

　　李慕白搖頭說：「我決不願在此多住！雖然鐵貝勒叫人不要再管玉嬌龍之事，但我遲早還是非見她一面不可！只是，她現在深閨中，使我見不到她。俞秀蓮昨日向她詢問啞俠的生死和那兩卷書的下落，她都不肯實說。可是我相信遲早必定能跟她在外遇面，玉嬌龍為人刁毒險惡，魯君佩縱有手段也絕限制不住她，她絕不能甘心做魯君佩的媳婦！”

邱廣超仍憤憤地說：“事情完了之後，我要單獨對付魯君佩！”

德嘯峰卻從中解勸，主張暫且息事，看看光景再說。又談到他兒媳復仇之事，說務留俞秀蓮在京多住些日，這件事完了，再慢慢商量那件事。談了一會兒，天已二更，德嘯峰與邱廣超就各自回宅去了。

次日沒聽說魯宅再出事，但有人從那裏過，看見戒備得仍是很嚴。又過了兩天，除了聽說有官人在西城看見了半天雲羅小虎帶着兩個嘍囉似的傢伙，官人追拿沒有拿住，就再沒什麼事了。

俞秀蓮在蔡湘妹家中住着，心灰意懶，很少出門。劉泰保是氣得病了，史胖子、猴兒手又全無下落，李慕白同着孫正禮倒時常在街上走。魯宅的少爺仍然是晚出早歸，他住的那地方極為嚴密。玉宅玉大人的辭官呈子已然邀准，提督正堂換了一位姓包的，聽說是鐵面無私；接任以來，宣佈要嚴辦城內流氓宵小，因此嚇得禿頭鷹等人都不敢上茶館了。

玉太太因驚恐、憂慮，病勢益重，宅中的人都在預備後事了。姑奶奶玉嬌龍每天回來望母，聽說她憂思憔悴，已損了芳顏，由婆家至娘家車輛往來時，都有許多人保護着。天氣是日益炎熱，但轟轟烈烈的一件事情一件奇聞，至此反倒漸漸冷淡。一般好談新聞好看熱鬧的人，現在只有希望玉宅快搭白棚大辦喪事，並要看看玉嬌龍穿上孝服是怎麼個“玉”？怎麼樣子的“嬌”？不過卻都又擔心着那隻“虎”到時又亂放冷箭。

一日深夜，玉宅內玉太太的病房中，有大少爺寶恩帶着女兒蕙子，衣不解帶地隨時服侍。大少爺天性至孝，蕙小姐又是祖母最寵愛的孫女，半夜，玉太太呻吟着說了許多話，說：“可憐龍兒！事情都不怪她，是怪在新疆時我對她看顧不到！”又說死後如何發葬，務須節儉；將來你們兄弟必須留下一人在京，以事奉父親，照顧妹妹……玉寶恩抹淚答應，蕙小姐拉着她祖母的手痛哭。

窗外雨聲瀟瀟，室中銀燈淒暗，不料這時就有一女賊啟門而入；她全身青衣手持雙刀，左臉上貼着一塊小膏藥。見她進屋來，玉寶恩驚慌央求，但女賊一刀殺傷了可憐的蕙小姐，並將燈台向老夫人的病床上打去，幾乎失火。女賊臨走之時自稱為俞秀蓮，係奉李慕白、邱廣超之命來做此事。蕙小姐刀傷在背，雖傷勢輕微，不至於死，可那痛苦也非一個小女孩所能忍受。玉太太因此驚嚇急痛，病癒不想，只剩了一線氣息。

當夜派人往魯宅去接請姑奶奶，令人很奇怪，姑爺魯君佩今晚卻在家裏。聞了信，夫妻在急雨之中、戒備之下，乘車趕到了玉宅。魯君佩一進屋見着丈母娘，就流淚大哭；又看看內姪女的傷勢，他頓腳憤恨，立時要拿他跟玉大人的名片去通知南北衙門和順天府，請即刻捉拿俞秀蓮、李慕白、邱廣超到案。

玉嬌龍卻將他攔住，說：“俞秀蓮跟李慕白都是江湖豪俠，他們現在必不至於膽怯逃走；可是你們就是派一兩千名官人，也絕不能把他們捉住。現在，沒有別的法子，只求你們今天晚上放我出去一趟吧！”玉寶恩在旁把臉色嚇得慘白，緊緊皺着眉說：“依我看就把這件事隱忍下去吧！那女賊還能再來嗎？”魯君佩卻望着他的夫人，不說話也不再表示着急。他的態度很冷酷，意思是說，傷的是你的姪女，快要死的是你的母親，你愛怎麼辦怎麼辦，我不管！

　　當下玉嬌龍神色嚴厲，一洗她近幾日的憂鬱悲傷之態，她一方面囑咐家中的僕人不要把這事傳出去，以免外面再有人造謠；一方面派人去打聽俞秀蓮那些人的住址和情形。她急急開了刀創藥的藥名，命人去搜羅了來，親自給姪女蕙子敷藥醫治。這姪女是幾個姪女之中她最喜愛的，如今小小的孩子受了這樣的重傷，就如同是傷了她的肺腑一般，令她心痛而氣憤。

　　看完了姪女的傷勢，她又去看母親的病，玉太太呻吟着說：“這是怎麼回事呢？龍兒，你說這是怎麼回事呢？莫非是你爸爸做官的時候殺的強盜太多了，才跟強盜結下了仇，才這樣屢次三番地來害咱們嗎？”玉嬌龍只是流着淚安慰了母親幾句，並不多說話。玉二少爺寶澤是永遠呆若木雞，大少爺寶恩是愁眉不展。

　　魯君佩這些日來到丈母家中，總是沉着臉，擺着“嬌客”的架子；而今天卻是極為謙恭，對待他的夫人玉嬌龍也不像往日那般冷酷無情了。看完了岳母的病，天就亮了，雨也住了，他又去看岳父。

　　玉大人自辭官蒙准以來，就在書房一待，連屋門也不出。姑爺來見他，他只是歎息，說：“家裏有女賊，怎能不從外邊招來女賊呢？這回傷了蕙子，還算便宜，將來我這條老命都許送掉，你提防着好了！咳！咳！”

　　魯君佩打了個冷戰，勉強笑說：“岳父大人不要錯猜，也不要憂慮。這件事小婿自有辦法，三五日內將城中潛伏着的大盜俞秀蓮、羅小虎、劉泰保等人拿來就是，把他們治了罪，也就不至於再發生什麼事了！”

　　玉大人卻連連搖頭，歎息說：“與人家何干？”拍拍胸又說：“我心裏全都明白！”又把腳狠狠頓了一下，說：“頭一個賊人就是高雲雁！小人有才，適足以助其作惡，他害得我家非淺啊！”

　　魯君佩對於他岳父發的這些牢騷，心裏也明白，只是不便答言，同時心中也亂得很；緊皺着眉坐在岳父的對面發了半天呆，忽然又站起，恭敬地退出屋去。此時派去打聽消息的人已然回來了，報告說：“咱宅裏昨夜的事，外邊還沒知道。我們聽說俞秀蓮就住在花園大院劉泰保的家裏，白天常到德家去；李慕白是住在鐵府內。那羅什麼虎卻跟他們分開着，好像他們不是一夥兒似的，不知他住在哪裏。只聽說他們都有鐵小貝勒在暗中護庇着，若是把他們拿到衙門裏，恐怕就傷了鐵小貝勒的面子！”報告完了退出去，魯君佩仍然在那裏發愁發怔。

　　待了一會兒，忽然有自己宅裏的一個丫環出來說：“少奶奶有請少爺。”魯君佩心裏倒一驚，倒背着手兒進了玉嬌龍休憩的屋子。這裏就是玉嬌龍早日的閨閣，就見玉嬌龍把丫鬟僕婦都摒出屋去，她就像面上敷着一層秋霜似的，冷冷地說：“從今以後，你放心，也不必再用手段挾制着我啦！我傾心願意做你的妻子了！”

　　魯君佩受寵若驚，連連笑着說：“不是我願意這樣，也不是什麼挾制你，是……我真真不得已，我所求的是你能跟我有……有閨房之樂！”

　　玉嬌龍緊閉着嘴喘了兩口氣，瞪着眼睛說：“可是你得容我在娘家暫住十天，把青冥劍也趕緊給我送來！十天之內，我做出什麼事你們都不要管；十天后我就回家去，我一定死心塌地做你的妻子！”

　　魯君佩喜歡得全身的肥肉都直顫，連連笑着說：“好！好！我都依你！”

　　玉嬌龍把瞪着的眼睛徐徐收縮，喘了口氣，轉過身去，輕聲說：“你走吧！”

　　魯君佩遵命走出，他這時是高興極了，辭別了岳父岳母和兩位大舅，出門上車放下車簾，就趕快回到自己的宅裏。然後派了四名妥當的人，並叫了他最近請來的一個會武藝的人，名叫五通神尤勇，五個人共乘着三輛騾車，把青冥劍送到玉宅。

玉嬌龍親自到外院，叫僕婦將劍接過來，拿到她的閨閣內。

如今，玉嬌龍就像才解開了身上的繩索，感到悲傷又憤恨，決定今夜就去大戰俞秀蓮，以為姪女雪恨，並決定非殺死俞秀蓮不可！倘若殺死了俞秀蓮之後，自己仍然不死，那就只好甘心做自己所嫌惡痛恨的魯君佩之妻了，看他們有什麼方法再對付我……雖然在這極度的氣憤之下，她是自己說自己願意的，但一種悲痛仍不禁自心底生出。她極為焦躁地望着窗外，發着恨說：“為什麼還不趕緊天黑？人面獸心的俞秀蓮，今晚到底要讓你知道我！”當日，日光移動得仿佛特別慢，京城中也格外顯着寧靜，誰也不知道玉宅裏是這樣的緊張。

劉泰保近幾日心灰意懶，羞見朋友，也懶得再打聽這些事。他連日又傷風感冒，連飯都吃不下去，就在積水潭破房子裏躺着，永不出屋。屋裏花牛兒李成、歪頭彭九、禿頭鷹等人在他這兒賭錢，都給他拿拳頭打走，大罵着，說了許多絕交的話。

這天蔡湘妹來找他說：“你不回去是怎麼回事呀？難道就永遠在這兒窮熬？跟頭也不是栽了一回啦，越栽越結實，那才是硬骨頭小子！”

劉泰保唉聲歎氣地說：“這回跟頭可一下把我栽的泄了氣啦！我再也挺不起腰來啦！費盡千方百計，出死入生，好容易由玉嬌龍的手中把劍要來，眼看就要大出風頭了，他媽的一轉眼間，丟人抛劍；不是虎爺救我，我連命都完了！現在我沒別的說的，只是怪我學藝不高，人頭兒太差，沒辦法，我不回家就是因為沒臉見你！”

蔡湘妹說：“你早就沒有臉了！可是你沒臉見你的媳婦，還沒臉見你的孩子了嗎？”

劉泰保沒詞兒了，蔡湘妹一把將他揪起來，說：“快走！回家去另打主意，北京城混不住了，等我分娩了，咱們到外省去賣藝。”

劉泰保說：“咱們這個藝還賣呀？誰買呀？”

蔡湘妹就說：“那麼，咱們就什麼事也不幹，等着餓死！”又悄聲說：“你知道嗎？我手裏現存的錢連十兩也不到啦！過幾個月，連請收生婆的錢也沒有。那難道你就永遠在這兒躺着永不回家，漢子在一邊，老婆在一邊，拖着兩份房錢，你就裝死鬼？我真命苦，爹媽都死啦，跟了你，滿想着你是個大英雄，誰知道你是這麼一塊料。你看看人家李慕白、羅小虎多好？連猴兒手都比你強！”說着蔡湘妹就掩面哭了。

劉泰保霍地跳起來說：“什麼？你先別長他人的志氣，滅自己的威風！羅小虎那怔勁兒，猴兒手那個賊樣兒，那我許比不了，李慕白我還自覺得真不在他以下。我雖然屢次丟人，可到底叫玉嬌龍怕了我！總比他李慕白來京城什麼事都不幹，還靦着臉稱英雄強得多！”

蔡湘妹說：“人家倒是有臉靦呀？你自己早就把臉摘下來擦了屁股啦！”

劉泰保摩拳擦掌，說：“好！你先瞧不起我！衝你的話，我非得做出點什麼事給你看看！我不回家，非得掙回臉來才回家呢！可是我要闖了禍、出了名，死在他們魯宅、玉宅的大門口，你千萬別去領屍，李慕白、羅小虎、猴兒手都是光棍兒，你隨便去改嫁！”

蔡湘妹啪的很脆的一聲，打了他個嘴巴，然後她哭泣着把丈夫抱住，說：“你別出去闖禍！我是故意激你啦！其實你比他們都好得多！”

劉泰保經他媳婦這樣一勸，覺得臉面也有點掙回來了，遂就跟着蔡湘妹回家。

走到半路，正遇見禿頭鷹，禿頭鷹慌慌張張仿佛有什麼事，把劉泰保拉到一條小胡同裏，趴在他的耳朵旁悄聲說：“昨天玉宅裏又發生了事，聽說是有女賊進去把家裏什麼人傷了！”

　　劉泰保嚇了一大跳，也頓然覺着有精神了，向禿頭鷹說：“趕緊再去打聽！我在家裏聽你的信兒！”

　　禿頭鷹走了，劉泰保跟着蔡湘妹回家。

　　這時候俞秀蓮正在他家中。俞秀蓮因為那天夜裏見着了玉嬌龍，覺得玉嬌龍毫無俠女氣概，還自稱願嫁魯君佩，因為她沒法子，但是為什麼沒法子，她卻不肯實說。而且她不但不感謝俞秀蓮不計舊嫌反來關懷探慰之情，還幾乎變了臉，並囑俞秀蓮轉告眾人不要再來打攪她。因此俞秀蓮一怒，決定不再理她。原想即日就走，但因德嘯峰留住她，說是半月之後，請她着手偵查楊麗芳的仇人之事，俞秀蓮又只好留此。雖有蔡湘妹為伴，可是倆人的話根本談不到一塊，所以也很是無聊。今天她也沒找德大奶奶去，只在屋裏弄弄針黹，忽見劉泰保同着蔡湘妹回來了。

　　劉泰保見了俞秀蓮，不禁滿臉通紅，就又驚疑地把剛才禿頭鷹所說的那話重述了一遍。俞秀蓮不由得一怔，細想了想，就納悶地說：“這是哪裏來的女賊？近年江湖上沒有什麼女的，早先有個紅蜂子柳夢香，已被李慕白誤傷身死；還有個張玉瑾之妻女魔王何劍娥，她是在開封府因為施毒計要害我，被我殺傷了。除了這兩個人之外，近年江湖上並沒有什麼女的呀？”

　　劉泰保說：“這可也說不定！玉嬌龍還不是去年才出世的嗎？”又指指蔡湘妹說：“您妹妹她要是趁着玉嬌龍沒在家，她的肚子再不這麼大，這事她也辦得來。我想這一定是除了我們之外，另有江湖英雄俠女潛來京師。”

　　俞秀蓮憤憤地說：“不敢去直找玉嬌龍，卻往人家的娘家枉殺無辜，這還稱得起是俠女？”她拋下了針線，就說：“我出去打聽打聽！”

　　蔡湘妹疾忙攔住說：“禿頭鷹已經去打聽去啦！他比咱們有本事，他認識的人多，街面熟，並能不叫人留心他。您要是親自出馬可就不行了，那女賊要是瞧見了您，一定早就嚇跑了！”

　　俞秀蓮又叫劉泰保去找史胖子跟猴兒手，劉泰保說：“他們不定飛到什麼地方去了，我到哪兒去找他們呀？連那虎爺這幾天都不知鑽到哪座洞裏去了，現在我劉泰保真是成了一朵蓮花，光杆沒葉兒，連個陪襯都沒有了！”

　　蔡湘妹笑着按着俞秀蓮坐下，說：“您等等！禿頭鷹待會兒就來！”她心裏是想把俞秀蓮攔住，留着這件事這個風頭給劉泰保出，好叫她的丈夫掙回來左臉與右臉。

　　當日直到晚飯後，禿頭鷹才來，說：“打聽不出來詳細的！不過事情是真的不是假的，受傷的是玉宅的誰，也無法知道，大概絕不能是玉嬌龍吧！”又吐了下舌頭說：“羅小虎好大膽！今天我在玉宅東邊看見一輛新騾車，綠呢的車圍子，我想裏面坐的一定是官；可是那趕車的我卻瞧着他眼熟，臉上有塊刀疤，拿緯帽斜遮着。車簾有一道縫兒，我走在對面往裏溜了一眼，原來正是虎爺！頭戴青紗小帽，身穿青綢長衫，手拿着摺扇，真像是那麼回事兒似的！鬍子也刮了個淨光，臉比鏡子還亮，不知他又打的是什麼主意！”

　　劉泰保也驚訝了一會兒，笑着說：“那傢伙倒真是有膽有為，這一定是找着他的那兩個嘍囉了！他還是不死心，還是要搶回他的老婆來。那傢伙辦事，起初總是很精細、有耐性，像細細地切肉絲兒似的，可是等到炒起肉絲來，他一定就要亂炒一氣，結果又弄得一塌糊塗！”

　　蔡湘妹臉上有點害怕的樣子，擺手說：“這幾天你們別出門了吧，暫時別辦這件事啦！小心羅小虎一人闖出禍來又牽連咱們！」又扭頭向俞秀蓮說：「大姐！您說我這話對不對？」

俞秀蓮沉默着不語，良久，才憤憤地說：「有關玉嬌龍的事，我也真不願意聽人再提了！」

少時禿頭鷹走去。天色已黑，因為劉泰保回家來了，所以俞秀蓮叫蔡湘妹把她的舖蓋及雙刀，全都拿到南屋；她的舖蓋原來存在德家，這是前幾天才由那裏取來的。點上了燈，蔡湘妹又跟她在一起談了一會兒閒話，給她泡上了茶，就笑着說：「大姐歇着吧！」便往北屋去了。

俞秀蓮獨自在這屋裏，屋中的燈很亮，玻璃上沒擋着什麼東西，可以看見外面非常陰慘，月被雲遮的欲雨天色。一到了這時候，她的精神上不由就有一陣興奮，因為自幼小時至現在，練習功夫總在深夜；而歷年行走江湖，仗義任俠，與強梁撞鬥，防人暗算，也總是在夜深的時候居多。所以這時別人都要安眠了，她反倒難以入睡。今夜又沒有什麼事可做，悶悶地坐在屋裏，手拍着案上放的雙刀，這刀是今年新打的一對，較以前的刀分量重。她心中不禁擾起一陣愁緒。燈光一跳一跳，她的心波一撩一撩，不免又長歎了兩聲。

夜已深，地臨城牆，門前是一片曠場，敲更鑼處像離這裏很遠，不大能聽得清楚。她坐在這裏，漸漸就覺得困倦了，幾乎要睡着了。驀然有一聲音將她驚醒，她睜開眼一看，見屋門已然開了，由外面進來一個青衣青褲、用青布包頭的細高身材的女子，正是玉嬌龍。她連動也不動，就沉着臉兒問說：「你幹什麼又找我來了？」

不料玉嬌龍手拿青冥劍藏在背後，她突然把手舉起，白光閃閃向俞秀蓮就砍。俞秀蓮疾忙向旁一閃，同時一口刀已抄在手中，向上一掠；玉嬌龍一扭身，寶劍如惡蛇一般又向她胸前扎去。俞秀蓮趕緊向後退，跳到炕上，橫刀厲聲問說：「為什麼？你瘋了嗎？」

玉嬌龍圓瞪着眼睛，恨恨地說：「為什麼？我正來問你呢！你別裝傻！我一向以為你是一個真正的俠女，別瞧咱們打過架，我還很佩服你呢，誰知道你是人面獸心！」

俞秀蓮憤怒地說：「你才人面獸心！你敢來罵我？」說着舉刀就砍，玉嬌龍遞劍相迎。俞秀蓮往旁去躲，向下一跳，反跳到玉嬌龍的背後，一腳踢去；玉嬌龍疾忙翻身退步，舉劍連砍。俞秀蓮退出屋去，玉嬌龍步步緊追。

這時那北屋的劉泰保也驚醒了，聽出對面房裏跟俞秀蓮相罵的是玉嬌龍的聲音，他就說聲：「不好！這是要糟！俞秀蓮還許鬥不過她呢！我得找李慕白去！」他拿着衣裳，一面披一面出屋，上房跑出去，往鐵府去了。

蔡湘妹趕緊從褥子底下摸出鏢，看見俞秀蓮從屋中退出來了，玉嬌龍兇神似的舉劍自屋中追出。蔡湘妹就開了屋門，一鏢向玉嬌龍打去，卻沒有打着玉嬌龍。俞秀蓮越牆而出，玉嬌龍也跳了出去，不料俞秀蓮反自她背後掄刀襲來，她疾忙又翻身將劍回舞。俞秀蓮單刀如鷹翅似的，跳起來向她去砍，她又以寶劍迎刀。

俞秀蓮不使自己的刀觸她的劍，一面巧妙迎敵，一面說：「玉嬌龍你瘋了？我給你顧了多少臉面？我對你多大的恩？如今你倒要來害我，你簡直是狗！」

玉嬌龍說：「你是狗！你還自命為俠義？昨夜把我的姪女殺傷、母親嚇病，狗也不能做出你做的這事！你以為我不願你們攪擾就是怕了你們嗎？」說着又雙足騰躍，寶劍連劈。

俞秀蓮卻非常驚訝，一面以刀迎敵，毫不讓步，一面急急地說：「你先住手！」

玉嬌龍哪聽她的話？劍劈來得愈兇。在朦朧月光之下，俞秀蓮把對方的劍法看得清清楚楚，從容地抵擋着，又說：“你混蛋！事情你也得說明白了，到底是誰傷了你的姪女？”

玉嬌龍又一劍削來，說：“是你！”

俞秀蓮呸了一聲，兩人又戰起來，越戰越緊。

此時劉泰保已將李慕白找來了，李慕白手中並無兵刃，身穿長衣，走近來就擺手說：“先不要打，為什麼事？玉小姐你可以把話說明！”

玉嬌龍退後一步，喘喘氣說：“這回的事與你姓李的無干，你趁早不要上前，我找的是俞秀蓮！她昨夜帶着雙刀到我家裏，殺傷了我的姪女……”說到這裏她哭了，擰劍向俞秀蓮又刺。

俞秀蓮也氣極了，單刀緊緊地砍，說：“你眼睛瞎了？你認識我是誰？”

劉泰保在旁大喊，說：“魯少奶奶您可別受了別人騙呀！俞姑娘是當代俠女，能會幹那事？”

蔡湘妹也跑出來了，高嚷着說：“玉三小姐您這話可真冤枉人！俞大姐昨晚跟我在一舖炕上睡的覺，連屋門都沒出，她會……”

李慕白撲上前來徒手要奪玉嬌龍的劍，並憤怒地說：“是假是真，你得容人分辯，你自己也得想想！”

玉嬌龍掄劍說：“我想什麼？我就知道你們都是一夥，彼此相護……”她躲開了李慕白，又去戰俞秀蓮。

這時遠處有打更的人來了，劉泰保就大喊道：“打更的哥兒們！快來看看吧！魯少奶奶可在這兒跟人拼命啦！”

玉嬌龍便提劍向北走去，並點手向俞秀蓮說：“你是俠女，你跟我來！”

俞秀蓮說：“我怕你嗎？你今天想走也不行，我得跟你把話說明白了！”說着提刀就去追。

玉嬌龍在前，俞秀蓮在後，二人且戰且走。眼看將要走到城牆，忽然李慕白趕來，徒手衝向玉嬌龍。玉嬌龍的寶劍直削，向李慕白連擊三下；李慕白盡皆躲開，只是要乘機奪她的劍，玉嬌龍也巧妙應付。不料李慕白的手腳極快，進逼三四步，他用手一粘，青冥劍即入手中，他返身就走。玉嬌龍向前一撲，卻被俞秀蓮拿刀抵住了她的胸，玉嬌龍便大哭道：“你們倚仗人多來欺負我！”

李慕白回身說：“不是欺負你，是你這人太不可理喻。你家昨夜發生的事情我也聽人說了，據我想那不定是哪一路的女賊假冒俞秀蓮之名。”

玉嬌龍跳起來說：“女賊還有別人？我也知道你們的厲害，你們在這兒別人誰敢出名？江湖上的女賊除了俞秀蓮還有哪個？”

俞秀蓮氣極了，驀然以刀脊向玉嬌龍的頭上去砍，玉嬌龍咕咚一聲倒地，一聲也不言語了。

劉泰保嚇得哎喲一聲，說：“這可怎麼好？別殺了她呀！”

李慕白也一陣驚愕。俞秀蓮徐徐收刀，氣得還直喘，搖頭說：“不用管她，咱們走！”

李慕白很是作難，說：“她要沒死，我們應當問問她家裏昨晚的詳情，想想那冒名的女盜到底是誰？”

俞秀蓮跺腳說：“還不一定有那一件事沒有呢？她是成心來污蔑我！”

忽然玉嬌龍如同詐了屍，由地上躍身而起撲住俞秀蓮。俞秀蓮舉刀，她卻揪住俞秀蓮腕子，二人相持着。俞秀蓮總是手不放刀，她的手總不放腕子，地下又不平，兩人相扭相跌。忽然俞秀蓮把刀拋在一邊，兩人又改為拳鬥。月光微茫之下，只見兩個女子拳往腳來打得十分緊。

　　劉泰保是不能過去幫忙，蔡湘妹那大肚子更不敢上前。李慕白是覺得很作難，他不願上前去拉開兩女子，尤其一個是他的義妹，一個是富家的少奶奶，他只是大聲說：“俞姑娘！不必跟她打了，可以向她講清道理！”

　　但俞秀蓮此時是氣極了，她認為玉嬌龍太侮辱她了！而且過去自己對玉嬌龍是那樣的寬容幫助，如今玉嬌龍竟然翻臉無情，所以她絕不能罷手，掄起拳腳使力去打。

　　俞秀蓮的武藝實在在玉嬌龍之上，同時又因玉嬌龍這些日憂傷焦慮，體力愈為不勝，二人拳鬥三十餘合，玉嬌龍就被俞秀蓮打躺下了兩回。可是俞秀蓮也按不住她，她便爬起來，往北去跑，一霎時她就跑上了城牆。

　　俞秀蓮還要往城上去追，李慕白卻將她攔住說：“放她走吧！今天她也實在是氣急了，我們跟她辯解爭鬥都無用。一二日內將那冒名的女賊捉住，讓她看看，殺傷她家裏的人到底是誰。她如若知曉自己錯了，向我們道歉，那我們可以再容她一次；她如仍是這樣兇悍，那時我們就不客氣了。”

　　俞秀蓮由地下拾起刀來，氣得不住地喘氣，蔡湘妹拉住她說：“玉嬌龍大概是順着城跑了，我們先回家去吧！李大哥也到我們那兒去歇會兒？”

　　李慕白搖頭說：“今天太晚了，我還要回府裏去，明天把這口劍還給鐵貝勒。”

　　劉泰保借月色看着李慕白手中閃閃的青冥劍，也不禁眼饞，心說：人家怎麼很容易就把寶劍奪回來了？我卻……媽的，我真飯桶！

　　幾個人剛要轉身，忽聽有驟車的響聲，一輛連燈都沒有的驟車就停在劉泰保門前那曠場上了。

　　劉泰保不禁說：“怪呀！哪兒來的這輛車？莫非是魯宅接他家的少奶奶來啦？”

　　俞秀蓮手提着刀說：“我過去看看！”

　　蔡湘妹把俞秀蓮的衣裳拉住，說：“您手裏拿着刀，過去不大好，萬一車裏要坐着衙門的人，又得費唇舌。”又向她的丈夫說：“你走過去瞧瞧吧！也許是找你的……”正說到這裏，忽聽咕咚一聲，嚇得蔡湘妹哎喲一聲叫，俞秀蓮趕緊把她抱住。原來是城上拋下來一大塊磚，差不到半尺就打在身懷六甲的蔡湘妹身上。

　　此時，李慕白憤怒極了，提劍就往城上去躥，頃刻之間他就上去了。玉嬌龍隱在暗處，一見有人來，她就又一磚塊飛去，被李慕白閃開。此時城下的劉泰保拉着他的媳婦趕緊跑開了幾步，俞秀蓮也往城牆上去爬，劉泰保高聲嚷嚷着說：“俞大姐小心！咱在明處她在暗處哩！”

　　忽然背後有人揪住他的肩膀，問說：“你們在這幹什麼呢？”

　　劉泰保跟蔡湘妹都嚇了一跳，一齊回頭去看，原來背後站着一個身軀雄偉，穿一身發光的黑衣裳的人，雲中的月色模糊地照着這人的側臉，原來正是羅小虎！劉泰保剛驚訝說：“虎爺你……”忽然蔡湘妹又叫了一聲，見有一人自那高高的城牆之上摔下，劉泰保便說：“啊！玉嬌龍完了！”羅小虎一聽，疾忙往前去跑。

　　由城上被李慕白打下來的玉嬌龍，剛要挺身再跑，但腿卻摔傷了，她才起來就哎喲一聲，又趴下了，羅小虎疾忙上前把她抱住。

　　李慕白、俞秀蓮也都自城上下來，俞秀蓮提刀逼近，玉嬌龍在羅小虎的胳膊裏還掙扎着，要去跟俞秀蓮拼鬥。

　　羅小虎卻護住了玉嬌龍，大聲說：“為什麼？全是自己人！你們要殺就先殺我羅小虎吧！”說着他挾起來玉嬌龍就走。

　　俞秀蓮橫刀把他攔住，憤憤地說：“我也不是想害她的性命，只是得說明白了。我昨天就沒到玉家去，玉家傷了誰？死了誰？我全不知道，她不能賴我！”

　　玉嬌龍兩手揪住羅小虎的肩膀，冷笑着說：“賴定你啦！女賊！”

　　俞秀蓮刀又舉起，李慕白卻跳過來把她攔住，羅小虎也挾着玉嬌龍退了一步，大聲說：“俞姑娘你生什麼氣？昨夜到玉家殺人的那娘兒們自稱俞秀蓮，誰也不能相信，早晚能分得出黑白來。你先別着急，我把她帶走，我會勸她！”

　　李慕白說聲：“好！”又和緩地說：“我早曉得玉嬌龍的武藝必是自啞俠門中學出來的，所以一向我對她都不肯下毒手，但她太為兇悍，難以理喻。”

　　玉嬌龍只哼哼地笑，表示還不服氣。李慕白也帶着些氣，直接向玉嬌龍說：“你若是個男子，雖是同門中人，我也必叫你活不到現在！現在，那假冒俞秀蓮之名的女賊，我們一定要查明。你，我盼你從此改過自新，或在魯家做官眷，或跟小虎去走，我們都不管。啞俠和《九華拳劍全書》的下落，你一定不肯實說，但我將來必能設法知道。”

　　玉嬌龍卻急急地說：“這些話我告訴你也不要緊！我本來就沒見過啞俠的面，見了他，我想我不能像見了你這樣的瞧不起。我的武藝是跟雲南人高朗秋學出來的，據他說倒是有書，可是書早已因為失火被燒毀了！”又憤憤地說：“李慕白、俞秀蓮你們也不用威嚇我，現在再鬥鬥，我還是不怕！”

　　羅小虎卻背起她急急走去，玉嬌龍又大喊說：“李慕白你小心！早晚我還得把寶劍拿回來！”

　　羅小虎卻說：“別說啦！你一個人哪敵得過他們？”

　　玉嬌龍被羅小虎背着，並不掙扎，只是回着頭向那邊高聲發着怒話。

　　那邊李慕白、俞秀蓮都不再理她，只有劉泰保高聲嚷嚷說：“虎爺！過兩天我給你賀喜去呀！”

　　羅小虎背着玉嬌龍緊緊地走，原來這裏停着的一輛騾車就是他的，趕車的是花臉獾，車後轅上還跟着沙漠鼠。沙漠鼠迎過來叫着說：“老爺！怎麼樣了？”看見他們老爺背着個人，很是發怔。羅小虎把玉嬌龍輕輕放在車上，玉嬌龍“哎喲”了一聲，羅小虎驚問說：“怎樣，你是被他們傷得很重嗎？”玉嬌龍沒有作聲，自己爬到車裏。

　　趕車的花臉獾就問說：“老爺！您背來的這位是咱太太嗎？”

　　羅小虎喝聲：“少問！快走！”

　　當下鞭子一響，騾車咕嚕嚕地走去。沙漠鼠在車尾巴上坐着，羅小虎也一跳，坐在車轅上。這時就覺得有兩隻柔臂環住了他的脖頸，有鬢髮觸到他的臉旁，耳邊吹來一種又香又熱的氣，說：“你到車裏來！”羅小虎將身向車裏挪了一挪，玉嬌龍卻驀然伏在他的懷裏哭了。天上是一片一片很厚的灰色的雲，嫵媚的月亮就趴在雲的身上，仿佛也在啜泣。夜深無人。

　　花臉獾把車趕得很快，急快的車子繞着胡同走，忽而顛了起來，忽而又掉下去，如同情人的那緊張的心。走了些時，天上的雲越聚越濃，月光完全沒有了，雷聲隱隱響動如私語，聲音並不大，雨也像淚水一般零零落下。霎時已來到一個地方，花臉獾喊着：“吁！吁！吁！”騾子聽得這口令就站住了。

羅小虎將玉嬌龍抱下車來，原來這卻是一條荒涼胡同裏的一座破廟。沙漠鼠爬進了廟牆，將廟門開了，羅小虎就抱着玉嬌龍走了進去。這廟裏的院子原來很大，松柏樹很多，雨聲籟籟地響，玉嬌龍的臉上都滋濕了，雨點和上了她的淚痕。她由着羅小虎把她抱進了屋內，屋中很黑，她又被放在一舖炕上，炕上是又硬又涼。過了許多時，窗上有搖搖晃晃的光亮，很微弱，不像是強烈的閃電光。

沙漠鼠在窗外叫了一聲：“老爺！”然後拿進來一隻油紙燈籠。因為屋裏是四壁蕭條，連張桌子也沒有，他就把燈籠擺在地下，兩隻眼睛也不往旁處去看，轉身就出屋去了。屋外，雷聲催着雨，風吹着樹，樹攬亂了閃光，屋內卻傳出斷續的聲音。

沙漠鼠蹲在窗外，把頭上的一頂破草帽摘下來擋着臉，側耳往窗裏偷聽。頭一聲是他們的老爺羅小虎，用那唱慣了歌的大嗓子，說：“你要是想回家，我當時就派車送你回去。你忘了舊情，不嫁我了，我不能搶你走，可是他娘的！早晚我得殺了魯君佩！”

第二句話就是他們太太回答。沙漠鼠曉得他們太太的大名，今天老爺能夠把她背到這兒來，確實不是一件容易的事。就聽玉嬌龍說：“我自然必得回去，我母親病得多麼重！不過剛才俞秀蓮擊了我一刀背，當時我就昏過去了，半天才蘇醒過來，現在你看看我腦門子上的這血！我這條腿也不能邁步兒了！只要你們這地方嚴密，至少我想在這兒住一兩天，養好了傷，我可還得回家；魯君佩雖是我的仇人，但我還算是他家的人。我自然是不服氣，今天的事，到後來我也明明知道我是弄錯了，我知道傷我姪女的是假俞秀蓮，可是我還得跟俞秀蓮、李慕白逞強，我故意不講理。我不是真不明白，我就是不能服氣！你想我這脾氣，魯君佩他就能制服得了我嗎？我隨時可以殺死他；但我卻不能，我一點兒辦法也沒有……”玉嬌龍哭了，嗚嗚地哭，像草原上有牧人吹笛。

沙漠鼠聽着，心裏都有點不大好受。再聽，是羅小虎哼哼冷笑，說：“什麼沒辦法？就是官兒沒辦法！我羅小虎是好漢子，可就是做不了官兒，你又是非官兒不嫁。那魯君佩狗東西正合你的勁兒，他是探花郎、府丞大人，你當官太太有多享福！走沙漠、跑草原，我早就知道你受不了那罪。現在我也不想了，只要我跟你見了面，說明白了，你愛嫁誰就嫁誰！可是，他娘的我非得殺死魯君佩，先告訴你，你還得叫他小心！”

玉嬌龍急起來，邊哭邊說：“你混蛋！你都不明白！我沒跟你說嗎？我也恨不得殺了他，然而不能。我雖娶過去已將兩月，可是我在他家裏並沒有多少日子，我跟他並沒成夫妻，我心中所想念的還是你。你用箭射我的轎子，射我的車，我真恨你，可是我又怕你被他們捉住！那天你到魯家救走了劉泰保，在院中說的那一些話，我隔窗聽得清清楚楚。我真是直哭，我才知你是真正的英雄好漢，你對我太多情了，我可真對不起你呢！所以由那天起，我就一點兒也不恨你啦！並且我很想念你，不然，不然今天無論我是受了多麼重的傷，我也不能由着你把我抱走呀！小虎，你都明白了吧？……”聲兒越來越小，越淒慘。

沙漠鼠聽得直發呆，雨水濺在他的嘴裏，他咽下了一口，覺着冰涼。又聽，聲兒卻小得跟蚊子哼哼似的，又像蜂蜜嚶嚶似的，更像蒼蠅嗡嗡似的。沙漠鼠恨不得自己變成個小老鼠，把身子塞到房間裏去聽。

過了半天，雨漸漸停了，他的渾身上下都成了濕淋淋的了。忽聽玉嬌龍又着急地說：“你想，我怎麼辦？魯君佩現在雇着個‘諸葛亮’，是個奸狡陰狠的老頭兒，還有順天府尹、南城御史都幫助他，他們早就安排下羅網。他們探知紅臉魏三是我的一個下處，就用銀錢把魏三買好了。所以那天我偷偷回京來看母親，住在魏三的家裏，我真沒想到，魏三夫婦趁我熟睡就把我綁了。他們叫來南城御史手下的官人，將我用車秘密拉到了魯宅。我那時穿着是魏三老婆的衣裳，腳下連鞋都沒有，身上還有劍傷未愈，他們從頭到腳把我綁得很緊，放在四面遮着紅布的屋子裏了。

　　他們遂即請來了我的大哥、二哥，當場要脅，開出我的罪名來：一是盜劍，二是窩藏大盜碧眼狐狸，三是打死班頭蔡九，四是與你私通。並說我的父母兄嫂全都知情，有意縱庇；然後叫我的兩個哥哥在那紙上畫押，把這事一一承認，他們才能放了我，可是我得從此規規矩矩做他家的媳婦。如果我的哥哥們不肯畫押，或是放了我之後，我再出什麼事，他們就要去把字據交官，就打官司！

　　小虎你想，也難怪我哥哥寶恩、寶澤，他們若不答應，魯君佩當時就要把我交到衙門治罪了。那時我的命倒不要緊，連帶着我的父親、兩個哥哥，不但都得丟官，還都得問罪，家也得抄；母親一定得急死，祖上的名聲也全壞了，子孫們也永遠不能見人了。所以我哥哥寶恩、寶澤兩位知府就全都親筆立了字據，親手畫了押。我大嫂、二嫂並來跪着向我哀求，求我應以家門為重。小虎，你想事到如今，我可有什麼辦法呢？”

　　她越哭聲音越慘，又接着說：“我也不是好惹的！他們把我放開之後，我從他們的口中探出那魏三男女兩個奸賊的隱藏之所，我即時就去把他們殺了，出了我那口惡氣。我這才梳頭、打扮、見人，所以魯君佩很害怕，簡直不敢挨近我。可是他又用話恫嚇我，他說他把那張字據已然交給一位大官代他收存了，只要是我敢對他怎樣，那大官就能倚仗那張字據翻案，那時我娘家的人還是吃不住。所以我還是沒法子，青冥劍也交給我了，但我卻不敢拿劍殺他。我只盼着他將來做出什麼貪贓枉法之事，我也反拿住他的把柄，那時我才能夠翻身。

　　這些日子我受盡了委屈，你跟俞秀蓮、劉泰保那樣的胡鬧，嚇得他不敢在家裏住，請來打手，招來官人給他護院。他無法捉拿你們，他可天天罵我，說你們都是我的賊夥；天天晚上把我藏在下房的套間裏，我又不敢不聽他的話。他並說你們若是再去攪鬧他的家宅，他可就要把字據拿出來，把案子鬧起來，所以我還哭求過他。我跟俞秀蓮翻臉，叫她不要管；我受劉泰保的欺負，我都得忍！現在我還得求你，讓我在此把傷養一養……唉！我想我還是不能在此養傷，我還得趕緊回去。不然魯君佩他以為我是跑了，他明天就許翻案，我父兄一定被拿，我母親一定死……”

　　玉嬌龍悲哀地哭着，往下再也說不下去了；羅小虎這半天都沉悶着，也沒再說一句話。沙漠鼠在窗外扭着頭聽了半天，把脖子都扭酸了。這時屋中只有哭泣，再無語聲。他轉回脖子來，忽然見自己的身後站着一個人，嚇了一大跳。他剛要喊叫，這人的寶劍就挨住了他的脖子，他渾身顫抖，連氣也不敢喘。

　　待了一會兒，又聽屋裏的玉嬌龍低聲哭泣着說：“小虎！你明天也走吧！無論如何我不能忘你，我不再恨你了，可是咱們是沒有姻緣之分了！你離開北京可以到柳河村，我的丫鬟繡香現在那裏。她是很美的一個女子，性情比我好得多；你可以見着她，跟她詳細說明了原委，她就能嫁你。可是你以後也務些正業吧！還有，你告訴她，那炕洞裏藏的首飾匣，叫她打開，把那裏面的東西燒了吧！千萬連一點灰也別叫它留！雪虎要是找回來，你們就養着吧……”

　　此時，窗外這青衣青鬚、身材挺拔的人，突然將寶劍離開了沙漠虎的脖頸。一霎眼之間，那人已然無有了蹤影。四下無聲，只有雨點仍像眼淚般滴着。沙漠鼠這才喘了一口氣，輕輕趴在地上，像狗一樣慢慢爬了幾步，就往後院去了。

原來這裏是西城隱仙觀，廟中的老道士早年是在武當山修行。羅小虎十幾歲時在武當山當過些日的小道士，因此這裏的老道士認識羅小虎，在山上時就聽他時常唱那首歌。人世相違已十餘載，最近，有一日羅小虎酒肆買醉，醉後悲歌，老道士正走在街上聽見，才知他即是那天以箭射魯府丞眷屬車輛之人。因感覺他的處境太危險，膽子太大，所以才把他叫來，勸他往五回嶺幽谷中隱仙觀的下院三清廟，這老道士的師弟慎修道人那裏，勸羅小虎去捐情棄俗，修真養性。但羅小虎這時候哪能去唸經打坐？他就索性把這廟做了他的旅舍，依然整天出去向玉、魯兩家去打主意。

一天，在街上就遇見了沙漠鼠跟花臉獾這兩個嘍囉，原來他們自從羅小虎撞轎惹禍逃走之後，就沒離開北京。有那箱子金銀，他們就打了一輛新車，買了一匹騾子，在順治門租了一個小院住下了。白天花臉獾在街上趕車，用個帽子或貼塊膏藥遮住他臉上的刀疤；沙漠鼠是花了十兩銀子買了一個鼻煙壺，假充閒散人，天天到茶館去坐，專為訪他們老爺的下落，也沒有人注意到他們倆，這天便會着了羅小虎。羅小虎索性叫他們換上綠色車圍，他弄了身新衣裳，坐在車裏假充官員。他們這輛車很新，人也都相信不疑。

今天就是因為沙漠鼠探來了玉宅昨晚所發生的事，並聽說，玉宅的姑奶奶回娘家來啦！所以白天羅小虎就坐着車，放下車簾，在玉宅門前轉了兩次。今晚先派沙漠鼠去探風，然後羅小虎坐着車也去了；沙漠鼠就看見玉嬌龍短衣攜劍而出，便招呼了他的老爺坐着車去追，可是沒有追上。走來走去，離着劉泰保的家已是不遠，沙漠鼠現在對於各地方很熟，就告訴了羅小虎。羅小虎遂命將車趕到這裏，原是想要找劉泰保打聽打聽，不想卻正趕上玉嬌龍在那邊與俞秀蓮交手爭鬥，從城上墜了下來，羅小虎便乘機把她救到這裏。

如今窗外一陣驟雨已然落過，夜風變得很寒。玉嬌龍把身邊的遭遇及心中的哀曲，都已哭泣着婉轉地對情人說盡；羅小虎卻默默不語，只凝滯着一對發光的大眼睛。地下放着的那隻燈籠，裏面的蠟也將燒盡了。這炕上只有一個枕頭、一張席，連被褥也沒有。玉嬌龍擦擦眼淚，就斜躺在炕上，腿疼得她不住地呻吟，她又很關心地問說：“這就是你睡覺的地方嗎？”羅小虎點頭說：“就是！”玉嬌龍說：“唉！你也真受得了！怎麼連床被褥也沒有啊？莫非你現在很窮嗎？”

羅小虎說：“我不窮，剛才你坐的那輛車就是我自己的。我有許多銀兩珠寶，都在我的夥計家裏存着了。我在這住着，也無心預備什麼被褥。我心裏永遠像燒着一把烈火，半夜裏吹來風，覺得炕上又濕又涼，我都睡不着，身上永遠發燒。你也知道，我在沙漠草原裏混過多年，睡覺還挑過地方嗎？”

玉嬌龍聽他說到沙漠與草原，又愈發清楚地回憶起了舊事，心裏就更難受，緊緊拉住羅小虎那粗大的胳臂，哭泣着說：“你是太不幸了！你幼年時就家門不幸，長大了遇見我，你更是不幸！我很後悔，我既是個官宦之家的女兒，可怎應該結識你呢？”

羅小虎說：“我看現在你也別再以為自己是千金小姐了！你在北京鬧的這些事可也夠大的了！雖說你們有勢力，瞞着人，別人不敢明說，但是外邊誰不知道？你又跑了趟江湖，跟我也差不多啦！我想咱倆沒有什麼不該相識。現在魯君佩雖把你挾制住了，可是你別怕，你要不願回去再受他的氣，咱們明天就一同走！”

玉嬌龍冷笑着說：“那，這兒的事可怎麼辦呀？”

羅小虎憤憤地說：“這兒的事？也有我呢！只要他娘的魯君佩敢跟你家作難，我就殺了他！什麼順天府尹、南城御史，還有他狗娘養的‘諸葛亮’，我都把他們殺了！”說着，拍着他腰帶上插的寶刀，銅環子嘩啦嘩啦響。

玉嬌龍急躁地說：“你這是強盜的話！在外省，做什麼都行，但在京城卻憑你多大的本領也使不開。我勸你千萬聽我的話，千萬離開此地，不然你被他們捉拿住，我可乾看着焦心也不能救你！並且要因為你鬧出事，給我們家中惹出大禍，那我不但以後不能認識你，還得把你當仇人！你可聽明白了，我這人是好的，但若太叫我難堪，我可是翻臉無情！”

羅小虎狂笑一聲，不再說話。

此時天已微明，羅小虎出屋去了。才一出屋，一滴簷水正打在他的頭上，嚇了一跳，這雨水很涼，倒使他的頭腦清醒了。他站立了半晌，屋裏的玉嬌龍發急了，又嬌媚地說：“你在外面幹嗎啦？為什麼不進來呀？院子裏多涼啊！”

羅小虎敞着胸懷，摸着胸上的傷疤，緊皺着眉隔窗說：“天亮了，你不是要回家嗎？我給你去找車！”

玉嬌龍在屋裏說：“就讓你那輛車送我回去好了，別到外邊另雇去。”

羅小虎說：“我的車也沒在這兒。”

玉嬌龍就說：“那就快一點兒！”

羅小虎沒有言語，憂鬱中挾着憤怒，就冒着霧氣，踏着庭中濕潤的草往後庭走去。這座廟雖然年久失修，可是很大。第一層殿供的是靈官，殿裏很黑，四個泥塑的手持鋼鞭、面貌猙獰的神像，都黑乎乎的看不清楚嘴臉。地下卻有個人正躺着在打呼，正是沙漠鼠，羅小虎用腳把他踹醒，他就說：“喂喂！別踹呀！什麼事兒呀？”

羅小虎揪起來他，對他說：“你快去叫花臉獾把車套來！趁着天沒亮，把玉嬌龍送回鼓樓！”

沙漠鼠一邊揉眼睛，一邊說：“別送去不好嗎？送去了以後又得天天去找。”

羅小虎就推着他說：“快去！少說話！”

沙漠鼠趕緊走了。

羅小虎拿拳頭往空中擂了一下，就又走回那屋裏。玉嬌龍此時柔情纏綿，露出十分戀戀不捨的樣子，羅小虎卻不住地歎息。過了不多時，就聽外面有車輪響，羅小虎就說：“車來了！”又扶住玉嬌龍問說：“你現在身上受着傷，若回去，被人知曉了怎麼好？”

玉嬌龍歎氣說：“唉！我還瞞誰呢？家裏的人誰不知道？連下人們全都知道得清清楚楚，只是他們不敢說罷了！”

羅小虎說：“你回去務要放心……”往下的話他又不說了。

玉嬌龍說：“我倒沒有什麼不放心，我怕誰呢？誰還能吃了我？我不過是為我的娘家，有許多顧忌就是了。”

羅小虎一聽她說出娘家這兩個字，腦筋兒就迸起來，但因為屋子黑，玉嬌龍沒有看出來他臉上的怒色。

此時就聽沙漠鼠在窗外說：“車來啦！”

羅小虎遂又抱起來玉嬌龍，走到外邊。

花臉獾把車停在這門首，羅小虎把玉嬌龍抱到車上，玉嬌龍還緊緊抱着他的胳臂說：“你可千萬照着我說的那些話去辦！別叫我又不放心！”

羅小虎並沒言語，只向花臉玀說：“趁着天還沒亮，趕緊送到玉宅，把人送進去你可趕緊就走！”

花臉玀點頭說：“我都知道！”

玉嬌龍這才將羅小虎放開，又流下淚水，騾子把車拉定了，她幾乎哭出聲兒來。

車走得很快，路上又沒有人，及至到了玉宅大門前，車就一直趕上高坡，停住了。這時天色還沒大亮，花臉玀上前緊緊敲門，卻暗捏着一把汗。門環響了半天，門才開了，裏邊出來四五個人，問說：“你是由哪兒來的？”花臉玀答不出話來，他想趕着車再跑，車裏的玉嬌龍卻急聲說：“是我，我回來啦！快叫錢媽她們出來攙我！”

那幾個僕人一聽，這才趕緊慌忙地進去叫老媽子。

一個人留在外面，悄聲問花臉玀說：“你是哪兒的車？”花臉玀說：“我這是買賣車，是這位小姐雇來的。”僕人還要再問，車裏的玉嬌龍卻呵斥說：“你們就不必多問啦！人家把我送回來了，就完啦！”

此時裏邊有僕婦跟丫鬟出來，就把玉嬌龍攙下車去，他們都驚訝着，因為此時天光已亮，玉嬌龍的打扮很能看得出來。就見她是全身的又瘦又短的黑綢子衣褲，頭上包着青綢手巾；腦門子上浸出來一大片血跡，全身都是泥土，並且很濕，胳臂上像是叫什麼荊棘之類刺得有許多傷處。她臉色極為淒慘，眼角掛着淚跡，怒氣卻很大，一句話也不說，就被僕婦攙着往裏走去。

這門前有個僕人驚疑稍定，又向花臉玀說：“你在這兒歇會兒，我到裏邊去給你討幾個賞錢。”花臉玀連連擺手說：“不用！不用！大哥你別麻煩啦！我們老爺不叫我要賞錢！”僕人驚詫着說：“你們老爺是誰？你到底是哪個宅裏的？”漸升起的陽光照着新騾車的綠色圍子，看上去至少也是個道台家裏的車，花臉玀卻一聲不語，拉着騾子下了坡。他跳上車轅，緊掄鞭子就趕着車走去，還恐怕有人在後跟着，故意繞了點遠路，才回到隱仙觀。

此時羅小虎正在等着他的回話，他來回稟了，說：“玉嬌龍已安然抵家。”羅小虎才放下心，卻又像丟失了什麼，做了件後悔的事似的，緊皺眉頭站着發呆。沙漠鼠跟花臉玀兩個人在他的眼前站了半天，羅小虎又側着臉尋思了一會兒，這才吩咐花臉玀說：“你專到魯家門首，看那魯家都有什麼閒雜的人出入，最要緊的是打聽出來那魯君佩天天往哪兒去。”花臉玀答應了。羅小虎又囑咐沙漠鼠說：“玉家那邊的事，是由你打聽。探探玉嬌龍今天一早那樣的回去了，他們兩家是打算怎麼辦？探出來就去找我。”沙漠鼠也答應了。這兩個人就像是小卒得到了將官的命令，一齊轉身走開。

羅小虎躺在炕上歇了一會兒，此時他已很困倦，但心中又十分不寧，也睡不着覺。他摸了摸身上還有幾塊銀子，在短衣裳上套了一件綢大褂，就也走出廟去。廟外的陽光刺着他困倦的眼睛，覺着發酸。他在西城有兩個去處，一是澡堂子裏，他常到那裏的官盆去洗澡；另一處就是個酒館。這酒館在一條小胡同裏，生意很不好，可是羅小虎一來到這兒就大吃大喝，花錢毫不計較，所以掌櫃的就把他當作財神爺；並且也知道這位財神爺有點來頭不正，外邊有了什麼事便也來告訴他。當下羅小虎又來到這兒，喝了幾盅酒，叫掌櫃的給他叫來一些飯菜吃過了，他就躺在櫃房的一張小舖上睡覺。掌櫃的在外面一半應酬着買賣，一半是給他巡風，他就放心大睡。

睡了也不知有多少時候，忽然有人把他喚醒，在他的耳邊悄聲叫着：“老爺！老爺！”他睜開眼睛一看，見是花臉玀，就趕緊悄聲問說：“外面有什麼事沒有？”

　　花臉獾悄聲說：“魯宅把他家的少奶奶由玉宅接回來了！聽說下車時是有四個丫鬟攙着，看今天那樣子，魯宅上下的人，沒有一個不膽戰心寒。又聽說今天五點鐘，魯君佩在西四牌樓福海堂飯莊請客，請的是邱小侯爺和鐵府的兩位，侍衛全都請上，據說是向邱小侯爺賠不是。我看那樣子，魯君佩是怕了！”

　　羅小虎坐起身來，憤憤地不住冷笑。忽然又摳着腦袋思索了半天，忽然想出一個主意來，立時喜歡着下了鋪板，揪住花臉獾又悄聲說了半天，花臉獾像傻子似的不住地點頭。羅小虎對他說完了，就把他一推，說：“快去！”花臉獾走了，羅小虎自己仍嘿嘿冷笑，又到櫃前去喝了幾盅酒，便先回到隱仙觀。

　　這時已是下午三點多鐘了，羅小虎就在隱仙觀的院中繞着松樹徘徊、思索，時而狂笑，時而又摸摸自己的寶刀。少時沙漠鼠又跑回來了，也說了魯君佩今天請客的事情。羅小虎忽然派他出去買一大張桑皮紙，買一枝筆，買墨，並買一塊小硯台，沙漠鼠吐着舌頭，說：“老爺！您這是要幹什麼呀？您是要作文章嗎？”羅小虎說：“你少問！你買去就是了！”又推了一下，把沙漠鼠推出去了。

　　他看看松樹外的太陽，心裏很急躁。過了不多時，沙漠鼠就把紙筆墨硯全都買來了，羅小虎都揣在懷裏，沙漠鼠翻眼瞧着他的老爺也不敢問。羅小虎又悄聲囑咐了他許多話，叫他去找花臉獾，先到那福海堂飯莊的門前去相機行事。沙漠鼠一聽，又吐吐舌頭，便說：“好啦，我們這就去！”他前腳走了，羅小虎也隨後又走出廟門。

　　此時，天色就已到了下午五點多鐘，天空滿鋪着燦爛的雲霞，晚風吹起，掃去了這一天的酷熱。各衙門裏的人都散了值，紛紛到飯莊酒樓去赴宴會。西四牌樓的福海堂，是西城最大的飯莊，向來做官的人請客都在這裏，這門前永遠是車馬雲集。今天因為有三四起大請客，所以門前更是加倍的熱鬧，門前的六根石頭椿子，每根椿子上全都繫着五六匹馬；驟車排成了兩行，統共有五十多輛，都是簇新的大鞍車，以綠色圍子的居多。

　　趕車的把小板凳都聚在一塊，許多人相聚着談天、賭錢，地下放着的茶壺、茶碗能有一百多個。這些人刨出他們自己，誰也不能分辨出哪輛車是他們誰趕着的。他們有的相識，都是同行，有的彼此是親友，到了一塊，當然就免不掉談談這個御史家、那個府丞宅，或是哪一個侯爺府的閑話；他們悄着聲兒，秘密地談着，甚至談到他們主人的閨閣之事。即使彼此不認識的，只要是打扮得像個趕車的，或像是個跟班的，走過來就能隨便地聽談講，隨便地插言說話，打聽聞事供獻新聞，並且還隨便地喝茶。

　　這裏邊就擠進來一個人，此人拿一個比腦袋還大一半的紅纓緯帽遮着半個臉，穿着是夏布的很乾淨的衣裳，看這樣子可是個大府的趕車；手裏拿着個挺漂亮的鼻煙壺，另外有一個珊瑚的小碟，他把鼻煙放在碟裏，一撮一撮捏着往鼻子裏去聞。他坐在自己的一個紅漆小板凳上，傾耳聽別人說閒話，帽子卻永遠不摘，仿佛怕露出他臉上的什麼記號似的。

　　人群裏有一名叫常子的趕車的人，唉聲歎氣，探着頭壓着嗓音說：“我看你們宅裏的事全都好辦，老爺有點脾氣，那都不要緊。就是我們難辦！整天得提心吊膽，一到夜裏，就像勾魂鬼已到了眼前了，說不定什麼時候就死。誰家的宅裏能夠鬧完了神鬼又鬧賊？整天刀兒槍兒梆兒鑼兒的？”

　　旁邊有個人笑着說：“這還不好？請你們天天看武戲，聽‘龍虎鬥’！”

　　這常子就歎了一聲，說：“大哥您就別開我的心了！這個‘龍虎鬥’可是誰也不願聽。龍還好辦，真的，我到現在還不信我們那一陣風兒就能吹倒的少奶奶，她會有什麼本事？可是那虎可真夠兇的！那傢伙，寶刀飛箭，全份的武功……”更壓下點聲兒來說：“宅裏那天受傷的那幾個，直到現在還沒好呢！張三受的那一箭，不偏不斜正射中在尾巴骨，好了他也得撅着屁股才能走路兒！”

旁邊的人又說：“可是，這些日你們也都掙足了！”

常子歪着臉說：“足什麼？拿一兩串錢就堵住我們的嘴，嘴叫錢堵住了，可是保不定什麼時候就得喂老虎。這個差事，誰要是有一碗飯吃，誰肯幹？”

正在說着，忽見裏面走出一個人來，喊着：“常子！快套車！這就得上邱府！”常子答應一聲，皺着眉。

旁邊的人又問說：“是怎麼回事？邱小侯爺還沒來嗎？哪位是邱府來的？”

大家彼此看着，常子卻擺手說：“乾脆！是邱府裏的小侯爺拿架子；自己的媳婦到了人家宅裏丟了面子，現在無論怎麼請，怎麼道歉，他也是不來！請德五爺的都去了半天啦，也是請不到，現在大概我們少爺要親自出馬！”

旁邊有人悄聲說：“都是你們的少爺不好，怎能得罪他呢？銀槍將軍邱廣超，他認識多少江湖人？那天到你們那兒打架的那個小老媽，不定是誰扮的呢？還許就是劉泰保的媳婦呢！”

旁邊有個玉宅的趕車的擺手說：“不是不是！劉泰保的媳婦我認識，早先常到我們宅前踏軟繩。她不踏軟繩，以後還出不了這些事呢！她現在不大愛出頭了，前幾天我在街上看見她，肚子大得跟個葫蘆似的。”

常子也搖頭說：“不是，那天邱少奶奶帶去的那個小老媽很漂亮，可是臉上沒好氣兒，說不定是為打架才去的。可也絕不是劉泰保的老婆，劉泰保他還巴結不上邱府呢！”說着，他就站起身來去套車。

拿緯帽遮着臉的那個人卻追過去拉了他一把，說：“喂！常爺！您帶我到邱府去一趟好不好？叫我也看看他家的那個老媽兒！”

常子斜着眼說：“喂！老哥！你怎麼真入了迷了？你是哪個宅裏的呀？我怎麼不認識你？你貴姓呀？”

這個人說：“我姓獾。”

常子說：“姓獾？明兒還許有姓刺蝟的呢！你是什麼意思吧？”

這人就是花臉獾，他聳着鼻子笑說：“沒什麼別的意思，就是，我聽說邱家那個老媽挺俏，我想去瞧瞧。”

常子說：“我們是送魯府丞去請邱小侯爺，不是去接人家的老婆，人家的老媽又未必出院子，哪能一去就見得着？你就別色迷了！”

他急匆匆地套車，氣哼哼地直向花臉獾撇嘴。花臉獾卻咪咪地笑着，認准了他那套騾子車。

這時忽覺旁邊有人揪了他一下，也是個趕車的，問說：“你是哪個宅裏的？”並仔細打量花臉獾的面目，說：“我怎麼瞧着你很眼熟呢？”

花臉獾吃了一驚，趕緊說：“我是李侍郎宅裏的。”

這個趕車的問說：“李侍郎今天也來了嗎？”

花臉獾點頭說：“來了，已經進去了，您是哪宅裏的？”

這人說：“我是玉宅的，送我們二少爺來的。”

花臉獾又吃了一驚，心說：怪不得他認識我，我常在他們宅門口轉嘛！遂就趕緊把鼻煙碟遞給這趕車的，笑着說：“您聞點兒！”玉宅這趕車的就捏了一撮鼻煙聞着，於是兩人就談起來了。

　　此時常子已將車套好，魯君佩就由裏面走出來了，他上了車，有兩人騎馬在後面跟隨保護，就走了。花臉玀以目相送，同時看見他的夥伴沙漠鼠也來了，提着個破筐子裝作撿馬糞的，在許多車輛之間來回地轉。

　　這裏花臉玀跟玉宅的這趕車的，共坐在一條板凳上，談得很投緣。這人很喜愛花臉玀的鼻煙壺兒，簡直是愛不釋手。花臉玀奉承着他，由他指點了哪輛車是魯宅的，原來今天魯宅來了轎車兩輛、馬三匹。

　　待了一會兒，那常子趕着車就回來了，同來的還有兩輛車，一輛是德宅福子趕着的，另一輛就是邱府的。魯君佩先下車，恭恭敬敬地將邱廣超請進飯莊裏，德嘯峰也隨之下車進內。

　　外面這些人就都說：「這就好了！只要把邱廣超的大駕一請到，魯府丞再敬兩盅謝罪的酒，也就煙消霧散了！」又都衝着手裏的鞭杆還沒放下的常子說：「喂！以後你們宅裏一定沒事啦！你們可以放心睡覺啦！」常子卻搖頭說：「不是那麼容易吧？」玉宅的趕車的也說：「這些事本來沒有邱侯爺什麼相干，正經我看倒是得叫魯府丞請請羅小虎跟那一朵蓮花！」

　　大家又亂談着，沙漠鼠還蹲在騾子的肚子底下去撿糞，花臉玀就過去驅趕，說：「喂！你還沒撿夠嗎？撿那麼些個馬糞你是拿回家去吃的嗎？」追過去要抬腳踢，沙漠鼠卻央求着說：「撿完這一堆糞，我就走！」花臉玀瞪着眼睛，悄聲告訴他說：「那輛，北邊第三輛，還有那輛剛回來的，那邊兩匹馬，都是！認清楚了沒有？」沙漠鼠用眼色表示出來全都知道了，花臉玀又喊了一聲：「快滾！」沙漠鼠答應一下，就溜開了。

　　此時飯莊裏有一批請客的已然散了，門前一陣亂，車輛走了少一半。沙漠鼠就趁着這忙亂之間，由糞筐子裏取出來個小傢伙，在騾馬叢中鑽過來，走過去，已施用畢他的伎倆。魯宅的趕車的常子和一個叫吉三的，正跟大夥兒在那邊談天，沒想到會發生什麼事。花臉玀混在裏邊也跟許多人都熟了。

　　此時天色已漸黑，又散了幾起客，德嘯峰與邱廣超也都給魯君佩送出來，各自上車走了。又過了些時，主人魯君佩就又出來了。原來魯君佩身邊還帶着兩個僕人，僕人共上一輛車，他自己坐一輛；車後隨着兩匹馬，馬上的人全都帶着刀，在夜色漸厚之下往西走去。常子跟吉三打起精神來趕車，可是走了不遠的路，前面吉三趕的那騾子就站住不走了，把後面的車也阻礙住了。

　　魯君佩在車中驚詫着問說：「是怎麼回事？」常子跳下車去，到前面去問，吉三卻着急說：「騾子出了毛病啦！」說着用鞭死力地抽，不料咕咚一聲，騾子竟跪下了，在車裏坐的兩個僕人險些沒滾出來。魯君佩看外面的天色太黑，他心中恐懼，就趕緊大聲叫道：「常子！不要管前面的車，你快來！趕着這輛車送我回宅，快！」

　　常子疾忙跑過來，跨上車轅，驅騾速走，車輪之聲轆轆的響。不料才跑了不遠，啪嚓一聲，這個騾子也倒下了，整個把魯君佩摔出車來了。兩個騎馬的人趕緊下來將他攙起來，問說：「大人覺得怎樣？」魯君佩跛着腿走了兩步，連說：「快！快！趕緊叫一輛妥實的車來，先送我回去，快！快點兒！」一個隨從的人騎上馬就去找車，但天已這麼晚，街上哪裏還有空閒的車呢？

　　另一隨從的人是一手攙着府丞，一手已抽出刀來。兩輛殘破的車相距着又很遠，那邊的人喊叫着說：「快來幫幫呀！再來一個人幫幫就行啦！」常子趕忙又跑回去，幫助那邊的三個人，一齊用力把騾子抬起來。騾子倒是站穩了，人可還不敢坐上。那吉三啪啪響着鞭子，嘴裏喊着：「哦！哦！」騾子倒是又走了幾步，可又跪下了。吉三依然用鞭狠抽，騾子是死也起不來，常子就把吉三攔住，說：“別打啦！打死牠，更不能走啦！這一定是有緣故，後面那騾子索性躺下啦，把少爺摔得不輕。不知是哪個狗子掏的壞，成心要摔咱們倆的飯碗！”說着，疾忙跑到車後邊摘下來紙燈籠，到前邊去照着查看；怪不得這騾子要跪下呢，原來前腿直流血，後面那個騾子就更不用說了，當時把大家全嚇得臉白。

忽然聽得咕嚕咕嚕一陣車輪子響，聲音非常之清脆，從後面又來了一輛騾車；趕車的人悠閒自在地跨着車轅，拿嘴唇吹着山西梆子。攙着魯君佩的那個人早就喊起來了，說：“是輛車來了嗎？”這裏的常子也疾忙把這輛車截住，問說：“是空車嗎？好啦！我們這輛車不知為什麼，都犯了毛病啦！”這車上的人止住了口哨，卻笑着問說：“怎麼回事呀？我知道你們大人是誰呀？有多大呀？”

常子聽出來這趕車的聲音，並看出那頂特別的緯帽，就說：“你不是李侍郎家的嗎？你也才由福海堂回來吧，李大人沒在車裏嗎？”車上的花臉獾說：“我們大人跟韓御史坐着一輛車走了，叫我到阜城門裏陳宅去接我們太太；那兒今天是辦壽，唱大戲，我還想聽兩出去呢！福海堂門口兒的馬鱉多，你們的牲口一定是叫馬鱉給鱉着了，拿涼水拍拍就好了。”說着，他趕着車仍舊往前走。前面的魯君佩就親自喊着問說：“是哪兒的？”常子又追着車跟花臉獾商量，說：“你順便把我們大人送回去就得啦！你還能得一份賞錢！”花臉獾搖頭說：“不行！我們太太囑咐過，這輛新車不許外人坐。”魯君佩叫那隨從的人攙着，一跛一顛地走過來，問明了這輛車是李侍郎宅的，他就說：“李大人跟我有交情，把車停住，我一定要坐！明天我去見他跟他說。”說着，那隨從的人已把車攔住，就怔攙着魯君佩上了車，並吩咐說：“快些走！”花臉獾還直歎氣，做出無可奈何的樣子。魯君佩在車裏半坐半臥，急急地說：“快趕着走！趕到我宅裏，我多給你賞錢！”花臉獾就答應了一聲，搖起鞭子，這騾子就跟驚了似的，拉着車飛跑。那隨從的人上了馬跟隨，並呵斥着說：“慢着些！”花臉獾說：“不能慢！我送完了這位大人回宅，還接我們太太去呢！我不能耽誤了正差事！”車仍快走，馬仍追隨。忽然，這匹馬長嘶了一聲，不知是出了什麼事故，把頭一揚，四足跳起，整個將那隨從的人摔下了馬去，人暈了，馬也跑了。魯君佩在車中聞聲更驚，便囑咐花臉獾說：“快走！”不想花臉獾反倒跳下車去，揪住騾子不走了。

此時忽有一條大漢跳上車來，將頭鑽進車裏，同時一口短刀已擱在魯君佩的脖子上。魯君佩驚得大叫一聲，花臉獾卻又跳上車來，趕着騾子跑得更快。車子顛動得十分厲害，魯君佩的肥胖身軀被大漢用力按着，連一句話也不敢說，只是渾身發抖。這大漢把刀一動，刀環就嘩啦一聲響，可是並沒傷着魯君佩的皮肉，只聽這大漢說：“我就是半天雲羅小虎，你們強逼玉家的大少爺寫了一張字據，挾制玉嬌龍，我不能服氣！”魯君佩戰戰兢兢地說：“我知道你是俠客！我求你別殺我！那張字據我拿出來給你就是！”羅小虎說：“到你家裏再說！反正今天你我的兩條命已繫在一塊了，我死了你也必不能活！”

花臉獾把車緊緊趕着，忽然他說：“後面有馬追上來啦！”羅小虎探出頭去，向車後一看，就見果然有一匹馬追來。羅小虎取出弩弓，將箭上好，嗖的一聲射去，黑霧裏的那人便從馬上滾下。羅小虎催着花臉獾快趕着走，花臉獾就連連揮鞭，鞭聲像成串的爆竹劈啪劈啪亂響；車輪咕隆咕隆，像放了繩的馬匹，又如連續不斷的春雷。魯君佩卻如一口豬似的趴在車上。羅小虎又說：“當着玉嬌龍的面，認准了那張字據把它燒成灰，我才能饒你的性命！”魯君佩喘吁着說：“都行！”

　　這時已來到魯宅的門前，車停住了，羅小虎把魯君佩扯下車來，花臉獾趕着車又疾疾地走了。魯君佩一下車就坐在了地下，羅小虎用胳膊把他架起來，連推帶揪地走進了大門。門房裏出來幾個人，一見這情景齊都大驚，有的且抽出刀來。羅小虎隨手一箭，一個人就應聲而倒，魯君佩連忙擺手說：“別打！也別射！”羅小虎吩咐說：“關上大門，無論是誰叫門也不准開！”魯君佩也依樣吩咐了。魯宅裏的僕人、打手，還有一個新請來的鏢頭，雖都怒目瞪着羅小虎，但卻投鼠忌器，怕他一反手就殺死魯君佩；並且又都知道他的寶刀實在難惹，他的冷箭更是難防，就只得遵命把大門咣當一聲關上。魯君佩並且哀求似的向他雇用的這些人說：“你們不要聲張！羅俠客也不能殺我，只辦點事，他就放開我了！你們若一驚慌，那我的命可就不保！”

　　羅小虎拉着他一直進到裏院。裏院各處的風燈早已點上，打更的已爬着梯子上了房，梆鑼才敲了一下；一見這情形，全都大慌，更夫就緊緊敲鑼，噹噹亂響起來。羅小虎把寶刀就挨近了魯君佩的脖頸，魯君佩大聲嚷嚷說：“別敲啊！別驚慌啊！”屋中也跑出兩個僕婦來，魯君佩幾乎跟哭是一樣了，連連擺手說：“沒有什麼事呀！別大驚小怪！來的這是羅俠客，羅君，是我請來的。你們……你們快到老太太屋裏，跟老太太要過來那張字據，就是少奶奶的那張字據，快拿來！就完了！”

　　羅小虎說：“帶我到玉嬌龍的屋裏！”魯君佩連聲答應着“是”，羅小虎用力揪着他，手指把他的肥胖胳膊都摳破了。魯君佩一跛一跛的就把羅小虎帶到了西小屋，原來今天他將受了傷的玉嬌龍由娘家接了回來，又逼迫她另換了一間屋子居住。一進這屋，床上的玉嬌龍推開錦被翻身坐起，她鬢髮蓬鬆，面色憔悴，臉上現出一種莫大的驚疑。羅小虎把魯君佩一推，令他在一張椅子上坐下，又把手向玉嬌龍一擺，說：“別怕！只要他肯聽我的話，今天絕鬧不出人命來！按理說，他施用手段，買通了匪人將你捆到這裏來，令你與他成親……”

　　魯君佩坐在那裏像個傻子似的，說：“我……我並沒跟她成親呀！羅俠客，你可以問她本人。”羅小虎憤憤地說：“但你也夠狠毒的了！把她捆綁着，叫她的哥哥寫下字據，憑着字據你就可以隨便虐待她，她也不敢惹你。你最狠毒的是買出個女賊來假充俞秀蓮，去傷了人家的幼女，驚了人家的老娘！”魯君佩面如土色，跪下來說：“那真不是我做的！”羅小虎一腳踢去，厲聲說：“誰能信你這狡賴？你是故意做出這事，以便激怒了玉嬌龍！你並且放虎歸山給了她寶劍，叫她去與俞秀蓮拼殺，你坐山觀虎鬥，要看她們兩敗俱傷，這事還瞞得過誰？”魯君佩趴在地下，戰慄無語。

　　羅小虎扭頭又看了看玉嬌龍，只見她臉色發紫，雙眉騰起來煞氣。羅小虎微微冷笑，說：“這件事我不管！他傷的是你玉家的人，他該死不該死，將來你再想辦法，你再定主意。我自從新疆洗手之後，從不枉傷一人。今天你只把那張字據逼索過來，毀了它，我就算對你盡了心！”此時字據已然取來了，是個男僕拿着，可是那人不敢進屋。羅小虎推開了門，把字據得到手裏，又把門關上。他先交給玉嬌龍看，玉嬌龍就着燈光，把這張束縛她的惡毒字據反復地看了半天，然後就點頭說：“對！不錯！就是這張字據！”羅小虎又問說：“你認准了？”玉嬌龍點頭說：“認准了！”羅小虎又說：“再沒有了吧？”玉嬌龍搖頭說：“再沒有了，只有這一張。”羅小虎點點頭，將這字據放在燭台上點着，呼呼的起了一片火光。待了一會兒，整張的紙就變成了片片的飛灰，一個字跡也沒留下。

　　羅小虎又把魯君佩拉起來，叫他坐在椅上，從自己的懷裏掏出來筆墨紙硯，都放在桌子上，說：“你該給我寫一張字據了！你們唸書的人心眼毒辣，我得學學你們！”他就着桌上碗裏的殘茶，泡開了筆，研了墨，把寶刀向桌上一拍，說：“來！寫！我說什麼你寫什麼，寫錯了一個字都不行！你別欺我認識的字有限，寫！筆拿穩些！你是翰林，寫字還費難嗎？”遂一腳蹬着凳子，把刀在魯君佩的頭上一晃，逼着魯君佩寫道：

立字人魯君佩，我本與大盜半天雲是結義弟兄。玉嬌龍乃閨閣貞節小姐，她嫌我貌醜，不願嫁我，但我必欲得之而後甘心，因此乃唆使綠林中人碧眼狐狸混入玉宅，誘他家小姐未成，我又使人打死蔡九。我在外胡造謠言，誣賴玉宅家門不嚴，強迫着將玉小姐娶到我家，並將她淩虐成病，將她的丫鬟也毒得不能說話。我是人面獸心，雖文官而實大盜，我盟兄半天雲本是好漢子，他不慣我所為，因與我反目。最近我又派女盜……

羅小虎把寶刀向魯君佩那冷汗淋淋的頭上一拍，說：“那假俞秀蓮的名字叫什麼？”魯君佩頭亂顫着說：“聽說……她外號叫女魔王！”羅小虎冷笑着說：“好！就寫上！”魯君佩就又寫道：

女魔王假冒俠女俞秀蓮之名，到玉宅中殺傷幼女，嚇壞老夫人，這實是真事。我實該死，如今半天雲叫我立字據，也是我自願，半天雲非羅小虎，羅小虎是真正男兒，半天雲乃綠林豪傑也。謹此立字，交我盟兄收執，一朝犯案，俱不能脫。

寫完了，魯君佩的身子都癱了。羅小虎微笑着，把這紙字據又拿給玉嬌龍看了，玉嬌龍只是落淚點頭。羅小虎又去叫魯君佩畫了押，他便將紙疊了疊收在懷裏，拿刀又輕輕拍了魯君佩一下，說：“你別怕！只要我不犯案，也絕拉不上你。”又過去向玉嬌龍說：“我走了！我已心滿意足了！我也放心了！”玉嬌龍卻不住地落淚。羅小虎悄聲說：“我曉得你，雖然我已替你這麼辦了，你一定還不願跟我走。你是捨不得離開家，你也不能受外邊的苦，我又怎能勉強你？”歎了口氣，又說：“你記得早先在沙漠裏咱們說的話吧？也許你早忘了！”玉嬌龍瞪起眼睛說：“我憑什麼忘？只是，現在我母親還沒死，我哪兒也不能去！”低着頭又嗚嗚痛哭。羅小虎拍着她的柔肩，說：“不要哭！哭還是什麼英雄？”

他發了一會兒怔，又說：“我走了！昨天你住的那座廟，那老道士是我的好友；無論我往什麼地方去，我也必把我的去處告訴他。將來，哪怕在十年之後，你若想起來找我，就可以去問他，我們就可以會面了！現在這事已然算完，我再去為我的父母報仇。那件事再辦完，我縱不死，我可也必心灰意懶了。你放心，我不能再胡為，也不能再魯莽了，可是，我也絕不能做官！我也不想做官了！好，如果有緣，咱倆再見。你記住了，你縱使變了心，我羅小虎這生這世也絕不能變心！”說完一笑。望着玉嬌龍悲泣的神態，他心中一陣猶豫，但又一頓腳，提刀闖門而出。

身後還聽得玉嬌龍焦急而淒慘地叫着：“小虎！你回來！”羅小虎倒退了一步，一手橫刀防禦住外面的人攻襲，扭頭又向玉嬌龍去望；就見玉嬌龍已下了床，扶着床慢慢地走過來了，燈光斜照着她蓬鬆的雲鬢，照着她涕淚交流的臉兒。她扯住了羅小虎，就悲哽着說：“你放心吧！我永遠是你的，無論遲早，咱們還能見面！”羅小虎歎息道：“好！我永遠等你！”又扭頭看了看癱在桌椅之間如泥胎似的魯君佩，努了努嘴說：“那個人可還要防備，想法兒……”他做個手勢，又狠狠地說：“那才好！”玉嬌龍擦擦眼淚，點點頭說：“我都知道！”歎了口氣，又說：“我向來是心高氣傲，一點虧也不吃的，可是如今要不是你替我想法子，我還隨着人欺淩擺弄呢！我只慚愧到現在我還不能跟隨你走！”羅小虎說：“其實你現在就跟我走，也沒什麼，字據已經燒了，他還能將你家裏的人奈何？”玉嬌龍搖頭說：“不！你還是不深知道我，我卻知道我自己；我不該生於宦家，我又不該跟你……你的遭遇是太可憐了！也被我害了這許多日！可是，我望你還得自強、上進，不可以灰心！”羅小虎臉色變了變，煩惱又氣憤，擺擺手，說：“別說了！這裏不是咱們談話吵架的地方。今天的事已辦完，我走了，也許我走不出這座宅子我就得死！”

　　他一掄刀，重又出屋，見院裏院外已擁滿了人，燈火照如白晝，刀槍光芒耀眼。羅小虎大喝一聲：“你們要怎樣？難道要叫我再進屋中結果了魯君佩，再出來與你們廝殺嗎？”他大聲喊着，聲如霹靂。這時魯君佩急急地從屋中出來，舉着兩隻胳膊亂擺手，連聲嚷着說：“別打！別打！快放這位羅俠客走！”羅小虎微微冷笑，一回手又扭住了魯君佩，說：“頂好你送我出門！”當下他就一手持刀，一手扭住魯君佩往外去走，一路無阻。到門前叫人開了大門，羅小虎又回身瞪了魯君佩一眼，見魯君佩渾身亂抖，也很可憐，便一聲冷笑，說：“你大概也都明白了，以後你有什麼毒計，自管再使去吧！”魯君佩連連搖頭說：“我再沒有了！明早我就叫玉小姐回家，以後我不管她！”羅小虎一鬆手，魯君佩隨之癱坐在地上，羅小虎便於夜幕之下，獨自昂然走去。

　　魯宅裏雖然鬧出了一件驚人之事，但距此不算太遠的隱仙觀內卻十分淒涼。那前院的松柏被風吹得發出蕭蕭之聲，屋子裏地下放着個紙燈籠，沙漠鼠是早就回來了。他雖然疲倦，但是躺在炕席上卻睡不着覺，心裏想着：剛才把那兩頭騾子的腿弄傷了，不知有效沒有？老爺也不知怎樣了？今天能夠得手不能？又回想起來昨夜下着雨的時候，老爺把太太玉嬌龍背到這炕上來，那股得意的勁兒，真叫人看着眼饞。可是又想起那時自己在窗外偷聽，突然有個人把一口冰涼的寶劍貼住了自己的脖頸，卻又不禁打了個冷戰，心想：那人的武藝恐怕比玉嬌龍還要高，不然怎麼一轉眼間他就沒有了蹤影？而且一點兒聲音都沒有？想到這裏，他害怕得簡直躺不住了。

　　待了一會兒，花臉獾又來了，他是把騾車趕回了宣武門內他的家，又趕緊跑到這裏來了。他手裏也提着個燈籠，還有一包酒菜，腰裏揣着一把砂酒壺。倆人湊在一塊兒，沙漠鼠的膽子就大了；同時兩隻燈籠湊在一塊兒，屋子也顯着亮了，兩人就喝着酒兒談着閒話。又不多時，他們的老爺就回來了。羅小虎一進屋，他們齊都下了炕。只見羅小虎身上並無傷，頭上也無汗，像是沒經過爭鬥的樣子，氣也似乎是消了；可是精神上卻顯得十分倦怠，兩隻眼仍帶着憂愁之態。他的腰帶上插着雪亮的帶銅環子的寶刀，衣內懷裏卻露出來一角紙，就是白天買的那張紙，這時上面可有字跡了。羅小虎把剩下的半壺酒兩口喝盡，就命花臉獾、沙漠鼠二人回去，他也不多說話，倒在床上便睡，一夜就慢慢地過去了。

　　第二天，花臉獾與沙漠鼠又來到廟裏聽候差遣，卻見羅小虎正同着本觀的老道士談話，聲音很低，他們都不敢在旁聽。可是待了一會兒，羅小虎就叫花臉獾回去收束行李、套車，並囑咐務必摘下那綠色的車圍，他說：“咱們即日就走！離開北京，事情現在都辦完了！”沙漠鼠卻暗自吐舌頭，心說：來了一趟北京，鬧了多少日子，到現在老爺還是個光棍兒呀？怎麼事情就算完了呢？花臉獾卻歡跳起來，拉了他的夥伴一下，說：“老爺一定是帶着咱們回新疆！不是還去販馬，就是再上紅雲嶺。”當下他就跑走了。回去收拾了他們的那箱子金銀、行李，套了車，就又來到；沙漠鼠也由廟後院將馬牽了出來。羅小虎又換了一身很闊綽的衣裳，就出了廟，上了車，放下了車簾；花臉獾趕着車，沙漠鼠的兩隻紅眼胡亂張望，他是騎着馬，當下就走了。

他們混出了城去，就往西走，但花臉獾大失所望，原來羅小虎不是要回新疆，卻是聽廟中老道士之勸，往西陵五回嶺去了。原來事情是這樣，隱仙觀的老道本來是專心清修的人，雖然也會武藝，但來到京城十餘年從不顯露。他把羅小虎招到廟裏頭，原是怕羅小虎在京城鬧事惹禍，並且常勸羅小虎應當恢復道家原來的面目，或回武當山，或至五回嶺隱仙觀下院去。

老道士本來曉得羅小虎這樣鬧，第一是為與玉嬌龍的私情，第二就是他要報父母的仇恨，因此就對他說：“你到五回嶺去，我師弟慎修他能幫助你報仇。慎修他原名徐繼俠，是四川人，入道不過十餘年。他早年曾雲遊江湖，尤以在中州一帶行俠作義的時期最長；想他能曉得你父母早先被害之事，及賀某等人的下落。但無論如何，你總在武當山上受過三清的戒條，為父母雪恨雖可，只是不要殺戮過慘。至於你與玉家之女的私情，更應當視之如鏡花水月、雲煙夢影；既然不能再相結合了，只好割絕。在清靜中自有真樂趣，那比俗世中的功名爵祿、兒女私情，還要強勝得萬分。”這些話羅小虎雖都覺着不大入耳，可是他此時確實已有些心灰意懶、精疲力盡了，願意找個清靜的用不着擔心的地方去歇一歇，所以他便帶着他手下的兩個夥計走了。

他這一走，京城裏頓然少了一個行跡詭異的人，魯宅、玉宅省卻了許多擔驚，但，卻又有另外的一件事發生，竟惹起了幾場刀槍拼殺，千里風塵飛揚。

第十三回　　冰心熱淚少婦思讎仇　　詭計陰謀老獪設陷阱

　　原來自羅小虎當着玉嬌龍之面，強迫魯君佩燒了舊契、重立新契之後，在魯宅防夜的這些個人，就全都明白了，大家都知道了人多也不濟事，賊是無法禦防；即或賊來了，眼看就可以捉住了，但結果也是得開了大門給送走，這其中的緣由沒有一個人能夠摸測得出。可是魯君佩自一跌之後被人攙送到裏院，就再也起不來了。

　　次日，魯宅的人齊都無精打彩，魯太太急得眼睛都紅了，又拿出一些銀兩分賞給下人們，算是又把昨夜宅裏所出的事情掩蓋住了。到上午十點來鐘的時候，就派了一輛騾車，把少奶奶玉嬌龍送回娘家去了。同時有蕭御史等人又來看魯君佩，魯君佩就從此不上衙門，外面傳說他是無意之中跌了一跤，起不來了，恐怕要成中風之症。

　　魯君佩的父親魯侍郎，本來就是雙腿不能行動，於羅小虎等人第一次在他家大鬧之後，他就遷到了一座大禪林中去躲避煩擾。宅中這些日都由魯太太主持，魯太太是讀過《三國志》的，平日智謀多端、剛愎自用，什麼飛賊大盜，她都沒放在眼裏；可是如今她也消極了，也躲避到娘家去了。魯宅裏只留下了光杆的一位大少爺，臨時募集的打手、新請的護院把式，都已給資遣散。大門終日緊閉，景況頓然蕭條，可倒是從此平靜無事了。

　　這時候，街上也沒人再看見羅小虎，劉泰保也不露面，仿佛是暴雨將過，狂風已停，倒加倍的顯出一種淒清。此時只有俞秀蓮的胸頭還膨脹着一股怒氣，因為她誓要尋找着那個冒充自己之名至玉宅殺傷幼女的女賊。可是德嘯峰夫婦又婉勸她，說：「你騎着馬帶着刀在街上走，未免太招人注意，你還是別自己出頭了，叫楊健堂替你訪查去好了！」

　　俞秀蓮雖然應允了，但仍然心中急躁，還要出頭去尋訪。她就叫蔡湘妹給她挽了個頭髻，稍微擦了些脂粉，可並不戴花，身上仍穿着樸素的青衣褲，時常在街上行走。南城北城她都去過，有時且故意買一些水果、點心之類在手中提着，悠閒地走着，專注意街上往來的有什麼行跡可疑的婦女。她的打扮和神態，很像個普通人家的少婦，所以沒有什麼人注意她。

　　第一日，由北城走到南城，由南城雇了車回來，是一無所得。第二日，她到了東城，由四牌樓走到崇文門裏，也是渺茫地仿佛是白走了這一趟。手絹裏兜着攤子上買的兩個甜瓜和一掛葡萄，她心說：只好拿到德家，送給她們那裏的老媽子吃去吧，順便再打聽打聽楊健堂，探出來了什麼沒有。

　　她姍姍地走着，這時才下午三四點鐘，天氣很熱，街上的人也不太多。走得將要到了東四牌樓，忽見道旁站着一人，牽着一匹黃顏色的馬。這人年有三十五六，身軀不大健壯，但兩隻眼睛很有精神；一身黃色繭綢的褲褂，青的鞋已變成了土黃色。俞秀蓮一看就知道，這是一個慣走江湖的人，並且還有點眼熟。她不由就把腳頓了一頓，只見這人也正直着眼在看她，並且嘴唇動了動，可沒有發出聲音來，似乎是想要招呼她，可又不敢貿然招呼。俞秀蓮也想不起來這人是誰，就走過去了，才走了幾步，就聽背後有人叫道："是俞姑娘吧？"俞秀蓮不由得一回頭，就見那牽馬的人一拱手，往前走了兩步說："我真不敢認姑娘了！"

　　俞秀蓮見此人的態度不惡，便回身平和地問說："你貴姓？我仿佛見過你，但一時想不起來！"這人笑了笑，說："姑娘真是貴人多忘事！三年前我在邯鄲縣城與您相遇，曾叫過您一回，後來……"他把聲音壓得極小，走近兩步說："在彭德府郁天傑鏢頭的家中，我曾受楊豹之托，給您送去過四顆珍珠……"（事見《劍氣珠光》）

　　俞秀蓮驀然想起來了，說："啊！你姓雷？"

　　這人點頭說："不錯！我叫雷敬春，我是河南拳師陳百超的師姪。楊豹是陳師傅的徒弟，所以他生前與我交情最厚，他家中的那些事都托我辦。"說到這裏，面上顯出一種淒慘之色。

　　俞秀蓮說："很好！我現在正要找一位與楊家熟識的人，我有許多話要問你。"停了一停，又說："你能跟我到德五爺的家裏去談談嗎？不過……"她爽直地說："我很佩服你跟楊豹的交情篤厚，我知道你是一位俠義之人，不過我們都是常走江湖的，在江湖上都難免有些粗心大意；德家卻都是本分人，你先想想，你到他家裏沒有什麼妨礙嗎？"

　　雷敬春現出有點猶疑的樣子，向兩邊看了看，才說："我為什麼來到這兒呢？我就是想去拜訪德五爺，可是沒個人引見，我又怕人家不見我。我倒是個正經人，除了前幾年隨着楊豹奔走之外，就是保鏢、護院，沒做過別的。我的武藝不高，名頭又不大，去到德府，准保於德五爺無礙；只是，我倒怕人家知道我巴結上了德五爺，那倒……倒許有人不能饒我！"

　　俞秀蓮憤然說："你不用說了！我明白啦！你現在就上馬到德家門口等着我去吧！我隨後就到！"雷敬春答應了一聲，遂上馬向北走去。

　　俞秀蓮也腳步加快了一些，不多時到了三條胡同，就見雷敬春牽馬在這巷中站着，可是離着德家的大門很遠。俞秀蓮就說："你在這裏等等！我先進去對德五爺說明。"

　　雷敬春答應了一聲，俞秀蓮就推門進去了。她一直走向裏院，到屋中見了德大奶奶和楊麗芳，就急急地說："我在街上無意之中遇見了一個人，這人是很要緊的，就是……"她拍着楊麗芳的肩膀說："就是早先你哥哥楊豹常托他給你家捎信的，那個姓雷的，叫雷敬春。"楊麗芳一聽這話，立時流淚了。

　　俞秀蓮安慰她說："不要難過，他在門外啦，問問五哥，可不可以把他請進來？"

　　德大奶奶說："你五哥上邱家去了，還沒回來，可以先把他請進來，叫文雄跟麗芳見見他；他跟楊豹既是好朋友，我想麗芳見見他，也沒有什麼不可以！"楊麗芳哭着說："當初我叫他雷大哥，他給我們家送信，叫我爺爺給罵走了，他一點怨言也沒有，他是一個好人！」

　　德大奶奶趕緊叫僕婦說：「把外面那人請進來，讓到客廳裏好了！」

　　俞秀蓮把手巾包兒放在桌上，又從書房把文雄找來。文雄所受之傷本在左臂，並不要緊，這時除了左臂還不能動轉之外，其餘都與好人無異。他穿着長衫，他的妻子楊麗芳穿着旗袍，隨從着一個僕婦，由俞秀蓮帶着，他們就到了前院客廳裏。

　　見了雷敬春，楊麗芳蹲下腿行她的旗禮，雷敬春慌忙着打躬；然後由俞秀蓮讓座，雷敬春跟文雄坐於對面，俞秀蓮帶着楊麗芳坐在一旁，楊麗芳還忍不住的揩拭眼淚。俞秀蓮就問說：「楊家的事你總知道得很多了？」

　　雷敬春點頭說：「從早先到現在我全都知道，因為我跟楊豹相交七八載，再說，我就是汝南府的人。」

　　俞秀蓮很喜歡地說：「那好極了！你別忙，從頭到尾你詳細說一番吧！我這姪女家遭幾番慘變，傷心極了！可是她家庭中過去的事情，她都不曉得，我們也無法去訪問，真不容易，今天能遇見你！」

　　雷敬春也擦擦眼淚，又歎氣說：「其實我也很不願重述舊事，因為楊豹他真如我的親胞弟一般。我先說早先的事，我小的時候住在汝南府，我家裏是開杠房的。有一天我父親承辦了一件喪事，出喪的那家就是本城紳士楊笑齋家。記得那時的景況真慘，是兩口棺材同時由門裏抬出來，那時楊豹才五六歲，追着棺材痛哭；楊大姑娘不過兩三歲，頭戴孝箍，叫乳娘抱着，還吃着手指頭，不懂得哭；這位少奶奶那時大概還不到一周歲！」

　　他指指楊麗芳。又憤憤地說：「最可恨的是那兇手賀頌，他還送了兩對紙紮、一方大匾；幫兇的費伯紳穿着孝，還號啕大哭，他們真裝得像！還有呢，羅家的小虎打着儀仗，還歡蹦躍跳地跟那群抬杠的賭錢打架，他卻不知那兩口棺材裏的，就是他的生身父母！」

　　楊麗芳收住淚說：「羅小虎真是我的哥哥嗎？」

　　雷敬春點點頭說：「一點不假！現在可以到汝南府去問問，那些老年紀的人還都知道。本來……我大膽了，楊笑齋大爺因為大太太無出，這才娶了羅家酒館的倩姑娘為妾；可是在沒娶到家裏時，就早已生了一個孩子，那就是羅小虎。因為羅家姑娘雖說是給人做妾吧，可也是拿轎娶的，若是連個孩子都抱過去，那太招人笑話啦！因此才寄養在娘家一個嫂子之處，可是後來楊二太太時時回娘家，也總看顧小虎。她若不這麼常出門，也招不了殺身大禍；本來知府賀頌早就看上了她，她嫁楊家之後，又被賀頌常常看見。賀頌見二太太嫁了人之後越發長得美貌，他就害了相思病，又加上有個壞種費伯紳，這才商就了步步的陰謀！」

　　說到這裏，雷敬春喘了口氣，接着他又說賀頌如何是個好色之徒：「他在汝南任上十幾年，所害婦女無數，其中多半是費伯紳給獻的計策。費伯紳為人狡猾陰險，口蜜腹劍，面上談文作詩，暗地卻貪贓枉法，結交綠林。他把賀頌巴結得甚好，賀頌府的兒女都是他的兒女；把楊笑齋下獄、屈死，都是他一手做成，乾脆說就是他給害死的！只是楊二太太仰藥殉夫，他卻沒有想到，他白作了惡，可是沒給賀知府弄到人。

　　「他們雖不知懺悔，可也真受了一回驚，因為楊大爺、楊二太太下葬沒有多少日，有名的汝州俠楊公久就來啦！楊老英雄那時的腿雖然受了傷，可是人還英勇，手下又有幾個精壯的夥計。他老人家是與楊大爺同姓，且受過深恩，所以那時他一回到汝南城，汝南城中知道此事的人沒有一個不高興的，都說賀頌、費伯紳快要惡貫滿盈了；果然，府衙中就連夜出事，因為防禦得嚴密，才未使俠客得手。

「那楊大太太本來就把二太太留下的三個孩子看成眼中釘，簡直恨不得孩子們也都死了才好，她好獨承家產，愛嫁誰就去嫁誰；沒想到有一天，楊老英雄率領徒眾，就夜入楊宅，救走了楊豹、大姑娘跟二姑娘，並卷去了許多財物，從此就全無下落！」雷敬春說的這些事是非常詳細，說話時還不住地握拳擊腿，楊麗芳收住眼淚，轉為憤恨。德文雄是點頭讚佩，俞秀蓮卻奮然起來幾次，全室彌漫着緊張悲壯的氣氛。

雷敬春喝了一口茶，擦擦眼淚，又將聲音改為低緩，說：「我那時不過十四五歲，雖聽父母跟鄰人們常在背地裏談說這些新聞，自己也感到氣憤、不平；有時在街上看見費伯紳邁着方步走過去，就從背後衝着他拋磚頭，拋完了就跑。我也跟羅小虎打過架，罵他沒爹沒娘，他更是糊裏糊塗的，可是那時我也不知詳細情形。及至後來，羅小虎失蹤，聽說是被小賊給拐走了，也去當賊去了，我就很看不起他，自己願做楊公久那樣的一個俠客。

「我父親見我不是讀書的材料，就把我送到林百傑師傅之處，學藝三年；後來在師叔陳百超之處，無意中與楊豹相見結交。我佩服他不忘父母大仇，並知道楊公久帶着大姑娘、二姑娘隱居在北京開花廠。楊豹跟我說，他現在管楊公久叫爺爺，楊公久可不像早先那樣英雄了！因為腿傷，因為年老，也因為多年的世故，他已變成了一個很不願惹事的老頭子。他只把這些仇人、慘事告訴了楊豹，卻又叫他不必報仇，並且不讓兩位姑娘知道。若不是陳百超仗義硬把楊豹帶走，楊老頭兒還不叫他學武藝呢！

「我跟楊豹見面之後天天談這件事，並一同回汝南，向羅家的親友去打聽，並為此事一同拜訪過高茂春。高茂春見了我們卻不肯詳說，他說只有問他兄弟高朗秋才能知道，但我們可往哪裏找高朗秋去呢？後來楊豹藝成，盜珠充作路費，直往江西去尋仇人賀頌。不想他叫那幾顆珠子給累住了，白殺了些綠林人，結了許多無謂的仇人；正經的冤仇沒報成，倒在保定府賠上了一條性命！」說到這裏又感歎不止。

俞秀蓮又問說：「羅小虎現在此地，你曉得嗎？」

雷敬春點頭說：「我曉得，他這些日鬧得事情很大，他的本領必然不錯，可是白鬧，正經的仇不去報，我真看不起他。楊豹活着的時候也知道他有個胞兄羅小虎，可是羅小虎流落在外，生死不知，而且也沒想到他也學會了武藝。羅小虎跟我的年歲差不多，小的時候，他天天在我家舖子門前賭錢，有時我的錢都被他怔搶了去賭，那時他比我的個子小，可是我打不過他；現在我們若見了面，我還許能認得他，只是我沒地方去找他，又因……」

說到這裏他忽然笑了，興奮地立起身來，向楊麗芳說：「二姑娘不要哭，現在若想報仇，是易如反掌！」

俞秀蓮說：「我們現在也探出來，賀頌住京師，他的兒子是在刑部當差。」

雷敬春說：「原來他在江西卸任之後，就在京師買房住家，到如今也十幾年了。他是住在崇文門外，現在也老了，家裏有幾房姨太太。他輕易不常出門，也沒人跟他多來往；他也不知道羅小虎就是楊小虎，連楊豹尋他多年之事，他都不知，他更想不到這裏的少奶奶就是他仇家之女！還有……」他跳起來，拿手指着說：「不但是賀頌在此，那費伯紳也正在此地！」

楊麗芳聽到這裏，突然站起身，蛾眉倒豎，只有急憤，悲淚全無。

俞秀蓮疾忙把她攔住，說：「聽他說！」

　　雷敬春又說：“原來賀頌不過是僥幸，才至今未死。費伯紳卻比他聰明，早就想到了，將來必定有人尋他報仇，所以連姓名都改了，改名為諸葛高，可是究竟還有不少人認識他。他雖無兒女，可是收了不少乾兒義女，都是各路的鏢頭和強盜；他是想利用那些乾兒義女，給他抵擋仇人。他在幾個地方都有家、有姘頭，他生平所得是一些不義之財，大概也快花盡了。

　　“他有個乾兒名叫五通神尤勇，也是河南人，保過鏢，闖過綠林。不瞞俞姑娘說，我就是跟着尤勇來的；因為楊豹死後，這兩年我沒辦法，家中的買賣早就倒了，我不得不跟着他混飯。他有個婆娘，其實是姘頭，跟他姘了才一年多。這婆娘是已故金槍張玉瑾之妻、寶刀何飛龍之女，名叫女魔王何劍娥！”

　　俞秀蓮握拳大怒道：“啊！原來是她？”

　　雷敬春點頭說：“不錯！冒充您的大名到玉宅殺傷幼女的，就是此人，您再聽我細說！”

　　當下六隻眼睛全都瞪着他，雷敬春卻不慌不忙地說：“我怎麼今天來到這兒。有點猶疑呢？現在我吃的是他們的飯，諸葛高倒是已然不認識我了，可是我還認得他就是費伯紳。費伯紳早就來了，他是聞聽京城中鬧着碧眼狐狸，想來看看。他與碧眼狐狸原是同鄉，大概還有一腿；至於大膽來此會大盜，是懷着什麼打算，我可就不知道了，他總是想要跟碧眼狐狸敘敘舊情，分點贓吧？

　　“可是他從河南來到了此地，碧眼狐狸就已然死了，他就住在賀頌的家中。賀頌的兒子名叫賀小頌，號叫紹紳，在刑部掛着一份差事，整天的花天酒地，也是他最早收的乾兒子。費伯紳來到這兒撲了個空，本來無事可幹，可是不料那時候又出了魯宅的新媳婦失蹤之事。魯君佩又氣又急，並且捨不得那麼美貌的媳婦，就想要設計將玉嬌龍找回來。恰巧南城御史與他同年，又與玉宅有隙，並且跟賀家有來往；就由賀紹紳拉的牽，把諸葛高給請了去，大概是酬銀五百兩，叫他把玉嬌龍找回來。

　　“諸葛高費伯紳果然本事不小，他居然買通了紅臉魏三，將神出鬼沒的蓋世女俠玉嬌龍拴住，送到魯宅；又要脅玉家人立下字據，使玉嬌龍天大的本領無法施展。並且一揭新房的帳幕，說是少奶奶的病好了，出來見客了，彌縫的掩蓋的，真叫作精密、漂亮！”

　　文雄在旁不禁冷笑着說：“這人的本事可真好！”

　　雷敬春說：“他可沒想到來了羅小虎，他也不知道羅小虎是他的仇家；他更沒想到還有李慕白、俞秀蓮、劉泰保這些位英雄，把魯家鬧了個亂七八糟！”

　　他喘了口氣，又說：“你們不知，費伯紳在西直門城根租了一所房子，有尤勇、何劍蛾跟我，我們三個人夜夜保護着他，魯君佩也天天到那兒去睡覺。其實我恨不得殺死費伯紳，獻出來魯君佩，可是有何劍蛾他們監視着我，我真連撇一撇嘴也不敢。這幾天因為魯家裏叫人鬧得是太兇了，所以費伯紳又出了毒計，故意派何劍蛾深夜到玉宅冒充俞秀蓮之名，殺傷了玉嬌龍的姪女，為是激怒玉嬌龍，想以毒攻毒，想利用她的本事、她的青冥劍，把攪鬧魯宅的人全都殺死！”

　　俞秀蓮頓足狠狠地說：“好可恨！”

　　雷敬春說：“可恨固然可恨，不過他們也是連番失着。玉嬌龍不但沒替他們出力，反倒丟了寶劍負了傷，因此把魯君佩嚇破了膽。他是認為俞姑娘等人都是聽邱廣超的指使，他就求出這裏的五爺給解和。那天在福海堂飯莊給邱廣超賠的罪，他以為服了輸就完了；不料就是那天，羅小虎粗中有細，安排下妙計，並行了個怔辦法，竟……”

　　他喘了一口氣，又把羅小虎劫持魯君佩，焚毀了束縛玉嬌龍的字據，玉嬌龍歸寧一去不返，魯君佩憂急成病之事說了，然後又說：“費伯紳現在也覺得周圍不好，他叫尤勇、何劍蛾天天保護着他。我本來是給他看守門戶的，今天我是偷空兒，提心吊膽地出來的，因為若叫他們曉得了我與你們這邊勾通，尤勇雖不至於殺死我，可是何劍蛾必不能叫我活！”

　　此時楊麗芳俊容上現出一種煞氣，她向雷敬春拜了一拜，說：“雷大哥！今天多虧您來，告訴了我這麼多年來所不知道的事情。我哥哥楊豹是已死了，羅小虎雖也是我的胞兄，可是我們並沒在一塊長大，我也不能去找他，逼着他叫給父母報仇。現在只有我了！請雷大哥把費、賀兩個賊的詳細住處告訴我吧！”

　　雷敬春怔了一怔，就說：“賀頌的家我沒有去過，可是知道他住在崇文門外廣渠門內，地點極僻。費伯紳的房子倒容易找，就在西直門裏北城根，旁邊靠着一個官廳，門前有一棵大柳樹。”

　　楊麗芳聽罷，轉身向外就走。

　　俞秀蓮疾忙追出，並回身告訴雷敬春暫時別走，她就追着楊麗芳回到了裏院。楊麗芳進去見了她的婆母，她就跪下哭求，請求允許叫她去報仇。德大奶奶把兒媳攙扶起來，自己倒怔忡忡的不知說什麼才好。

　　俞秀蓮便把楊麗芳拉在一邊，勸她說：“仇是一定要報的，有我，有這些人，你想報仇還能難嗎？只是有兩點顧忌：第一，京城內不能殺人，玉嬌龍她能夠不遵王法，但咱們卻不能不遵王法，把賀頌、費伯紳誘出再下手倒可以，可得慢慢地辦；第二，你是德少奶奶，你是有身份的，上有公婆，有丈夫，德家是京城中有名的人家，你怎麼能夠親自出頭呢？不瞞你說，這些日，我們早就知道賀頌的住處了，只是想着這件事並不難辦，所以並沒急急的。”

　　正說着，文雄進來，向俞秀蓮說：“我父親已然回來了，現正在跟雷敬春說話，他老人家也說是報仇的事情不能太急！”

　　俞秀蓮說：“好，你攔住你的媳婦吧！我還得到前面跟雷敬春說幾句話去。”又向楊麗芳說：“你暫時先忍一忍，你還不信任我嗎？我此番到北京來，最主要的還是為辦你這件事，你看吧！我一定有辦法就是了。”

　　德大奶奶急得皺着眉，坐都坐不安，直歎息，說：“唉！無論是仇吧、恨吧，可是咱家的兒媳婦哪能出去殺人呢？要因此打起官司來可怎麼好呀？”

　　俞秀蓮急匆匆又到外院去找雷敬春，待了一會兒就又回來，悄聲告訴楊麗芳說：“好了！已經有了辦法了。我已叫雷敬春回去，讓他索性去告知賀頌、費伯紳，就說當年被他們所害的楊家的後代，現在京師，正要找他們索命。他們一定要害怕，一定要逃出京城；那時雷敬春再來告訴咱們，他們是走哪一條路，咱們就追了去。等他們離開京城遠了一點，地方再僻靜，我就幫助你下手！你就預備着一點好了。你別的功夫都有富餘，只是你不會騎馬，到時還得坐車，這一件事情可有點麻煩！”

　　楊麗芳卻擦着眼睛說：“我想，馬也沒有什麼難騎的！”

　　俞秀蓮說：“到時再說吧！反正我時時跟着你、幫助你，准保你毫無舛錯！”

　　楊麗芳說：“這件事還是不要跟別人去說。”

　　俞秀蓮擺手說：“不能！李慕白這幾日也不知往哪裏去了，鐵府的人還向外打聽他。劉泰保是除了與玉嬌龍有關的事，他都不願意管。孫正禮、楊健堂他們本來就知道賀頌在京，他們若願幫助咱們，那更好！”

　　楊麗芳就點了點頭。

　　少時德嘯峰走進屋來，也是十分着急的樣子，說：“雷敬春已然走了，我看他是個忠厚誠實的人，他說的那些話必不虛假。只是，賀頌、費伯紳固然可殺，我要是個飛簷走壁像史胖子那樣的人，今晚就能去把他們都殺死；但咱們不是那樣的人，連俞姑娘跟李慕白都已不是那樣的人了！”

　　俞秀蓮說：“這多年來，我都講的是明槍明刀，而且除非江湖惡霸、綠林兇賊，我絕不傷害。可是現在我為麗芳的事，說不定就許破一回戒；但是也不能像玉嬌龍似的，在這京城重地就胡為！”

　　德嘯峰頓足說：“這要是玉嬌龍倒好辦了，咱們不行！同時我又想，舊仇固然很深，費伯紳的毒心辣手也實在留不得。可是那賀頌已經那麼老了，這些年他匿居在京城，也沒聽說他再做什麼惡事；他對過去的罪惡，也未必不懺悔，咱們何妨就把他那條老命饒了吧？”

　　楊麗芳聽了這話，便垂淚不語；德嘯峰也不能怎樣勸解，只好託付了俞秀蓮一番，就往前院去了。這裏俞秀蓮跟德大奶奶又向楊麗芳勸解。直到天晚，俞秀蓮見楊麗芳哭得眼睛都腫了，見了燈光，眼睛很難睜開，而且悲痛得她精神十分疲憊，就想她不至於做出什麼不加考慮的事情來，自己的舖蓋又都在蔡湘妹那裏；所以又安慰了楊麗芳一番，與德大奶奶又悄悄地說了一些話，她就走了。她走的時候就已有九點鐘了，待了一會兒，德大奶奶也就命楊麗芳回屋去睡覺了。

　　德家本來還有老太太，但在跨院裏吃齋唸佛，有兩個僕婦侍候着，一切事都不聞不問。德嘯峰是一個人住在書房，德大奶奶帶着小兒子文傑居住裏院。文雄、麗芳小夫婦二人就住在母親的對屋，他們小夫婦倆本來是非常的恩愛。文雄多病，今年又受了一次傷，一切多虧溫柔的妻子殷勤扶持。他是個年輕的少爺，好玩，有點任性，也沒經受過困苦，這些日為妻子志欲復仇之事，他就煩惱的不得了；妻子一皺眉，一流眼淚，他的心頭就一陣發緊，真比臂上的傷還要痛。今天在客廳裏雷敬春說的那一番話，就把他聽得頭都暈了。他想不到世間還有那樣陰毒狠辣的人，他認為費伯紳的毒計是比什麼刀哩劍哩更為厲害；所以現在他回到房中，就關上了門，坐在床上不住地發呆。

　　楊麗芳打開了箱子，取出來她的一件黑綢子衣裳、黑布褲子，這是她練武藝時才穿的衣裳；又剪了兩條黑布蒙在白襪子上，用線縫上。旁邊文雄就急急地問說：“你這是要做什麼？”

　　楊麗芳垂淚說：“這件事你別管我！我知道，為我娘家的事，使這裏全都不安；尤其是那次，羅小虎傷了你，我真真的難受！因為俞姑娘救了我，我在這兒做兒媳婦，三年來我一點委屈沒有受過，原應該聽話、聽勸，可是……仇人就在眼前，我真一點也忍耐不住。我這時就去殺他們，事情辦成之後，我……反正我不能連累別人。萬一沒辦成，出了舛錯，那時你千萬也不要去認我。”她哭着又說：“反正我死了，絕忘不了公婆跟你待我的好處，容我來生再報答！”

　　文雄疾忙將她拉住，十分着急地說：“你不能這麼性子急！你一個人去，就是你的武藝好我也不能放心！俞姑娘又在這裏，她又是為這件事來的，把她拋開，不叫她幫一點忙，不聽她一點話，她豈不要惱了嗎？”

　　楊麗芳哭泣得更是厲害，說：“人家本來姓俞，為楊家的事給德家惹禍，人家才犯不着，所以人家只有勸解我。但我現在既然知道了兩個仇人的住處，我哪能一時一刻忍耐得下？你放心，憑我一個人，憑俞姑娘跟我義父這幾年傳授給我的武藝，去辦這件事還不能吃虧。要把事辦完了，我的心裏也就痛快了，省得我永遠愁眉不展，叫你也看着難受！”

　　文雄歎息說：“可恨我的胳膊還不利便，不然，我應當同你一塊去！”

　　楊麗芳搖頭說：“不用！你只要別聲張就是了，我去一會兒就回來，你放心吧！你躺下睡一會兒我就回來了！”文雄又歎了口氣，只得將他的妻子放了手。

　　楊麗芳就疾忙將青衣青褲和鞋襪全都換上，文雄又說：“賀頌他們都住得很遠，你怎麼去呢？”

　　楊麗芳站起來，由床下抽出她的一口刀，用一塊包袱裹上，說：“聽說賀頌是住在崇文門外，隔着一道城牆，今夜我不能去。現在我要往西直門裏，去年咱們到萬壽寺去燒香，不就出的是西直門嗎？那地方我還認識。今夜我想先殺死費伯紳，因為他比賀頌更惡，聽雷敬春說，害死我父母全是出於他的陰謀，他至今還是不做好事。我想如果把他結果了，那賀頌倒好辦！”

　　文雄的身子有些顫抖，連連擺手說：“你不要說了！也別再難過，鼓起勇氣來把這事辦了。如若不成，就趕緊回來再想法子，千萬小心！謹慎！”

　　楊麗芳在身上披了一件長衣，就出了屋；撩起衣裳飛身上房，踏牆越脊，走到房後的一條小巷之內，她才跳了下來。此時天黑月暗，四下無人，她出了小巷，跑過了大街，就進了一條小巷。她疾疾地走，緊快的腳步隨着遲遲的更鼓，走了許多時，穿過了無數的大街和胡同，雖然遇着幾個夜歸的人和巡街的官人，但都被她躲避過去了。

　　她來到了西直門，順着城根一直往北，走得更快，心頭更緊張。此地十分空曠，只有東邊的稀稀幾家住戶，西邊卻是很高的城垣。暗月隱在城關之後，把城垣的影子投下來，地上愈顯得黑暗。走了不遠，便見在路東有三間房子，並沒有牆垣，窗紙上並有幢幢的人影，楊麗芳曉得這必是一所官廳。在官廳的右鄰不遠，果然有一棵黑魆魆的大樹，看那樣子飄飄拂拂的，大概還就是柳樹。在柳樹之後隱着個不大的門兒，一定就是費伯紳的家了。

　　楊麗芳一看這情形，不由止了腳步，她想費伯紳既是這樣的機警，住屋子都要住在官廳的附近，院裏還能沒有防備嗎？因此極力捺住自己的心跳，壓制下全身熱血的湧流。她伏着身輕輕地走，就跑過了泥土很鬆軟的車轍，來到了那門前。她先隱藏在樹後，緊張地查看，黑線似的柳絲觸在她的臉上她也一動不動。她又去看那個門，見門閉得很嚴，門前倒沒有人防守。

　　楊麗芳拋去了長衣，搭在樹幹上，走到那門前，亮出刀來；一聳身上了牆頭，由牆爬上了房頂。往下一看，見這裏是一個外院，下面的兩間屋裏都黑乎乎的沒有燈光；後面卻有更深的院落，也是靜寂無人，也沒有光亮。此時就聽梆梆梆梆更聲響了四下，聲音很真切，似就是由裏院發出來的。楊麗芳將身蹲在屋瓦上，心裏很疑惑，暗想：莫非是錯了？這不是費伯紳的家？若是他的家，他這裏又有何劍蛾、尤勇等人，為什麼不見得防範很緊呢？

　　正在想着，聽更聲越來越近，原來只是一個舉動很遲緩的人，從裏院走到外院來，手中的梆子都似敲得沒有力氣。楊麗芳就如一隻鷹似的，嗖的一聲由房上跳下，一把手就抓住了這個打更的人。這打更的剛要喊叫，楊麗芳的刀已橫在他的咽喉上，並嚴厲地悄聲說：“不准嚷！”打更的便咕咚一聲跪下了。

　　楊麗芳低頭悄聲問說：“你這裏是姓費嗎？”

　　打更的哆哆嗦嗦地說：“不是！我們老爺叫諸葛高。”

　　楊麗芳又問：“他住在哪間屋裏？”

　　打更的說：“他是住在裏院北屋。”

　　楊麗芳又問：“你們這裏還有誰？”

　　打更的說：“沒有誰。就有尤大爺、尤太太、雷大爺，今晚都有事去了，現在還沒有回來。”

　　楊麗芳倒不禁吃了一驚，趕緊把這打更的揪起來，又悄聲說：“你帶着我去，慢慢地走！你若敢喊叫一聲，我立時就殺死你！”

　　打更的答應着，楊麗芳在他的身後，揪着他的領子，並在他耳邊屬聲說：“更你照舊打！把我帶到諸葛高住的房子之前，我就能饒你的性命！”

　　打更的很害怕，悄悄答應了一聲，就在前面挪着腳步去走；楊麗芳在後面還逼着他敲梆子，為是免得被那費伯紳察覺出更聲忽斷，起了疑惑。打更人又顫抖着把梆子敲了四下，就不敲了。

　　連走了三重院落，院落裏都是很深又很靜。走到第四重院內，只見兩邊廂房都很黑暗，可是北房裏間窗上卻浮着淡淡的燈光。

　　這打更的就打了一個冷戰，說：“我們老爺還沒睡呢！”

　　楊麗芳把刀一揚，打更的又跪在地下。

　　楊麗芳就悄聲威嚇說：“你就在這裏，不許動！也不許你嚷嚷！否則我回來就殺死你！”打更的嚇得直點頭。

　　楊麗芳直奔那有燈的屋子，先劃破窗紙往裏去看，就見屋內燈光黯淡之下，有一張方桌、一張木榻，榻上有被褥。被裏似有人臥着，但是蒙着頭，只在枕邊露出一團白髮。楊麗芳心說：這人原來都已這麼老了！突然產生了不忍之心，但轉又想：當年我父母若不被害死，這時一定還在世；我父親還是一位老員外，我母親也不過五十來歲，我們兄妹哪能受這些年的痛苦？遭那些慘遇？由此胸頭又湧起了怒火。

　　她由鬢邊摘下一枝金簪去啟門，不費力便將門啟開了，推開了一道門縫，就進了屋。卻見桌有桌帷，床有床帷，地下拋着一雙雲履，枕畔放着一本書；可見這賊必是看了半天書，方才身疲睡去的，所以也忘了吹燈。

　　楊麗芳悲憤難忍，本欲一刀將床上的人殺死，卻又一仔細想：萬一在這兒睡覺的不是費伯紳呢？我也得先問明白了。她遂就一手高舉起刀來，向前一跳，另一隻手按住那床上蒙被睡覺的人。可是她突然嚇了一大跳，只覺得手按之處是空空的，不像有人在睡覺。她用手一掀，原來被裏只有兩個枕頭，枕邊是一大團白馬尾，明明這是一種埋伏，一個詭計！

　　她將要撤腿走開，不料床下早伸出來一對護手鈎，將她的兩條腿鈎住了。桌帷一撩，又鑽出一個人。這人是個婦人，三十來歲，臉上有塊紅痣，手持雙刀逼了過來。

　　楊麗芳扭身掄刀去砍，婦人用刀架住，床下的人卻怒聲喊道：“快拋下刀！不然我的雙鈎一收，你的兩條腿可就都斷了！”

　　楊麗芳的兩條腿跳不開，身軀也不敢動，臉色嚇得煞白，她只得把自己手中的刀拋下。

　　那臉上有痣的婦人冷笑着說：“我早認得你是誰，早就曉得你要來了！你的膽子倒真不小，可惜還缺少點兒閱歷。站住了！乖乖的聽話，叫我們捆上你，明天叫輛車拉你到大街上叫人家看看，德嘯峰有個多麼漂亮的兒媳婦！”說時，用雙刀夾住了楊麗芳的粉頸，下面的兩隻護手銅鈎方才離開了她的腿。

　　由床下鑽出一個人來，是個身材不高，很精悍的漢子，那婦人就向這人努努嘴，說：“快去吧！叫官廳裏的人帶着鎖來！”

這拿雙鈎的人說：“你可看住了她！”

婦人說：“你放心吧！她若跑了朝我問！”

使雙鈎的人就出屋去了。

這個婦人向楊麗芳笑了笑，說：“你多半還不認識我，我姓何叫劍娥，女魔王的名字提起來，准是你的老前輩。這裏諸葛老爺他早就認識你是誰，只是你不來侵犯他，他也犯不上去理你。今日白天雷敬春到你們家裏去，跟俞秀蓮在一塊你們商量什麼，別當我們不知道！現在只要你乖乖的不還手，我就不能傷你，只把你送到衙門去過兩堂，大概也問不了死罪！”

楊麗芳此時心中像被烈火焚着一般，心想：與其叫你們捉住我，羞辱我的婆家，還不如叫你殺死我！於是她把心一橫，色一變，勇氣一振起，就要拼命。

這時忽然聽得前院鏘鏘的一陣刀劍廝殺之聲，何劍娥一驚，一轉臉，楊麗芳趁勢就揪住了她的左腕。何劍娥右手的刀疾向楊麗芳來砍，楊麗芳卻雙手抬起了她的左臂，將身子向她的背後去躲；何劍娥趕緊翻身，楊麗芳卻已將她左手的刀奪搶過來。何劍娥罵道：“小賤人！”又一刀砍下，楊麗芳卻用刀迎住，奪門向外就跑。何劍娥又一刀，只聽喀嚓一聲，正砍在門框上。

楊麗芳跳到院中，何劍娥也追了出來，寒光對舞，二人就拼殺起來。那男子是才走到前院便遇見了敵人，鬥了幾回又敗回到院裏，此時他手拿雙鈎，大聲驚喊道：“要小心，俞秀蓮可來了！”

楊麗芳也吃了一驚，更振起勇氣，與何劍娥廝殺。只見由前院飛一般地追來一人，手舞兩口白刃，

楊麗芳就大聲說：“俞姑娘！我在這兒啦！”

俞秀蓮說：“你快躲開！”說時掄着雙刀來到臨近。

使雙鈎的男子趕緊迎去廝殺。又三五合，忽然此人向何劍娥說了一句黑話，似乎是叫她快走，何劍娥就舍了楊麗芳，飛身上屋。這男子也要走，不料被俞秀蓮一刀砍倒，他就發出一聲慘叫，雙鈎拋在地下，噹啷作響。楊麗芳跳到一旁，屋上卻有瓦片子飛下來，她疾忙低頭避開。

此時梆鑼齊響，似有一片人潮自前院湧進來了，俞秀蓮說：“走吧！從後面走！”

於是她在前引路，楊麗芳緊緊跟隨她。又進了一重院落。才一進屏門，就見有三四個人自屋上跳下，一齊掄刀向她們來砍；俞秀蓮雙刀相迎，又二三合，又一人受傷倒地。楊麗芳也敵住了一個人，這人卻不敢近前，他只退到一個屋門前，仿佛屋裏是藏着什麼重要的人，他非得拼死保護住似的。因此楊麗芳就生了疑，以為費伯紳必是在這屋子裏了，她就越是挺刀逼近，刀法極緊，那人勉強招架。

此時外院的人已將擁來了，鑼聲震耳，燈光輝煌。俞秀蓮把兩個敵手，全都驅往外院，過來幫助楊麗芳一刀將這以身擋住門的人砍倒。她是以刀背砍的，這人忍痛爬起來，就往外院狂奔。外院的眾官人已來到這個屏門前，俞秀蓮飛身上房，可是楊麗芳反推門進到屋裏。她神情緊張，以刀護身，原想這屋中必定藏着那奸狡的老賊費伯紳，可是屋中昏黑，看不見人；她倒站住了，不敢向前走一步，恐怕又藏着什麼埋伏。

這時，前院的許多人都已來到這個院裏，燈光把窗紙照得通明，有人在窗外大聲說：“全都跑了嗎？都是上房跑的嗎？誰上房去查查？可小心點暗器！”又聽

是那何劍娥的聲音，急急地說：“你們放開點膽兒！不要緊！那使雙刀的是俞秀蓮，拿單刀的就是德嘯峰的兒媳婦，只要拿住她們一個娼婦就行！”

楊麗芳輕輕將門插上，此時她顧不得窗外的那些人，也不知自己是身處險境，就借着由窗紙的細孔透進來的燈光，把屋中的一切看得很是清楚；原來這裏並沒有費伯紳，只是地下躺着一個人，周身用繩子綁得很緊。楊麗芳倒不禁往旁邊躲了一躲，低頭細看，原來這人卻是雷敬春，正瞪着兩隻驚慌的眼睛看着她，嘴也一張一閉的，仿佛是要說話。

楊麗芳疾忙蹲下身，悄聲說：“雷大哥！”同時用刀割斷了雷敬春身上的綁繩。

雷敬春坐起身來，驚慌慌指指外面，悄聲說：“少奶奶您怎麼進這屋來了？這……唉！還怎麼出去呀？原來他們全都知道。我一回來，尤勇、何劍娥就把我綁起來放在這兒……”

忽聽屋上的瓦亂響，窗外的人都聚在這裏不走了，拿刀敲着地，七言八語地說話，還有人大聲罵道：“俞秀蓮！德家的小老婆！你們跑到哪兒去啦？有膽子的滾出來呀！”並且村言惡語地大罵。

卻有官人的聲音，拿着勢派說：“搜就得啦！你們可罵什麼呀？”並有人啪啪地拿木棍敲這屋子的門。

楊麗芳急站起來，挺刀預備拼命，雷敬春趕緊站起來將她攔住，擺手說：“別……”外面已用刀割破了窗紙，雷敬春疾忙叫楊麗芳蹲下身來，隱在窗下牆旁，他也趴伏在地下。就聽屋外的人說：“沒藏在這屋裏嗎？進去搜搜吧！”又聽是何劍娥急急地說：“這屋不必搜！這屋沒人住！賊哪能那麼癡呢？”她仿佛深恐官人進這屋裏來搜似的。

官人卻不住地打門，又說：“既然沒人住，為什麼從裏邊關上了？”又有人說：“怪呀？屋裏本來沒人呀？”咚咚的又有人用腳連踹，門眼看着就要被踹開了。楊麗芳跟雷敬春在此真如甕中之鱉、袋中之鼠，無路可逃，無處可避。忽然嘩啦一聲，門被踹落了一大塊板子，雷敬春索性挺身而起，把門開開，迎門一站，說：“諸位別打門！是我在這裏了！”

外面原來有十多個人、五六隻燈籠，除了四名官人，其餘都是這裏的打手。何劍娥和剛才在這兒監守他的那個人，也都在門外提刀站着；一見他忽然脫了綁繩，自己開門出來了，也齊都不禁面現驚訝之色，何劍娥就用刀指着說：“賊一定是在這屋裏！德家小娘們兒一定在這屋裏！快進去搜！”

雷敬春將門把得很牢，瞪着眼睛說：“你別發威，也不用進屋去搜，你就是賊！我也是賊！”遂向官人們說：“請你們幾位把我跟她，連那姓尤的，一塊兒交衙門好了！我們能招出許多案子來。”何劍娥又急又怒，驀然掄刀撲過來，向雷敬春就砍。雷敬春向旁閃避，卻沒有閃開，何劍娥的鋼刀就要砍到他的頭上了，官人齊都向旁去躲，並厲聲呵斥道：“不准！”就在這一剎那之間，不料吧的一聲，來了一片瓦，正打在何劍娥的頭上；何劍娥一陣昏暈，身子坐在地下了。

眾人齊聲驚叫：“屋上有人！”大家都仰面向上看，燈籠都高舉着，向屋上去照。這時楊麗芳已然跑出來，飛身上了房。眾人又大聲喊道：“跑了！拿！”又一陣亂。雷敬春也趁勢跑往前院，上房去逃走了。楊麗芳才一過了屋脊，俞秀蓮已然在那裏等着她，拉着她就走，身後還有一片雜亂的吵嚷聲。

二人踏着住戶的屋瓦，走出很遠，才跳到平地上。這地方極為僻靜，原來已到了西北城角，天色已過四更，這裏更是寂靜無人。二人順着城牆往東去走，俞秀蓮就抱怨楊麗芳說：“今天你真不應當來！那費伯紳是多麼狡猾！你又那麼缺少經驗！你來了不是自投羅網嗎？只要誤傷了一個官人，這件事情可就鬧大了！以後千萬別再出來了！”又歎息說：“今天我本來都要睡了，但心中總有點放不下似的，我才又到了你家；聽你丈夫說你已然走了，我就嚇了一大跳，我才趕來。你那丈夫也是，他竟攔不住你，真叫人着急！”

楊麗芳默默不語，俞秀蓮又遞給她一件青衣裳，原來正是她剛才掛在樹上的那件；楊麗芳不由臉上一陣發熱，把衣披上，就於夜色裏，緊隨俞秀蓮走去。

少時兩人就到了劉泰保家裏，劉泰保這兩天沒在家，前天猴兒手忽然來找他，不知他們到什麼地方鬼鬼祟祟地商量事情去了；只有蔡湘妹在家，這時還沒睡覺。她們進了屋，俞秀蓮給楊麗芳向蔡湘妹引見。蔡湘妹借着燈光，看了看這位和俞秀蓮打扮得差不多的小媳婦，遂就燃柴燒水。然後三個人在一塊悄悄地談說，楊麗芳始終是臉上有恨色，有淚痕。

俞秀蓮對目前這些事倒很發愁，因為費伯紳是在京城中，又跟官方有來往，很難下手；而楊麗芳的意思又是認定了死扣兒，非得她親自下手復仇才甘心。如今李慕白又不知往哪裏去了，羅小虎也忽然失蹤。而劉泰保、猴兒手、史胖子他們是行蹤詭秘，當時有事要找他們一定找不着；可是沒有事了，不用他們的時候，他們倒許又溜了出來，所以俞秀蓮很是煩惱。

蔡湘妹卻出了一個主意，說：“不如去找玉嬌龍，激她，請她，叫她出馬！她不像咱們有許多顧忌，要叫她在京城中殺完了賀頌再殺費伯紳，她也敢。”

俞秀蓮說：“你這是什麼主意？這幾天她母親病得厲害，她在娘家服侍她的母親，好容易咱們才得了些安靜，你又想招她出來？事情未必辦得成，倒許又攪亂了！”又向楊麗芳說：“這些年我待你怎麼樣？”

楊麗芳揉着眼睛說：“您待我有恩！”

俞秀蓮說：“恩不恩倒不必說，不過我敢說待你不錯！現在你就應當聽我的話，報仇之事，固然要緊，但我可不許你像今天似的，這樣輕舉妄動。本來你跟玉嬌龍一樣，你們都是尊貴的人，江湖上的事兒，報仇尋殺的事兒，都沒有你們的份兒，因為你們一人能夠連累全家。現在就是你千萬耐下心，等着，等個十天半月，我無論如何要替你報了大仇；只要仇報了就是，何必非要你親自動手？”

楊麗芳點頭，默默地答應着。

待了一會兒，天色就亮了，蔡湘妹捧着個大肚子出去雇來一輛騾車，俞秀蓮就帶着楊麗芳一同上車，往德家去了。飯後，楊健堂、孫正禮來了，德嘯峰便將雷敬春所說的那些話都對他們說了。孫正禮極為憤怒，他願去殺死賀、費二人，然後他棄了鏢頭走江湖。德嘯峰跟楊健堂又勸他，俞秀蓮卻在旁沉默不語，面帶怒色。

正在商談未決之時，忽然劉泰保又匆慌慌地來到，他這一來到，可又帶來了許多外面的消息。第一是玉正堂夫人病危；第二是魯君佩已成中風之疾，性命怕也不保；第三是今日已有許多人曉得了德少奶奶於昨夜大鬧費伯紳家；第四是史胖子與猴兒手，這些日他們本都沒離開京師，他們在一起是做了一些偷富濟貧的勾當。但今日上午，史胖子在彰義門忽然看見有四輛騾車、幾匹馬出了城，其中就有何劍娥。史胖子認得她，說她今天是頭上蒙着手巾，還有一輛車上坐着兩個老頭子，大概就是費伯紳跟賀頌。

孫正禮一聽，立時就站起身來，說：“我這就去！追上他們，殺了！”

俞秀蓮也說：“我去取刀，我也去！”

　　劉泰保說：“史胖子已派猴兒手跟着他們的車走去了，大概不能把他們放走。只是史胖子說那話的時候，是在頭午十點來鐘，現在都快到兩點了！”

　　俞秀蓮向孫正禮說：“我們趕快追去！”又囑咐德嘯峰千萬別把這件事告訴楊麗芳，請楊健堂也暫時在這兒不要走。她就叫這裏圈上的人給她備馬，又到裏邊悄聲叫德大奶奶看守住她的兒媳。

　　少時外邊馬已備好，她就急急地走出，騎着馬回到蔡湘妹那裏，取了雙刀，出安定門，順着護城河向西往南去走。馬很快，繞過了半邊京城，認准了彰義門外的大道，徑往西去。才走不遠，就見道旁有個小茶館，孫正禮正在這兒光着脊背喝茶，像是已然來到一會兒了；俞秀蓮只向他遞了個暗號，並沒駐馬，就急遽地馳走過去。孫正禮疾忙拋下茶錢，披上小褂抄起單刀，解馬騎上，向着俞秀蓮走過的塵影追去。

　　此時俞秀蓮將馬按住，緩緩地走，容孫正禮的馬趕上，她就說：“追着了那幾輛車，師兄千萬要看我的眼色行事，不可白晝就貿然殺人！不然師兄的鏢頭就不能再做了！

　　孫正禮說：“我也幹膩了鏢頭了！京師中什麼都有，龍、虎、狐狸、猴子，如今又出了一個老狼狽，真叫氣人！我倒願意闖出個禍來到別處混去！”

　　俞秀蓮也不同他多說話，只是鞭馬緊行，孫正禮在後追着走。一個是金釵女俠，一個是鐵頭銅背的大鏢頭，這條路又是他們時常走的，很熟很快，不到三點鐘便走出數十裏，早已過了永定河。這條大道上的行人車馬本來不少，二人尤其注意車輛，可是總沒看見哪輛車上有兩個老頭兒。

　　一直走到良鄉縣地面，掠過了道旁的幾株有人乘涼的白楊樹，忽聽馬後有人叫道：“俞師姑！俞師姑！”俞秀蓮回頭一看，原來是猴兒手，他道士打扮，背着藥匣，騎着一匹騾子追下來了，俞秀蓮疾忙收住馬。猴兒手緊緊催着騾子，他的身後卻又有個人張着手追他，說：“道爺！您剛才吃果子還沒有給錢呢！”原來那人是在樹下賣果子的，猴兒手又停住騾子掏了半天，才由道袍裏摸出幾個錢來拋給他。

　　俞秀蓮喊着說：“快一些！”

　　猴兒手才遲遲地走過來，問說：“師姑要往哪兒去？”

　　俞秀蓮說：“你是幹什麼來了？”

　　猴兒手說：“我是奉史大叔之命，他給我找的騾子，叫我跟着那幾輛車。”

　　俞秀蓮問說：“車往哪裏去了？你莫非沒有跟上嗎？”

　　猴兒手向東努了努嘴，說：“我騎的是騾，他們坐的是騾車，哪能追不上呀？師姑把我看得也太沒用了！他們是……”他的嘴又努着。

　　俞秀蓮的眼睛就往東邊去瞧，只見東邊也有一片白楊樹，樹後隱有一片房舍，是一個村莊。俞秀蓮就驚詫着問說：“他們的車是趕往那邊去了嗎？”

　　猴兒手點頭說：“都進了那個村子了！連那頭上包着手巾，臉上有塊紅疙瘩的娘兒們也去了。我不知村子裏是什麼情形，不敢進去，我就走到那棵樹下歇歇。我打聽了打聽，聽說那邊叫張家村，那裏有家姓張的，姑娘嫁給了北京城裏做官的，常有闊親戚坐着車到那兒看他們去。”

　　俞秀蓮尋思了一下，就說：“我們且回到那邊樹下歇一歇去！”遂就一同下了坐騎，回到那幾棵白楊樹下。

　　這樹下有賣果子的、賣瓜的，還有個坐在地上算“六爻神課”的。七八個過往行路的人，都在這兒乘涼，有的就枕着自己的包袱躺在地下熟睡。還有個婦人坐在樹根下奶孩子，旁邊就拴着她的驢，她男人坐在地下吃瓜，另外還有一個大一點的孩子，正看地下的螞蟻玩。所以俞秀蓮來到這兒，並不怎樣招人注意，就像是個江湖賣藝的女子；猴兒手的道衣和藥匣子，那便是他的隱身草；只有五爪鷹孫正禮，這樣高大強壯的漢子，叫人都得仰着臉瞧他。

猴兒手將馬匹跟騾子全都繫在樹上，去找那算卦的閒談。孫正禮坐在地下拿衣裳擦汗，大口吃瓜。俞秀蓮就走過去跟那奶孩子的婦人說話，她對那婦人很是和氣，那婦人也對她很誠懇。原來這婦人就是本地人，是往東邊十八裏外的娘家去，因為天氣熱，孩子又餓了，所以在這兒歇一會兒就走。她已是近四十歲的人了，生活在此地，此地二十里地內外的村子、鎮店、人家，她幾乎沒有不知道的。俞秀蓮向她問到東邊那個張家村，為什麼今天突然來了車馬。這婦人就很羨慕地說：“俺還有個老姐姐嫁在那村裏呢！那村裏的張寡婦現在闊啦！她家的丫頭，幾年前還是兩串鼻涕，成年不洗臉，後來她娘帶她到北京城裏，說是跟做官的結了親啦；去年回來時就通身綢緞，滿頭金首飾，出落得也漂亮了。可是聽說她是給人做小，老爺做過知府，鬍子都白了，比她爺的年紀還大，可是闊，現在回來也不理老親友了。這年頭，就得有錢，別管王八鴇子鱉，有錢的就有人恭敬。這回，聽說她又回來了，那裏的人都又瘋了，都又搶着去看她、巴結她，也難怪！這兩年她家成了暴發戶，她娘，一個寡婦，在北邊鎮上還出錢開了一個小押……”

俞秀蓮一聽，已大致明白了，就想：那村裏一定住着賀頌姨太太的娘家。今天必又是費伯紳的妙計，他把賀頌邀來，由何劍娥等人保鏢，來到這不為人所知的鄉村間避難。她不禁冷笑着，恨不得立時闖入那村裏，與何劍娥爭鬥一場，把何劍娥殺死，再殺死賀頌、費伯紳，以為楊家報仇。但是這樣一辦就無異於盜賊，自己和孫正禮非得遠避緝捕不可了，所以她還須審慎着。又覺得在這裏易為何劍娥所瞥見，那又足以使他們逃走，因此俞秀蓮心中盤算了一番，就過去跟孫正禮商量；打算先到北邊的鎮上歇一歇，索性先穩住了那些人，到晚間再來下手。

孫正禮搖搖頭，說：“師妹你在江南住了幾年，別的沒跟李慕白學會，怎麼倒學會了這些謹慎小心？師妹你不用管了，你就在這歇着，不要出頭。等我吃完了這口瓜，我就跟猴兒手我們進那村子，抓那幾個可惡的東西去！”俞秀蓮悄聲說：“那樣辦，只有打草驚蛇！村裏的人家也有幾十戶，他們隨處可藏，你難道去亂殺亂砍？”

孫正禮站起身來，不耐煩地說：“師妹你就別管啦！”

俞秀蓮也立了起來，皺着眉。

這時猴兒手跳過來，用手向北邊指着說：“看！又來了咱們的幫手了！”俞秀蓮向北一看，倒不由得一陣愕然，只見北邊來了三匹馬，最前的一匹黑馬上是史胖子，後面是楊健堂跟楊麗芳。

俞秀蓮着急地說：“她怎麼也來了？”

猴兒手就要跑到道中去截，去招呼，俞秀蓮斥住了他。

就見北邊的三匹馬越來越近，楊麗芳一身的青衣褲，花手絹蒙着頭，馬竟騎得很穩，她跟楊健堂的鞍旁都懸掛着長槍。史胖子是頭戴大草帽，敞露着胸懷；他先看見了這邊的俞秀蓮諸人，就張着嘴大笑。滾滾的煙塵，嘚嘚的蹄響，少時就來到了臨近。

俞秀蓮迎過去兩步，問楊健堂說：“怎麼叫她也出來了？

楊健堂就微笑着說：“是你走後，我跟嘯峰說好，嘯峰點頭答應叫她隨我出來，一出城我們又會着了老史。雷敬春也來了，因為他沒有馬匹，這時大概才走過盧溝橋。我的主張，這本是楊家的事，二十年的血海冤仇，如何能不叫麗芳她自己去報仇呢？這些年我傳授她槍法為的是什麼？所以我跟嘯峰、文雄父子都說明了，叫她出來幾日不要緊，我擔保，如使她有什麼舛錯，可以割下我的頭！

俞秀蓮便奮然說：「既然這樣，我們立時就可以下手！只是我們得先斟酌斟酌，這可是在光天化日之下。」

楊健堂詫異着問說：「怎麼立時就可以下手？那費伯紳、賀頌兩個老賊的車輛是往哪邊去了？」

孫正禮往東指着說：「就是那個村子！那村子有個張寡婦，是賀頌的丈母娘！」他大聲嚷嚷着。

話才說到此處，就見楊麗芳已撥馬往東邊去了。俞秀蓮趕緊去解馬，楊健堂、孫正禮都追去了，俞秀蓮也趕緊上馬追上了他們。猴兒手是背着藥匣拉着騾子，也往那邊去跑。史胖子卻拴上馬坐在地下，買了一個甜瓜吃着，並向這裏的一般扭頭驚望的人擺擺手，說：「沒有什麼可看的！他們都是到那村裏看親戚去的！」雖然這麼說着，他可也直向那邊轉臉。

那邊田塍之間，由楊麗芳在前，一共是四匹馬，最後有一匹騾子，都走得很快。尤其是楊麗芳與孫正禮，一個心急，一個性急，他們最先闖進了東邊的張家村。

一進村就有七八隻狗圍着亂吠，楊麗芳就從鞍畔摘槍刺狗；村中有許多住戶聽見狗這樣的急急亂吠，就都出門來看。楊麗芳就問說：「勞你們的駕，哪個門是張寡婦的家？請告訴我。」

村裏的人全都怔呆呆的，有個人就向南指着說：「那邊，一拐牆角第一個門就是。」楊麗芳提槍催馬，如同赴敵的女將。一轉牆角，果見第二戶人家的門前停着兩輛騾車，可沒有一匹馬。門戶本來很小，關閉得又甚緊。門前兩個趕車的和幾個閒人都蹲在地下擲錢賭博，一見着提槍騎馬的女將來了，他們齊都嚇得翻着眼，仰着臉。

這時猴兒手也隨着進村來，他就驚訝着說：「啊呀！剛才我明明看見是四輛車、三匹馬進到村子，現在怎麼就剩了兩輛車了？」

楊麗芳下了馬提槍去敲門，楊健堂自後趕過來把她攔住，說：「別莽撞！我們照着規矩叫門。」

楊麗芳遂緊緊用手敲門，楊健堂就向蹲在地下的車夫問說：「你們是隨賀知府來的不是？」

一個趕車的就回答說：「我們是雇來的車，今天一早雇的我們，講好是由北京城到房山縣，來到這兒可又順便看看親友。共是四輛車，兩輛是人家自己宅裏的，一起來的有費老爺，還有兩位太太，這兒大概就是那位賀太太的娘家。可是費老爺、賀老爺才來了不大工夫，就又坐着自己的車往南走了，有一位太太騎着馬也跟了去啦！」說着用手向南指着。南邊連着一行白楊樹，就有一股小徑，地上果然有車轍。

楊健堂疾忙問說：「走了多少時候了？」

趕車的人說：「走了多半天啦！一來到這兒就走啦！我們是在這兒等着的，待會兒裏邊還有人出來，要上房山縣呢！」

楊健堂急向孫正禮說：「快往南去追！」

猴兒手仍驚詫着說：「我可只瞧見車馬進來，沒瞧見有車馬往外走呀？」

孫正禮說：「你這小子的兩隻眼哪管事兒？」遂上了馬，往南出了村口飛奔而去。

此時俞秀蓮也甚急躁，就幫着楊麗芳上前打門，兩扇門都快被她們推倒了，裏邊才有個婦人的聲音說道：“什麼事？這麼亂捶門？”兩扇門開了，露出一個四十來歲的婦人，一身乾淨的青布衣服，頭上戴着銀簪子，雖然老了，可還是風流俊俏。猴兒手猜着一定是張寡婦，是賀頌的小丈母娘了。

楊麗芳憤憤地說：“我找賀頌，找費伯紳！”說着邁步向門裏就走。

張寡婦伸着兩隻胳膊擋着門，嚷嚷着說：“哎喲！你別怔往裏闖呀？你一個婦道人家，拿着槍，我們又不認得你！你闖進來，到底有什麼事呀？”

俞秀蓮揪起來張寡婦的一隻胳臂，說：“你別害怕！我們只找費伯紳、賀頌說幾句話，你容我們進去，絕不驚擾你們！”

此時楊麗芳已進去了，俞秀蓮也隨之進內。張寡婦還張着兩隻手，跳着腳兒嚷着說：“哪兒來的兩個賊老婆？這麼不講理，怔闖進人家的家門，快給我滾出去！趕車的快進來！幫助我把這兩個賊老婆打出去！”

門前的趕車的跟幾個賭博的閑漢，知道這件事不妙，都跑到一邊去了。張寡婦在後邊跺着腳追俞秀蓮，大聲嚷着，卻被猴兒手從她後腰一抱，給抱了起來。張寡婦的手腳亂掙扎，猴兒手卻把她抱到大門口，放在車前的騾子上；張寡婦下也不敢下，只管大聲喊叫道：“來了強盜啦！街坊鄰舍快來人吧！”

猴兒手反把門擋住，楊健堂卻說：“猴兒手！規矩一點！”

這時俞秀蓮和楊麗芳已進到院裏屋中去查看，俞秀蓮的言語倒很和藹，楊麗芳卻心急，態度不免暴躁。這院子非常之小，只有六間土房。屋中的陳設倒不貧寒，卻是一個男子也沒有，只有三位親戚、鄰舍的婦人，還有一個丫鬟、一個僕婦，此外就是那剛才坐着車來到的張寡婦之女，賀頌的姨太太。

這婦人年紀二十上下，長得不太美，可是極為風騷，紅羅衫子綠綢褲，滿頭的金首飾。膽子倒是很大，見了楊麗芳一點也不害怕，就拿着太太的架子說：“你們可也真能幹！我們躲出來這麼遠，你們到底還追來，究竟你們跟我家老爺是有什麼仇呀？你們要打算怎樣呀？難道你們拿着刀槍來，還真是非得把他一個六七十歲的老頭子殺死嗎？”

俞秀蓮說：“你別廢話！賀頌跟費伯紳藏在哪兒啦？光天化日之下，我們也不能動手就傷人！”

婦人撇着嘴說：“他們藏在哪兒啦，可是連我也不知道，依着我，這回連跑也不跑；我也知道你們這裏有什麼德五爺的少奶奶，你們若殺了人，官方不至於拿不着兇手！”

楊麗芳掄起槍桿向這婦人就打，嚇得旁邊的婆子、丫鬟全都亂跑。婦人的身上只挨了一槍桿，就躺在地下撒潑打滾，漂亮的衣服都滾髒了，簪環首飾也都掉了下來。她頭髮蓬亂，滿面是淚，大聲哭罵說：“你們找得着我嗎？我又沒害死過誰的娘？我嫁了賀頌那老頭子還不到二年，早先他做知府，享福、造孽，我全都不知道！他家裏也不只是我這一個老婆，我跟了他就夠倒霉的啦！我憑什麼還替他挨殺受打？嗚嗚嗚……”邊說邊放聲大哭。

張寡婦不知怎麼下的騾子，這時又跑進院來，低着頭，向着俞秀蓮的刀上就去撞，說：“你們不是兇嗎？你們就拿刀拿槍把我們娘兒倆殺了吧！”俞秀蓮趕緊把雙刀藏在背後，說：“我們與你們並無冤仇，是找你們來好好說話，你們別這樣撒潑！只要能把賀頌、費伯紳藏的地方告訴我們，我們立時就走！”

楊麗芳也瞪眼逼嚇着說：“快說！”

那賀頌的姨太太喘着氣站起身來，說：“我告訴你們他們去的地方，你們可只准殺死費伯紳，不准傷我們的老爺！」

　　俞秀蓮說：「我們本來無意殺人，只是得捉住他們審問審問。」

　　婦人點頭說：「得！那我就告訴你們吧！這許多日費伯紳就天天拿話嚇唬我們老爺，他說，早先的什麼姓楊的女兒現在嫁給德家當兒媳婦了，會使刀槍，只要她一知道了咱們的住處，她就許能來要咱們的命！我們老爺就嚇得不得了。費伯紳又時常跟我們老爺逼銀子，今天說什麼請來鏢頭，用銀五十兩；明天又說得聯絡衙門，又得拿出多少錢。他並說俞什麼蓮哩，玉嬌龍哩，都是那德家的親戚，都打算幫德家的媳婦報仇呢！「我們老爺又心疼錢又害怕，早就想離開北京。可是他年紀太老了，腿腳都不便利了，再說又沒處去逃；所以嚇得他天天夜裏睡不着覺，怕你們去割他的腦袋。今天一清早，忽然費伯紳就到我們家裏，驚驚慌慌地逼着我們老爺立時就跟他逃跑，說是他家裏昨夜出了事，德家的媳婦找他報仇去啦！幸虧他防得嚴，才沒叫人抓住。他嚇唬我們老爺說，可是這事情還不能算完，今天晚上一定殺你來，官人、保鏢的，也都沒法保護咱們了！只有快走，才能逃命。我們老爺這才跟着他，帶着我，帶着包裹行李，跑到這兒來。本打算連費伯紳都在我娘家這兒住些日子，可是才一停住車，進來還沒喝一碗茶，費伯紳又說這兒不妥，這兒靠着大道容易叫人找着，他就立刻又要走；我們老爺也不敢離開他，就也跟着他又走了。」

　　楊麗芳急急地問說：「他們逃往哪兒去了？」

　　婦人說：「費伯紳說他在房山縣有朋友，那兒最穩妥，他們先去，女魔王保着他們，把我的幾隻包裹也給拐走啦！他們叫我在這兒住幾天，說是你們找來了也不要緊。可是我不能離開我們老爺，我的包裹裏的金銀首飾、值錢的東西，還都在李大的車上呢！要叫那女魔王拐跑了可怎麼好呀？值好幾千呢！我得去找去，歇會兒我也追他們上房山縣！」

　　俞秀蓮聽這婦女說話諒不是假，就向楊麗芳說：「咱們走吧！」

　　楊麗芳還是死心眼，各處又看了看，果然沒藏着什麼人，她就向張寡婦母女道歉，說：「打擾了你們半天，你們放心吧！這事與你們並無相干。」

　　她提着槍依舊憤憤地出了門，上馬往南就走。俞秀蓮又怕賀頌跟費伯紳是藏在這村裏別的人家，就請楊健堂帶着猴兒手不必離開這裏。她收了雙刀，跨上馬，跟上楊麗芳走去了。順着村南小徑地上的車轍，斜着去走，不一會兒就認着了大道，只見史胖子催馬從北邊趕來，高聲問說：「要往哪裏去呀？」

　　俞秀蓮說：「賀頌跟費伯紳早就又逃了！他們逃往房山縣去了，他們坐的是車，一定走不快，咱們還能追趕得上！」

　　史胖子大笑說：「好狡猾的費伯紳，我看他許是會土遁吧？真能氣死諸葛亮！這老傢伙，我倒要會會他。來！姑娘跟少奶奶隨着我走，房山縣是咱們的熟地方，那兒還有我兩個朋友呢！」說着他把馬緊催，趕到前面領路，楊麗芳、俞秀蓮跟在他後面走去。

　　三匹馬都極快，由南轉西不過三五十里路，就來到了房山縣，沿途卻沒見着費、賀二人所乘坐的騾車。此時天色已是下午五時左右，俞秀蓮跟楊麗芳還連午飯都沒吃，進了城，她們就先找了一家飯舖，打算休息休息，並吃飯；三匹馬也都叫門前的閑漢給牽到附近的店房去喂。史胖子卻連坐也不坐，就往街上訪查去了。俞秀蓮倒是饑不擇食，可是楊麗芳卻連一點東西也吃不下去。

　　待了一會兒，史胖子回來了，同來的還有他的一個朋友，也是個山西人，是本地一個小錢莊的夥計。這人是此處的地理鬼。他就說：「姓賀的跟什麼諸葛高我也不認得，不過剛才有人從西邊來，說是在路上看見了一個女保鏢的，保着兩輛車。”

俞秀蓮立時站起身來說：“那一定就是何劍娥，往西是什麼地方？”

這山西人說：“往西過了拒馬河，可就是淶水、易州，再往西就是西陵了；過了西陵就是紫荊關，再往西就是五回嶺。那一片地方盡是山，山上的歹人很是不少。”

史胖子搖了搖頭說：“天也不早了！我想不如姑娘跟少奶奶就在這兒歇一夜吧！我再到街上看看孫大哥他來了沒有？咱們聚齊了，有什麼話明天再說。西邊山嶺上，既然是有強盜，那說不定女魔王是帶着那兩個老傢伙上山入夥去了。咱們人單勢孤，天又晚，不必冒這個險！”

楊麗芳卻掏出錢來給了飯錢，一聲也不語，向外就走，俞秀蓮只得追出來。

史胖子仍有些猶豫，他那個朋友也搖頭低聲說：“不妥呀！”

但此刻楊麗芳報仇心急，無論是誰也攔不住她。史胖子就也一橫心，說：“走吧！人家兩位堂客都不發怵，難道我倒是個尿泡？”

三人一同上了馬，史胖子向他的朋友拱手說了聲：“再會！”依然是他在前頭領路，離了房山縣城又往西走去。越走天上的雲光越紅，遠處的山越發紫，樹林越發黑；天上的群鴉飛得越多，噪得越亂，路上的行人越少。他們的三匹馬仍然很快，又走了多時，紅雲已變黑，墜向山角，晚風斜吹向面上來；兩旁禾黍蕭蕭，路上已沒有一個行人。

再走，卻見前面有兩輛騾車，楊麗芳就疾忙將馬趕向前去。

史胖子卻說：“少奶奶別急！這兩輛騾車是迎着咱們的面往東來的，絕不是，諸葛高不會打回頭的路！”他雖然這樣的說，可是楊麗芳、俞秀蓮雙馬仍不停的向前趕。

對面的車是走得很慢，這裏的馬卻極快，少時就走到碰頭。楊麗芳喊了一聲：“停住！”

其實這兩輛車的車夫早已驚慌地把車停住了。兩個趕車的人神態極為狼狽，臉上都有鞭痕；一個頭被人打破了，且順着鼻子向下流血，前面這輛車是連車簾子都被人扯去了，車裏沒有人也沒有車墊褥；後面那輛車簾子放着，裏面卻傳出微微的淒涼的呻吟之聲。俞秀蓮就問說：“你們是從哪兒來的？是遇着強盜被人劫了嗎？”兩個車夫卻都呆呆地望着俞秀蓮，不敢說話。

俞秀蓮就說：“你們實說吧！放心，我們不是歹人。”

此時楊麗芳已將馬靠到後面那輛車旁，她手挺花槍挑起了車簾，一看，車裏原來臥着一個白鬍子的老頭子，渾身的綢緞衣裳已沾着許多血和泥土，趴在車上不住地呻吟戰慄。楊麗芳就怒問道：“這人是賀頌不是？”

兩個趕車的都點頭說：“不錯！這是賀老爺……”

楊麗芳忿然持槍猛向車內去扎，卻被俞秀蓮一推她的胳臂，槍尖兒便刺到了車窗上。

俞秀蓮瞪着楊麗芳說：“住手！把量放寬一點！你要報仇也先得把話問明白了。”遂向趕車的問說：“到底是怎麼回事？這人是被誰傷的？”

一個趕車的嚇得身上打哆嗦，另一個頭上流血的倒是憤憤的，說：“我們老爺是自己找死！他做過好幾任知府，有萬貫的家財，十七八歲的小婆子有好幾個。可是他交了個朋友叫諸葛高，又叫費伯紳，那老東西天天嚇唬他，說是有什麼女俠，要來要他的命！他就嚇得糊塗了！請了一個女魔王，是個保鏢的娘兒們，保護着，還帶着三姨太太，今天就由北京出來，整整走了一天。先到三姨太太的娘家，其實住下就得啦！可是姓費的又說還得往西走，我們老爺就上了他的當。走到西邊山裏，那女魔王忽就變了臉，原來她是強盜，把我們老爺砍了一刀，車上的包袱也全都搶去。」

俞秀蓮問說：「那費伯紳呢？」

趕車的說：「那老賊也假裝兒求饒，可是女魔王一點也沒傷他，就逼着我們的車往回來走；可是我回頭瞧了瞧，那費老賊跟女魔王一邊走一邊笑着說話，分明這就是那老賊設下的圈套！騙我們老爺跑出來，還叫我們老爺多帶銀錢財物；半路上先把我們三姨太太拋開，走到這兒，他再遞個暗令叫女魔王一打劫，然後他們找個地方一分贓。咳！聽說我們老爺跟他還是幾十年的交情呢！」

史胖子在旁也忿然說：「這真不是人！」

此時楊麗芳在後車以槍尖點住了賀頌的胸，令他供招當年害死她父母的詳細情形，她一邊憤憤地追問，一邊不住落淚。

那賀頌此時傷勢極重，呻吟着，戰慄着，就說：「冤孽！我一生罪過就是好色，就是貪財。至於楊笑齋、倩姑，咳，那更是冤孽！那都是費伯紳替我辦的，我也沒有想到他把事情辦得那麼慘。哎呀！饒命吧！」

楊麗芳的槍尖本要往下去扎，但不知為什麼竟覺得雙腕無力，下不了手，她的眼淚直流，牙關緊咬，但卻不能下手殺人。

俞秀蓮又過來攔她，說：「不必！他已然這麼老了，受了這麼重的傷，就放他去吧！」

楊麗芳收了槍，仍不住悲痛地哭泣。

俞秀蓮又拉了她一把，說：「我們去找費伯紳，見了那賊可絕不能饒他！」於是催馬在前，楊麗芳、史胖子隨在後面又往西走去。

此時楊麗芳雖然未得手刃仇人賀頌，但哭泣過了一陣之後，心裏卻寬展了很多。她想無論如何，今天自己已看見了賀頌那狼狽乞命的樣子，總算是給自己的父母出了一點氣。真正的仇人、奸人、壞人，還是那費伯紳！大概那賊隱藏的地方亦離此不遠，他的性命也必在旦夕之間了。

三匹馬此時行得更快，可是暮色已漸漸低垂，路上一個人也看不見。兩旁的田禾如同一片大海，黑濤滾滾，並發出蕭蕭之聲。山更多，村舍更少，天空已現出了星光。

史胖子就勒住了馬，說：「咱們別往下走了！走到哪裏才算到了呢？費伯紳藏在哪座山上咱們也不知道，就是知道，我瞧黑天半夜的也不容易去搜，不如先找個人家借宿一宵？」

俞秀蓮也覺得對，就向楊麗芳說：「你覺得怎麼樣？我們找個地方歇一夜，明天一早再上山去搜。我擔保，決不能叫費伯紳那老賊漏網就是了！」

楊麗芳在馬上以悲哀的聲音答應着，於是三匹馬就轉路緩行。

史胖子在前，他的兩隻眼東瞧西望；在暮色之下，俞秀蓮跟楊麗芳只覺得四面全是一樣的陰沉，但他卻能由霧的深淺程度分辨出來哪邊是樹林，哪邊是山，哪邊是道路，哪邊是廬舍。當下他就在前帶路，果然他帶的路不錯，若隨着他走，便不容易踏着道旁的田禾。

走了半天，前面忽聽得狗吠聲，俞秀蓮就向她前面的楊麗芳說：「到人家裏，可要小心一點，少說話！因為這地方太僻，誰知道住的都是什麼人？」於是又往前走着，狗就撲上來了。史胖子大聲斥着狗，為是叫村裏的人聽見；但是他才喊了一聲，就見有一個晃晃悠悠的紙燈籠出現，史胖子疾忙勒住馬。

這個燈籠很是神秘，就像是曠地裏夜間時常出現的鬼火一般。少時來到了臨近，史胖子低頭一看，燈光照着個黑乎乎的、短短的、不過二尺來高的東西，猛一看像是個鬼，細一看原來是個小孩。

史胖子不由倒笑了，就問說：“小孩！你們這是什麼地方呀？”

小孩說：“我們這兒叫狗兒堡。”

史胖子笑着說：“好名稱！你是幹什麼的？你是這裏的店小二嗎？”

小孩搖頭說：“不是，我們這兒沒有店房，我是這村裏打更的。”

史胖子說：“你們這村子會叫你這個小孩子打更？”

小孩說：“我爸爸是這村的鄉約，我打更有一年多了。這村子平靜，多年也沒鬧過一次賊，我就管打頭更，二更、三更打不打都不要緊。”

俞秀蓮聽這孩子說話伶俐，似是早就由人給教好了的，她就又把楊麗芳的胳臂拉了一下。

此時史胖子就說：“你爸爸是鄉約，這就好啦！我姓劉，我是太原府的差官，現在是保護兩位官眷到任去。走過了宿處，天黑了，我們都沒地方住，快叫你爸爸給我找房子吧！”

孩子說：“我爸爸在屋裏了，他鬧腳氣不能出來，你們去找他吧！”

史胖子說：“我哪知道你爸爸在哪兒住？來，你看着狗，帶路！”

他遂下了馬，跟着這小孩進了村子，俞秀蓮、楊麗芳騎着馬隨之走入。

這村子裏的樹很多，所以四周更顯得黑，統共不過十來戶人家，家家閉着門。俞秀蓮在馬上隔着人家的短牆向裏去望，就見沒有一間屋子有燈光的，仿佛此地除了這鬼一般的小孩，狼一樣的惡狗之外，就沒有什麼活的東西了。村外傳來可怖的嘩啦嘩啦的響聲，連續不斷，不知是風吹得楊樹葉子響，還是山泉響。

沒走幾步，就來到一座土房子前，這土房子極低，黑兀兀的像一座墳頭，裏面沒有一點燈光。前面那小孩就一推門，提着燈籠向裏面說：“爸爸！來了人啦！一個漢子、兩個婆娘，你出來吧！他們要找你呢！”

屋裏哼了一聲，像是牛喘氣，待了半天，才出來一人。楊麗芳借着那燈籠低暗的光一看，她就不由嚇了一跳。只見這人的身材足有六七尺，尤其是才由小屋裏鑽出來，有那小孩子陪襯着，愈顯得他的身材高大。他披着一件襤褸的短褂，短褲子也很破，光着兩隻腳，鬚髮蓬亂的一個大頭，凸起來的胸脯敞露着，上面有一堆黑毛，像是個泥塑金剛。此人直挺挺地站着，不說話，並直着兩隻發光的眼睛，瞪瞪楊麗芳，又瞪瞪俞秀蓮。

史胖子就向俞秀蓮說：“怎麼樣？咱們就在這裏住下，還是離開這兒再往下走？”

俞秀蓮也不免有點猶豫，但那小孩子又說：“別處可沒村子啦！你們就在這兒住下吧！你們別胡疑惑，我們村裏全都是好人！”

史胖子笑着說：“好孩子，你真會說話！說你就是在這村裏長大了的，沒在外面跑過，沒在山上爬過，我才不信呢！”又向孩子的爸爸說：“鄉約！我們既然來到這裏，見着了你，咱們就是有緣，你得多照顧。我先問你，這村裏有閒房沒有？有一間就行，我可以在你這小屋裏跟你在一塊擠着。”

這鄉約指着說：“那邊梁家有間屋子，我給你們說說就成。”

史胖子點頭說：“好！你就給說去吧！可是……”說話之間，他抽出了一口短刀，向大漢的毛胸間一比，大漢將身子疾忙向後一退。史胖子又奪過那孩子手中的燈籠，照照楊麗芳的長槍和俞秀蓮的雙刀，指着說：“你看見了沒有？你也不必問我們是幹什麼的，你就給找房子好了。一夜平安過去無事，明天早晨我們必送你銀兩；倘若有點什麼事，你知道不知道？你是鄉約，那可說不定咱要翻臉無情！”

小孩子嚇得臉黃，忙躲進屋裏去了，這鄉約就嚷嚷說：“你說這話我不能管！四十裏外有市鎮，你們又有馬匹，趕幾步那邊住去吧！在我們這村，我敢擔保沒事，可是萬一……那我也不能擔保，我不能賠上命！”

史胖子笑着，拍拍這鄉約的脖子，說：“話不能不那樣先說了！因為我們是初次見面，才來到這兒，誰知道你們是怎麼回事？好！別怕！快給我們找房子！”說着，把燈籠交給這鄉約，這鄉約就帶着他們往西走。

來到一家柴扉前，鄉約就向裏大聲喊着：“梁二！梁二！”喊了兩聲，裏面就有個人應聲。由黑屋子裏出來一人，身材也不矮，口中罵罵咧咧的，把柴扉開了。他一仰臉，見有外人，臉上便現出來驚訝之狀。

鄉約說：“這是過路的，一共三位，找不着鎮店了，想在你們家裏尋一夜的宿。”

梁二發着怔，看着鄉約的臉，呆了半天，才點點頭說：“進來吧！我這可只有一間閒房，房子又窄，住男的可就住不了女的！”史胖子說：“不要緊！我在外面打更。”

此時俞秀蓮跟楊麗芳都下了馬，史胖子將三匹馬都放到院中，好在這院子裏有草垛，史胖子就抱了一堆草來喂馬。梁二到西邊的一間小土屋裏，進去了半天，方才點上一盞光線低暗的油燈。

俞秀蓮從外面往屋裏去看，就見屋裏十分破舊，後牆裂了一道大縫子，外面的星光在屋裏都能夠看得見；靠牆原有一舖土炕，可是當中塌了一個大坑，像是個井似的。

梁二臨時搬了兩塊破板子，放在炕上，他就走出了屋子，向俞秀蓮說：“進去睡吧！別瞧房子破，可不漏，板子上也沒有臭蟲，你們要到西邊鎮上花銀子去住店，也沒有這麼好的房子。”說話是一點兒也不和氣。

楊麗芳望着屋裏就皺眉，向俞秀蓮說：“住這房子還不如在露天地呢！”

俞秀蓮卻向她使了個眼色，即由馬上解刀，並把楊麗芳的槍也拿着，她就先進到屋裏，楊麗芳只得隨之進去。

梁二又在屋外說：“要水不要？水可倒是現成，想喝熱的，我給拿草燒一燒。”

俞秀蓮卻說：“不用了！”

史胖子又站在屋外往裏說：“姑娘跟少奶奶自管放心睡！反正有我在院裏，我一夜不睡覺。”

俞秀蓮使了個眼色，叫他注意外面的人；史胖子卻撇嘴笑了笑，表示並不要緊，當下把屋門推得閉上。

楊麗芳看見屋門裏連個插關都沒有，她就要用一條手絹把門繫上，俞秀蓮卻擺手說：“何必！你的一條手絹，就能拴得住門嗎？你且看看這邊。”說時一指後牆那條透風的大裂縫。楊麗芳恨不得也找個什麼東西來，把這縫子堵上才好，俞秀蓮就扒在她的耳邊說：“你還沒看出來嗎？這地方那兩個人，連那小孩子都靠不住！咱們住在這兒，就為的是……你明白？此地山這麼多，地這麼曠，上哪兒才能夠找着何劍娥跟費伯紳？今夜，要叫他們自投羅網。你自管睡你的，到時有事我再招呼你，只要你睡得驚醒一點就是了。”

楊麗芳一聽，心頭不禁一陣凜然，頓覺皮膚上生了許多寒栗子。就聽外面那鄉約和那梁二正在跟史胖子說話，史胖子對着他們哈哈大笑，仿佛和他們是一見如故了。

楊麗芳坐在炕板子上，脫去了鞋，她的兩隻眼睛卻不住瞪着那牆上的裂縫，槍就放在她的身旁。俞秀蓮解開了鞋，抖一抖又穿上繫緊，並且把頭上的首帕緊了緊，腰間的綢帶也勒了一勒。楊麗芳也趕緊又穿上鞋，俞秀蓮卻望着她笑了笑。

這時屋外沒人說話了，可還有馬吃草的聲音。史胖子高聲唱着山西梆子腔，聲音越來越遠，仿佛已走出這院去了；並且唱了幾句就不唱了，更聲也聽不見了。野外的風吹進牆縫子，一連把門吹開了兩三次，俞秀蓮就站起來，關了幾次門。楊麗芳是不住打哈欠，俞秀蓮叫她睡下。她躺在板子上卻覺得很不舒服，眼睛閉一會兒睜一會兒，總是不敢安心去睡。俞秀蓮卻把雙刀的鐵鞘當作枕頭，才一躺下，便閉上了眼，緊接着就發出細微的鼾聲。

她這樣一睡，楊麗芳就更不敢睡了。雖然這時正當夏夜，可是風吹來卻很寒冷。室中的蚊蟲極多，在人的臉上飛繞着。地下放着一隻黑砂碗，碗裏有一點油，油裏浸着個紙撚，突突地發着黯淡的光焰。有無數的綠色飛蟲，都圍着那點光焰亂繞，有多一半是墮在燈裏燒死了。

忽聽見窗外咚的一聲，楊麗芳一驚，趕緊立起身來，手摸着槍桿。卻聽窗外又是咚咚的一連幾下，原來是馬用蹄子敲地，接着又聽見馬嘶起來，遠處的狗也亂叫。楊麗芳越發不能睡了，只得坐了起來。想起北京的家庭，想起丈夫文雄，她心中很難受，急盼着快些把費伯紳殺死，把仇報了好回家去；此後自己一定永遠是歡喜、高興的，做個本分的賢良的媳婦，做個溫柔的妻子。

她坐着想了一會兒，外面便一點聲音也沒有了，也不知史胖子回來了沒有？那梁二……難道這家裏就是他一個人嗎？更鼓也聽不見敲了，這也很可疑。後牆縫子外風還不住地吹，星光也不住地向屋裏眨眼，地下燈碗裏的油已垂乾，光小如豆。忽然見俞秀蓮坐起身來，倒把她嚇了一大跳。俞秀蓮卻還像是很疲倦，慢慢站起身來，說：“把那盞燈吹滅了吧！幹嗎叫它招蚊子呢？你看蚊子有多少？叮得我都睡不着覺！”她睡眼蒙矓的，說話都像是沒有力氣。楊麗芳答應了一聲，下了炕，走過去蹲下身，才要將燈吹滅；驀然見俞秀蓮只用一隻手就抄起了自己的那杆花槍，向後牆縫子扎去。扎得真是準確，槍如惡蟒一般鑽過牆縫到了外面，就聽外面有人號叫：“哎喲！哎喲！痛死我了！”

楊麗芳疾忙站起身，精神緊張，俞秀蓮卻急急地吩咐說：“快吹滅了燈！”楊麗芳趕緊用腳將燈碗踢翻，將火焰踏滅。俞秀蓮就將槍自外抽回，外面咕咚的一聲，像是一個人倒下了。俞秀蓮將槍遞給了楊麗芳，她自己鏘然抽出了雙刀，兩個人都在屋中靜靜地站着。

這時就聽史胖子在窗外急急地向屋裏說：“來的人很不少，幾十個，都是山上來的，已把村子圍上了。快出來騎上馬走吧！是那小子給送的信。高大個兒的鄉約也是賊黨，快快快！”他說話時都有些氣喘。俞秀蓮在前出屋，楊麗芳提槍跟了出來。

史胖子很着急地就要開門，要一同騎馬殺出村去，俞秀蓮卻說：“不行！現在騎馬闖出去，一定要中他們的計，他們必然埋伏着絆馬索！”史胖子說：“那他們扔進火種，把這草垛子燒着了可怎麼好？”俞秀蓮說：“不要緊！”她令史胖子、楊麗芳仔細防備，獨自隱身在柴扉之後。過了一會兒，就聽外面有嚓嚓的腳步聲和私語聲。

俞秀蓮等到外面的人快到了臨近，驀然將柴扉一推，跳到門外，雙刀左右一分，立時就有兩人慘叫着倒地；其餘四五個人一齊掄刀向她進逼，她的雙刀如鳳翅疾展，三四下就又傷倒了兩人。此時有兩個賊人已跳進了短牆裏，一個被史胖子一腳踢翻，一個被楊麗芳一槍扎死。楊麗芳這時也精神奮發，她想着費伯紳一定就是在這些賊人之中，她忿不由己，就一手牽馬，一手提槍，闖出了柴扉。

此時賊人進村來的愈多，俞秀蓮一人敵住了十幾個，那些賊人被她的雙刀殺得東歪西倒，狼哭鬼叫。賊人並有舉着火把的，都向後退去；火光之中的俞秀蓮直似個勇武的女神，而前赴後繼的一些賊人，只像是一群小鬼，有人高喊，有人吹哨。

楊麗芳也挺槍刺倒了兩個賊人，忽覺身後一陣風響，她疾忙回身橫槍架住了一口刀；握刀的人卻是一個女賊，騎在一匹馬上，惡狠狠地向她說：“你不是要找費伯紳嗎？隨我走！”說着點手撥馬往村外跑去。楊麗芳說：“誰怕你！”也趕緊上馬，一邊揮槍扎人開路，一邊往村外去趕。

俞秀蓮跟史胖子每人都敵住了十幾個賊人，正在那裏酣鬥，也顧不得來攔她，楊麗芳就衝馬出了村。不料道旁早藏着賊人，早埋伏着絆馬的繩索；她的馬一來，繩索忽然抖起，馬高跳起來，她的身子便摔了下來，馬卻向前跑去了。但她的身軀伶便，疾忙挺身站起。兩邊藏着的三個賊人，一齊撲了過來，她一回槍就刺倒了一個人。她疾忙去追馬，那兩個賊人在她的身後緊追；她跑了十幾步又轉身抖槍而戰，五六個回合，又扎傷了一個賊人。兩個賊人是一個負傷一個喪膽，就齊都轉身而逃。楊麗芳也不去追趕，只管跑着去追她的馬。又跑了幾十步，聽得前面遠遠之處，順着風聲，又有婦人的尖銳喊聲，道：“德家的小娘兒們！你有膽子跟我來！費伯紳諸葛高就在這裏了！”接着是罵了一大篇極難聽的話，楊麗芳氣得又往前去追趕。

又走了不遠路，才見剛才驚走了的那匹馬，由對面跑回來了，幾乎將她撞着，她趕緊一橫槍。這匹馬平日原是楊健堂騎的，極為矯健馴良，見槍一攔，牠當時就站住了；楊麗芳遂認鐙上馬，控制住了彎頭，撥轉過來。這時又聽前面傳來那婦人的呼喊之聲，仿佛她又回到臨近了，依舊是叫着：“德家的小娘兒們！有膽子追我來呀？費伯紳在前面等着你呢！”

楊麗芳本來是有些猶豫，但是又想：不入虎穴，焉得虎子？這還是平時居閨房燈畔，她丈夫文雄為她講的班超的故事裏面的兩句話。她就振起了勇氣，又催馬緊追。這匹馬逢橋過橋，逢水過水，似乎毫不費她的力；但是前面的那婦人，卻永遠離她有一箭之遠，永遠叫她追趕不上。此時已離開那個村子很遠了，楊麗芳成了孤身一人，地下的路又極為迂回；前面的女魔王何劍娥若不喊出聲兒來激她、罵她，她簡直不能曉得何劍娥是在哪裏，因此不免生了一些戒心，便一手提槍，一手勒韁，緩緩地向前去走。

不覺着天色就漸漸發明了，從淺灰的天色中已看到了兩旁的田禾，對面是煙雲靉靆的高山，女魔王已然不見了；地下被露水浸濕的泥土上，留有一行蹄跡，也不知這裏是什麼地方。山風迎面吹來，十分寒冷，更看不見有一家村舍。越走路越窄，地勢越高，田禾越稀，飛鳥可極多，楊麗芳就駐了馬，掠掠鬢髮，喘了口氣。

此時就聽耳邊又有人喊叫說：“德家的小娘兒們！有膽子的來呀！姓費的就在這兒啦！你不是要報仇嗎？”聲音極為尖銳，發自於高處，並有山谷的回音。楊麗芳順着聲音，向左邊的山上抬頭定睛去看，只見那一條窄小的山路上站着一個人，模樣雖看不清，可是能猜出就是那婦人，大概就是女魔王何劍娥；她手裏搖着一條白手巾，正向她招逗。楊麗芳大怒，一催馬，蹄聲如急雨，少時就來到了山腳之下。她挺槍向上叫道："你滾下來！"上面的人往下跑了幾步，卻又止住，傲笑着說："你來！上山來吧！我不殺你！我給你找一個女婿，准保比德家的那兒子好得多。"

楊麗芳啐了一口，催馬順山路走上去，那女魔王卻橫刀站住不動。楊麗芳來到距她二十步之遠，就騙身下馬，挺槍上前，女魔王卻搖擺着白手巾說："先別動手！"又笑了笑，說："幹嗎那麼兇呀？我要打算要你的命，早就用暗器打你了。我倒是很愛你的！我知道你是單刀楊小太歲的妹妹，說來你也是江湖人，為什麼你願意在德家當那受氣包兒的兒媳婦呢？我看着你太冤！不如咱們倆拜乾姐妹，你跟着我走，到處准保有吃有穿有戴的，還有男人……"才說到這裏，突然楊麗芳一槍刺來。她疾忙用刀撥開，說："哎喲！難道這麼好的便宜事你還不要嗎？"她還一半玩笑地以刀虛為招架了二三下；但楊麗芳的槍卻勢如毒蛇，直向她來扎。她狠狠地回迎了幾下，自覺吃虧兵器太短，幾乎被楊麗芳一槍刺中了肋窩。她急了，揮刀罵道："騷丫頭，小賤娘兒們！"楊麗芳雖然生氣，但並不還口罵，只沉穩鎮定地手腕撺勁兒，使槍桿彈動，槍頭點動；這叫作"鳳點頭"，專取對方的手腕。何劍娥立時眼睛就花了，虛迎一刀，回身向山上就跑。

楊麗芳緊追上去，槍往上挑；何劍娥嚇得哎呀一聲，疾忙低頭翻臂，一鏢打來；楊麗芳趕忙縮身，鏢從身邊飛過去，觸落在山石上，她不得不退後一步，暫時停止向前。何劍娥就趁勢驚慌着跑上了山，到了山頂上，她卻一鏢接連着一鏢打來。楊麗芳伏踞在一邊，槍抖成"梨花擺頭"之式，護住了身；上面飛來的五枝鏢，兩鏢被槍撥落，三枝是全都打空。

何劍娥忽然又跑走了，楊麗芳已然看不見她了，就又停了些時。看見山上已沒有動靜，嫣紅的太陽已然冉冉升了起來，楊麗芳又略歇了一會兒，就往下走，牽住了馬再往上走，同時仰着頭，時時提防上面的暗器，但幸而沒有，她就牽馬上了山。走上去一看，上面是一道很平廣的山嶺，樹木也很稀。向下看去，下面是一片田禾，被太陽照成金色，如滾動着萬頃金波的大海。她迎着陽光騎上馬，順着山嶺去走。

才走過了一重山嶺，迎頭又看見了何劍娥，何劍娥見了她回身就跑。楊麗芳趕緊又追，但是她很驚疑，特別的小心；同時見這道山嶺又往上去了，路也沒有剛才那麼寬那麼平了。登上了這第二重的山頂，轉過去卻是一片平谷，忽然有一群山鳥全都驚飛起來，楊麗芳就一驚，馬騎得更緩了。來到平谷上，見四面無人，何劍娥也不知往哪裏去了。

正在驚疑，突然聽得一聲呼哨，楊麗芳疾忙退馬，卻見何劍娥又在前面高處出現，舉臂高搖着白手巾。就見從她腳下一股山夾道裏，跑出來十幾個人，都是短打扮，有的還光着膀子，多一半使刀，少一半拿槍，氣勢洶洶，一齊奔了過來，齊聲威嚇道："快下馬來！乖乖的，聽話吧！"上面的何劍娥在山石上歡躍，說："小媳婦兒！你還不扔下你的槍嗎？"楊麗芳大怒，疾忙下馬挺槍向前。迎面就有三個人一齊使槍向她來刺，但他們全都是胡扎亂戳，哪裏懂得槍法？楊麗芳雖然力弱，但是步驟不亂，運用她的巧妙的槍法，封扎沉絞，一着緊似一着，不到十合就刺傷了兩個人。

於是其餘的人都慌了，何劍娥便從高處跑了下來，大聲叫嚷着，說："別怕！別怕！你們還他媽的是占山為王的好漢嗎？還怕一個娘兒們？"她指揮着，眾人又一齊擁上。但楊麗芳的槍法更加精熟，槍尖亂點，白纓飄舞，映着陽光十分好看。雖然左右全是刀槍亂上，勢極危迫，但她的槍抖起來緊護住了身，誰也不能夠近前。槍本來是"兵器中之賊"，尤其楊麗芳所使的是真正楊家的正宗梨花槍法，所以鈎、攔、繃、絞，抖動如飛。女魔王何劍娥也舞刀上前，但十餘個人也都敵不過楊麗芳。又戰了二十餘合之後，楊麗芳的力氣也就有些接不上了，但仍然緊咬牙關，奮勇揮槍。

不料這時那山夾道中又有許多賊人跑來，一個跟着一個，手中全都提着鋒利的兵器。何劍娥就又大喊道："快來吧！快來些幫手，快把這個小潑婦捉住！"楊麗芳未免吃驚，因為對方的人多，兵器又多，她的槍眼看着就要護不住自身了，急得她幾乎要哭了出來。可是跑來的這二十多個嘍囉，齊都彼此用黑話招呼；他們說的話楊麗芳雖然聽不懂，但是卻可以看見他們都是滿身流汗，氣喘吁吁的，有的頭上流着血，像是被人逼迫得跑來的樣子，只聽明白他們說了一句"俞秀蓮"。何劍娥紫漲了臉，臉上的紅痣也突起來，跟被槍扎傷了一個血窟窿似的，嗓子也劈了，扯開了大嚷大罵道："你們這一群膽怯無能的小子，白占了惡牛山多少年！焦大虎那王八東西也跑了嗎？快來幫忙！連個小娘兒們都捉不住，你們還……"她罵的話極為難聽。

楊麗芳一聽俞秀蓮已到山上來了，她就又振起了勇氣，力量也仿佛增加了十倍，槍抖得更疾更快；並且除了緊緊護身，還抽空就刺，一杆槍在許多兵刃之中，如銀龍與一群小魚、大魚爭鬥，就又扎傷了三個。其餘的人都似為俞秀蓮之名所震，只管往西邊的嶺下拼命地去逃，哪裏還有心來圍戰楊麗芳！一霎時，賊人就逃了十分之九，這裏只剩下三個人與楊麗芳對敵，其中就有何劍娥。何劍娥這時卻拼起命來，一刀緊似一刀；楊麗芳挽動了槍花，身子向後退了兩步。

在這時，山夾道中就來了一個手持樸刀的赤背大漢，楊麗芳一看是孫正禮，就大聲嚷嚷說："孫大叔！快來幫助我！"見五爪鷹孫正禮舞刀過來，何劍娥就曳刀跑了。孫正禮兩三刀就將兩個賊人全都砍倒在地，何劍娥卻已往山上爬去，楊麗芳就喊說："孫大叔！別放她逃走了！"孫正禮提刀向上又追。這時只見俞秀蓮手提雙刀已自山頭出現。何劍娥已無路可去，急得她大叫一聲，將身向下一跳，跌倒了，身子順着山坡滾了下去。俞秀蓮持雙刀向下去追，只見何劍娥已將刀撒了手，雙手抱住頭，往下滾得更快。

此時山下就有五六匹馬，馬上都是想要逃命的賊人，就見一匹馬迎上了山坡，截住了何劍娥，把她抱上馬去，撥馬下山，又往西飛馳而去。俞秀蓮看見那六個騎馬的人之中，有本山的寨主焦大虎，還有一個花白鬍子的瘦老人，她就舞刀回首招點，喊道："快來！看！那就是費伯紳！"口中喊出來，她人已然追了下去。前面的六匹馬七個人卻不顧背後，只管向西飛跑。此時孫正禮已跑下山坡來了，提刀幫助俞秀蓮去追；但他們雖跑得快，卻都在步下，如何能追得上前面的馬？

山上的楊麗芳已將她那匹馬牽來，可是這山坡本來沒有人工鑿成的道路，顯得十分陡，楊麗芳手中又有一杆槍，此時倒成了她的累贅物了。她牽着馬往下來，看那樣子十分危險，若是一個不謹慎，失了足，連人帶馬就得滾下山來；縱然不死，也得成個殘廢。俞秀蓮大驚，叫孫正禮先往西去追，她回身跑來救楊麗芳，並高聲喊道："牽馬站住吧！別往下來啦！等我上去接你！"她遂就將雙刀放在一塊大青石的後面，往上去爬。很快地來到了楊麗芳臨近，將馬接了過去，囑咐說："你慢慢的，小心一些！拿槍桿拄着地慢慢往下走！"

楊麗芳說："俞姑姑放心！我很謹慎，我不能夠跌下去。"

俞秀蓮說："那麼我先騎着馬下去了？"

楊麗芳說："俞姑姑騎着馬先追費伯紳去吧！不用管我啦！"

俞秀蓮說："不管你也行，你可下去就在這兒等着，不要往遠去。我們追上費伯紳，替你將仇報了，我們就回來找你，你可千萬不要離開這兒！"

楊麗芳點頭答應。

俞秀蓮在這山坡上她就跨上了馬，挽住了絲韁；馬本來很好，她的騎術又精，所以三跳兩跳地就下了山坡。她下馬拾起刀來，又騎上去，舉着一隻手又向正往下走的楊麗芳高聲囑咐了一聲，見楊麗芳在上面點頭，俞秀蓮就催馬向西追去了。

楊麗芳很艱難地走了下來。她本來不甘心，即使用步走着也要持槍追去，可是氣力已然不勝了。她就找了一塊石頭坐下，手拄着槍，看面前無邊的田禾，天空陽光雲影之下，只有幾隻老鴉在那裏飛翔，四邊卻看不見人，此地荒涼之極；回首往山上去看，山並不高，但上面卻無一人，賊人大概都已逃盡了。

她歇了一會兒，又要走，卻聽山上有人喊叫說："下面是楊小姑娘嗎？"楊麗芳驚了一下，疾忙站起身來，回頭向上邊一看，見是史胖子騎着一匹馬，還拉着兩匹馬。她就急急地點手說："史大叔，快下來！快下來！快給我一匹馬！費伯紳往西跑下去了，俞姑姑、孫大叔都已追下去了！快給我馬，我也去追！"

史胖子就將一匹馬撒了手，衝着馬屁股上一拳擊去，這匹馬就連蹦帶跳地下了山坡。楊麗芳疾忙向旁一閃，馬已到了平地上，被她攔下，揪住；同時山上又拋下一根皮鞭，她也拾起來。她喜歡極了，就趕緊上馬，向西飛馳而去。這匹馬是俞秀蓮騎的那匹，跑起來也非常之快，霎時間就跑出了很遠。

史胖子騎着一匹，拉着一匹，從身後追了來，一邊跟着走，一邊說："昨夜我們在狗兒堡跟賊人打仗，後來就找不着你了，我們真是着急，還以為你是被賊人搶了去了！"

楊麗芳一邊催馬急急地走，一邊氣喘着說："女魔王真狡猾！她把我誆到山上來，叫來許多賊人把我圍困住；幸虧我這杆槍還敵得過他們，孫大叔、俞姑娘又趕了去幫我，不然……"

史胖子說："這全是那費伯紳定下的詭計！咱們這裏都有誰，誰的本事怎麼樣，他早已打聽得清清楚楚的了。那傢伙，好難鬥！我想，也許是那諸葛高自知此山難守，故意把咱們誘往別處入他的陷阱？"

史胖子一邊騎馬跑着，一邊說話，手裏還牽着一匹，不覺間他就落在後邊了；報仇心急的楊麗芳早馳馬奔往前面去了，而且越離越遠。史胖子在後大聲喊說："可小心點！"

楊麗芳不顧一切地馳馬向前，馬順着山邊的彎曲道路，似飛一般的跑。忽然來到了一個所在，只見這裏是一個叉子形的路口，往東南的一條路稍寬，稍為平坦，但禾黍蕭蕭，路上無人；往北卻是一條很窄的路，遠處有青山，近處且有樹木跟廬舍。楊麗芳來此駐了馬，就不禁徘徊，心裏想：我往哪邊走才對呢？只好先到廬舍去打聽打聽了。於是她催馬進了北邊的路，走不多時就來到廬舍之前。這裏有十幾株高低不齊的槐柳樹，裏面是小廬五椽，都被綠陰遮覆着。土垣裏還有竹籬，竹籬之內種着蔬菜；土垣之外卻有自山上瀉下來的一股流水，在石頭上緩緩地流着，其寬不到二尺，馬一跳便跳過去了。水聚到南首林裏成了一個池子，蘆葦生在池邊，柳絲垂到水裏；有幾隻雪白的鴨子在那邊游着，呷呷地叫着，樹上也是蟬聲鳥語。楊麗芳想不到這裏竟有如此清靜的地方，這竟像是個隱士棲住之所。

　　她下了馬，仔細低頭去看，見地下有幾行蹄跡，是一直往北邊的山裏去了。走到柴扉前一推，沒有推開，她又叫了兩聲：「有人沒有？快來開門，我要打聽一點事！」裏邊只有細碎的鳥語，卻沒有人應聲。楊麗芳就登着馬鐙攀上了短牆頭，才要跳進去，就見那三間較大的草廬裏竹簾一動，走出來一個婦人，喊着說：「別上牆呀！牆可禁不住，你是做什麼的啊？」

　　楊麗芳一看，這婦人年紀不過三十歲，黑黑的臉上擦着許多脂粉，重眉毛，梳着光亮的雲鬢。她穿着綠綢子上身，大紅布的褲子，手上還有金箍子，看着不像久在這山野荒村中住的人。

　　楊麗芳就說：「我跟你打聽一件事，剛才你看見有幾匹馬從這門前走過去了沒有？」

　　婦人說：「我這半天都沒出屋子，哪看見有什麼馬了？我倒是聽見一陣馬蹄響，好像是往北去了。」

　　楊麗芳問說：「往北是什麼地方？」

　　婦人說：「往北是山。」

　　楊麗芳又問：「那邊有住人家的嗎？」

　　婦人搖頭，笑了笑說：「那我可不知道！你別瞧我在這兒住了十多年了，可是山上我一回也沒有去過。」

　　楊麗芳又問說：「那邊山上有強盜嗎？」

　　婦人說：「你想啊！山上要是有強盜，我們還能在這兒住？我們也不是俗等人家，這兒是滿城縣裏高老爺的下處。」

　　楊麗芳說：「謝謝你啦！」

　　她遂就勢上了馬，撥馬依然往北去走。只覺得越走路越狹，地下又坎坷不平，真是一個人也看不見。因為樹木不多，所以山鳥也很少，太陽曬得也很熱，楊麗芳騎馬提槍吃力地走上了山嶺。只見峰嶺綿延，青石疊積，煙雲飄蕩，十分空寂；若在此尋找一個人，實如海底尋針。楊麗芳不禁灰了心，歎了口氣，心說：這可怎麼辦？費伯紳他們逃往哪裏去了？別是他們逃往另一條路上去了，俞秀蓮也往那邊追下去了？剛才，是那婦人聽錯了蹄聲的方向吧？我還得回去，找那婦人問問才行。也許因為她在這裏住，不敢得罪山上的強盜，所以她不敢告訴我費伯紳他們的去處？於是楊麗芳只得又退馬下山，順着來時的路往回走；她走得很慢，精神十分不濟，力氣也像沒有了。仔細一想，並不是因為這兩夜缺乏睡眠，困倦得如此，最主要的原因還是自昨天到現在就沒有吃什麼東西。她現在才知道餓的滋味，真是難受。她緩緩地騎着馬走，一陣陣的急憤、傷悲，又惹得她不禁流淚。

　　不覺着又走回那廬舍之前了，這裏的楊柳、小溪、鴨群、茅舍，處處顯出主人的風雅；同時一陣陣的飯香，自短垣之內散出，真是香極了，惹得楊麗芳不禁流涎。她就下了馬，上前推着柴扉，又向裏叫着：「大媽！大媽！」叫得她都覺着沒有了氣力，腹中也咕嚕嚕的直響。

　　半天，裏面才有那婦人答應，聲音卻不像剛才那樣和氣了，說：「是怎麼回事呀？又來叫門！」拉開柴扉，一看是楊麗芳，她就問說：「你找着前面的馬沒有？你是個幹什麼的呀？哎呀！拿着這桿槍你要幹嗎呀？你是誰家的小媳婦呀？」

　　楊麗芳歎了口氣，說：「大媽你不必問了！我……不瞞你說，從昨天起我就沒吃飯，也沒睡覺，我是個……唉！我是個有急事在身的人。我要找一個人，此人是很老了，姓費，他又名諸葛高。」

　　婦人的臉色頓變，說：“哎喲！你找諸葛高幹嗎呀？你怎麼認識的他呀？”

　　楊麗芳驀然又一陣振奮，問說：“你怎麼知道諸葛高？他到你們這裏來過嗎？”

　　婦人笑着說：“他要到我們這兒來過，我們可就不得了啦！惡牛山的焦大虎是他的乾兒子，那老傢伙常到他的山上去住，聽說都有六七十歲了，是一位老秀才；可是那些精壯的小伙子沒有一個不敬重他的，都把他看作老神仙。我們這兒也不敢得罪他們，有時他們山上要來了人啦，說是要兩隻鴨子，拿去孝順他們的老爺子，我們也不敢不依。”

　　楊麗芳就說：“我看你們這兒正做着飯，我想在你們這兒吃點。我可不像他們強盜，吃完飯我一定給你們錢的。”

　　婦人笑着說：“唉！錢不錢倒是不在乎，只是你來的還早了一點；你要是下午來有多好，我剛宰了一隻鴨子，還沒下水煮呢！因為我男人趕着驢接他的丈母娘去了，下午來我們家裏吃飯。”

　　楊麗芳說：“我倒用不着吃什麼好的，只要有粗米飯就行，好歹吃完了，我還要到別處辦事去呢！”

　　婦人遂請楊麗芳牽馬進了柴扉。短垣裏，地下有兩根木頭椿子，遺着一堆馬的糞尿，楊麗芳看了便不禁有些生疑。婦人卻說是她家裏養着兩頭草驢，一頭是她丈夫牽了去接她娘家的媽，另一頭是她的兒子騎着到城裏糶穀子去了，她說：“這是城內做過開封府的高老爺的房子。高老爺喜愛這地方清雅，又因高家祖塋在這山後，所以每逢清明或中元節前後，高老爺時常帶着太太來，在這裏一住總得半個多月。”

　　楊麗芳聽婦人這樣說，心中的疑念便已釋然，將馬繫在椿子上。婦人就把她讓到那三間大屋子裏，屋子雖也是泥草搭蓋的，可是一掀竹簾，裏面竟是十分的敞亮；榆木的桌椅，壁間掛着名人字畫和拓的碑帖，桌子上且擺有膽瓶鏡架、書卷筆硯，確實稱得起是一位官人家的別墅。婦人隨着進屋來，就自稱她是這裏高老爺的親戚，所以托她們來這裏居住，看守着房屋。她請楊麗芳在椅子上落座，就出去，到廚房盛飯盛菜去了。

　　楊麗芳槍立在屋中的牆角，站起身來，將這屋子周圍看了一看，見是一明兩暗：北邊的裏間有一張木榻，榻上有一份很乾淨的被褥；南裏間卻只有一隻大木頭箱子和一隻裝米的大缸，還有些鋤頭、鐮刀等等雜亂的什物拋在地下。兩個暗間可都懸有門簾。看這樣子，這個人家在此地是相當有錢，附近的風景又清靜、雅致，實在值得羨慕。

　　那婦人已端着菜飯的盤子送來了，飯是白米中雜着黃米，冒着騰騰的熱氣，撲到鼻裏覺得很香；菜是一碗熬白菜、一碟子拌黃瓜，不過都只放了點兒鹽，此地是沒有醬油和豬油的。放在桌上，婦人就笑着說：“吃吧！可沒有什麼好的。”

　　楊麗芳也笑着說：“這就很不錯了，我在家裏還吃不着這麼好的呢！”

　　婦人就問她家在哪兒，當家的是個做什麼的。

　　楊麗芳只說：“家住在北京城外，開設花廠子，丈夫賣花兒，如今……”說到這裏，她卻想不出來應當怎樣編謊才好了；自己騎着馬，拿着槍，除了說是保鏢的，人家才能相信，但天下統共有幾個女保鏢的呀？再說，剛才說的是家裏開花廠子，如今自己怎麼又保起鏢來了？當下她不由得臉紅了一紅，就不再答話，拿起筷子來，夾着菜吃着飯；想快些吃完了飯就走，再去追費伯紳，找俞秀蓮去。

　　此時她是坐在一張八仙桌旁，婦人坐在她的對面，兩個暗間的門簾就在兩人的背後，被風吹得微微的飄蕩着。楊麗芳的椅子後邊就是那南裏間，裏間剛才她是查看過了，知道屋裏確實沒有人，她就安心地吃着。婦人在她對面向她絮絮地問話，她只是一邊嚼着飯，一邊點首。

忽然，面前的婦人突然臉色一變；楊麗芳正有些驚疑，卻不料兩隻胳臂已然被人自後面揪住了，她驚喊一聲：「哎呀！」筷子和飯碗全都撒手摔在桌上，只覺得兩隻胳臂被人揪得很緊。她急得身子一挺，扭頭向左右去看；卻見身後是兩個強壯大漢，都光着脊背，每人用雙手握住自己的一隻胳臂。

面前的婦人也站起身來，說：「你可別怨我！誰叫你自投羅網呢？拿着大槍怔進人家的宅裏吃飯，給你點罪受也應該！」

楊麗芳急急地說：「你們這是為什麼？咱們往日無冤，近日無仇，你們為什麼暗算我？」她大聲呼叫，揪她左臂的人就把一隻大手按住了她的嘴，右邊的人就啪的打了她一個嘴巴。楊麗芳瞪大了眼，極力地掙扎，但掙扎不開，也喊不出來，兩個大漢就用粗繩將她的雙臂倒剪上。

楊麗芳抬起腳來踹，一下就將椅子踹倒了，那婦人就說：「呵！好大的力量呀！看不出這小娘兒們倒還很潑，把她的兩條腿也綁上吧！」

兩個大漢都說：「沒有繩子啦！」

婦人說：「我給你們找一根。」她往屋裏去找，也沒有找着。楊麗芳就趁此時啐了一口，因為她的牙已被打破了，就吐出許多血星子來。

兩個大漢又威嚇着說：「你要敢喊叫，我們可當時就要了你的命！不喊叫，我們倒許能夠饒你。」

楊麗芳就哭着說：「你們快放開我吧！要不然，我的朋友可就來啦！他們可都是好漢，能夠殺死你們！」

兩個大漢又齊聲催着那婦人，說：「快找繩子！」

那婦人也驚慌失措的，後來就把她繫的一條紅布腰帶解了下來，拋給大漢，說：「就先用這個把她的兩條腿捆上吧！」

楊麗芳此時是臉色慘白，雙眼溢淚，氣得全身顫抖，她全力掙扎，但掙扎不開。兩個大漢的力太大，用褲腰帶把她的兩條腿也捆得緊緊的，然後就連抬帶抱，進了南裏間。那婦人就把那隻大木箱的蓋子打開，原來這隻大木箱裏什麼東西也沒有，兩個大漢抬起楊麗芳往箱子裏一拋，嘩啦的一聲，楊麗芳倒不禁驚異；原來這箱子的底兒是活的，箱底兒被她壓翻了，她的身子隨之墮入了深坑。

她不由得哎喲了一聲，便有一個人上前來，厲聲說：「不准嚷！」把刀貼在她的臉上，又用膝蓋一磕頂，楊麗芳的身子就滾進了一個地方。這裏光線很黑，原來是一座地下室，壁上可掛着油燈。

在這神秘、恐怖、黯淡的燈光之下，就看見地下有一塊木板，上面坐着一個人；此人鬚髮很長，都作蒼白色，身子十分削瘦，年齡已很老，穿着綢子的衣裳，手搖着一柄摺扇。這人就冷笑着，說：「哼！哼！我還以為你有多大的能為呢？」

楊麗芳昂起頭來，瞪眼怒問：「你是誰？」

這老人就說：「你找的是誰，我就是誰！」

楊麗芳一看，原來這人就是費伯紳！她氣得胸中的肝肺都欲炸裂，眼睛都要瞪出血來。她啐了一口，罵着說：「老賊！我的父母都被你害死了，我非得替他們報仇，殺死你！」她全身用力，死命地掙扎，但手腳都被綁得太緊了，連動轉都不能。

旁邊還有個人，正是女魔王何劍娥，她手持明晃晃的鋼刀，厲聲呵斥說：「你真是想死嗎？我們要在這裏把你殺死了，憑她俞秀蓮的武藝再高，可也不能來這裏救你！”何劍娥說話的聲音很大。

楊麗芳拼出命去，也尖聲叫道：“你們殺死我吧！”

這時就聽咕咚咕咚幾聲響，只見剛才捆綁楊麗芳的那兩個大漢，又一齊來到這間地窖裏。一個過來用雙手捂住楊麗芳的嘴，另一個急急地向何劍娥擺手，說：“不要嚷嚷！”更悄聲說：“那五爪鷹孫正禮可來了！他看見那匹馬跟那杆槍了，就說這婦人是被咱們害死了。郭大娘向他分辯，說是楊家女子是把槍和馬存在這裏，上山去找什麼人去了。孫正禮卻還不信，正在外邊吵鬧呢！”

這時何劍娥正按着楊麗芳的身子，楊麗芳心中十分興奮，就覺得出這女魔王的手有些發抖，只聽她說：“他只是一個人不是？咱們出去把他拿住怎麼樣？只要你焦大虎有那膽子，我雖然腿上有傷，可是我不怕！”

原來這兩個大漢其中之一，那臉上有些黑麻子的人，就是惡牛山的大王焦大虎。這個人身軀很高，地窖又低，他只能蹲着、坐着，卻不能直起腰來。他的臉色十分陰沉，搖頭說：“不行！五爪鷹也不是好惹的，我怕敵不過他！再說我雖只聽他一個人在外面喊嚷，可是，怎知俞秀蓮沒在門外？”

此時那費伯紳依然盤着腿坐着，神態十分的從容，搖晃着摺扇說：“不要緊！由他們在外面威嚇，我相信郭大嫂絕不能將咱們這地方告訴他，你們就放心，他們不能夠闖進來。二熊，你去守門！”

捂着楊麗芳口的這個漢子聽了吩咐，就把雙手放開，守門去了；可是何劍娥的鋼刀仍挨在楊麗芳的胸前，楊麗芳就仍不敢喊叫，只得低聲說：“你們若能把我放開，我就出去攔住他們，不能傷害你們的性命！”

費伯紳卻微微一笑，拋過來一條手巾，叫何劍娥把楊麗芳的嘴給堵上。他搖着摺扇，花白的長髯飄動着，微揚着臉，閉着眼睛，就用傲慢的聲音低聲說：“你弄錯了！你的父親楊笑齋原是我的好朋友，我早先到你家裏去，你的母親也不回避。我跟你父親真是莫逆之交，他是服錯了藥死的，你母親是殉了節；他們出殯之時我還去送喪，我還為你母親請了貞節的旌表。現在這些事都是因為那楊公久，他本來是個盜賊，把你們兄妹自幼搶去，就傳授給你們一點武藝，唆使你們尋我跟賀知府報仇。其實復的是什麼仇？不過是早先他在汝南衙門被押過，他銜恨我們罷了。這雖是二十年前的舊事，但是非真假，還可以尋得出來見證。

“你一個女子，嫁到德家裏又很好，不該聽信奸人的挑唆，勾結羅小虎、俞秀蓮、劉泰保那些大盜、女賊，來同我作對。須知我雖年老，雖不會武藝，但我的乾兒義女尚很多，他們全是一時的豪傑，絕不能讓你們逞強。現在我把你綁到這裏，不過是叫你暫時受一點委屈，絕無惡意。因為我見你長得很像你故去的母親，看見了你，我就不禁想起她來。

“她真是個絕世的美人！當年賀知府為她得了相思病倒是真的，卻沒想要占她。唉！二十年前她節烈而死，如今她的兒女反與我為仇，我想她九泉有知，也是不能瞑目。現在，你好好在這裏待着吧！等我捉獲了女盜俞秀蓮，我必能把你安置到一個好地方，你且不要急，且不要難過！”說完話，又微微笑着。

楊麗芳周身使力，但是仍然掙不斷手腳上被捆的繩索，不能撲殺眼前這狡猾的老賊，只氣得她流淚。

此時大概是那前去守門的二熊把那大木箱的底兒托開了，所以外面嚷嚷的聲音，全都能夠傳入這密室裏。只聽是孫正禮的大嗓音喊着說：“快說！那個婦人往哪兒去了？是被你們害死了不是？你快說出來！不然我可不管你是男人、婦人了，一刀就能要你的命！”

又聽是那姓郭的婦人說：“哎喲！你是強盜你也得講講理呀！剛才不錯，是有個小娘兒們，在我這兒還吃了一碗飯。後來她說要上山找人去，騎着馬太不方便，她就把馬跟槍全都存在我這兒啦……”

費伯紳在這裏聽着，不禁暗自微笑，很讚賞那婦人會說話。可是不料孫正禮還只管嚷嚷，婦人就急喊着說：“你不信你到山上去找她呀？在這兒你吵什麼？你一個大漢子來到我這單身婦人家裏胡鬧，算怎麼回事？哎喲！你沒有王法了呀？你揪我的頭髮，你是什麼東西？哎喲！救人來呀！我可要一頭撞死啦！”接着是嗚嗚的一陣痛哭。

這裏費伯紳就面色漸變。楊麗芳的胸頭愈是緊張，全身更極力掙扎，但也沒有一點效果。

外面的孫正禮又大聲喊罵說：“我看你就不像是個好人！快說出那人的下落來便饒你！”婦人又說：“哎喲！你殺了我，我也說不出來呀！你上山去找找去吧！”

孫正禮說：“我才從山上來！你別騙我，你快說！”就聽鋼刀劈在桌子上之聲和腳步急響之聲，十分雜亂。

費伯紳不由得把臉一沉，女魔王憤憤地要挺刀外出，卻被焦大虎給攔住。此時卻又聽到外邊馬蹄聲亂響，費伯紳仿佛打了一個冷戰。外面的聲音更加雜亂，那婦人又喊叫，並聽有男子的山西口音，還有個女子的聲音說：“搜一搜！各處都搜搜！你就不必狡賴了，馬跟槍都在你這裏，人可不見，這多可疑！”

楊麗芳又用力翻了一個身，卻被何劍娥給按住，並以刀比着她的脖頸。楊麗芳的心中就如燃着一把急火，口被布堵着，她用牙緊咬，用力向外噴氣。她想要喊：“俞秀蓮已然來了，你們能惹她嗎？你們快將我放開！”但這話她卻無法呼喊得出。何劍娥又使她仰面躺着，用一隻手緊緊按着她的胸，她的呼吸都已十分困難，只瞪着兩隻大眼睛喘着，何劍娥也用兩隻兇眼瞪着她。

突然，費伯紳自己起來，爬了過去，將壁上的那一盞燈吹滅。那二熊又跑回來，急急地說：“俞秀蓮跟那爬山蛇史胖子也都來了！”

費伯紳悄聲吁了一聲，攔住二熊說話，神情也顯得萬分緊張起來。室中昏黑，只有三口刀的光芒還一閃一閃的，後牆上仿佛有個地方能透進一線之光，可是不知通到哪裏。全室中更一點聲音也沒有了，每人都能聽見自己的心跳。楊麗芳還急驟地喘息着，但發出來的聲音可也很小。

外面，因為地窖的門板，即那個大木箱的底兒已關得很嚴，所以外面一切的足音、叫嚷聲及威嚇、狡辯聲，種種聲音全都灌不進來了。可是又聽有幾下木板撞擊的聲音，似是俞秀蓮等人把那大木箱子打開了。這裏的人就更緊急，何劍娥的刀刃已挨着楊麗芳脖頸間的肉皮。楊麗芳閉着眼睛流着淚來，只是在等死。她心中既憤恨，復悲傷，但知道費伯紳這些賊必不能逃脫，又有一些安慰。在這時，忽然木箱又不響了，外面的聲音似一切皆停。這裏的幾個人又都長出一口氣，何劍娥的刀也離開楊麗芳的脖頸了，費伯紳卻哼哼冷笑一聲。這一場緊張暫時過去了。

原來是因為外面的史胖子跟孫正禮，打開木箱看了看，見是空的，他們又給蓋上了。誰也不會想到這麼簡陋的草房，地下會有密室。

俞秀蓮仍向那婦人究問。孫正禮暴跳如雷，說：“把這娘兒們綁在馬椿上，拿鞭子抽她一頓，她也就說了！”

　　那婦人卻坐在地上，嗚嗚大哭，說：“你們就是剝了我的皮，我也不知道呀！”這婦人在地上一哭滾，她那繫褲子的一條破布也掙斷了；史胖子倒覺得喪氣，就走出屋去了。孫正禮也有些灰了心，便向俞秀蓮悄聲說：“師妹，咱們走吧！”

　　俞秀蓮卻搖頭，走出屋去，囑咐史胖子再沿山訪查。同時她又叫孫正禮不要只管嚷嚷，也不要打這婦人，她說：“咱們只要在這裏看守一晚，必定可以看出一點破綻，找出楊麗芳的下落，並問出費伯紳眾賊的藏匿之所。如果在此住一夜，這裏沒有一點事情，那麼明天咱們就向這婦人賠罪，給她銀錢賠償她，然後再走！”

　　史胖子跟孫正禮齊都認為這辦法很好，他們就很不客氣地到廚房裏把飯吃了，隨後二人就出去到山上去訪查。這裏俞秀蓮雙刀時刻不離身畔，時時監守着那婦人。

　　婦人卻坐在地下索性不起來，哭了一陣可也沒有多少眼淚，又抓自己的臉罵自己，說：“我沒有了臉啦！我叫那麼大的男人抓住頭髮拿刀嚇着我，我的褲帶也被你們扯斷了，我真沒臉啦！我當家的若回來，我非得吊死不可！我哪認得什麼姓費的呀？我哪認識什麼強盜呀？我是好人家的婦女，受不起你們的冤枉！”

　　俞秀蓮只是由她哭鬧，並不理她。在外屋椅子上坐了一會兒，就站起身來往北裏間查查，又到南裏間看看。在南裏間內，就驀然聽得呱嗒的一聲，仿佛是板子響；俞秀蓮就不由得心中一動，手提雙刀，呆然站立。忽又聽咯吱咯吱的，仿佛是耗子在咬木頭，就是自那大箱子中發出來的聲音。俞秀蓮頓然精神緊張，又微微冷笑，可是心中反倒為了難；因為想到這裏如若有地窖，楊麗芳一定是被藏在地窖裏了，投鼠忌器，自己實在不敢貿然下手，更不敢向孫正禮去說。她遂就將楊麗芳的那杆槍也拿到這屋裏，側耳靜聽，只聽那箱子底兒時時作出微微響聲。

　　她忽然一扭頭，見那婦人正扒着簾子往裏屋看，面露驚慌之色。俞秀蓮就大怒，一個箭步躥去，把婦人按倒。婦人剛要喊叫，俞秀蓮用手指向她的肋間一點，婦人的臉立時變成金黃色，眼睛一翻，嘴一咧，就疼得昏暈了過去。俞秀蓮疾忙將北裏間的門簾揪下，哧哧地撕成了許多條，連結在一塊，就將婦人的手腳都捆上，並把嘴也堵上，挾着送到了廚房裏；然後仍舊回到了這屋裏來，蹲在木箱的旁邊，側耳向裏邊靜聽。

　　由裏面的細微微的聲音，她就已然判明了，這箱子底下實在連着暗室。她心中倒好笑，就想早先小的時候，聽自己的父親常說，江湖之間有一種黑店，就多半是床下通着地道；到客人睡熟了的時候，賊店主人就由地道中鑽出來害人劫財。如今不料費伯紳竟也弄此伎倆，這伎倆弄得可也太不新鮮啦！不過話雖如此，自己雖明知道箱子底下就有賊人和被難的麗芳，然而竟不敢動一動。她心中就不免十分焦急，又竭心盡思地想闖進那地窖救出麗芳、捉住賊人之計。

　　直到傍晚之時，孫正禮和史胖子回來了，一進屋來他就大聲喊說：“師妹！我們捉住了一個小賊！”俞秀蓮趕緊擺手，令他小聲說話。孫正禮反倒一怔，見師妹手握着雙刀，神色緊張，蹲在木箱的旁邊，他也不知道是怎麼一回事，話反倒說不出來了。

　　俞秀蓮說：“費伯紳實在稱得起老奸巨猾。現在我已查出來了，那隻大箱子的底下，一定是有個地窖，楊麗芳必被他們捉住藏在這裏。我已將那婦人捆起來。我想他們不能永遠在地窖裏邊藏着，到天黑時他們一定要出來，那時我們再下手捉拿。可是現在，我們先得假作已然走了的樣子才行，不然他們是絕不敢出來。”

　　史胖子卻說：“他們既有地窖，就不能沒有透氣的地方，不然全都得悶死了，說不定還有後門兒。孫大哥你先在這兒看着，別急躁，容我跟俞姑娘把他們的後門找着。俗語說：狡兔有三窟，得免其死。費伯紳他那樣奸、猾、壞，他還能不想到這兒？我想他絕不能在一個死地窖裏藏着，他必有退路。」

俞秀蓮也覺着這話有理，遂就跟隨史胖子出了柴扉，按照着廬舍的形勢往後面去尋找。夕陽之下，就見小溪潺潺的流洩着，都聚在牆後邊的池子裏；池水中有幾隻鴨子呷呷地叫着，逐水相嬉。水面上漂着很厚的一層浮萍，柳絲蘸着池水，槐葉閃爍着夕陽。池邊的蘆葦也很茂盛，史胖子與俞秀蓮就用刀輕輕撥分着蘆葦，走進了裏面。忽然史胖子發現地下埋着一根竹筒子，露出地面不到半尺，外圓中空，傾斜着栽在地裏，好像是隻煙囪。這竹筒的附近一尺見方之內沒長着葦子，地下的泥土也很松，但用旁邊的葦葉遮蓋着；若不是細心看，是絕對看不出來的，安設得可稱十分精巧。

俞秀蓮蹲下身，將耳朵貼在竹筒的旁邊往裏去聽；只聽裏面似乎有人在說話，但聲音太低，無法聽得清楚。她此時心中憤恨極了，若不是知道有楊麗芳被困在內，她真想放一把火投在這竹筒裏。

她站起身來，就見史胖子微笑了笑，俞秀蓮就悄聲說：「史大哥，你在這裏看守一會兒好了，不要動這竹筒！」

史胖子點點頭，咧着嘴微笑說：「我知道！」

俞秀蓮遂就又往那房子去了。重進那屋裏時，就見孫正禮掄着大刀比着箱蓋。箱子裏有時微微地響，有時又不響了，裏邊就好像鬧耗子；而孫正禮像就是一隻貓似的，並且是一隻大黑貓。

俞秀蓮突然大聲說：「孫師哥！咱們走吧！那費伯紳老賊一定不在這裏，咱們回惡牛山再找他們去吧！麗芳也許順着山嶺又折回那裏去了。」她一邊嚷着一邊使眼色。

孫正禮起先還發着怔，後來他忽然明白了，他也大聲嚷嚷起來，說：「他娘的，費伯紳還敢回惡牛山嗎？這屋子一定是他的老巢，咱不如放火燒了這屋子！」

俞秀蓮大聲說：「你別混鬧！快走吧！這與人家有什麼相干？那婦人也不知往哪裏去了，待會她要是把她丈夫找來，咱們有什麼話可答？咱們又不是強盜，咱們俠義之人不能夠不講理，走吧！在此白耽誤了時候。快走，先往狗兒堡，再到惡牛山，那山上一定有他們秘密的窠穴。此時天還不太晚，咱們趕到那裏還能搜得着！」

孫正禮也扯開喉嚨大喊：「老史！咱們走吧！」一邊嚷着，一邊還大聲罵着，同俞秀蓮一起故意放重了腳步，足音雜亂的出了屋。

孫正禮去解馬，並故意將馬用鞭杆抽了兩下，馬就嘶叫起來；一匹馬叫，四匹馬也全都叫。孫正禮腰掛着大刀，一手拿着楊麗芳的槍，一手牽着四匹馬，出了柴扉；他在前面跑，四匹馬跟着他跑，一陣蹄聲嘚嘚，雜亂異常，真像是許多個人，許多匹馬全都走了。其實，孫正禮卻是將馬牽到了離房子不遠的山坡上，繫在樹上。俞秀蓮也把那被捆的婦人抱出去，藏在了山坡上。

這時那短牆裏十分地岑寂，俞秀蓮就在屋外牆根下蹲伏了半天。眼看群鴉噪過一陣之後，天際的霞光漸漸消散，黃昏暮色漸漸垂了下來；銀星也在天空中迸出，山風吹得廬舍後面的槐柳樹呼呼地響。俞秀蓮又走到那窗前竊聽了一會兒，就聽得那個大木箱裏仿佛聲音更加大了起來。她立時飛上房去，在房上趴伏着，雙刀藏在自己的身下，向下靜伺着。

又待了多時，才見那屋的簾子呱嗒一聲響，走出了一個人來。這人是彎着腰，輕輕慢慢地走；手中提着個傢伙，映着星光閃爍發亮，一定是刀了。這人在院中東瞧西望，自己嚇着自己，就仿佛是個才出洞的耗子似的。然後，他將刀向前護住身，就進了那廚房。進去了一些時，就見廚房裏亮起火光，這人拿着一盞油燈又走出來。在各處都照着查看了一下，他就大聲喊說：“出來吧！那幾個王八蛋全都走啦！連那個女的也走啦！”

他這聲音一喊出來，屋中那木箱的蓋子就不住地的響動，又出來了一個人，這卻是何劍娥。她因為今早從山上滾下，身上受了一點傷，所以左腿還有點跛，但是慓悍依然，掄着刀說：“二熊你嚷什麼？他們要沒走遠可怎麼好？”

二熊說：“早走遠了！那群餓鬼，把廚房裏的菜飯吃了個精光，他們才走的，他媽的，跑到這兒開齋來啦！郭大娘可是真沒有影兒了！別是叫那孫正禮給背走了，上什麼地方成親去了吧？”

何劍娥罵着說：“媽的！你這時候還說混話？郭大娘叫他們搶走了幹咱們什麼事？咱們快些走吧！”

二熊說：“老猴子怎麼辦？還招呼他一聲嗎？”

何劍娥說：“招呼他一聲！他若不走，叫大虎也走，就把德家那小媳婦給他，叫他們在地洞裏過日子去吧！媽的，我不能再在那地洞裏憋氣了，又渴又餓，我真受不了！快招呼他們，他們不走咱們走！”又自言自語地說：“我為個乾老頭子也夠了！媽的！我為我親老子也沒這樣過！”

此時俞秀蓮隱藏在房上，極難為房下的人所察覺。何劍娥就把那二熊手中的燈接過來，進了廚房，二熊又進到那屋裏去了。就聽他們大聲地說話，把箱子蓋摔得很響。又待了一會兒，可是二熊又獨自走出屋來，去到廚房找着何劍娥，他們滅了燈，一同出廚房走了。

俞秀蓮在房上又等了一會兒，不見再有動靜，就覺得很是可疑。剛要下房去看，卻聽有人發出一聲慘叫，聲音就似來自院牆之外那小溪的附近，接着刀聲鏘鏘，似有人交戰起來。俞秀蓮一驚，疾忙順着房跳到外面，就見孫正禮正與人廝殺。俞秀蓮一上前，兩三刀就將何劍娥砍倒，剩下的二熊跪在地下乞命。那邊槐柳林中卻又傳出史胖子的呼叫聲：“快來呀！快來救救楊小姑娘！”

孫正禮便與俞秀蓮一齊尋聲奔往，就見史胖子正與一個賊人廝殺得很緊。賊人的武藝雖不太佳，可是史胖子也難以立即獲勝，孫正禮就說：“老史躲開！你不行，我來！”他揮動大刀直奔這人。

這人正是惡牛山的大王焦大虎，他要跑已然來不及了，只好拼出命去與孫正禮廝殺。史胖子卻退了戰，向俞秀蓮嚷着說：“咱們先追老賊！老賊也是從這地窖裏鑽出來的，我們只顧了鬥那傢伙，老賊卻趁勢跑了！”

俞秀蓮急問說：“老賊倒不要緊！麗芳呢？她還在洞裏了嗎？”

史胖子說：“哎呀！我可看見了那賊是先抱着一個人出的這地洞！”

俞秀蓮急說：“快去找火來！”

史胖子說：“我身邊有！”他就掏出來火折，燃着了，迎風一抖，立時亮起了火光。俞秀蓮接過來，把一隻刀挾在臂下，一手搖晃着火摺子，在林中葦畔去照。突然發現池水中有個東西，她立時將刀和火折全都交給了史胖子拿着，就顧不得衣濕，走進了水池中。

這時那幾隻鴨子都已不知往哪裏睡覺去了，史胖子抖起來火光，照得水面通明，俞秀蓮就過去，將浸在池水中的人抱了起來，原來是楊麗芳；幸虧水還不深，她的口雖被手巾堵着，腹中沒灌進水去。俞秀蓮疾忙叫史胖子幫助孫正禮去戰焦大虎，她連雙刀也顧不得要，就抱着楊麗芳跑回那廬舍裏去了。

這裏孫正禮雖然刀法精熟，力氣猛大，無奈焦大虎只是繞着樹跟他鬥，眼看着就要逃命了。史胖子掐滅了火摺子，掄刀一上前，這焦大虎就成了首尾受敵，想逃跑已然不能夠，孫正禮又一刀砍了下去，焦大虎立即身死。

孫正禮又要叫史胖子點起火來，他提著刀瞪着大眼，在林裏葦中、池邊草底，全部搜查遍了；只見有幾隻蛤蟆在水裏亂跳，鴨子在欄裏被驚醒，卻沒尋着那費伯紳的蹤影。孫正禮就說：「奇怪！那老賊往哪兒去了？莫非此地還另外有個地窟窿？」接着又大罵了幾聲，就下水裏去摸，摸着費伯紳的屍身他才能甘心。

這裏，俞秀蓮搜找出那郭姓婦人的幾件衣褲和鞋，在黑暗的屋中，她就與楊麗芳一齊把濕衣裳脫下換了，然後她拿着濕的衣服到廚房裏去烤。楊麗芳已坐起身來了，說話也有了氣力，她說是現在除了手腳被繩勒之處，還有點疼，其餘都不覺得有什麼了。她又說了白天自己在這裏被陷的經過、地窖裏的情形，以及那費伯紳如何的奸惡。他們是在地窖的後邊，通氣兒的一根竹筒旁，拿刀打開了一個窟窿，從那裏逃走的。那焦大虎先背着楊麗芳出來，費伯紳是隨後鑽出來的。到了外面，不想正遇着史胖子，史胖子與焦大虎對起刀來，費伯紳卻趁勢逃走。在他逃走之時，就將楊麗芳推入池中。

少頃，史胖子和孫正禮將那婦人和小賊提了來，俞秀蓮就審問那小賊和郭姓婦人。小賊就說：「諸葛高他年老了，就是逃走，也不能逃得多遠；他一定是爬過山去，往黃家莊藏躲去了。明天諸位老爺跟奶奶自管過山去尋，如若尋他不着，我情願送命！現在五回嶺北邊三清廟裏的老道，那是早先河南有名氣的人，可也跟他有交情。明天你們幾位若到黃家莊還尋不着他，那他就一定是跑到三清廟裏去了。那裏的老道姓徐，卻不是個好辦的。早先焦大虎他們也得罪過他，曾帶着五十多個人去圍他的廟；那天我也去了，被那個老道手持一根鐵棍，給打了個落花流水。去年，諸葛高來了，由那老傢伙出頭，才算給兩家和解，可是我們山上的人還都不敢由他那廟門口過。」

俞秀蓮遂又逼問那婦人。姓郭的婦人就說，她實在沒幫助費伯紳他們害過人，今天這事是第一回。因為費伯紳他們一逃到這兒來，就鑽入地窖裏，後來楊麗芳也單身一人來這裏打聽，他們才起了陷害楊麗芳之意。

在這廚房中審問了半天，俞秀蓮就叫孫正禮在這屋裏看守這兩個人。史胖子打了一會兒盹，又起來防夜。俞秀蓮卻到那屋裏，同楊麗芳睡了一會兒覺，養好了精神。不覺着天已發曙，她們二人又都把昨夜烘乾了的衣服各自換上。

這時，那幾隻鴨子又從蘆葦旁的一個用樹枝插成的鴨欄裏浮出來了，牠們遍身的白羽，映着從柳線透過來的漸升的朝陽，光華在牠們的身上閃爍着，十分好看。牠們照舊呷呷地叫，毫不知昨日這裏曾有一場驚人殺鬥，也毫不知附近就有一座地獄似的秘窟。

俞秀蓮吩咐史胖子和孫正禮把外面賊人的屍身掩埋起來，自己要帶着楊麗芳要到那黃家莊去。

旁邊燒火的這小賊聽了，立時扭着頭說：「我帶着您去吧！那地方很不好找，沒人領着去，您一定找不着。」

俞秀蓮點點頭，遂叫那小賊去備馬。此時幾匹馬也都叫史胖子給喂得草足水夠，十分的精神。

那小賊將馬備了三匹，俞秀蓮帶着雙刀，楊麗芳提着花槍，連那個小賊，就一同出了柴扉，上馬往北去走。越走地越不平，少時到了山嶺上，火紅的朝陽整個罩住了他們。

那領路的小賊用鞭子往嶺下指着說：“您看！那山背後仿佛有一片亂石頭似的，那就是黃家莊。在嶺上往下看，若是不細看，絕不能看出那地方是個村莊；可是要由那村裏往上看，山上有一隻鹿，他們都能看得清清楚楚的。”

俞秀蓮說：“既然這樣，咱們就得趕快到那村裏，不然咱們在高處，若被那狡猾的老賊看見，他又逃了！”

於是這個領路的小賊，就催馬在前帶路，俞秀蓮和楊麗芳的兩匹馬緊隨。山嶺傾斜，山路迂回，往下看那一堆亂石似的黃家莊雖然就在眼底，可是要想到那裏去卻須繞過許多山路，而且都是極難行的山路，三個人都須要下馬牽着走才行。這一脈樹木稀少、怪石崚嶒的山嶺，原來就叫作五回嶺，其實彎彎曲曲，不止五回；遠處的山嶺上，還可以看得見那像蛇似的蜿蜒的長城，這地方真是險要，而且險惡。

俞秀蓮竟有點不願意再往下走了，因為她想着費伯紳那樣老弱的人，就是昨夜逃了命，他也不會爬過山來藏到此地，但楊麗芳卻絕不死心。

那小賊領路在前，楊麗芳緊緊跟着他。俞秀蓮隨後，且時時囑咐楊麗芳要小心；但楊麗芳卻緊咬着嘴唇，沉着臉兒，一句話也不答。三個人又費了很多力，方才來到那黃家莊。怪不得在山上往下看這裏不過是一堆亂石，原來這裏的房屋完全是用石頭搭成的，連房頂也鋪的是石板。這裏的人就住在這石洞裏，簡直像野獸一樣；不過二三十戶，聽說全姓黃，是聚族而居，多半是獵戶。

來到了這裏，小賊上前一打聽，本地的人倒不隱瞞，就說：“那位老神仙才走啊！他是天才發明時來到的。這道嶺上有一股便道，除了本地的人誰也不知道，可是他怎麼會曉得了？他就是從那股便道來的，他真不愧是個老神仙。他來了，我們這兒還有幾個人等着他看病呢！我有十天沒見着野物了，我也要叫他給占個卦，叫他卜我的運氣，看看我應當往哪一方去求財。可是那老神仙今天一來到，就慌慌張張的，坐在那塊石頭上，仰着臉曬太陽，不愛理人。

“昨天上午朱小八又牽來了四匹馬，說是由惡牛山牽來的，要往嶺北去賣。老神仙那傢伙剛才也不知看見嶺上有什麼東西，也許是他看見了鬼了，他立時抓了一匹馬就跑啦！”

俞秀蓮趕緊問說：“他往哪邊跑了去了？”

這莊裏的人向西指着說：“往西，就是這一股路！他才走了不大工夫，你們要找他有事，趕緊騎着馬去追，還能夠追上。可是，你們都是哪兒來的呀？都是惡牛山來的嗎？焦大虎那小子怎麼這些日也不看他的外婆來啦？他又弄上了個什麼老婆，就把外婆給忘了吧？”

俞秀蓮卻不答覆他問的這些話，楊麗芳早已一馬當先，向西馳去。這時楊麗芳的心情加倍的緊急，因為知道仇人就在前面不遠，她恨不得槍桿變得極長，一下就把那老賊鈎着，刺下馬來。她一手提韁，一手揮鞭，馬極快，不多時就把那領路的小賊和俞秀蓮全都落在後面了。

那小賊大喊道：“不要忙！那諸葛高跑不了多遠，他一定是跑到三清廟去了！”

俞秀蓮也說：“麗芳！你急什麼？小心你又出了舛錯，等一等我！”但她現在騎的這匹馬卻沒有楊麗芳的馬快，她的騎術雖精，也不濟事。她真有些生氣，暗想：這幾年楊麗芳怎麼養成這樣驕縱的脾氣？昨天那場教訓她還不怕嗎？費伯紳那賊，連別人不知的山上捷徑全都曉得，多少人追捕，他都能從容漏網。這樣詭計多端的人，對他還不得謹慎一些？遂又叫道：“麗芳，你不聽我的話了？”

　　前面的楊麗芳仍然不回答，其實她現在已是將馬放開了，想收也收不住了。她揮鞭的手腕未嘗不覺疼，登在銅鐙上的雙足，仍然有些不利便，但心卻如同這馬蹄一般突突地跳着，又緊又急地跳着，她只想着快些追上那老賊。

　　一瞬之間，她已走出了這股彎曲的山路。眼前是廣衺的平原，中間有一條小徑；就見眼前半里地之外，有一條黑色的馬影，若不是正被陽光照着，簡直看不出。楊麗芳愈是心急，愈加緊揮鞭，嘚嘚的蹄聲就像落下來一陣驟雨那樣響。她緊緊地閉着嘴，好像連氣也不喘，箭似的追去。距離前邊的馬越來越近，前邊的人馬就漸漸放大了，那馬上的人一回首，陽光照着飄灑的蒼髯，就像狼的尾巴似的。楊麗芳一眼就看出是費伯紳，她高聲罵道：“費……你這老賊！”費伯紳抹回頭去催馬就走。楊麗芳彎腰去摘槍，馬鞭落在了地下，她也顧不得去揀，就挺槍緊追。又追下一裏多地，就追上了，相距不過丈許，她就以槍向費伯紳的背後刺去，但沒有刺着；她再將馬催快些，自後又一槍，又是相差二尺多，又沒刺着。

　　費伯紳在前邊馬上發出如同夜貓子叫一般的笑聲來，頭卻不回，只管催馬逃命；楊麗芳更加緊去追。眼看着二馬相離不過七八尺了，楊麗芳又一槍刺去，槍就如一條毒蛇似的猛鑽費伯紳的後心。不料費伯紳往後邊拋來一條紅綢子，楊麗芳座下的這馬突然看見了異樣的顏色，就一驚，把前蹄一掀，幾乎將她摔下馬來。就是這一霎的耽誤，費伯紳的馬可又跑出去七八丈遠。前面是一片樹林，林中有紅牆掩映，費伯紳就直往那邊去了。

　　這裏楊麗芳手按住馬頭，再往前去追，可是這匹馬一差了眼，再也不能耐心向前去跑了，只是不住地跳躍，抬着頭長嘶。楊麗芳心中真如燃燒着烈火，急得要哭要叫。

　　前面的費伯紳已然逃遠了，他將要走進那有紅牆掩映的林中去了。他這時一點也不怕了，在馬上回過頭來，又向楊麗芳發出一陣嘻嘻的笑聲。卻不料他的笑聲未止，忽然身子一傾斜竟由馬上墜下，馬往旁邊跳去了，老賊趴在地上，就再也不起。這邊的楊麗芳反倒嚇了一跳，覺得奇怪，怕是老賊又施用什麼惡計。她就不敢貿然向前，便跳下馬來，提槍走過去看，邁步都很謹慎；她唯恐老賊身有暗器，設有陷阱。但來到一丈以內，她就見費伯紳趴在地下，如同一隻死狼似的，腦後中了一枝弩箭，已溢出血和腦漿，但手腳都在抽搐着，還沒有斷氣。楊麗芳怒火騰起，身子近前，一槍向老賊的身上扎去！她緊緊咬着牙，瞪着眼，及至看見費伯紳確已死了，胸頭的怒火才降下，悲痛復起，哭了一聲：“爸爸，娘！女兒已替您們報仇了！”

第十四回　　禮佛妙峰投崖盡愚孝　　停鞭精舍入夢酬癡情

　　突然，見林中走出來一個身軀彪大的青年男子，她又不禁吃了一驚，疾忙抬起淚眼來看。自林中走出來的這個魁梧男子，身穿青褂短衣，腰間繫着一條藍色的綢帶，上插一口帶有銅環的寶刀，手持着一個不到一尺長的弩弓。楊麗芳看了，先是一驚，因見這人有些眼熟，繼而細一辨識，才知道這是羅小虎；她倒呆了，不知說甚樣的話才對。

　　羅小虎卻面有愧色，向前走了幾步，恭敬地說：「現在仇已報了，請少奶奶快些回北京去吧！並請上復德五爺、德少爺，就說羅小虎在京之時多蒙包涵、照應。尤其是德少爺，前次我一時魯莽，將他殺傷，蒙他不究，但我也實在羞愧。告訴他們，我日後遇着機緣，必要捨了性命圖報！」

　　至此時，楊麗芳就忍不住頓腳哭叫道：「哥哥呀！」

　　羅小虎也低着頭黯然落淚。

　　此時俞秀蓮已然騎着馬趕來了，但只是她一人；那個領路的小賊，卻因眼見前面就是三清廟，他怕這裏的道士，所以不敢近前來。

　　當下俞秀蓮一來到，見費伯紳已死，她就叫羅小虎暫把費伯紳的屍身藏匿起來。她又勸慰楊麗芳說：「得啦！現在你的仇也報了，你們兄妹又見着面了！你們雖然自幼不同姓，可是確實是一母所生。在北京時，你哥哥是不知你嫁在德家，不然他不會做出那件事。那件事也過去了，你們都不要再記着了。麗芳你不是常說你孤苦嗎？現在你可又有了一位親胞兄！」

　　楊麗芳聽了俞秀蓮這樣的話，愈是哭得厲害，一邊流淚，一邊向羅小虎行了個禮，羅小虎卻更慚愧。

　　羅小虎將費伯紳的屍身拉進林中，又向着紅牆吹了一聲呼哨，就見由那廟中跑出來了花臉獾。羅小虎遂就吩咐他去取鋤頭刨坑，將費伯紳的屍身掩埋，又將馬牽到了廟裏。

　　當下俞秀蓮問羅小虎為什麼也來到這裏，羅小虎就不住地歎息。他請俞秀蓮和楊麗芳進內去休息一會兒，便把他來到這裏的前因後果，以及這廟中的情形，自己這些日來的抱負、意志，全都感慨地說出。

　　這座三清廟，即是北京西城隱仙觀的下院，也就是那位曾在武當山修煉過的老道士募資重修的。現在這廟中的方丈，就是那位老道的師弟，此人道號慎修，俗名徐繼俠，四川閬中縣人，原是當年川北著名的俠客"閬中俠"徐麟的裔孫。他的父親名徐雁雲，已故去了，在世時卻是老俠江南鶴的好友。這個徐繼俠幼秉家傳，學得武當劍術，並會使一根鐵棍。因為他們兄弟三人，他是最小，年輕時又獷悍無知，在家鄉得罪了官紳；並因與人爭奪一個女人，殺傷了人命，所以他才逃走於外，漂泊南北十餘年，以在河南居住之時為最多，與楊豹也有過些交誼。

只因為他練的是力功，不是練飛簷走壁，所以沒出過什麼驚震遐邇之事；且又生性冷僻，因此沒有多少人知曉他的名字。後來他流浪得倦懶了，又懺悔少年之時所做的錯事，因此才被那隱仙觀的老道人度入道門，在此修真。

這五回嶺本是個強人時常出沒的地方，早先這座廟簡直就是一個賊巢，無論多麼道行高深的人，也在此居住不下。自從隱仙觀那位老道人來，強盜們知曉老道人會武藝，他們才不敢來攪；其後，這位慎修道人來此住持，他的鐵棍打傷過幾個賊人，就更把賊人嚇破了膽，這座廟周圍一里地內從那時就絕無賊蹤。

可是在去歲，費伯紳在惡牛山之時，曾聞慎修道人的大名前來拜訪，在廟中佈施了一些香資，並在此下榻約半個月，與慎修道人聯絡得甚好。費伯紳為人斯文儒雅，善談吐，會應酬，又是三教九流無所不知，作賦吟詩提筆立就，因此慎修對他也相當敬佩。

費伯紳走後月餘，隱仙觀的老道人又來到，師兄弟二人偶然就談起了"諸葛高"之名，隱仙觀老道士聽了卻不禁微笑。原來這位老道人久遊南北，各地的各色人等他無不知曉，那個以書吏出身、結交盜匪、慣用陰謀的費伯紳，更是瞞不了他。費伯紳的歷史他全知曉，遂就告訴了師弟，囑此後不可再與該人接近，但費伯紳也就沒有再來。

隱仙觀的老道士既知費伯紳與惡牛山的盜賊相結識，又想要像度化徐繼俠似的，把羅小虎也度化得叫他割斷柔情放下寶刀，來做道士，所以才由北京把他打發了來。此廟距惡牛山很近，羅小虎若能在此長住，必有與費伯紳相見的機會。老道人之意雖願羅小虎清修，但並不攔阻他報仇，且有意叫他快將此事結束，並藉以剪除人間一個巨慝大惡。羅小虎此時本是心灰意懶，慎修道士讓給他兩間偏殿，令他三個人居住。沙漠鼠跟花臉獾知道這附近有強盜，雖然若說起來，也是他們的同行，但卻不是一條路上的，連黑話都不一樣。他們恐怕人家欺生，自己人單勢弱，惹出麻煩來擋不住，所以都不敢出這廟門，天天只跟着他們老爺，除了吃飯，就是睡覺。

羅小虎因日與慎修閒談，就提到了費伯紳，他就不禁憤恨起來，向慎修說："我家仇人的姓氏，我本來不甚知曉。二年之前，我的恩人高朗秋病故，在新疆且末城外有他自己立的碑文，上面就提到我家仇人的姓名，據說是姓賀。但後來，去年臘月我從新疆回來，路過山西漪氏縣，在客店中遇着一夥河南客人，其中有兩個是汝南的人，我就向他們詢問楊家的仇人之事。他們說楊家仇人非只一個，除了姓賀的知府之外，還有個費什麼紳。當時我沒聽清楚，再向他們問時，他們卻用笑話岔開了。他們對這過去的一件慘事似是不願多談，且還有些顧忌，大概就是畏懼費某與綠林多有相識之故。如今道爺你所說的這老賊，必就是我的仇人！只是他既然改了名，諸葛高就是他，那我可聽說此人現在京都了，可惜現在我已懶得再回那北京城了！"

於是羅小虎就趕緊派沙漠鼠重返京師，囑他即速探明，幫助魯君佩的那個諸葛高是否姓費；如果是姓費，那就叫他速去報告德少奶奶，以便報仇。沙漠鼠走了，羅小虎依然意志頹唐，有時獨自唱唱那首"天地冥冥降閔凶"的歌，就不住地歔欷感慨，且復自恨。因為他深深地明白，為什麼自己偌大的漢子，一身的好武藝，唱了十幾年的歌，卻不能去報仇？他知道全是兒女私情累他成了這樣！不是為玉嬌龍的事，他就連刀都懶得摸；離開了玉嬌龍，他的心神都不定。現在他已把玉嬌龍的事情辦完了，倒像是一切都已失去，一切希望全都斷絕了似的，他整天覺得昏沉疲倦。

羅小虎在這裏住着，沒有人來擾他，他倒很是樂意；可是慎修道人要叫他束冠修行，他卻不願意幹，因為他知道他絕修行不了，什麼打坐、唸經、煉丹等等的事兒，他絕幹不下去。在他腦中時時浮現的就是新疆的大漠、草原，與玉嬌龍的一夜溫柔；前些日，隱仙觀那一夜瀟瀟的風雨，在魯宅臨別時玉嬌龍那種愁黯感泣的情景，他也一點不能忘記。所以他現在時常瞪着大眼睛發怔，幾乎成了一個廢人。但是他的寶刀、弩箭永遠不離開身，這一來是習慣了，二來也是知道這地方附近的強人多，他又多財，有寶刀，所以他不能不防備。

今天的事原是湊巧，他清晨起來出了廟，正在林中徘徊，拿弩箭射樹上的喜鵲，以排遣心中的愁悶。不料就見林外有一匹馬跑來，馬上的那個老頭子，他原來不認識，可是後面追的那個拿槍直向前面扎刺的馬上的少婦，他卻認出來是他的胞妹楊麗芳。在一陣驚愕之下，羅小虎就猜出這老頭子必就是費伯紳，必是被楊麗芳追趕得無路可奔，才想投到這裏，來求慎修道人相助。他就突發冷箭將費伯紳射下馬去，然後才出了樹林，兄妹相見。

迫俞秀蓮趕到，他又將這兩位女客讓進了觀中的偏殿。那花臉獾在外面掩埋了費伯紳的屍身，就來給他們燒水獻茶。俞秀蓮又問了羅小虎許多話，羅小虎卻答得不多，只是提到了玉嬌龍的時候，他就發出長聲的歎息。

楊麗芳跟他雖是親兄妹，他見了麗芳，卻極為拘束，低着臉，總覺無顏面對他的胞妹。麗芳倒是說：“哥哥，你把姓改回來，名字也換上一個，將來再謀一個出身好不好？我家跟邱侯爺家全可為你出力。不然，你可以到我乾爹的鏢店裏去做個鏢頭？”羅小虎卻搖頭，不說話。

楊麗芳又拭着淚，談到嫁在正定姜三員外家的姐姐麗英，他也不注意聽似的，楊麗芳竟覺得她這個哥哥好像是個傻子。

楊麗芳跟俞秀蓮在此歇了一會兒，史胖子就趕來了，說是請她們回到那廬舍去吃飯。

他見了羅小虎，拍拍肩膀叫了聲“虎爺”，說：“你老人家的心我都知道！當年李慕白犯過你這樣的毛病，可是現在他已然好了。”俞秀蓮聽了這話，臉上似乎有點兒紅。

史胖子又說：“乾脆！你老哥不如就在這兒出家吧，過些日我再叫猴兒手給你來做伴兒。好在像你們這樣的出家人，也不必唸經，刀還可以藏在袍袖裏。”

俞秀蓮見羅小虎的神態太是抑鬱，史胖子這樣跟他玩笑，恐怕他急躁起來；又兼楊麗芳見她的哥哥已成了這樣，她也很是傷心，俞秀蓮遂就說：“咱們走吧！現在的事情都已辦完了，我們回到那裏用一點飯，還得趕緊走呢。麗芳若在外面待的日子多了，也諸多不好！”又向羅小虎說：“再會吧！以後你如有什麼困難的事，可以到巨鹿縣雄遠鏢店去找我，我必能夠幫你的忙。”

楊麗芳又向他行禮辭別。史胖子拉拉他的胳臂，笑着說聲：“再見！”羅小虎遂就把俞秀蓮等三個人送出廟門。火熱的陽光照在他們的臉上，但羅小虎的臉色依然是十分陰冷愁黯。

俞秀蓮、楊麗芳、史胖子三人一同上了馬，齊向羅小虎拱手，便一同揮鞭走去。他們過了山嶺，回到那廬舍中，見孫正禮正跟那個被放了的小賊和那姓郭的婦人都在院中吃飯。那婦人也不像昨日那麼潑辣了，她只是求俞秀蓮饒命，並說：「我願意跟您去做個老媽子，只求您別殺我！」

俞秀蓮卻說：「本來我們沒有殺你的心，只要你以後別再跟那些盜賊在一塊混就得了，老媽子我們也用不着！」

那個小賊自以為剛才他領路過山有功，早知道這幾個人不至於要他的性命，他倒很放心，大口地扒飯吃，並說：「以後我要再跟強盜混，就叫我腦門子上長疔！」

正說着，忽聽短牆外一陣馬蹄急響，孫正禮立時又瞪起了大眼，拋下碗筷，抄起大刀。史胖子攔住他說：「喂！喂！可別冒失！」蹄聲停住了，由外面進來個臉上有刀疤的人，正是花臉獾。史胖子就笑着說：「你怎麼又來啦？莫非你是想跟我們回北京去嗎？」

花臉獾搖頭說：「不是！我們老爺叫我追上俞姑娘、德少奶奶，有點事情託付。」

俞秀蓮在廚房裏說：「你就在窗外說吧！」花臉獾遂站在院中大聲說：「我們老爺來托求俞姑娘和德少奶奶，如回到北京城見着玉嬌龍，就把我們老爺現在住的這個地方說一說；如果她能來，請她千萬來一趟，再與我們老爺見上一面。反正我們老爺也說了，他將要在此住一輩子啦，永遠也不想往別處去啦！就是過個十年八年，玉嬌龍再來，我們老爺也一定還在這兒等着她。乾脆的一句話吧！叫她別忘了沙漠、草原的事情就完了！」

俞秀蓮在窗裏說：「好吧！我們回到北京之後，一定要把這些話告訴玉嬌龍！」

史胖子推了花臉獾一下，說：「你們那位老爺到現今還是不死心呀？」

花臉獾搖了搖頭，歎息着說：「沒有辦法！」有笑着說：「史老爺，那水池裏的幾隻鴨子，有主人沒有？」

史胖子說：「這你可泄了氣啦！怎麼念記上人家的鴨子了呢？大概也是跟你們老爺在道士廟裏住了這些日，把你給饞的？得啦，你就抱走一隻開開齋去吧！」

花臉獾就很高興地抱着一隻鴨子走了。

少時，眾人用完了飯，俞秀蓮還發給那小賊和婦人一些銀錢，勸他們以後不要作惡，遂就一同乘馬走去。他們到了房山縣內，見一家店房裏停着一隻靈柩，原來那賀頌已因傷身死，靈停此處，趕車的往良鄉報喪去了。

他們又往東去，在路上便遇見了楊健堂、猴兒手和雷敬春，他們是由雷敬春帶領着要往惡牛山去。

兩下會着了面，便找了一家客店歇下；俞秀蓮述說了這兩日在惡牛山、五回嶺所做的那一切事情，然後便決定今後各人的行止。俞秀蓮是不想再回北京去了，想從此就南下回返巨鹿，楊麗芳卻要到正定府去看看她的姐姐。

俞秀蓮就說：「如今你們父母的大仇已報，又認了一個哥哥，也應當去告訴你姐姐一聲。那麼請楊老師帶着你，再往河南走一走。到了正定，咱們分手，等你看完姐姐，再由楊老師帶着你回京。」楊健堂點點頭。

現在只是雷敬春一人無處投奔，而且他的衣食都沒有着落，楊健堂就說：「我可以請你在全興鏢店做個鏢頭，孫兄弟先同他回京去吧！下月初旬我們必可在京會面。」於是大家在這客店裏宿了一夜，次日就分別起身。

史胖子是手裏永遠有錢，可永遠沒有准定的歸宿。

猴兒手本來也是應當回北京，可是他又怕見李慕白，倒跟史胖子要好，於是他就決定跟着史胖子走。所以孫正禮、雷敬春往北；俞秀蓮、楊健堂、楊麗芳一同南下；史胖子跟猴兒手反倒往西，因為史胖子是山西人，也許是帶着猴兒手到他的老家去住了。

如今，算是刀兵具息，仇恨全消，人輕馬緩。

楊麗芳在正定府她的姐姐家中住着，把小外甥抱着玩了幾天，一切事情也都又悲又喜地向姐姐說了，她便隨着楊健堂又北返。路上幾日，這日來到了彰儀門關廂，楊健堂先找了一家店房，叫麗芳進去歇着，他就騎馬進城。過了些時，由鏢店裏雇來了車，把楊麗芳接進城去，送回到德家。

楊麗芳離家約半個月，如今一回來，是滿身的風塵，又黑又瘦，但是精神卻很愉快；早先她時常凝結的兩道纖秀的眉毛，此時也展開了。見了公婆，她便流下來感激的淚，說了說路上的事，但沒把事情說得過於緊張、過於淒慘。偷眼又瞧瞧她的丈夫，露出來一點嫣然的笑容。

德大奶奶卻說：“幸虧你今天回來！不然明天就許叫人疑惑你這些日子是沒在家。玉宅的太太已然故去啦！在家裏停九天，明天是伴宿，後天就發引，預定在德勝門外廣緣寺停靈。接三的那天我去行人情，因為你沒跟着我，就有許多人向我問你。我說你病啦，在家裏不能出來，別人還以為你有了喜。”楊麗芳的臉又一紅。

德大奶奶又說：“今兒你在家裏好好歇一天，明兒我帶你到玉家去吊祭，叫親友們也都見見你，你出外這些日子的事情不也就掩彌過去了。”

楊麗芳答應着，但是也並不休息，她換了衣服和佩飾，伺候婆母，服侍丈夫，反比往日有精神。當晚閨房燈畔，她又把在外報仇的詳細情形，低聲向她夫婿述說了一遍，文雄也頗喜他妻子的英勇。

次日午飯之後，她就跟着她婆母按照與玉宅老親戚的關係，都穿着細布的孝衣；兩把頭雖然仍是金簪子，可是未戴花朵；臉上只擦粉未染胭脂，就坐着家中的車，往玉宅去了。此時天氣雖仍然很熱，但一陣一陣的風兒吹來，已有點兒秋意了。

到了玉宅大門前，就見高坡上搭有牌坊，飄着素白的綢子；門前停着素車白馬，出入的人全都穿着孝衣。裏面咚咚打着鼓，悲哀地奏着管樂，顯出來一種慘黯淒涼，與兩三月前這裏小姐出嫁時的景況完全不同了。

楊麗芳被僕婦攙着下了車，隨着婆母往門裏走，對此情景，心裏也不禁感到難過，並想：回頭我應當怎樣對玉嬌龍說出我哥哥羅小虎所囑託之事呢？

當下，蒼涼的鼓聲、哀婉的樂器聲把她們送進了裏院。裏院搭着過脊的高大席棚，四壁懸着藍絨的幛子和白紙的挽聯；這全是各位顯官要員送來的，都用着“駕返瑤池”“福壽全歸”等等的辭句。正中是靈台，有白布幔帳掩着，楠木棺槨前有三桌供菜和素花、白銀五供等等。素燭高燒，香煙繚繞，白布幔帳裏卻傳出一陣陣震人心弦的哭聲。

楊麗芳隨同婆母在靈前奠過了酒，行過了禮，就有穿着孝衣的女僕來攙扶她們。攙楊麗芳的是一個丫鬟，倒把楊麗芳嚇了一跳！因為這丫鬟她認得，這正是所傳隨同玉嬌龍外出，假作玉嬌龍的太太的那個繡香。她不由得心說：她怎麼回來啦？繡香卻帶點笑說：“德少奶奶您的病好了？您請到屋裏歇着吧！”德大奶奶瞧見她，神色也有些驚疑。

她們婆媳隨同繡香進到白布幔帳裏，這是三間正房，就是玉太太早先住的那房子。左邊的裏間是孝子寶恩、寶澤和孫男等在那裏跪靈；右邊裏間卻是女眷，有大少奶奶、二少奶奶和孫女們，那受傷的惠子卻因傷轉病，情形危殆，沒在這屋裏。在炕頭上還坐着一個人，這人見了人來，也不知道起立。她是梳着少婦的旗髻，身穿粗布孝服，頭上戴的是白銀簪子、白銀耳墜，並戴着一個孝箍兒；按照她穿的孝來看，就知道是亡人的親女，本宅的姑奶奶了。

這玉嬌龍，芳顏蒼白、瘦削，可倒顯出出眼睛是更大了；她一手放在紅木的炕桌上支着頭，另一隻手拿着一塊綢子擦眼睛。德大奶奶同楊麗芳跟跪在褥墊上的兩位奶奶，說了半天話，安慰了半天，玉嬌龍依然不站起來，依然連眼皮都不抬。倒是繡香過去，低聲說：“德宅太太、奶奶來啦，您見見吧！”玉嬌龍這才懶懶地站起身來。

德大奶奶過來拉着她的手說：“你就少煩惱吧！老太太的年歲也到啦，兒女孫男都已成行，身後也沒有什麼不放心的。你就往開了想吧！你的身體更要緊！”玉嬌龍更是汪然流淚，情致頹廢，連話都懶得說；別人勸她什麼話，她只是點頭。繡香常伴着她，她的嫂嫂們又都在眼前，親友中的女眷紛紛地出入。

楊麗芳在這裏又是個小輩數，她的心裏雖然存着話，而且還許是玉嬌龍所急於願聽的話，但她絕沒有機會能夠說出，心裏頭覺得慌急萬分。少時就被僕婦請到女客休息的屋內，這裏有許多親友，多半是梳着素頭，穿着孝衣，喝着茶抽着煙，親家魯太太可是沒有來。德大奶奶跟人敍了一些寒暄的話，楊麗芳是跟着幾個同一輩數的女客們到另一間屋裏閒談去了。

這時屋外是男女客紛紛前來弔祭，臨時支搭的經台上，樂器也開始響了，還有叮噹叮噹的鐘鼓聲、平緩的沒有什麼抑揚頓挫的誦經聲。和尚唸過一遍經後，又是清細聲音的女尼，再次則換了一番高昂激楚之聲。楊麗芳跟幾位年輕的奶奶都扒着玻璃窗往外偷看，見有九名道士，個個身披錦繡的水田衣，有的手捧寶劍，有的手托如意，鐘磬齊鳴，經聲齊唱，在靈前轉了一周，又回到那支搭得很高的飄着素彩綢的經台上去了。接着又是番僧喇嘛，一個個戴着黃緞的冠，吹着一種一丈多長、聲音如牛吼一般的大喇叭，敲着有圓桌面大小的皮鼓，吹着嗚嗚的海螺，唸着像潮風嗚起一般的經咒。

院中男客紛紛往來，穿孝的少，穿官服戴紅頂花翎緯帽的人多，可是沒看見玉大人。只見魯君佩穿着一身肥大的粗布孝衣，被兩個男僕攙着，他的口眼都有點歪斜，行動更是艱難，簡直沒人攙架着他就走不動了。因此許多人都在旁悄悄地談論，原來玉、魯兩家前些日所鬧的事情，幾乎無人不曉，不過都在背地裏抱怨玉嬌龍，說：“要不是她，兩家不至於成了這個樣子，魯姑爺也不至於弄成個半身不遂，玉小姐蕙子也不至於叫強盜殺傷。玉大人不是為女兒的事，哪能丟官？哪能現在病得不能見客？連玉太太的死，還不是因為女兒的事太叫她傷心所致嗎？”

忽然，邱少奶奶來到了，在靈前行過了禮，也去見了玉嬌龍。然後又來到女客的屋裏，同許多女客談了一陣，就來找楊麗芳。她急急慌慌地把楊麗芳拉到了一旁，悄聲問說：“你是幾時回來的？事情都辦完了嗎？”楊麗芳倒嚇了一跳，臉一紅，點點頭說：“事情辦完了！”又用極小的聲兒說：“我是昨天才回來的。”

邱少奶奶又問：“俞秀蓮也回來了嗎？”

楊麗芳說：“沒有！俞姑姑是在正定府我姐姐家裏跟我分的手，她自己回巨鹿縣去了。”

邱少奶奶點點頭，轉身要走，楊麗芳卻叫了聲：“邱嬸母！”邱少奶奶又回身，楊麗芳趕緊上前去，向窗外指了指，驚疑地悄聲問說：“繡香她怎麼又來到這兒啦？不是聽說她跟着她們小姐出外了，沒有下落嗎？”

邱少奶奶低聲告訴麗芳，說：“原來她們走出了很遠，到了柳河村，住在一個姓祝的鄉下人家裏。那姓祝的家裏的老太太，原來就是我們家裏早先用過的那個祝媽，這個人你不知道，你婆婆見過她。玉嬌龍把繡香安置在那兒，她就又出去胡鬧去了；可是繡香在祝家等她小姐多日，也不見回來，她也不能往別處去。不知怎麼着，最近李慕白忽然找到祝家去了，把她的小姐在魯家又做了少奶奶的事情告訴了她。她就求那祝媽的兒子把她送回北京，先到了我家裏，我才知道她們在外邊的一切事，這是前天的事情。現在那祝媽的兒子祝老頭兒，還在我們家裏住着，沒走呢！

　　「繡香那丫頭倒很有良心，她聽說她們太太病故了，所以她又趕緊回宅來弔祭、幫忙。她是昨天在我們家裏歇息了一日，我派人跟這兒的大少奶奶說好了，玉大少奶奶允許她回來，她今天一早才到的。辦完了事之後，我想她們宅裏的人對她一定有一番審問，可就不知道她是肯不肯實說了！反正，玉嬌龍會飛簷走壁，有一身江湖的本事，已是瞞不住人了，她跟羅小虎的事情也是盡都曉得了。

　　「聽說玉太太的死，自然是因為病，可也是為那口氣；她沒想到她的女兒，一位千金小姐，會愛上一個大盜。現在羅小虎還是千萬別在京城露面，許多大官都要派人拿他，要給玉、魯兩家出氣。

　　「你沒看嗎？今天來的這些女客，誰又敢跟玉嬌龍接近？大家一半是怕她，一半是不滿意她，瞧不起她。將來她那兩個哥哥一丁憂，她爸爸再一死，我看就沒有人再跟她家來往了。婆家雖然沒休了她，她可也沒有臉再去住了，我倒看着她怪可憐的！早先她才到北京的時候，那時多風光呀！多少人羨慕她妒忌她呀！現在別人可都稱了心啦！」正說着，有別的女客走過來，邱少奶奶就立時止住了話頭，楊麗芳便又過去伺候她婆母。

　　男客女賓，老老少少來得更多，經聲樂器，一陣比一陣嘈雜，親眷們的哭聲愈慘。直到晚間「送聖」，到外面去焚燒了大批的紙紮樓庫；有人見玉嬌龍始終是在那兒坐着，整整的一天，她對任何人連半句話都沒有說。天黑了，除了至親，其餘賓客如德大奶奶、楊麗芳和邱少奶奶都已散去，各自回宅。二更以後，家屬辭靈，哭聲齊起。姑奶奶玉嬌龍跪在靈前，哭得連斷了兩次氣，都是被人點着了草紙熏救才活過來，但是她仍然半句話也不出口。

　　夜深，玉嬌龍仍在她早先的閨閣之內寢居，這屋子的後窗戶和那有着活板，早先在其中曾藏過寶劍、夜行衣、《九華拳劍全書》的木榻，叫她看了，都一陣陣的刺心。床的隔扇心上裱貼着的字畫猶存，被銀燭照着，字是筆力遒勁，畫是清遠秀麗，「意雲軒主人」的圖章，朱色如新。「意」即是「憶」，「雲」就是「半天雲」，這只有她自己知道。那半天雲蹂躪了她的青春，擾亂了她閨中安靜的生活，破壞了她家庭的天倫之樂；但是那雄壯、偉岸、粗暴激昂慷慨亦復纏綿有情的「雲」，又使她絕忘不了。她不由躺在床上，伏在枕邊，又嗚嗚地痛哭起來。

　　這時有僕婦錢媽在旁伺候，錢媽是伺候玉太太的舊僕，向來極得親信。玉太太臨歿之時，曾囑咐過玉嬌龍說：「孩子呀！早先的事全都不怪你，是怪我管教不嚴，你須以咱家的門第為重呀！」姑奶奶從那時起，淚就沒有停，到如今已然整整九天了。這九天之內她就沒有怎麼吃飯，也沒有怎麼說話，誰勸她也不行，而這時她哭得更厲害。錢媽在旁忍不住地擦眼淚，真怕姑奶奶會因此哭死了，遂就走近床前，婉言勸解，說：「姑奶奶您就免憂吧！咱家的太太一定是到西天成佛祖去啦！您要是好好的，往開了去想，太太在四天如來我佛的座前聽着經，也就安心了，不然太太可是不能夠瞑目，魂靈也得永遠念記着家裏。您是個知書識字的人，難道您還不曉得這點道理嗎？」

　　錢媽的這一套話，連她自己都聽熟了，向姑奶奶說了已不止一遍。但玉嬌龍從未往耳裏去聽過，隨便什麼人用話來勸，也是寬解不了她的悲痛緊蹙欲碎的心弦。錢媽在旁是乾着急，依然絮絮不斷地勸說着。

　　忽然屋門一響，軟簾一掀，進來了一個穿白孝衣梳着長辮子的女子。錢媽定睛看了看，才看出來是繡香，她就歎着氣，說：「繡香姑娘，你看看咱們的姑奶奶，要是這樣哭下去，不就哭壞了嗎？你是走了這些日才回來，你是不知道呀！唉，我在這宅裏伺候了二十多年，由北京伺候到新疆，由新疆又伺候着回來，真沒想到一年之內，這大宅門會成了這樣，叫咱們當下人的瞧着也傷心呀！」

　　繡香卻暗中擺了擺手，說：「你別着急！這樣是越勸越不行。小姐的脾氣你不知道，你先歇着去吧，讓我來勸勸，也許行！」

　　錢媽擦擦眼淚，說：「早先你就不該走！你要是陪房過去，後來也許沒有那些事！」

　　繡香趕緊又擺手，悄聲說：「別再提這些話了！快出去吧！」她連推帶勸，叫錢媽出了屋，隨手將屋門關嚴，上了插關，然後慢慢回到了裏屋。屋中的素燭光焰慘黯，比柳河村祝家小屋裏的那盞油燈還要昏暗，燈花已結得很長，她故意不去剪，就走到床前，輕輕地拍了玉嬌龍一下，說：「小姐！咱們在外邊遇見了多少災難，全都闖過來了。現在太太雖說是歸西去啦，可是您還年輕，以後您愛在娘家就在娘家，愛在婆家就在婆家；若都不愛，我還跟着您出外，您不是想往衡山去嗎？」

　　玉嬌龍聽出來勸她的是繡香，就翻過來身，瞪着兩隻又紅又腫的眼睛四下看了看，驀然坐起身來，低聲說：「我正要問你呢！你在祝家住着，我又不是沒給你留下錢，你跟祝家的人又都挺熟和，我就是走了，你也應當在那兒住着；若是你不願意在那兒住，也應當回桃峪你自己的家裏去，何必回來給我丟這個人？你以為別人不知道你是跟我走的嗎？恐怕現在連錢媽她們全都知道了！」又瞪着眼悄聲問：「我那隻首飾匣你帶回來沒有？現在你擱在哪兒啦？擱的地方穩妥嗎？」

　　繡香卻現出來一種驚慌的神色，簌簌地流下眼淚來，她嚅嚅地說：「我就是為這件事，才趕緊回來告訴小姐；要不然沒有小姐的話，我也絕不敢離開祝家，現在我還得在那兒住着呢！自您走後，祝大哥他們還是天天找雪虎，可是怎麼找也找不着。」

　　玉嬌龍歎氣說：「一隻貓，丟了也就丟了，現在我也不想要牠啦！就是首飾匣，難道現在你沒帶回嗎？還在祝家的炕洞裏擱着嗎？」

　　繡香說：「我帶回來啦！可是，初三的那一天，柳河村的祝家去了一個人，就是跟您比過劍的那個有三綹黑鬍子的人。」

　　玉嬌龍一聽，立時變了色，疾忙問：「哪一個？是李慕白嗎？」

　　繡香說：「是！他自己說是姓李，那人倒是還和氣。他去了就找我，說是沒有別的事，就是跟我要什麼《九華拳劍全書》。我說我不知道，我們小姐走後就留下衣服跟被褥，沒有留下別的東西；他也沒有怎麼磨煩，就走了，我就沒在意。晚上祝二嫂跟招弟請我到她們屋裏去鬥紙牌，我離開屋子的時候，還把屋門鎖得很嚴……」

　　玉嬌龍聽到這裏，就把床連捶了兩下，說：「咳！咳！」急歎了幾口氣。

　　繡香又說：「回屋之後，因為門鎖沒出什麼毛病，我就又沒介意。那首飾匣不是你不叫我常拿出來看嗎？我想一定還在炕洞裏，絕沒有錯。我就把屋門頂得很嚴，還有招弟陪着我睡；我因為心裏掛念着您，那一夜還沒怎麼合眼……」

玉嬌龍更發急說：“你就快說吧！是匣子裏的書丟了不是？”

繡香啜泣着點頭，說：“原來在那個時候，首飾匣早就丟了！第二天一清早，姓李的又到祝家去拍門，他就拿着您的那首飾匣，可是已然給啟開了。他說昨天被他取去，但匣裏的首飾他一點也沒動，以後若發現短少了，他還可以賠；可是匣子裏有幾本書，那本來是他的，他已收回去了。祝大哥、祝二哥本來要揪住他不依，可是又聽他說小姐您已經回到了北京，又在魯家當了少奶奶了，別的話都沒說，他就走了。我們怕他有點來歷，又因為知道他的本領大，就沒敢惹他。

“後來祝老頭兒覺着我在他家裏住長了不合適，就勸我回來。我也想，得把書給人拿了去的事情告訴您，我就叫祝老頭兒雇了車把我送回來啦！祝老頭現在還在邱府沒走，他也是想見見您，交代交代在他家丟了東西的事。可是昨兒我在邱府，就見那李慕白去找邱小侯爺去了，像位貴客似的。大概依着邱小侯爺，還不叫我回這宅裏，說是什麼怕再出麻煩。邱少奶奶又囑咐我，那丟書的事，只要您不問，就暫且別提。可是我想，小姐您雖然因為太太死了，也顧不得這件事啦，可是，書是教我給弄丟了的，我哪敢不告訴您呢！”

繡香說這些話的時候，聲音是又低又慢，說完了恐怕她小姐立時就有嚴重的責罰降在她的頭上，但玉嬌龍只重復地問了一句：“書是全丟了嗎？匣子裏一本也沒有了嗎？”

繡香拿孝衣的衣襟擦着眼睛，悲聲說：“全丟了！就剩了四付鐲子、六副耳墜、十個戒指……”

玉嬌龍擺手說：“不必細說啦，那點首飾我也不要了，我全都賞給你啦。我問你，除了李慕白，還有人去找你沒有？你沒見着有一個姓羅的嗎？”

繡香發着呆，搖頭說：“沒有啊！”

玉嬌龍深深地歎了一口氣，只說：“你服侍我睡吧！”

繡香遂趕緊替小姐脫去了孝衣，並脫去了鞋。玉嬌龍卻不解內衣，就頹然地往床上一躺。繡香又把藍色的緞被為她蓋好，把她頭下的枕頭墊高了一些；在昏暗的燭光之下，就見玉嬌龍已不流淚，雙目緊閉，如同死去了一般。繡香想着小姐那樣一個生龍活虎的人，如今竟成了這樣，倒不禁有些害怕。她輕輕將幔帳掩上，然後持着燈到套間去睡。這時窗外棚下還有燈光，有守靈的人在那裏按着時候燒紙，四下卻寂靜無聲。

這一夜過去了，便是出殯的日子，宅裏的人全都特別忙碌。門外的杠夫是很早就來了，土坡下一片吵嚷聲，能夠傳到最深的院落。和尚、尼姑、道士、番僧也都到來誦經，不過今天他們誦的經卻很匆急，仿佛是催着靈柩快點走似的。親友也來了不少，也都坐立不安似的。

待了一會兒，玉宅全家男女及幼小，衣冠似雪，圍住了棺材，一齊號啕大哭，連僕人都落眼淚。那玉大人叫一個僕人攙扶着，也到靈前頓了頓腳，又大聲喊着：“快些吧！快叫人進來把棺材抬走，要哭你們到廟裏再哭去！讓我耳根清靜點，叫我眼前也……也換換別的東西，不然我也非得死不可！咳！家門不幸啊！”又一頓腳，幾乎把靈台的浮板踏斷。這位老將軍戎馬一生，向來是威嚴顯赫，沒有這樣過。他頓完了腳，便雙淚直垂，淚水都流到蒼白的鬍子上，跟個小孩子一樣地哭，親友們趕緊上前勸慰。寶恩、寶澤全身重孝跪在靈前，幾乎哭昏了過去，倒沒人顧得來勸他們了。

玉嬌龍是獨自一人躲在她自己的屋裏，只有繡香在旁，聽到外邊的哭聲、嚷聲和雜亂的勸慰聲，她的臉色一陣一陣地發白，白得像她身上穿的孝衣一樣顏色。這些日她都是以淚洗面，但如今她的眼眶裏卻連一點淚水也沒有。

少時外面的聲音都停止了，反現出一種肅穆、淒慘的氣氛；是杠夫進院來了，用紅繩子捆上棺材，好慢慢地往外去抬。杠夫頭兒敲打着清脆的響尺，眾人都隨着棺材往外去走，僕婦也來請玉嬌龍，說：“姑奶奶！您請出門上車吧！”玉嬌龍連眼皮全不抬，頭也不點。於是繡香便上前來攙扶，慢慢往前院去走。還沒有走到門外，聽門外面又發出一片哭聲，真能將鐵石之心全都震碎。玉嬌龍忽然一聲悲哽，雙肩發顫，繡香趕緊把一塊新的白絨手絹遞給她，玉嬌龍就用此掩住了面。

此時玉太太的楠木棺材已放在杠上，上罩以文彩斑駁、驤龍起鳳、奇偉瑰麗的棺罩，六十四名杠夫換班抬着，就仿佛抬起來一座建築宏偉的大亭子似的。前面是全份的儀仗，是開道的鑼、旗、牌、傘、扇，金瓜、鉞斧、朝天鐙，鷹、狗、駱駝、纏馬、單鈎、影亭、小轎、松獅、松鶴、松亭，還有許多紙紮，其後就是敲打着各項樂器的僧道了。送喪的人很多，都是些貴官、顯宦，京城中的名公子、闊差官，靈柩前面步行的兩位孝子又都是知府，更為人所稱讚。

在官罩的後面就是送喪的女眷，都坐着騾車，一共三十多輛，魚貫着走；前面的幾輛都蒙着素白的車圍，其中有一輛就是姑奶奶玉嬌龍乘坐的。這支大出喪的隊伍直占滿了一條大街，前面的開道鑼已走出了德勝門，後邊的官罩跟玉嬌龍乘坐的白車還慢慢地才離開大門不遠。路兩旁已是人山人海，看熱鬧的萬頭攢動，比上次這裏的小姐出閣時可又熱鬧得多了。

因為那時玉嬌龍還沒有如今這麼大的名氣，如今真有由十里地之外趕到這兒來看的，大家想看一看的還是玉嬌龍。然而玉嬌龍只是在走出大門之時，一手掩面，一手被繡香攙扶，神龍似的一閃，她便進車裏去了，給人的印象只是她那身穿雪白的纖纖俏影。她那絕世的容貌，觀眾們卻沒有眼福，然而大家卻仍蠕動地跟着。有的人還怕今天再跳出一條莽漢來，拿弩箭射白車；可是直到了德勝門外廣緣寺，一路上幸是平靜無事。

這廣緣寺的面積頗大，是一處有名的禪林。但在其東，土阜隆然，上有棗樹叢生，鴉群飛噪，那就是遼金的城垣遺跡，俗名為“土城”。去歲，劉泰保、蔡湘妹初會碧眼狐狸，玉嬌龍鏢傷蔡九，便是在這裏；這是他們昔日的戰場，是玉嬌龍初露鋒芒，惹下後來種種的爭鬥、糾紛、苦難的所在。玉嬌龍在廟門前下車之時，一眼就望見了此處，不禁感慨萬端，但勃勃的雄心卻又自心底翻起，心想：我真就這樣一輩子算完了嗎？

玉太太之靈柩停在廟中的西廡，當日又設祭開吊，誦經燒紙。直到傍晚之時，人才漸漸地散去，廟中才恢復了平日寂靜；只留下玉大少爺寶恩在廟中住着守靈，其餘的人全都趁着天還未黑，趕緊坐車進城回宅。在路過土城之時，玉嬌龍在車上扒着車窗又向外投了一眼，只見彩雲如血，晚風如刀，亂噪的群鴉似江湖上的那些小盜、草寇，烏合之眾。而秋風吹起來沙塵，吹着一望無邊的秋禾，又令她想起遙遠的大漠和草原。牧羊人在何處吹着蘆笛，悲涼悽楚，如豪士之悲歌，她心中又不禁一陣酸楚。

玉嬌龍姑奶奶本來不是玉宅的人了，回到玉宅後，她應當至多在這兒再住一天，或是當日就坐着車回魯宅去；但她不但不回去，連跟她來的魯宅的一個僕婦、一個丫鬟，她全都給遣走了。她就在娘家住着，只讓繡香服侍她。她除了有時看看姪女蕙子的傷勢，以她私存的刀創藥親自給蕙子醫傷，就不再做什麼別的事，連跟她的大嫂、二嫂談話都很少。因為喪事才過，父親已然辭官，兩位兄長又都丁憂家居，所以對外也沒有什麼應酬，大門也終日掩閉。深深宅院，充滿了岑寂蕭條，外面什麼事她也不知道。魯宅除了僕婦還時來看看，魯太太、魯君佩是絕對不來了，仿佛兩家的親戚已無形斷絕。

秋雨連秋風，嚴霜降過之後便落了大雪，氣候一天比一天寒冷；廊下菊花百餘株，什麼時開的，什麼時謝的，也無人經意。玉嬌龍不但多日未讀書，連武藝她也不習練了。有一次錢媽給抱了一隻貓來，一身的黃毛，大圓的眼睛，長尾巴；對着太陽光一撫牠的毛，身上就像是冒火星兒，真跟個小老虎一般。錢媽原是為給姑奶奶解悶，繡香也很喜歡，說是比雪虎還好，但玉嬌龍連瞧也不瞧，擺手說：“快抱出去！快抱走吧！我這屋裏不要！”

她每日身上穿着青素的衣裳，粉也不擦，素花也不戴。從清早繡香給她梳過了頭，她就坐在一把紅木的鋪着厚棉墊的椅子上；眼前擺着一個黃銅鏤着花兒的炭盆，用木架子支着，旁邊是一竹簍兒木炭。她拿着帶鏈子的銅筷箸，夾了炭往盆裏續，撥撥灰，扇扇火，有時把幾塊炭搭成了個小房子似的，為叫它燃燒得更旺；有時又拿銅筷箸在灰上畫，仿佛寫字似的，寫着寫着就許流淚痛哭；有時啪的一聲銅筷箸飛了出去，正正插在床隔扇上畫的牡丹花心上，繡香還得給她把筷箸撿回來，弄得繡香也是一陣陣着急，一陣陣害怕。

玉嬌龍就這麼天天過活着，飯蔬茶水都得送到她眼前她才吃，不送她也不要；而且飲食方面也不像早先那麼挑剔了，衣服鞋襪雖仍要乾淨，但不再講究。

到了冬月，新年已近，蕙子姑娘的傷已然好了。這天僕婦林媽抱着她和四歲的弟弟剛兒來了。林媽說：“大奶奶叫我抱蕙小姐來看看姑娘！”剛兒也揪着玉嬌龍的衣襟問說：“姑姑，你在屋裏淨幹嗎？跟我去抬棺材玩，好不好？”玉嬌龍慘然一笑，很親熱地拉着姪子的手。

突然蕙子又問說：“龍姑姑，那一回我們住在廟裏下雨鬧賊，您那時怎麼穿着那樣一件衣裳呀？傷了我的那個女賊，您把她捉住了沒有啊？”

玉嬌龍聽了面色突又一變，一陣發紫，繡香趕緊找出個繡花的荷包來給蕙子玩，才算把話岔開。

可是那剛兒混頭混腦的又爬到椅子上站着，大聲嚷嚷說：“我要學龍姑姑上房！我也會使飛鏢！”

繡香趕緊抱他下來，僕婦林媽嚇得趕緊抱着蕙子就走了。玉嬌龍卻直着眼又發了半天怔，然後長歎一聲。

過了些日，就到了歲暮。去年此時，是她與劉泰保鬥得正厲害的時候。那時她就已然想到家門的名譽為重，自己的身份要緊，不可給母親添病，令父親着急；就已然決定洗心革面，銷聲匿跡。但不料羅小虎又來了！

“羅小虎呀……”她一想起來羅小虎，就已不再是氣憤，而是一種悲哀。她忘不了羅小虎的深情，更不能不佩服羅小虎的膽氣，又不能不憶起草原、沙漠、古廟和他那捨身仗義、持刀焚契、爽快而談、慷慨而去的往事，並且牽掛他那渺無下落的雄軀和失意飄零的身世。但一這樣想念起來羅小虎，她就會想起母親垂歿時的囑咐，仿佛又聽到母親用微弱的聲音囑咐：“明白的孩子呀！你須以咱家的門第為重呀……”那意思就是不叫女兒再去接近那大盜羅小虎，而改嫁大盜，更是忤逆、狂謬的幻想。然而她又無法將那大盜的形影由自己的腦中剔去，深閨鎖不住她一顆馳放的心，冷淚滅不了她重燃的愛情，爐灰掩埋不了她的長恨。

　　斯時，父親玉大人病勢又重，在病床上還憤怒地罵人。別人他都不罵，他只罵高雲雁，仿佛高雲雁跟他家有不共戴天之仇似的。其實除了幾個在新疆住過的僕人，知道高雲雁就是那個風雅文弱、有點鬍子、走路邁方步、說話愛撰文的高老師，別人全不知道他罵誰啦；高老師早就死在且末城了，就說他娶過一個老婆碧眼狐狸，是個女賊，可是與他也沒有多大相干呀？然而玉大人是罵上了他啦，一天至少要罵十遍，並且誓與女兒不再相見。僕人們都瞞着他，只說：“姑奶奶早就回婆家去了！”玉嬌龍卻對她父親的病體十分關心，並引起她的悲傷和愧恨，她想：母親是因我而死的，我不可叫父親也因我而死。但她自己不通醫書，又不能親為父親診病，煎藥都另有管水房的僕婦們負責，她想要割股療疾都不能夠。良心的責罰，使她在百般無計之下，只有依賴神明。她開始動起筆墨，每天要寫一篇金剛經；並且許下心願，如果神佑老父病癒，明年四月，自己要到金頂妙峰山去進香朝頂，捨身跳崖。

　　在淒涼情景之中就把新年過了，玉大人的病勢益形危殆。玉嬌龍於十五燈節的那一天，要赴東嶽廟燒香為父親求壽。但，才過了初十，魯宅托來一位親戚見玉大少爺，話雖未說明，可是意思已然表露出來，就是說：“兩家的親戚既然走到了這個地步，魯家少爺的病是也不見好，這裏的姑奶奶又不回那裏去了，兩下這樣分離着也不像話，而且又容易招出外面的許多閒言閒語。假若這裏的姑奶奶是拿定主意不再回婆家了，那就不如打斷了關係；魯家把嫁妝退回，這裏把定禮拿出，那麼，也不能算是魯家把少奶奶休回去。以後新親雖斷，老親的關係可還仍在，依舊常來往着。”

　　玉大少爺立時就認為這件事情辦不到。魯家雖然不在乎，休了兒媳婦，免去了若干麻煩，並且魯君佩的病倘若好了一點，他仍然能娶名門之女；可是玉家的臉面太難看，家中有被退之女，於子弟們的前程都有妨礙，所以向來人答應設法勸妹妹回婆家去就是。魯家拜託的這個人走後，玉宅的大少爺、二少爺就互相商量，當然兩位少奶奶也參加討論，結果就是由兩位少奶奶去向小姑勸解。

　　玉嬌龍對於大家勸她回婆家的事並不反對，可是她說：“我在娘家住着不是沒有原因的，我是為伺候我爸爸的病，只要他老人家的病好了，我立時就回去。”她這樣一說，理由也是相當地充足，玉宅就以此回復了魯宅。魯宅當然也無話可說，但是魯太太和那病得已成了殘廢的魯君佩都不再盼望玉嬌龍回去。因為過去的事已使他們膽戰心寒，都知道玉嬌龍不但自己會武藝，她還有許多朋友都是飛簷走壁、鬼沒神出；尤其是羅小虎——她的情人，簡直無法對付，所以誰把她娶到家裏誰就要倒霉。

　　玉嬌龍，這貌美多才、出於名門的玉嬌龍，現今已被人視為一個可怕的東西，大家猜疑着她，就像是個迷人的女鬼、美麗的毒蛇。連她的兄嫂，僕婦丫鬟中除了繡香一人之外，誰也不敢跟她接近，見了她的面就想立時能夠躲開才好。她現在成了一個孤獨的人，自覺得在家裏、在北京是不能再住了，但往外去，可又往哪邊去呀？《九華拳劍全書》和青冥寶劍、珍珠弩已全都失去，赤手空拳揣着一顆受傷的心，可往哪裏去呢？何況父親又正病着，母親還沒有安葬，她的精神更為頹唐。

　　又過了兩三日，這天是正月十五日，上元佳節，玉宅裏依舊很是淒清；可是外邊，大街上卻是加倍的熱鬧。今天玉嬌龍要到東嶽廟為父親求壽，所以僕人們已將香燭辦好，歇了好多天的趕車的也把車套出去了；青布的車圍子，還表示出是穿着孝。玉嬌龍雖然梳着兩板頭，可是滿頭的白玉首飾，插着兩三枝素花，臉上只擦着粉，並未擦胭脂；穿的是一條青絨藍鑲緞邊兒的乳羊皮袍，同樣顏色、材料的坎肩；腕子上的玉鐲、手指上的戒指一律是白色，鞋也是純青色的。這樣素淨俏麗的一位少婦，簡直是罕見。她不叫別人跟隨，只帶着跟她穿着一樣的衣裳但是梳着辮子的繡香出了門，鴉雀無聲的，放下了車簾，就往東嶽廟去了。

這天是個很晴和的日子，街上還留存着殘雪，但沒有什麼風，天氣是已有點春意了。繁華的後門大街跟東四牌樓，遊人擁擠，市聲嘈雜；即使是在深山清修多年的人來到這裏，也得對塵世的名利榮華發生些羨慕。玉嬌龍在車上隔着車窗向外看了兩眼，她忽然覺得自己還年輕，還有勇力和膽氣，還可以找到愉快、安慰，還能夠跟別人爭一爭、比一比，甚至於鬥一鬥。總之，她突然因此動了塵念，增加了生氣，恢復了驕傲，振作起來雄心。

繡香是在車簾外跨着車轅坐着，忽然她回身撩了撩車簾，向裏邊笑着說：“小姐！您瞧這街上有多麼熱鬧呀？到底還是北京。我瞧天底下的所有的地方，哪兒也沒有北京好！”說完了話，抬眼瞧着她的小姐，希望小姐能夠笑一笑；但玉嬌龍只微微點了點頭，看上去雖未發愁，可是一絲笑意也沒有。

車咕隆隆地走着，因為街上的人太多，車也無法走得快。繡香的話也沒引起小姐的喜歡來，她只得把車簾又掩好了，但兩旁的繁華景象卻令她目無餘暇，她也顧不得她的小姐對此良辰美景、綺市華街是抱有如何的感想了。

其實此際的玉嬌龍，卻又因為剛才繡香那兩句話，心底滋出來悲痛。她想起了去年的今日，晚間隨母親在綢緞莊的樓上觀燈。那時滿街的燈彩，火樹銀花，並沒想到羅小虎就雜在樓下的人群裏，所以自己也很快樂。母親就說到京城熱鬧，比新疆好得多；但自己卻搖頭，說是新疆好，很想念新疆。那時自己實在是希望羅小虎能夠得個出身，博個功名，自己好與他結為夫婦，並沒想到今日……想到這裏，一陣心痛如絞，又想，如何可以對得起羅小虎呢？他不能做官不是因他沒出息，是因為真難！他早已洗手不幹強盜了，但又無人不知半天雲羅小虎是大盜。母親臨死之時，且諄諄囑咐不可再接近他，然而他又多麼可憐呢？玉嬌龍柔腸迴轉，不覺車已走出了齊化門。

齊化門的關廂也是一條很繁華的街道，東嶽廟就坐落在這條大街的東端路北。不只因今天是上元節，平日每逢初一、十五，來這裏進香的男女老幼就很多。廟門前且有集會，平日就比石橋鎮的那個集會熱鬧得多，今天的熱鬧更加了十幾倍。人擠着人，不透風，車更是過不來，任憑趕車的拿着大宅門的勢力腔調，大聲喊着：“借光喂！讓讓路吧！哪兒來的這麼許多人？喂！喂！”可是前面的人連整步兒都不邁，實在這時真是走不動。

玉嬌龍只好叫車停住，繡香抱着香燭，兩人下了車。一下車仿佛就掉在人粥裏了，行動都不能由着自己，前後左右都是人頭，玉嬌龍的高高的兩板頭都有幾次要被人擠掉。除非她這時忽然蹿上這些人的頭頂，踏着人頭，像在西瓜地裏走着似的，跳進東嶽門；但這是絕不可能，她只得被人擠着。前邊是幾個老太太，左邊是兩個小媳婦；右邊是三個年輕的男子，都向着她扭臉，嘴裏噴着臭蔥氣味；身後還不知是什麼人，但覺得四周的壓力都很大，喧嘩之聲震耳。繡香都要哭了，叫着：“哎喲！哎喲！擠死啦……小姐您可要留神！哎喲！你們可別擠我們的小姐呀……”可是，她嚷嚷的這些話誰聽得見呢？

其實玉嬌龍是不怕擠的，前邊、左邊都是婦女，她應當容讓；但右邊的三個年輕男子，永遠向她噴臭蔥氣，她可真覺得討厭。她就把右邊的胳臂肘兒彎起來，向那邊去頂，頂完了一個再頂一個，頂得那三個人全都皺眉咧嘴，其中一個且喊着說：“我的肋骨快要折了！媽喲！”好在這裏的人雖彼此擁擠，幾乎用不着自己邁腿走路，可是大家都是同一方向、同一目的，要進那廟門，所以擠了一會兒，不覺着就走進廟裏來了。只聽磬聲嗡嗡，只見香煙彌漫，這東嶽廟本供的是泰山之神，可是後邊又供着十殿閻羅，所以這裏的神又像是管轄着世人的生死。到這裏來燒香的多一半是為家裏的什麼人求壽，少一半是到偏殿的子孫娘娘殿去拴娃娃或是還童兒；這只說的是燒香的人、有目的而來的人，至於那些沒有目的的也不燒香的人，恐怕還要多兩倍。

　　廟裏的擁擠不下於廟外，但一上台階，到了大殿前，這裏的人卻不太多了。玉嬌龍在這香煙磬聲之中，就虔誠地將香拈畢，將頭叩完。她流着淚默禱，求神佛再給她父親幾年陽壽，並祝她母親在地府平安，末了還私自懺悔她自學得武藝之後，在新疆沙漠、在土城、在荒山河畔、孤村古廟，所無意或不得已而殺人的罪愆。繡香攙扶她起來，說：“小姐！咱們回去吧！”玉嬌龍拿一塊青綢揉着眼睛，微點了點頭。

　　繡香攙着她，下了台階，但一回到人群中，一擠起來，可又誰也不能夠攙扶誰了。往外面去擠更不容易，因為對面的人比身後的人力量大，擠得玉嬌龍真急躁，她真想一陣亂打，打出廟去。

　　這時忽聽得前面有婦人的尖銳聲音，喊說：“哎喲！你們倒留神點兒人家的腳呀？趕鬼門關嗎？擠什麼呀？把廟都擠破啦！不擠就過不去今天這燈節了嗎？”又聽是男子的聲音，說：“諸位借光！讓堂客先過去……”又聽別人發了閒話，那婦人卻發起怒來了，說：“你是什麼東西？你說的什麼話？你敢摸我的手？你沒看看老太太我是誰？”又聽那男子說：“算了算了！這人絕不是故意的，咱們也沒得罪誰，他不能不認得我。朋友！讓點路，這不是自己的家裏……來！借光借光！大節下的何必惹氣？擠死了人又得叫閻王爺費一本賬！”

　　玉嬌龍覺出這男女二人的聲音頗為廝熟，正在詫異，就見那兩口子一邊嚷嚷一邊把人亂推着，就出現在她的眼前，原來，來者正是一朵蓮花劉泰保與他的媳婦蔡湘妹。玉嬌龍不由得一下愕然，劉泰保也直了眼。那穿着一身紅、拿着一股香的蔡湘妹卻在人群裏就屈腿兒請安，滿臉帶笑，像遇見了至親似的，說：“玉小姐您也來啦？您一向好呀？我也短去望看您！”又皺皺眉說：“您府上太太故去啦，我們也沒去行個人情，唉！真對不起！今兒就是您跟着這位大姐來的嗎？您瞧有多麼擠，有些個壞蛋是成心來這兒起哄！”又向她丈夫說：“你給哄哄閒人，把小姐送出去，小姐人家哪兒經得起這樣亂擠呢？”

　　劉泰保也向玉嬌龍遞着笑容彎了彎腰，然後回身掄臂大喊一聲：“諸位！讓點路！識點相，睜點眼，看看這位小姐是誰？這是前任九門提督玉正堂老大人宅中的小姐千金，你們敢擠？誰敢擠？快讓路！”也怪，不知是劉泰保的聲音大還是玉嬌龍的名聲大，這麼稠密擁擠的人群，居然讓出一條很寬的道；兩旁的人莫不仰臉抬頭，直眼看着。劉泰保是開路的先鋒，蔡湘妹是殿后的女將，就從這股大道上大搖大擺地將玉嬌龍主僕送出了廟門。

　　玉嬌龍的臉可都氣紫了，上了車，蔡湘妹還殷勤地說：“小姐，我一半天望看您去，您不是常在家嗎？早先的那些事您可千萬都別計較啦！”又拉着繡香的手說：“這位大姐有工夫時找我玩去，我們還住在那兒，你問小姐，小姐她知道！”劉泰保又向車裏解釋，說：“小姐您可別在意，不這麼着，您絕擠不出來。過去的事早已煙消霧散，您對待我們倆總是好處多，過錯少，以後還得……”玉嬌龍不等他說完，就自己放下了車簾，發怒地指揮趕車的快將車趕走。

立時鞭子響了，車輪轉動了；四周的人彼此議論，齊都驚懼，又讓開了一條大道，看着玉嬌龍的騾車向西走去。繡香害怕似的掀着車簾又向裏說：「那媳婦不是早先在咱們門前走軟繩的嗎？」玉嬌龍沉着臉一句話也不說，趕車的似乎也知道是怎麼回事，總之，劉泰保那小子又蘑菇上啦！

驅車疾走，少時進了城，又一時就回到玉宅的門前。趕車的由車上取下了那個腳凳兒來，繡香就攙扶着小姐下車進內。此時玉嬌龍的臉色依然一陣一陣地發白。剛才在東嶽廟中之事，自己並不十分恨劉泰保夫婦，但是太可驚，那些人怎會一聽說了自己，就全都驚慌着讓路？這是什麼緣故呢？莫非自己在京城中的名聲竟鬧得如此之大，連婦人孺子全都知曉了？這樣，即使我深自韜晦，但萬一將來京城中若再出什麼大事，譬如像三年前禁宮盜珠之事，那縱不是我做的，也必叫人疑惑是我做的，我有口也難分辯；我家中的人想脫禍，屆時也恐怕不能夠幸免……咳，我真不可再在這兒住着了！想到這裏，她只是歎氣。繡香在旁，一句話也不敢多說，但見她的小姐這時已不甚傷悲，也不像怎樣氣憤，只是有點坐立不安似的，時時站着，翻着眼睛發呆。

這幾日每逢晚飯後，繡香必要為小姐研上一小盤朱砂，展開黃紙，為的是小姐抄寫金剛經，並且要在幾上焚燒檀香一爐。但今日繡香剛要照例去預備，玉嬌龍卻擺手說：「今兒晚上我不想寫了，你不必預備了！你睡覺去吧！」

繡香聽了，倒不由一陣發怔：這時還沒到二更天呢，小姐就催着自己去睡，是什麼原因呢？但她絕不敢問，就答應了一聲，遂先去掃床鋪被。

玉嬌龍就又說：「把那開箱子的鑰匙給我，你快睡去吧！」

繡香又一驚，只好由身邊把一串鑰匙掏出來，放在小姐的手心上。她鋪好了被，給銅盆中續了幾塊炭，將蠟燭剪了剪，又將熱茶預備好了。玉嬌龍又向她擺手，她只得懷着驚疑，慢慢地啟簾退出了屋去，並輕輕地將門帶上。

此時雖然壁間的自鳴鐘才打了八下，但玉宅裏外院全都十分寂靜，淡淡的月色浸在窗櫺上，一格一格的影子很是分明。外面微風拂動，不知觸到什麼東西上，刷刷作響。玉嬌龍獨自站在屋中，遙想着大街上不定是多麼的熱鬧了，燈光不定是多麼的繁華了！去年的今夜，是自己與母親觀燈的日子，也是羅小虎見着自己的日子，但現在呢？母親已在靈柩之內長眠了，羅小虎也不知何往，人事真是變遷得快呀！

此時雖然周圍十分淒清，但她的心中卻十分緊急。她將臂伸了伸，將腿踢了踢，覺得自己的身子還能用得。又在室中慢慢地打了一套拳，撩起了衣服，以手作式，又舞了一趟劍；覺着《九華拳劍全書》雖已盡失，可是書上大半的招數，已深深印在自己的腦中，並未忘記，她又不禁傲然自喜。

直待到自鳴鐘的短針已過了十一點，眼見就要敲打三更了，玉嬌龍這才用鑰匙將箱子上的銅鎖打開。啟開箱子翻了半天，才找出一條深藍色的綢子夾褲和一件綠色綢子的小夾襖，可鑲着紅邊；她的衣服只有這一身還瘦小、利落，並且在月色下還不太顯。只是她此刻手中並無寸鐵，但又想，沒有兵刃自己照樣能敵得過人，遂就不在意。她到床裏急急忙忙地將衣服換上，外面又罩上一件淺藍色的不太短的旗袍，換上了平底鞋。

又待了一會兒，等着更夫將三更敲過，她就輕輕地開門出屋，腳下一點響聲也不出，就偷偷地走到外院；然後趁着無人發覺，飛身上牆，由牆上跳到門外。門外樹影蕭疏，高坡上連一隻狗也沒有，她就貼着牆根去走。雖然這時天青如洗，月明如鏡，馬路上也有三三五五往來的人，但都是觀完了燈或是飲夠了酒的疲倦醺醉的人，所以沒有人會注意這個蠕蠕的纖秀的影子是男還是女，更沒人管她是個幹什麼的，尤其是沒人會想到她即是玉嬌龍，如今又飛出了深閨，半夜而出，做她的詭秘難測的事。

玉嬌龍走到鼓樓前，見那條後門大街的兩旁還有點點的燈火、寥寥的遊人，有的賣元宵的攤子還在高聲吆喝。但走到鼓樓東，進了小巷，卻又一切都沉寂了，一些小門破戶全都緊緊地關着門。玉嬌龍迤邐地行走，腳步漸漸地加快了。又走了一些時，她就走到了花園大院。這裏地曠人稀，天更寬，色更深青，上面嵌着的月輪顯得更圓更大。劉泰保住的那所小房子，就像是個小攤似的擺在北首。玉嬌龍來到這門前，就將長衣服脫了，搭在肩上，然後一聳身跳過了牆去，故意將聲作大了些。北屋中的燈光昏昏，就聽劉泰保在屋中發出，問道：“是誰？快說！”

玉嬌龍來到窗下，向裏邊說：“是我，今日白天咱們在廟裏見了面，我有幾句話在那時沒得空跟你們說，現在，你開開門吧！”屋裏卻一點聲音也沒有，仿佛都驚愕住了。玉嬌龍又隔窗補充了一句，聲音低小但很急躁，說：“你開開門吧！我無惡意。”

這時才聽見屋裏又是一陣忙亂，少時門開了。蔡湘妹走過來，驚驚慌慌的，借着月光把玉嬌龍看了看，就笑着走過來，悄聲地說：“玉小姐！您今兒來，可真是我們這兒的貴客！您快請進屋來吧，外邊冷。”

劉泰保這時也一邊扣着大棉襖上的紐子，一邊走出來，向玉嬌龍恭恭敬敬地問說：“您是才看完了燈嗎？後門大街今年的燈可比去年的多，我們是才逛完回來，您沒去瞧瞧嗎？”

玉嬌龍並不言語，她輕快地走進了屋內，只覺得撲身的一陣暖氣，小爐子很旺，蒸發出來一陣尿布的氣味。蔡湘妹隨着進屋把燈挑了挑，玉嬌龍見屋中四壁潔白，粘着各種年畫，還有朱紅的“抬頭見喜”“立春大吉”的春聯；桌上有煮元宵的鍋，炕上有被褥，另一份小的被褥裏邊，睡着一個小娃娃。劉泰保是滿面紅光，蔡湘妹是溫和地帶着笑，玉嬌龍看着人家的這個小家庭，倒覺得很好，亦羨亦妒。

當下劉泰保給倒茶，蔡湘妹拉着玉嬌龍的手，請她在椅子上坐。玉嬌龍卻擺手說：“我不坐，我也不喝茶！”

劉泰保又請安說：“今天在廟裏我實在是一時高興，就忘了形啦！並不是我要故意向大家指出您來。事後，我見大家竟然給您讓出了一條路，我也有點害怕了，我想您一定得惱了我們！”

玉嬌龍歎了口氣，又搖了搖頭說：“過去，你們太逼迫我了，但我也有許多對不起你們之處，現在全不必提啦！總算我敗於你們之手！”

劉泰保聽了這話，倒嚇一跳，趕緊說：“玉小姐的這話我們哪當得起！早先，說實話，我實在是想借您的事出風頭，露一露臉，好找一碗飯。現在幸蒙鐵小貝勒開恩，又叫我回去啦，一節還給我加了幾兩銀子……”

玉嬌龍就打斷了他的話，問說：“李慕白、俞秀蓮現都住在哪裏？我還想見一見他們，有幾句話要說！”

劉泰保跟蔡湘妹兩人彼此望了一眼，全都有些發怔，蔡湘妹就說：“俞秀蓮早就走啦，早回巨鹿縣去了，難道您還不知道嗎？那李慕白是……”

玉嬌龍說：“你們也不必替李慕白隱瞞，我去找他，只是說幾句話，並不想和他再爭鬥，因為我在他們的手下也早就認輸啦！”說着又微微地歎氣。

　　劉泰保又笑着說：“您別說啦！您的武藝堪稱今世無敵，李慕白的武藝不過是徒負虛名……”說到這裏，他吐了吐舌頭，又停住了話，向窗外聽了聽，然後才說：“李慕白那位爺，完全學的是江南鶴的派頭兒；小事兒他不管，閒氣他不惹，女人他不鬥，富貴榮華他不貪。鐵貝勒爺把他供若上賓，最近把書房，就是當年藏青冥劍之屋，收拾得乾淨極了，讓他大爺居住，然而他大爺常常三五日也不歸。鐵貝勒的意思是留他長住，將來給他謀取功名，也算是出於一片愛才之心。但他大爺不肯，住了這麼幾個月，見京中無事了，他還是要走，鐵小貝勒也無法挽留。我們跟他又沒有多大的交情，更是勸留不住。玉小姐，您要是想找他，還是得快點去，不然他說不定什麼時候就走啦！走後，他大爺閑雲野鶴，到處雲遊，不知何年何月才能再回北京。”

　　玉嬌龍一聽這話，就點了點頭說：“好！明天就許找他去談談。”

　　剛要轉身出屋，卻聽劉泰保又說：“玉小姐留步！”玉嬌龍倒不由得一怔，就見劉泰保去掀開炕布亂找。玉嬌龍這時才看見他們的被窩裏，原來藏着刀，大概剛才自己初來時，他們一定是預備着拼鬥，後來自己隔窗表示此來並無惡意，他們便把刀藏在被窩裏才開門的。當下玉嬌龍心裏明白，但也沒有說什麼。

　　劉泰保在炕席下摸索了半天，蔡湘妹全不知道他摸的是什麼，結果見他摸出一張紙來。他就親自遞在玉嬌龍的手裏，笑嘻嘻地低聲說：“這就是早先小姐第一次施展奇能，從鐵府盜來了青冥劍，後來又派了個小叫花子送去了的那半張信。那時，這封信就到了我的手裏啦，一年以來，我把這半張信紙寶貝一樣的存着。實說吧！我這小子實在是居心不善，留着這半張筆跡，為的是將來對付您。如今蒙您不究往事，還肯光臨到我家，可稱得是光明磊落、大量寬宏。您既然如此，我倒不好意思那麼小器啦！將這信奉還您，以表我從今以後再無與您作對之意！”

　　蔡湘妹推了他一把，說：“你就別說啦！這麼絮煩，人家小姐哪耐煩聽呢？”

　　劉泰保說：“不是！我得把話跟小姐表明啦，因為小姐不能常到咱們這兒來，今天見了面就許不能再見面。小姐的名頭高、聲氣大，以後還難免有些江湖小，要在她老人家的太歲頭上動土，到那時別又疑惑是我。我現在幸仗李慕白大爺的面子，貝勒爺又將我召回叫我教拳，從今我決定安分守己；你在家裏抱孩子也少出門，這全得跟玉小姐說明了，不然，將來萬一，倘或……”

　　蔡湘妹又推了她的丈夫一下，把劉泰保推得坐在炕上。她笑着，望望玉嬌龍，又望望她丈夫，說：“人家還不知道咱們兩人統共才會幾手兒嗎？你放心，以後人家車受驚了，轎被撞了，絕不能找到咱們頭上來！”

　　玉嬌龍聽了她後邊的那兩句話，又不由臉色一變，但她急於要走，不願多聽他們絮煩，就將那半張信紙在燈上燒了，又握了握蔡湘妹的手，帶着微笑說了聲：“後會有期！”

　　劉泰保趕緊說：“快送小姐！”

　　蔡湘妹也說：“您請再坐一會兒好不好？我們待會兒才睡覺啦！”這時孩子又在炕上呱呱啼哭，蔡湘妹便趕緊叫劉泰保看孩子，她就往外去送。到了院中，她要去開門，玉嬌龍擺手，她只見玉嬌龍身軀一擰，也沒聽見什麼聲音，便已跳過院牆走去。

　　這時月輪已經轉向西方，月光漸漸慘淡，寒風益緊，四下更為岑寂。玉嬌龍踏着月色疾疾地行走。少時即到了鐵貝勒府前。這廣大莊嚴的府門前，此刻也十分寂靜，門前的一對玉獅，浴在月光裏，遠望着如同兩堆雲似的。玉嬌龍就將長衣卷起來，緊緊在身上；此時她的精神愈為振奮，行動更是小心，就聳身越進了府牆，然後又躥上房去。因為是元宵佳節，府中的下人們都在聚賭，所以各院中的屋裏多半有燈光，但是也沒有人再顧到外邊了。玉嬌龍曾兩次盜劍、一次還劍，共曾來此三回，所以這是她的熟地方。她躲避着月光，專尋着房影牆根那些黑暗的地方去走。

少時玉嬌龍就到了那西廊下，這裏早先是藏那口青冥劍的屋子，如今是李慕白下榻之地。窗裏卻很昏黑，也許李慕白沒在這裏，但她卻加倍的謹慎，其行輕如鶴鷺，其動敏似猿猴。來到廊下先蹲了一會兒，然後才慢慢站起身來，隔窗向屋裏去聽，卻一點聲兒也沒有。她倒是很詫異。走到門前拿着拳腳的姿勢，一手高舉在前，一手向下去摸門上的鎖，但見並沒有鎖着，裏邊倒是另有一層門，可關閉得很嚴。她知曉屋中有人在睡覺，就更不敢做出一點響聲。然而她是急於要跟李慕白會會，即使再打鬥一番她也不怕，於是她用着極細的心，放着極大的膽，就從頭上拔下來一枝半截玉半截銀的簪子去撥門。自然她做得極為小心，一點聲音也沒發出來。但是門才撥開，她才輕輕地推開了一道縫，見屋裏倒沒有人，背後卻有個人一拍她的肩，輕聲說：“你來有什麼事？”

玉嬌龍這一驚非同小可，疾忙閃身回頭，一看身後站着的，原是手持青冥寶劍的李慕白。她嚇得頭髮都要豎起來了，索性拼出去，掄手跳起來要奪李慕白的劍。李慕白卻一腳向她踹來，就聽咕咚咚一陣亂響，屋裏的門也給撞開了，玉嬌龍整個被踹到屋裏，坐在地下，並且撞翻了一張小桌。她幾乎叫了起來，趕緊挺身立起。知道李慕白是持劍堵着屋門呢，她不敢往外去撞去跑，想要抄起個什麼東西先拋出去；但見這時身旁起了一片光，原來李慕白已在自己滾進來時進屋來了，一手持劍，一手將燈點上。玉嬌龍疾忙退到了牆角，雙手抱起來一隻花瓷的繡墩，想要拿這作兵器。

李慕白卻昂然站在燈旁，向她說：“玉嬌龍你不要動手！自你回到家中安分居住後，我便不願使你難堪。青冥劍在我這裏，鐵貝勒也不願再留它了，叫我後天帶走；《九華拳劍全書》二部，一共四卷，也都被我取來了。你我已沒有再爭鬥的理由，今天你來，還有什麼事？”

玉嬌龍放下了繡墩，卻哭了，頓着腳，也不顧聲音之大小，就急急地說：“我來找你就為的是這兩件東西！青冥劍你給不給我，還不要緊；那書，一部是我保存的，一部是我抄寫的。沒有我保存，那原書早就落在惡人的手裏了！沒我抄寫……”又頓腳說：“我抄寫那不容易！雖然我多半已經記熟了，可是還是得要回來我的書。今天你不將書還我，我們就再鬥吧！我並不怕你！”

李慕白卻擺手說：“不要嚷嚷！你嚷嚷得使人來了，於你玉小姐的身分有損。你抄寫的書當然要給你。連這口寶劍，假使你是個明義氣、曉道理，真正的行俠仗義、助弱扶危的人，我還可以送給你。但拿以往的事來說，你實與盜賊無異，我不能給你利器，助你去橫行！”

玉嬌龍流着眼淚，憤憤地想了半天，忽然她歎了一口氣，就說：“我知道你厲害，我在你跟前認輸就是，以後我也不能再到外面去橫行了！但是你要那兩部一樣的書有什麼用？你快些把我抄的那一部還給我吧！我就走！”

李慕白未料到玉嬌龍會認起輸來了，看她此時頹唐懦弱的態度，與早先那種倔強、驕傲大不相同，而且她只是要她自己謄寫的那書，並無奢望，心裏便也有些活動。他就放下了寶劍，沉思了一會兒，忽然昂起頭來，說：“以你過去殺人放火的行為，我不信你能夠長久改悔，而且你在家中絕住不長，早晚你還是要去為非作歹的！”

玉嬌龍忽然就揚起臉來，忿然地說：“你不信又當怎樣？你不是我的師傅，又不是我的親族，你憑什麼要永遠管轄着我呢？”

李慕白說：“因為你的武藝全是自書中學來的。書是九華老人所傳，我盟伯江南鶴所寫，後來被啞俠不慎遺失。所以你若在外作惡，便如同是我九華山上的人作惡一樣，這次我將書收回，也是為此之故。我看你的武藝雖然精熟，但真正的書中奧妙你還並未得到，倘若給了你書，你的惡性仍然不改，再將書中的奧妙得到，就越發難制了！”

玉嬌龍說：“你說我惡我就不服，乾脆你就說，你是怕我將書中的武藝再學幾年，本領將你邁過去罷了！”

李慕白說：“我要將這兩部書都送到江南鶴之處，他現在在江南九華山上。如果將來你確已改過，我想他必能將書送還你，你也可以派人去取。”

玉嬌龍只是冷笑不語，李慕白便轉過臉去，也不看她，只拂手說：“快走吧！”

玉嬌龍咬着牙，發着恨，往門外去走，同時她卻斜眼溜着放在李慕白身旁的那口青冥劍。驀然她就躥將過去，剛要用手去抓，不料李慕白早已將劍高舉起來；她跳到桌上又用腳去踢，狠狠地說：“還我！”李慕白將劍身平擊在她的腳上，她立足不住，摔下桌來。她雖沒有倒下，那盞燈燭卻掉在地下，火焰突突的騰起。

李慕白發怒說：“快走！不然我要用劍傷你了！”

玉嬌龍卻嘿嘿一聲冷笑，說：“將來再會面吧！無論你將來到哪裏去，無論有多少人鎖着我，困着我，我要得不回我的書，取不回這口劍，我誓不為人！”

李慕白厲聲說：“你若再怙惡不改，我劍下絕不饒你！”

玉嬌龍又一聲冷笑，出屋上房而去，李慕白也沒追她出來。

鐵府中夜深院大，護院的僕人們除了聚在前院賭錢的，就是酒醉了的和回家去了的，連打更的都敷衍了事；所以玉嬌龍踏着房瓦到了府外，竟無人察覺。她向西走去，來的時候是一股勇氣，及至敗在李慕白的手裏，她是傷感灰心；後來奪劍，她是又想趁李慕白的一時疏忽，圖自己的僥幸，但也沒有成功。這時候她是傷感、氣憤交雜在一起，她恨李慕白是當世的奇俠，但對她竟毫不客氣，而且看她不起，這個仇將來非報不可，這口氣將來非出不可！她又想，自己自從學會了武藝，空負一身本領，但所得到是什麼？得到的是被辱遭欺、坎坷失意、母死家敗、骨肉乖離、情人分散，因此又不禁傷悲起來。

在淡淡月色、呼呼寒風之下，她如同孤零的鬼魂一般，飄飄蕩蕩地走回到家裏。家中更如同一座古墳一般，她直回到屋中也沒有人察覺。她一頭趴在床上哭泣了一陣，然後記起來門還沒有關，就坐起身來，取火將蠟燭點着，過去關閉了屋門；一回身，對着那後窗戶又發了半天怔。她歎息了一聲，重進到裏屋，撥了撥炭盆，見灰裏還埋着兩塊紅炭，她就又續上了兩塊新炭，屋子又漸漸暖起來。她坐在椅子上，手拿銅筷箸撥着炭灰。這時壁上的自鳴鐘雖都已交到了三點，她卻還不困乏，思前想後，一陣悲一陣氣，有時落淚，有時又自發冷笑。過了許多時，她忽然啪的一拍桌子，心中決定了主意，這才更換了寢衣去睡。

由次日起，玉嬌龍的態度又驟變，但除了跟她最接近的繡香之外，誰也看不出來。她不再像往日那般憂愁，也不再落淚，但臉兒卻永遠沉着，臉色如冰雪一般，眼神如寒星一樣。金剛經她已不再抄寫了，她卻命人買來了頂上等的白綾，釘了個很厚的本子。她每天在本子上寫極小的字，畫很精細的掄拳舞劍的小人。有時畫着畫着她忽然停住了筆，仿佛是想不起來了，就立刻離開椅子，回身掖起衣襟，挽起袖子，以筆作劍，在屋中舞練一會兒；練完了又呆呆地細細地想，然後才接着再往下去畫，有時能畫到深夜還不休息。

　　她又命繡香出去買了一些黑色的布，叫繡香整天的在套間屋裏給她做衣服做鞋。她倒不是做男子的衣服，可全是短的瘦的，而且不用什麼漂亮顏色的裏子，也不鑲花邊；鞋也做平底的，而且底兒都要用極軟的絨布，做完了一雙一件，她就秘密地收起來。有旁人要問繡香近些日做的是些什麼活計，她也不許繡香實說。因此，繡香終日提心吊膽，猜不出她的小姐又要做出些什麼驚人之事。但是玉嬌龍毫無表示，也不像心裏存着什麼着急的事情似的，並且對於繡香的情誼更好，把她的很新的花緞衣裳、很值錢的首飾全都賞給了繡香。但她卻漸漸干涉起家務來了，出入的大宗銀錢，時常要由她經手。繡香曾親眼看見她克扣下許多銀錢，全都私藏起來，並且將宅中幾件貴重細軟的東西，也全都收起。

　　有一天晚上，玉嬌龍又叫繡香早睡覺。這是個沉沉的黑夜，繡香知道她的小姐今夜必做怪事，所以很是擔心。她一個人在套間裏睡不着覺，便乍着膽，於深夜三更以後，到小姐的屋裏去偷偷地看了看。原來床上拋着換下的衣服，屋中空洞無人，門也虛掩着，她們的小姐卻不知哪裏去了；繡香嚇得幾乎叫了出來，渾身哆嗦，心裏極度的憂慮和驚懼。她門也不敢掩，回到套間，更不能睡了，就扒着門縫向外偷聽。一夜門也沒響，窗也沒動，可是第二天早晨，玉嬌龍照樣由床上懶慵慵嬌怯怯地起來，也不知昨夜是往哪裏去了？是什麼時候回來的？繡香也不敢問，更不敢向別人去說。

　　就在這天下午，那早先在門前踏軟繩，後來嫁了劉泰保的那個小媳婦忽然來了，還送來幾包茶葉、點心等等的禮物。門房的僕人驚驚慌慌地來問繡香，說：“怎麼辦呢？是請進來呢？還是謝絕呢？那媳婦是夜貓子進宅，無事不來，不定劉泰保又憋着什麼壞！”

　　繡香也提心吊膽的，趕緊去向小姐請示，玉嬌龍立時就說：“快請進來！”她仿佛很是歡迎的樣子，並且精神突然振作起來。

　　蔡湘妹裊裊娜娜、大大方方的走進來，僕人僕婦卻都偷眼瞧看，偷着談論，仿佛宅中來了個怪異的危險的人。繡香將蔡湘妹請到她小姐的房裏。隔着門簾，蔡湘妹就笑着說道：“小姐在屋了嗎？我來瞧您來啦！”

　　繡香掀開簾子，玉嬌龍往外迎了一迎，臉色非常和藹，問說：“你好啊？”

　　蔡湘妹請了安，說：“上次在東嶽廟遇見您，我沒得工夫跟您多說話。今兒我買了一點禮物來瞧瞧您，找您來說會閒話，我知道您在家裏也是怪悶得慌的。”玉嬌龍笑着說：“謝謝你了，你何必還花錢？”

　　這時繡香把蔡湘妹送來的那點禮物放在外屋，她叫僕婦拿來了開水，泡了一壺上好的茶，倒在兩隻康熙五彩朱砂的茶杯裏，用銀盤托着送進裏間，卻聽蔡湘妹正對玉嬌龍說：“昨天夜裏您走後……”突然見繡香送進茶來，她立時把話咽下去，趕緊起身來接茶，又笑着說：“大姐別張羅我！”

　　繡香將茶敬完了客，又送到她小姐面前一杯，然後趕緊避到外屋來。就聽身後蔡湘妹低聲說話，又聽玉嬌龍說：“不要緊，我的事情不瞞她，上次就是她隨着我出去的，她是我用的丫鬟之中最心腹者。”

　　又聽蔡湘妹說：“李慕白早就走了。”

　　兩人又低聲談了半天，可又聽玉嬌龍歎着氣說：“我在這裏實在住不住了！我沒有朋友，只得請你們夫婦幫我……過去，我傷了你的令尊，我真對不起你！”

　　蔡湘妹卻也聲音悲慘地說：“您也不是故意……不打不相識，以後我們求您幫助的地方還多着呢！”再往下的話卻聲音極微，不能聽得清楚了。

　　繡香在外屋卻又憂慮，曉得她的小姐是又要外走，但不知道帶不帶她，若帶着她呢，她卻真有些害怕；若不帶着她呢，她可有些捨不得離開小姐。

　　當日蔡湘妹跟玉嬌龍秘密地直談了半日話，玉嬌龍留她在這裏用的晚飯。天黑了時，玉嬌龍才叫人從外面雇來了車，送蔡湘妹回去。蔡湘妹走的時候，玉嬌龍送她兩個大包裹，裏邊裝的仿佛是些衣物，繡香卻又驚異。

　　當日，玉嬌龍很早就就寢了，但闔宅的人，只要是知道劉泰保的媳婦、那個罵過這裏老大人的女賊來過的，就全都惴惴不安，惟恐引狼入室，兩三日內不定又會發生什麼麻煩。可是蔡湘妹走後就沒有再來，玉嬌龍也很安靜，十多日後，毫無事故發生。

　　這期間，魯宅又來接過少奶奶兩次，玉嬌龍還是說暫不回去，魯宅的人也不勉強她，只派了兩個僕婦來這兒幫助伺候。同時，在新疆的玉嬌龍的母舅瑞大人來京，一來是參加玉太太的下葬典禮，二來是送次女玉潤小姐來京就親。瑞二小姐給的是福公爺家的大少爺；至於玉潤的姐姐瑞大小姐玉清，已於去年春間，與玉嬌龍差不多同時出的閣，給的是新疆巡撫的公子。玉清過門以後很好，聽說如今已有喜了，並且帶來了致候玉嬌龍的信，還說盼玉嬌龍將來有機會時，能到新疆去玩玩最好。玉嬌龍看了信卻不禁感慨，覺着別人都比自己強！她因為穿着孝，所以表妹的婚禮也沒有參加。

　　又過了些日子，她母親玉太太的靈柩就在祖塋安葬。這一天又在廣緣寺開吊，玉嬌龍又穿上了孝衣。親友來的也很多，德大奶奶帶着兒媳也來到了。因為這廟中有個後院子，裏邊的桃花已開，一些女賓弔祭完了，都走到那園中去觀賞桃花，靈旁沒有別的人，楊麗芳便找着了玉嬌龍。

　　她先說了幾句閒話，然後就悄悄地說：“上一次，我隨我俞姑姑出外，遇見我的哥哥羅小虎了，他現住在京西五回嶺三清廟中，我見過了他。走的時候，他曾叫我把他的住址告訴您，說他將在那裏長居。他如今十分頹靡不振，見了人，他連話也不愛說，他只希望將來能夠再與您見上一面！”

　　玉嬌龍聽了，眼淚不禁紛紛亂落，雖然極力忍着，想不要在一個晚輩的媳婦面前露出形跡來，然而竟自忍不住心裏難過。她聽完了，一句話也沒說，連頭也沒點；楊麗芳說完了話，也就走開了。

　　當日玉太太安葬已畢，又過了幾日，玉大人的病也漸愈了，所以玉嬌龍在娘家住着仿佛已毫無意義，也毫無理由了。瑞大人這次來京，帶來的差官僕人共有十多個，其中有個差官是個漢人，姓蕭，年紀很輕，差事當得很紅，人也不錯。他要在北京順便娶一房妻子，就托人說了一個名叫浣春的大丫鬟。

　　玉大少奶奶本已同意了，但被玉嬌龍聽見了，她卻說：“先別把浣春打發出去！咱們家裏現在還少不了那麼一個能管事的跟親友們都熟的大丫鬟。我倒想把繡香聘出去，繡香跟我多年，這二次回來也是專為服侍我。過幾天我要回魯宅去，她既不能跟了我去，也不便再在這兒；回到她自己家裏去，她也受不了鄉間的清苦。既然那個差官的人不錯，就由我做媒，把繡香嫁給他，讓他把繡香帶到新疆去吧！那裏的生活繡香也很過得慣！”

　　姑奶奶說出了這話，玉大少奶奶當然不敢不依，而且繡香也是惟小姐之命是聽。不過，從此就要離開了小姐，而且不知小姐將來還要淪落於何等地步，繡香又忍不住傷心落淚。玉嬌龍安慰她，主婢二人又秘密地談了一夜，次日就決定了。過了兩天，那位蕭差官就將繡香接出宅去，玉嬌龍當然送了很豐厚的妝奩。

　　又過了幾天，繡香隨着她的夫婿來玉宅拜辭，因為日內就要隨瑞大人回返新疆去了。奇怪的是玉嬌龍與繡香離別之時，只是互相用眼波掠視，並沒有什麼惜別的表現。從此玉嬌龍就一個人在屋，有時是本宅裏的僕婦伺候她，有時是魯宅派來的僕婦伺候她，但送完了茶或飯，就得立時走開，她不許任何人在她的屋裏多留一會兒。

　　她的性情似乎是越發流於怪癖了，但是對於兩位兄嫂和孩子們卻是益加親善，尤其關懷她父親的病後之軀。雖然他們父女之間頗有誤解，她愧對父親，不敢和父親見面，但是一切保養身體的藥劑與食品，她全都親自督促着僕人們去辦理，並且時常叫姪女姪男們去到玉大人的屋裏，替她給她的父親承歡、慰病、娛情。

　　這時天氣已漸暖，人們身上的衣服漸漸單薄，小燕子飛來了，春雨落了幾場。後園中的海棠開過了一片白雪和紅雲，如今也成了滿地落英，一樹繁葉。天氣暖洋洋的使人發倦，蜜蜂兒撞着窗戶，嗡嗡的，像唱着催眠的歌。然而玉嬌龍的精神卻益加興奮，時時地像坐也不安，立也不安似的。

　　這一天，忽然她家門首，那久已斷了車蹤馬跡的高坡上，來了一大群人。為首的穿着長袍坎肩，拿着個三角形的黃綢小旗子，杆子可很長，上繡“朝頂進香”四個黑字。身後有八個穿着黑邊粗布大坎肩的人，每個人負着一隻缸蓋大的銅傢伙，像鑼又不是鑼，像盆又比盆淺；來到玉宅的門前，就用木錘子將這八個銅傢伙，鐺鐺鐺鐺亂敲一陣。大門前是立時熱鬧了，拿小旗的人進去領了錢，然後在大門旁貼了一張很長的黃紙佈告，就走去了。這張黃紙的佈告是刻板印的，上邊還印着“金頂妙峰山碧霞元君廟”，畫得很粗劣，下面就寫着“信士弟子某某，虔誠朝頂進香，特捐香資多少兩”等等的話，這是北京城每年一次的善舉。

　　妙峰山在京西，距城不過數十裏，山很高，據說由下面到山頂共合就有四十裏；上有敕建碧霞元君廟，供的是一位女神，皆呼為“娘娘”。每年春季，順天府京師各縣的人，齊往朝山進香，有的求財，有的求子，有的是為父母的病許願、還願。廟會是由四月初一直到十五，整整半個月的會期。在事前就有人組織什麼燈油會、香燭會，都是為屆時貢獻在廟裏。還有集了資，屆時在山上搭席棚，施粥捨饅頭，並預備宿處，以利朝山眾香客的。如今來到玉宅門前募捐的，就是這一種人。往年玉大人做着九門提督，威風赫赫，門禁森嚴，他們都不敢來；如今可來了，捐了四十兩銀子走了，並聞說這宅裏的姑奶奶屆時也要親自朝山，為老大人還願。

　　關於玉嬌龍要上妙峰山為父還願之事，玉宅兩位丁憂在家的知府寶恩和寶澤，全都非常憂慮。其實妙峰山離京城很近，妹妹前去燒一股香並不至有什麼舛錯，可是，聽說妹妹當初為父親許的願是要跳崖。妙峰山上有一座懸崖，其高無比，下臨深澗。一般孝子賢女常為父母之病來此捨身跳崖，據說因為是一片孝心，一秉虔誠，能夠感動了神明；時常由高崖跳下之時，有神保佑，竟能絲毫無恙，而父母之病卻因之得以痊癒。但這也不過是一個傳說，誰也沒有看見過。如今玉嬌龍要去投崖，縱使她會武藝，精拳腳，投了下去也多半是死，誰能放心呢？所以兩位知府和夫人們便勸阻他們的胞妹。魯宅聽了這信兒也派人來攔阻，但玉嬌龍卻意已堅決，並說：“只要心誠，必有神靈保佑，不會摔死的，你們就都放心吧！”

　　轉眼四月初一到了，一清早，玉嬌龍便帶着本宅的兩個丫鬟、一個男僕和魯宅的兩個僕婦，共乘騾車三輛，前往妙峰山；但臨出門上車之時，她不禁落了幾點眼淚。她們的車馬出了德勝門，就往西北，直奔妙峰山。

　　妙峰山從今天起就熱鬧起來了，因為那些善男信女都講究搶先燒香，尤其是傳說燒第一股香最好。可是第一股香連廟裏的老道都燒不着，那平日久閉的殿門到今天一敞開，香爐裏早就有香在焚燒着了。據說，歷年來搶這第一股香燒的人，都是那種飛簷走壁的江湖大盜，他們那種生活尤其要求順利，可是，今年的第一股香不是別人燒的，正是一朵蓮花劉泰保！

　　今年他的興頭比往年都大，因為他現在又是鐵貝勒府的教拳老師啦。去年雖然連僕連起，可是也得到了不少的名頭，使他在京城中的"字號"更叫得響了，"人物"更站得起來了，朋友也更結得多了，而且家中的太太又添了一個小寶寶；在外邊呢，他們夫婦又結識了個秘密的朋友，就是昔為冤家今為莫逆的玉小姐。

　　劉泰保是在上月二十八來到的妙峰山，他是全家來此燒香。他騎着一匹胭脂色的健馬，鞍韂皆新，不知他是怎麼發了一筆財，竟能買得起這麼一匹上等的馬。蔡湘妹是坐着騾車，在車裏抱着孩子，另外還有兩隻鼓鼓囊囊的大包裹及一口鯊魚皮鞘上嵌着嶄新的銅活、劍柄上有青絲穗子的寶劍。他們來到這裏之時，還沒有開山哩，所以山上的人很少，也無人對他加以注意。

　　劉泰保就帶着妻子到了山后一個村落裏，這村落在一個三岔口的中間，位在山中，而交通卻極便利，地名叫作"三瞪眼"。這裏有一家姓胡的老太太，是禿頭鷹的丈母娘。他們來到這裏，馬就喂在胡家，蔡湘妹就在胡家住着，仿佛等待着什麼事情似的。

　　劉泰保卻上山去了。他有幾個朋友在山上搭了一座最大的茶棚，捨粥捨饅頭，棚裏有十幾個人盡義務做招待，供着佛，還在棚前貼着捐錢的"信士弟子"的名單，第一名便是他。他在半夜裏，到山頂廟中施展早先在玉宅、魯宅使用的本領，燒了頭一股香，跑出來一聲也不語，穿着青洋縐的長衫在山底下轉。

　　朝陽漸起，香客漸多，大家見面無論認識不認識，都拱手說："虔誠！""您虔誠！"沒有一個瞪眼吵架的。這時大家都是善人，地上掉了一塊金子也絕沒有人肯拾。茶棚裏的人也都高聲吆喝："喂！歇歇來！"無論是誰，進去可以儘量大吃大喝，臨完了道聲"虔誠"就走。

　　山下有本地的農婦、村女、小孩售賣桃木拐杖，麥梗兒染了顏色編製的扇子、帽子、籃子和種種玩意兒。有坐在路旁專管縫衣裳釘鞋的，譬如香客上山把鞋磨破了，隨處都有人管修理，修理好了不必給錢，只道聲"虔誠"完事，因為這些人也都是出於"願心"。還有十七八歲的大姑娘，身穿紅色罪衣，披枷帶鎖去上山；更有的由山下走一步叩一個頭，直叩到山頂，這也如同跳澗一樣的是為還願。

　　不到晌午，香會就來了。先來的是"秧歌"，十幾個人都踏着高蹺，趕情真好。劉泰保直伸大拇指頭，並向一個高蹺上的穿着花紅柳綠的衣裳、拿着一塊花手絹直扭的人，喊了聲："好啊！就是他好啊！"這人黑臉上擦着粉，禿頭上戴首飾，原來正是禿頭鷹，劉泰保一叫好兒，他在高蹺上更是扭得厲害了；只瞧後影，別瞧前面，他倒真像個風騷浪漫、半男不女的美人兒。

　　接着又來了兩檔子"開路"，是七八個人都扮成大鬼的模樣，勾着花臉，耍的是嘩啦啦在光脊梁上亂滾，飛起來又接住的鋼叉；有鑼鼓助威，十分的熱鬧。這耍叉的人裏就有花牛兒李成，劉泰保也喊着說："不錯呀！留神叉着了脖子！"

　　又待了會兒，耍「鐘幡」的來了，這個幡足有五丈高，上面繫着鈴鐺無數，但耍的人講究扔起幡來拿腦袋接住，並且不准用手扶。歪頭彭九就是這個會上的，他的頭歪，可是頂着幡卻最准最周正，劉泰保又捧了一會兒場。

　　再接着是「花壇」，就是拿腦袋頂紹興酒壇；「雙石頭」，就是練石鎖；還有舞「仙人擔」，拿大磨盤壓人，人上還站着人。更有「旱船」「小車會」「跨鼓」「蓮花落」和專耍貧嘴的「杠箱官」。這些也多半是由各鄉農民、五城弟子、街頭流氓所組合而成，幾乎沒有人不認得劉泰保。劉泰保的手不知拱了幾百回，口中道出的「虔誠」也不計其數。

　　又待了一會兒，「五虎棍」來了，這是扮成趙匡胤棍棒鬥五虎的故事，在鑼鼓聲中，大家拿着棍子亂打，劉泰保也在裏頭認識不少的熟人。

　　又過了些時，忽然大家喊着：「少林棍來了！」少林棍耍的全是真刀真槍、鈎鏢劍棍、流星錘等等傢伙，練的人都是南城的鏢頭，當然劉泰保在這裏的朋友更多了。大家道個「虔誠」之後，就有人來請他練一手兒。劉泰保本來看着技癢，於是就脫去了青洋縐的大褂、青洋縐的短衫，光着健壯的脊背，露出他胸脯上的一朵蓮花，只穿着青洋縐肥腿的褲子，繫着青洋縐的汗巾、青洋縐的腿帶，下面可蹬着一雙白緞子幫兒的「抓地虎」靴子。在鏘鏘的刀槍聲中，咚咚鐺鐺的鑼鼓急奏中，他一手拿流星錘，一手拿單刀，練了一通三義刀夾流星單錘趕月、快刀颶風、水裏摸魚、天空捉雁，外帶就地十八滾，四面的彩聲如雷聲一般喝了起來。

　　劉泰保是出盡了風頭，東邊練練，西邊走走，北邊道聲「虔誠」，南邊又找人開開玩笑，他像是千萬香客之中最忙的一個人。但到了下午，他突然看見由東邊來了三輛騾車，他的臉色就立刻一變，可是沒有人注意到。又過些時，許多熟人找他，卻不知道劉泰保混到哪兒去了，他已然沒有了蹤影。

　　這時三輛車已來到山下，離着山口還很遠就停住了，因為山口這邊的人太擁擠，車過不來。頭一輛車有個跨車轅的男僕，下來在前面開道，口裏和氣地嚷嚷着說：「諸位虔誠！借借光！讓我們過去！」隨後車裏又下來兩個僕婦。後面的車上是下來兩個丫鬟，全都是二十上下，穿的衣裳雖然素，可是很漂亮，就招得一些閒人不去看那正在耍得熱鬧的種種香會，而來看她們了。

　　就見這兩個丫鬟打開中間那輛車的紗簾，由裏面攙着一位旗裝的少婦下來。這位少婦不過十八九歲，身材細高而窈窕，如臨風楊柳，傍水翠竹，是那麼婷婷可愛。她穿着一件雪青色的綢子袷袍，鑲着彩繡的寬邊，如絳樹，如綺雲；下穿薄底的雪青緞子平金的坤鞋，那鞋幫上用金絲綴成的「鳳穿牡丹」，閃爍地發着光亮。頭上並沒戴着兩板頭，只挽着旗髻，烏雲高堆，上戴着珍珠寶玉的首飾。鬢邊斜插着一隻雪青色的絨鳳，鳳翅和鳳口裏銜着的垂穗，全是用許多極細小的珠子所串成，頭一動就閃閃發光。這位少婦的瓜子臉兒有點清瘦，但也因清瘦才愈顯俊俏。高鼻梁，顯出她的多才、有威，但性情似流入於偏狹；兩條柳葉形的細眉，是告訴人們她天資聰明。兩眼尤大而美，且明亮有神，但凝滯着不愛流動，且時時用細長的睫毛遮覆着，這是表示她的身份尊崇、人品嫻雅，而又似含着一些淵深難測的憂鬱。

　　下了車來，僕婦丫鬟攙着她慢慢地走着，還有僕婦在後面提着包袱，裏邊裝的是頂上的香燭。這時兩旁鑼鼓喧闐，人聲嘈雜，香會一班跟着一班的過去了。踏高蹻的「醜鑼」「俊鑼」「老坐子」「漁婆」和蓮花落會上的「老媽上京」，那幾個莽漢子所扮成的「小娘兒們」正在賣俏，然而誰愛看？「五虎棍」的真刀真槍也沒有人理啦！無數人的目光齊集於一處，有的說：「啊！這是哪個府裏的？真賽過天仙呀！”有的人在東嶽廟裏聽劉泰保介紹過，就說：“媽呀！這是大名赫赫的玉嬌龍呀！”有人道出玉嬌龍的名字後，於是萬頭攢動，接踵摩肩，有許多老太太、小媳婦、大姑娘也全都爭着看，就仿佛看見了碧霞娘娘下了界似的那麼新奇，且含着些驚訝。魯宅隨來的那兩個僕婦都被人看得有點害怕了，但玉嬌龍卻連眼皮兒也不抬，慢慢地上了山。

山上怪石嶙峋，樹木繁茂，雖然香客眾多，那些山兔及山下罕見的鳥兒早已逃逸無蹤。但黃鶯和麻雀猶在樹蔭深處婉轉地歌唱，嘀溜溜地密語；燕子還超出人群，在如洗一般的晴空中飛翔。山道旁生着密密的青草，開着惹人憐愛的嬌豔野花。清風吹來陣陣的草香，好像到了邊塞草原的地帶。而石頭縫兒裏涓涓流下來的泉水，像眼淚似的，流下來就隨着石隙匯成了一道小河，碧清如玉，滾動着，發出潺潺的聲音，瀉於深澗之下。上面茶棚裏也敲着磬，有人高唱着說道：“進來歇歇吧！您虔誠哩……”但一瞧見玉嬌龍由下面來了，也都喝聲中止，把眼直了。許多山轎過來爭着讓座，玉嬌龍也都一概拒絕，她是為父還願而來的，所以不能乘轎朝頂。步行她不怕艱難，因為她不是沒有行過山路。

魯宅跟來的兩個僕婦雖都買了一根桃木棍子，可是往上走着還都覺非常吃力；她們越走越喘，又因身後跟着許多人，都像捨不得離開她們似的，所以她們是氣惱極了。可是因為是隨着少奶奶出來的，少奶奶又是這麼一位可怕的少奶奶，她們便不敢發半句怨言，何況上頭還有“娘娘”呢！來這兒朝山，要因為走不動了就抱怨，豈不是要被“娘娘”降災嗎？現在她們就是走得動也得走，走不動也得走。只是她們向下看着山澗有點提着心，真怕少奶奶不改志願，不避艱險，往下一跳；縱使“娘娘”能夠保佑，摔不死，可是她們也沒法給拉上來了，那才坑了她們呢！

兩個玉宅的丫鬟跟那男僕都是大腳，人家倒都不覺得累。往上走了多時，過了一嶺又是一嶺。山風漸冷，夕陽在山后如同一隻血紅的大火球，群鴉驚飛，紅霞紛落，各茶棚裏已點上了燈了。虔誠的香客都講究連夜朝頂，平常這座山，即使白晝也是沒有什麼人行，可是現在竟如不夜城，是個通宵的山市。眼看天快黑了，那男僕征得姑奶奶的同意，這才找地方去投宿，預備天明時再朝頂上香，好在離着山頂也沒多遠了。

這個男僕對於妙峰山的路徑當然很熟，在許多茶棚裏也有熟人。迎着暮色又向上走了不遠，就來到了一座很大的茶棚之前，棚裏懸着十多隻宮燈，設備得極為款式；在這裏做招待的人也都是長袍青坎肩，是很規矩的人；當中供着佛桌，兩旁插着黃旗子，都寫着是“鐵貝勒府”。這是鐵府特設的，派一個侍衛和幾個僕人在這裏經管，專為接待本府眷屬朝山在此休息。但本府中的眷屬得過兩天才能來呢，這又是善事，到此講不了身份的尊卑，即使是乞丐來這兒道聲“虔誠”，也得照樣竭誠招待。不過有“鐵府”的貴族氣逼着人，平常的人都不敢接近；只有些貪便宜的來這兒喝碗上好白米的稀飯，吃兩個飛籮白麵的饅頭，拱拱手就走，不敢多留。可是這裏棚中還設着暖棚，暖棚又分出來男女座位，裏邊物器俱全，山風兒一點兒也吹不到，已有幾位官眷早就來到這裏歇息了。

玉宅這僕人上前一道“虔誠”，隨着就把姑奶奶往裏請。棚裏的人一看見來了官眷，本來就更得恭敬，及至一聽說來的是玉宅的姑奶奶，魯宅的少奶奶，就是曾在他們府裏兩次盜劍之人，誰不驚訝呢？一齊說：“請！請！請到堂上棚裏！”但不禁聲音全有點發顫，眼睛都不敢順着燈光去瞧那姍姍走來的一條兒雪青顏色，可是眼珠兒都發了直啦。

　　玉嬌龍一看見這是鐵府所設的茶棚，她就有點心裏不痛快。一進了堂客的暖棚，卻又見這裏有三四位貴族的太太正在閒談，旁邊還全有僕婦丫鬟在伺候；並且有位四十多歲的身穿紫色綢袍、托着水煙袋的太太，驚訝地向她笑着說：「啊！魯少奶奶！您怎麼也來啦？」接着又問候了一大遍府裏的這個好，那個好。玉嬌龍不得不依照輩數的尊卑來上前行禮，並且賠笑答話。原來這位是展公爺的太太，跟玉嬌龍的娘家沒有多大來往，但卻是她婆家魯太太的好朋友，玉嬌龍叫她展三嬸兒。

　　這位太太向來是信佛的，當下見了玉嬌龍也來此燒香，她是特別地喜歡；及至聽說玉嬌龍要為父還願，捨身跳崖，她更是大大地贊成。她就說：「跳吧！只要到時候你一秉虔心，自有神靈保佑你。我的祖婆婆年輕時就跳過，是真的，那時她閉眼跳下去的時候，就覺着身子被雲托着，忽忽悠悠的把她送走了。她睜眼一看，原來回到家裏啦，連皮肉兒也沒傷着。從那回，我那位老奶奶就一輩子沒災沒病，直活到九十九，死的時候真跟個老比丘似的，那一定是成啦！」她又說：「頂上的娘娘可真靈！比方這座山，平日有的是豺狼虎豹，現在一個也沒有啦！因為開廟的幾天前，娘娘就派了靈官把那些東西全都趕走了，所以咱們在這兒處處有神靈保護，何況你又是個孝女呢？」玉嬌龍一聽，對這件事居然有了同情的人，而且是位貴族的太太，婆家的親友；她非常喜歡，就也斂起了愁容，跟展太太很高興地談起閒話來了。

　　兩個丫鬟聽了那些話，全都半信半疑，但在這裏是沒有她們插言的份兒。那兩個僕婦也像放了心了，因為萬一少奶奶跳澗摔死了呢，她們回宅也有話可以推諉，反正這是展太太知道而且主張的。

　　旁邊幾位太太也全是城中公侯大臣之家的女眷，展太太都給玉嬌龍引見了。這幾位在初見玉嬌龍之時，全都驚羨她的雍容曼美；聽說了她要跳崖，可都又驚異，有的還讚歎。及至展太太說出姓名來了，才知道她就是玉嬌龍。玉嬌龍的父親本已退休，兩個兄長又都丁憂，丈夫也因中風失掉了官位，所以大家就覺着不必聯絡她、親近她；何況這一年來的謠言與事實誰不知道？所以又都暗中對她生出來鄙視，揣着疑心。展太太介紹之後，幾位不得不點頭，但誰也不跟她說話了。

　　茶棚內有預備的很好的稀飯、饅頭，還有展太太自己帶來的素菜，請她在一起吃了。這地方像客廳不是客廳，似驛舍又非驛舍，棚中的燈越來越暗，外面的山風卻越吹越緊。山深夜靜，門外夜行的香客還彼此道着「虔誠」，桃木棍敲在山石上的響聲極為清脆，如刀棍交鳴。高處的磬聲散下卻更清澈而悠揚，如壯士放歌，如大江拍浪，如遠漠駝鈴，如草原牛吼……四壁的人都坐在椅子上打盹，展太太說得疲倦了，趴在桌上直打鼾；玉嬌龍卻終宵未寐，心中一陣酸楚，又一陣奮發。漸漸棚中的蠟燭和燈油已將燃盡了，暖棚裏的炭火也將熄滅，覺得很冷，但天色已漸發曙光。

　　玉嬌龍看了看身邊帶着的金表，長短針已指在四點三刻，她就趕緊叫僕婦丫鬟全都醒來，催着說：「咱們就往頂上去吧！」兩個僕婦揉着困倦的眼睛，都說：「天還早吧？」可是棚外卻足聲雜沓，許多人彼此道着「虔誠」，玉嬌龍就說：「你們看有多少人都往頂上去了？燒香不趕早兒還行？」

　　展太太打了個哈欠，直起腰來，她也把表掏出來看了看，就說：「哎喲！睡得過了時候啦！天都快要亮啦，我們可要朝頂去啦！再晚一點，娘娘可就回宮去啦！」遂就疾忙叫醒她帶來的僕婦，匆匆忙忙的，這就預備走。魯宅的那兩個僕婦可都慌了，一齊說：「展太太，您等一等，跟我們少奶奶一塊走吧！」展太太點頭說：“好！你們也快着點！”

這時玉宅的那個男僕，站在門外問姑奶奶何時朝頂，丫鬟向外告訴他了。他又叫茶棚的人端來熱氣騰騰的稀飯和饅頭，玉嬌龍和展太太、丫鬟、僕婦們匆匆用了些，身上都又覺着暖和了。丫鬟並取出來一件夾坎肩，給玉嬌龍穿上；展太太也披了一件皮馬褂，拿起她的那棗木棍子。別了那幾個雖然已被吵醒可還不願這麼早就朝頂去的太太們，她們就還帶着點倦意，一齊走出了茶棚。

這時天還黑着，繁星還在高坡上亂迸，風很寒，吹得兩腿發抖，可是確實有不少人往頂上去走了。雖然沿着山路隔個百十步遠，尚有一隻“路燈會”捐助的玻璃燈，香客們手裏也都打着玻璃的、紙的、牛角的各式燈籠，但照不明這段山路；大家都須用木棍向前試探着，半步半步的往前走。可是玉嬌龍卻也不用拄棍，她走得非常輕快，但她必須壓着腳步等等展太太。往上走了一會兒，回頭再往下看，就見巍然起伏的山嶺，崎嶇宛轉的山路上，處處是悠悠蕩蕩的燈光。又走了一會兒，頂上的磬聲就散漫下來，而輝煌的香火也可以望得見了，此時的情景真是十分神秘。

她們一共是九個人，到了頂上，先到靈官殿，後即到了碧霞元君宮。這座殿建築在山頂之上，本來不大，可是香火之火光，鐘磬之聲，擁擠叩拜的香客，求錢的老道，是紛亂極了。好不容易她們才擠進了廟門，但想到殿中去從從容容地燒香可也不能夠，只得在許多人的後頭。玉嬌龍跪倒叩了頭。男僕一股一股地點香，因為沒有地方插，隨手就扔在大香爐裏。天雖未大明，可是這裏的火光很亮，香煙彌漫着比雲還厚，誰也看不清楚誰的臉。玉嬌龍被丫鬟攙扶起來，丫鬟卻覺得小姐的冷淚滴在了她們的手上。

一時又擠不出去，並且展太太還手舉着火光熊熊的香，跪在地下，一邊叩頭，一邊嘴裏還咕嚕咕嚕的唸經，她們只好等着。等了半天，展太太方才起來，手裏還拿着香，把她自己的皮馬褂都燒着了，嚇得她直叫喚；幸虧魯宅的兩個僕婦上前用手去撲救，才只燒了一片皮毛，並未延及全身。香拋在地下，散了，倒有許多人嚇得都往旁邊去躲。展太太又不敢在這兒抱怨，連歎氣都覺得不大吉利，只得說：“香燒完啦，就算跟娘娘見了面啦，咱們走吧！”於是，又由那男僕在前面開路，她們幾個人便擠出了廟。

這時天空上的星光已隱，雲已漸明，東方宣起一片紫色的曙光。她們愈往下走天愈明，紫色的曙光也愈宣愈大，連東方的一片雲都成了玫瑰色，景象頗為綺麗。山鳥也噪起了清細的歌聲，但晨風卻更緊，雲霧都向頂下去墜，更顯得稠密。

此時，她們這一行人的精神齊都十分緊張，都用眼看着玉嬌龍，都盼着她忘了那許下的心願才好；但臉色如霧一般的顏色、雙眉愁鎖的玉嬌龍，卻走到了一座懸崖之上面。崖下是山澗，雲霧彌漫，如一片茫茫的大海，旁邊的人全不敢往近去走。

玉嬌龍髮鬢微蓬，絨花亂顫，雪青色的衣裙被山風吹得時時飄起。她以纖手彈淚，站立在那裏回首說：“你們全回去吧！”聲音哀慘而堅決，說完了話就再不回頭。兩個丫鬟全都跪下來痛哭，僕婦們聲音顫抖着說：“少奶奶！別……別……”展太太也雙腿不住地哆嗦，打着問訊，閉上了眼，嘴裏不住地動。男僕卻過來躬身哀求說：“姑奶奶！您來了就是啦！大人的病也好啦，娘娘早就知道您的孝心啦！您還得保重千金之軀，您跟我們回去吧！您還得照顧您那幾個姪男姪女呢！”

玉嬌龍卻並不回答，低着頭看着崖下的雲霧。忽然見她一頓腳，丫鬟僕婦們齊都驚得舉起臂來，高喊着：“呀……”男僕要向前去揪也沒有揪着。只見玉嬌龍向下跳去了，風一吹，頭上的一枝絨鳳簪落在石上，她的雪青衣影已如一片落花似的墜下了萬丈山崖。下面雲霧茫茫，什麼東西也看不見。丫鬟僕婦都齊聲大哭，那男僕急得也要跳下去，說：「咱們還怎麼回去？大少爺、二少爺囑咐咱們，到時無論如何也得把她攔住，現在，咳，咳……」

展太太見人已然跳下去了，她彷彿倒不害怕了，打着聞訊唸了聲：「阿彌陀佛！」又說：「你們就都別哭啦！這絕不要緊，不信咱們進城裏去瞧瞧，她早比咱們先回去啦。頂上的娘娘要是連這麼一點靈驗都沒有，哪還能有這麼些個人來這兒燒香嗎？」此時又有許多往上走的跟往下走的香客們，一齊趕過來看。聽說有小姐投了崖，全都嘖嘖地讚歎不止，都認為這事絕不要緊。

這座山崖雖是最高的山崖，澗雖是最深的澗，現在澗裏是雲霧，但本地的人都知道，雲霧之下是亂石荒地，有點澗水也不算多。向來沒人到那裏去，可是那裏假若是有石可攀、有路可行的話，就離着「三瞪眼」那地方不遠了，人也許不至摔死。當下僕婦和丫鬟們的心裏全都將信將疑，男僕卻愁眉苦臉，想着：完了！這還有個不死的嗎？

展太太雖然口裏說：「不要緊，一定沒妨礙！就是有了舛錯，玉宅魯宅也問不着咱們；又不是咱們逼着她，是她自己許下的心願！」心裏卻不住地打鼓。此時太陽已然高升，山上的人更多，都爭傳此事。展太太雇了一頂山轎，帶着她的僕婦下去了。這裏玉宅的男僕也同着僕婦丫鬟們向下走一會兒，歇一會兒，直到過午方才下了山。

這男僕就叫車先把僕婦丫鬟們送進城去，分向玉、魯兩宅去報信，然後就找了許多人跟他到山澗裏去找。這時各項香會來得更多，京城八邑、天津衛、保定府，各處的人也都到這兒進香來了，玩意兒更多，人更熱鬧了，但都沒有這件事能夠惹人聽聞。

玉宅的男僕在這兒連住了五天，玉宅、魯宅又派了幾個僕人來這兒幫助尋找，並且懸出來很重的賞格。可是山崖依樣巍峨，澗雲猶然飄蕩，玉嬌龍的本身或屍體都無下落，連一隻鞋也沒找着。

有的人就說：「她還會摔死？她那身本領，別說跳崖，就是從天上摔到地下，由靈霄殿的瓦上摔到森羅殿的地坑裏，她也不會死呀！別是借着這個因由兒，她飛了吧？」有個從妙峰山才回來的，卻搖頭說：「不行！那座崖我看了，太高！澗太深！無論多大的本領，掉下去也准沒有活命！」因此又有人傳來了謠言，說是有人在山澗裏拾着了一縷青絲髮，屍首大概是叫狼給吃了，那隻狼才算有豔福的呢！又有人說：「玉嬌龍給她的爸爸托了一個夢，說是她確已死了，她的爸爸因此吐了一口血，病又反復了。」傳說不一，誰也沒有鑿實的根據，不過魯宅卻延僧請道為少奶奶唸了一場經，從此再也不提這件事。

劉泰保夫婦在妙峰山足玩了半個月，十六那天才一同坐着騾車進城，馬也沒有了，寶劍和那兩隻包裹也都不知送給誰啦。有人向他問到玉嬌龍跳崖之事，他卻連連擺手說：「別提別提！我姓劉她姓玉，我是窮光蛋，人家是名門小姐少奶奶。去年我是一時好事，跟她家搗過幾次小麻煩，倒是真的，但我們只有一面之識，實無兩面之緣。人家跳了崖，只要不是我給推下去的，就休來問我。至於玉嬌龍是活着或是已然嗚呼了，那恕我跟閻王爺沒有交情，不能去查那本生死簿。得啦，諸位別來問我，現在我一切閒事都不管，只顧的是我的飯鍋！」

蔡湘妹也是向街坊鄰居們歎息，拿手背拍着手心，說：「咳！這真是想不到！可惜了的！她還待我怪好的呢！」他們夫婦自玉嬌龍跳澗之後，日子過得是特別的平安。蔡湘妹頭一胎生的這個男孩，十分肥胖可愛，劉泰保在鐵府裏也比早先得臉啦。雖然群雄俱去，他在街面上大可以為王了，但他卻不再像早先那樣好吹，非他力量所能及的那些閒事兒，他也不愛管啦。他的朋友禿頭鷹可不知從哪兒發了一筆邪財，處處都顯出闊來了。

至於德嘯峰和邱廣超兩家的人，對玉嬌龍之事，絲毫不加以評議。妙峰山的會期一過去，京城中倒顯得冷冷清清，玉嬌龍之事已無人再提，就像大家已把她忘記了，她的生死問題就算是沒有結果而結束。

天氣又一天比一天熱了，柳條一天比一天長了，草已由青而變綠，花已由零落而變結實。在西陵五回嶺一帶，那地方按位置說是在北京的南邊，所以氣候更暖，山上的草更高。山下那不知是誰家的幾間廬舍，附近有山泉流成一道小溪，匯聚在廬舍旁邊成了一畝小湖。岸上蘆葦新生，槐柳成林。池面上浮着一些鴨子，掠水遊戲；山坡上放牧着几十隻綿羊，在那兒吃青草。那綿羊跟鴨子都像雪一樣的白，遙遙對照，相與爭輝。

這地方很少有人來往，只有嶺北一座廟裏的道士，常至廬中訪問這裏的主人。這廬舍裏只有主一僕二，二僕之中一個管牧羊，一個管養鴨。但牧羊的這個人並不像畫上的牧童那樣吹着短笛，風流瀟灑，卻是個形容古怪、兩隻紅眼、跟個老鼠似的人，常坐在羊群裏聞鼻煙。那個管養鴨子的，也不像江南水村的嬌嬈村女那樣，坐在小船上以竹竿趕鴨，卻是個慓悍的，臉上有一塊刀疤，像當過幾天嘍囉的傢伙；這傢伙很懶，白天常在林中睡覺，倒好像墳窟窿裏住的獾。

但他們的這份家計也就仗着他們兩人操持了，羊養肥了就去賣給附近鎮上的羊肉舖，鴨子也是養肥了就送到燒房，或是自己燉着吃。主人卻什麼事也不幹，每天只是愁眉不展。他天天刮臉，天天站在廬舍前或上山坡去東瞧西望，有時又頓腳、歎氣、唱歌，但他只唱一句，只唱"天地冥冥"四個字，往下他就不唱了，仿佛他心中永遠是焦急暴躁，在盼望着什麼人來。但一陣春風過去，又是一陣細雨，白天過去了，又是黃昏，日子一天一天的過去了，他所盼望的人卻永久不至，他越來越愁，越來越急。

這時候燕子已經成雙，蜜蜂蝴蝶已在花間尋侶，羊兒在山坡上互相追逐，鴨子都兩兩相並着游水，月兒也圓了。就是這一天，柳梢上拱出來一輪圓圓的明月，月光照得這個地方，山石似玉，樹影如描，池水亮得像一汪水銀似的。舍中也無燈光，鴨子已回到欄中去睡，羊群也擠到林下去安眠，只有那兩個僕人坐在山坡上，像賞月的詩人似的。其實他們一點也沒注意這月亮，只是彼此聞着鼻煙，兩人在閒扯。

這時便從北邊有一陣清脆的馬蹄聲來了，聲音並不急促，但由遠而近，越來越響。於是那耗子似的人就把耳朵一扎豎，推了他的夥伴一下，說："你聽聽！是有馬來了不是？"兩人都跑下了山坡，把路擋住，直着眼睛借着月光向北方看。北方是一重一重的峻嶺，白天由那邊的嶺上爬過來都不容易，何況是這月夜，是什麼人呢？有多少人呢？可是由蹄聲聽得出來，來者只是單人匹馬。蹄聲得得，不多時候馬已漸漸來近，這邊臉有刀傷的小子高舉着雙臂吆喝着說："喂！喂！你是幹什麼來的呀？"

身後那老鼠一般的傢伙卻拉了他一下，說："別是咱們的太太來了吧？"因為他的兩隻紅眼已看出來，月光之下，來到三十步之內的是　匹胭脂色的駿馬，馬上帶着兩隻大包裹，還有長長的像是一口寶劍，劍的銅護手、絲條穗跟鞍韂上的全份新銅活、銀鐙等等，都映着月光閃閃發亮。馬上的人是高身細腰，一身青色的緊緊的短衣褲，但頭上卻蒙罩着花綢的帕子，掩住了雲鬢，來者卻是個女子。

那個老鼠似的人趕緊轉身歡跳着跑了，而有刀疤的便疾忙上前拉馬，並說：“我們老爺在這兒等着您，等了快有半年啦！”

馬上的女子發出清細而急快的聲音，說：“人家告訴我的，說你們是住在嶺北這三清廟裏，我去找了，那裏的老道卻說你們早就搬到這裏來了。早要知道你們在這兒，我可以省走好多的路！”

花臉獷說：“這是我們老爺的主意，因為老爺覺着在廟裏會您，有點不方便。恰巧，這兒有幾間沒主兒的房子，又很雅靜，過日子正相宜；地下雖然有個大洞，可是也叫我們填死啦。我們搬在這兒就等您來，太太……”他又趕緊改口說：“小姐！”

女子不做什麼表示，款款走了幾步，她見廬舍裏已點上了淡紅色的燈光。廬中的主人，一個虎背熊腰、臉刮得比月亮還亮的少年男子，聞了信就疾忙走出。於是女子也趕緊下了馬，囑咐牽馬的人說：“馬上的東西別動！”她一手提着絲鞭，裊裊娜娜的，如月中下凡的仙子一般走了過去，跟那男子見了面，兩人的手就緊拉在一起了。那男子微歎了一聲，先低下頭來看着她，又揚起來臉；她的俏臉上現出來嬌笑，是多情而感動的笑，睫毛上可掛着露水一般的淚珠，被月光照得晶瑩閃動。兩人就攜着手進了短垣、竹籬、簾櫳，而到裏屋去了。

屋裏有一張床的那個裏間，窗上的燈光發出嬌豔的顏色。男子雄健的身影和女子掠鬢倚身的俏媚身影都很清晰地印在窗上，並時時換着姿勢。外面的這兩個人把那匹胭脂馬牽到門中繫在椿上，兩人就蹲在廚房的簷下，抬着頭瞧着那窗櫺彼此笑着，擠鼻子弄眼做手勢，他們可都不敢近前去偷着聽。

那屋裏的男女二人談話的聲音都很低微，散不到窗外來，窗上的人影也只一閃一閃的斷續無定。但是過了許多時，忽然女子發出一陣笑聲，咯咯的，聲兒極為嬌細；並見那個男子把手放在她的柔肩上，斜托着她的臉兒，也哈哈大笑起來。

這外邊的兩個人都吐着舌頭，彼此看了看，悄聲說：“今天怎麼這麼喜歡呀？這樣看來，可以在這兒過上日子啦！咱們哥兒倆可怎麼辦呀？看看人家……”突然，室中的笑聲中止，燈光忽滅。

這時明月走到天心，地下越顯得明亮，樹影、竹籬的影子描繪得更清楚，四周的景象越靜越幽美。屋簷下的這兩個人，一個拉着一個說：“得啦！別看啦！進屋睡覺來吧！明天早晨，別忘了給咱們太太賀喜就得啦！”當下兩人就進廚房去睡覺了。

外面愈靜，只有山風吹着樹葉顫動，泉水在石隙中作微微的細語，兩三顆星向下眨眼微笑……

一夜過去了，次晨，天微明，朝霧彌漫在嶺上和林間。屋裏的人，連羊和鴨子，還都沒有睡醒；椿子上的馬，身上還備着鞍韉，掛着兩隻大包裹跟寶劍，嘴唇跟鼻孔噗嚕嚕的往外吹氣兒。月已轉向西方，成為了一輪無光的銀盤。風撼着樹枝，似要喚醒鳥兒。

此時，那正房的簾櫳忽然一動，那女子走出來了；雖然壓着腳步並無聲音，但她走得很快，一手提着絲鞭，一手向上掠那蓬鬆的雲鬢。走到了椿子旁，她解下馬來，牽出了短牆，用絹帕揉了揉眼睛，就上馬揮鞭向東馳去，連頭也不回。蹄聲一響，宿鳥驚飛，鴨子也亂叫，綿羊也齊鳴。

廬中的那男子已然驚醒，發現失去了那女子，他疾忙追了出來；四下張望，連聲喊叫，但那女子的俏影、駿馬是早已無蹤無影。

東方現出了玫瑰色，天際薄雲作魚鱗之狀，雲霧也漸消散，大地長天如扯去了一層美麗的幕，飄去了一個幻夢，而又露出了苦悶、惆悵的臉色來。那男子站在山坡上發呆了半天，他明白，他即使去追上也無用，但他又歎氣、惋惜，就一步一步懶懶地走回廬舍。廚房裏的那兩個僕人還在夢鄉之中，卻還不知他們主人的這場綺夢又已散了。

《臥虎藏龍》寫至此處，作者應當擱筆了。聰明的讀者應該知道，昨夜在廬舍中同圓好夢的那一男一女是誰，也當知道他們為什麼要分散而不能長聚。從此羅小虎時時回憶着這一段夢境一般的綺麗溫柔。他住在這裏，心灰意懶，不自做事，更不鬥氣橫行，竟成了一個廬中高"臥"的隱者。而至玉嬌龍，既難忘愛人的癡情，又不能不守母親未歿之時的遺言。總之，她雖已走出了侯門，究仍是侯門之女；羅小虎雖久已改了盜行，可到底還是強盜出身，她絕不能做強盜妻子的。所以來此一會，綺夢重溫，酬情盡義，但又不敢留戀，次日便決然而去，如神龍之尾，不知"藏"往何處去了。

塵海茫茫，人生繁瑣，其後尚有許多事情，留待《鐵騎銀瓶》中再述。

跋 – 尋找父親的足跡 (Epilogue)

王宏

一、影壇驚世

2000 年，由臺灣著名導演李安執導，根據已故作家王度廬的武俠小說系列「鐵鶴五部」改編，由周潤發、楊紫瓊、章子怡、張震等主演，拍攝了《臥虎藏龍》電影。

該電影大獲成功，獲第 73 屆奧斯卡包括最佳影片在內的 10 項提名，獲 4 項獎（最佳外語片、最佳藝術指導、最佳原創配樂和最佳攝影）。獲 3 項金球獎提名，其中兩項獲獎（最佳導演獎和最佳外語片）。這是華語電影歷史上第一部榮獲奧斯卡金像獎最佳外語片的影片。《臥虎藏龍》電影在西方尤為受到廣泛好評。世界總票房為 2.1 億美元，其中美國為 1.3 億，打破了美國外國語電影票房的歷史記錄。

愛屋及烏，西方對該電影的喜愛甚至擴展到它的名字：Crouching Tiger, Hidden Dragon，以致創造了許多類似的用法，例如

Crouching Confusion, Hidden Hassles
Crouching Manager, Hidden Database
Crouching Impact,Hidden Attribution
Crouching Market,Hidden Value……

　　對中國的傳統理念和價值觀，特別是對來自於中國民間的俠義精神有所認識。這些自然應該歸功於李安先生的高超導演才能。然而，對於其原著的作者王度廬，國外一無所知，甚至國內也很少有人知道。

二、深隱市井

　　王度廬是我的父親，可是我以前並不十分了解他的過去。小時候，我就知道父親是一個普通的中學老師。不擅交際，朋友不多，家裏的裏裏外外，都是母親一人張羅。父母從來不過節，不慶生。年三十我只好跟別人家的孩子一起放鞭炮，到鄰居家吃年夜餃子。父親是老教師，初一，一大早校長就領着一大幫幹部和老師來拜年，父親基本上是年年被堵被窩，大家也見怪不怪。

　　父母工作都很努力，晚上父親還要到學校給學生輔導。母親負責學生的舍務，晚間回來更晚，有時甚至不回家住。有一天晚上，我跟着母親去學生宿舍樓，困了就睡在一個職工的床上，半夜被母親喚醒，發現我的兩隻耳朵都被臭蟲咬腫了。晚上常常是我一人在床上躺着，等父母回家。父親從來都是體弱多病，當他走到離家還很遠的地方時，我就會聽到他強烈的咳嗽聲，趕緊去給他開門。

　　六十年代困難時期，從來都吃食堂的家出現了食品危機，媽媽只好支起爐子，生火做飯。煤柴不夠，媽媽沒辦法，就打開了一個裝滿了書的大木箱，問爸爸：“燒不燒？”爸爸答道：“燒就燒吧，反正都交代了。”媽媽轉過頭來對我說：“這都是你爸過去寫的書，你看不看？”我一瞧，書的顏色都發黃了，封面上的畫也很怪，心想，一定不好看，就搖頭說不看。於是，媽媽就一本一本地，把這些書燒掉炊飯了。

　　初中時，團支部組織我們去撫順階級教育展覽館參觀學習，當我走到一個展示反動、黃色書籍的櫥窗時，霍然發現裏面有署名王度廬的書，嚇得我趕緊走開，沒對任何人講，把這件事埋在心裏。

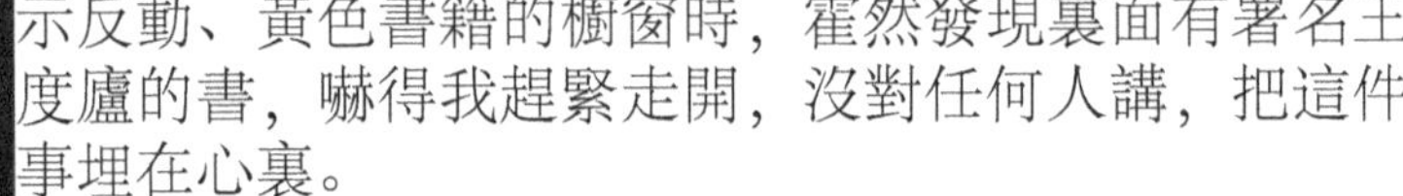

　　文革期間，父親受到了衝擊，遭到大字報揭發，可是缺少“罪證”（都燒了）。學校的紅衛兵對他還是比較客氣的，來抄家也只是翻翻書架，拿走了一個相冊。在批判會上一個學生指着相冊裏的一個照片，問：“王老師，你說你在舊社會的日子很窮，可是你們這張全家照都穿得挺好，這是怎麼回事？”父親笑了笑，答道：“李老師抱着的那個嬰兒是王宏，他是解放後出生的。”

　　每天早上，所有人必須到院子裏去跳忠字舞。我出去一看，這幫老師和家屬，一個個笨手笨腳，跳起來簡直就是群魔亂舞，心裏覺得好笑。母親讓父親也去，他就是不去。逼急了，他就說："不去，打死我也不去！"母親也沒辦法。父親在家裏對母親從來都是言聽計從，令行禁止，這次居然堅決"反抗"，使我感到很吃驚。

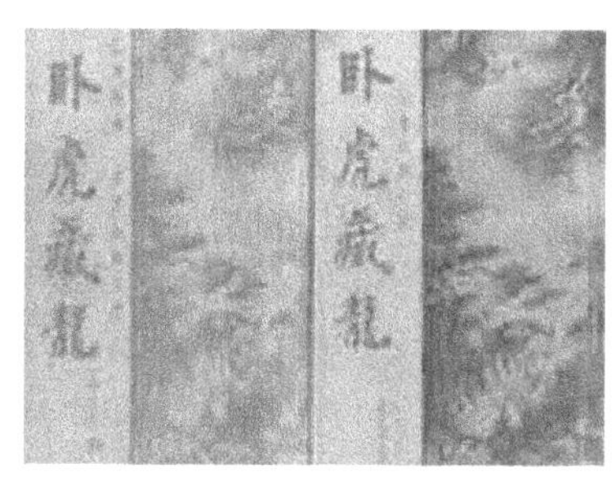

　　1970 年，母親被下放農村，"走五七道路"，父親被指令退休，作為家屬隨行。當時我已經在農村插隊。學校領導對父母說：現在是照顧你們，派你們到你兒子下鄉的縣裏，以後下放的還指不定要去哪呢。我雖然那時思想很左，決心扎根農村幹革命，可是當我得知父母也要被趕到農村時卻十分不理解。父母已經分別 61 和 54 歲了，而且父親體弱多病。我趕緊往家裏趕，要跟領導理論一番。沒想到一到家，看到家裏的東西已經全都被裝到了卡車上，就準備出發了！一路上，年邁的父母坐在裝滿物品的敞篷卡車上，隨着顛簸的汽車搖晃，痛苦不堪。爸爸半路下車解手時，站了半天也解不出來。媽媽暈車，走一路吐一路，膽汁都吐出來了。那情景，我現在回憶起來都止不住要流淚。

　　父母去的是一個窮困的小山村，借住在農民的半間屋裏。母親每天要去勞動，父親在家裏常常吃不上飯，生活上遇到了很多困難。唯獨可以慶幸的是，淳樸的農民並沒有歧視他們，並給了他們許多幫助。父親覺得像是躲開了喧囂的亂世，來到了世外桃源。尤其是後來姐姐把孩子送到了他們的身邊，使他們看到了希望，嘗到了天倫之樂。四年後，"五七戰士"陸續被調回安排工作，而母親卻被動員退休，無緣回城。所幸我當時已經畢業留校，他們便搬到了我這裏。1977 年，父親因帕金森氏綜合症離世。

　　改革開放以後，海內外學者開始尋找父親王度廬，並研究他的作品。天津藝術研究所張贛生先生多方查詢作者的生平，詢問過不少津京老報人，但一無收穫。臺灣葉洪生先生批校的《近代中國武俠小說名著大係》收入了度廬的"鶴—鐵五部曲"等七部作品。他在文章一開始就說："王度廬之生平不詳。"

　　80 年代初，葉洪生先生托小說家宮白羽之子宮以仁先生在大陸尋找王度廬。宮先生根據小說內容，推測王度廬可能是北方人，便與蘇州大學徐斯年教授聯係。徐先生回憶道：

"我所在的學科決定立項研究通俗文學，這一課題並被列為'七五'國家社科重點專案。不久，幾位研究通俗文學的朋友相繼來信，說起'武俠北派四大家'中，寫白羽、李壽明、鄭證因三人的生平，人們多已知曉，惟王度廬，至今不知何許人也，問我可有這方面的線索。經過他們的'強化刺激'，猛然想起母校的王度廬老師。

他是我高中同班同學王膺的父親，沒給我們上過課，也從未聽說他寫過武俠小說，但姓名倒一字不差，姑且問問看。很快就收到了母校回信，得知王老師已經逝世，但因此卻找到了王老師的夫人，我們當年的舍務老師李丹荃女士，並且確認了那位四十年代聞名全國的'俠情小說大師'果然就是王膺的爸爸。正是：踏破鐵鞋無覓處，得來全不費功夫！"

後來徐先生為《王度廬武俠言情小說集》寫的序言，就是以《尋找王度廬老師》為題

母親回憶道：

四十多年前，我和我的丈夫王度廬同在一所中學裏工作，那時，徐斯年是這所學校裏的一個朝氣蓬勃、多才多藝的學生。以後我們多年未見，再見面時他已成了一位學識淵博的學者。我和王度廬共同生活了四十多年。如今，我已是耄耋之年，以後的時間不會太多了，所以我願意將我能憶及的一些往事和想法寫下來，留給熱心的讀者和關注通俗文學及其發展的學人。

從此，母親便帶領姐姐和我，開始艱難地搜集、整理父親的作品，追尋他曾經走過的足跡。

三、出身寒門

父親生於 1909 年 9 月，他的青少年時代是在北京的皇城根下度過的。父親原名王葆祥，字霄羽，王度廬其實是他後來的筆名之一。爺爺曾是清宮管理車馬機構裏的一名職員。父親七歲時爺爺不幸病故，遺腹的弟弟葆瑞出生，一家人老的老，小的小，生活困頓。

父親 9 歲那年，姐弟三人又相繼患上傳染病。他昏迷了好幾天，慢慢地又蘇醒活過來了。當他睜開眼時，卻見屋裏全變了樣子，空蕩蕩的少了不少東西，桌子和炕頭上的櫃子也全不見了。奶奶坐在炕邊掉淚，為了給孩子們治病，把家中能賣的東西全都賣了。父親病癒後，由於長期營養不良，身體很不好。

儘管貧窮，奶奶還是支撐着讓父親斷斷續續地上了幾年學，讀完了舊制高等小學。父親十二、三歲時，家裏曾送他到眼鏡舖當學徒。原想這活兒較輕，三年出師，學門手藝，一個月也能掙幾塊錢養家。誰知幹了沒幾天，掌櫃的嫌他身體瘦弱，不會幹活，就打發他回家了。以後又送他去給一個獨身的小軍官當聽差，試工三天，人家嫌他太小，半天生不着一個煤爐，給了幾個銅板，就叫他捲舖蓋了。後來，父親在他寫的小說裏曾經一而再、再而三地寫及城市下層民眾生活的困苦景況和貧民青年求生之難，應該是來自他親身的感受。

父親讀書勤奮，人也聰明。當時有位姓李的小學教師很賞識他，經常借給他書籍，並且教他音律和詩詞格律。

他的學識主要來自於自學。北京大學一院當時離他家很近，所以他有時就到那裏去旁聽。那時的北京大學很開放，外邊的人進去聽課，也無人過問。若有名家來講課，常常是連窗外都站滿了旁聽的人。

父親也常去三座門的北京圖書館看書，一坐就是一天。那時候"鼓樓"那裏還有個民眾圖書閱覽室，可以進去任意翻閱書報雜誌，那裏也是他常去的地方。

父親在十幾歲時就常向報刊投稿，寫些小文章和舊體詩詞。

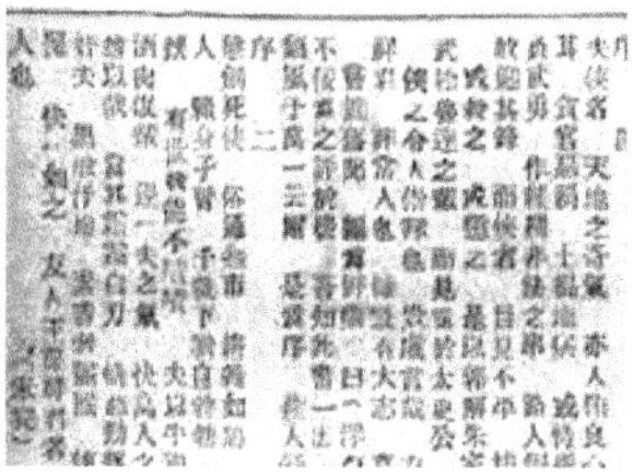

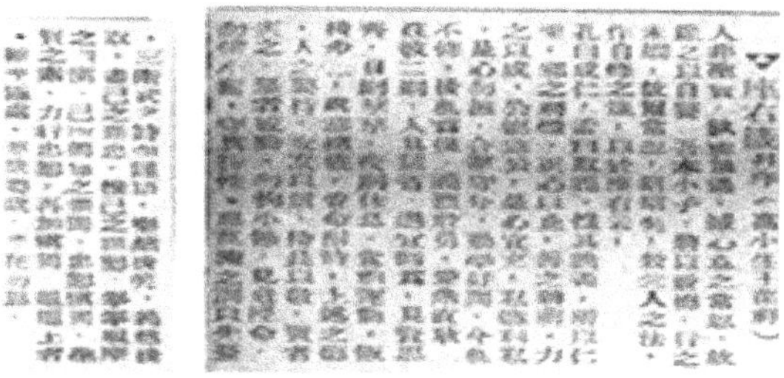

四、少年修箴

　　1924 年 6 月 5 日，父親在北京《平報》上發表了《座右箴並序》一文，署名"高小生王葆祥"，時年不足 15 周歲。他寫道：

　　人非聖賢，孰能無過？撼心意之常忽，故箴之以自警。吾本小子，將以致德，行之未嫻，故爾常忽，昭昭矣。效先人之法，作自修之箴，以於座右雲：

　　孔曰成仁，孟曰取義。惟其義盡，所以仁至。邪之將熾，正心以止；善之將萌，力之以成。公德急公，是心宜充；私欲利私，是心勿滋。合群守分，勤學好問。今也不修，後也為恨。義烈敢勇，愛眾直耿。茲彼二則，人其猛省。遇宜則為，見賢思齊。日則孜孜，夜則休息。食前運動，飯後步走。處恭禮儀，安命耐時。上述之德，人之要持。交友以信，待長以敬。賢者炙之，惡者感動。勿拘小節，見危授命。勿爭小奮，守真持性。思范淹之訓以先憂，三衛武之詩而謹語。樂然後笑，義然後取。盡己之謂忠，推己之謂恕。拳拳服膺之謂慎，己所獨知之謂獨。忠恕慎獨，聖賢之素。力行忠恕，再加慎獨。黽黽上者，難至極處。要哉要哉，要在勿忽。

　　接着，他又在平報上發表了《座右銘並敘》。從此，父親用這座右箴和座右銘激勵自己，成為指導自己行為的指南，開始了持續了 27 年寫作的生涯。

　　1925 年 2 月 1 日，父親（15 周歲）在《平報》上發表了第一部武俠小說《浮白快》，約二十萬字。
此書開頭有題詞：

　　勁梅獨逞歲寒姿，英沾玉碎落池硯。鴻孤天冷無聊趣，呵冰筆寫易水詞。劍光激目奸心悚，翩舞定跡遊俠兒。毫勞一時談千古，傳贊高著史遷遺。
　　少林外派武當門，柴歌俠士幾人存。冷劍抽出心驟悚，光斑猶具淚珠痕。惜哉未涉咸陽地，難質薛家秦客門。德薄姑敗狂遊志，轉向烏毫快談論。

大都王葆祥避菲氏自題

　　舒翼和貿貿居士在他們所作的序和評注中對《浮白快》讚不絕口，有的地方也許有些過譽，如說《浮白快》堪比《水滸》和《紅樓夢》。但他們盛讚父親對情感描述的真切和深刻應該是恰當的。《浮白快》連載了九個多月，頗受歡迎，隨即被報社印行出版。

《浮白快》完成後，父親便一發不可收拾，接連不斷地發表小說、短文和詩詞。由於大量報紙缺失和有些發表過父親的文字的報刊，如《升報》就根本沒有找到，我們尚無法找到父親全部的作品。至 1933 年的八年內，我們發現父親在《平報》和《小小日報》上發表了四十餘部小說和一千多篇包括雜文、筆記小說和詩詞的短文。

五、長安定情

1933 年 6 月，父親去了西安，在那裏他做過《民意報》的編輯，在"戲劇與電影週刊"上發表了一些文章。他還做過陝西省教育廳編輯室的辦事員，編輯了《陝西謠諺初集》，撰寫了《民間歌謠之研究》。父親在西安工作得並不順利，他既無背景，又不會逢迎，而且物價飛漲，薪金低微。

但這些都算不得什麼，因為父親去西安的目的是追隨與他相愛的人
—— 母親，她在早些時候隨父母從北京遷往西安。1935 年父親與母親結婚。

根據母親的回憶，她在北京讀中學時，在一個同學家裏認識了做家庭教師的父親，從此彼此相愛。父親曾送給母親兩本書，一本是沈三白的《浮生六記》，另一本是納蘭性德的《納蘭詞》。母親不太喜歡《浮生六記》，卻很喜歡那本詞。《納蘭詞》中既有刻骨銘心的愛情詩，更有蒼涼悲愴的邊塞詩。

父母一起遊逛過許多北京的名勝古跡，北海、景山、中山公園、太廟、十刹海、陶然亭等地都去過，所以在父親的作品裏常會提到這些地方。陶然亭在永定門外，俗稱"南下窪子"，是明清時期文人騷客、落第舉子聚會賞景、飲酒賦詩之處，人稱"城市山林"。他們慕名前去遊覽，跑了許多路，結果大為掃興，看到的只是遍地荒草、成片污塘、一座破亭，和幾間坍屋。然而，父親曉得有關的典故，帶着母親找到了那座著名的"香塚"和"鸚鵡塚"，並去誦讀那香塚石碣上鐫刻的銘文（香塚毀於十年浩劫）。那銘文母親在晚年時仍能背出：

浩浩愁，茫茫劫。短歌終，明月缺。鬱鬱佳城，中有碧血。碧亦有時盡，血亦有時滅，一縷煙痕無斷絕。是耶非耶？化為蝴蝶。

後來，當父親撰寫俠情小說《寶劍金釵》時，便把書中的那位身後淒涼的"俠妓"謝翠纖的墓地設置在了此地。

父母在西安居住的時間雖然不長，但是那段經歷對父親後來的創作卻意義不小。西北地方，自然環境嚴峻，民風剽悍，加以窮困，乃多鋌而走險者。母親的父親因猝發心臟病，卒於三原縣。父親從西安前去接靈，途中就曾遭遇綠林強盜，衣物被洗劫一空，他只得返回西安，重新打點，再走一趟。後來父親在《鐵騎銀瓶》中寫韓鐵芳在那一帶被匪幫劫持，應是滲入了那時的切身體驗。

1936 年，父母回到了北京，接着在《平報》上連載了武俠小說《黃河遊俠傳》、《燕趙悲歌傳》和《八俠奪珠記》（未完成）。

六、開創先河

　　1937 年，父母去青島看望母親的伯父。父親的身體一直不好，青島的氣候很適合他養病，於是他決定"在此住一夏天，陪着闊人們避暑，休養我的身體，恢復我的健康，為預備我的衣食，繼續效力。但是我還需要回去……"

　　不久，叔叔與幾個北平青年同來青島。小住之後，父母送他們離開青島，去參加抗戰。叔叔是遺腹子，父親對他格外疼愛，甚至在小說裏也寫進了他的小名。母親回憶道："他們兄弟一向感情很好，分手時不無留戀。最後王度廬慨然說：'你就放心走吧，我們以後會團聚的，母親的生活，家裏的一切，有我呢。'他把自己的懷錶給了弟弟。"

　　後來的事情則是始料不及的，7 月 30 日，日寇佔領了北平。1938 年 1 月，青島也被日寇侵佔。父親一家只得滯留青島。父親給自己起了個新的筆名"度廬"，他說"度"就是"渡"，希望能夠度過這一段艱辛的日子。"廬"就是簡陋居室。

　　1938 年 6 月 2 日，他在《海濱憶寫》中寫下了這段經歷，署名"度廬"：

　　　去年櫻花開的時節，我由北京初次來到青島，目的第一是看望多年未晤的戚友，其次便是因為我過了多年的寫作生活，把身體弄壞，需要覓一個適當的地方休養幾個月。……然而，命運，不久便發生時局的變化。

　　　把避暑變成了避難，快樂休養變成了憂患戰亡，度了半載多的恐怖生活……自然，在我是僥幸的，然而我的身體卻因為一往的憂患，需要更長時期的休養了，換句話說：我需要更長時期地住在青島了……

　　"時局的變化"，當然是指"七七"事變和青島淪陷。父親雖然只是個文弱書生，可是愛恨分明、嫉惡如仇，可以想像得出，他的內心有多麼痛苦。但是為了養活家人，為了能在淪陷區不失尊嚴地生活下去，他只能賣文為生。

　　父親在青島的作品主要為俠情小說和社會言情小說，俠情小說多為清末故事，社會小說則多發生在上世紀二十年代至戰前，而地點多被設置在北京。北京是父親魂牽夢繞的地方，他熟悉那裏的地理環境、民風民俗，而且那裏還有他的母親。他只能在小說中寄託自己的鄉愁，通過小說裏的豪傑行俠仗義、除暴安良，以去心中之塊壘。想起父親在北京時寫的那些痛斥日本帝國主義的雜文，更能理解他此時內心的苦悶。儘管在日本人的鐵蹄下，他的作品仍保持了中國人的尊嚴，……沒有媚骨。

　　父親在青島寫了《臥虎藏龍》五部系列和《風雨雙龍劍》等二十餘部俠義、俠情小說和《落絮飄香》、《燕市俠伶》等八部社會言情小說，並將其創作成就推向了新的高峰。

　　臺灣學者葉洪生先生指出：

> 作者悲憫地將玉嬌龍這種對封建門第觀念視同'原罪'，並予以無情地揭露、鞭撻，正要世人認清其禍害本質所在。"而其震撼人心的力量，正是借玉嬌龍的悲劇性格和悲劇命運方得以顯示。在揭示人物內心上，作者甚得力於佛洛伊德的心理分析學說，運用較為成功。

張贛生先生曾寫道：

> 度廬先生是一位極富正義感的作家，這在他的社會言情小說中表現的格外鮮明。《風塵四傑》《香山俠女》中天橋藝人的血淚生活，《落絮飄香》《靈魂之鎖》中純真少女的落入陷阱，都是對黑暗社會的控訴，很能引起讀者的共鳴。度廬先生自幼生活在北京，熟知當地風土民情，常常在小說中對古都風光作動情的描寫，使他的作品更別具一種情趣。
>
> 度廬先生是經受過"五四"新文化運動洗禮的人，他內心深處所尊崇的實際上是新文藝小說，因而他本人或許更重視較貼近新文藝風格的言情小說和社會小說創作。但從中國文學史的全域來看，他的武俠言情小說大大超越了前人所達到的水準，而且對後起的港臺武俠小說有及深遠影響的，是他創造了武俠言情小說的完善形態，在這方面，他是開山立派的一代宗師。

七、留芳身後

　　父親是一個窮苦人家的孩子，從十幾歲起就開始寫作，從北京的皇城根一直寫到青島海濱，竟寫了上千萬字。我們不清楚他到底寫了多少，因為至今仍不時有新的作品發現，每每想到體弱多病的父親連續數年同時寫着幾部小說，想到他當時經歷的苦難、內心的苦悶，不禁淚目。

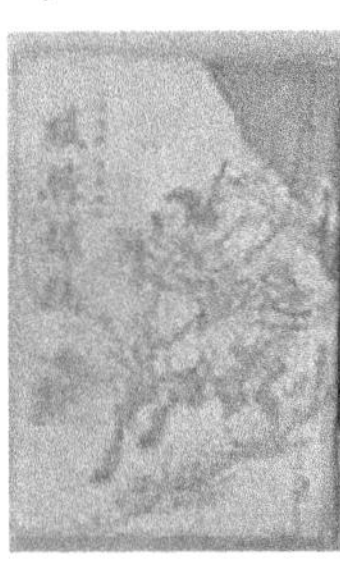

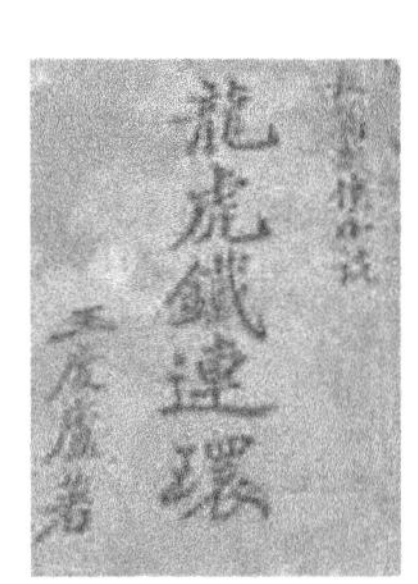

父親生前擱筆從教 27 年，寡言少語，絕口不提以前寫書的事。當別人問起時，他也只是敷衍作答。在長期左的思潮的影響下，我也誤以為父親過去寫的東西肯定不好，也從來沒想去問問父親。只是在改革開放以後，社會上開始"引進"，重新認識和接受我的父親早年的作品，學者、專家們開始研究和評價其文學價值和社會意義，這才使我們開始重新"發現"父親，了解父親，現在真是追悔莫及。

父親到底是如何看待他的作品的？我想父親或許對他的作品有不滿之處，因為那些畢竟是為了養家糊口，不打稿，不修改，一氣呵成，與有的武俠作家反復修改、精雕細琢、屢出新版的作品相比，難免時有粗糙。但細讀父親的作品，不但發現其才華橫溢、妙語連珠，更感受到充滿的激情、正義感、同情與憐憫及嫉惡如仇，是父親傾注全部心血甚至生命寫出的。所以，父親的內心，對他的作品應該又是喜愛的，珍惜的。

父親雖然已經去世幾十年了，但他的作品仍未被遺忘，他寫的故事被一版再版，被拍成了電影，被譯成了多國文字，還被收入了中學語文讀本。根據《臥虎藏龍》拍攝的同名電影對世界的震動遠遠大於其對中國大陸和華人社會的影響，這是一個很獨特的現象。這固然同李安先生的導演有關，但也說明了父親幾十年前的作品所表達的理念得到了西方現代文明的理解和認同。這一現象引起了海外許多學者的研究，及至於對中國的傳統文化和價值觀的興趣和重新認識。

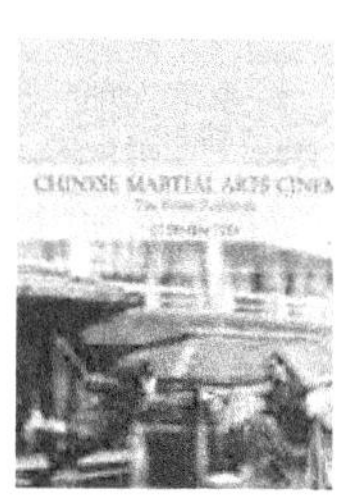

英國曼徹斯特大學 Hubertus M.G.van Malssen 在他以《"俠"的重新定義：王度廬的鶴 - 鐵系列中的現實與虛構，1938-1944》（Redefining xia: Reality and Fictionin,Wang Dulu's Crane-Iron Series,1938-1944）為題的博士論文（2013）中指出：過去國外對"俠"（xia）的定義通常是同暴力和武藝（wu）相關。通過對民國史、王度廬生平及他的小說的分析，認識到"俠"的含義是正面的，是一種包括善良，利他，忠誠、正義等特點的美德，這種美德與武藝的強弱無關。而"義"（yi）即公正、正義，則是俠的一個道德方面的表現。把"俠"理解為歐洲中世紀騎士（knight）也是不恰當的。騎士只是男性，屬於特殊的社會階層，騎着馬，手執利劍和長矛到處遊逛，證實自己的勇氣，最後以贏得一個女人的芳心和美好的結局告終。而"俠"，既有男性也有女性，而且男女是平等的。俠士的愛情往往歷經波折並以悲劇告終。俠的道德往往高於盜匪、保鏢、捕頭、軍隊將領和朝廷官員。因此，他認為，對於"俠"，並沒有恰當的英語翻譯，應該引進新的詞彙'xia'。

T.D. Sang 在《形體，代表性和中國文化所體現的現代性》（Embodied Modernities: Corporeality, Representation, and Chinese Cultures）一書中指出，雖然王度廬在中國文壇被忽視了幾十年，他其實是一個很有抱負的作家，他能在三、四十年代就能將中國的傳統同新思想結合起來。例如，他把中國長期以來就存在的俠女文學與現代的婦女平等、獨立、自主的思想聯係在一起，從而得到了推崇女權主義和人道主義現代文明的共鳴。

　　2011 年 9 月 14 日，我們在北京的八達嶺陵園為父親母親舉行了落葬儀式。墓地坐落於陵園的仙泰園內，這裏背依青山，松柏常綠，能聽到鳥鳴蟲叫，能遠眺巍巍長城，放眼望去，莽莽蒼蒼，群山峻拔，林木蔥籠。父親母親在外漂泊多年，終於魂歸故土，葉落歸根了，他們將在這裏，在八達嶺的蒼松翠柏之中，被後人長久垂念。想起父親 1930 年所寫的：

月上樹梢，晚風徐起，我也有些困倦了……

　　願他們安息！

已知王度廬著作目錄　（BIBLIOGRAPHY）

序號 (Order)	作品名稱（Title）	始載年份 (Publication Year)	出版社 (Publisher)	筆名 (Pen Name)
1	浮白快	1925	平報	葆祥
2	夫妻殘殺記	1925	平報	霄羽
3	玻璃島	1926	平報	霄羽
4	血衫記	1926	平報	霄羽
5	草澤英雄傳	1926	平報	霄羽
6	半瓶香水	1926	小小日報	王霄羽
7	黃色粉筆	1926	小小日報	王霄羽
8	紅綾枕	1926	小小日報	王霄羽
9	殘陽碎夢	1926	小小日報	王霄羽
10	青衫劍客	1927	小小日報	王霄羽
11	俠義夫妻	1927	小小日報	王霄羽
12	琪花恨	1927	小小日報	王霄羽
13	孀母孤兒	1927	小小日報	王霄羽
14	風塵雙俠	1927	平報	葆祥
15	飄泊花	1927	平報	葆祥
16	甘肅響馬記	1927	平報	霄羽
17	紅手腕	1927	平報	霄羽
18	護花鈴	1927	小小日報	霄羽
19	怪皮鞋	1927	平報	王霄羽
20	江湖十六奇俠	1928	平報	王霄羽
21	獅子頭	1928	平報	王霄羽
22	蝶魂花骨	1928	平報	王霄羽
23	疑真疑假	1928	小小日報	葆祥
24	女刺客	1928	平報	王霄羽
25	雙鳳隨鴉錄	1928	小小日報	王霄羽
26	紅旗嶺	1929	平報	王霄羽
27	戰地情仇	1929	平報	王霄羽
28	脂粉英雄	1929	平報	王霄羽
29	塵海遊俠	1930	平報	王霄羽
30	自鳴鐘	1930	平報	王霄羽

（接上表）

31	驚人秘柬	1930	平報	王霄羽
32	神獒捉鬼	1930	平報	王霄羽
33	空房怪事	1930	平報	王霄羽
34	繡簾垂	？	平報	王霄羽
35	玉藕愁絲	1930	小小日報	香波館主
36	煙靄紛紛	1930	小小日報	香波館主
37	鼇汊海盜	1930	小小日報	霄羽
38	燕北雙雄	1930	平報	王霄羽
39	深宮奇俠	1930	平報	霄羽
40	胭脂劍	1931	平報	王霄羽
41	舞女啼痕	1931	平報	霄羽
42	北平新鏡	1931	平報	霄羽
43	纏命絲	1931	小小日報	王霄羽
44	觸目驚心	1931	小小日報	王霄羽
45	燕燕鶯鶯	1931	小小日報	香波館主
46	寶劍明珠	1931	平報	王霄羽
47	滄海雙鷹	1932	平報	王霄羽
48	洛水蛟龍	1932	平報	王霄羽
49	湖海龍蛇	1932	平報	霄羽
50	鸞鳳戟	1933	平報	霄羽
51	黃河四俠	1933	平報	霄羽
52	鷂子高三	1933	平報	霄羽
53	紅衣飲劍錄	1934	平報	霄羽
54	黃河遊俠傳	1936	平報	霄羽
55	燕趙悲歌傳	1937	平報	霄羽
56	八俠奪珠記	1937	平報	霄羽
57	河岳遊俠傳	1938	青島新民報	王度廬
58	寶劍金釵記	1938	青島新民報	王度廬
59	落絮飄香	1939	青島新民報	霄羽
60	劍氣珠光錄	1939	青島新民報	王度廬
61	古城新月	1940	青島新民報	霄羽
62	舞鶴鳴鸞記	1940	青島新民報	王度廬
63	風雨雙龍劍	1940	京報（南京）	王度廬
64	臥虎藏龍傳	1941	青島新民報	王度廬
65	海上虹霞	1941	青島新民報	霄羽
66	彩鳳銀蛇傳	1941	京報（南京）	王度廬
67	虞美人	1941	青島新民報	霄羽
68	纖纖劍	1942	京報（南京）	王度廬
69	鐵騎銀瓶傳	1942	青島大新民報	王度廬
70	舞劍飛花錄	1943	京報（南京）	王度廬

71	寒梅曲	1943	青島大新民報	霄羽
72	大漠雙鴛譜	1944	京報（南京）	王度廬
73	紫電青霜錄	1944	青島大新民報	王度廬
74	春明小俠	1944	京報（南京）	王度廬
75	瓊樓雙劍記	1945	京報（南京）	王度廬
76	錦繡豪雄傳	1945	民民民	王度廬
77	紫鳳鏢	1946	青島時報	魯雲
78	太平天國情俠傳	1947	民治報	魯雲
79	清末俠客傳	1947	大中報	魯雲
80	晚香玉	1947	青島時報	魯雲
81	雍正與年羹堯	1947	青島時報	魯雲
82	粉墨嬋娟	1948	青島時報	綠蕪
83	風塵四傑	1948	島聲旬刊	佩俠
84	寶刀飛	1948	青島時報	魯雲
85	燕市俠伶	1948	青島時報	綠蕪
86	金剛玉寶劍	1948	青島公報　聯青晚報	王度廬
87	龍虎鐵連環	1948	軍民晚報	王度廬
88	玉佩金刀記	1949	民治報	王度廬
89	香山俠女	1949	上海勵力出版社	王度廬
90	春秋戟	1949	上海勵力出版社	王度廬

www.ingramcontent.com/pod-product-compliance
Lightning Source LLC
Chambersburg PA
CBHW081354090726
47908CB00011B/2674